W0389554

10
18

12, AVENUE D'ITALIE. PARIS XIIIe

Sur l'auteur

Juriste de formation, économiste de notoriété internationale et grand voyageur, Eliot Pattison est un spécialiste de la Chine et du Tibet. *Dans la gorge du dragon*, son premier roman, a été récompensé par le prix Edgar Award 2000. *Les Fantômes de Lhadrung* est la quatrième aventure de l'inspecteur Shan. Eliot Pattison vit aujourd'hui en Pennsylvanie.

ELIOT PATTISON

LES FANTÔMES DE LHADRUNG

Traduit de l'américain
par Freddy MICHALSKI

« *Grands Détectives* »

dirigé par Jean-Claude Zylberstein

ROBERT LAFFONT

Du même auteur
aux Éditions 10/18

Titre original :
Beautiful Ghosts

© Eliot Pattison, 2004.
© Éditions Robert Laffont S.A., Paris, 2005,
pour la traduction française.
ISBN 2-264-04329-6

Ce livre est dédié à la mémoire de Patrick J. Head,
avocat des lamas.

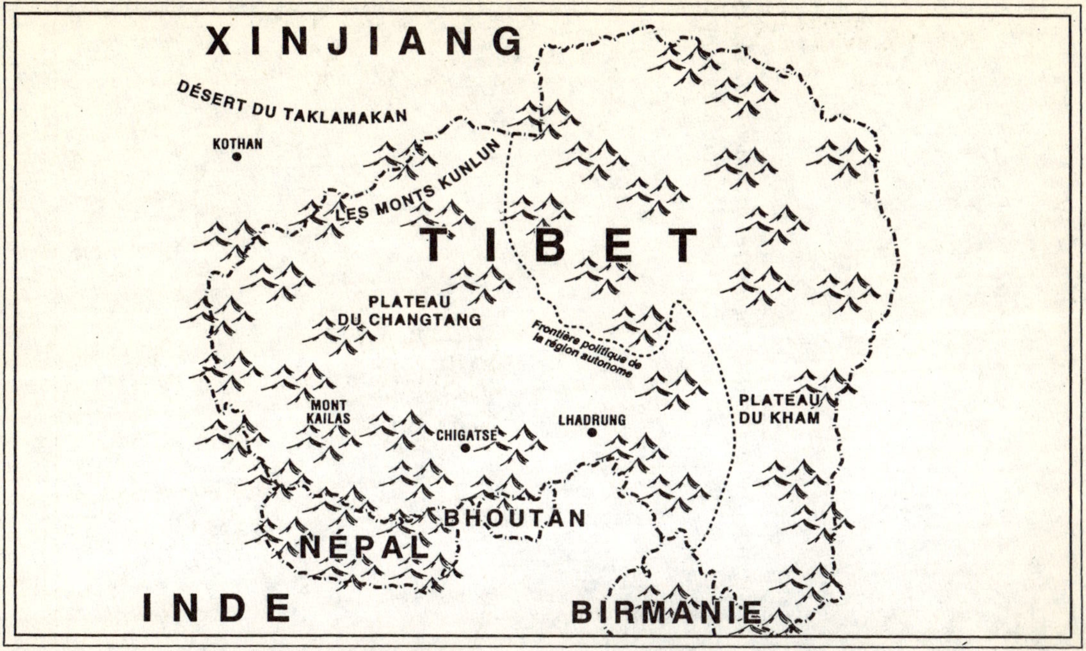
XINJIANG
DÉSERT DU TAKLAMAKAN
KOTHAN
LES MONTS KUNLUN
TIBET
PLATEAU
DU CHANGTANG
Frontière politique de
la région autonome
MONT
KAILAS
CHIGATSE
LHADRUNG
PLATEAU
DU KHAM
BHOUTAN
NÉPAL
INDE
BIRMANIE

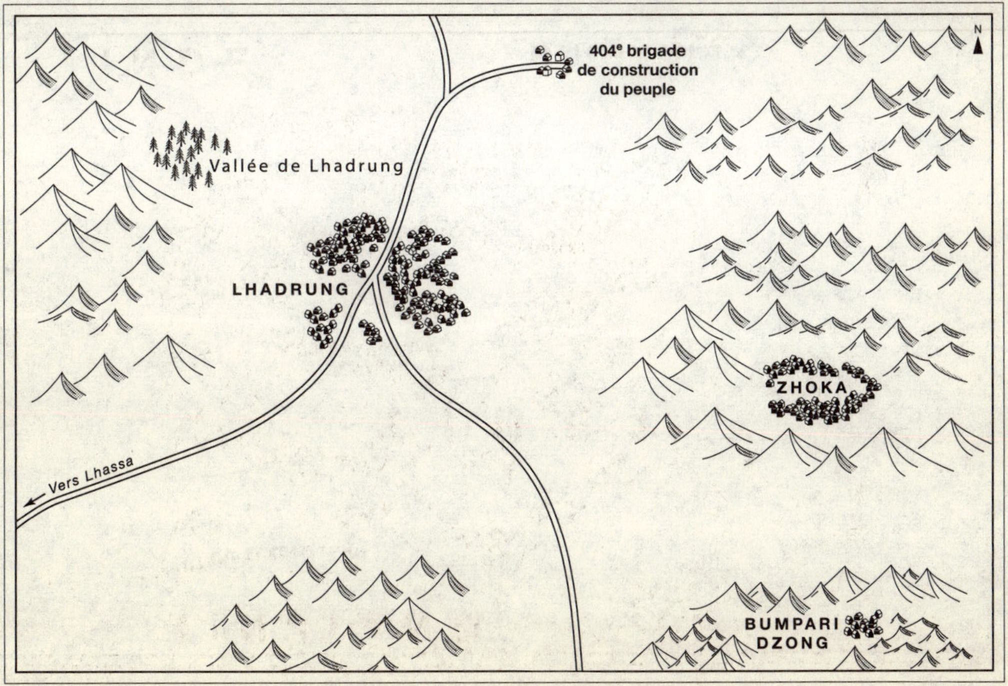
N
404e brigade
de construction
du peuple
Vallée de Lhadrung
LHADRUNG
ZHOKA
Vers Lhassa
BUMPARI
DZONG

Première partie

1

Au Tibet, il est des sons comme en nul autre endroit à la surface de cette terre. Sans raison apparente, des geignements désincarnés, des grondements de tonnerre dévalent les flancs des pics enneigés ou roulent dans les vallées sous des ciels pourtant sans nuages. Et dans les déserts d'altitude, les nuits de lune, Shan Tao Yun avait entendu de minuscules tintements flotter jusqu'aux montagnes tel un message des étoiles.

Durant ses premiers jours au camp de travaux forcés, allongé sur sa couchette, à l'écoute de ces bruits qui lui donnaient le frisson, une peur inexplicable l'avait assailli, mais le temps passant, il avait choisi de les expliquer de manière scientifique. Il ne pouvait s'agir que des œuvres du vent dans l'atmosphère raréfiée des hautes altitudes, des mouvements de formations glaciaires instables ou des changements de température entre sommets et vallées. Cependant, après cinq années au Tibet, il n'était plus sûr de rien, au point d'avoir abandonné la plupart de ses convictions sur la manière dont fonctionnait le monde.

Le bruit déchirant qui montait en cet instant du vallon ne pouvait avoir, il est vrai, d'explication physique rationnelle, et une jeune femme à côté de lui gémit en plaquant les mains sur ses oreilles avant de prendre la fuite. Tout comme elle, la première fois qu'il avait entendu ce même son émis par l'homme en robe rouge assis à dix mètres de là, il avait frissonné de la tête aux pieds en n'ayant qu'une envie : prendre ses jambes à son cou. « Psalmodie de gorge » était le nom donné par les moines à ce geignement étrange et lancinant. Shan lui préférait « Ébranlement de l'âme », définition donnée par Lokesh, son ancien compagnon de cellule. C'est par ces mots que son vieil ami expliquait ce que faisait Surya, le vieux moine : dans le monde d'en bas, les âmes avaient souvent si peu mûri que seuls les agonisants entendaient ce son, aux portes de la mort, quand leur âme bataillait pour se libérer de son enveloppe. Mais au Tibet personne ne parlait avec effroi de l'ébranlement de la mort, et ce son était destiné aux vivants. Ici, les fidèles avaient appris à faire parler les âmes dans une langue au-delà du langage.

Shan regarda la femme battre en retraite d'un air chagriné car la journée était à la joie, une grande joie, même si le danger était plus grand encore. Les moines hors la loi dont il partageait l'existence étaient, des décennies durant, restés cachés dans leur ermitage secret. Et voilà qu'ils avaient décidé non seulement d'apparaître en chair et en os aux habitants des collines, mais aussi de les guider dans la voie des rituels illégaux. Gendun, le lama supérieur, avait déclaré qu'après ce jour plein de surprises merveilleuses, le monde se trouverait changé.

Shan avait averti les moines qu'il était dangereux de faire venir ces Tibétains sur les ruines de ce monastère. Pour seule réponse, Gendun avait mis un genou en terre et retourné un galet, invoquant ainsi un enseignement parfois utilisé par les moines : une action des plus subtiles pouvait changer le monde tant qu'elle restait pure, mais, pour infime qu'elle fût, elle ne restait pure que si crainte et colère en étaient absentes. Malheureusement, l'existence quotidienne des bergers était depuis toujours conditionnée par la peur.

Car c'est d'une main de fer que Pékin avait traité les populations des terres ingrates au sud du comté de Lhadrung. Avec obstination, celles-ci avaient résisté à l'occupation chinoise longtemps après la chute de Lhassa. Les ruines au milieu desquelles ils se trouvaient à présent étaient les vestiges du *gompa* de Zhoka, le monastère qui, pendant des siècles, avait servi les habitants de ces terres. Quarante ans auparavant, les bâtiments avaient subi les attaques aériennes de l'Armée populaire de libération – comme les milliers de gompa que Pékin avait rasés de la surface de la terre. Malgré leur ferveur et leur bravoure, les fidèles qui avaient vainement tenté de défendre Zhoka et le mode de vie qu'il représentait avaient été dispersés, détruits, ou avaient tout simplement disparu dans quelque trou.

Shan et Lokesh étaient venus à la rencontre des arrivants pour les conduire dans le vallon, vers le monastère en ruine dont les vestiges s'étalaient sur près de huit cents mètres de large.

— On va nous arrêter ! avait prévenu une femme en gilet rouge dépenaillé.

— Ce lieu est hanté ! Même les vivants deviennent des spectres, ici ! avait protesté un berger en voyant Lokesh s'engager dans le labyrinthe de murs sur le point de s'effondrer.

Mais Lokesh avait poursuivi son chemin comme si de rien n'était, en psalmodiant un vieux chant de pèlerin, et l'homme s'était finalement décidé à emboîter le pas à ses compagnons. Dans un silence pesant, toute la troupe s'était engagée au milieu du champ de ruines pour se retrouver soudain au centre de ce qui était jadis la cour centrale du gompa.

— C'est un miracle ! s'était exclamée la femme en gilet rouge, le souffle coupé.

Elle se raccrochait à une vieille à son côté et, bouche bée, contemplait Surya, assis devant un mausolée de trois mètres de haut, de construction visiblement récente, qui se dressait au milieu de la cour. Les deux femmes s'avancèrent à petits pas hésitants. D'abord sceptiques, n'en croyant pas leurs yeux, elles touchèrent l'enduit d'un blanc éclatant et finirent par s'asseoir aux côtés du moine avec solennité. D'autres Tibétains avaient suivi, sans trop de conviction, certains égrenant le chapelet qu'ils portaient à la ceinture.

Cependant, lorsque Surya avait entamé sa psalmodie de gorge, plusieurs habitants des collines avaient battu en retraite vers les ombres. Ceux qui étaient restés, les yeux larges comme des soucoupes, semblaient pétrifiés par le son qui sortait d'entre les lèvres du moine, qui, la tête basculée en arrière, lançait sa psalmodie à gorge déployée, tout entier à sa joie.

— Tueur de dieux !

Le cri, jailli de nulle part et de partout à la fois, se répercuta en échos sur les murs en ruine. Une pierre vola au ras de l'épaule de Shan et rebondit sur le genou de Surya.

— Assassin ! s'exclama de nouveau la même voix.

La psalmodie perdit de sa vigueur et finit par s'interrompre lorsque le moine fixa la pierre qui lui était destinée.

— Tueur de dieux ! entendit-on encore.

Shan fit volte-face et aperçut un berger de petite taille, les vêtements en loques, le visage tanné et les yeux brûlant de furie, qui désignait Surya du doigt.

Avant qu'il ramasse un nouveau projectile, Shan s'était précipité et verrouillait la main sur son poignet. L'homme résista et voulut le repousser pour se dégager d'une torsion.

— Fuyez si vous voulez avoir la vie sauve ! C'est eux ! Les assassins ! cria-t-il à ceux qui s'attardaient encore dans la cour.

Il se débattait toujours quand apparut un grand Tibétain maigre, le crâne et les joues couverts d'un chaume de poils blancs. Aussitôt, le berger cessa de lutter et prit l'air contrit d'un enfant en faute. Lokesh lui ouvrit les doigts et libéra les pierres, qui tombèrent au sol.

— Surya est moine, expliqua-t-il doucement. C'est tout le contraire d'un tueur de dieux.

Les yeux pleins de désespoir, le berger murmura que ce n'était pas vrai, mais sa voix s'était vidée de toute colère.

— Le gouvernement fait venir des hommes en robe pour nous tromper, dit-il. Pour nous faire reprendre les façons d'antan. Et ensuite ses soldats viennent nous arrêter, ou pis encore.

— Pas ici, répéta Lokesh. Pas aujourd'hui.

Le berger secoua la tête comme pour réfuter ces paroles, en montrant des ombres entre les murs affaissés derrière lui.

Une femme s'avança, les mains dans le dos, agrippant deux coins d'une couverture roulée, suivie par deux garçons aux yeux creusés par la fatigue qui portaient avec solennité les autres coins. L'aîné n'avait guère plus de dix ans. Une fois le lourd fardeau déposé au sol près du berger, les gamins coururent se réfugier auprès de la femme en enfouissant la tête dans son épaisse jupe en feutre où le cadet lâcha un long sanglot silencieux.

Lokesh s'agenouilla, écarta lentement un pan de la couverture et laissa échapper un gémissement rauque.

La couverture masquait la dépouille d'un vieillard au menton orné d'une mince barbichette à peine visible. Son oreille gauche pendouillait, presque entièrement arrachée, et tout le côté gauche de son visage était défoncé, encroûté de sang coagulé aux emplacements où sa joue et sa pommette avaient été fracassées. Ses yeux sans vie semblaient interroger le ciel.

— Ils l'ont battu à mort, murmura le berger en surveillant Shan et Lokesh d'un œil prudent. Ils l'ont battu et abandonné là, c'est tout.

Shan se pencha à son tour et ouvrit complètement la couverture. Apparemment, le vieil homme avait les deux jambes brisées – l'une vrillée sous un angle impossible, l'autre ensanglantée là où une déchirure du pantalon laissait entrevoir l'os.

— Qui ferait une chose pareille ? demanda-t-il en contemplant les yeux marron sans vie.

— Il s'appelait Atso, expliqua le berger. Il avait plus de quatre-vingts ans et habitait seul dans une hutte au pied de la falaise, à trois kilomètres vers l'est, en direction de la vallée.

Les yeux mouillés de larmes, il s'interrompit un instant, luttant pour reprendre le contrôle de ses émotions.

— De tous ceux qui vivaient dans les collines, c'était lui qui en connaissait le plus sur les façons d'antan.

— On l'aurait tué parce qu'il suivait les façons d'antan ? demanda Shan.

— Dans ces collines, on tue pour un mot, répondit le berger d'une voix creuse.

À l'entendre, la chose allait de soi. Shan sentit un frisson glacé sur son échine. L'homme sortit un couteau de sa ceinture et, du bout de la lame, écarta une brindille de bruyère prise dans les cheveux d'Atso. Toucher les morts répugnait aux Tibétains.

— Il n'aurait laissé approcher un inconnu qu'à une seule condition : si celui-ci portait la robe, ajouta-t-il d'un ton accusateur, avec un regard inquiet à la femme et aux deux garçons qui se rapprochaient du moine en train de psalmodier. Les assassins sont parmi nous.

À ces mots, Shan se tourna vers la crête qui surplombait le gompa en ruine. Dans un carré de fleurs estivales était assise une silhouette solitaire, une femme mince vêtue de noir, qui balayait le paysage alentour à l'aide de jumelles : Liya, une des rares parmi les habitants de la région à accepter d'aider les moines en secret, montait la garde.

— Des prières doivent être récitées, déclara Lokesh.

— Non, rétorqua le berger. Dans nos collines, on ne suit pas de rituels. C'est la meilleure manière de se faire arrêter.

— Pourtant, vous êtes venus aujourd'hui, lui fit remarquer Lokesh.

Le berger montra Liya.

— Cette femme, là-bas, elle est passée de campement en campement, sur son cheval, et elle a annoncé devant toute ma famille qu'un miracle allait avoir lieu ici, aujourd'hui. Comment aurais-je pu dire non à Liya avec les enfants qui écoutaient ? Quand nous sommes partis ce matin, les gosses se sont mis à chanter, eux qui ne chantent jamais d'habitude. Et en chemin, nous avons découvert Atso dans cet état, gisant à côté de sa hutte.

Shan l'entendit décrire les événements avec tristesse, le cœur douloureux à ce récit de désespoir presque entièrement vidé d'émotion, comme si le berger avait, depuis longtemps déjà, épuisé toutes ses réserves de chagrin.

— Et maintenant, un homme en robe nous attend pour nous prendre au piège, ajouta l'homme. Exactement comme les tueurs de dieux.

— Pourquoi utilisez-vous des termes aussi terribles ? demanda Shan, déchiré jusqu'au tréfonds de son être chaque fois qu'il entendait ces mots.

Toujours à l'aide de la lame de son couteau, le berger souleva un petit sac au flanc du cadavre. Shan en vida le contenu sur la couverture. Lokesh poussa un cri de détresse en apercevant une petite statuette en argent à l'effigie de Tara, la déesse protectrice : la statuette était absolument parfaite, hormis la tête, tout aplatie, écrasée par un coup violent. Le berger la releva avec son couteau : le dos de la déesse avait été ouvert en deux, comme si on l'avait poignardée par-derrière.

Lokesh semblait bien plus bouleversé par la statuette détruite que par le cadavre de son propriétaire. Les yeux brillant de larmes, le vieux Tibétain prit l'effigie démolie entre ses doigts et la nicha un instant au creux de ses bras avant de la déposer à côté du cadavre battu et maltraité. Pas un instant il n'interrompit ses chuchotements indistincts, mais il n'y avait pas à se tromper sur le désespoir qui s'entendait dans sa voix.

Quand il releva la tête, le regard qu'il jeta au berger était marqué d'une détermination farouche : il était hors de question que la peur de cet homme détruise leur festival. Il se remit lentement debout, le prit par le bras et le fit avancer de quelques pas, afin d'avoir Surya dans leur champ de vision.

— Écoutez les sons qu'il émet, déclara le berger. Regardez ce *chorten*. Si cet homme n'appartient pas au gouvernement, c'est qu'il est sorcier. Parce que, chaque printemps, je fais monter mes moutons dans ces collines et le chorten n'était pas là avant. Ce sont les spectres qui l'ont construit.

Des spectres… D'une certaine façon, il avait raison : cet élégant édifice avait été bâti par les moines de Yerpa, l'ermitage caché où vivaient Shan et Lokesh. Ils avaient travaillé au clair de lune, accompagnés par le bruissement des prières d'un des leurs pendant qu'ils construisaient l'assise en escalier surmontée d'une flèche en forme de cloche. Le chorten devait être un monument à la mémoire du gompa en ruine, un signe que les divinités n'avaient pas totalement oublié les populations du coin.

— Des spectres et des assassins, et c'est ici que Liya me fait conduire ma famille !

— Je vais vous révéler un secret, chuchota Lokesh, avec une émotion qui ne lui était pas coutumière.

Shan savait combien son vieil ami était peiné de voir les habitants des collines les traiter tous les deux avec une méfiance aussi grande. Lokesh ferma un instant les yeux comme pour se calmer, et Shan se rendit compte qu'il suffirait d'un rien pour que les choses tournent au désastre : quelques paroles du berger aux autres Tibétains, et tout le monde s'enfuirait à toute vitesse. Certains répandraient peut-être le bruit que des tueurs hantaient les collines, d'autres qu'ils y avaient vu des moines illégaux – ce qui ne manquerait pas d'attirer les soldats.

Le vieux Tibétain sortit son *gau*, la petite amulette en argent qu'il portait autour du cou, et l'ouvrit avec précaution. L'homme en resta coi : c'était un geste qu'on ne faisait jamais devant un inconnu. À l'intérieur du gau, sous plusieurs petits morceaux de papier pliés que Lokesh vida dans le creux de sa paume, se trouvait la minuscule photographie d'un moine chauve portant lunettes, le visage serein et les yeux rieurs.

— Ce moine qui psalmodie s'appelle Surya, expliqua-t-il. Il vient des hauteurs, tout là-haut dans les montagnes, et non pas du monde d'en bas.

Il pointa un doigt déformé sur la photo.

— À l'intérieur de son gau, lui aussi porte une image du dalaï-lama. Avez-vous réellement oublié quel jour nous sommes aujourd'hui ?

Le front creusé de profonds sillons, le berger pressa les paumes sur ses tempes, comme sous le coup d'une douleur soudaine. Son regard alla de Lokesh à Surya, et la peur qui se lisait sur ses traits céda lentement la place à la tristesse et à la perplexité. Il glissa la main dans sa chemise et en sortit un élégant gau en argent suspendu à son cou.

— Moi aussi, j'en ai un. C'est mon père qui le portait, et son père avant lui. Mais il est vide. Quand j'étais petit, mon professeur a brûlé ce qu'il contenait, expliqua-t-il avec effroi, comme si ses propres paroles lui rappelaient le danger tapi dans les collines.

Il se tourna vers la dépouille d'Atso.

— Son meurtrier est toujours en liberté, il poursuit les anciens. Vous aussi vous devez fuir. En ville, on raconte qu'une tête a été mise à prix. Et les soldats fouillent partout. Nous devons…

Sa voix mourut d'elle-même quand il croisa le regard de Lokesh.

Du bout de l'ongle, le vieux Tibétain était occupé à dégager délicatement la photographie du dalaï-lama de son gau. Puis, sous le regard incrédule du berger, il la plaça dans le petit boîtier en argent que celui-ci tenait à la main en disant :

— Nous demanderons à Surya de rédiger une prière, que vous mettrez au plus près de votre cœur.

Le berger ouvrit et ferma la bouche à plusieurs reprises, comme s'il bataillait pour trouver ses mots.

— Vous êtes vraiment sincère, c'est bien un vrai moine ? demanda-t-il.

L'émotion se lisait sur son visage, mélange de confusion, de gratitude et de révérence qui céda vite place à la douleur.

— Je m'appelle Jara, murmura-t-il, sans quitter Surya des yeux. De toute ma vie, je n'avais jamais vu de moine, sauf ceux qui viennent en visite depuis Lhassa avec le Bureau des affaires religieuses. Ces moines-là font des discours, ils ne prient pas. Jamais les enfants…

Les mots s'étranglèrent dans sa gorge.

— C'est trop dangereux pour un vrai moine, poursuivit-il avec insistance. Un vrai moine, ici, c'est un hors-la-loi. Les soldats l'emmèneront vers la prison dans la vallée. Il doit masquer sa robe. S'il vous plaît, pour notre bien à tous, masquez sa robe. Vous n'avez aucune idée des horreurs qui se passent dans cette prison.

Lokesh sourit et releva sa manche devant le berger décontenancé, qui, apercevant la longue ligne de chiffres tatoués sur l'avant-bras du vieux Tibétain, finit par comprendre.

— Vous avez été là-bas ? Vous avez été prisonnier et malgré ça, vous courez tous ces risques ?

Lokesh pointa le doigt vers un antique brasero fissuré près du chorten, un *samkang* de cérémonie, dans lequel brûlait du bois de genévrier.

— Le parfum des fumées attire les divinités. Elles nous protégeront. Vous verrez.

Liya était toujours sur les hauteurs de la colline et surveillait l'ouest, où se trouvait la garnison contrôlant la vallée de Lhadrung : elle les aurait prévenus si elle avait vu des soldats.

— Ce chant qui sort de sa bouche ? demanda Jara en désignant Surya. C'est ça que font les moines ?

— Son chant fait partie de la célébration. Lui a trouvé sa sérénité, et il se réjouit.

La réponse de Lokesh manquait de conviction et il chercha l'appui de Shan d'un air hésitant.

La veille, à Yerpa, ils étaient tombés sur Surya en train de détruire la peinture d'un dieu sur laquelle il avait travaillé pendant des semaines. Quand ils lui avaient demandé la raison de son geste, le moine, tailladant la toile en silence, n'avait pas paru reconnaître leur présence. Depuis, il n'avait plus prononcé un mot, mais sa psalmodie l'avait requinqué et le Surya joyeux qu'ils connaissaient tous deux semblait être revenu.

L'explication de Lokesh ne diminua en rien l'angoisse de Jara, qui inspecta les versants d'un air inquiet.

— Les Tibétains ne font aucune célébration à Lhadrung, sauf quand il s'agit de jours fériés chinois. C'est le territoire du colonel Tan, expliqua-t-il avec un frisson par tout le corps – il se référait à l'officier de l'armée qui dirigeait d'une main de fer le comté, un des rares à rester encore sous la loi martiale.

— C'est à Zhoka que vous vous trouvez en cet instant. Il y a tant de choses dont nous devons nous montrer reconnaissants, rétorqua Lokesh, comme si cette cuvette balayée par les vents constituait un lieu séparé, un sanctuaire qui n'appartenait pas au comté du colonel.

Jara parcourut du regard les vestiges du gompa où ne restait plus un seul bâtiment intact, puis le groupe de pauvres Tibétains effrayés dans la cour, et revint sur Lokesh comme si ce dernier était soudain devenu fou.

— Je sais quel jour nous sommes, répondit-il à mi-voix, la peur au ventre. Un homme qui possédait une boutique à thé en ville a été arrêté parce qu'il avait marqué la date sur son calendrier exposé dans la vitrine.

— Alors, donnez-lui un autre nom. Appelez-le festival, parce que les moines sont revenus.

— Revenus d'où ? rétorqua Jara en montrant d'un geste les ruines qui couvraient le paysage désolé. D'entre les morts ? Dans le pays où je vis, les moines ne reviennent pas, sauf si le Bureau des affaires religieuses a donné son accord.

— Alors appelez-le festival du choix.

— Du choix ? Quel choix ?

D'un air sombre Lokesh observa Jara, puis son gau.

— À dater de ce jour, vous pouvez choisir l'endroit où vous désirez vivre.

Le berger lâcha un rire amer tandis que les traits du vieux Tibétain lui apparaissaient de plus en plus lointains, comme si Lokesh voyait au-delà de lui et sondait une part inconnue de son être. Rasséréné, il soutint son regard en silence et leva une main hésitante, sur le point de toucher le chaume de barbe blanche sur la joue du vieil homme, de la même manière que les autres, incrédules, avaient touché le chorten à leur arrivée.

— En emportant une prière dans votre gau, vous changerez à jamais le pays dans lequel vous vivez, dit doucement Lokesh.

À peine avait-il prononcé ces paroles qu'apparut la silhouette en robe d'un homme grand et plein de grâce, au visage aussi lisse qu'un galet : Gendun, le chef de Yerpa, l'ermitage caché, le seul foyer que connaissaient Shan, Lokesh et Surya. Il posa sur Jara un regard paisible avant de baisser les yeux sur le corps d'Atso, un sourire triste aux lèvres.

— *Lha gyal lo*, murmura-t-il d'une voix pleine de déférence à l'adresse du mort. Que les dieux soient victorieux.

À la vue de Gendun, une étrange allégresse gagna Jara : nul ne pouvait soupçonner le moindre subterfuge devant ce visage ouvert et parfaitement serein, et lorsque le lama se dirigea vers la cour du gompa en ruine, il lui emboîta lentement le pas pour rejoindre son épouse et ses enfants.

— Mais il y a toujours un tueur en liberté, dit-il en montrant le cadavre du vieil homme, sans guère de conviction, néanmoins.

— Pas ici. Pas aujourd'hui, répondit Lokesh pour la seconde fois.

À la grande surprise de Shan, son vieil ami lui fit signe de l'accompagner. Arrivé à proximité du corps d'Atso, il se planta face à la cour, les pieds bien écartés, comme une sentinelle de garde. Un instant déconcerté, Shan finit par comprendre que Lokesh voulait empêcher quiconque de le voir examiner la dépouille d'Atso.

Il repoussa en arrière son chapeau à large bord, s'agenouilla auprès du mort et, sans perdre un instant, se mit à l'ouvrage, dressant mentalement le catalogue de ses découvertes. Une main d'Atso enveloppait le gau accroché à une chaîne en argent patiné, l'autre était entortillée dans les grains d'un *mala*, un rosaire. Le dos de la main qui enserrait le petit boîtier portait une plaie béante, de celles que laissent une matraque ou une crosse de fusil quand on cherche à les esquiver. Les deux paumes étaient égratignées et éraflées, les extrémités des ongles fendues ou cassées. Le vieil homme portait, accrochée à la taille par un morceau de corde, une petite bouteille en plastique à moitié remplie d'eau. Shan écarta la couverture et exposa le pied gauche, encore prisonnier d'une chaussure en cuir toute trouée dont la semelle était maintenue sur une largeur de cinq centimètres par un épais cordage de jute.

Dans ses poches de pantalon, Atso avait deux petites bourses, l'une pleine de têtes de fleurs fraîchement cueillies, l'autre de fragments de bois de genévrier. Une poche cousue à l'intérieur du gilet en feutre contenait un morceau de papier plié serré – un prospectus annonçant un examen de santé gratuit pour les enfants dans la vallée. Au dos était rédigé, en caractères tibétains, d'une écriture minuscule et resserrée, le mantra *mani*, la prière de la compassion, une multitude de lignes entassées les unes sur les autres. Un instant, Shan contempla le visage du vieil homme battu à mort, puis il s'attarda sur le morceau de papier : le mantra avait été écrit au moins un millier de fois, ensuite le papier avait été roulé et soigneusement plié, comme si Atso le destinait à un tout petit espace.

Il prit la statuette défoncée de la déesse Tara. La patine du vieil argent était uniforme, à l'exception d'un carré de métal brillant sur une épaule, à l'endroit où le fidèle l'avait frottée pour se porter chance. Shan la soumit à un examen de détail, sous divers angles, étudiant la tête défoncée marquée de crénelures et la longue balafre ouverte dans le dos, tandis que résonnaient encore à sa mémoire les paroles pleines d'effroi de Jara. *Dans ces collines, on tue pour un mot*. Le corps de la déesse était creux, l'intérieur évidé. Souvent les Tibétains inséraient des prières roulées dans ce genre de statuettes.

D'un air songeur, Shan se retourna vers Lokesh qui montait toujours la garde. Au lieu d'entamer les rites funéraires, son vieil ami l'avait invité à examiner la dépouille d'Atso, en sachant pertinemment que les habitants des collines verraient d'un très mauvais œil que Shan touche le cadavre de ses mains. En outre, ils savaient l'un comme l'autre que les moines résisteraient de toutes leurs forces à une enquête sur la mort d'Atso : à leurs yeux, les seules enquêtes qui valaient étaient celles de l'esprit. Shan reposa la déesse sur la couverture.

— Que sais-tu exactement ? demanda-t-il en s'approchant de son vieil ami, le morceau de papier plié à la main. Qu'est-ce que tu ne me dis pas ? Qu'est-ce qui a pu tracasser Atso au point de lui faire écrire mille mantras ?

Lokesh examina le papier avec tristesse, comme s'il lisait chacun des mantras qui s'y trouvaient inscrits.

— Atso, je ne l'ai rencontré qu'une seule fois, alors que j'étais en train de ramasser des baies dans la montagne au-dessus d'ici, il y a deux semaines de cela, dit-il en montrant de la tête les pics encapuchonnés de neige en direction du levant. Il m'a demandé ce que nous faisions à Zhoka. Quand je lui ai répondu que c'était un secret mais qu'il devait venir aujourd'hui pour le découvrir, il a piqué une colère avant d'être saisi d'une grande tristesse. Il a dit que nous ne comprenions pas. Que Zhoka est un endroit où il faut laisser en paix des choses étranges pleines de pouvoir. Il a ajouté que le plus grand danger était de ne pas comprendre ce que Zhoka faisait aux gens.

— Tu veux me convaincre qu'il est mort à cause d'une chose qui se trouve ici ?

— Un lieu disparu, voilà ce qu'il cherche, se contenta de répondre Lokesh en contemplant le cadavre.

Shan fut interloqué par la réponse de son ami. Les vieux Tibétains avaient une manière bien à eux de mélanger les temps dans leurs conjugaisons, de passer d'une époque à une autre en ignorant des intervalles de plusieurs décennies, voire de plusieurs siècles, à seule fin d'énoncer des vérités essentielles. Il se préparait à insister pour que Lokesh s'explique plus clairement quand une silhouette sortit de l'ombre. Une jeune femme vêtue de noir, les cheveux noués en une longue tresse dans le dos, s'agenouilla à côté de la dépouille d'Atso. Elle replaça la statuette démolie dans son sac sans même l'examiner, puis tira sur la couverture pour la retendre et la remettre bien en place autour du défunt, à petits tapotements délicats, comme pour mettre un être cher au lit. Shan entrevit au passage la chaussure droite d'Atso, également enveloppée de cordage, comme la gauche, alors qu'elle était en bien meilleur état et n'avait nul besoin du jute pour maintenir sa semelle en place.

— Liya, demanda Shan, où avez-vous vu cette statuette par le passé ?

Liya releva la tête, les yeux pleins de larmes.

— Quand j'étais petite fille, Atso me portait sur ses épaules pour m'éviter d'être écrasée sous les sabots des moutons. Je ne l'avais pas revu depuis dix ans, depuis le décès de son épouse, quand il a emménagé dans cette hutte.

— Ce vieil homme, où l'emmenaient-ils ? insista Shan, qui ne comprenait pas pour quelle raison les Tibétains éludaient ses questions.

— La nuit dernière, alors que je parcourais les montagnes à cheval entre ici et la vallée, je suis tombée sur des inconnus, expliqua Liya d'une voix angoissée. J'ai mis pied à terre dans l'espoir de me cacher. Mais ils ont pointé leurs lumières sur moi et se sont mis à crier. Ils ont dit que je n'étais pas autorisée à aller vers l'est, comme si c'étaient eux les propriétaires des terres autour de Zhoka. J'ai cru qu'il s'agissait de bergers de passage, qui cherchaient à protéger leurs pâturages, et j'ai pensé que les moines seraient contents d'avoir autant de monde aujourd'hui. Quand j'ai annoncé qu'un festival allait se dérouler ici, avec des moines, deux personnes se sont mises à parler en anglais, d'un ton très excité. Un homme et une femme. Un homme m'a collé sa torche dans la figure, puis il s'est excusé en chinois et ils ont tous battu en retraite. Ça n'avait ni queue ni tête. Qu'est-ce qu'un Occidental peut savoir de Zhoka ? Quels sont même les Chinois à se souvenir de cet endroit ? J'aurais dû me montrer moins naïve, j'aurais dû prévenir les gens.

— Le travail qu'ils faisaient ici était célèbre par tout le Tibet, il était célèbre même auprès des dieux, intervint une voix profonde et douce.

Surya se tenait à quelques pas derrière Shan, face à ce qui avait été jadis l'entrée d'un petit bâtiment, et scrutait en détail une pierre qu'il tenait à la main. Non, pas une pierre à proprement parler, mais un morceau de plâtre, un fragment d'une peinture : la moitié antérieure d'un cerf y était clairement visible – une image familière tirée d'une scène du premier sermon de Bouddha.

— C'est ici, poursuivit le grand moine maigre en s'adressant au cerf d'une voix qui résonnait bizarrement comme une excuse, c'est ici qu'on doit être cloué à la terre.

Voyant Shan s'approcher, Surya s'engagea dans la bâtisse en ruine, égal à lui-même, insensible à leur présence à tous, exactement comme la veille.

Dans le silence qui s'ensuivit, assailli par une prémonition aussi soudaine que de mauvais augure devant ce champ de vestiges, Shan se sentit au désespoir de ne pas comprendre les étranges paroles qu'il venait d'entendre.

Un fragment de mur se dressait encore au milieu des ruines, mais le reste n'était que pierres, éclats de plâtre et morceaux de bois calcinés. Tout à coup Surya tomba à genoux, pris de faiblesse, et Lokesh bondit à son secours. Il s'immobilisa en voyant le moine étirer ses longs doigts vers le firmament, les ouvrir et les refermer à plusieurs reprises, comme s'il voulait faire descendre une chose des cieux.

Quelques instants plus tard, le moine tendit le bras vers un tas de poutres noircies et de tuiles cassées à quelques mètres de lui. Shan s'avança d'un pas hésitant, bientôt suivi par Liya. En moins d'une minute, ils avaient dégagé un petit coffre en bois fissuré à deux tiroirs, de quarante centimètres de long sur vingt de haut, que Shan déposa entre les mains de Surya. Les yeux du moine se mirent à briller d'excitation comme s'il reconnaissait l'objet, alors que ces ruines lui étaient aussi étrangères qu'à ses compagnons. La façade en bois friable se démantela lorsqu'il ouvrit le tiroir du bas pour y glisser la main. Il en sortit une poignée de longs pinceaux élégants qu'il serra avec force en les présentant aux cieux à la manière d'une offrande. Il ferma les paupières pour une brève prière, puis se mit à distribuer à chacune des personnes présentes une brosse à peindre.

— Aujourd'hui sera la fin de toutes choses, murmura-t-il d'une voix sèche mais étrangement joyeuse, en offrant la dernière brosse à Shan, le visage barré d'un grand sourire. Béni soit Atso ! Béni soit le protecteur ! s'écria-t-il.

Shan le dévisagea, stupéfait. Surya connaissait donc l'existence d'Atso ! Essayait-il à sa façon d'expliquer ce qui était arrivé au vieillard battu à mort ?

— Écoutez cette petite fille, lâcha soudain Surya. Elle comprend.

Il se remit brusquement debout et repartit vers la cour, laissant Shan et Lokesh complètement déconcertés.

Quelle petite fille ? De petite fille, il n'y en avait pas. Les seuls enfants qu'ils aient vus étaient les garçons de Jara.

Aujourd'hui sera la fin de toutes choses. Les paroles de Surya résonnaient encore dans l'esprit de Shan quand il se dirigea à son tour, avec Lokesh, vers la cour du monastère détruit, la longue brosse à peindre dans sa poche. Ce serait effectivement la fin pour Gendun et les moines si les soldats débarquaient.

Il s'obligea à se concentrer sur la psalmodie de gorge et les Tibétains qui l'écoutaient avec ferveur. Jara, tout ouïe, debout au côté de son épouse à trois mètres du chorten, regardait le jeune moine qui avait repris la litanie à la suite de Surya ; il hocha la tête quand ce dernier joignit sa voix à celle qui s'élevait. Du coude Lokesh attira l'attention de Shan sur la fillette, huit ou neuf ans au plus, blottie entre Jara et son épouse.

— C'est la fille de ma sœur, expliqua Jara quand Shan s'approcha de la petite. Elle vient de la ville, dans la province du Sichuan, à des centaines de kilomètres vers l'est, et elle est là pour apprendre les façons de vivre du Tibet. Ses parents étaient originaires de ces montagnes, mais on les avait déplacés avant sa naissance pour les obliger à travailler dans une usine chinoise. Elle n'était jamais venue ici, elle n'a même jamais fréquenté de Tibétains, excepté ses parents.

— Cette statuette, savez-vous d'où elle venait ?

Une des vieilles Tibétaines, puis une deuxième se levèrent pour retourner vers les ombres où gisait le corps d'Atso.

— Il y en a beaucoup du même genre, si vous savez où chercher, répondit le berger. C'est lui, là-bas, qui a découvert le premier dieu à avoir été massacré. Le grand costaud.

Il désigna de la tête un berger, solide comme un bœuf et aussi imposant, vêtu d'un gilet crasseux en peau de mouton, à dix mètres de là.

— Il dit que les tueurs de dieux sont les pires des démons. Il nous en a rapporté un qui avait été tué, au cas où quelqu'un de ma famille aurait su comment le guérir de ses blessures.

— Les tueurs de dieux, est-ce qu'il s'agit de ceux dont vous aviez parlé ? Ceux qui tuent pour un mot ? Quel mot ?

On aurait cru qu'il venait de frapper Jara au corps. Le berger se ramassa sur lui-même, un poing pressé contre sa bouche comme s'il craignait ce qui pouvait s'en échapper, et battit en retraite.

— Qu'est-ce qui se passe ? demanda soudain la petite fille, les yeux rivés sur Surya assis à quelques pas. De quoi souffrent-ils, tous ces pauvres hommes ?

— C'est juste un son qu'émettent les âmes, expliqua Lokesh avec un grand sourire satisfait.

Mais en entendant sa réponse, la gamine s'enfonça plus profond au creux du tablier de sa tante.

— Dans les villes d'usines, on n'enseigne pas la manière dont parlent les âmes, intervint l'épouse de Jara pour les mettre en garde.

— Pourtant, une part d'elle essaie d'écouter, fit remarquer Lokesh.

La petite fille s'était redressée, la tête inclinée de côté, et observait maintenant Surya, émerveillée, tout effroi disparu. Une des vieilles Tibétaines réapparut, le front soucieux, en essayant de maîtriser sa peur pour ne pas alarmer les autres. En dépit de la mort d'Atso, elle ne désirait pas gâcher leur tout premier festival depuis des années.

— Ça m'effraie, tous ces moines, confia la femme de Jara d'une voix inquiète. Si quelqu'un en ville…

— Chaque année, ma mère disait que cette journée était pleine de miracles, reprit Lokesh en frottant ses joues grisonnantes d'un air songeur. Elle m'a appris que des saints pouvaient apparaître au sortir d'un *bayal*.

Il faisait ainsi référence aux terres cachées habitées par les divinités et les saints.

— L'heure est à la joie, pas à la crainte, poursuivit-il, le regard pétillant. Quand avez-vous célébré ce jour pour la dernière fois ?

La femme détourna la tête, mais Shan fut incapable de deviner si elle se sentait gênée ou cherchait simplement à ignorer Lokesh.

— J'étais toute petite, finit-elle par répondre en regardant Surya, un soupçon de sourire aux lèvres.

Derrière eux, sur une pierre plate, était posée une jarre, une parmi d'autres éparpillées dans la vieille cour. Lokesh y plongea le bras, le ressortit et le tendit vers la femme. Celle-ci eut d'abord un mouvement de recul en mettant les mains dans le dos, puis, d'un geste hésitant, avança une paume ouverte. Lokesh y versa un peu de farine blanche qu'elle contempla d'un air incrédule.

Lokesh sourit et fit voleter sa main ouverte vers le ciel.

— Un de mes cousins est en prison pour avoir fait ce que vous me demandez, expliqua-t-elle en examinant d'un air solennel la farine que Lokesh avait fait couler dans sa paume.

Elle poussa un soupir puis, au cri d'allégresse qui jaillit des lèvres de son mari, jeta sa poignée de poudre blanche dans les airs. L'instant d'après, Lokesh l'imitait, et tous se retrouvèrent enveloppés d'un nuage de farine d'orge.

Tout crispé qu'il était, le visage de la femme se fendit d'un sourire devant le spectacle de Lokesh entamant une petite gigue, les bras écartés, tellement frêle et léger qu'on aurait pu croire qu'il allait s'envoler. Elle jeta sa farine en l'air puis tapa des mains, tête relevée, tandis que celle-ci se déposait doucement sur sa peau.

— Il vit pour une année nouvelle ! s'écria-t-elle.

Son cri fut repris par plusieurs vieux Tibétains qui plongèrent à leur tour le bras dans la jarre.

Jeter de la farine d'orge vers le ciel était une manière de célébration traditionnelle, mais le gouvernement en avait fait un crime pour les Tibétains en ce jour si particulier. Le jour anniversaire du dalaï-lama exilé.

— *Lha gyal lo !* lança Lokesh vers les cieux. Que les dieux soient victorieux !

La femme s'interrompit et, le visage de nouveau soucieux, observa la petite fille. Elle lança une poignée de farine en l'air au-dessus de la gamine, qui battit en retraite comme si elle craignait le nuage de poudre blanche.

Toute trace d'allégresse disparue, l'épouse de Jara fit signe à sa nièce de revenir vers Surya et le jeune moine qui psalmodiaient.

Voyant Shan qui s'éloignait, la petite le suivit. Il s'installa sur une pierre et, après un instant d'hésitation, elle s'assit à côté de lui.

— Est-ce que c'est bien ? demanda-t-elle timidement en chinois.

— Bien ? interrogea Shan en tibétain.

— Ils ont le droit de faire ça ?

Sur l'instant, Shan fut incapable de regarder la petite fille en face. Comme il ne répondait pas, elle se mit à essuyer à petits gestes inquiets la farine sur ses joues. Shan tendit la main et lui baissa doucement le bras.

— Ils n'avaient pas à me demander l'autorisation.

— Mais tu es chinois.

Il se remémora le jour, cinq ans auparavant, où des soldats l'avaient balancé sans ménagement d'un camion pour le jeter dans la gueule du pénitencier proche de Lhadrung. Il gisait le nez dans la boue froide, à moitié conscient, ne sachant plus où il était. Une de ses oreilles saignait et la douleur lui poignardait les bras et le ventre aux emplacements où les pinces à électrochocs avaient mordu ses chairs. Ses yeux et son esprit bataillaient pour retrouver un semblant de lucidité à cause des quantités de drogues qu'on avait injectées dans son organisme. Soudain, une voix avait déclaré :

— À dater de ce jour, tes douleurs s'apaiseront.

Se forçant à ouvrir les paupières, Shan avait vu apparaître le visage serein d'un vieux Tibétain qui, il l'apprit bien vite, était un lama à sa quatrième décennie d'emprisonnement.

— Plus jamais de ta vie tu ne te trouveras aussi mal, lui expliqua le vieux moine en l'aidant à se redresser.

Néanmoins, au cours de l'année écoulée depuis sa libération, Shan avait fait l'expérience d'une douleur nouvelle que même les lamas se trouvaient incapables de guérir : une angoisse coupable susceptible de se réveiller à la question innocente d'une petite fille.

Il posa la main sur le bras de l'enfant pour l'empêcher de poursuivre.

— J'aimerais que le dalaï-lama se trouve au milieu de son peuple, murmura-t-il. Je lui souhaite longue vie.

— Tu veux dire que tu es bouddhiste ?

Un bol de thé au beurre apparut par-dessus l'épaule de Shan.

— Quelque chose comme ça, ricana Lokesh avant de s'accroupir devant eux, en sirotant son propre thé. Quand j'étais jeune, poursuivit-il avec solennité à l'intention de la fillette, ma mère m'emmenait dans les profondeurs des montagnes pour me montrer les ponts suspendus au-dessus de failles sans fond. Les ponts nous reliaient au monde extérieur. Personne ne savait comment ils avaient été fabriqués ni comment ils tenaient. Ils paraissaient impossibles à construire. Quand j'ai posé la question, ma mère m'a répondu qu'ils étaient là, c'est tout, parce que nous avions besoin d'eux. Notre Shan est comme l'un de ces ponts.

— Mais est-ce que c'est bien ? répéta la gamine avec conviction de sa voix douce.

— Comment t'appelles-tu ? demanda Shan.

— Dawa. Et mon père est ouvrier modèle dans une usine chinoise. Il a économisé toute une année pour pouvoir m'envoyer ici. Il a juste pu me payer le prix du billet d'autocar. Je n'avais encore jamais quitté la ville.

Shan regarda Lokesh. « Écoutez cette petite fille », avait dit Surya. Pour quelle raison ? Dawa ne connaissait même pas le Tibet.

— Dawa, je veux que tout se passe bien. Et toi, le veux-tu ? interrogea Shan.

Était-ce cela que voulait leur signifier Surya ? Qu'ils ne sauraient comprendre les bizarres événements de cette journée qu'en les examinant d'un œil étranger à ce pays ?

La fillette acquiesça timidement.

— Comment un Chinois peut-il faire de telles choses ? voulut-elle savoir. Être un pont. Est-ce que ça veut dire que tu es en partie tibétain ?

— D'autres Chinois m'ont mis en prison, non pas parce que j'avais commis un crime, mais parce qu'ils craignaient que je dise la vérité. À ce moment-là, j'ai voulu mourir. J'allais mourir. Mais Lokesh et d'autres comme lui m'ont enseigné la manière de revivre.

Son explication ne parut guère convaincre Dawa, aussi prit-il une jarre de farine qu'il lui tendit. Lentement, elle se tourna vers la cruche en terre puis, de ses doigts tremblants, le corps frissonnant d'excitation, elle en sortit un peu de farine qu'elle jeta au-dessus de leurs têtes avant de contempler d'un air solennel la fine pluie qui retombait doucement. Puis elle se tourna vers Surya, qui s'était levé de son siège à côté du jeune moine et traversait la cour d'un pas plein de grâce.

— J'ai vu où ils vont. Je crois que je connais le chemin du territoire caché, déclara-t-elle d'une voix hésitante.

Elle se leva et emboîta le pas au moine. Shan la regardait s'éloigner quand un son aussi soudain qu'incongru à côté du chorten attira son attention : plusieurs vieux Tibétains riaient de bon cœur en jetant la farine au-dessus de la tête de leur voisin. Le festival avait incontestablement commencé.

Tout à coup, une main se referma sur son bras : Liya, le visage livide, montrait la vieille tour en pierre sur la corniche surplombant les ruines, à près de deux kilomètres de distance.

Au début, il ne vit rien. Puis une chose verte remua à la base de la tour et il sentit son cœur bondir à sa gorge : des soldats, au moins une douzaine. Dans la cour, apparemment, personne n'avait remarqué que l'armée les surveillait. S'il donnait l'alarme, les Tibétains paniqueraient et essayeraient de fuir, même si le chemin du retour leur était coupé – la plupart vivaient à l'ouest, au-dessus de la vallée.

— Il faut que vous le préveniez. Vous devez essayer, dit Liya avec angoisse.

Shan hocha lentement la tête. La jeune femme disparut et, devant le spectacle des Tibétains en joie, il songea que, finalement, ces gens étaient peut-être parvenus à oublier leur rude existence arrachée aux pentes rocheuses, tout comme les craintes qui les accompagnaient partout comme des ombres. Mais leur jubilation serait de bien courte durée. Il partit à la recherche de Gendun.

Il le retrouva cinq minutes plus tard, assis dans une petite clairière sur le bord nord-est du monastère, en train de contempler la faille de cent cinquante mètres de profondeur qui courait à la limite nord des ruines. Chose étrange, il avait les jambes dans le vide et admirait, les yeux brillant de plaisir, l'essor d'un faucon dans les courants ascendants qui remontaient de la gorge. Sans se retourner, il tapota le rocher à côté de lui pour inviter Shan à s'asseoir.

— Je n'ai pas connu de jour comme celui-ci depuis mon enfance. Nous érigions une tente blanche près du monastère dans les montagnes, là où je suis né, et nous chantions toute la journée. Les moines attachaient une bénédiction secrète au sommet d'un grand poteau et nous essayions d'y grimper chacun notre tour pour tenter de la décrocher.

— Il y a des soldats, dit doucement Shan.

Il observait les restes de cordages élimés et de bois éclaté suspendus à l'autre extrémité du précipice, vestiges du vieux pont qui reliait autrefois la clairière et le jardin à l'entrée nord de l'antique gompa.

Comme en signe de reproche, Gendun tourna la tête pour admirer une longue pierre posée sur un petit monticule de gravats : le linteau d'une embrasure de porte effondrée. Quelqu'un en avait nettoyé la terre et la poussière pour remettre au jour les mots, aujourd'hui passés mais toujours lisibles, qui s'y trouvaient peints. *N'étudie que l'Absolu.* Sur le linteau étaient posés une photographie du dalaï-lama et un fragment d'une statue en bronze de taille humaine : une main gracieuse, paume ouverte vers le ciel.

— Jadis, ç'aurait été une journée de festival pour tout le monde, dit Gendun de sa voix qui bruissait comme une herbe sèche sous la brise. Nous faisons en sorte qu'il en soit ainsi de nouveau. Ceci est le commencement.

Pour le supérieur de Yerpa, c'était le commencement, cependant Surya avait dit que c'était la fin. Shan relut la légende peinte sur la pierre puis tenta de déchiffrer le visage du vieux lama, aux expressions presque aussi complexes que le ciel lui-même. Le regard avait perdu de son éclat. Gendun ne souffrirait pas d'entendre parler des dangers qu'encouraient les moines ni de meurtriers ou d'inconnus surveillant les collines. En son for intérieur, Shan le revit face au cadavre d'Atso : il n'avait pas été surpris, pas plus qu'il n'avait exprimé de remords ; au contraire, il avait offert des paroles réjouies à la dépouille du vieillard.

— Rinpoché, je ne comprends pas ce qui se passe, finit par dire Shan en utilisant le terme réservé à un maître vénéré.

— Nous ne consacrons pas uniquement le mausolée aujourd'hui. Nous reconsacrons le gompa, car Zhoka va revivre. Surya va s'y installer.

Une main glacée serra le ventre de Shan. Surya et Gendun ne comprenaient pas la nature tyrannique, souvent vengeresse, du Bureau des affaires religieuses, aux yeux duquel un moine sans licence n'était qu'un criminel.

Pas plus qu'ils ne connaissaient le colonel Tan, qui avait toute autorité pour condamner les moines au camp de travaux forcés sans même un procès.

Une profonde tristesse l'envahit. C'était toujours ainsi que les Tibétains se défendaient, en adoptant des positions vertueuses face à des forces impossibles. Au cours de la guerre contre les envahisseurs, des milliers de Tibétains avaient chargé les mitrailleuses chinoises armés de mousquets et d'épées, ou simplement des prières à la main. Venir à Zhoka était la manière de Surya de continuer cette étrange lutte.

— *Lha gyal lo*, lâcha finalement Shan d'une petite voix.

Le vieux lama acquiesça d'un air sombre.

— Pourquoi maintenant ? demanda Shan.

Gendun embrassa les ruines d'un large geste.

— Autrefois, Zhoka a été un lieu très important, un lieu de grands miracles. Il y a beaucoup de choses à apprendre ici, des choses qui doivent revivre.

Le gompa abandonné avait été bâti dans une profonde cuvette large de plus de cinq cents mètres, et les ruines proprement dites s'étageaient le long des pentes. Nombre des murailles de pierre délimitant cours et jardins avaient survécu et des murs de bâtiments restaient encore debout, même si aucun n'était intact. Un mur énorme, dont une extrémité fermait ce qui avait dû être une salle de réunion, culminait à plus de sept mètres. Il était éventré en son milieu par un trou de près de deux mètres de diamètre. Poutres, chevrons et lambourdes calcinés ressortaient des murs de guingois. Shan savait peu de chose de Zhoka, si ce n'est que le monastère avait été célèbre pour ses artistes. Beaucoup des murs encore debout portaient des fragments de peinture pareils à l'image du cerf ramassée par Surya – Surya, l'artiste le plus accompli de Yerpa, le créateur de magnifiques *thang-ka*, ces peintures traditionnelles sur tissu, et de fresques qui ornaient les murs de l'ermitage. D'après Lokesh, l'art était la manière de prier de Surya. Et voilà que Gendun l'envoyait habiter un lieu dont tout l'art était mort !

Les deux hommes restèrent assis en silence en écoutant au loin la psalmodie de gorge.

— Qu'est-ce qui peut être dit à tous ces gens, eux qui ne sont jamais entrés dans un temple ? finit par demander Shan. À tous ceux dont les peurs ont été tellement grandes qu'ils n'ont même jamais adressé la parole à un moine ?

Un repas était prévu à midi, au cours duquel Gendun devait s'adresser à l'assemblée. Le vieux lama sourit.

— Nous leur dirons de commencer à chuter les yeux grands ouverts, répondit-il.

Il s'agissait d'une vieille énigme d'enseignement, que le lama avait fréquemment utilisée au cours des premiers jours de Shan à Yerpa. Quelle est la voie de l'existence humaine ? demande l'étudiant. C'est un homme qui chute dans un puits les yeux grands ouverts, répond le maître.

La première fois, les mots lui étaient apparus contradictoires et discordants, mais il avait fini par reconnaître qu'ils illustraient parfaitement l'existence des ermites de Yerpa. Surya avait expliqué à Shan que l'esprit se voyait bousculé sans cesse au travers de nombreuses formes d'existence et ne pouvait espérer vivre une incarnation humaine qu'au terme d'un millier d'autres incarnations. La vie était tellement courte et l'incarnation humaine si précieuse que les moines de Yerpa consacraient chaque instant à l'enrichir, par le biais de leurs enseignements religieux tout autant que par la création d'œuvres d'art plus stupéfiantes les unes que les autres – enluminures de manuscrits et transcriptions de récits, composition de poésies et création de beauté sous toutes ses formes. La moindre de leurs actions reflétait les enseignements de la compassion. Une fois que tu as reconnu le puits dans lequel tu tombes, Gendun avait accoutumé de dire, que pourrais-tu faire d'autre ?

Gendun savait aussi bien que Shan qu'un informateur ou une patrouille égarée pouvaient signifier la fin de Yerpa, de ce refuge hors du temps qui abritait des moines, des lettrés et des ermites depuis près de cinq siècles. La fin d'un lieu que Shan en était venu à considérer comme un des grands trésors de cette planète, un joyau brillant de mille feux sur la croûte d'un monde sinistre et sans lumière.

— J'ai apporté ce dont tu auras besoin, Shan, reprit Gendun.

Il montra un sac polochon en toile dépenaillée, portant le mantra mani, l'invocation traditionnelle de la compassion, rédigé en une écriture tibétaine élégante aujourd'hui passée.

— Lokesh te montrera la voie ce soir. La lune sera pleine.

Ils avaient solennellement fait le sac la veille, avant que le vieux lama se mette à parler d'ermites anciens et à réciter les poèmes qu'ils avaient autrefois écrits. L'excitation du départ avait été telle que Shan avait complètement oublié qu'il se préparait pour un séjour d'un mois en ermite solitaire dans une caverne au plus profond des montagnes.

À la simple vue du sac, l'émotion l'envahit. Le mois précédent, peu après son retour à Yerpa à l'issue de son séjour dans le Nord, il était tombé gravement malade, brûlant de fièvre trois jours durant jusqu'à perdre conscience. Quand il était sorti de son coma, Gendun était resté à ses côtés, dans un silence étrange, comme si une chose le tracassait. Un événement bizarre s'était produit, dont personne ne voulait parler. Craignant qu'un nouveau danger ne guette les moines de l'ermitage, Shan avait insisté auprès de Lokesh jusqu'à ce que le vieux Tibétain explique qu'une nuit, dans son délire de fièvre, pleurant comme un enfant effrayé, Shan avait appelé Gendun en répétant qu'il devait rentrer à la maison, qu'il devait absolument recouvrer sa liberté.

Les mots jaillis de sa bouche malade avaient ébranlé Gendun et Lokesh. C'était la raison pour laquelle sa fièvre avait duré si longtemps, le laissant dans un état de faiblesse tel qu'il pouvait à peine s'asseoir sur son lit, lui avait expliqué son vieil ami : son esprit était tombé en plein déséquilibre, parce qu'il souffrait de ce que les médecins tibétains appelaient le vent du cœur.

Shan ne possédait rien. Yerpa était son seul foyer, et sa seule vraie famille se limitait aux moines et à Lokesh. Mais son vieil ami avait expliqué que sa fièvre avait brûlé et s'était consumée dans une part obscure de son être, un lieu de désespoir que la médecine des Tibétains n'était pas parvenue à toucher, un lieu que les Tibétains ne savaient pas atteindre. Devant les visages de Gendun et de Lokesh rongés par le doute, Shan avait été blessé au-delà de toute expression, et des jours entiers s'étaient écoulés avant qu'il se résolve à parler. Pour tenter de mettre un terme à cet épisode, il avait expliqué qu'il s'était agi d'un rêve, rien de plus, un de ses rêves récurrents de petit garçon à la recherche de son père. Ne croyez pas cette voix-là, avait-il voulu leur dire, ne croyez pas un seul instant qu'une part de mon être ne veuille plus rester avec vous, et ne pensez jamais que vous avez failli comme professeurs.

— Tu dois entrer en toi-même et faire ton grand voyage, avait fini par lui dire Gendun, utilisant une expression qui signifiait dans sa bouche une intense et longue méditation. Tu dois trouver le moyen de cesser de t'emprisonner. Je connais une caverne.

Dès lors, ils avaient passé plus d'une semaine aux préparatifs, à méditer ensemble, à sélectionner les articles que Shan devait emporter. Quelques lampes à beurre. Deux couvertures. Un sac d'orge, une petite casserole, un sac de bouses de yack pour le feu. Et son vieil héritage : ses baguettes à lancer, qu'il utilisait, comme plusieurs générations de sa famille avant lui, pour méditer sur les enseignements du Tao-tö-king, l'antique livre de sagesse chinoise.

— Comment pourrais-je partir maintenant ? murmura Shan, sans savoir si Gendun l'avait entendu, mais connaissant par avance sa réponse. Les soldats vont parler du festival au colonel Tan. Les moines de Yerpa seront en danger.

— Pour nous, il n'est rien de plus important que de rencontrer ces gens pour lesquels le Bouddha n'aura été qu'une ombre au cours de toutes ces années. Pour toi, il n'est rien de plus important que de rejoindre cette caverne.

Sentant un mouvement derrière eux, ils se levèrent pour découvrir Liya qui les observait d'un air hésitant, apparemment choquée. Lokesh apparut derrière elle, inquiet lui aussi, et posa une main sur l'épaule de la jeune femme pour tenter de la calmer.

Le berger bâti comme un bœuf sortit de l'ombre à son tour, suivi par Jara et la plupart des habitants des collines venus assister au festival.

— Des soldats ! aboya-t-il en pointant le bras vers la vieille tour de pierre. Entre nous et nos maisons !

Les Tibétains chuchotaient entre eux, fiévreux et angoissés, et la peur se lisait de nouveau dans leurs regards.

— Votre festival si secret ! Mais le monde entier est au courant ! lança-t-il à Liya d'un ton accusateur. Vous auriez aussi bien fait d'envoyer une invitation au foutu colonel Tan en personne !

Liya chercha Gendun et ouvrit des yeux grands comme des soucoupes : le lama s'était installé sur le long linteau de pierre, dans la position du lotus, ses pieds repliés sous lui, la main droite ouverte, les doigts pointés vers le sol – la position du mudra qui prenait la terre à témoin, un des gestes de main rituels. Il faisait face à la corniche ouest, en direction des soldats. Une des vieilles femmes qui s'étaient assises devant le chorten s'avança alors et s'installa à même le sol, en face de lui.

— Si les soldats viennent aujourd'hui, déclara-t-elle, c'est ici qu'ils me trouveront.

Liya s'approcha d'elle.

— Nous pouvons nous cacher et être en sécurité. Shan et ses amis nous aideront.

À ces mots, le silence gagna la foule. Liya porta la main à sa bouche comme pour rattraper ses paroles, avec un regard angoissé à Lokesh.

— Qui ça ? s'écria le grand berger.

Il s'approcha de Shan pour faire tomber le chapeau à large bord qui lui obscurcissait les traits.

— Que je sois damné ! cracha-t-il à l'adresse de ses compatriotes, son visage balafré barré par un rictus qui lui donnait un air féroce et affamé. C'est lui ? C'est bien lui ? Le Chinois qui vient toujours se mêler des affaires tibétaines ? Elle a raison, Shan nous aidera très certainement à nous sortir de là !

— Shan part pour une retraite, gémit Lokesh en s'interposant entre les deux hommes.

— Exactement, grogna le berger. Avec un pic à la main et des chaînes aux pieds.

Il se tourna pour s'adresser d'une voix forte aux Tibétains regroupés derrière lui.

— C'est lui qu'ils recherchent. Sa tête est mise à prix. Contre du bon argent. Cent dollars américains. De quoi nous nourrir tous pendant des mois.

Gendun entama un mantra.

La gorge sèche comme un parchemin, Shan contemplait la scène presque en spectateur, son regard allant de ses amis au berger farouche.

— Qui offre cet argent ? s'entendit-il dire.

Les primes n'étaient pas rares dans le Tibet moderne, où les maîtres communistes avaient élaboré des entorses bien particulières à l'économie de marché.

— Ce n'est qu'une rumeur, lui répondit Liya d'une petite voix. C'est Tan. On raconte que vous devez être conduit auprès du colonel Tan. Mais vous n'allez jamais en ville. Donc, même si c'était vrai, nous pensions que vous seriez en sûreté sur ces hauteurs. Ces gens ne vous connaissent pas. Ne vous connaissaient pas, rectifia-t-elle, les yeux pleins de douleur.

— Ce n'est pas une rumeur, rétorqua le berger. Il y a des affiches sur les vitrines des magasins.

— Je suis désolée, dit Liya à Shan. Tan doit vouloir vous reprendre. Il suffit que vous vous enfonciez dans les montagnes.

Elle montra le sac polochon.

— Votre retraite. Partez. Maintenant.

La libération de Shan du goulag n'avait jamais été officielle. Liya évoquait son retour dans un camp de travaux forcés, la 404e brigade de construction du peuple.

Shan coula un regard au sac où était inscrit le mantra mani. Il savait que ses amis n'avaient pas essayé de le tromper ou de le protéger en dissimulant que sa tête était mise à prix. Les bombes tombaient, les balles sortaient des fusils, les primes s'offraient… pour Shan et ses amis tibétains, ces choses-là n'étaient guère différentes des vents et des tempêtes de grêle, elles faisaient partie intégrante de l'univers féroce qu'était devenu leur monde. Peut-être accepteraient-ils d'enfoncer leur chapeau sur leur tête et d'accélérer le pas, mais ils ne dévieraient pas d'un pouce de leur chemin. Pour Gendun et Lokesh, la prime n'avait aucune signification, car une seule chose importait : que Shan accomplisse son mois de retraite.

— Les soldats, s'ils se mettent en colère, ils brûleront nos maisons, tueront nos troupeaux, grommela l'énorme berger.

Liya se posta au côté de Lokesh pour protéger Shan.

— Jamais nous n'abandonnerons Shan. Ni lui ni aucun de ces moines, déclara-t-elle d'une voix sévère.

— Tu ne comprends rien à rien ! s'écria le balafré en lui jetant un regard noir. Tu ne nous as rien dit de ce qui devait se faire ici. Le moment est vraiment mal choisi pour les moines et les festivals. Quelle naïveté ! Tu as arrangé tout ça en nous trompant délibérément avec de faux espoirs ! Maintenant, la seule manière de garder les soldats à l'écart est de leur livrer Shan.

L'épouse de Jara apparut, tenant ses deux fils par la main. Elle scrutait son mari d'un œil inquisiteur. Jara avança d'un pas vers elle puis baissa les yeux, apparemment surpris de voir sa propre main serrer son gau avec tant de force. Il releva lentement la tête et dévisagea ses deux fils, puis Lokesh. Enfin il fit demi-tour et alla s'asseoir jambes croisées face à Gendun. Deux bergers entre deux âges, le visage dur et osseux, bousculèrent son épouse pour aller se joindre au géant tout en reluquant Shan comme un gibier de choix. Celle-là ne réagit pas, stupéfaite de voir ainsi son mari, la main toujours serrée sur son gau, puis la joie revint lentement illuminer son visage.

— Cent dollars américains ! cracha le berger balafré. Ils veulent le voir en prison ! Quand est-ce qu'on a eu l'occasion de coller un Chinois en prison, hein ? demanda-t-il à ses suiveurs en ricanant. Finalement, on va pouvoir se payer une vraie fête aujourd'hui !

— Non ! aboya Liya. Il est des nôtres ! Il est sous la protection de notre clan !

— Vous autres, quand il y a du danger, vous vous contentez de fuir et de vous cacher dans le Sud ! Ça vous est facile d'apparaître le temps d'une journée puis de repartir. Nous, on ne peut pas se cacher. On est obligés de vivre ici. Atso a été assassiné. Ça ne suffit pas, comme avertissement ? Nous devons nous débarrasser du Chinois et de ses tueurs de dieux, grogna-t-il en indiquant les moines.

Liya se tendit tout entière comme pour bondir sur le balafré, mais il ne bougea pas et elle se contenta de refermer la main sur son bras, comme pour le garder avec elle et les empêcher de l'emmener.

— Il n'a pas été assassiné. C'était un accident, déclara Shan.

— Ça, tu n'en sais rien, cracha le berger.

— Je le sais. Atso nous l'a dit.

— Ne te moque pas des morts !

— Mais vous, vous moqueriez-vous de la vérité ? demanda calmement Shan aux Tibétains qui lui faisaient face. Pour quelle raison Atso se trouvait-il au pied de cette falaise ?

— C'est là que les tueurs de dieux l'ont trouvé, c'est là qu'ils l'ont battu, à trente mètres de sa hutte.

— Ses chaussures étaient enveloppées de jute, pourtant, elles ne tombaient pas en morceaux. Ses mains étaient égratignées et couvertes de profondes plaies.

— Il a riposté, il s'est battu, rétorqua sèchement le berger. Ils ont probablement frappé cette petite Tara sous ses yeux, pour le torturer.

— Non, elle a été attaquée ailleurs, expliqua Shan en jetant un coup d'œil à Liya, qui acquiesça et quitta la cour au pas de course. Qu'est-ce qu'a fait Atso pendant toutes ces années, depuis le décès de son épouse ?

Les Tibétains s'observèrent d'un air hésitant, les plus anciens détournant simplement la tête.

— Il n'avait pas la moindre peluche de laine sur ses vêtements, pas de lanoline sur ses mains, ce qui signifie qu'il n'était pas éleveur et ne soignait pas de moutons. Je vais vous dire ce que je pense : c'est lui qui s'occupait des anciens mausolées, les sanctuaires cachés. Il gardait sur lui un petit boîtier à prières et aussi un rosaire. Dans une poche il avait un sac de fleurs et dans l'autre, des copeaux de bois. De l'eau, aussi. Ce sont les offrandes qu'on plaçait autrefois devant les autels. Il était toujours croyant et fidèle. Il se rendait à un autel.

Liya réapparut avec, à la main, la petite statue d'argent que Shan posa sur une pierre plate en plein soleil.

— Je crois que je connais la haute vallée où Atso habitait. Elle est très sèche, il n'y a que des rochers et de la bruyère. Pourquoi la hutte se trouvait-elle en un tel lieu ? Qui irait construire une cabane en un endroit comme celui-là ?

Personne ne répondit. Il montra alors la longue plaie ouverte qui entaillait le dos de la déesse Tara.

— Si vous l'examinez avec attention, vous verrez que quelque chose se trouve prisonnier des plis du métal. Celui qui a fait ça a d'abord ouvert la statue en deux avant de la retourner pour lui fracasser la tête. Un fragment d'herbe est resté dans la blessure de métal. Or il n'y a pas d'herbe là où vivait Atso.

Liya sortit un long couteau pliant de sa poche et écarta les lèvres de la plaie. Du bout du doigt, elle parvint à en extraire un brin de verdure qu'elle leva en l'air pour le montrer à tout le monde.

— Ça ne prouve rien, grogna le berger.

— Pourquoi sa hutte était-elle installée là ? demanda de nouveau Shan, très lentement.

— La falaise en surplomb faisait face au sud, et un petit torrent courait en contrebas, proposa Lokesh d'une voix lointaine.

Il se référait à deux des attributs d'un lieu de pouvoir spirituel. Se tournant vers les autres, il répéta la question de Shan.

— Une caverne, murmura d'une voix à peine audible la vieille femme à côté de Gendun.

Un de ses voisins jura, un autre lui cria de se taire. Elle rétorqua en s'adressant sans ambages à Gendun, comme si c'était lui qui avait posé la question.

— Sur les hauteurs de la falaise, un antique lieu où résident les dieux. La hutte a été construite pour ceux qui protègent la caverne et servent les dieux.

Shan se tourna vers Gendun. Le regard que ce dernier avait porté sur Atso et les quelques paroles qu'il avait prononcées auraient dû lui signifier tout ce qu'il y avait à savoir sur le mort : le vieillard était engagé dans une activité sacrée, et le lama était parfaitement au courant.

— Lorsqu'il a découvert la déesse, ailleurs, quelque part sur une pente herbeuse, il a décidé qu'il devait la protéger, expliqua Shan, peut-être même la guérir, en l'emportant jusqu'à la caverne sacrée.

— C'est exactement ce qu'il aurait fait ! lâcha la vieille femme.

— Il a rédigé un mantra mille fois pour se gagner une protection, poursuivit Shan, ensuite il a enveloppé ses chaussures de jute pour obtenir de meilleurs appuis et il a commencé l'escalade de la falaise. Malheureusement, il est tombé, il s'est brisé les jambes, son oreille a été arrachée et il s'est fracassé les os du visage… Il n'y a pas d'assassin. Il n'y a pas de moines assassins, conclut-il d'une voix forte.

— Les soldats sont partis ! s'exclama Liya d'une voix excitée en tendant le bras vers l'ancienne tour.

Les Tibétains suivirent son geste puis, ahuris, examinèrent Shan comme s'il venait d'accomplir un acte de sorcellerie. Un par un, ils abandonnèrent le berger balafré, et plusieurs d'entre eux se joignirent à Gendun pour un mantra.

— *Lha gyal lo !* soupira le balafré d'un ton résigné avant de s'éloigner en allongeant au passage un coup de pied au chapeau de Shan.

La psalmodie de gorge reprit et ce fut de nouveau la fête. Alors qu'il ramassait son chapeau, Shan entendit des bribes de mantra et vit des Tibétains se donner l'accolade. Plusieurs s'avancèrent pour lui serrer la main, et l'un d'eux lui offrit un petit foulard à prières. Quelques enfants apportèrent des cruches sorties de la cour et jetèrent la farine en l'air, à pleines poignées, en riant à gorge déployée. Les cris d'allégresse, droit sortis du cœur, gagnèrent en conviction et en intensité, à croire qu'en éliminant à la fois les soldats et le spectre d'un assassin hantant les collines, Shan avait confirmé qu'il s'agissait bien d'un jour de miracles. Gendun, toujours perché sur son linteau, souriait : ils l'auraient, leur festival, envers et contre tout, et il s'adresserait aux habitants des collines. Lokesh commença à enseigner à quelques bergers un nouveau chant de pèlerin.

Shan aidait Liya à distribuer la farine quand la jeune femme tendit soudain l'oreille, la tête inclinée vers la cour.

— Écoutez…

— Il n'y a rien…, commença-t-il à dire.

Alors, se rappelant que la psalmodie de gorge était censée se poursuivre sans discontinuer jusqu'à l'enseignement de Gendun, il se tourna vers la cour centrale. Un hurlement transperça le silence. Il partit en courant.

Le cri de terreur se répétait sans désemparer, un cri d'enfant en pleine crise d'hystérie. Shan n'avait pas encore atteint les ruines que Dawa sortait de la cour, le devant de la chemise trempé de sang, terrorisée, en agitant les bras au-dessus de sa tête à grands gestes frénétiques, les paumes des mains écarlates, les avant-bras dégoulinant de sang frais.

Jara s'approcha pour la prendre dans ses bras, mais la fillette partit comme une flèche se saisir de la jarre de farine la plus proche pour la balancer dans le précipice. Elle en prit une deuxième, puis une troisième, et les jeta l'une après l'autre, les longs panaches blancs de fine poudre d'orge dérivant dans les airs à mesure que les cruches sombraient dans le vide. Apparemment, elle ramassait sans réfléchir tout ce qui traînait à sa portée pour le faire disparaître. Mais après un moment Shan comprit qu'elle détruisait tout ce qui évoquait le bouddhisme, le plus petit signe d'une célébration clandestine. La photo du dalaï-lama. La gracieuse main en bronze. Elle s'empara soudain de son sac d'ermite, orné du mantra mani. Il s'élança ; trop tard : le sac, ses vivres pour le mois à venir et les baguettes de divination basculèrent dans le fond de la gorge.

Les gens fuyaient à toutes jambes vers les hauteurs au milieu des hurlements. Shan se précipita dans la cour centrale de l'ancien monastère où Lokesh, à côté du chorten, fixait avec horreur la pierre où se tenaient les chanteurs de gorge. Surya, qu'ils n'avaient pas vu depuis une heure, était assis, simplement vêtu des sous-vêtements en mousseline grossière qu'il portait sous sa robe. Celle-ci gisait sur ses genoux – ou du moins ce qui en restait. Le regard vitreux, il déchirait le tissu bordeaux en fragments dont il alimentait le feu du brasero. Lokesh s'avança, une main levée pour l'arrêter et l'empêcher d'y jeter de nouveaux morceaux de tissu, mais le moine le repoussa. Lokesh résista un instant avant de se figer sur place, l'air égaré, devant la tache rouge toute fraîche laissée par la main de Surya. C'était du sang.

— Je ne suis plus moine, gémit Surya devant les flammes qui consumaient les derniers morceaux de sa robe. J'ai tué un homme, poursuivit-il d'une voix vide et déchirante. Je ne suis plus moine. Je ne suis plus humain.

2

Voyant sa nièce s'élancer dans la cour en hurlant, Jara courut pour la rattraper et la prendre dans ses bras, mais la fillette lui martela la poitrine de ses petits poings. De son côté, Lokesh, qui avait essayé, en pure perte, de récupérer les lambeaux de robe en train de brûler, jeta à Shan un regard de désespoir. Un être humain n'était plus, les habitants des collines fuyaient, terrorisés, et un moine renonçait à ses vœux. Ils chutaient dans le puits, les yeux grands ouverts.

Lokesh sortit son mala de sa ceinture et le pressa avec insistance dans la main de Surya qui fixait d'un air égaré les cendres de sa robe. Il lui souleva les doigts l'un après l'autre pour les entortiller autour des grains du rosaire.

— *Om mani padme hum*, entonna-t-il dans une plainte, comme pour rappeler au moine la manière d'invoquer la divinité de la compassion.

Surya laissa filer un regard vitreux avant de baisser les yeux sur ce qu'il tenait malgré lui. Il ouvrit la main et le mala glissa par terre. Lokesh le ramassa et entama aussitôt un nouveau mantra, une invocation pressante à Tara, protectrice des fidèles.

La liesse était finie. Plus personne ne jetait de farine dans les airs, plus un cri ne montait vers le ciel. Les rares personnes encore dans la cour s'étaient reculées craintivement à l'abri des murs sans rien comprendre au geste de Surya. Le jeune moine chanteur gardait le silence, le visage tourmenté, les yeux rivés sur la robe qui se consumait.

L'air effrayé, haletant comme un animal sauvage, Liya apparut près du chorten et s'y appuya des deux mains avant de fermer un instant les paupières devant le chaos qui régnait. Puis, un peu calmée, elle se redressa et prit un pot d'eau derrière le sanctuaire. Elle s'approcha de Dawa qui sanglotait toujours dans les bras de Jara et, en silence, commença de laver le sang qui maculait ses mains.

Malgré son sentiment d'impuissance, Shan s'approcha du vieux moine si gentil qui, si peu de temps auparavant, respirait la joie de vivre.

— Surya, murmura-t-il à son oreille, c'est Shan. Dites-moi ce qui s'est passé. Qu'est-ce que c'était ?

Surya continua à fixer le sol, les yeux ternes comme des braises en train de mourir. Soudain jaillit d'entre ses lèvres un bruit incongru qui n'avait plus rien d'une psalmodie de gorge ni même d'un mantra – le coassement sourd d'une voix brisée qui évoquait un geignement d'animal à l'agonie.

— Les soldats sont peut-être encore là, dit Shan à Liya d'un ton sinistre, en lui montrant les Tibétains qui fuyaient.

La jeune femme se mordit la lèvre avec un regard triste à Dawa, puis elle tendit son pot d'eau à Shan et partit en courant vers le flanc de la montagne.

Shan s'accroupit à côté de la petite fille qui se blottit tout contre la poitrine de Jara.

— Qu'est-ce que c'était, Dawa ? demanda-t-il. Qu'est-ce que tu as vu quand tu as suivi Surya ?

La fillette et son oncle ne semblèrent pas l'avoir entendu. Un prêté pour un rendu : il se sentit coupable de ne pas avoir accordé son attention à la petite quand elle avait déclaré connaître le chemin du territoire caché. Il se releva et examina les ruines en essayant de se rappeler les mouvements de Surya après son premier cycle de psalmodies.

Habituellement, entre leurs tours de chant respectifs, les moines allaient s'asseoir pour méditer. Si Surya devait vraiment vivre dans ces ruines, il les avait sans doute inspectées plus en détail que quiconque. Peut-être y avait-il trouvé un lieu spécial de méditation. Shan suivit le sentier que Dawa avait emprunté vers les ombres et se retrouva bientôt face à deux piliers de roche naturelle ayant jadis soutenu une des bâtisses aujourd'hui effondrées.

Il s'engagea dans le passage qu'ils délimitaient et, à sa grande surprise, constata qu'il donnait sur une volée de marches à peine visibles. Grossièrement taillées dans le roc, les premières complètement envahies de lichen, elles étaient creusées en leur centre par des siècles d'usure. Le large escalier qui s'enfonçait dans les entrailles de la terre lui avait échappé, peut-être parce que les murs qui l'encadraient étaient tellement branlants qu'il avait estimé dangereux de s'en approcher. En les examinant d'un peu plus près, il comprit que s'ils venaient à s'effondrer, il finirait enterré dans les ténèbres sans espoir de revoir le jour. Jamais Dawa ne serait descendue là, pas plus que Surya n'aurait choisi cet endroit comme lieu de méditation. Il se préparait à tourner les talons quand il remarqua quelques gouttelettes rouges et humides qui remontaient du sol en ligne droite. Aussitôt, il s'enfonça dans la gueule d'ombre.

Il compta cent huit marches raides, hautes de trente centimètres, avant d'arriver à un couloir plan. Leur nombre, correspondant aux cent huit grains du rosaire tibétain, était chargé d'un fort pouvoir symbolique. Dans l'air restait suspendue une odeur de brûlé, des relents âcres de suie et des résidus de lampes à beurre. Il se figea quand il sentit autre chose : un léger soupçon de musc ; des vestiges d'antiques encens qui imprégnaient probablement encore les murs enfumés par des siècles de braseros ; une vague senteur de thé. Et un parfum plus récent, qui n'était pas de ce pays. Du tabac. À une dizaine de mètres devant lui brûlait une petite flamme : une lampe à beurre, basculée sur le flanc, déversait son contenu sur le sol rocheux en un petit filet de lumière vacillante. Il la redressa et, à l'aide d'un éclat de pierre, ramassa le beurre qu'il remit dans le récipient. Il leva la lampe et continua à avancer dans le passage glacé jusqu'à ce qu'il discerne dans la pénombre deux embrasures de porte qui se faisaient face. La paroi rocheuse s'arrêtait quelques pas plus loin.

L'ouverture de droite donnait sur une toute petite pièce, un mètre cinquante au carré, autrefois cellule de méditation ou réserve de marchandises. Une énorme jarre en terre pleine d'eau était posée à côté d'un morceau de jute grossier suffisamment grand pour faire office de couverture ou de tapis de prière. En le soulevant, Shan s'aperçut qu'il s'agissait d'un sac, encore souple, pas complètement desséché, dont le fond était cousu de fil en nylon. De grands idéogrammes chinois marqués au pochoir sur son flanc signalaient qu'il avait contenu du riz produit dans la province du Guandong.

La seconde salle était plus vaste, près de cinq mètres au carré, avec, à l'extrémité du mur sur sa droite, une autre ouverture de taille plus réduite. Shan avança de deux pas et se pétrifia en voyant briller une tache noire sur le seuil de l'embrasure. Il ferma les yeux pour apaiser les battements de son cœur, puis s'accroupit et posa le doigt dans la tache : une flaque de sang. De sang frais.

Il essuya son doigt sur le sol en pierre et se redressa en levant sa lampe pour examiner l'endroit plus en détail. Il sentait maintenant l'odeur moite et métallique du sang, mêlée à une autre qu'il avait fini par reconnaître au cours de son séjour au goulag. À proprement parler, ce n'était pas une odeur, aurait dit Lokesh, juste une sensation de l'esprit, lequel percevait des choses dont les sens ne pouvaient rendre compte. Si tu le laissais faire, répétait-il, l'esprit qui est en toi pourrait percevoir l'ombre d'une terreur récente, la trace d'un écho persistant, ou le désordre laissé par un autre esprit dans sa lutte pour se libérer d'un corps soudainement brisé. Malgré son désir de se maîtriser, Shan ne savait comment couper court à la sensation qui l'envahissait : la mort avait rendu visite à la petite pièce.

Il se sentait vidé, le corps glacé. Une part de son être lui criait de prendre ses jambes à son cou et de remonter à la surface, mais sans s'en rendre compte, le dos plaqué au mur de pierre, il se laissa glisser jusqu'au sol. Il se retrouva accroupi, un bras au-dessus de la tête, le poing serré comme pour parer une attaque. Qu'avait donc dit Atso à propos de Zhoka ? Que c'était un lieu de choses étranges pleines de pouvoir, un lieu sur lequel il était dangereux de se méprendre. Non, pas exactement. Il avait déclaré qu'il était dangereux de ne pas comprendre ce que Zhoka faisait aux gens. Shan ferma les paupières et recouvra son calme. Quand il baissa le bras, sa main toucha un objet froid. Un long cylindre métallique : une torche électrique, lourde et effilée, du genre de celles qui avaient la faveur des troupes de la Sécurité publique car elles pouvaient faire double emploi et servir de matraques. Il pressa le bouton. Rien. Mais ses doigts étaient de nouveau mouillés. La torche était couverte de sang.

Il la lâcha et fit le tour du petit cagibi. Autrefois, les murs avaient été plâtrés d'une main experte avant d'être recouverts d'images peintes. S'arrêtant devant la flaque de sang, Shan leva la lampe à beurre. Devant ses yeux se dressait une divinité vengeresse portant, en guise de coupe, un crâne plein de sang : une des *lokapala*, les mythiques gardiennes de la loi. Elle avait neuf têtes furieuses et plus d'une douzaine de bras. Tous ses yeux, les yeux de chacune de ses têtes, avaient été aveuglés – certains très précisément extirpés, d'autres calcinés comme par l'extrémité incandescente d'une cigarette. La formidable divinité s'en retrouvait réduite à l'impuissance, et sa coupe inclinée en forme de crâne pouvait laisser accroire que c'était son sang qui s'était écoulé par terre.

Sous la peinture, alignés contre le mur où ils avaient roulé, Shan découvrit des grains de rosaire sombres, patinés par le temps. Il en ramassa un et l'examina avec tristesse : Surya avait brisé son antique mala transmis par des générations de moines, celui qu'il portait toujours sur lui. Et il avait abandonné ses grains par terre comme s'ils ne signifiaient plus rien à ses yeux.

Une traînée cramoisie humide allait de la flaque jusqu'à la première ouverture donnant sur le passage de l'escalier. Shan avait vu le sang sur les avant-bras de Surya, les paumes et le devant de la robe de Dawa, et même des traces sanguinolentes sur ses chaussures. Il examina les taches sur le sol. La petite fille avait glissé, elle était tombée dans la flaque macabre et s'était relevée en prenant appui sur ses deux mains. Mais la torche métallique n'était pas à elle, et elle ne serait pas descendue sans lumière. Surya devait se trouver au fond du cagibi, éclairé par la lampe à beurre. Et si la fillette s'était aventurée aussi loin, si elle avait marché dans le sang, c'est qu'elle voulait le rejoindre.

Shan enjamba la flaque et s'enfonça à son tour dans les ombres où, pour la première fois, il aperçut une autre piste sanglante. Pas des taches mais de grosses étoiles écarlates, qui avaient dégoutté du corps du mourant.

À l'extérieur du cagibi, un tunnel s'élargissait et s'enfonçait dans les entrailles de la terre. L'obscurité résonnait d'un bruissement indistinct, pareil à un vent lointain. Voyant sur sa droite une cellule de méditation, Shan allait y pénétrer lorsque son pied toucha un objet. Il se pencha pour le ramasser et recula avec effroi : c'était un fémur humain, et il dégoulinait de sang frais.

Il se plaqua une nouvelle fois contre le mur de pierre : au centre de sa peur, une voix haletante lui répétait que quelqu'un avait été tué et son cadavre démembré. Impossible, rétorquait sans conviction une autre voix : Surya n'aurait jamais eu le temps d'accomplir une tâche aussi sinistre ; en outre, ce n'était pas un assassin.

Il s'obligea à examiner l'os sanguinolent de plus près. Le sang était frais. En revanche, le fémur était ancien, comme ceux dont se servaient les fabricants traditionnels de *kangling*, les trompettes utilisées lors des cérémonies tibétaines. Trois autres os, abandonnés là depuis des décennies par un des artisans de Zhoka, étaient disposés contre la paroi de façon très particulière : celui du centre, vertical, et les deux autres en appui contre lui, formaient une flèche pointée vers un symbole dessiné au sang à mi-hauteur – un ovale de vingt-cinq centimètres, son axe long parallèle au sol, contenant un carré et, à l'intérieur du carré, un cercle.

Shan entra dans la cellule de méditation. Deux rectangles entaillaient le sol, longs de dix centimètres et profonds de cinq, écartés l'un de l'autre de quarante bons centimètres et à quarante centimètres de la paroi. Comme les pieds d'un autel ou d'une sorte de plate-forme. Au sol, gisait un tas de débris couverts d'une toile de sac grossière encroûtée de poussière. Sous la toile et éparpillés alentour, des éclats de poterie. De très vieux grains d'orge desséchés, complètement rabougris, remontant probablement à des dizaines d'années. Une planche fissurée, de quinze centimètres sur trente-cinq.

La flaque par terre prouvait qu'un homme s'était vidé là de son sang. Mais où se trouvait le corps ? Il n'y avait que les traces laissées par Surya et Dawa… En outre, si le vieux moine chanteur avait transporté le cadavre, le devant de sa robe aurait été trempé de sang. Après être tombée dans la flaque, la petite fille, hystérique, avait fui. Surya, de son côté, avait dû laisser tomber la lampe toujours en train de brûler sans se soucier de la ramasser, alors qu'on était encore loin du soleil du jour. Pourquoi ? Avait-il été effrayé par ce qu'il avait vu ? Ou par un acte qu'il aurait commis ? Non, songea Shan, il était impossible que le doux Surya, qui lui avait si souvent béni les pieds afin qu'ils n'écrasent pas d'insectes, pût tuer un être humain. Il décida d'examiner les débris plus en détail.

La planche de bois, marquée de profondes craquelures, était sculptée d'un motif recherché de cerfs bondissant au milieu d'arbres. C'était en réalité une couverture de *peche* – ces livres non reliés utilisés par la tradition tibétaine. Il la posa contre la paroi et souleva la toile grossière ; elle masquait d'autres éclats de poterie et une petite figurine en terre cuite, intacte, du bouddha de la Compassion.

Dans l'angle du mur gisait un long fragment étroit de parchemin, un des feuillets du peche. Shan le ramassa délicatement, le lut et releva les yeux un moment sur les ténèbres. Il le relut une seconde fois, puis il le retourna en approchant sa lampe. Ce qu'il constatait n'était pas possible, comme tant de choses à s'être pourtant produites durant cette journée. Le texte était ancien mais n'avait pas été tiré d'une gravure sur bois, le moyen d'impression traditionnel des peche. On l'avait rédigé à l'encre bleue, apparemment au moyen d'une plume d'oie ou d'un crayon, d'une écriture franche et raffinée qui, à première vue, ressemblait à l'élégante calligraphie tibétaine réservée aux écritures sacrées. Ce n'était pourtant pas du tibétain, mais de l'anglais.

La mort est la manière dont les divinités se renouvellent. Sache, ensuite lâche tout. Lève la brosse un millier de milliers de fois, ensuite laisse-la sombrer sur la pierre. Sainte Mère, Saint Bouddha, Saint Esprit. La mort est la manière dont les divinités se renouvellent.

Au bas de la page étaient peints d'autres cerfs dans le style traditionnel tibétain, ainsi que de petites silhouettes de yacks très raffinées. Il lut à nouveau, fixa l'os ensanglanté et frissonna. Le feuillet de peche, vieux de plusieurs décennies, d'un siècle ou peut-être plus, qui célébrait la mort dans un poème, était tombé exactement à l'emplacement où quelqu'un, en ce jour, avait perdu la vie. Des années auparavant, Shan n'y aurait vu qu'une coïncidence. Mais si Lokesh s'était trouvé à ses côtés, il aurait joint solennellement les mains avant de s'exclamer combien ils avaient de chance d'être présents au moment où, pour un instant des plus brefs, les roues de deux destinées avaient vu s'engrener leurs mouvements respectifs.

Shan leva sa lampe. Il n'aperçut aucun autre feuillet, juste des éclats de poterie, des fragments de jute, et les restes flétris de ce qui avait pu être jadis une pomme. Il examina une fois encore le parchemin et en relut les étranges paroles obsédantes rédigées en anglais avant de le glisser dans sa poche.

Relevant la tête, il discerna un dernier objet, petit et sombre, dans un coin de la minuscule alcôve : le mégot d'un fin cigare. Il le ramassa du bout des doigts et le porta à ses narines. Le tabac avait un parfum doucereux et écœurant qu'il n'avait encore jamais rencontré au Tibet, ni même en Chine. Alors qu'il enveloppait le mégot dans un fragment de jute, il sentit un souffle froid sur son dos. Il se retourna, d'un côté, de l'autre, puis se dépêcha de revenir dans la grande pièce. Il enjambait la flaque de sang quand il remarqua en son milieu une forme ronde à peine marquée, le relief d'un petit disque de trois centimètres de diamètre légèrement plus épais qu'une pièce de monnaie. Il se servit d'un éclat de plâtre pour le dégager de la flaque écarlate et l'enveloppa dans un coin de son mouchoir, qu'il glissa dans sa poche.

Soudain il fut pris de tremblements, l'esprit tournant manège au souvenir des événements étranges de cet après-midi et de paroles plus étranges encore. S'était-il écoulé une heure ou un siècle depuis que Gendun avait déclaré que cette journée était l'une des plus joyeuses de son existence ? En revanche, Surya avait annoncé qu'aujourd'hui tout allait se terminer. Les tueurs de dieux étaient dans les montagnes et le monde avait en effet changé en ce jour. Zhoka abritait des secrets sur lesquels il était dangereux de se méprendre.

Derrière lui, dans les ténèbres, depuis le tunnel qui s'enfonçait dans la terre au-delà de la flaque de sang, se leva tout à coup un long gémissement désincarné. Sans doute le vent en train de jouer sur une formation rocheuse ou un trou dans les débris – néanmoins Shan se retrouva une fois encore plaqué contre le mur, la peau hérissée de frissons. L'être ou la chose qui avait emporté le corps avait exécuté sa macabre tâche au cours des vingt ou trente dernières minutes, et se trouvait peut-être encore à proximité. Shan dirigea sa lumière vers l'origine du bruit, mais sa lampe à beurre se mit à crachoter, presque à court de combustible. Il passa le seuil de la pièce comme une flèche et la flamme s'éteignit quand il arriva au pied des marches. Il remonta vers la lumière à reculons, le dos au jour, en scrutant les ténèbres.

Les ruines étaient vides. Dans la cour centrale seule bougeait encore la mince colonne de fumée qui montait du vieux samkang. Il n'y avait plus trace d'un quelconque festival, hormis quelques barbouillis de blanc sur les rochers lorsqu'il s'avança vers le bord du précipice. À des dizaines de mètres en contrebas gisaient son sac de l'ermitage et le coffret destiné à la pratique du Taotö-king, les baguettes de jonc laqué que s'étaient transmises tant de générations de sa famille. Elles avaient survécu à la guerre et à la famine, à l'assassinat de ses oncles et de son père par les Gardes rouges, et même à son propre emprisonnement au camp de travaux forcés. Mais elles n'avaient pas survécu à la terreur d'une fillette de dix ans.

Lentement, il marcha au milieu des ruines en appelant Lokesh et Liya, et se retrouva face au chorten. D'un geste absent, il sortit le pinceau de sa poche et le contempla un instant avant de se rappeler soudain la présence des soldats. Il fit demi-tour et partit au pas de course.

Un quart d'heure plus tard, il atteignait le sommet de la corniche qui surplombait Zhoka. À près d'un kilomètre en direction du nord-ouest, une douzaine de silhouettes ployées en deux cheminaient sur l'arête. La profonde gorge empêchait tout accès à Zhoka depuis le nord. Le sud, dont les pics abrupts et déchiquetés semblaient décourager tout accès, avait la réputation d'être une terre aride et peu engageante. La dernière fois qu'il les avait vus, les soldats se trouvaient entre le monastère et la vallée de Lhadrung, près de la tour de pierre en ruine qui culminait au-dessus de la crête nord-ouest. Il crut y voir un éclair bordeaux – la couleur des robes bouddhistes.

Il lui fallut dix minutes supplémentaires pour rattraper le plus lent des Tibétains, qui lui jeta un regard peu amène avant de détourner la tête. Il dépassa la colonne de fuyards en demandant à chacun où étaient passés les moines. Finalement, une des femmes âgées qui avaient prié en compagnie de Surya pointa le doigt devant elle d'un air angoissé.

Il retrouva Lokesh debout sur une vire, près de la tour en ruine qui semblait veiller sur l'étroite vallée. Son vieil ami était tourné vers les ombres à l'intérieur de la tour et égrenait son chapelet de ses doigts fébriles. Quand Shan arriva à son côté, le vieux Tibétain lui empoigna le bras pour l'empêcher d'avancer plus loin.

La tour n'était pas totalement détruite. Des étages restait un mur calciné, culminant à près de sept mètres de haut, avec des morceaux de fer tenant encore des fragments de ce qui avait été jadis une échelle fixée à la paroi extérieure. La salle en rez-de-chaussée correspondait à une formation rocheuse naturelle et était restée intacte, petite alcôve douillette ouverte sur l'avant où voyageurs et sentinelles avaient pu s'abriter des intempéries. Une silhouette solitaire était agenouillée face au mur du fond. Surya.

— Pourquoi est-il venu par ici ? demanda Shan. Il a pris la direction de Lhadrung et des soldats. Il pourrait se faire arrêter. Les gens sont terrifiés. Si on les interroge, ils admettront immédiatement que c'est un moine sans licence. Ils ont aussi peur de lui que des soldats, maintenant.

Sur le visage défait de Lokesh se lisait un mélange de souffrance et de totale confusion.

— Il faut que nous le ramenions, insista Shan. Il sera peut-être capable de nous expliquer ce qui s'est passé. Ensuite nous pourrons l'aider.

Si le colonel Tan apprenait l'existence de moines non enregistrés auprès du Bureau des affaires religieuses, ou d'un homme se déclarant meurtrier, il enverrait aussitôt des troupes passer les montagnes au crible et aucune des personnes arrêtées ne pouvait espérer garder le silence.

Yerpa avait échappé, des décennies durant, à tous les regards, mais sous la pression des spécialistes des interrogatoires, Surya finirait par en divulguer l'emplacement. S'il se retrouvait prisonnier de l'armée, Yerpa serait détruit aussi totalement que Zhoka, et Gendun, comme tous les autres moines, serait mis aux fers.

— Il ne va pas aller en ville, déclara Lokesh sans grande conviction. Il est venu ici. Dans la cour il a refusé de parler. Il n'a rien dit, hormis les terribles paroles que tu as entendues. Tout à coup il s'est remis debout, a regardé en direction de la tour, et il est parti en courant. Quand je l'ai rejoint, il nettoyait les parois de la salle. Ensuite la petite fille est arrivée, Gendun sur ses talons.

À une trentaine de mètres de là, le lama était assis sur un rocher et surveillait Dawa, à genoux devant une source, occupée à laver le sang de sa robe sous les regards attristés de son oncle et de sa tante, installés non loin avec les autres enfants.

— Elle interdit à tout le monde de s'approcher d'elle. Même à Gendun. Elle répète qu'elle veut rentrer dans sa ville ouvrière chinoise et qu'elle hait les moines. Elle dit qu'elle nous hait parce que nous l'avons trompée.

Shan revit en esprit Dawa au cours de cette journée. Au départ craintive et ne comprenant rien, la petite fille avait ensuite manifesté une grande joie mêlée de surprise et de révérence pour finir dans l'horreur et le chagrin.

— Dire qu'elle était venue apprendre comment on vivait au Tibet, fit Shan d'une petite voix.

Lokesh acquiesça.

— Tu as raison. Nous devons ramener Surya à Yerpa, il a besoin d'aide. De beaucoup d'aide s'il veut guérir.

Jamais encore Shan n'avait entendu Lokesh s'exprimer d'une voix aussi frêle. Le vieux Tibétain contemplait Zhoka avec tristesse, comme un être cher qu'il aurait quitté.

— Ce qui est arrivé à Surya est également arrivé à la petite fille. Sur quoi nous sommes-nous mépris ? demanda-t-il.

À sa question, Shan ne put répondre qu'en secouant lentement la tête.

Quelques instants plus tard, il s'approcha de Dawa et s'assit sur l'herbe à côté d'elle. Elle ne parut pas remarquer sa présence, se contentant de laver et de frotter sans discontinuer le sang qui entachait sa robe.

— Je sais que, sous la terre, tu as vu quelque chose d'abominable, commença Shan. Moi aussi, je suis descendu. J'ai vu le sang, et les os. Il faisait noir. On entendait des bruits. Moi aussi, j'ai eu très peur. Mais il n'y avait pas de corps. Est-ce que tu as vu le corps, toi ?

La fillette répondit par un geignement. Non, ce n'était pas ça. Elle fredonnait à mi-voix et, avec un frisson, Shan reconnut l'air : « L'Est est rouge », un des hymnes favoris des officiers politiques, une des antiennes qu'on diffusait dans les haut-parleurs des écoles chinoises. Shan ne dit plus un mot et se retourna vers Lokesh et Gendun. Pourquoi persistaient-ils tous deux à rester là et n'allaient-ils pas rejoindre Surya dans la tour ?

— Dawa, insista-t-il. J'ai besoin de savoir ce que tu as vu. Je t'aiderai.

La fillette interrompit son lavage frénétique et fixa avec une fascination morbide l'eau rougie qui dégouttait de sa robe. Elle finit par relever les yeux et répondit d'un filet de voix :

— Il avait un œil dans la main. Et un clou à travers le corps.

Puis elle reprit son horrible refrain.

Shan retournait sur ses pas quand une silhouette déboula à son côté pour s'arrêter si brutalement à l'entrée de la tour qu'elle faillit trébucher. Liya, à bout de souffle, dut prendre appui sur le mur pour recouvrer son équilibre avant d'entrer dans la bâtisse en ruine.

— Vite, haleta-t-elle quand Shan l'eut rejointe. Il faut absolument qu'il parte. S'il n'y a pas d'autre moyen, nous le porterons.

Sa voix mourut d'elle-même devant le spectacle du vieux moine dans le fond de la petite salle, tout entier à son ouvrage : il frottait la paroi à l'aide d'un morceau arraché à son sous-vêtement gris. À gestes frénétiques, il marmonnait en nettoyant une peinture, une fresque murale vieille d'au moins un siècle. À la gauche de l'antique peinture, en caractères passés par le temps, était inscrit le mantra mani – l'invocation à la compassion. À sa droite, une œuvre plus récente ornait la paroi, une représentation complexe de divinités qui avait dû demander des jours et des jours de travail. Shan en remarqua le style, riche, foisonnant et plein de vie. Étonné, il se retourna vers Lokesh, qui affichait la même surprise : cette manière de peindre inimitable leur était familière ; elle appartenait à Surya. Mais celui-ci ignorait totalement sa propre œuvre.

— Laquelle est-ce ? murmura Liya devant la fresque que le moine était en train de nettoyer.

Shan n'était pas certain de pouvoir reconnaître la divinité centrale. Peut-être s'agissait-il de Tara, la protectrice, sous la forme de l'une de ses féroces émanations destinées à combattre craintes et démons spécifiques. Cependant toutes les divinités importantes avaient de multiples avatars, et il était incapable d'identifier celui-là.

Ils se tournèrent vers Lokesh mais celui-ci, bouche bée, semblait pétrifié par la peinture qu'il avait devant les yeux.

— Une chose abominable, murmura le vieil homme avec un regard inquiet vers le monastère en ruine.

Il ne faisait pas référence à la fresque à proprement parler mais au mal contre lequel elle était censée protéger le monde. Surya marmonnait toujours, à voix basse et désespérée ; Shan parvint à reconnaître les mots de sa litanie : *Om ah hum*, un mantra de pouvoir particulier, le dernier d'une série de prières destinées à animer les divinités.

— Le temps nous manque, déclara Liya à Surya. Vous devez fuir.

Elle s'avança à côté du vieux moine et fit le geste de le soulever, mais sans le saisir, en restant à distance, comme si elle craignait de toucher ses bras encore maculés de sang coagulé.

— Pas le temps, répéta-t-elle, au désespoir.

Mais, aux yeux de Shan, le temps dont disposait Surya était tout entier réservé à ce qu'il faisait : en dépit de leurs craintes à tous, ce que cet homme avait vu avait déclenché en lui une frayeur bien plus grande et, convaincu qu'il était le seul à comprendre les vraies profondeurs de leur désespoir, il avait décidé que la seule manière possible de les défendre se trouvait entre les mains de la divinité qu'il nettoyait. Un détail sur le mur avait échappé à Shan : des traces de peinture sous l'antique fresque – un mantra, peut-être. Les mots en avaient été recouverts par des zébrures toutes fraîches d'un rouge sombre : un des pigments à peindre que Surya portait sur lui dans de petits tubes suspendus à son cou par une lanière de cuir, à l'intérieur de son sous-vêtement. Les mains du moine portaient des taches rouges fraîches par-dessus le sang séché. Surya s'était enfui et avait cherché refuge dans ce petit abri parce qu'il devait en nettoyer l'antique fresque, mais aussi masquer à l'aide de pigments colorés ce qui se trouvait inscrit dessous.

— *Om hum tram huih ah !* s'écria Surya d'une voix étrange aux accents féroces.

Le mantra était destiné à s'attacher les services des divinités gardiennes. Surya se tut, mais à sa manière de fixer l'image sur le mur, on aurait cru qu'il venait de conclure un pacte avec Tara.

Liya finit par mettre un terme à son étrange pantomime et renonça à faire lever le moine. Elle lui lança un dernier regard et, les yeux pleins de larmes, sortit en bousculant Shan au passage. Elle inspecta le paysage au-delà de Zhoka, comme si elle y cherchait quelqu'un, puis se mit à presser les Tibétains fuyards en contrebas de la crête, vers la piste et ses lacets abrupts au-delà des affleurements rocheux, pour qu'ils rejoignent leurs campements et leurs maisons dans les collines au-dessus de la vallée. Elle repartit au pas de course sur la ligne de crête vers les retardataires, ramassa un enfant qui chancelait, le chargea sur son dos et alla le remettre entre les bras de ses parents épuisés, auxquels elle cria une bénédiction quand ils disparurent sur l'autre versant. Shan descendit de quelques pas sur la pente herbeuse et appela Jara, en lui faisant signe de venir avec sa famille.

Ne restaient plus qu'une demi-douzaine de Tibétains sur le versant quand Liya s'arrêta, l'air déconcertée. Shan suivit son regard et aperçut Surya, sur le bord de la corniche, les bras écartés, face à la profonde vallée aux pentes abruptes. Lokesh fit un pas vers lui avant de s'immobiliser en tendant l'oreille vers le ciel. Shan entendit lui aussi le grondement sourd qui sortait de l'azur sans nuages. Soudain, sur la crête, il vit apparaître des silhouettes en pleine panique qui criaient, tombaient et trébuchaient, se relevaient à toute vitesse et remontaient au pas de course la piste qu'elles venaient de descendre, abandonnant au passage les paniers et les sacs dont elles étaient chargées.

Shan reconnut trop tard le barattage métallique. Il agrippa Lokesh par le bras, le grondement monta en crescendo, une énorme pale de rotor apparut derrière la vire, se leva lentement et laissa apparaître le fuselage effilé d'un hélicoptère gris de l'armée. Les gens hurlaient, fuyant en tous sens loin de la machine. D'un pas chancelant, Jara franchit le torrent en contrebas et se précipita vers sa nièce, tandis que son épouse rassemblait les autres enfants. Dawa bondit et prit ses jambes à son cou, cavalant dans la direction opposée, comme si elle voulait fuir son oncle.

Shan poussa Lokesh vers les ruines et courut rejoindre Gendun en voyant l'hélicoptère s'immobiliser en vol stationnaire, presque au ras du sol. Il agrippa le lama et le tira pour l'obliger à se mettre debout, mais une demi-douzaine de soldats en tenue de combat avaient déjà sauté à terre.

Ils prirent la fuite, trébuchant dans les pierres. Shan était obligé de s'arrêter fréquemment pour aider Gendun et le pousser de l'avant, sans ménagement, car le lama ne semblait pas particulièrement pressé ni effrayé, simplement curieux de voir tous ces soldats. Lokesh, trois pas devant eux, s'arrêta brutalement et fit face à la vieille tour de pierre.

Shan se retourna sans comprendre. Les soldats ne pourchassaient personne, pas même Gendun, qui portait pourtant la robe. Surya était debout sur la corniche, les bras toujours levés, paumes ouvertes, comme s'il saluait les nouveaux arrivants. Il se retrouva encerclé par les soldats, arme au poing, qui s'immobilisèrent sur place lorsque l'un d'eux colla une main à son oreille. Puis, sous les yeux horrifiés de Shan, ils se rabattirent sur le vieux moine. Ils arrachèrent de son cou la lanière de cuir qui portait ses peintures puis l'obligèrent à avancer vers l'appareil avant de le soulever brutalement pour le balancer à l'intérieur. Ils grimpèrent à leur tour et l'hélico décolla aussitôt en virant au nord-ouest.

Le départ des soldats ne mit pas un terme à la panique. Les gens couraient toujours en tous sens et les cris de frayeur continuaient à résonner dans les airs. Quelques-uns dévalèrent la pente en direction de l'ouest, d'autres battirent en retraite vers Zhoka. En haut du versant opposé, tel un petit animal solitaire, Dawa courait à perdre haleine en direction des montagnes enneigées sur l'horizon sud, sans s'arrêter, sans regarder où était sa famille. Bien loin derrière elle, son oncle Jara était assis par terre et se tenait la cheville.

Les sens engourdis, Shan remonta comme dans un brouillard vers le rocher où Surya s'était tenu, fixant sans comprendre les profondes empreintes de brodequins dans la terre molle alentour et les tubes en bois remplis de pigments écrasés par les semelles. Il scruta le ciel au-delà du précipice. L'hélicoptère avait disparu. L'armée avait frappé, vive comme l'éclair, et les cieux l'avaient engloutie.

— Plus personne ne le reverra jamais, déclara une petite voix derrière lui.

Liya posa un genou en terre et commença à balayer l'horizon sud à l'aide de ses vieilles jumelles, cherchant à retrouver une silhouette qui aurait gravi la pente au-dessus de Zhoka. Au bout d'un moment, elle poussa un soupir et se releva.

— Il y a deux mois, à Lhassa, un homme a déployé un drapeau tibétain devant le quartier général de l'armée. Un hélicoptère de la Sécurité publique l'a emporté au-dessus des montagnes et quand il a atterri, lui n'était plus à bord. C'est leur façon à eux de régler les petits problèmes politiques. Ils ne se donnent plus la peine de faire un procès avec des gens comme Surya. C'est un…

Sa voix mourut d'elle-même. C'est un quoi ? se demanda Shan. Il avait connu Surya moine artiste, vieux Tibétain au sourire joyeux et serein pareil à celui qu'arborait si souvent Gendun. Mais Surya s'était déclaré meurtrier.

— On aurait pu croire qu'il attendait les soldats, dit Shan.

Surya avait couru vers la tour pour y masquer à l'aide de ses pigments colorés un texte rédigé sous l'antique fresque, puis il avait attendu les militaires. Pourtant, si meurtre il y avait effectivement eu, en toute logique les soldats ne pouvaient pas avoir été au courant.

— C'est ma faute, dit Liya en essuyant une larme. J'ai parlé du festival à ces inconnus, l'armée a débarqué pour fouiller les environs, et les militaires ont trouvé un moine illégal.

Shan n'était pas convaincu. À leur arrivée, les soldats avaient ignoré Gendun, comme ils avaient ignoré le festival illégal et les fuyards tibétains. En réalité, Surya paraissait attendre leur arrivée, et eux, la sienne. Surya, l'artiste ermite, avait laissé des militaires chinois l'emporter dans un hélicoptère – lui qui ne connaissait rien du monde extérieur, avait passé son existence entière entre les murs de Yerpa et n'avait jamais vu une machine moderne, de soldats ou d'armes, ni même d'ailleurs un Chinois avant l'apparition de Shan un an auparavant.

— Ce n'est pas parce qu'il est moine qu'ils l'ont emmené, reprit Shan. Il ne portait pas de robe.

Liya lui lança un regard douloureux, comme si ses paroles n'avaient fait qu'ajouter à sa souffrance.

— Lorsque le berger a voulu me livrer pour toucher la prime offerte en ville pour ma tête, pourquoi avez-vous déclaré que j'étais sous la protection de votre clan ?

Shan ne connaissait personne de sa famille.

— Les habitants de ces collines partagent beaucoup de choses, répondit-elle d'une voix crispée.

— Êtes-vous allée dans les tunnels de Zhoka ? lui demanda-t-il soudain.

Surprise, la jeune femme s'éloigna sans répondre en direction de la vieille tour et, lorsqu'il la rejoignit, elle contemplait les peintures au côté de Lokesh.

— J'ai essayé de discuter avec Surya en chemin, quand il a voulu venir se réfugier ici, finit-elle par expliquer. Après avoir parlé à Gendun, il lui avait donné quelque chose, mais à moi, il a refusé de dire quoi que ce soit. Je n'ai pas arrêté de le supplier de faire demi-tour, en lui rappelant tous ceux qui avaient maintenant besoin de lui.

Elle parlait d'une voix basse qui tremblait un peu, luttant pour retenir ses larmes.

— Finalement, il s'est arrêté, a posé la main sur mon épaule et m'a secouée comme un prunier, en répétant que si nous voulions sauver Zhoka, nous devions partir en refuge.

Shan était intrigué par la jeune femme : à l'entendre, on aurait pu croire qu'elle était proche de Surya et que des gens n'appartenant pas à l'ermitage avaient besoin de lui. Il montra les vestiges du vieux monastère.

— À Zhoka, il n'y a que des ruines.

— Pas pour lui, rétorqua Liya.

— Pas pour ceux qui ont un refuge, ajouta une voix dans le dos de Shan.

C'était Lokesh, et il fallut un instant à Shan pour bien comprendre le sens de ses paroles. Surya n'avait jamais dit qu'ils devaient se cacher, il avait simplement fait référence au refuge sacré du rituel bouddhiste : l'emplacement où se faisait l'illumination.

— Surya m'a parlé d'un lieu qu'il avait découvert. Sur une corniche. Un lieu de pouvoir utilisé par Zhoka, expliqua Lokesh. Ça doit être ici.

Il touchait la pierre près de l'entrée basse, scrutant intensément le motif de lichen qui la couvrait en quête des symboles religieux qu'on discernait parfois dans les motifs de la nature.

— Il m'a aussi dit qu'il cherchait ceux qui avaient été négligés, comme si c'était son travail de les restaurer.

En examinant une nouvelle fois les lieux et leur manière de s'inscrire dans le paysage, Shan comprit que Lokesh avait raison. L'alcôve en rez-de-chaussée de la vieille tour était constituée par une formation rocheuse naturelle, abritée du nord et ouverte sur de vastes espaces au sud, en direction des pics encapuchonnés de neiges éternelles à l'horizon. Un genévrier solide se dressait à une trentaine de mètres sur la pente, près de la source qui bouillonnait au sortir de la montagne. Lokesh examina de nouveau le lichen en laissant filer le doigt sur un motif ressemblant à une roue.

— Il a dit qu'il fallait faire se lever des divinités.

— Quelqu'un a trouvé la mort dans une salle sous les ruines, dit Shan, qui raconta ce qu'il avait trouvé sous la terre de Zhoka.

— La petite salle de la fresque, murmura Liya.

— Vous la connaissez ?

— Quelqu'un est mort, murmura-t-elle en fermant les paupières pour masquer son chagrin. Surya s'est cru responsable. Il a brûlé sa robe.

Elle énonça les trois phrases lentement, comme si elle veillait avec soin à présenter la séquence des événements sans commettre d'erreur.

— Ensuite, il est venu ici, retrouver la vieille fresque.

— Parce qu'il avait renoncé à se sauver lui-même, poursuivit Shan tout aussi lentement. Une seule chose l'intéressait : sauver Zhoka.

— Ici, c'est le genre d'endroit d'où s'envoient les messages aux divinités, intervint Lokesh. Le Surya qui portait la robe est peut-être venu ici car il pensait que ses amis se trouvaient en danger.

Lokesh ne connaissait que le moine peintre et ermite dont il avait partagé le quotidien. Le Surya défroqué qui avait brûlé sa robe leur était inconnu à tous les deux.

Shan s'approcha de Gendun, à genoux devant l'antique fresque qu'il examinait en passant la main à deux centimètres de sa surface, sans la toucher, exactement comme s'il lisait au travers de sa paume.

— Je ne reconnais pas cette image, dit Shan. C'est Tara, mais je ne l'ai jamais vue sous cette représentation.

— Même aux temps anciens, elle n'était pas commune, expliqua Gendun. C'est l'une des huit formes de la Sainte Mère qui protège contre les peurs et les démons. Celle-ci est Kudri Padra. Surya tentait de la réveiller.

Lokesh, quant à lui, allait d'un côté à l'autre de la fresque, qu'il détaillait comme s'il ne l'avait pas bien vue à son arrivée. Il finit par hocher la tête d'un air entendu et déclara d'un ton surpris :

— C'est Tara, l'Attrapeuse de voleurs.

Gendun, toujours pris par sa contemplation de la fresque, acquiesça d'un lent hochement de tête.

— Il n'y a plus rien qui vaille la peine, intervint Liya, pleine d'amertume. C'est un désastre. Il se passera des années avant que nous puissions réessayer.

— Il y avait une petite fille, lui rappela Shan sans quitter Gendun des yeux.

Le lama était rentré en lui-même, à sa manière coutumière quand il méditait, mais Shan savait que, cette fois, il ne s'était pas retiré en un lieu de sérénité.

— Elle a appris la manière de célébrer par la farine. Elle a appris comment écouter la psalmodie de gorge.

— Elle a aussi appris la manière de fuir les soldats, rétorqua Liya. Et maintenant un de nos chanteurs a disparu. Vous savez à quel point il en reste peu qui soient entraînés aux antiques façons de psalmodier. Je parle de ceux qui ont appris directement auprès de lamas qui vivaient il y a un siècle. Ils ont pratiquement disparu de la surface de la terre. Au Tibet, les léopards des neiges sont plus nombreux. Ils auront tous disparu quand les soldats auront achevé leur travail.

— La petite fille s'est interrogée sur les âmes et n'a eu pour réponse que la peur, alors elle a pris la fuite comme une antilope effrayée, dit Lokesh en contemplant l'horizon sud et ses montagnes sans fin avant de se tourner vers Shan. Surya n'a pas simplement parlé à Tara, ajouta-t-il. Un moment, j'ai cru entendre une prière : il demandait pardon aux gardiennes.

Shan se rappela alors la divinité aux neuf têtes dans la pièce sanglante, celle dont on avait extirpé ou effacé les yeux. Surya lui avait demandé pardon, comme s'il était responsable de son aveuglement.

— Surya ne pourrait pas tuer, gémit Liya. Il y a deux nuits, je lui ai parlé. Il m'a donné des prières pour me garder saine et sauve quand je chevauche la nuit. Il aurait pu se cogner la tête en s'enfonçant dans les tunnels, qui sait. Il aurait pu imaginer… mais le sang, tout ce sang… Ce n'est pas possible, il est notre moine.

Devant l'étrange soliloque de Liya, Gendun sortit de sa contemplation et dévisagea la jeune femme d'un air où se mêlaient tristesse, tourment et confusion. Mais avant que Shan ait pu réagir, il sortit et alla se poster sur la vire rocheuse qui surplombait Zhoka.

Personne ne s'expliquait la présence de tout ce sang. De son côté, Dawa avait vu un homme au corps transpercé par un clou, une heure après les étranges paroles prononcées par Surya : « C'est ici qu'on doit être cloué à la terre. »

— Il y a deux soirs, Surya n'est pas venu au chorten, dit Shan. Où l'avez-vous vu ?

Pour toute réponse, Liya se tourna vers Gendun, perdu dans la contemplation des ruines de Zhoka.

— Qui y avait-il d'autre dans les collines ? La nuit dernière, vous avez rencontré des inconnus. Je peux savoir qui vous aviez vu la nuit précédente, insista Shan. Jara a dit qu'il y a dans ces collines des gens qui tuent pour un mot. Un mot qu'il a refusé de prononcer. Quel est-il ?

Liya pivota brusquement pour lui faire face, serrant les mâchoires comme si elle craignait de parler, puis battit en retraite, une fois de plus.

Shan s'assit près de Gendun sur la vire. Absorbé par le spectacle des nuages qui filaient vers l'ouest, il se surprit à regarder bien au-delà de Zhoka, en direction de Yerpa, l'antique ermitage où se trouvait la petite cellule dans laquelle, grâce aux moines qui lui avaient donné coussins et couvertures sortis des anciennes réserves, il avait trouvé sa place, sa vraie place, et passé les mois les plus paisibles de son existence. Il se demanda s'il la reverrait jamais.

Ils restèrent assis en silence un bon moment tandis que Liya et Lokesh récupéraient les quelques affaires éparpillées sur les pentes que les habitants des collines avaient abandonnées. Gendun ne bougea pas. Il n'offrit pas un mantra ni ne toucha son mala ; il se contenta de croiser les mains, paumes vers le bas, majeurs dressés pressés l'un contre l'autre – il formait ainsi le mudra du Diamant de l'esprit destiné à accroître la concentration afin d'essayer de trouver le centre des choses. Un petit papillon bleu atterrit sur le rocher qui les séparait et le vieux lama battit des paupières. Ses yeux trouvèrent le papillon avant de trouver Shan.

— Tu vas me demander ce qu'il m'a donné, dit-il d'une voix à peine audible.

Il tendit à Shan un morceau d'étoffe fripé arraché à la mousseline grise d'une robe de dessous comme en portaient les moines.

— Il m'a dit de le répéter dix mille fois, pour l'empêcher de revenir.

Om armta hum phat. Les mots griffonnés sur le tissu correspondaient à un mantra dont la fonction était de chasser ce que les Tibétains appelaient les démons obstacles.

— L'empêcher de revenir ? interrogea Shan.

— Lui, en personne, Surya, soupira Gendun, triste et désorienté, un masque d'affliction en guise de visage. Je ne parviens pas à trouver l'équilibre des événements d'aujourd'hui. Mais je sais que la divinité de Surya a été écrasée et réduite en miettes.

Shan songea aussitôt à la statuette qu'Atso portait sur lui tout en accompagnant des yeux le papillon qui s'avança au bord du rocher, comme pour contempler lui aussi les ruines en contrebas. Le regard de Gendun suivait la même direction.

— C'est l'un des plus anciens temples du Tibet. Avant sa construction, les démons allaient et venaient librement à la surface de la terre. Les gens l'oublient. Les gens oublient les choses importantes.

— Je croyais que le monastère devait sa célébrité à ses artistes.

— Quel est le travail des artistes, crois-tu ? Sinon invoquer les divinités. Il faut une divinité pour combattre un démon. C'est ainsi que nos artistes se font.

La plupart de leurs conversations prenaient cette même tournure, ces petites phrases dont Gendun usait pour ponctuer les longs silences qui, à ses yeux, étaient plus importants que les mots.

— Vous voulez dire que si Surya a tué quelque chose, c'était un démon.

Gendun était revenu sur le papillon, et lorsqu'il parla, on aurait cru qu'il s'adressait à la fragile créature.

— Le démon était dans l'acte de tuer. Pour le tueur et le tué, un meurtre est toujours le même acte. Simplement, il les affecte différemment.

— Connaissez-vous l'existence de Zhoka depuis toujours, Rinpoché ?

— Non.

Gendun salua Shan d'un hochement de tête lui concédant un point : des décennies durant, les moines de Yerpa s'étaient gardés de s'aventurer à plus de deux kilomètres de leur ermitage.

— Jadis, il existait de nombreux gompa à Lhadrung, aujourd'hui réduits à l'état de ruines. Nous ne savions pas à quel point le monastère de Zhoka différait des autres. Il avait été gardé secret du reste du monde, pour de bonnes raisons. Mais, dans une caverne sur les hauteurs de la montagne, Surya a découvert un livre ancien, enveloppé de fourrure comme s'il était en hibernation. Jamais je ne l'ai vu aussi excité. Le livre expliquait les choses qui se déroulaient ici.

Il se pencha bas en avant pour parler au papillon.

— Zhoka faisait trembler la terre, murmura-t-il.

Shan résista à l'envie de regarder Gendun bien en face pour déchiffrer les expressions sur son visage. Le vieux lama, convaincu qu'ils s'éloignaient de la vérité aussi souvent qu'ils s'en rapprochaient, n'avait guère confiance dans les mots. Jamais il n'essayait de réduire en paroles l'essence d'une pensée, une personne, un lieu, parce que les mots étaient incapables de rendre la vérité ultime. Mais il avait commencé à exprimer une chose que Shan n'avait pas comprise jusque-là : les ermites n'étaient pas venus à Zhoka simplement parce que l'endroit était bien situé pour atteindre les habitants des collines, ou même parce qu'il s'agissait d'un gompa en ruine.

Gendun étendit un doigt devant le rocher et le papillon s'y posa.

— La petite Dawa a jeté ton sac dans le vide, dit-il en soupirant. Je suis désolé pour tes baguettes de divination. Les baguettes de ton père.

— Je m'efforce de ne pas être attaché aux possessions matérielles, répondit Shan d'une voix crispée.

Le lama sourit tristement.

— Pour toi, elles n'avaient rien de matériel. Elles étaient l'étincelle de ton père, de ton grand-père, et des pères qui les ont précédés. À l'intérieur de toi, elles faisaient se lever les esprits de tes ancêtres.

L'espace d'un instant, Shan sentit son cœur se serrer. Bien des fois, il avait expliqué à Gendun et à Lokesh comment, de temps à autre, grâce à elles, il parvenait à percevoir la présence de son père et même à sentir le parfum du gingembre qu'il avait souvent dans sa poche.

— Ce ne sont que de vieilles baguettes, murmura-t-il d'une voix menue.

Gendun chuchota quelques mots au papillon, qui partit à tire-d'aile en direction de Zhoka, comme pour faire une petite course. Ils le regardèrent tous deux disparaître au loin, puis Shan se releva et tendit la main.

— Une machine céleste, dit le vieux lama en se mettant debout. C'est une machine céleste qui l'a emporté.

Il dressa la main devant lui et étendit les doigts avant de les refermer lentement, comme s'il essayait d'atteindre une chose invisible au reste du monde.

— Au printemps dernier, dans le Nord, j'ai parlé à une bergère qui avait perdu son époux de la même façon. Tous les jours, elle partait s'installer sur une colline, son mala à la main, et elle fouillait le ciel, convaincue qu'à tout moment il pourrait ressortir d'un nuage et revenir sur terre. Surya…

Il prononça son nom comme une prière ; une larme roulait sur sa joue.

Shan sursauta en entendant un léger bruit de gorge dans son dos : Lokesh, d'une pâleur qu'il ne lui avait encore jamais vue, regardait avec un mélange de déférence et de désespoir couler la larme, qui resta suspendue à la mâchoire du lama.

— Nous avons prié ensemble pendant plus de quarante ans, Surya et moi, expliqua Gendun. Lorsque nous étions novices, la tâche qui nous était impartie était de nous lever deux heures avant l'aube et d'allumer toutes les lampes de l'ermitage. Et toutes ces années, jamais nous n'avons cessé, jamais nous n'avons demandé aux nouveaux novices de prendre la relève. Et voilà que, maintenant, je suis censé prier pour l'empêcher de revenir auprès de nous. Avant lui, jamais je n'avais encore connu quelqu'un capable de prendre un morceau de tissu, des pigments de couleur et…

Gendun se retourna vers l'antique tour aux peintures pleines de vie et un instant ferma les paupières en ajoutant :

— Dans un écrit que Surya a découvert, un lama qui vivait il y a trois siècles disait que les artistes de Zhoka répandaient le feu de l'esprit.

— Les soldats pourraient revenir, déclara soudain derrière eux la voix inquiète de Liya qui balayait les collines de ses jumelles. Ils connaissent cet endroit, à présent.

Mais ils ne venaient certainement pas d'en apprendre l'existence. Ils s'étaient dirigés sans hésitation vers la vieille tour en pierre, et non vers Zhoka ou son festival d'anniversaire illégal. La tour était de toute évidence leur destination.

Mais s'ils savaient que l'endroit existait, pour quelle raison ne l'avaient-ils pas détruit ? Dans la région, les patrouilles emportaient fréquemment des bombes de peinture noire destinées à effacer de la surface de la terre les fresques qu'ils découvraient en chemin, ainsi que des explosifs pour abattre les bâtiments qui les abritaient. Shan se rappela le geste d'hésitation du chef d'escouade juste avant que les soldats ne se referment sur Surya : il avait porté la main à son oreille, attendant des instructions par radio, probablement d'un occupant de l'hélicoptère. Quelqu'un cherchait apparemment à mettre la main sur le moine. L'idée lui parut inconcevable.

— Nous devons nous enfoncer dans les montagnes, poursuivit Liya. Zhoka est trop dangereux, désormais. Et vous ne pouvez pas aller en ville, Shan. La vallée est trop dangereuse.

Shan savait que, dans la vallée, les patrouilles allaient procéder sans ménagement à des contrôles d'identité avec vérification des papiers. Or, des papiers, il n'en possédait pas. Sa seule et unique place se trouvait derrière les barreaux, dans un camp de travaux forcés, et sa tête avait été mise à prix.

Sur la corniche voisine, Jara clopinait à cause de sa cheville blessée. Lokesh se leva et regarda le soleil, à une heure de son coucher, avant de se tourner vers les montagnes au sud.

— La fillette, dit-il.

Puis il s'engagea sur la piste du sud, direction où Dawa avait été vue pour la dernière fois.

Gendun se pencha alors vers Liya.

— Serait-il possible d'avoir deux couvertures ? Et peut-être aussi un peu d'eau et de nourriture ?

— Nous vous emmènerons à un endroit où il y a des réserves, répondit la jeune femme. C'est tout près. Vous pourrez y dormir.

— Ce n'est pas pour moi. C'est pour Shan. Il part en retraite.

Liya eut un sourire forcé, comme après une mauvaise plaisanterie.

— Rinpoché ! gémit Shan d'une voix chagrinée.

Il n'y avait jamais de tension entre Gendun et lui, ni de mur pour les séparer, hormis celui qui se dressait là, en cet instant. Il en avait fait l'expérience à bien des occasions, chaque fois avec une douleur renouvelée. Aux yeux de Gendun, rien ne devait interférer avec sa retraite prévue de longue date, rien ne valait qu'il négligeât sa divinité. Pour Shan, en revanche, il existait une chose autrement plus importante, en dépit de la véhémence avec laquelle Gendun en rejetait l'idée : peu lui importait s'il mettait en danger la santé de sa propre divinité, protéger les vieux lamas serait toujours à ses yeux plus important.

— Ne laisse pas cette chose te séparer, Shan, insista Gendun.

Le vieux lama ne parlait pas des événements de la journée mais de la chose qui le séparait de sa divinité. L'ombre de l'incarnation précédente de Shan – quand il était inspecteur et investigateur à Pékin – continuait à s'accrocher à ses basques tel un spectre jaloux, l'encourageant à s'impliquer dans des événements futiles et sans importance, à s'engager dans les raisonnements logiques de la cause et de l'effet que Gendun considérait comme autant de pièges pour ceux dont l'esprit était éveillé.

— Rinpoché, au matin Liya vous conduira à la piste qui ramène à l'ermitage, dit Shan.

Dès que les mots eurent quitté sa bouche, il les regretta : ils sonnaient trop comme un ordre.

— À l'aube, je serai auprès du nouveau chorten, rétorqua Gendun. Ainsi qu'à l'aube suivante. Il y a des paroles à prononcer. Pendant toutes ces années, personne n'a manifesté à ce lieu toute la ferveur et la révérence qui lui sont dues.

— Je ne comprends pas, protesta Shan face à ce visage d'un autre temps, lisse comme un galet poli par les eaux.

— C'était Surya qui devait rester. Maintenant, ce sera moi.

— Dans ces ruines ?

— Dans le gompa, répondit le lama, comme si le monastère existait toujours.

— Quelqu'un y a trouvé la mort.

— Ils sont des centaines à y avoir trouvé la mort.

— Mais cela peut certainement attendre.

— Cela ne peut pas attendre. Pas plus que ta retraite.

Des miracles allaient se produire à Zhoka, avait proclamé Lokesh. Pour l'instant, Shan ne savait qu'une chose avec certitude : la mort y avait fait son œuvre, et elle y traînait encore en compagnie des noirs secrets qui en avaient été la cause.

— Promets-moi, l'adjura le lama d'un ton qui le poignarda comme une lame.

— Si j'avais pu voir tout cela, murmura Shan, le cœur serré par le tourment qu'il lisait dans le regard de Gendun, si seulement j'avais su, je serais resté en prison.

Il se sentait responsable. Il ferma un instant les yeux et vit un chemin fatidique, une porte restée verrouillée jusqu'à son arrivée à Yerpa. C'était lui qui avait introduit Gendun au monde extérieur, lui qui l'avait aidé à voyager dans le Tibet moderne, lui qui lui avait fait connaître, et à Surya par son intermédiaire, les goulags et les soldats.

Pour toute réponse, Gendun resserra avec un sourire serein les lacets de ses vieux brodequins.

— Si j'avais su tout cela, je serais venu il y a des années.

Il se redressa et prit la direction de Zhoka.

— Je vous en prie, Shan, ne faites pas ça ! s'écria Liya avec conviction. Si vous allez en ville, nous ne vous reverrons jamais. Je le sais.

Shan la dévisagea sans ciller, en silence. Elle poussa un soupir et emboîta le pas au vieux lama.

Seul sur la vire balayée par les vents, Shan essayait désespérément de donner un sens aux événements de la journée quand ses doigts se refermèrent machinalement sur le petit disque ensanglanté qu'il avait trouvé dans le tunnel. Il le sortit de sa poche et l'essuya avec une poignée d'herbe avant de le lever aux dernières lueurs du couchant. L'objet avait la lourdeur du métal alors qu'il était, apparemment, en vinyle rouge, avec un pourtour en relief marqué de bandes vertes espacées à intervalles réguliers. En son centre se trouvait l'image d'un œil jaune sauvage. Shan fixa l'objet un long moment avant de pouvoir déchiffrer les mots qui entouraient l'œil : *Lone Wolf Casino. Reno. Nevada.*

3

Au Tibet, les nuits étaient les champs de bataille des âmes. À fixer l'infini d'un ciel de ténèbres, Shan avait vu nombre d'hommes jeunes et braves éclater en sanglots. Pour les mettre à l'épreuve, les lamas faisaient asseoir les novices des heures durant sous les étoiles, souvent près des charniers où gisaient les dépouilles des morts offertes aux funérailles de plein ciel. À la surface de la planète, chaque nuit, il n'était qu'ici, au plus haut de toutes terres, que les ciels étaient si noirs, les étoiles si denses et la fragilité de l'humain si évidente.

En prison, ses compagnons de cellule étaient parvenus à dégager un carré du toit en tôle qui couvrait leur casernement et avaient déplacé une couchette juste à l'aplomb du trou pour s'y allonger à tour de rôle et contempler les étoiles. Un jeune Tibétain plein d'amertume, trafiquant de drogue à Lhassa, s'était moqué en voyant faire les anciens. Il avait clamé qu'il comprenait le risque d'un passage à tabac et d'une prolongation de sa peine pour vouloir franchir les barbelés de l'enceinte, mais qu'une évasion vers les étoiles n'en valait pas la peine. Cependant, au bout de quelques mois, c'est avec une impatience grandissante qu'il attendait de s'allonger sur la couchette aux étoiles. Encore aujourd'hui, Shan associait étoiles et liberté, et lorsque la vie pesait trop lourd, il s'asseyait pour les regarder, parfois des heures durant. Il allait même jusqu'à leur parler ou à surveiller de tous ses yeux le petit vacillement de lumière parmi elles qui témoignait des âmes de ses parents morts.

Mais ce soir, le ciel déchirait son être. À plus d'une reprise, il crut entendre des hurlements en sortir, et à intervalles réguliers un grand frisson lui glaçait l'échine. Il lui semblait que les ténèbres de cette nuit avaient pris une dimension nouvelle, comme si l'obscurité terrible des tunnels de Zhoka avait débordé des limites de la terre et voulait faire de lui leur proie.

À minuit, les nuages avaient tout envahi. La lumière devint tellement chiche qu'il n'osa plus continuer sa route dans les pentes traîtresses. Il s'assit dos à un rocher et sombra dans un sommeil agité. Il se réveilla, tremblant jusqu'à la moelle des os, après une vision cauchemardesque d'un Gendun brisé gisant ensanglanté dans les tunnels de l'ancien monastère.

Lorsque finalement le ciel se fut dégagé, une demilune s'était levée et il retrouva rapidement son chemin dans les massifs abrupts. Juste comme le ciel d'orient se mettait à rosir des premières lueurs de l'aube, il atteignit la crête du dernier contrefort avant la vallée. Au loin, à des kilomètres encore, un miroitement orangé trahissait les éclairages publics de Lhadrung. Il s'apprêtait à entamer la dernière descente quand il s'arrêta, intrigué par une légère odeur de feu de bois portée par le vent.

Il avait parcouru à pas prudents une centaine de mètres le long de la crête quand il entendit bêler un agneau. Il distingua dans le vallon la forme d'une maison accolée à deux petits bâtiments, avec un tas de foin contre un mur. Il s'approcha à une trentaine de mètres quand un chien aboya. Personne ne sortit. En passant devant la porte entrouverte, il aperçut une lumière sourde qui venait probablement d'une unique lampe à beurre. L'agneau se remit à bêler. Le chien, invisible dans les ténèbres, grognait maintenant, toujours sans se montrer. Shan revint lentement sur ses pas, franchit la crête et poursuivit son chemin vers Lhadrung.

Il fit le reste du trajet au pas de course, au milieu des longues ombres du jour naissant, sur le chemin de terre qui sortait des montagnes. De temps à autre il s'arrêtait à couvert dans les broussailles pour surveiller la vallée – pas le moindre hélicoptère dans le ciel, pas de panaches de poussière soulevés par les camions de soldats en patrouille.

Aux abords de la ville, il se mêla aux Tibétains qui arrivaient chargés de produits et de légumes, et entra avec eux avant de s'esquiver dans le labyrinthe de petites allées qui entourait le marché.

Il avait entendu quantité de descriptions du Lhadrung qui existait un demi-siècle auparavant. Y était établie une communauté tibétaine prospère dont les maisons modestes, chacune avec sa cour et son petit mausolée, étaient disposées autour d'un gompa. Lorsqu'elle avait fini par atteindre Lhadrung pour y panser ses blessures, l'Armée populaire de libération voulait se venger des mois de guérilla que lui avait infligés la résistance tibétaine, et les habitants de la ville s'attendaient à voir le gompa rasé de la surface de la terre, comme tant d'autres à travers tout le Tibet. L'armée avait rasé non seulement le gompa mais pratiquement la ville entière ; d'abord en la bombardant depuis les airs, puis en parachevant son ouvrage au bulldozer. La ville chinoise qui avait grandi à sa place n'était qu'un quadrillage de bâtisses grises sinistres et sans vie au-dessus desquelles se dressait l'immeuble imposant de quatre étages qui servait de quartier général à l'administration et aux autorités du comté.

Depuis qu'il était sorti de prison, Shan avait soigneusement évité le centre de la ville, limitant ses rares visites au marché à l'est de la cité. Le grand bâtiment avait bien changé depuis l'année précédente, lorsque, bénéficiant d'une remise de peine inattendue, Shan en était sorti libre. La façade de l'immeuble, mais uniquement la façade, avait été repeinte d'un blanc éclatant, avec pour seul effet de mettre en relief le gris sale des flancs et de l'arrière – sans compter que personne ne s'était donné la peine d'enlever les éclaboussures de peinture sur les vitres.

Les fenêtres du rez-de-chaussée qui encadraient les portes métalliques de l'entrée avaient, elles, été masquées par des affiches placardées de l'intérieur et qui représentaient autant de clichés familiers à tous les lieux publics du pays. Sur l'une d'elles, de jeunes Chinoises souriantes, des rubans dans les cheveux, conduisaient des tracteurs devant des champs de coton, et chaque machine portait, flottant au vent, le drapeau rouge de la République chinoise. Sur une autre, une vieille femme regardait pardessus une chaîne montagneuse, un fusil à l'épaule, en commémoration des héros du passé. Près de l'entrée, sur un piédestal neuf en béton, se dressait une statue moulée à partir de fragments de marbre : Un Buste De Mao Tsétoung Jeune Et Souriant, Le Grand Timonier chéri immortalisé par les membres du Parti. Deux arbres à l'allure de ginkgos avaient été placés de part et d'autre des portes, mais ils étaient morts, rappel brutal, s'il en était, des efforts accomplis par Pékin pour transplanter des choses chinoises dans un monde où elles ne pouvaient se trouver de racines.

Détail incroyable, à côté de l'un d'eux, trois mendiants étaient assis par terre, appuyés contre le mur. Shan fit discrètement le tour de la petite place face à l'entrée en détaillant ces trois incongruités vivantes inexplicables : le colonel Tan ne tolérant pas les mendiants, comment pouvait-il autoriser qu'ils s'installent devant le siège du gouvernement du comté ?

Il se posta dans la pénombre d'une entrée de restaurant fermé et reconnut les lieux avec circonspection. Deux voitures étaient garées dans l'allée latérale de l'immeuble. L'une, une limousine Red Flag noire vieille d'au moins vingt ans, était apparemment le seul véhicule qu'utilisait le colonel Tan. L'autre, rangée juste devant elle, était une berline argentée de marque japonaise beaucoup plus récente. Shan revint sur les mendiants. Deux hommes, la tête penchée en avant, absorbés dans la contemplation du sol fissuré. Le premier juste une silhouette, le visage obscurci par un sac de jute ; son voisin drapé dans une couverture dépenaillée. Et une vieille femme à l'œil gauche d'un blanc laiteux qui tapotait un bâton contre un bol d'aumônes traditionnel. Non loin, un groupe de Tibétains les observaient d'un air gêné, à l'abri derrière un camion garé au bord de la place. Ils n'avaient pas l'habitude de voir des mendiants et les enseignements bouddhistes recommandaient qu'ils offrent leur écot. Mais les enseignements gouvernementaux insistaient pour qu'ils n'en fassent rien.

La scène troublait Shan plus qu'il ne l'aurait voulu. La journée commençait à peine. L'immeuble administratif était silencieux, apparemment vide d'occupants à cette heure matinale. Il scruta les fenêtres du dernier étage, où les responsables de la hiérarchie avaient leur bureau. Comme les rideaux étaient tirés sur plusieurs d'entre elles, il ne put remarquer aucun mouvement.

Deux hommes en uniforme gris apparurent à un bloc de là, le semi-automatique à la bretelle – un autre des aspects de la vie dans le nouveau Lhadrung. Shan s'enfonça dans l'ombre en essayant vainement d'ouvrir la porte du restaurant afin de se trouver une cachette au cas où les soldats viendraient dans sa direction. Finalement ces derniers tournèrent au coin juste avant d'arriver sur la place et disparurent dans une rue latérale. Quelques instants plus tard, un des Tibétains s'approcha d'un pas hésitant de la vieille femme et lui parla à voix basse d'un air insistant, en essayant de la faire lever avec force gestes vers la rue à l'opposé de la patrouille.

Le Tibétain agenouillé près de la mendiante se changea en statue, pâle comme un linge : deux hommes sortaient de l'immeuble. Il se redressa et s'éloigna d'un pas raide.

Les deux Chinois han qui venaient d'apparaître arboraient un air d'autorité qui ne trompait pas. Le premier, la trentaine, les manières onctueuses, grand, vêtu d'un pantalon noir aux plis soigneusement marqués et d'une chemise bleue avec cravate rouge, sortit un large rouleau de papier d'une mallette et se mit à parler d'un débit rapide. Il ouvrit ce qui ressemblait à une carte dans un carré de soleil sur le piédestal de Mao. Le second, plus petit, la quarantaine, les cheveux longs grisonnants et broussailleux lui couvrant les oreilles, portait un gilet de lainage marron sur une chemise blanche sans cravate. Il sortit un stylo argenté pour désigner un emplacement sur la carte, une question dans le regard quand il s'adressa à son compagnon. Lorsque le jeune homme releva la carte, Shan constata, à sa grande surprise, qu'il s'agissait d'un thang-ka, une peinture tibétaine sur tissu, et très ancienne, à en juger par les couleurs.

Le jeune homme à la cravate rouge écoutait son collègue d'un air contraint et s'apprêtait apparemment à l'interrompre quand une Occidentale aux cheveux bouclés teints en roux foncé sortit à son tour pour les rejoindre. Elle désignait le thang-ka à grands gestes insistants, comme si elle cherchait à expliquer quelque chose puis, le leur prenant des mains, le retourna et désigna une inscription au dos. Les deux hommes en restèrent cois, puis acquiescèrent à contrecœur. Shan s'avança légèrement. L'étrangère devait avoir la trentaine ; elle portait un jean et un élégant gilet court marron sur un chemisier blanc, avec, autour du cou, suspendue à un cordon noir, une loupe.

Le jeune Chinois haussa les épaules en maugréant, roula le thang-ka et le remit dans sa mallette avant de rentrer dans le bâtiment, bientôt suivi par son collègue. La femme s'attarda quelques instants, alla au bord des marches du perron, s'appuya d'une main sur l'épaule de Mao et se pencha pour s'adresser aux mendiants, en roulant d'un doigt une mèche folle. Elle paraissait soucieuse. Shan n'entendit pas ses paroles, mais l'homme enveloppé d'une couverture releva les yeux d'un air intéressé comme s'il comprenait. Aurait-elle parlé en tibétain ? Il avait le visage dans l'ombre mais Shan le vit secouer la tête en guise de réponse. La femme jeta un coup d'œil à la porte avant de descendre le perron quatre à quatre en mettant la main à sa poche. Elle en sortit une pomme et la laissa tomber dans le giron du mendiant couvert d'un sac de jute avant de rentrer dans le bâtiment.

Elle venait de disparaître quand un hélicoptère passa en rase-mottes au-dessus du centre-ville en direction du nord, vers le camp de prisonniers. Il disparut rapidement, laissant dans son sillage un silence glacé plein d'effroi chez les rares passants. Shan revint sur le trio et vit que la pomme était passée entre les mains du second mendiant sous sa couverture.

Il contempla un instant la porte fermée, puis les trois mendigots. Il était certain que les deux Chinois han occupaient des positions d'autorité. Pourtant, ils n'avaient pas réagi devant les mendiants, occupés qu'ils étaient à discuter d'une peinture tibétaine, voire à se disputer à son sujet, juste avant que la femme n'arrive et ne règle le conflit. Était-ce la présence de l'Occidentale qui les avait empêchés de chasser les mendiants ?

Shan attendit dix minutes encore, puis il s'approcha. Il déposa sa seule pièce dans le bol de la vieille, qui le remercia avec reconnaissance d'un hochement de tête. Les deux hommes, le visage toujours caché, ne semblèrent pas remarquer sa présence, mais l'homme à la couverture tendit la jambe pour le faire trébucher. Shan évita soigneusement l'obstacle avant de s'accroupir au côté de l'homme au sac de jute pour voir son visage dans l'ombre.

— Surya ! s'exclama-t-il, le souffle coupé.

Le moine le fixa de ses grands yeux vitreux sans paraître le reconnaître. Un côté de son visage portait de profondes meurtrissures et sa main droite était enveloppée d'un linge ensanglanté. Shan lui toucha la joue et Surya gémit en détournant la tête.

— Nous pensions… Qu'est-il arrivé ? Ils vous ont emmené dans cet hélicoptère et…

Surya fixait d'un air hagard sa main pansée. Sous la toile de jute, il portait toujours sa robe en mousseline déchirée à plusieurs endroits.

— S'il vous plaît, dit Shan en le tirant par le bras. Gendun croit…

Mais Surya résista. Shan se releva, inspecta un instant la place en se demandant où avait disparu la patrouille, puis se baissa de nouveau pour tenter de remettre Surya debout.

— Ils croient tous que vous êtes mort.

— Surya est mort, approuva le moine. On l'a tué, lui aussi.

Shan regarda derrière lui les portes de l'immeuble et la rue. Si des affiches offrant une prime pour sa tête avaient été placardées, tous les passants étaient une menace. Pas uniquement l'armée.

— Vous ne pouvez pas les abandonner. Vous faites partie d'eux.

Apparut un chien errant, la peau flasque sur ses côtes décharnées, qui vint s'asseoir au côté de Surya.

— Le seul honneur qu'il pouvait encore leur offrir était justement de partir, expliqua le vieil homme. Même la vile créature qu'il est devenu sait cela.

Sa voix avait changé. Elle se brisait à chaque mot, sèche et désincarnée, sans plus de substance ni rien de commun avec celle du chanteur de gorge serein que Shan avait entendu la veille. Surya baissa la tête, la mâchoire pendante, et l'expression absente de son visage hâve rappelait celle du chien.

— J'ai inspecté les entrailles de l'ancien gompa, reprit Shan. Je n'ai pas vu de corps. Il n'y avait que du sang. Aidez-moi à comprendre ce qui s'est passé.

La bouche de Surya s'étira en un rictus, sa lèvre supérieure pincée entre deux incisives.

— Il savait ce qu'il avait fait. Ensuite, il a vu la chose noire dans son cœur. Si tu essaies de changer ça, Chinois, ce sera aussi un déshonneur.

« Chinois ». À ce mot, Shan sentit son être se déchirer. Surya et lui avaient été amis, ils avaient échangé bien des récits de leurs existences respectives en se partageant les tâches à Yerpa et souvent ils avaient ri ensemble. Aujourd'hui, Shan n'était plus qu'un Chinois comme tant d'autres.

— Les soldats vont vous reprendre si vous restez ici. Ils vont vous reprendre, répéta-t-il, toujours déconcerté par cette libération inopinée. Que vous ont-ils demandé quand ils vous ont interrogé ? Qui est la femme à la chevelure rousse ?

— Bientôt, ils accepteront la vérité, annonça Surya de sa nouvelle voix de crécelle, un filet de salive pendouillant à sa bouche. Ils lui feront ce que méritent les tueurs et les relaps. Entre-temps, il fera semblant d'être vivant.

Shan réprima un frisson et toucha la main bandée du vieil homme.

— Laissez-moi nettoyer votre plaie.

Mais Surya le repoussa et trottina d'une démarche de crabe au-delà de l'arbre mort, jusque dans l'ombre portée par les marches du perron.

Shan battit en retraite. Envahi par une vague d'émotion, il s'arrêta de nouveau dans l'entrée obscure du restaurant. Vingt-quatre heures auparavant, Surya, sur le point de s'embarquer pour une nouvelle vie à Zhoka, était prêt à changer le monde, mais c'est le monde qui l'avait rattrapé pour le changer. Shan se sentait coupable, et ses idées étaient si confuses qu'il éprouvait presque de la révulsion devant l'être tordu et vidé de sa substance que le vieux peintre était devenu.

Shan attendit que l'animation du matin prenne possession des rues : les camions déglingués aux pots d'échappement crevés, les charrettes menées par de petits chevaux qui n'étaient plus de première jeunesse, un vieillard à frêle barbichette poussant une brouette chargée de légumes. Le vent qui soufflait des montagnes mélangeait les odeurs, oignons, fumier, orge grillée et relents de gazole. Finalement il s'engagea dans la rue, dissimulée dans l'ombre, pour rejoindre l'arrière du centre du gouvernement. Il contourna l'immeuble, jetant des regards furtifs vers les fenêtres des étages, et se retrouva près des véhicules garés dans l'allée adjacente. Les sculptures des pneus de la voiture argentée étaient pleines de gravier rouge – un gravier qu'on ne trouvait pas sur les chaussées de Lhadrung. Il se pencha pour l'examiner de plus près en tentant de se rappeler l'endroit où il avait déjà vu de ces mêmes gravillons.

Soudain, une forte poigne agrippa le haut de son bras et le tira en arrière jusque dans une embrasure de l'autre côté de l'allée. Une porte claqua dans son dos et on le relâcha. Il s'accroupit dans le noir, les mains sur la tête pour se protéger. Une ampoule nue s'alluma. Il se trouvait dans une petite pièce servant de réserve, aux étagères bien garnies de bidons d'huile de cuisine, paniers de légumes, sacs de riz et d'orge. Un homme aux cheveux gris coupés en brosse et au visage taillé à la serpe saisit une chaise accolée à la table en planches non équarries posée au milieu de la pièce et y posa un pied chaussé d'une botte noire parfaitement cirée.

— Je vous croyais mort. Ou au moins disparu dans quelque trou au fin fond des montagnes, avec suffisamment de jugeote pour y rester.

L'homme arborait l'uniforme uni parfaitement repassé d'un officier de l'armée, sans la moindre décoration ni indication de grade autre que les poches de sa tunique.

Shan prit une profonde inspiration et croisa le regard qui ne l'avait pas quitté une seconde.

— Je préférerais être loin, colonel, répliqua-t-il d'une voix crispée. Mais nous voici.

Il y avait des années que le colonel Tan était l'administrateur du comté – si longtemps qu'il avait perdu tout espoir d'avancement, et donc de transfert loin de ce pays pauvre du bout du monde, ce qui ne faisait qu'ajouter à sa capacité de furie et de brutalité. Shan serra les mâchoires, surpris par la soudaine colère que cette apparition inattendue avait déclenchée en lui, mais conscient dans le même temps qu'il suffirait d'un ordre de cet homme pour qu'il soit réexpédié au goulag.

— Vous avez de nouveaux adjoints, fit-il remarquer après avoir recouvré son calme.

Un an auparavant, il avait été officieusement libéré par le colonel pour avoir apporté la preuve que le meurtrier du procureur du comté n'était pas le moine incarcéré à tort, mais un groupe de représentants officiels du gouvernement central en poste à Lhadrung.

— Ils sont simplement en visite. Je reçois beaucoup de propositions d'assistance par les temps qui courent. Personne n'avait jamais entendu parler de Lhadrung jusqu'à ce que je commette l'erreur de demander votre aide, expliqua Tan d'un ton acide.

— Vous voulez dire que personne ne savait que trois des plus importants services du comté étaient dirigés par des trafiquants de drogue et des assassins.

Tan retroussa une moitié de bouche, une de ses expressions caractéristiques, une sorte de demi-rictus d'animal féroce prêt à montrer les crocs.

— On m'a obligeamment remis en mémoire qu'un individu de réputation moindre aurait été destitué et rayé des cadres en signe de disgrâce.

— Félicitations.

Shan savait que son interlocuteur attendait une manifestation de reconnaissance, mais au cours de toutes les années passées à Lhadrung, jamais le colonel n'avait levé ne serait-ce que le petit doigt pour mettre un terme aux brutalités dans le camp de travaux forcés.

Tan parut sur le point de bondir par-dessus la table pour dévorer Shan à belles dents. Il lâcha d'une voix sifflante :

— Vous n'existez pas.

Dans le silence tendu qui s'ensuivit, Shan s'assit doucement sur une des chaises, sans quitter une seconde le colonel des yeux, de la même manière qu'il aurait surveillé un serpent lové prêt à l'attaque. Tan venait de lui laisser entendre combien il serait facile de faire disparaître à jamais de la surface de la terre l'ancien prisonnier du camp de travaux forcés qu'il était.

Il finit par détourner la tête face à la fureur rentrée du colonel et se mit à examiner les étagères de la réserve d'un air délibéré, en se demandant pourquoi Tan ne l'avait pas conduit dans le bâtiment de l'administration. Chercherait-il à le cacher aux yeux des autres, ou était-ce parce qu'il le connaissait ?

— Il y a des mendiants à l'entrée du bâtiment officiel, finit-il par déclarer. Pourtant, vous n'autorisez pas la mendicité.

En guise de réponse, Tan sortit une cigarette sans filtre de sa poche, l'alluma et souffla un nuage de fumée dans sa direction.

— Cette fois, je ne vous demande pas votre aide. Je vous ordonne de rester à l'écart.

Shan le fixa de nouveau en essayant de cacher à quel point il était dérouté.

— L'un d'eux a été amené par hélicoptère depuis les montagnes. Il s'appelle Surya. Il a été arrêté, puis libéré. Pourquoi ?

— Dans ce comté, l'utilisation des ressources gouvernementales est exclusivement de mon ressort, et non de celui d'un quelconque Tibétain sénile délirant sur des crimes imaginaires.

— Vous voulez dire qu'il serait tout à fait inopportun que Lhadrung fût le siège d'un nouveau crime.

— Il n'a jamais été officiellement placé en détention. Il n'y a pas eu de meurtre. Ce n'est qu'un Tibétain pathétique qui a besoin d'aide, comme tant d'autres, déclara Tan en tirant une profonde bouffée sur sa cigarette, les yeux rivés sur Shan. Pourquoi un tel intérêt pour cet homme ? Peut-être devrais-je appeler une de nos agences d'intervention sociale… qu'en pensez-vous ?

Shan réprima un frisson devant l'euphémisme en usage dans les échelons élevés de la hiérarchie. Les agences auxquelles Tan faisait référence étaient des établissements gouvernementaux où l'on pratiquait des expérimentations médicales, ou des cliniques spéciales pour malades mentaux dirigées par la Sécurité publique. Lokesh, qui avait, comme Shan, fait un séjour dans un institut pour fous criminels, disait qu'on y utilisait des produits chimiques destinés à chasser la divinité d'un homme, et qu'une simple injection était capable de transformer un humain en une forme de vie inférieure. Shan fixa le sol un moment avant de pouvoir affronter de nouveau le regard de Tan.

— La femme occidentale. Qui est-elle ?

— Elle est en visite. C'est une historienne d'art. Elle s'appelle McDowell.

— Nous nous cachons d'une historienne d'art ?

— Nous ne nous cachons de personne.

Tan suivit la fumée qui dérivait doucement au sortir de sa bouche jusqu'au plafond, puis s'assit, croisant les doigts autour de sa cigarette fumante. Shan avait vu ce même geste par le passé – le colonel Tan avait ses mudras personnels.

— Si je devais le refaire, je ne changerais rien à ce que j'ai fait il y a un an, dit Tan lentement, comme s'il livrait bataille pour que les mots sortent de sa bouche.

Une étrange douleur empoigna le cœur de Shan. Que voulait dire le colonel ? Était-ce sa manière, pour étrange qu'elle soit, de lui faire honte ?

Brutalement, une idée terrifiante lui traversa l'esprit : Tan pouvait lui ordonner de trouver des preuves à charge contre Surya, et menacer de le réexpédier au camp s'il refusait de coopérer.

— Je regrette que vous ayez été puni à cause de moi, finit-il par énoncer après un long moment.

— Ne vous vantez pas, rétorqua sèchement Tan. Cela ne vous concernait pas, c'était uniquement parce que ces criminels opéraient à mon nez et à ma barbe.

— Je ne suis pas venu vous chercher, colonel. Moi aussi, j'en étais arrivé à la conclusion que tout serait bien plus facile si nos chemins ne se croisaient plus.

— Alors, pourquoi venir jusqu'ici ? À cause de ce mendiant ? Je préférerais le voir ailleurs. Emmenez-le.

— Il refuse de partir. On croirait qu'il est enchaîné au bâtiment.

Shan comprenait bien des choses à l'homme qui lui faisait face. Des années durant, à Pékin, c'était pour des individus comme lui qu'il avait travaillé, avec la seule différence qu'ils se déplaçaient dans des limousines plus grandes et fumaient des cigarettes plus élégantes. Mais, malgré tous ses efforts, il ne comprenait pas le jeu étrange auquel le colonel et lui se livraient.

Tan se leva en lui montrant la porte.

— Partez. Allez vous faufiler dans votre trou. Encore quelques années et je prendrai ma retraite, vous aurez alors tout loisir de vous essayer au monde de la vraie vie.

— Si vous ne voulez pas de moi à Lhadrung, pourquoi offrir une prime ?

Le colonel fit deux pas vers lui et lui claqua le bras comme avec un fouet, en montrant la porte une seconde fois.

Shan se leva, passa à côté de lui et sortit. Il n'avait pas fait dix pas dans l'allée qu'il entendit le colonel jurer à mi-voix. Les deux hommes aperçus peu de temps auparavant sur le perron du bâtiment s'apprêtaient à monter dans la voiture argentée ; ils s'immobilisèrent quand Tan avança sur le seuil de la porte. Le petit aux cheveux longs avait enfilé une veste sur son gilet et salua le colonel avec raideur. Son jeune collègue, en revanche, n'offrit qu'un sourire glacé, mais il marcha jusqu'au milieu de l'allée, où il bloqua le passage à Shan sans quitter le colonel des yeux, dévoré de curiosité. L'autre détailla Shan avec circonspection puis, avec un soupir de déception, se tourna vers Tan.

— C'est lui, l'homme dont je vous ai parlé, celui qui nous surveillait dans l'ombre quand nous sommes sortis. Vous le connaissez ?

Shan crispa les mâchoires et examina le bonhomme avec un intérêt tout neuf. Il s'était pourtant cru bien caché et ne l'avait même pas vu se tourner dans sa direction. Il y avait une passagère dans la voiture, l'historienne d'art, McDowell.

— Un prisonnier réformé, répondit Tan sans l'ombre d'une hésitation. On en rencontre de temps à autre qui errent sans but dans le district. Ils nous haïssent quand ils sont derrière les barbelés mais ne supportent pas de nous quitter quand nous les libérons. Pour les médecins de la Sécurité publique, il s'agit d'un désordre psychologique.

— Il arrive cependant que les vieux criminels commettent de nouveaux crimes, fit remarquer l'inconnu, et il est souvent profitable de les interroger. Il n'y a pas meilleur informateur qu'un ancien prisonnier.

Tan opina lentement du chef.

— Naturellement. Mais pas ceux qui viennent de notre camp dans la vallée. Lorsqu'ils obtiennent la permission de partir, ils ont été trop bien conditionnés. La plupart n'ont pratiquement plus rien à offrir. Il leur arrive de traîner en ville à la recherche d'un emploi ou d'un peu de nourriture. Ils sont pitoyables. Celui-ci, sa famille a été détruite, sa réputation ruinée, il vit au jour le jour, un repas par-ci, un autre par-là. Je lui ai donné l'adresse de l'Association de secours tibétaine. Il sait qu'il pourrait être de nouveau arrêté sur simple ordre de ma part, ajouta-t-il délibérément, pour faire bon poids.

— Mais c'est un Han.

— Il l'était, rétorqua sèchement un Tan agacé qui repoussa Shan dans l'ombre en passant devant lui.

L'homme en gilet semblait surtout s'intéresser au colonel, mais lorsque Shan fit volte-face, il tourna lentement la tête pour le soumettre à un examen de détail. Il passa en revue ses brodequins de travail éculés et pitoyables, son pantalon deux tailles trop grand élimé jusqu'à la trame, sa veste marron en duvet aux manches râpées, le petit vase rouge brodé sur l'épaule, récipient symbolique de la sagesse, cadeau d'une femme dont Lokesh et lui avaient partagé le campement de berger lors d'une tempête hivernale. Puis, mettant la main à la poche, il en sortit quelques piécettes qu'il lui pressa dans la main. Ensuite il s'engagea dans l'allée d'un air renfrogné, tandis que le grand Chinois ouvrait la portière conducteur de la voiture argentée et s'installait au volant en s'adressant à la femme assise à côté de lui. Il jetait un dernier regard en arrière vers l'entrée sombre où Tan avait poussé Shan lorsque son compagnon joua de l'avertisseur. Il le rejoignit au pas de gymnastique et le trio disparut sans attendre.

Tan suivit longuement du regard le véhicule qui s'éloignait à toute vitesse. L'étrange ambivalence dont il avait fait montre dans la réserve avait disparu, cédant la place à la fureur glacée qui ne quittait jamais totalement son visage.

— Ce ne sera plus la même chose cette fois, lança-t-il. Donnez-moi une seule raison, quelle qu'elle soit, pour vous recoller derrière les barbelés, et vous ne reverrez plus jamais la lumière du jour.

Après que Tan eut disparu dans l'immeuble, Shan resta encore un quart d'heure auprès de Surya. Celui-ci l'ignora et se contenta de fixer le sol à ses pieds d'un air misérable, se tordant les doigts et luttant par instants pour respirer. Le vieux moine avait rejoint un lieu sinistre à l'intérieur de son être, et nul hormis lui-même ne pouvait espérer l'en sortir.

— Quelles paroles a-t-il prononcées depuis qu'il est ici ? demanda Shan à l'homme à la couverture qui avait tenté de le faire trébucher.

Pour toute réponse, le mendiant lui tendit sa paume ouverte. Shan y déposa les pièces que le Chinois court sur pattes lui avait données, en se demandant une fois encore pour quelle raison Tan autorisait ainsi la mendicité sur le pas de sa porte. J'aurais préféré voir Surya ailleurs, avait-il avoué plus tôt. Un autre que lui voulait-il que le vieil homme reste ? Et si Surya était autorisé à mendier au bord de la place centrale, il était difficile d'interdire à d'autres de l'imiter. Mais pourquoi lui, justement ? Certainement pas à cause du meurtre de Zhoka. Peut-être parce qu'il était artiste, songea Shan en se rappelant les trois inconnus qui avaient examiné le thang-ka sur le perron.

Le mendiant repoussa la couverture qui lui couvrait la tête et masquait ses traits, comme si Shan, par son aumône, s'était gagné le droit de voir son visage. Il avait les joues balafrées de cicatrices en dents de scie, du genre de celles que laisse un passage à tabac à coups de matraque.

— Il a chanté d'anciennes comptines, comme celles que me chantait ma mère, répondit l'homme en jetant sans cesse des regards inquiets vers le perron. Il m'a posé des questions sur la magie chinoise.

— La magie ?

— Il n'avait encore jamais vu de camions ni de voitures. Il les appelait les charrettes chinoises. Il m'a demandé de lui expliquer comment elles pouvaient se déplacer sans chevaux ou sans yacks.

Le mendiant contempla les piécettes dans le creux de sa paume avec réticence, d'un air frustré, exactement comme si elles l'obligeaient à répondre aux questions de Shan.

— Il m'a aussi demandé si le grand abbé était capable de les faire voler dans les airs.

Il avait le nez tout de travers, apparemment à la suite d'une fracture.

— Un abbé ? Quel abbé ?

— C'est ce que j'ai voulu savoir. Il m'a répondu qu'il avait rencontré dans les montagnes un puissant abbé qui était aussi un grand magicien. C'est vrai ? demanda-t-il d'une voix insistante. Un abbé serait arrivé pour le peuple ?

— Je ne sais pas ce qui se passe dans les montagnes, répliqua Shan. Est-ce qu'il a parlé des questions qu'ils lui ont posées ?

L'homme haussa les épaules.

— C'est toujours les mêmes questions qu'ils posent, pas vrai ?

— Vous lui avez pris sa pomme.

L'homme eut un nouveau haussement d'épaules.

— Regardez-le. Il ne veut plus rien de ce monde-ci. J'ai déjà vu ça par le passé, j'ai vu la façon dont ils l'ont jeté sur le trottoir, ses larmes qui ont coulé quand ils sont partis, parce qu'ils ne voulaient plus l'écouter. Il a dit qu'il devait aller à l'endroit avec les barbelés, là où on garde les vieux lamas jusqu'à ce qu'ils meurent.

Sur ces mots, il glissa ses pièces de monnaie dans ses vêtements et recouvrit sa tête de la couverture.

Shan fouilla ses poches et y dénicha une petite *tsa-tsa*, une tablette en terre cuite à l'effigie d'un saint, qu'il déposa dans le giron du mendiant.

— Vous ne m'avez pas dit ce que Surya leur avait raconté.

Le vieux moine, qui n'avait pas paru intéressé par les questions de Shan, et avait peut-être ignoré celles de ses interrogateurs, semblait néanmoins encore convaincu que des choses devaient être dites.

Le mendiant repoussa la couverture sur ses épaules, l'air perplexe, puis, lentement, mit les mains en coupe autour de la figurine en terre. Quand il finit par répondre à sa question, Shan lut sur ses traits un mélange incongru de ressentiment et de gratitude.

— Ils l'ont interrogé sur des cavernes et des mausolées, et sur les symboles dans les peintures. Ils lui ont montré d'anciens thang-ka. Il n'arrêtait pas de répéter qu'il était un meurtrier et qu'il ne savait pas où on pouvait trouver d'autres peintures.

— C'est lui qui vous a dit tout ça ?

— J'ai de bonnes oreilles.

Shan fit la grimace, se reprochant de n'avoir pas compris ce qui sautait aux yeux.

— Vous êtes un informateur.

— Naturellement. Vous croyez que j'irais m'asseoir sur la place de Tan si je n'en avais pas reçu l'ordre ?

— Pourquoi ont-ils posé des questions sur des peintures ?

Nouveau haussement d'épaules.

— Ça doit être une nouvelle campagne de propagande. C'est tout ce qu'a raconté le vieil homme, sauf qu'il les a mis en garde quand ils l'ont jeté dehors. Il a dit que les temples qui domptent la terre sont trop dangereux pour des gens comme eux. Comme s'ils en avaient quelque chose à faire, lâcha-t-il en fourrant la tsa-tsa dans sa couverture, dont il se couvrit de nouveau la tête.

« Comme s'ils en avaient quelque chose à faire. » Mais les vieux Tibétains se soucieraient absolument d'un temple de la terre.

Les paroles du mendiant résonnaient en échos dans l'esprit de Shan à mesure qu'il s'éloignait au fil des allées. C'est en prison qu'il avait entendu parler pour la dernière fois des temples dompteurs de la terre, qui faisaient souvent la trame des récits que racontaient les vieux lamas les soirs d'hiver. Des siècles auparavant, la construction des monastères du Tibet, au nombre de plusieurs milliers, avait commencé par l'érection d'une série de temples, disposés en cercles concentriques très éloignés de leur centre. Celui-ci était occupé par le temple le plus sacré de tout le pays : le Johkang, à Lhassa, à près de deux cents kilomètres au nord-ouest. Le Johkang avait été bâti pour ancrer le cœur du démon suprême de la terre qui, au départ, avait résisté à l'introduction du bouddhisme. Chacun des temples excentrés avait été construit sur un des appendices du vaste démon, certains à des centaines de kilomètres de Lhassa. Leur réseau gardait la terre et ses habitants en harmonie.

Surya avait parlé d'être cloué à la terre, mais Shan n'avait pas fait le lien entre ces paroles et les anciens récits : la tradition voulait que les temples dompteurs tiennent les démons en échec en les épinglant à la terre au moyen de dagues ou de clous sacrés.

Alors que, autrefois, on les considérait comme les lieux les plus importants du pouvoir spirituel, les temples dompteurs de la terre étaient désormais au mieux un détail d'histoire ancienne – excepté pour Gendun, Surya ou Lokesh. Certains de leurs emplacements étaient encore connus, mais la plupart avaient été perdus. Shan se souvint d'une discussion, en prison, à propos d'une antique légende qui voulait qu'il en existât un dans la région de Lhadrung. Mais pourquoi Surya avait-il parlé de Zhoka comme d'un temple dompteur de la terre ? Parce qu'il avait trouvé un vieux livre dans une caverne.

Dix minutes plus tard, Shan marchait aux abords de la ville en essayant de dénicher un camion susceptible de partir vers les montagnes, quand une clameur se leva au-delà du marché. Il entendit des applaudissements et une voix dans les haut-parleurs. Il lui fallut cinq minutes pour atteindre la foule amassée sur le terrain d'athlétisme utilisé par l'école locale. On avait érigé un podium face aux gradins en parpaings, à côté d'un autre buste de Mao posé sur un pilier en béton. Un homme en costume présentait un invité spécial de Pékin, un savant célèbre, le plus jeune directeur d'un de ses plus célèbres instituts. Une bannière, courant du mât porte-drapeau jouxtant le podium jusqu'aux gradins, annonçait l'hommage présenté au directeur Ming du musée des Antiquités de Pékin par la Société de l'amitié sino-tibétaine.

La centaine de personnes présentes, pratiquement toutes chinoises han, applaudit et un homme en costume bleu monta sur le podium, dos à Shan. Il accepta le microphone que lui tendait son hôte.

— C'est moi qui vous applaudis, dit-il d'une voix lisse, une fois en mandarin et ensuite en tibétain. C'est vous qui êtes les véritables héros de la grande réforme, c'est vous qui avez appris la manière de mêler les forces de toutes nos grandes cultures.

Il se retourna et Shan n'en crut pas ses yeux : le grand Chinois élégant du perron de l'immeuble, un de ceux que Tan avait essayé d'éviter, était à la tête du plus prestigieux musée de Pékin, si ce n'est de toute la Chine. Que faisait-il donc à Lhadrung ?

Shan écouta quelques minutes le directeur Ming exposer avec conviction la nécessité de fondre les grandes cultures de la Chine, en insistant sur le fait que le défi n'était pas moindre pour les habitants de Pékin que pour ceux de Lhadrung. Il parla de sa décision d'installer ses ateliers d'été à Lhadrung. Le lieu était propice pour le défi mis en œuvre, car, à ce jour, le comté comptait bien peu de Chinois installés à demeure, malgré la charge d'histoire qu'il pouvait offrir en partage. Afin d'insister sur ce dernier point, Ming sortit un morceau de soie blanche – un khata, le foulard à prières traditionnel tibétain –, le leva à deux mains et, d'un air théâtral, le noua au cou du buste de Mao. La foule explosa en applaudissements.

Shan battit en retraite car il se méfiait des soldats toujours en surveillance lors des rassemblements publics. Il s'éloignait du terrain quand il vit la voiture argentée avec, à la place du conducteur, bien appuyée au dossier du siège, la femme aux cheveux auburn qui lisait un livre. Il jeta un coup d'œil aux environs pour s'assurer qu'il n'y avait pas de patrouille et s'approcha de la vitre ouverte.

— Vous avez donné une pomme à un ami à moi, dit-il doucement, en anglais. Je vous en remercie.

La femme releva les yeux, un filet de sourire aux lèvres.

— J'ai bien essayé de la lui donner, mais je ne suis pas sûre qu'il l'ait vue. Pouvez-vous communiquer avec Surya ? Peut-être a-t-il besoin de parler à quelqu'un qu'il connaît mieux.

Apparut un garçonnet tibétain qui se faufila entre Shan et la portière pour tendre à l'étrangère une bouteille d'orangeade.

— *Thuchechey*, dit-elle.

Elle remercia l'enfant en tibétain et lui donna une pièce qui valait quatre fois le prix de la bouteille. Le gamin fila à toutes jambes avec un cri d'allégresse.

— Là où il est, en cet instant, on ne peut pas le joindre, expliqua Shan.

— À vous entendre, on croirait que vous avez essayé de lui téléphoner, commenta-t-elle avec un accent qui n'était pas américain mais qu'il ne parvenait pas à situer.

— Je veux dire…

— Je sais exactement ce que vous voulez dire. C'est une abomination. Je vous en prie, est-ce que vous le connaissez ?

Elle lui montra le siège passager.

— Montez. S'il vous plaît. Si vous vous préoccupez de son sort, il faut que nous parlions.

Shan, craignant une descente de soldats, observa les alentours. La foule applaudissait de nouveau, et la femme qui occupait le podium présentait quelque chose au célèbre visiteur.

— Avez-vous rencontré Surya dans les montagnes ? demanda-t-il à McDowell en se glissant sur le siège passager.

Pour impossible qu'elle parût, il savait déjà la réponse : elle connaissait Surya.

— Une seule fois. Je n'ai pas participé à toutes les visites, dit-elle doucement, d'une voix cultivée et raffinée. Je m'appelle McDowell. Elizabeth McDowell. Mes amis m'appellent Punji, comme les baguettes de bambou épointées.

Shan ne lui offrit pas de nom en retour. Il se contenta de demander :

— Quelles visites ? Pourquoi aller visiter des ruines ?

— Il s'agit du séminaire d'été annuel du directeur Ming. Ses ateliers pour étudiants diplômés. Il effectue un inventaire des sites antiques. L'été, les étudiants apportent leur aide pour les fouilles ou ils assistent les conservateurs adjoints.

Sur le siège se trouvaient des papiers, y compris quelques grandes enveloppes, toutes portant comme expéditeur *Le Fonds pour l'aide aux enfants du Tibet*, à une adresse de Londres.

— Il faut que Surya retourne dans les montagnes pour y retrouver ses amis, dit Shan.

— Il nie s'appeler Surya, lui rappela McDowell. Il répète que Surya est mort.

Shan essayait discrètement d'étudier les papiers sous les enveloppes quand la portière arrière s'ouvrit et un nouveau passager prit place. McDowell laissa tomber son livre sur ses papiers, mit le contact et s'engagea dans la rue.

— Il a eu un terrible choc, expliqua Shan. Quelqu'un est mort. Il n'a… pas d'expérience. Sa vie tout entière a été son art.

— *N'étudie que l'Absolu*, intervint une voix onctueuse depuis la banquette arrière.

Shan se retourna : le directeur Ming lui souriait.

— Il connaît notre ami Surya, annonça McDowell à l'intention de Ming sans quitter la route des yeux.

— Il n'était pas dans mes intentions de me mêler de vos affaires, s'excusa Shan en cherchant un endroit où il pourrait sauter du véhicule en marche.

— Où puis-je vous conduire ? demanda McDowell d'un ton étrangement malicieux.

— Nulle part. Je descends ici, répondit-il, la main sur la poignée de la portière. S'il vous plaît.

— Absurde. Comment connaissez-vous Surya ? Est-il réellement moine ? Et si vous ne me dites pas où vous allez, vous allez vous retrouver à la vieille usine de briques au sud de la ville.

— La vieille usine m'ira très bien, répondit Shan.

Il se laissa aller contre le dossier, mal à l'aise, mais la vieille bâtisse délabrée était à moins de quatre kilomètres des montagnes.

— Vous savez comment faire parler le vieux moine ? demanda Ming, soudain intéressé, en se penchant en avant.

À l'entendre, on aurait pu croire qu'il voulait que Surya passe aux aveux. Des aveux qui n'avaient rien à voir avec le meurtre.

— C'est vous qui étiez avec Tan ce matin, poursuivit Ming après avoir examiné Shan un moment.

— Il est arrivé que Surya passe un mois sans prononcer une parole, expliqua Shan en toute sincérité.

— Mais il en sait tellement qui doivent être prononcées, répliqua Ming d'une voix déçue. Cela pourrait valoir beaucoup que de le convaincre de nous parler à nouveau.

Shan n'arrivait pas à décider quel genre d'individu était le jeune ambitieux : il ne pouvait pas être devenu le plus jeune directeur de l'un des tout premiers musées du pays uniquement grâce à ses talents scientifiques.

— Vous lui avez rendu visite dans les ruines ?

— À trois reprises, reconnut Ming sans difficulté. Il m'a expliqué ce qu'il était en train de peindre dans cette vieille tour. Je l'ai interrogé sur les anciens mausolées. Ce sont des renseignements précieux pour ma recherche.

— Est-ce qu'il y a deux nuits vous vous trouviez dans les montagnes tous les deux ?

Une seconde, Ming transperça Shan d'un œil presque menaçant avant de hausser les épaules.

— Mentalement, il s'est complètement effondré, et j'ai cru un instant qu'il avait une attaque. Mais on a fait venir un médecin de l'armée qui a déclaré qu'il allait bien, et qu'en fait il était dans une forme extraordinaire. Sauf qu'il oublie qui il est et tout ce qui touche à l'art. Il ne cesse de gémir en parlant de meurtre et de mort.

— C'est vous qui vous êtes débrouillé pour que l'armée vienne le prendre ?

— Un certain nombre des ressources du gouvernement ont été mises à la disposition de notre projet, fanfaronna Ming avec un sourire suffisant.

Shan aurait cru la chose impossible s'il ne l'avait entendue de ses propres oreilles : un directeur de musée avait emprunté à Tan quelques-uns de ses soldats afin de pouvoir interroger Surya dans le cadre de ses recherches historiques.

McDowell poussa un soupir d'exaspération.

— Le camarade Ming s'imagine être une sorte de patron du Parti.

Puis, ralentissant, elle montra à Shan un yack tirant une charrue dans un champ, avant de poursuivre en souriant :

— Je ne cesse de lui répéter qu'il dirige un musée, et rien de plus. Ce n'est pas à lui que les milliardaires s'intéressent, mais à ses œuvres d'art.

— Des milliardaires ? demanda Shan en se tournant vers elle.

Inconsciemment, il glissa la main vers le vieux gau qu'il portait sous sa chemise, exactement comme Lokesh quand le vieux Tibétain sentait la présence de démons. La femme continua de regarder le yack en souriant, comme si la scène lui faisait plaisir.

— Vous savez : les mécènes, les clients. Ceux qui paient pour les nouvelles ailes des musées. Les actionnaires des affaires du directeur Ming.

Le site de l'ancienne usine semblait abandonné. Mais lorsque McDowell contourna la façade apparut une file de Tibétains, essentiellement des femmes avec de jeunes enfants et, derrière eux, un minibus rouge immatriculé à Lhassa. Au-dessus d'une porte du bâtiment en brique qui s'effondrait, un panneau portant une inscription manuscrite, en langue tibétaine uniquement, annonçait : *Examen de santé gratuit pour les enfants*. Plusieurs Tibétains saluèrent McDowell du geste. Elle les salua en retour, coupa le contact et vit la question dans le regard de Shan.

— L'argent dont dispose le groupe d'entraide est consacré aux médicaments et aux frais de transport des infirmières. J'aide où je peux. Prenez la queue, nous vous trouverons bien quelques vitamines.

Elle sortit de la voiture au milieu d'un concert d'exclamations de bienvenue.

— Vingt minutes, pas plus ! s'écria Ming avant de sortir à son tour fumer une cigarette.

Shan se saisit d'une des feuilles de papier sur le siège, la fourra dans sa chemise et ouvrit sa portière. Il était pratiquement sorti de la vieille usine quand il entendit Ming dans son dos.

— Qui d'autre se trouvait dans les ruines en compagnie du vieux moine ?

— Des gens de l'extérieur, répondit Shan en pivotant.

— Et comment le savez-vous ? demanda Ming, les yeux rétrécis en fentes.

— Ceci ne provient d'aucun Tibétain, fit Shan en présentant le mégot qu'il avait sorti de sa poche. Serait-ce à vous ?

— Donnez-moi ça, répondit Ming, interloqué mais très intéressé.

Shan déposa l'objet sur le coffre de la voiture et recula. Ming pinça lentement le moignon de cigare et le porta à ses narines avant de le laisser tomber par terre et de l'écraser sous sa semelle.

— Ce n'est pas à moi. Ce n'est rien.

— Rien, répéta Shan.

C'était tout sauf rien, à voir la façon dont Ming contemplait les fragments de tabac écrasés à ses pieds avant de se tourner d'un air furieux vers les montagnes.

— Si vous connaissez réellement Surya, dit-il de sa voix de directeur de musée soudain glaciale, si vous connaissez ses amis qui se cachent dans la montagne, les ermites, expliquez-leur que le temps presse. Si ce n'est pas Surya, qui cela sera-t-il ? Nous n'accepterons pas une moitié de mort. L'empereur a déjà attendu beaucoup trop longtemps.

— L'empereur ? Une moitié de mort ? demanda Shan, certain qu'il avait mal entendu.

Mais l'homme qui le dévisageait sans aménité n'avait plus rien du scientifique affable et souriant qu'il avait entendu devant l'école.

— Qu'est-ce que vous cherchez dans les montagnes ?

— Je veux un autre moine, lâcha brutalement Ming d'un air courroucé en se retournant sur les débris de cigare au sol. Un des vieux qui viennent des montagnes d'altitude.

— Pour quelle raison ? voulut savoir Shan, la gorge sèche comme un parchemin.

— Amenez-moi un moine et je vous paierai.

— Il n'y a pas de moines dans…

Ming l'interrompit net en levant la main.

— Il existe des bombes, vous savez, destinées spécialement aux terroristes qui se cachent dans les cavernes. Elles ne détruisent pas la caverne, elles aspirent simplement tout l'oxygène, avec pour conséquence que tous ses occupants périssent asphyxiés.

Ming sourit et salua d'un geste un jeune garçon qui passait à côté de la voiture à la poursuite de son ballon.

— Dites-leur que le monde saura bientôt qui a péri. À ce moment-là, pour eux, il sera trop tard.

— Vous savez qui a péri ?

— Pour l'instant, soupira Ming, cela reste un secret d'État. Apportez-moi un moine. Sinon, j'informerai le colonel Tan que Surya a tué quelqu'un.

4

Shan atteignit les contreforts de la vallée en début d'après-midi. À mesure qu'il gravissait les pentes, il revoyait le visage désespéré de Surya et les étranges paroles de Ming et du mendiant restaient gravées dans sa mémoire. Il s'était rendu en ville pour tenter d'obtenir des réponses et en revenait les idées plus embrouillées encore, le cœur dévoré d'appréhension. Un meurtrier rôdait dans les collines, des tueurs de dieux hantaient les montagnes. Mais si Zhoka s'avérait bien un temple dompteur de la terre, aux yeux des vieux Tibétains, il n'y aurait rien de plus important que de le protéger. Jamais Shan ne donnerait à Ming le second moine que celui-ci exigeait, mais Gendun ferait avec joie le don de sa personne s'il pensait un instant pouvoir ainsi aider Surya ou protéger Zhoka.

Un autre détail commença à le tarauder au fil de son avancée : la façon bizarre dont Tan l'avait décrit aux deux Chinois, essayant de le réduire à quantité négligeable, un ancien prisonnier pitoyable dont la famille avait été détruite. Un an auparavant, le colonel avait pris un plaisir insigne à lui signifier que son épouse avait divorcé pendant son séjour en prison et qu'elle s'était remariée. Avant même de se retrouver derrière les barreaux, Shan avait représenté aux yeux de sa femme une gêne politique, et elle avait sans nul doute convaincu leur fils que son père était mort. Mais Tan n'avait pas déclaré que Shan avait perdu sa famille, ni que celle-ci l'avait abandonné. Il s'était limité à dire qu'elle avait été détruite. C'était bien de lui, et tout à fait dans sa manière. Probable qu'il ne se souvenait pas de l'histoire personnelle de Shan ; il avait dû utiliser ces mots-là pour illustrer le portrait qu'il se faisait des misérables ex-taulards errant dans le comté.

Lorsqu'il eut atteint la crête de la première ligne de collines, Shan se laissa tomber sur un rocher pour essayer de remettre son esprit en place en un lieu paisible, à l'image du pâturage de montagne où il se trouvait, afin de donner un sens à ce qu'il avait entendu. Les brefs moments passés en compagnie de Ming lui faisaient l'effet d'un mauvais cauchemar. Il avait certainement dû se tromper : un directeur de musée aux manières tellement affables et policées ne pouvait pas avoir menacé la vie de ses vieux amis bouddhistes comme si la chose allait de soi. Personne à Lhadrung ne connaissait l'existence de l'ermitage secret. Personne, hormis Surya.

Il fallait absolument qu'il retrouve les moines et les convainque de se tenir à bonne distance de tous les étrangers débarqués à Lhadrung. Cependant, tandis qu'il regardait, à l'est, les pics qui entouraient Yerpa, il sut que ses amis ne prendraient jamais la fuite.

En se repassant la scène entre McDowell et Ming, il se souvint du papier pris dans la voiture de l'historienne. Le texte était rédigé en idéogrammes chinois imprimés à partir d'un ordinateur, mais il s'agissait bien d'un document tibétain plein de noms de lieux et d'instructions pour la prière. Un *neyig*, comprit-il à la seconde lecture. La Britannique lisait un guide du pèlerin, un des antiques livres rédigés afin d'aider les pèlerins à trouver les mausolées importants et les sites de grand pouvoir spirituel. Quelqu'un s'était donné beaucoup de mal pour en traduire un mot à mot. On en voyait les références en bas de la page : *volume quatorze, page cinquante-six*.

Il refit une troisième lecture et reconnut quelques-uns des noms cités. Mumbum. Sangke. À des centaines de kilomètres plus au nord.

Mais il s'agissait du volume quatorze : un effort considérable avait donc été accompli afin de compiler et de traduire un grand nombre de ces anciens guides. Si Ming était à la recherche d'antiques mausolées dans les montagnes, ces livres lui indiqueraient comment les trouver : dans des cavernes, dans de vieilles maisons tibétaines, dans des sites bien abrités considérés comme des lieux de pouvoir. Cette partie des montagnes ne lui étant malheureusement pas familière, Shan ne connaissait guère d'emplacements sacrés. Néanmoins il se souvenait de la bâtisse ancienne sur laquelle il était tombé au beau milieu de la nuit.

Une demi-heure plus tard, il contemplait depuis les hauteurs la maison dont il avait vaguement distingué les contours dans les ténèbres : bâtie à flanc de la colline, petite, toute en pierre avec un toit de tuiles grises. On avait adjoint à une de ses extrémités des dépendances – l'une en terre compactée, l'autre en contreplaqué cloué à des poutres récupérées sur un bâtiment plus vaste.

Il s'approcha prudemment, se rappelant le chien qu'il avait entendu dans la nuit. Au-delà de la maison proprement dite, un petit champ d'orge était délimité par des rangs de pierres flanqués de deux bâtisses : la première, pleine de foin, était à l'évidence une étable, mais la seconde ne servait pas de réserve de nourriture pour les animaux, comme on pouvait s'y attendre. Apparemment plus ancienne que la maison, elle était petite et trapue, entièrement en pierre elle aussi, y compris le toit de lauzes et la minuscule cheminée. Il n'y avait pas de porte à proprement parler, mais une ouverture encadrée de poutres de bois anciennes par laquelle Shan aperçut un dôme, en pierre également, qui ressemblait à un four. Juste devant se trouvait un appareil avec pédale à pied et courroies de cuir qui entraînaient une grande roue horizontale en bois posée sur le bâti. Un tour de potier, à côté d'un four qui servait probablement depuis des siècles.

Devant l'étable, le sol du petit enclos était couvert de crottes de mouton, alors qu'on n'apercevait pas le moindre animal alentour. Entre l'étable et la maison, la terre avait été damée et un ensemble de poutres supportait une couverture de feutre en lambeaux en guise d'auvent. Sous celui-ci étaient entreposées des cruches en terre cuite, côte à côte, chacune couverte d'un tissu maintenu par une ficelle. C'est ainsi que les Tibétains gardaient leurs réserves de beurre et de lait. Derrière les jarres, sur un carré de lainage tissé maison, il y avait un tas de sel grossier. Près de l'entrée trois *dronma* – les barattes utilisées pour faire le thé au beurre – jouxtaient à quelque distance une bouilloire posée sur un trépied en fer au-dessus d'un feu qui couvait. En bordure de l'auvent de fortune étaient alignées de minuscules tablettes en argile – des tsa-tsa –, peut-être une centaine au total, estampées à l'effigie de divers saints, en attente d'être peintes.

La porte de la maison, en planches brutes battues par les intempéries, était entrouverte. Shan frappa, une fois, puis il appela, en vain, avant d'entrer. L'air était parfumé de faibles senteurs d'encens et l'unique fenêtre éclairait une pièce centrale bien rangée, balayée de frais, comme en prévision d'une réunion quelconque avant que les habitants n'abandonnent les lieux. Les murs en terre compactée créaient une alcôve qui faisait office de mausolée : elle était ornée d'un vieux thang-ka suspendu et d'un autel sur lequel étaient disposés une statue en céramique peinte du Bouddha historique et les sept bols d'offrandes de la tradition tibétaine. Il se pencha pour examiner de plus près l'autel et la peinture sur tissu : les deux ornements étaient très anciens, d'une finesse de détail extraordinaire, l'œuvre d'artistes chevronnés.

En face de l'autel, dans l'aile délimitée par des panneaux de contreplaqué et de carton cloués sur des poutres, s'alignaient plusieurs paillasses roulées et nouées, ainsi qu'une bonne douzaine de couvertures épaisses. Seules une paillasse et une couverture étaient dépliées : elles avaient servi récemment.

Intrus en ce lieu où il n'avait pas été invité, mal à l'aise, Shan avança lentement le long des murs, sans pour autant cesser de s'interroger sur l'identité de ceux qui vivaient là et sur ce qui leur était arrivé. À un poteau sur le mur du fond de la pièce principale était suspendue une grande pièce de tissu, aussi fine qu'un drap, décorée de fleurs peintes aux couleurs passées réduites à un camaïeu de gris et de brun. Il arpenta les planches brutes qui couvraient le sol, examinant au passage un petit coffre sur lequel s'empilaient des ustensiles de cuisine, puis il écarta la tenture fleurie, exposant une demi-douzaine de profondes étagères. Celles du bas servaient de remise à des objets divers : vaisselle et marmites, longues cuillères en bois et bols pleins de boutons.

La seconde à partir du haut était garnie de plusieurs peche, ces livres tibétains aux longs feuillets libres noués entre deux planches de bois à l'aide de cordons en soie. À côté des peche étaient posés une demi-douzaine d'autres ouvrages reliés à la mode occidentale, tous en anglais. *Les Œuvres de William Shakespeare*. *Grands Poèmes britanniques*. Un roman de Graham Greene. *Ivanhoé* par Walter Scott. Shan fut envahi par une vague d'émotion en passant le doigt sur le dos d'*Ivanhoé*. Son père lui avait lu ce texte en secret, dans un placard, pendant que sa mère montait la garde, avant que les Gardes rouges ne brûlent tous les livres de la famille. Le roman, comme tous les autres ouvrages sur l'étagère, était très vieux. Il étudia le frontispice – un valet aux cheveux de paille aidant un chevalier à enfiler son armure – et fut certain qu'il s'agissait de la même édition que celle que lui lisait son père.

Les seuls autres objets sur l'étagère étaient le buste en céramique d'une Occidentale replète aux joues roses portant couronne et une petite malle en bois avec poignée de cuir et ferrures en laiton. Shan jeta un œil derrière lui en direction de la porte ouverte et tira la malle ; elle était large de cinquante centimètres, profonde de vingt-cinq, et ses verrous en laiton poli brillaient autant que le bois de noyer ciré. Il la posa sur la table rustique et alla jusqu'au seuil : toujours personne à l'horizon. Il se mit à tourner comme un ours en cage, toujours gêné, et finit par ouvrir la malle.

Elle contenait un service en porcelaine soigneusement emballé au motif de fleurs bleu et or. Perplexe, il sortit la théière délicate au long bec peint de plantes grimpantes épanouies avec, en touche finale, un bouton de rose sur le fleuron du couvercle. L'objet n'était ni tibétain ni chinois. *Staffordshire*, disait l'estampille sur le fond. Six tasses et sous-tasses assorties étaient disposées autour de la théière. Il manquait une tasse à l'emplacement qui lui était réservé dans la forme d'emballage en fibres qu'il tâta du bout du doigt. Tout à coup, il se rappela le mot anglais : au cours des leçons prises auprès de son père dans le confinement de leur placard secret, ils avaient ri tous deux de la manière dont il roulait dans la bouche, sans compter que son professeur l'avait déclaré excellent élève pour avoir maîtrisé sa difficile prononciation. *Excelsior*.

Il rangea délicatement la théière dans la malle, qu'il reposa sur son étagère. Après un nouveau coup d'œil vers la porte, il prit le roman de Walter Scott et en feuilleta les pages blanches et épaisses, s'arrêtant pour contempler les gravures en couleurs de chevaliers en armure et de damoiseaux aux expressions tristes et lointaines. Les bordures des pages illustrées portaient, au contraire des autres feuillets, de nombreuses traces de doigts. Au début du livre était indiqué : *publié à Londres, 1886*. D'un air toujours coupable Shan se tourna une fois encore vers l'extérieur et, incapable de résister à l'émotion que le roman avait déclenchée, il se reporta à la première page. Tout excité, il se mit à lire à haute voix, d'abord en un murmure hésitant, puis plus fort, s'arrêtant sur le seuil de la porte pour pouvoir lire face au ciel.

Dans ce plaisant district de la joyeuse Albion arrosé par la rivière Don s'étendait aux temps jadis une immense forêt couvrant la majeure part des magnifiques vallées et collines qui séparent Sheffield de la douce ville de Doncaster.

Sa main tremblait et son cœur battait la chamade. Les noms ballottaient sur une mer de souvenirs et, l'espace d'un instant fugitif, il crut sentir un parfum de gingembre. Il poursuivit sa lecture, lentement, d'une voix qui chevrotait de temps à autre. Il se voyait assis en compagnie de son père à la lumière d'une bougie, en s'émerveillant des lieux exotiques et lointains décrits dans le roman.

Ces lieux étaient naguère hantés par le fabuleux Dragon de Wantley, et c'est là aussi que dans les temps anciens fleurissaient les bandes de vaillants hors-la-loi dont les actions s'étaient gagné une popularité sans égale.

Il lut cinq minutes encore, referma le livre et le serra contre sa poitrine un bref instant avant de le replacer respectueusement sur son étagère. Il tira le rideau et ressortit en laissant la porte entrouverte, ainsi qu'il l'avait trouvée.

Il fit le tour de la maison, puis de l'étable avant de s'aventurer sur un sentier qui serpentait entre de gros affleurements rocheux en direction du nord-est. Au bout de deux cents pas, il s'immobilisa : une Tibétaine en robe noire lui tournait le dos, assise sur une énorme dalle de pierre face aux montagnes avec, à ses pieds, un grand chien marron. Il chassa une pierre du pied pour l'avertir de sa présence et avança lentement. Le chien ne bougea pas, pas plus qu'il n'aboya, se contentant de montrer les crocs en silence.

Lorsque la femme finit par parler, ce fut d'une voix banale, comme si elle avait su qu'il était là.

— Avez-vous célébré l'anniversaire ?

Elle se retourna et posa une main sur la tête du chien pour l'apaiser. Âgée d'une soixantaine d'années, elle arborait une demi-douzaine de colliers en argent délicatement ouvragé avec lapis et turquoises, le genre de bijoux raffinés réservés aux grandes occasions.

— Oui, répondit Shan d'une voix hésitante en tirant son chapeau sur son front. *Lha gyal lo*.

La femme se leva avec apparemment un gros effort et reprit le chemin de la maison ; il la suivit à quelques pas. Elle lui offrit de s'installer sur un tabouret en planches brutes tandis qu'elle s'affairait à rallumer le feu sous la bouilloire en chantonnant une mélodie ancienne que Shan avait entendue au cours du festival. Elle se balançait d'avant en arrière en surveillant l'eau, la main serrée sur le rosaire passé à sa taille, évitant de croiser son regard, la tête tournée vers l'horizon est, où se situait Zhoka. Quelques minutes plus tard, elle disparut dans la maison et en revint avec un petit bol en cuivre plein de farine qu'elle lui tendit. Il en prit une pincée et attendit qu'elle l'imite.

— *Lha gyal lo !* s'écria-t-il, plein de nostalgie, avant de jeter la farine en l'air.

— Puisse-t-il vivre à jamais ! répondit-elle en lançant la farine par-dessus sa tête.

En silence elle versa l'eau chaude dans la plus petite des barattes, y ajouta sel et beurre et commença à mélanger. Lorsqu'elle eut versé le thé au beurre, elle rentra dans la maison pour réapparaître avec un plateau en bois garni de noix émondées et de petits cubes blancs de fromage séché.

Elle se tourna vers l'est en soupirant.

— Vous devez me prendre pour une folle. Je sais que le festival devait se tenir hier. Mais tous les gens dans les collines sont partis, emportés par un cheval noir arrivé dans la nuit. Mon neveu avait promis de venir me rendre visite dans l'après-midi afin que nous célébrions notre festival en famille.

Elle pressa soudain une main contre sa bouche pour étouffer un sanglot.

— Je crois que quelqu'un a trouvé la mort. Je les connais. Il n'y a que la mort à pouvoir les tenir à distance.

Elle se ploya en deux, les paumes des mains collées à ses yeux mouillés de larmes.

— Vous êtes restée assise là toute la nuit ?

— Les nuages n'ont pas cessé de masquer la lune. Je ne voulais pas qu'ils ratent la maison dans l'obscurité, expliqua-t-elle en sortant une petite boîte de sa manche. Je me suis servie de ça.

Shan tendit le bras et elle déposa une boîte dans sa paume. Shan avait déjà vu de ces appareils utilisés par l'armée : un indicateur de positionnement global, avec petit écran affichant latitude et longitude, et diode rouge clignotante pour indiquer qu'il était en marche. Il coûtait plus d'argent que n'en gagnaient en un an une demi-douzaine de Tibétains.

— C'est un de mes neveux qui me l'a donné. Il prétend que ça aide les gens à trouver leur chemin. Mais ce n'est pas bien lumineux. J'ai dû le tenir au-dessus de ma tête dans la nuit, pour les aider à le repérer.

— J'étais là, dit Shan. À Zhoka.

— Vous l'avez vu alors, vous avez vu mon Jara et ses enfants ? Il est allé en ville pour attendre l'autocar et il est rentré auprès de son troupeau. J'aurais dû aller à Zhoka avec eux mais mes pauvres jambes sont trop fatiguées. Il était censé ramener avec lui une petite fille qui avait pris le car, ajouta-t-elle, le regard soucieux. Mais il y avait des soldats en ville.

— Dawa ? Dawa était là elle aussi.

— Je ne l'ai encore jamais vue, dit la femme, le visage réjoui, en serrant son rosaire. Quand sa mère était jeune, elle venait me donner un coup de main au four.

— Jara devrait bientôt revenir avec sa famille. Il s'est fait mal à la jambe. Les soldats ont effrayé tout le monde et Dawa s'est enfuie vers le sud.

— Pas vers le sud ! gémit la vieille femme. Elle ne peut pas être prête pour le sud.

— Où se trouve votre autre neveu ? demanda Shan. Celui qui vous a offert la boîte noire ?

La vieille femme releva la tête, angoissée, avant de se tourner vers le feu.

— Il habite en des lieux reculés. Si Jara s'est fait mal à la jambe, qui va ramener la petite Dawa de cet endroit ? J'irai s'il le faut, même si pour cela je dois ramper.

— De quel endroit parlez-vous ?

Elle ne répondit pas.

— Un de mes amis est parti à la recherche de Dawa. Il ne lui arrivera rien, ajouta Shan sans conviction, avec l'espoir que son incertitude ne transparaissait pas dans sa voix.

Ils burent le thé fort et salé en silence, le regard de la femme rivé sur le feu.

— Quand vous avez déclaré que quelqu'un avait trouvé la mort, on aurait cru que vous vous y attendiez, dit Shan d'une voix douce.

— Tout ce qui monte finit par descendre, chuchota-t-elle.

Il s'agissait d'un fragment de prière sur la certitude de la mort.

— Un vieil homme dénommé Atso est tombé alors qu'il grimpait vers une caverne sacrée.

La femme resta coite une minute avant de pousser un profond soupir.

— Il insistait pour monter jusqu'à la divinité au moins une fois l'an. Il avait toujours voulu mourir ainsi.

Shan discerna, en bordure du feu, un morceau de papier calciné dont le dernier mot restait visible. *Phat.* C'était la conclusion énergique d'un mantra destiné à invoquer les divinités.

— On a brûlé une prière, fit-il remarquer.

La femme récupéra le fragment, qu'elle lissa sur son genou.

— Je n'aurais pas dû faire une chose pareille. Le cheval noir les a apportées, une pour chaque famille. À réciter mille fois, a-t-elle déclaré. Mais elle n'a pas expliqué la raison pour laquelle nous étions censés la brûler ensuite.

— Liya ?

— Notre Liya, acquiesça la vieille en se penchant en avant, les yeux sombres. Les protecteurs. Les vengeurs pleins de colère.

— Pourquoi ?

La femme se leva et conduisit Shan jusqu'à l'étable. À l'intérieur, sur une poutre contre le mur du fond, était suspendue une série de thang-ka. Tous avaient été mutilés – l'un sectionné en deux et recousu, les autres pleins de trous. En dessous se trouvaient une demi-douzaine de statues en céramique peinte, certaines fissurées, d'autres avec des parties manquantes.

— Les tueurs de dieux, lâcha Shan, comme si les mots étaient sortis de sa bouche de leur propre volonté. Ils sont venus ici ?

— Non. Qu'est-ce que je possède qui pourrait intéresser de tels démons ? Les habitants des collines se souviennent que des artistes ont vécu ici autrefois, et ils apportent des choses dans l'espoir de les voir réparées.

Elle sortit d'un pas rapide, comme si la vue de ces œuvres d'art détruites lui était intolérable, et leur resservit du thé en signifiant à Shan de se rasseoir.

Ils burent en silence.

— Voudriez-vous refaire cela une fois encore ? lui demanda-t-elle soudain avec un sourire gauche. Vous pouvez l'emporter dehors, la lumière y est meilleure.

Shan la dévisagea un long moment en essayant de comprendre ses paroles, puis il posa son thé, rentra dans la maison et reprit le roman. Elle acquiesça d'un signe de tête chaleureux, remplit leurs bols une nouvelle fois, et alla s'asseoir sur un banc près du feu, le chien à ses pieds.

Shan lut pendant un quart d'heure. La femme souriait et se plongeait de temps à autre dans la contemplation des flammes d'un air rêveur en caressant distraitement la tête du chien. Il eut le sentiment qu'elle réagissait moins aux mots qu'il prononçait qu'au ton et au rythme de sa lecture d'un texte en anglais.

Lorsqu'il s'interrompit pour boire un peu de thé, elle tendit le bras et caressa le livre.

— Vous avez la voix d'un lama, dit-elle.

— Il faut que je parte pour les montagnes maintenant, annonça Shan dans la langue de Shakespeare.

— Je… pas bien comprendre, dit-elle dans la même langue, le rouge au front, sur un ton d'excuse. C'est juste que ça me rappelle de bien anciennes choses, ajouta-t-elle en tibétain. De bien belles années, lorsque j'étais jeune.

Quand elle releva la tête pour croiser son regard, il vit l'émerveillement envahir ses traits. Plus de cinquante ans auparavant, cette douce et paisible dame avait passé de bonnes années en compagnie de quelqu'un qui lui lisait de l'anglais. Dans les montagnes au sud de Lhadrung.

— Je vais partir à la recherche de Jara et de votre autre neveu, proposa-t-il.

Elle sourit d'un air espiègle.

— Cet autre neveu n'aime pas bien que les gens partent à sa recherche. Tout ce qu'il va faire, c'est se cacher encore plus. J'ai une grande famille. Mais certains de ses membres ne sont que des fantômes. Ils sont gentils comme tout avec moi, sauf qu'ils ne viennent jamais me voir. Celui-là, il vaut mieux l'oublier, soupira-t-elle. Oubliez tout ce que je vous ai dit de lui.

Shan se leva en lui tendant le livre.

— Si vous repassez par ici, arrêtez-vous pour me faire un peu de lecture, s'il vous plaît, dit-elle en lui pressant une poignée de noix dans la paume. Je vous préparerai un bon repas.

Elle partit dans la maison comme une flèche et revint quelques instants plus tard, le roman toujours à la main, pour lui tendre une petite tsa-tsa peinte à l'effigie de Bouddha.

— Pourquoi y a-t-il des étrangers dans les montagnes ? s'enquit Shan en se préparant à reprendre la piste.

— Quelqu'un a rompu ses vœux, répondit-elle avec un désespoir soudain avant de se ressaisir avec un grand sourire. Que votre route soit sûre.

— Je m'appelle Shan. Je ne connais pas votre nom.

— Dolma. Mais vous pouvez m'appeler Fiona.

Trois heures plus tard, Shan était de retour à la vieille tour en pierre qui surplombait Zhoka. Il ne vit aucun signe de vie nulle part, sur les pentes ou dans le monastère détruit. Il s'attarda une fois de plus sur les peintures au rez-de-chaussée puis fit lentement le tour de l'édifice en s'arrêtant à plusieurs reprises pour examiner les ruines. Il avait l'impression que c'étaient elles qui l'examinaient en retour : l'antique gompa paraissait s'être animé, réveillé après un long sommeil, et refusait désormais d'en perdre une miette, tel un être doué de vie. Il était dangereux de se méprendre sur les secrets de Zhoka, c'est en ces termes qu'Atso avait prévenu Lokesh. Mais ces fameux secrets, Shan était plus que jamais convaincu qu'il devait les comprendre.

À l'extérieur, il découvrit des empreintes fraîches dans la terre au pied de la tour, non pas des brodequins de l'armée, mais des marques de bottes légères, d'un genre que ne portaient guère les Tibétains. Un inconnu avait visité la tour. Il entra, s'agenouilla devant l'antique fresque et gratta une allumette pour éclairer les mots effacés par Surya. Quelqu'un avait inscrit de nouveaux mots au crayon. En se penchant pour les étudier de plus près, il constata que, par endroits, la mine de graphite avait suivi quelques lignes sombres qui n'avaient pas totalement disparu sous le rouge qui les oblitérait. Quelqu'un avait retracé les anciens mots, comme s'il les avait perçus par magie ou les connaissait par avance. Le texte était rédigé en caractères très anciens, ceux des écritures sacrées, et Shan eut bien du mal à leur donner un sens. *Om Sarvavidya Svaha*. « Salut au Savoir Universel. Deviens pur pour le palais de la terre, crains le *Nyen Puk* . » Les deux derniers mots signifiaient la « caverne du Dieu de la montagne ».

Le long de la falaise qui séparait la tour et le gompa, Shan aperçut un long vallon encaissé qu'il n'avait pas remarqué jusque-là, les vestiges d'une piste fréquentée qui descendait en bordure de l'abîme à la limite nord de Zhoka. Les yeux plissés sous le soleil éclatant, il la descendit sur une centaine de mètres, avant de s'agenouiller. Pour la toute première fois, il put alors suivre la délicate ligne d'ombre qui longeait la falaise et en indiquait l'itinéraire. Il remonta sur la crête et étudia le paysage dans son entier. Le sentier de la falaise rejoignait la piste principale menant aux ruines de la tour avant de virer vers le gompa, mais quatre cents mètres plus loin, une autre piste moins utilisée continuait le long de la crête. En la scrutant en détail, Shan découvrit de nouvelles ombres indiquant qu'elle encerclait le monastère à mi-hauteur des pentes qui encadraient Zhoka au fond de sa cuvette. La piste était autrefois un *kora*, le sentier qui faisait le tour des gompas et des mausolées et qu'empruntaient les pèlerins cherchant à se gagner du mérite. La tour de pierre avait donc été une des étapes obligées du kora, la première station sur le chemin de tous ceux qui arrivaient par l'ouest, soit la grande majorité des voyageurs. La merveilleuse fresque au rez-de-chaussée de la tour, l'élégant mantra et le texte sous la peinture masqué par Surya étaient des enseignements sur Zhoka destinés aux pèlerins.

Il suivit le sentier envahi par la végétation le long de la faille, s'arrêtant à plusieurs reprises pour regarder dans le ravin en songeant à ses baguettes de divination perdues. Dans les ruines du monastère, il se cantonna dans l'ombre en bordure de la cour centrale avec son nouveau chorten, puis s'arrêta dans le jardin de l'entrée.

Il n'y avait pas signe de Gendun ni des Tibétains qui avaient pris la fuite. Il ne vit que le linteau et son message, aussi approprié aux enquêteurs qu'aux pèlerins et aux moines. *N'étudie que l'Absolu.*

Le directeur Ming avait usé de ces mêmes paroles : il avait visité les ruines et s'était entretenu avec Surya. Le vieux moine peintre avait-il détruit les mots sous la fresque parce qu'il connaissait l'intérêt de Ming pour ces choses ? Pourtant, Ming avait déjà séjourné à la tour en sa compagnie auparavant. De toute évidence, Surya avait oblitéré les mots parce que la veille, dans les tunnels de Zhoka, il avait appris une chose qui les rendait soudainement du plus grand intérêt pour Ming et ses collègues. Et il avait compris que, s'ils venaient à être lus, Zhoka en souffrirait.

Dans la cour centrale, Shan découvrit, abandonnée contre le mur derrière le chorten, une lampe à beurre qu'il alluma avant de descendre précautionneusement les marches qui s'enfonçaient sous terre. La flaque de sang sèche et marron s'étalait toujours sur le sol de la salle aux peintures, dont il fit le tour à plusieurs reprises. Le sentiment obsédant qu'il y avait connu s'était dissipé, l'odeur de la mort avait disparu. Pour la première fois depuis qu'il l'avait empoché, il toucha l'étrange feuillet de peche rédigé en anglais, puis étudia les parois en détail. Il les explora du bout des doigts, fouillant de l'ongle chaque fissure et crénelure, examinant chaque coin, la roche nue et l'image de la divinité aveuglée. D'après ce que révélait l'attitude de Surya et de Gendun, les ruines en surface n'avaient aucune espèce d'importance, comme si le gompa n'avait jamais été véritablement détruit. L'important se cachait-il dans les sous-sols du monastère ? Si Zhoka était effectivement un temple dompteur de la terre, ses antiques bâtisseurs avaient peut-être débuté la construction de l'édifice dans les entrailles du sol.

Soudain, un bruit de pas résonna dans le tunnel. Shan éteignit sa lampe. Les pas s'arrêtèrent, puis il entendit un échange de paroles à voix basse et entrevit l'éclair d'un flash d'appareil photo, à deux reprises. L'éclat blanc d'une torche électrique perça les ténèbres en direction de l'entrée de la salle où il se tenait, et il se tapit au plus vite dans une encoignure. Il se relevait quand une silhouette apparut sur le seuil, l'épinglant dans le faisceau de lumière.

— Vous ! s'exclama une voix surprise.

Shan, le bras levé pour éviter d'être aveuglé, progressa à petits pas, collé au mur, vers l'ouverture qu'il avait empruntée.

L'intrus s'avança, sa torche braquée sur son visage, et s'interposa entre Shan et les escaliers.

— Qu'est-ce que vous faites ? Comment avez-vous découvert cet endroit ?

Le faisceau lumineux s'abaissa au sol et Shan put distinguer les traits du Han de petite taille qu'il avait vu au centre administratif de Lhadrung, toujours vêtu de sa chemise blanche sous son gilet marron.

— Vous êtes perdu ? demanda lentement Shan, les idées se bousculant dans sa tête. C'est dangereux, ici.

— Avez-vous la moindre idée des peines encourues pour pillage ? rétorqua l'autre.

— Le pillage ? Je croyais que tout avait été détruit.

L'homme avait dû débarquer en hélicoptère, et il était peu probable qu'un individu de son importance soit venu sans escorte. Les soldats devaient être à la surface ou peut-être cachés. Il se dirigea vers la porte.

L'homme leva sa torche comme une arme.

— Qu'est-ce que vous faites ici ? Pour qui travaillez-vous ? Qui vous a amené ici ?

En dépit de son accoutrement, ses yeux brûlaient d'une intelligence aiguë.

— Je vis dans ces montagnes, répondit Shan.

En voyant le bloc sur lequel le Han de Lhadrung prenait ses notes, Shan déduisit que lui aussi cherchait quelque chose. Mais quoi ?

— L'endroit est dangereux pour les touristes, ajouta-t-il.

— Camarade, nous ne sommes touristes ni l'un ni l'autre, rétorqua l'inconnu sans aménité, d'un air prodigieusement agacé. Que fabriquiez-vous au milieu de ces ruines ? Pourquoi êtes-vous dans cette salle ?

— Il s'est passé quelque chose ici.

Le petit Han balaya les murs de sa torche.

— Qu'est-ce que vous voulez dire ?

— Quelqu'un a volé quelque chose qui se trouvait dans cette pièce.

— Qu'est-ce qui vous fait croire une chose pareille ?

— Il y avait des fresques sur plâtre sur trois de ces murs. Une seule subsiste encore, répliqua Shan en désignant la peinture aux couleurs affadies. Une autre est tombée d'elle-même. On voit encore la poussière de plâtre au sol, expliqua-t-il en montrant le petit tas blanchâtre à la base de la paroi. Mais la troisième était en excellent état.

Il tendit le bras vers la torche de son interlocuteur, qui la lui remit de bonne grâce. Il s'avança alors vers le coin droit du mur vide et éclaira une minuscule crénelure. Puis il déplaça son faisceau sur la fissure cachée qu'il avait explorée du bout des doigts.

— Ceux qui ont fait cela ont pris la précaution d'ôter les traces de l'ancien plâtre. Mais pas toutes. Ils ont dû fixer un adhésif, ou coller du tissu ou du papier sur la fresque avant de l'entailler et de la sectionner au sommet, exactement dans cette fissure. Et ici.

Il indiqua un fragment de fil de fer d'un centimètre qui s'y trouvait coincé.

— C'est un reste de la brosse utilisée pour nettoyer le mur une fois l'affaire faite. Ils ont essayé de masquer leur crime.

— Avez-vous une idée de la difficulté du processus qui consiste à détacher une telle fresque de son emplacement d'origine ? demanda l'homme en gilet d'un ton sceptique.

Il n'existe probablement qu'une demi-douzaine de personnes au monde capables d'accomplir un tel exploit.

Il s'interrompit pour réfléchir à ses propres paroles, puis, récupérant sa lampe, examina de près les indices révélés par Shan, en faisant glisser un doigt dans la fissure au sommet du mur. Exactement comme Shan. Il sortit une fibre brune longue de dix bons centimètres des vestiges de plâtre.

— Crin de cheval, dit Shan. Autrefois, on mélangeait fréquemment des crins de cheval au plâtre pour une meilleure tenue. Beaucoup de Tibétains continuent à utiliser cette technique dans leurs maisons. Ce cheval-ci, expliqua-t-il en étudiant le fragment que lui tendait son interlocuteur, a probablement vécu il y a plusieurs siècles. Il était alezan et ce morceau a été vraisemblablement coupé à sa crinière. Les moines ont dû dire des prières à son esprit, pour le remercier de les aider à bâtir ce temple.

L'inconnu inclina la tête et contempla le crin de cheval avec un mélange de fascination et de dépit. Puis, sous les yeux d'un Shan de plus en plus inquiet, il sortit une petite enveloppe en papier translucide de sa poche et le glissa à l'intérieur.

Shan se rapprocha imperceptiblement de la porte. S'il bousculait le bonhomme pour le faire tomber, il pourrait rejoindre les escaliers et tenter sa chance avec les soldats au-dehors.

L'homme reporta tout son intérêt sur Shan en lui braquant de nouveau sa torche dans la figure.

— Ce salopard de Tan, marmonna-t-il. Est-ce qu'il croyait vraiment qu'il allait pouvoir vous cacher aussi facilement ? C'est bien vous. Shan le prisonnier.

Shan sentit la glace enserrer son échine. S'il prenait la fuite maintenant que l'inconnu connaissait son identité, il n'y gagnerait qu'une chose : d'autres soldats débarqueraient, qui fouilleraient les montagnes à sa recherche et très probablement tomberaient sur Gendun et Lokesh, et même sur la petite Dawa.

— Le Chinois redevenu sauvage, ironisa l'homme comme pour l'aiguillonner délibérément. Celui qui sait parler aux Tibétains des montagnes.

— Je suis Shan, confirma-t-il dans un murmure. Le fait de parler le tibétain ne signifie pas grand-chose. Les gens ne s'adresseront jamais librement aux membres du gouvernement.

— Et pourquoi ça ?

— Vous devez être nouveau au Tibet.

L'homme inclina la tête vers lui, de la même manière qu'il avait examiné l'antique crin de cheval.

— Nous désirons vous engager pour quelques jours, jusqu'à mon retour au pays, afin de nous aider à interroger plusieurs Tibétains. Mon collègue vous paiera bien. Vous n'avez pas d'emploi régulier, vous êtes un ex-taulard.

— Quel pays ?

— Je suis l'inspecteur Yao Ling, du Conseil des ministres de Pékin.

Le silence dans la salle fut tel que Shan suffoqua comme sous un nuage de poussière qui se serait levé du sol. Non seulement Yao était de Pékin, mais il faisait partie de cette minuscule élite qui servait les besoins aussi secrets que spéciaux des membres de la plus haute autorité du gouvernement.

— Je ne savais pas que le Conseil disposait d'enquêteurs, dit-il d'une voix brisée.

— D'*un* enquêteur. Un seul. Le travail que j'effectue est par nature discret, expliqua Yao, sa torche toujours collée à la figure de Shan. Qu'est-ce que vous pouvez savoir du Conseil ?

— Vous êtes venu ici à cause du meurtre ?

Yao se rapprocha.

— Quel meurtre ?

— Le vol n'a été que le premier crime. Hier, quelqu'un a été tué ici, dans cette pièce. Ensuite, le vieux moine a été arrêté et interrogé.

Yao fronça le sourcil. Il arpenta la petite salle en étudiant le mur à la fresque manquante.

— Pas arrêté. Nous devions discuter de quelque chose avec lui.

— Vous et le directeur Ming ? Pourquoi le Conseil des ministres manifesterait-il un quelconque intérêt pour un vieux moine ?

— Vous avez vu un corps ici ? Dans cette pièce ?

— J'ai vu le sang tout frais, répondit Shan en montrant les taches au sol. Surya…

Il hésita, ne connaissant pas exactement le rôle que Surya avait joué.

— Surya a vu le corps.

— Ming a déclaré que le vieil homme était spécialiste des arts anciens. Il connaissait la manière d'en faire parler les symboles, peut-être savait-il aussi où on cachait jadis les œuvres d'art. Mais il souffre d'une sorte de dépression nerveuse. Quand il parle maintenant, on croirait un fou. Il nous a été impossible de donner un sens à ce qu'il nous a raconté, il nous a été impossible de l'utiliser. La prochaine fois, il nous invitera sur la Lune pour y voir tous les corps qu'il y aura laissés.

— Il vous a été impossible de l'utiliser, répéta Shan. Mais hier, il était tellement vital d'avoir un entretien avec lui que Ming a envoyé un hélicoptère ?

— Envoyé ? Il l'a seulement guidé.

C'était donc bien Ming qui avait donné les ordres aux soldats par radio – Ming qui s'était comporté comme s'il connaissait l'identité du mort.

— Vous n'êtes pas venu de Pékin à cause du meurtre commis hier. Vous étiez déjà sur place.

— Il n'y a pas eu de meurtre.

— J'étais parmi les ruines, en surface. J'ai vu le visage de Surya quand il est venu vers nous. Il était descendu ici. Quelqu'un avait été tué.

— Le meurtre est un terme légal, objecta l'inspecteur sans masquer son agacement. Il n'y a pas de victime tant que le meurtre n'a pas été établi dans le cadre d'un processus légal. Des taches brunes sur le sol d'une caverne, un vieux Tibétain qui délire, ces choses-là ne nous concernent pas.

— Pourtant, vous êtes ici.

L'inspecteur Yao ouvrit la bouche comme pour lui contester ce point quand il fut interrompu par un hurlement frénétique.

— Yao ! Seigneur Jésus ! Il faut que vous…

Le cri se changea en un long geignement haletant. Celui qui l'avait poussé semblait s'éloigner d'eux à toute vitesse.

Voyant l'inspecteur franchir la porte par laquelle il était entré, Shan hésita : c'était pour lui l'occasion rêvée de prendre la fuite. Le cri retentit de nouveau, étouffé, désespéré, et Shan partit sur les talons de Yao, au pas de course dans l'obscurité. Il avait pratiquement rattrapé le faisceau de la torche qui le précédait quand il comprit que la voix en détresse s'était exprimée anglais.

À l'extrémité du couloir, Yao fixait le plafond en pierre d'où un torrent d'eau large de deux mètres se déversait dans un bassin qui se vidait dans les ténèbres sur leur gauche.

Une lampe électrique noire et trapue toujours allumée gisait dans le courant.

Yao sonda l'obscurité à l'aide de sa torche tandis que Shan enfonçait une main dans l'eau glacée pour récupérer la lampe, qui fonctionnait à la perfection malgré son bain forcé.

— Là ! s'écria Shan la seconde suivante.

Près du bassin, il montra une paire de chaussures de randonnée en cuir de qualité fourrées de grosses chaussettes en laine.

— Les pierres sont lisses, expliqua-t-il. Très glissantes.

Yao ne l'écoutait pas. Il observait le mur au-delà du petit bassin, où des formes indistinctes avaient été dessinées à la peinture sur la roche noire.

Shan s'enfonça dans les ténèbres, lentement, puis au petit trot, en suivant le fil d'eau qui dévalait une série de larges marches taillées dans le roc en bordure du lit peu profond. Quiconque aurait glissé par inadvertance un peu plus haut se serait retrouvé en chute libre sur un toboggan traître, sans possibilité de se raccrocher à quoi que ce soit ni de s'arrêter.

Il longea des salles creusées dans la montagne, puis une fresque qui tombait en morceaux. Au bout d'une minute, il aperçut une lumière devant lui et éteignit la lampe. Le passage se mit à descendre en pente plus douce pour revenir finalement à l'horizontale. En bifurquant à un virage, il se retrouva face à la lumière du jour. Le passage se terminait par un pilier rocheux à côté d'une mare. Le côté opposé portait une ouverture rectangulaire d'un mètre cinquante de haut sur deux mètres cinquante de large, par laquelle le torrent dégringolait dans le fond de la gorge, des dizaines de mètres plus bas. Dans un passé lointain, des barres de fer, écartées de trente centimètres, avaient été fixées dans la pierre, mais la rouille avait fait son œuvre et il n'en subsistait aujourd'hui que des épieux cassés qui pendaient. Restaient deux barres à peu près intactes, mais amincies et creusées par l'érosion. C'est contre elles que gisait un Occidental costaud aux larges épaules. Les pieds en appui, il essayait vainement de trouver une prise à main droite sur la paroi de pierre, le bras gauche en extension arc-bouté sur le fond de la rigole.

— Ça va ? s'enquit Shan en anglais.

— Qu'est-ce que vous croyez, Yao, nom de Dieu ? Pour autant que je puisse en juger, je suis sur le point de trépasser. Ces barreaux ne tiendront pas indéfiniment.

L'inconnu était plus âgé que Shan. Ses cheveux bruns bouclés étaient zébrés de gris ; il portait un gilet à poches multiples et un appareil photo de prix suspendu au cou.

— Je ne suis pas Yao, dit Shan en cherchant quelque chose à tendre à cet homme.

— Bien ! s'écria ce dernier en lui coulant un regard de côté. Il ne doit pas être suffisamment costaud pour me donner un coup de main. Probable qu'il sera parti à Pékin en courant pour demander conseil.

— Qui êtes-vous ? demanda Shan.

Il commença à ôter la ceinture qui tenait son pantalon. Il ne pouvait entrer dans l'eau pour aider l'inconnu : s'il dérapait, il glisserait dans le ravin ou buterait dans l'Occidental en fâcheuse posture, ce qui ne manquerait pas de déloger les barreaux contre lesquels il prenait appui.

— Vous êtes venu m'aider ou écrire ma foutue notice nécrologique ? aboya le bonhomme d'un ton furieux, ses doigts laissant des traces sanglantes sur la pierre qu'il griffait pour trouver une prise.

Mais Shan répéta sa question tout en continuant à chercher un objet quelconque qui lui permettrait de sortir l'étranger de son trou.

— Corbett ! hurla l'inconnu. FBI.

— Vous devez me lancer votre appareil photo.

— Des clous, oui.

— Je n'ai ni perche ni corde. Je vais nouer votre appareil à ma cheville et ma ceinture à votre lanière. Vous voyez ce pilier rocheux ? Je vais m'y attacher à l'aide de ma chemise et m'étirer dans l'eau aussi loin que je peux. Il va falloir que vous attrapiez ma ceinture si vous voulez que je vous tire.

L'Américain lui jeta un regard sinistre et effrayé, puis, de sa main ensanglantée, dégagea le reflex qu'il avait autour du cou, le fit tournoyer au-dessus de sa tête et le lui expédia. L'appareil se fracassa contre la paroi, et son objectif explosé s'en détacha. Shan passa la lourde lanière dans la boucle de sa ceinture, la noua à sa cheville et, quelques secondes plus tard, se laissa glisser dans l'eau en tenant une manche de sa chemise dont l'autre était fixée au pilier.

— Qu'est-ce qu'ils ont demandé au vieux moine ? cria-t-il en s'avançant.

— Je ne sais pas, jura l'Américain. Ils lui ont demandé de dessiner une image de la mort.

— Quand je vous le dirai, tendez-moi votre main gauche, lui cria Shan en s'arc-boutant.

L'homme leva lentement la main du lit du ruisseau de pierre tout en déplaçant son poids sur ses jambes, mais le barreau sous son pied droit céda, sectionné à la base.

— À mon ordre, retournez-vous et attrapez la ceinture ! s'écria Shan en étirant la jambe, luttant pour placer l'extrémité de sa ceinture au plus près de la main de l'Américain.

— Si je la rate, je disparais, gémit celui-ci.

— Je ne sais pas ce qui va tenir le plus longtemps, de ma chemise ou de ce barreau, répondit Shan.

Il poussa la jambe aussi loin qu'il lui était possible tout en surveillant l'extrémité de sa ceinture que l'eau entraînait auprès de l'homme.

— Maintenant !

L'homme vrilla sur lui-même et agrippa la ceinture ; le dernier barreau céda ; la chemise de Shan commença à se déchirer. L'Américain se mit à glisser dans l'ouverture, les jambes déjà dans le vide, entraînant son sauveteur sous son poids. Soudain une main saisit le bras de Shan et tira : Yao, un bras à l'entour du pilier, le tractait lentement. Shan remonta et s'agrippa à son tour au pilier, les jambes de part et d'autre, puis, avec l'aide de Yao, hissa l'Américain qui serrait toujours l'extrémité de la lanière attachée à sa cheville.

Ils le sortirent de l'eau et Shan s'affala à son côté. À son tour Yao, hors d'haleine, s'assit lourdement, non sans avoir auparavant, d'une glissade latérale du pied qui passa inaperçue de Corbett, fait tomber l'appareil photo dans le courant, qui l'emporta vers la gorge.

— Où diable étiez-vous passé ? grommela l'Américain à l'adresse de Yao.

— Ne vous plaignez pas, répondit ce dernier en essayant de recouvrer son souffle. Je vous ai fait gagner cent dollars.

Le regard de Shan passa de l'un à l'autre des deux hommes qui gisaient épuisés sur le sol du tunnel, Yao fixant Corbett d'un regard furieux, l'Américain rigolant sous cape. Shan se remit péniblement debout, sortit la petite lampe noire de sa poche et remonta le tunnel au pas de course.

5

Arrivé à la surface, Shan fila comme une flèche à l'ombre d'une longue allée de ruines en direction du versant, prêtant l'oreille à d'éventuels poursuivants et surveillant les alentours à la recherche de soldats. Rien. Suivant l'itinéraire qu'il s'était établi en esprit, il continua à trottiner jusqu'à la limite est des ruines, à l'opposé de la tour de pierre. Il reprit son souffle, les jambes encore trempées, en songeant que, s'il y avait eu meurtre la veille dans la salle à la fresque, on s'était bien rapidement débarrassé du cadavre. Quel meilleur moyen pour cela que de le balancer dans le torrent souterrain qui l'entraînerait au fond du ravin, exactement comme ce qui avait failli arriver à l'Américain ?

Il suivit un chemin au sommet de la muraille incurvée et se dénicha un poste d'observation offrant une vue imprenable sur la gorge en contrebas du vieux gompa. La cascade jaillissait du flanc de la montagne et tombait sur près de deux cents mètres dans un vaste bassin d'où s'écoulait un ruisseau serpentant vers le nord et l'ouest en direction de Lhadrung. Il s'agenouilla pour examiner les parois traîtresses presque rectilignes. Il n'existait pas d'autre accès au bassin que le contournement par l'est de la vallée, un trajet de plusieurs kilomètres, avant la remontée par le fond de la gorge. Il ne vit pas de cadavre, mais il lui était impossible de savoir si le bassin était profond, ou si le corps avait été emporté ou s'était échoué dans l'ombre en lisière des eaux. Il aperçut des fragments colorés qui n'avaient pas leur place au milieu des rochers du ravin : là, tout en bas, gisaient le sac contenant ses baguettes en jonc laqué et le petit bouddha de Gendun que Dawa avait jetés dans le vide

Il étudia le paysage, cherchant en pure perte des traces du passage de Lokesh ou de Gendun. Il pouvait partir vers l'est, jusqu'à l'embouchure de la gorge, à cinq kilomètres de là, franchir le contrefort montagneux et être au portail caché de Yerpa avant que la lune se couche. Par l'ouest, il pouvait rejoindre l'étrange demeure si confortable de la femme prénommée Fiona et passer la nuit à lui lire des romans anglais. Au sud s'étendaient les terres arides et dangereuses qui séparaient Lhadrung de la frontière indienne, à près de quatre-vingts kilomètres. La dernière fois qu'il l'avait vu, Lokesh se hâtait dans cette direction à la recherche de la petite fille terrifiée.

Shan se releva, prêt à partir plein sud, quand un délicat parfum d'encens lui arriva aux narines. Cinq minutes plus tard, il retrouvait l'origine de la senteur incongrue au milieu des ruines du monastère.

Gendun était assis sous le plus grand des murs encore debout, celui qui portait un énorme trou déchiqueté en son milieu. Shan s'assit à son côté et s'efforça de masquer combien il avait peur pour le vieux lama.

— Il y a ici des hommes comme ceux qui ont emmené Surya, dit-il lorsque Gendun salua sa présence d'un petit signe de tête.

— Je me préparais justement à leur parler pour leur dire combien le ciel était beau aujourd'hui, répondit Gendun en reconnaissant la crainte dans les yeux de Shan. Un temple a pour fonction de répandre la vérité, Shan. Et non de la cacher.

— Ne devrions-nous pas d'abord comprendre ce qu'est cette vérité ? Avez-vous découvert la vérité de ce qu'a fait Surya, de la prière qu'il vous a donnée pour le tenir à distance ?

— Elle était destinée à garder un démon à distance, le corrigea le vieux lama.

Shan expliqua calmement ce qu'il avait appris en ville.

— Qu'est-ce qui le tracassait à ce point, Rinpoché ? Ce qui lui est arrivé dans ce tunnel n'a pas été le commencement de sa souffrance, mais sa fin. Vous le connaissiez mieux que quiconque.

— Jamais je ne l'ai vu plus heureux que le jour où il a déniché cette vieille chronique de Zhoka, expliqua Gendun en contemplant ses mains croisées sur ses cuisses. Il s'agissait d'un ancien livre d'archives, caché il y a deux siècles, qui expliquait tout ce que nous devions savoir sur le monastère et ses fondateurs. Surya a déclaré alors que toute sa vie avait été une préparation à cet instant, à sa décision de venir vivre ici. Il a commencé à quitter l'ermitage pendant la journée pour venir s'imprégner de Zhoka. Mais il y a deux soirs de cela, je l'ai trouvé dans sa cellule tremblant de tous ses membres, incapable de dire un mot. Juste avant il avait lacéré sa peinture. Il refusait de parler et je suis resté auprès de lui toute la nuit. Il a récité des prières avec moi sans jamais m'adresser la parole.

— Saviez-vous qu'il retrouvait des étrangers ici ?

— Il y a une semaine, il m'a appris que des gens venant du monde entier comprenaient de nouveau Zhoka. J'ai cru qu'il voulait parler des habitants des collines.

— Il a aussi dit qu'il avait fait la rencontre d'un grand abbé.

Gendun réfléchit un long moment avant de répondre :

— Il n'y a pas eu de grands abbés dans ces montagnes depuis des décennies.

Il sonda le visage de Shan en quête d'explications, mais Shan n'en avait aucune à lui offrir. Il savait que la conversation était difficile pour le vieux lama : jamais encore celui-ci n'avait exprimé aussi clairement les dilemmes d'un être de chair et de sang, un des mystères que lui-même essayait de résoudre. En revanche, tout comme lui,

Gendun était incapable de décider si, en la personne de Surya, il était confronté au mystère d'un être humain ou à une énigme de l'esprit.

Shan se tourna vers les escaliers qui descendaient sous la terre.

— J'ai rencontré des policiers dans le tunnel.

Gendun était perdu dans la contemplation du filet de fumée qui montait du bâtonnet d'encens.

— S'ils cherchent des preuves qui incriminent Surya, il faut que tu les leur donnes, dit-il doucement.

Shan en resta sidéré.

— C'est exactement ce que Surya voudrait.

— Cela m'est impossible, Rinpoché, protesta Shan, le cœur serré comme dans un étau de défier ouvertement le vieux lama. Je vais sauver Surya de lui-même.

Il croisa le regard de Gendun. Une fois les paroles énoncées, on ne pouvait plus les retirer et revenir en arrière. Il allait protéger les moines, même si le prix à payer était de ne plus pouvoir vivre avec eux.

— Sauver Surya, sauver les habitants des collines des tueurs de dieux, sauver la petite fille qui s'est enfuie, sauver Yerpa et ses moines, rétorqua Gendun d'une voix égale. Même toi ne saurais faire toutes ces choses.

— Non, admit Shan. Mais que voudriez-vous que je fasse ?

— La seule chose importante. Sauver Zhoka.

Shan réfléchit en silence un long moment.

— Ce livre qu'a trouvé Surya, finit-il par demander. Où est-il ?

— Il était trop dangereux pour qu'on le garde. Surya l'a replacé là où il l'avait trouvé. Lui seul connaît la caverne.

Shan se tourna vers les ruines. Deux silhouettes gravissaient le versant au-dessus du monastère : Yao et l'Américain repartaient en direction de la tour de pierre.

Une douzaine de questions lui brûlaient la langue mais lorsqu'il se retourna, Gendun avait fermé les paupières et entamé une méditation.

— *Lha gyal lo*, dit Shan à mi-voix en se levant.

Peut-être que toutes les tâches qu'il s'était fixées étaient impossibles à accomplir. Il n'était pas certain de savoir où chercher les démons et les livres sacrés, mais il était sûr que Lokesh et Dawa pouvaient être retrouvés plus au sud.

Un quart d'heure plus tard, il trottinait sur la piste sud le long de la crête au-dessus de Zhoka quand il trébucha et tomba lourdement sur le ventre contre un gros rocher. En essuyant la terre qui lui maculait le visage, il vit une corde en poils de yack tressés tendue à travers le sentier et une paire de brodequins usagés. Il se redressa en appui sur les mains et releva la tête. Il croisa le regard du berger solide comme un taureau qui avait tenté de s'emparer de lui la veille. Il esquiva sans difficulté le coup de pied qui lui était destiné et se remit lentement debout avant de s'asseoir sur le gros rocher en veillant à ne susciter aucune nouvelle réaction violente.

— Un jour, j'ai touché une prime pour avoir tué un loup, grogna le grand gaillard. Le prix qu'ils offrent pour ta tête dans la vallée vaut largement cinquante loups.

— Je suis désolé que vos prières aient été interrompues hier, déclara Shan d'un ton égal. Je voulais vous interroger à propos des tueurs de dieux.

— J'ai dit que j'allais te livrer, annonça le berger en avançant d'un pas, le poing levé.

Shan remarqua alors le morceau de ficelle qu'il avait noué à un bouton et, autour du cou, un petit papier roulé attaché à un cordon : l'homme portait des charmes protecteurs.

Il prit une poignée de terre marquée d'une empreinte de brodequin. Il cracha dans ses mains et se mit à rouler la terre en boule.

— Vous les avez vus, les tueurs de dieux ?

L'homme surveillait les mains de Shan d'un œil inquiet.

— Ne fais pas ça, dit-il en raclant le sol de sa semelle pour en effacer ses autres empreintes.

— Vous les avez vus ? insista Shan en ouvrant la paume pour sculpter sa boule de terre compacte en effigie d'humain.

— J'ai vu des étrangers, trois ou quatre fois, ces deux dernières semaines. Je n'ai pas pu m'approcher d'assez près pour voir qui ils étaient. Des vêtements de prix. Des sacs à dos. Des jumelles. Et ils faisaient plein de boucan. Ils riaient beaucoup. On sentait leurs cigarettes à deux kilomètres.

Shan poursuivit son malaxage, en une ancienne pratique remontant au Tibet d'avant les bouddhistes : il fabriquait l'effigie d'un homme qu'il pourrait ensuite manipuler pour faire du mal à celui qu'elle représentait. Habituellement, on utilisait à cet effet un cheveu ou un fragment de vêtement, mais la terre marquée d'une empreinte de chaussure pouvait suffire.

— Tu ne peux pas savoir…, dit l'homme d'un ton hésitant en fixant les mains de Shan avant de reculer. Nom de Dieu ! Arrête !

— Où ? demanda Shan.

— La dernière fois, c'était à peu près à huit kilomètres d'ici. Plus près de la vallée. Un pâturage qui longeait de petits ravins, un terrain difficile. Il n'y a que les bergers à fréquenter cet endroit. Un de mes chiens s'est mis à aboyer et j'ai pensé que ça devait être Jara ou un des autres avec son troupeau. Mais c'était un groupe d'une dizaine de personnes, des Chinois et des Tibétains, avec des blousons aux couleurs vives. On aurait cru des touristes. J'ai renvoyé mon chien et je me suis approché, parce que je pouvais me faire un peu d'argent si je les guidais. J'étais assez près pour les entendre lire à haute voix un livre de pèlerin et pour voir qu'ils avaient déjà un guide : le salopard de la ville à la main abîmée.

— Est-ce qu'ils priaient ?

— Bien sûr que non.

— Alors, pourquoi un livre de pèlerin ?

— C'est comme ça qu'on peut retrouver les anciens lieux de pèlerinage et qu'on déniche les objets cachés dans les vieux mausolées. Quand on ne vient pas pour prier, c'est qu'on est là pour faire le contraire.

— Vous voulez dire qu'ils détruisaient les objets sacrés.

— Ils ont déplacé une pierre plate qui couvrait un petit autel en pierre. J'allais là avec mon père quand il priait la divinité abritée par l'autel. Une statue en cuivre du Bouddha. Quand ils sont repartis, elle avait été fracassée, exactement comme la petite Tara en argent.

— Y a-t-il eu d'autres statuettes démolies de la même manière ?

— Cinq que j'en ai retrouvé, toutes avec la tête écrabouillée et entaillées dans le dos. Et complètement vidées, répondit le berger en fixant la figurine en boue.

— Avez-vous revu un des étrangers hier ? La nuit dernière ?

— Je ne sais pas. Peut-être. À la tombée du jour, j'ai aperçu des gens qui se dirigeaient vers le sud. Ils étaient chargés et ça ressemblait à des rondins. Je ne me suis pas approché pour y voir de plus près.

— Pourquoi les tueurs de dieux sortiraient-ils la nuit ?

— Parce que c'est à ce moment-là que sortent les moines.

Il désigna l'effigie avec une grimace.

— Tu crois qu'un peu de boue va me faire peur ? Faut que tu prononces les paroles. Sans les paroles, ça marche pas.

— J'ai eu de bons professeurs, expliqua Shan en écrivant *Om ghate jam-mo* du bout du doigt dans la terre.

Le berger contempla d'un air attristé les mots inscrits sur le sol, puis il pointa le doigt sur le long tatouage de chiffres que Shan portait sur l'intérieur du poignet. Il poussa un soupir et effaça de son brodequin les quatre mots gravés dans la terre. Shan remonta sa manche et le berger balafré refit la grimace.

— Où ça ? demanda-t-il.

— La 404e, dans la vallée.

— Personne n'avait dit qu'un taulard allait venir.

Le berger jura dans ses moustaches sans quitter la figurine des yeux, avant de remonter sa propre manche et de révéler une série de chiffres tatoués à l'identique.

— Huit années, dans la grande prison près de Lhassa. Va, ajouta-t-il en tendant sa paume ouverte.

Shan s'apprêtait à y déposer l'effigie en terre humide quand il interrompit son geste pour poser une dernière question.

— Quel est le mot pour lequel les gens tueraient ?

— T'es cinglé ! Non !

— Alors, dis-le-moi sans le prononcer.

Le berger gémit en coulant un regard à la figurine que Shan tenait à la main.

— C'était un dieu protecteur de Zhoka, une forme spéciale de Yama. Il y a eu un festival en son honneur organisé par les habitants des collines, avec des costumes et des danseurs masqués. Au crépuscule, un grand vent s'est mis à souffler qui a emporté le costume de la divinité dans le ciel, et on ne l'a plus jamais revu. Le lendemain, les avions sont arrivés.

Shan déposa la figurine dans la paume offerte. Le berger allait maintenant devoir la cacher en un endroit sûr où elle ne subirait aucun dommage.

Le grand gaillard poussa Shan vers la piste d'une bourrade, en jurant comme s'il avait été trompé par malice.

— Qu'est-ce que j'en ai à faire ? cria-t-il au dos de Shan. Continue vers le sud et tu auras bien plus à craindre que d'hommes comme moi. Au sud, il n'y a que des tailleurs de chairs et des hommes bleus.

Lorsqu'il finit par trouver un sentier chevrier qui se dirigeait plein sud, le soleil disparaissait dans un flamboiement d'or et de mauve. Un barattage mécanique soudain l'obligea à se cacher derrière un rocher. Il vit avec soulagement un hélicoptère se poser sur la vire surplombant Zhoka pour reprendre l'air la minute suivante, emportant très certainement à son bord Yao et l'Américain. Il se souvint alors du mégot de cigare découvert dans les tunnels sous les ruines : un autre individu était passé à Zhoka, il s'y tapissait peut-être encore alors que Gendun y méditait.

Il se remit en marche d'un pas lent, incapable de chasser de son esprit le visage hâve et vide de Surya, préoccupé par ses craintes, les événements inexplicables des deux derniers jours et le sens à donner aux étranges dernières paroles du grand berger. Le nom que cherchaient les tueurs de dieux était une forme de Yama. Une forme du seigneur de la Mort. L'agent du FBI avait déclaré que les interrogateurs de Surya avaient demandé à ce dernier de leur peindre un tableau de la mort.

Shan s'immobilisa au cri perçant d'un faucon dans le ciel et le suivit des yeux tandis qu'il volait sur fond d'étoiles. Quand il disparut, Shan prit conscience d'un bruit nouveau : un doux geignement qui se levait et retombait au rythme du vent. Cinq minutes plus tard, il surplombait un petit vallon. Sur son versant une silhouette dansait près d'un feu d'enfer, sous les regards d'une femme et d'un enfant de dos.

Le danseur avait le front ceint d'un chaume de longues herbes qui lui obscurcissait la majeure partie du visage. Seul un gilet lui couvrait le torse, et il portait nouée autour de la taille une ficelle garnie de longues tiges de verdure dont il avait également fourré les bas de son pantalon. Une branche tordue à la main, il psalmodiait tout en dansant non pas un mantra mais un chant ancien. Tout à coup, il leva la branche au-dessus de la tête de l'enfant, qui se mit à crier d'une voix suraiguë. Shan faisait déjà un pas en avant quand il comprit que c'était un rire de plaisir.

À son grand soulagement, il reconnut Dawa qui exprimait sa joie devant Lokesh en train de danser autour du brasier. À côté d'elle était assise Liya. Lokesh interprétait pour la fillette un chant saint dans lequel Milarepa, la sœur de l'ermite vénéré, découvrait son frère dans une caverne, la peau toute verte pour ne s'être nourri que d'orties des années durant.

Avec l'énergie d'un homme beaucoup plus jeune, Lokesh bondit en l'air et atterrit à croupetons devant Dawa, riant aussi fort que la petite. Il arrachait l'herbe de ses vêtements quand Shan apparut.

— Que Bouddha soit loué ! dit le vieux Tibétain en guise de bienvenue, le visage barré d'un sourire surpris.

— Oncle Lokesh m'enseignait les choses d'autrefois, expliqua simplement la fillette après avoir salué Shan.

— Il y a de la *tsampa*, reprit Lokesh, parlant de la farine d'orge rôtie qui était la base du régime alimentaire tibétain. On peut en réchauffer.

— Volontiers, répondit Shan, se rendant compte brusquement à quel point son ventre criait famine.

Pendant que Dawa allait chercher une petite poêle posée parmi les pierres, il examina le campement. Un grand sac sur cadre en bois était posé contre un gros rocher à côté d'une couverture jonchée de divers objets. Il les distinguait difficilement à la lumière chiche, mais remarqua néanmoins une statuette de divinité en bronze, un long étui métallique étroit qui avait pu contenir des crayons ou des brosses à peindre, et une boîte en bois montée sur charnières pleine d'énormes aiguilles et de ficelle épaisse, comme pour coudre une tente.

— Rien que des vieilleries, expliqua Liya avant de chasser du pied un coin de la couverture afin de masquer ce qui s'y trouvait déposé.

Mais il n'y avait pas que des vieilleries. Shan eut le temps d'entrevoir une petite boussole en métal, un couteau pliant, une solide corde en nylon et des coinceurs métalliques, de ceux qu'utilisaient les alpinistes. Il n'avait rien vu de tout ça à Zhoka.

Il accepta une assiette en métal cabossée pleine de tsampa fumante et se mit à manger avec les doigts. Après quelques bouchées, il demanda s'ils avaient vu des habitants des collines. Lokesh caressa sa barbe blanche, tourné vers l'horizon sud.

— J'ai retrouvé Dawa la nuit dernière, à minuit. Elle était assise sur un rocher et contemplait la lune. Elle parlait à sa mère, à deux mille kilomètres de là. À l'aube, nous avons découvert un ruisseau et passé la matinée à scruter les pentes des collines à la recherche des autres. Beaucoup de bergers sont rentrés chez eux ce matin, ils ont emprunté d'autres pistes pour rester à l'écart de Zhoka. Mais Dawa a insisté pour que nous continuions plus au sud. Cet après-midi, nous sommes tombés sur Liya. Dawa persiste, elle veut continuer vers le sud. Elle ne cesse de me demander si j'ai entendu les pleurs.

— Des pleurs ? Tu les as entendus ?

— Je n'en sais rien. J'ai peut-être entendu quelque chose quand Liya a remonté la piste pour nous retrouver. À la voir, on aurait pu croire qu'elle avait pleuré pendant des jours, mais elle a expliqué que non.

Les paroles de Lokesh ne faisaient qu'ajouter à la perplexité de Shan : Lokesh et Dawa marchaient depuis le nord et ils avaient retrouvé Liya arrivant de la direction opposée ; la jeune femme se trouvait donc plus au sud, chargée d'un sac plein de fournitures qui ne leur étaient d'aucune utilité.

Au-delà des flammes, Shan distingua sur l'horizon et les montagnes des formes semblables à des bêtes sauvages prêtes à bondir. Continue vers le sud, l'avait prévenu le berger à la balafre, et tu trouveras des tailleurs de chairs et des hommes bleus.

Il exposa rapidement ce qu'il avait appris à Lhadrung tout en scrutant le visage de Liya, sans mentionner toutefois le mantra qu'elle avait délivré en secret aux familles des collines. Elle avait les yeux cernés et gonflés, comme une femme endeuillée.

— Avez-vous peur d'énoncer le nom d'un dieu ? lui demanda-t-il de but en blanc.

— Oui. De toute ma vie, je ne l'ai jamais prononcé. Depuis ce fameux jour, personne ne l'a plus jamais prononcé.

— Mais aujourd'hui des étrangers arrivent et veulent le connaître. Je pense qu'ils demandaient à Surya à quoi il pouvait ressembler, ce dieu, comment il fallait le peindre. Pour quelle raison ?

— Vous ne devez pas parler de ces choses, pas dans ces collines.

— Pas même pour aider Surya ?

— Même Surya ne le dirait pas…

On entendit un éboulis de pierres au-dessus du campement. Dawa gémit et se blottit tout contre Lokesh. Une silhouette chancelante apparut dans le cercle de lumière projeté par les flammes avant de tomber tête en avant, évitant de justesse de se fracasser le crâne contre un rocher en projetant ses mains en avant pour parer sa chute.

— Par les dents de Bouddha ! marmonna Lokesh.

Il se saisit d'un brandon enflammé et se pencha au-dessus de l'intrus. Puis il inspecta la piste où résonnaient dans la nuit les gravillons projetés par un individu en fuite qui dévalait le versant en courant.

Shan se précipita au côté de l'inconnu et le tira par l'épaule pour l'aider à se mettre en position assise. Tout le côté gauche de son visage était tuméfié, du sang coulait de la commissure de ses lèvres et de plusieurs coupures sur ses joues. Un filet sanguinolent coagulé zébrait son cou.

Quelqu'un avait conduit l'homme blessé jusqu'à eux avant de prendre la fuite. Shan saisit la petite lampe électrique de l'Américain qu'il avait toujours dans sa poche et en éclaira la pente en surplomb.

— Oh ! s'exclama l'inconnu devant l'angoisse qui se lisait sur leur visage. Tout va bien. Il n'y a personne.

Sa voix chevrotait bien un peu, mais il s'exprimait sans hésitation. Il se mit debout et s'appuya contre un gros rocher en détournant la tête des flammes comme s'il avait honte de ses blessures.

— Il a vu que c'était vous et s'est enfui, expliqua-t-il à Shan.

Liya remit du bois dans le feu et Lokesh commença à essuyer les blessures de l'inconnu à l'aide d'un linge. Tout à coup, Shan reconnut le nouvel arrivant.

— Est-ce que Surya est en sécurité ? demanda-t-il immédiatement.

C'était au mendiant furieux rencontré en ville qu'il s'adressait, celui qui avait pris la pomme destinée au vieux moine. L'informateur. Il perçut des mouvements dans le campement : Liya se dépêchait de refaire son sac.

— Il a cessé de parler, il ne récite que ses mantras, répondit l'homme en repoussant la main de Lokesh. Il devient de plus en plus petit.

— De plus en plus petit ? s'étonna Shan.

— C'est ce qui se produit quand les choses se dessèchent à l'intérieur de soi, répondit le mendiant d'un air entendu. Ma mère a connu un homme qui avait assassiné sa femme. La police n'a rien fait, mais lui a rétréci de plus en plus, et un jour, il a disparu.

Dawa apparut au côté de Lokesh, avec à la main l'assiette à tsampa pleine d'eau chaude. Lokesh rinça son linge et l'homme lui jeta un œil peu amène.

— Je n'ai pas besoin de ça. Ce qu'il me faut, c'est de la nourriture.

Chargé de la marmite qui contenait la tsampa, Shan inspecta les alentours. Liya avait disparu.

Il s'accroupit auprès du mendiant qu'il laissa se rassasier à grandes bouchées goulues avant de lui demander :

— Qui vous a fait ça ?

— C'est vous, celui qu'on appelle Shan ?

Shan acquiesça.

— Qui vous a fait du mal ? insista-t-il.

Les blessures du bonhomme n'étaient pas graves. Apparemment, il avait reçu son comptant de gifles à doses redoublées.

— Ce n'est pas un problème. C'est ce que font les bergers quand ils me tombent dessus.

— Quelqu'un de la ville vous a envoyé ici, suggéra Shan. Un membre du gouvernement.

L'homme fit signe que oui avant d'aller s'accroupir auprès du feu, son assiette à la main.

— Je suis obligé de les aider. Je m'appelle Tashi.

Il parlait de ses fonctions de mouchard comme d'un métier en valant bien un autre, à croire que le rôle qui lui était dévolu dans l'existence était d'informer régulièrement les autorités chinoises et d'être aussi régulièrement passé à tabac par d'autres Tibétains.

— Pourquoi ? Pour quelle raison y êtes-vous obligé ?

— Ma mère est âgée et malade et je suis forcé de rester tout près de la ville. Je n'ai pas d'autre moyen de gagner un peu d'argent si je veux l'aider. Dans le temps j'ai travaillé en usine. Maintenant, c'est ça que je fais.

Il reposa son assiette. Shan remarqua qu'il lui manquait deux doigts à la main.

— C'est vous qui guidez les groupes de Ming dans les montagnes.

— C'est fini, ça. Ils se sont mis en colère parce que j'ai été incapable de leur trouver une caverne.

— Une caverne de pèlerin.

Tashi opina du chef.

— Si vous l'aviez trouvée, qu'auraient-ils fait ?

— J'en ai trouvé d'autres par le passé. Ce sont des scientifiques. Ils suivent des procédures spéciales. D'abord, ils appellent le directeur Ming. Il doit obligatoirement entrer le premier, parce qu'il est le plus expert dans la manière de préserver les choses anciennes.

— Que fait-il quand il entre dans une caverne ?

— Un jour, il en est ressorti avec un vieux livre. Une autre fois, il n'y avait qu'un vieux bouddha peint sur un mur, et un puits sacré. L'armée est venue et elle a scellé l'endroit à l'explosif.

Ainsi, Ming ne partait pas à la chasse aux mausolées pour sa recherche personnelle, songea Shan avec un regard anxieux à son vieil ami Lokesh. Il voulait quelque chose et, dans le même temps, empêchait quiconque d'examiner les mausolées qu'il avait déjà explorés.

— Ming se trouvait-il dans les montagnes il y a deux nuits ?

— Ming et la belle femme aux cheveux rouges. Punji. Elle, je l'aide à trouver les enfants qui sont dans le besoin. Parfois, je la regarde sans qu'elle le sache, ajouta-t-il comme s'il se sentait obligé de révéler tous ses secrets.

— Qu'y avait-il d'aussi urgent pour qu'il envoie récupérer Surya le lendemain ? Pourquoi a-t-il expédié des soldats ?

— Parce qu'il n'a rien trouvé cette nuit-là, mais il a appris qu'un autre en avait déniché un, de lieu sacré.

Tashi tendit son assiette pour reprendre de l'orge rôtie. Shan voulait de plus amples détails quand il comprit soudain : lors de sa rencontre impromptue avec les chercheurs de mausolées, au beau milieu de la nuit, Liya avait déclaré que des moines se trouveraient à Zhoka. Ming et McDowell en avaient conclu qu'une autre personne avait un moyen direct de contacter les moines et se servait de Surya ou d'un autre vieux bouddhiste. Il se rappela la réaction de Ming devant le mégot de cigare : le directeur de musée semblait convaincu qu'il avait un concurrent dans sa quête aux trésors – il y avait une compétition de tueurs de dieux au milieu des montagnes.

— Vous êtes venu jusqu'ici pour me voir ? demanda Shan.

Tashi acquiesça, l'air soudain distant.

— Je n'aime pas quitter la ville. Je hais les hélicoptères. La première fois que je suis monté, j'ai mouillé mon pantalon, et je ne vous aurais jamais trouvé si ce berger ne m'était pas tombé sur le râble. En plus, c'était la nuit. Alors je n'ai pas pu voir son visage. Mais il a accepté de me conduire jusqu'à vous pour seulement la moitié de l'argent que m'a donné Ming. La chance m'a souri aujourd'hui, ajouta-t-il d'un ton bizarrement saugrenu.

Shan se plongea dans la contemplation des flammes. L'homme était un informateur avéré, mais il était heureux de ne pouvoir révéler les identités des habitants des collines. Il avait débarqué dans l'hélicoptère que Shan avait vu, celui qui avait emmené Yao et Corbett.

— Avez-vous révélé le message au berger ?

— Je réponds à tout le monde quand on me pose la question, répondit Tashi avec un haussement d'épaules. C'est comme ça que je reste en vie. Ma mère a besoin de moi. Lui ne m'a rien demandé.

— Et qu'y avait-il tout à coup de tellement important pour qu'on vous dépose par hélicoptère au milieu des montagnes ?

— L'hélicoptère devait venir de toutes les façons, pour récupérer les deux policiers, le Chinois et l'Américain. En ce moment, il décolle tous les jours, il part pour les montagnes au matin et y retourne le soir pour ramener les équipes.

— Qu'y avait-il de si important ? persista Shan.

— J'étais dans le couloir, devant le bureau du colonel, parce qu'ils voulaient tous savoir si le vieux moine avait dit quelque chose. Le colonel Tan était en communication radio avec ce Yao et les deux hommes se disputaient. Yao se trouvait dans les ruines et il paraissait furieux à propos de quelque chose que vous avez fait. Le directeur Ming était avec lui. Ils ne savent pas que j'ai tout entendu. Ming a dit comme ça qu'avec la prime offerte pour votre tête, vous n'alliez pas tarder à réapparaître à Lhadrung. Le colonel a expliqué que vous auriez assez de jugeote pour vous tenir loin de la ville et vous terrer dans un trou au fin fond des montagnes. Alors Yao a dit à la radio une chose que je n'ai pas entendue, et le colonel est resté longtemps en communication avec quelqu'un après ça. Au bout d'un moment, le directeur Ming a fait son apparition et il m'a emmené dans la salle de conférences. Il m'a déclaré que l'aide que je lui avais apportée n'était pas suffisante. Pour lui prouver que je savais donner un coup de collier quand il le fallait, je devais vous convaincre de venir à Lhadrung.

— Et pour quelle raison avait-il la certitude que vous réussiriez ?

— À cause des mots que je devais vous dire.

— Quels mots ?

Tashi releva les yeux, un rictus hésitant aux lèvres.

— Si vous descendez dans le monde d'en bas pour les aider, ils vous amèneront votre fils.

Pendant le premier quart d'heure, en pleine obscurité, Shan courut sans se désunir vers Lhadrung, glissant, dérapant et chutant sur le gravier meuble. Son pantalon se déchira et le sang dégoulina sur son tibia. Il finit par s'arrêter pour reprendre son souffle et tenter de se calmer, appuyé contre un rocher, la tête levée vers les étoiles, en songeant qu'il devrait dire quelque chose à son père, mais ne sachant pas quoi.

Il était resté assis par terre sous le ciel de nuit avant de quitter le campement, incapable de maîtriser le violent désordre d'émotions que le message de Tashi avait déclenché. Après quelques minutes, Lokesh était venu s'asseoir auprès de lui.

— C'est une sorte de piège, avait murmuré Shan. Ils ne peuvent pas savoir où se trouve mon fils. Il faut que je reste. Il faut que je trouve le moyen de ramener Surya parmi nous et de m'assurer qu'ils ne prendront plus d'autres moines.

— Lorsque j'étais jeune, dit son vieil ami, j'ai entendu un jour ma mère dire à sa sœur qu'après avoir eu un enfant, ce n'est plus simplement sa propre divinité qui réside en soi. Il y a quelque chose de nouveau, et l'enfant devient comme un autel. Sur le moment, je n'ai rien compris. J'ai pensé qu'elle voulait parler de la vénération qu'on porte aux enfants. J'avais tout oublié jusqu'à l'année que j'ai passée en prison en compagnie de ma mère.

Lokesh ne faisait pas référence à un séjour physique derrière les barreaux avec sa mère, laquelle était décédée l'année précédant l'invasion chinoise, mais aux douze mois qu'il avait consacrés à méditer sur elle. Pour l'honorer, il avait essayé de se rappeler le plus petit événement de leur vie commune, offrant par moments ses récits d'enfance à ses compagnons de détention et à d'autres gardant le silence des jours entiers, baignant dans le souvenir.

— Si je retourne auprès d'eux, si je retrouve cet inspecteur que j'ai rencontré, et aussi le colonel, ils essaieront tous de m'obliger à les aider. Ils exigeront que je leur trouve un autre moine venu des montagnes.

Lokesh ne parut pas l'avoir entendu.

— J'ai compris une nuit ce que ma mère voulait dire, poursuivit-il. Un père ou une mère honorent leur divinité au travers de leurs enfants. L'enfant fait partie de la manière dont on la vénère.

— Je ne suis pas certain de comprendre.

— Ne reste pas dans les montagnes à cause de Gendun ou de Surya. Ils suivront l'un et l'autre le chemin de leur propre divinité. Descends dans la vallée parce que ton fils a besoin de ce que toi seul peux lui donner. Garde ça dans ton cœur, et peu importe ce qui arrivera, tu auras fait ce qui est bien et juste.

En se remémorant ces paroles, Shan s'apaisa. La nouvelle apportée par l'informateur avait entrouvert dans son esprit l'entrée d'une chambre restée trop longtemps scellée, une chambre pleine d'images : un garçonnet timide se promenant avec lui dans les jardins publics de la ville ; un bébé niché au creux de ses bras, un bébé qui, si impossible que cela parût, était sa chair et son sang ; son fils en compagnie de lamas, ainsi que des scènes du même genre qui n'existaient que dans son imagination. En prison, par moments, c'étaient ces images-là qui l'avaient aidé à rester en vie. Mais lorsque, un an auparavant, Tan lui avait brutalement signifié que son épouse avait divorcé et s'était remariée, après avoir sans nul doute déclaré à leur fils que son père était décédé, il avait brutalement refermé cette porte à la volée, en faisant le vœu de ne plus jamais la franchir, car elle n'ouvrait plus que sur la souffrance. La douleur s'était aujourd'hui estompée, en même temps que ses espoirs aussi acharnés que ridicules.

Il plongea le regard dans le ciel jusqu'à ce qu'il voie une étoile filante, puis il reprit la route.

Pour la seconde fois en l'espace de deux jours, il entra dans la ville par la place du marché. Il attendit à une pompe publique qu'une femme y remplisse ses deux seaux, puis, épuisé par sa cavale de cauchemar à travers les montagnes, il ouvrit le robinet et maintint son visage sous le jet d'eau glacée. Il resta à genoux une fois le robinet refermé, regardant l'eau dégouliner dans le petit bassin bétonné autour de la base de la pompe pour tenter une fois encore de trouver l'apaisement. Tu devrais faire demi-tour et rejoindre les montagnes, les jambes à ton cou, lui répétait une voix dans sa tête. Il n'était pas concevable que quiconque à Lhadrung pût posséder des renseignements sur son fils. C'était exactement le genre de tour cruel que Tan était susceptible de lui jouer pour l'attirer dans ses rets.

Il se releva et avança lentement vers l'ombre de l'immeuble suivant, mais une main se verrouilla sur son biceps. Il entendit le crachotement d'un émetteur, et une voix se mit à parler d'un ton excité. En se retournant, Shan se trouva face à un jeune soldat à la figure grêlée appartenant à la brigade de sécurité personnelle du colonel Tan. Un autre soldat, posté à la portière ouverte d'un camion de l'armée, parlait dans la radio qu'il tenait à la main.

Quelques instants plus tard, ils filaient en fond de vallée à toute vitesse, Shan assis entre les deux soldats dans la cabine du camion. Ils roulèrent sans échanger une parole pendant moins de dix minutes avant de s'engager dans une forêt clairsemée, sur le versant ouest, par une route en lacet que Shan reconnut. Un an auparavant, il l'avait empruntée en direction d'un ensemble de bâtiments entouré de murs : un gompa partiellement détruit en cours de reconstruction, destiné à devenir un club privé pour les représentants de l'autorité. Apparemment, la restauration avait été interrompue. Les murs en stuc, envahis à leur pied par les mauvaises herbes, portaient d'énormes fissures. Seul le panneau à l'entrée était neuf : rédigé en deux langues, il annonçait *Maison d'hôtes de Lhadrung*.

Ils franchirent tous trois la grille et le soldat qui le précédait donna un coup de pied dans les gravillons. Ils étaient rouges – Shan en avait vu de semblables dans les sculptures de pneus de la voiture de McDowell.

À l'intérieur de l'enceinte, des bâches, suspendues en haut du mur au fond de la cour centrale, couvraient un rang d'objets imposants, sans doute les mêmes sculptures ou colonnes, brisées ou démantelées, qu'il y avait vues l'année précédente. Au centre, une petite fontaine crachotait un jet d'eau faiblard avec des sifflements d'asthmatique.

Son escorte poussa Shan dans l'entrée du plus grand des bâtiments et le remit entre les mains d'un officier en tunique avec poches de poitrine – les seuls insignes de son grade – qui le conduisit vers une porte laquée en rouge brillant.

La grande pièce dans laquelle ils entrèrent avait été plâtrée et peinte depuis sa dernière visite, et convertie en une salle de réunion faisant également office de salon. À une extrémité, dans la pénombre, un long canapé voisinait avec deux fauteuils capitonnés au dossier et aux accoudoirs ornés de napperons en dentelle. Dans le coin obscur au-delà du canapé, Shan distingua des chaises en bois. La gauche de l'entrée était occupée par une longue et large table entourée d'une douzaine de chaises. Derrière la table, sur le mur, étaient accrochées une carte du comté et une autre de la République populaire de Chine. La seule lumière provenait d'un lampadaire suspendu au-dessus de la table. Il éclairait trois visages rébarbatifs tournés vers lui.

Le colonel Tan officiait, une cigarette au bord des lèvres, laissant la fumée remonter en volutes autour de sa tête. L'inspecteur Yao, en rogne et satisfait tout à la fois, pareil à un professeur s'apprêtant à signifier sa punition au moins apprécié de ses étudiants, tenait un bol en porcelaine fumant. En face de lui le directeur Ming était assis devant une pile de dossiers, les mains à plat sur la table, dans l'expectative.

Le silence pesant fut rompu par un juron que le colonel marmonna entre ses dents. Puis une voix grave lâcha lentement depuis la pénombre, en anglais :

— Un pantalon. Trouvez-lui un foutu pantalon !

Shan baissa les yeux. Son pantalon élimé portait des accrocs sous le genou, séquelles de ses chutes dans la nuit. Un pan de tissu pendouillait à sa jambe gauche, exposant un tibia éraflé et sanguinolent, et du sang séché maculait le reste par endroits.

Tan jeta un regard furibond à Yao, comme s'il espérait une traduction. Mais avant que Yao pût répondre, Ming se leva d'un air théâtral.

— Il semblerait qu'il y ait une erreur.

Shan, baissant la tête, fixa l'élégant tapis tibétain qui courait sous toute la longueur de la table. Ses réflexes de détenu lui revinrent sur-le-champ : il ne fit pas un geste ni ne réagit lorsque Ming lui saisit le bras et en remonta la manche afin de dégager le tatouage encré dans la chair.

— Cet homme est un prisonnier. Un criminel.

Shan perçut un mouvement dans l'ombre : quelqu'un se levait de sa chaise. De nouveau la voix de basse retentit, s'exprimant en chinois cette fois :

— Cet homme m'a sauvé la vie. Si vous ne lui donnez pas un pantalon décent, j'enlève le mien et je le lui offre.

Ses paroles résonnèrent comme un avertissement.

Yao se leva et chuchota à l'oreille de Tan, qui se leva à son tour en aboyant un ordre. Moins d'une minute plus tard, l'officier qui avait escorté Shan apparaissait avec un pantalon gris. Il le balança à Yao, qui l'étendit sur le canapé dans la pénombre. Shan se changea. À côté du canapé, un grand bloc de papier fixé à un chevalet portait sur sa page de garde un nom en larges idéogrammes, *Kwan Li*, au-dessus de ce qui ressemblait à un curriculum vitae : *âge quarante-quatre ans. Prince. Général. A servi à Lhassa, Pékin, Xian.*

Shan pivota et sortit de la pénombre pour constater que l'Américain rencontré la veille s'était assis à la table.

— Merci, murmura-t-il en anglais.

— Les présentations se sont faites un peu dans la hâte, hier. Je m'appelle Corbett. Bureau fédéral d'investigations. Heureux que vous ayez pu venir.

Il tira la chaise voisine de la sienne, adressa un signe de tête à Shan puis, posant les mains l'une sur l'autre sur la table, se tourna avec espoir vers Yao.

Shan fixa Corbett. Ce dernier, qui ne le connaissait pourtant pas, l'accueillait avec bienveillance, prenant apparemment son parti dans la bataille qui n'allait pas tarder à éclater.

— Ainsi, notre messager vous a trouvé, déclara Yao.

Shan tourna la tête et acquiesça en accrochant son regard.

— Nous avons besoin de votre aide. Il y a des criminels internationaux à l'œuvre à Lhadrung.

Shan étudia chacun des hommes assis. Il s'arrêta sur Tan, qui fixait le petit portefeuille noir posé devant Yao. Tan avait déjà requis son assistance par le passé. Une fois.

— Je ne suis pas enquêteur, objecta-t-il d'une voix crispée.

— C'est une évidence ! rétorqua sèchement Yao. Nous avons besoin de quelqu'un capable de nous servir de guide dans les montagnes, et d'y expliquer nos intentions. Apparemment, les Tibétains dignes de confiance sont difficiles à trouver dans ce comté.

La banalité de son accoutrement à l'as de pique était trompeuse. La voix était incisive et glacée – résultat d'une longue pratique consistant à donner des ordres et à formuler des critiques politiques, songea Shan.

— Je ne vous aiderai pas à mettre des Tibétains en prison, énonça Shan en fixant lui aussi le portefeuille noir.

Tan jura. Le cri haut perché que poussa le directeur Ming aurait pu passer pour un rire. Yao poussa un soupir de déception.

— On nous a informés de vos choix politiques.

Il se leva et alla jusqu'à une chaise dans la pénombre, où il prit un objet qu'il fit tinter en l'agitant en l'air. Des entraves de jambes. Il les tendit d'abord à Shan, avant de les poser sur le dossier d'une chaise vide.

— Officiellement, vous n'êtes pas un ex-détenu. Quelqu'un a choisi de vous accorder une liberté conditionnelle. Ces libertés-là peuvent se révoquer.

Chose étrange, Shan se rendit compte que sa peur avait disparu. Pareil en cela à beaucoup de prisonniers relâchés du goulag, il s'attendait à y retourner un jour. Après un lent tour de table silencieux, il prit les entraves et, posant les pieds tour à tour sur la chaise, les referma sur ses chevilles.

— Seigneur ! murmura Corbett.

Tan étira les lèvres en un filet de rictus destiné à Yao. Celui-ci lui répondit par un froncement de sourcils avec un regard furieux aux chaînes qui entravaient Shan. Ming, en revanche, se délectait de la scène. Il se leva, bondit à la porte et appela les soldats d'un ton enthousiaste.

Shan battit en retraite jusqu'au tapis près de l'entrée, dont il détailla la bordure. Elle s'effilochait, ses couleurs étaient passées, mais il distingua la ligne de symboles sacrés que les tisserands y avaient placée tout du long : un vase au trésor, une fleur de lotus, des poissons bondissants. Il continua à fixer le tapis lorsque deux soldats apparurent sur le seuil de la pièce pour l'empoigner chacun par un bras. Encore un autre des réflexes de prisonnier que son temps au camp de travaux forcés lui avait inculqués : Quand tu te trouves dans le monde extérieur, imprimes-en de petits fragments colorés dans ta mémoire pour les jours gris et sombres à venir.

Initialement, sa condamnation avait été indéterminée. Tan l'avait prévenu que, s'il retournait derrière les barreaux, il pourrait bien ne plus jamais en ressortir.

— Le directeur Ming a commis une erreur, déclara Tan aux soldats d'une voix basse et détachée.

Les soldats quittèrent la pièce.

— Vous êtes sorti de vos montagnes à cause de votre fils, ajouta-t-il dans le dos de Shan.

En pivotant en direction de la table, Shan se rappela les paroles de Lokesh. Peut-être était-ce de cette manière que la divinité d'un père trouvait son accomplissement : en les laissant user de son fils pour lui infliger son dernier châtiment. Son regard se posa sur le dossier noir.

— Je ne mettrai pas de Tibétains en prison, répéta-t-il.

Yao glissa la main dans le portefeuille et en sortit une chemise jaune contenant plusieurs photocopies.

— Shan Ko Mei, déclara-t-il sèchement.

À ce nom, le cœur de Shan se pinça. Il ne l'avait plus entendu prononcer par une voix autre que la sienne depuis au moins six ans. Il l'avait chuchoté, de temps à autre, à l'adresse des étoiles, quand il essayait de trouver les mots pour demander à l'esprit de son père de veiller sur son fils. Mais il avait cessé de le prononcer depuis bien longtemps. Pour son fils, il était mort. Et son nom était une blessure recouverte aujourd'hui d'épaisses cicatrices. Et voilà qu'ils venaient de le poignarder de nouveau avant de vriller la lame dans la vieille plaie.

On lui toucha le bras. Il eut un mouvement de recul en lâchant un sanglot.

— Asseyez-vous, dit l'Américain en lui montrant la chaise voisine de la sienne. Il faut vous asseoir.

Shan se laissa tomber lourdement sur le siège. Tan, les mâchoires crispées, avait les yeux rivés sur lui, furieux mais circonspect, comme si Shan lui préparait une chausse-trappe. Le regard toujours amusé du directeur Ming allait de l'un à l'autre. L'Américain croisa fermement les doigts sur la table et se tourna vers Shan d'un air inquiet.

— Mon fils ne sait pas qui je suis, expliqua Shan.

Yao poussa un soupir de satisfaction : ces paroles signifiaient qu'ils passaient enfin aux choses sérieuses. Il étala les photocopies de sa chemise devant lui.

— Un opportuniste dès le plus jeune âge, commença-t-il en consultant les feuillets. Voleur. Vandale. Destructeur des biens de l'État.

Shan finit par reconnaître la chemise cartonnée. Il s'agissait d'un dossier de la Sécurité publique : le casier d'un détenu que les nœuds – c'est ainsi qu'on surnommait les membres de la Sécurité publique – ressortaient parfois pour faire honte à un prisonnier. Mais Yao se trompait. Ce n'était pas son casier. La lecture du dossier criminel d'un détenu particulièrement difficile et malchanceux à fins d'intimidation était une tactique d'interrogatoire grossière. Shan aurait espéré mieux de la part d'un homme comme Yao.

L'inspecteur de Pékin jeta un coup d'œil satisfait à Shan, puis, levant le premier feuillet, poursuivit :

— Cela pour les premières années. Par la suite, multiples accusations de hooliganisme, poursuivit-il, utilisant un des clichés préférés de Pékin pour signifier un comportement asocial. Les réticences à lui imposer dès son plus jeune âge, et avec fermeté, la discipline et l'enseignement de l'impératif socialiste garantissaient l'issue par avance. Conclusion : une agression contre un officier de la Sécurité publique. Condamnation : quinze années de *lao gai* – un camp de travaux forcés – dans une exploitation de charbon.

Il s'agissait d'une des nombreuses mines à ciel ouvert où sept jours sur sept, année après année, des prisonniers mal nourris creusaient les veines de charbon à l'aide d'outils de fortune. La moitié d'entre eux mouraient avant d'avoir accompli leur peine.

Yao feuilleta les papiers agrafés aux feuillets pour s'arrêter à une des dernières pages.

— Au début, c'était une école d'élite réservée aux enfants des membres du Parti. Lorsqu'un enfant s'attire des ennuis, on lui affecte des enseignements supplémentaires sur les héros du peuple. Il a été pris la main dans le sac alors qu'il volait ses camarades de classe. Un médecin a été appelé. Il a interrogé le jeune garçon. Il a fait son rapport au commandant adjoint.

Shan sentit son échine se glacer.

— Le médecin a signalé que le garçon était un asocial incurable. Il ne cessait de se vanter en prétendant que son père était un criminel célèbre, le chef d'une bande qui volait et tuait à travers toute la Chine. D'après lui, même le président avait peur de lui.

Le sang quitta le visage de Shan. Après leur mariage, son épouse, en poste dans une ville à près de mille huit cents kilomètres de la capitale, avait pris en charge l'éducation de leur fils. De temps en temps, mais rarement, tous deux rendaient visite à Shan à Pékin pour les vacances. Son épouse, élevée au grade de commandant adjoint, avait divorcé de lui après son emprisonnement.

— Un soir, il a été surpris à écrire des slogans contre le Parti. Il a été renvoyé de l'école. Une semaine plus tard, des poteaux téléphoniques ont dégringolé au milieu de la nuit. Il a fallu une semaine pour qu'on le surprenne, la hache à la main, devant une série de poteaux sectionnés. Il en avait abattu quatre-vingts au total. Sa mère a été expédiée dans un centre du Parti pour une reprise de discipline. Lui a été envoyé dans une ferme-prison, de laquelle il s'est évadé le mois suivant pour refaire surface parmi un gang qui revendait de l'héroïne devant les portes des usines. Il portait un nouveau nom : Tiger Ko. Lorsqu'il a été capturé, il a agressé l'officier qui venait l'arrêter. Sa mère a démissionné de ses fonctions car elle avait perdu la face.

Shan, comme enveloppé dans une sorte de cocon brumeux, n'entendait plus les paroles de Yao. Il se sentit sombrer, en chute libre, et dut se raccrocher à la table.

— Qu'on lui donne du thé, entendit-il en chinois, de la bouche de l'Américain.

Lorsqu'il eut recouvré ses esprits, la vision de nouveau claire, il y avait une tasse en porcelaine pleine de thé vert fumant à côté de sa main.

— Il n'a pas vingt ans, finit-il par dire d'une voix rauque avant de lever la tasse pour vider le liquide brûlant dans sa gorge.

— Il avait besoin d'un père, déclara le directeur Ming avec sarcasme. Sa mère l'a abandonné. Elle s'est remariée pour partir sur la côte Est et elle a pris un nouveau nom. Il y a des années qu'elle n'a plus aucun contact avec lui.

En remuant les jambes, Shan entendit le cliquetis de ses entraves. Il contempla d'un air absent le fond de sa tasse, fine et délicate, ornée d'un minuscule panda peint près du bord.

— Vous allez m'expédier dans une mine de charbon, dit-il.

Yao referma la chemise devant lui, se leva et s'approcha de Shan en tenant à la main sa propre tasse ornée elle aussi d'un panda.

— Vous n'avez pas toujours été aussi obtus, camarade. Nous désirons faire venir votre fils pour une petite visite. Ici. À Lhadrung.

Il sortit de sa poche une clé qu'il posa sur la table à côté de Shan.

— Pourquoi ? demanda celui-ci.

— En récompense de votre indéfectible attention. Une incitation pour nous assurer votre aide. Certains éléments d'une conspiration internationale résident dans ces montagnes. Vous nous aidez à résoudre notre problème, et nous vous amènerons votre fils pour une visite.

Shan fixa le petit panda en silence. Yao haussa les épaules.

— À votre guise. Vous attendrez donc la fin de sa quinzième année pour le voir, en présumant que vous soyez vous-même un homme libre à ce moment-là. Néanmoins votre fils…

Il poussa un soupir exagéré.

— … votre fils a déjà été puni très sévèrement à trois reprises pour violation de la sécurité.

Shan ne connaissait que trop bien ce que signifiait la sévérité d'une punition dans un lao gai : passages à tabac, électrochocs, tortures aux pinces sur les petits os des mains et des pieds.

— Je crains, poursuivit Yao avec le plus grand sérieux, que votre Ko ne puisse survivre à ces quinze années.

6

En ce début d'après-midi, sur la ligne de crête qui conduisait aux ruines de Zhoka, l'inspecteur Yao expliqua qu'un vol d'œuvres d'art d'une extraordinaire importance s'était produit à Pékin.

Sans perdre de temps Tan avait pris toutes dispositions pour qu'un hélicoptère les dépose auprès de la vieille tour de pierre. Après un repas rapide et silencieux de chaussons et soupe aux nouilles servi par des soldats à l'air peu engageant, l'hélicoptère était arrivé. S'était ensuivi une prise de bec entre le colonel et l'inspecteur quand Tan avait, en pure perte, tenté de convaincre Yao d'emmener des soldats avec lui.

— Des œuvres d'art ? demanda Shan. De quel genre ?

Lorsqu'il avait fini par donner son accord pour les aider, d'un signe de tête contraint, pour la seule raison qu'il pourrait revoir son fils, Yao avait fait montre d'un grand enthousiasme. Il débordait d'une allégresse surprenante, à croire que le consentement de Shan était enfin l'ouverture qu'il attendait pour résoudre une affaire difficile. Mais Shan ne comprenait toujours pas le but de leur enquête ni leur présence à Lhadrung.

— Une peinture sur plâtre. Une fresque, répondit Yao.

— Une fresque chinoise qui n'avait rien de chinois, intervint Corbett en parlant vite et en mangeant les syllabes, comme s'il avait appris un dialecte de Chine du Sud. C'est d'art qu'il s'agit. Des tas de gens meurent de par le monde pour l'art de qualité, ajouta-t-il comme s'il leur offrait une vieille plaisanterie éculée.

Corbett était plus âgé que Shan ne l'avait cru au premier abord. Sa grande carcasse athlétique donnait des signes avant-coureurs d'un temps qui commençait à le rattraper. Il ne devait pas être loin de la soixantaine, songea Shan. Un peu trop blanchi sous le harnais, peut-être, car il ne se donnait plus la peine de masquer ses émotions, et souvent son visage affichait des traces d'agacement ou de colère.

— Ce n'est pas le bon endroit, Yao. Je vous l'avais dit, se plaignit-il. Il nous en reste au moins dix autres à explorer. Ici, il n'y a que des ruines. Pleines de pièges mortels.

Pendant le bref trajet dans les airs jusqu'aux montagnes, l'Américain avait passé son temps à consulter une carte qu'il tenait à la main. Ils avaient fait un bref arrêt quelques kilomètres plus au nord, afin de déposer vivres et fournitures dans un campement où une douzaine de jeunes Chinois des deux sexes nettoyaient des fragments de roches sous le regard d'une femme aux cheveux courts. Arpentant le chantier de long en large, elle lisait, fixé à un porte-bloc, un guide du pèlerin décrivant les miracles en attente d'être découverts. Apparemment, Yao et Corbett cherchaient un repaire de voleurs caché dans la montagne. Mais pourquoi Ming, de son côté, cherchait-il des cavernes ? s'interrogea Shan. Et comment expliquer les tueurs de dieux ou l'intérêt soudain du Conseil des ministres pour les miracles tibétains ?

Yao haussa les épaules aux propos de Corbett et poursuivit son chemin. L'affaire avait beau avoir une dimension internationale, l'enquête se déroulait sur le sol chinois et il ne saurait y avoir d'ambiguïté quant à celui qui dirigeait les opérations.

— Le vol s'est passé il y a presque deux mois, reprit-il en guettant une éventuelle réaction de Shan. Dans la Cité interdite.

— Mais il y a des gardes partout ! s'étonna Shan. C'est une véritable forteresse.

La Cité interdite, un vaste complexe de temples, d'habitations et de salles de réunion vieux de plusieurs siècles, avait été la résidence des empereurs. Au début de sa vie à Pékin, Shan connaissait quasiment jusqu'au moindre de ses passages et de ses réduits, car il avait découvert que l'endroit recelait maints refuges apaisants loin du brouhaha de la ville. Entourée d'une haute muraille d'enceinte, la Cité n'offrait comme accès au public que des grilles étroitement surveillées aux extrémités nord et sud.

— L'empereur Qianlong y a fait bâtir un pavillon de plain-pied pour sa retraite, aux limites nord de la Cité.

On vénérait la mémoire de Qianlong, empereur mandchou au très long règne, pour son esprit de justice et de bienveillance. Il avait abandonné le trône à la fin du dix-huitième siècle, après soixante années de pouvoir.

— Je connais l'endroit, dit Shan en cherchant des signes d'une éventuelle présence de Gendun. L'avant-toit en façade est soutenu par d'énormes piliers laqués en rouge et, sur l'arrière, il y a une petite cour avec une fontaine, aux murs couverts de glycine. J'allais m'asseoir dans cette cour. Mais la maison à proprement parler était toujours fermée à double tour.

— Il y a des dizaines d'années qu'elle est verrouillée, confirma Yao. En réalité, c'est à peine si l'on y a touché depuis le décès de l'empereur. Mais la décision a été prise de restaurer l'intérieur pour en permettre la visite aux touristes. Des équipes d'ouvriers ont commencé à aller et venir. L'empereur avait commandé une belle fresque et un célèbre artiste venu d'Italie s'est installé dans la Cité interdite pour la peindre. Une équipe était occupée à restaurer les poutres en cèdre du plafond dans la salle à manger. Un matin, elle a été appelée pour une réparation d'urgence à l'autre bout de la Cité. À son retour, le lendemain, la fresque italienne avait disparu. On avait découpé un morceau de mur, de trois mètres de long sur un de large, en ne laissant que la poutraison de support.

Shan jeta un œil vers les ombres qui marquaient le passage descendant vers les profondeurs. Yao ne pouvait se trouver là parce qu'une fresque avait aussi été dérobée à Zhoka : il lui avait appris le vol seulement la veille.

— Si je comprends bien, demanda-t-il d'un ton sceptique, le Conseil des ministres a lancé une enquête sur une peinture sur plâtre manquante ?

Le jeu auquel se livrait Yao lui avait été inculqué par une longue pratique d'enquêteur pékinois : ne jamais raconter une histoire complètement, pas même dans le rapport final ; ne jamais partager une information dans le détail. Yao ne serait pas au service de chefs politiques aussi haut placés s'il ne connaissait la manière de battre et rebattre tous les faits à sa disposition jusqu'à ce qu'il parvienne à saisir la vérité politique qu'ils dissimulaient.

Un ricanement amusé jaillit des lèvres de Corbett qui, ayant entamé sa descente des marches dans les ténèbres où il avait failli trouver la mort, s'était retourné en entendant Shan poser sa question.

— Le président avait montré la fresque de Qianlong à une délégation européenne lors d'une visite officielle, déclara-t-il.

Son intervention parut déplaire à Yao qui poursuivit néanmoins :

— Et la décision avait été prise de consacrer la maison de l'empereur à l'amitié entre les peuples européen et chinois, avec, en son centre, la fresque de Qianlong, parfait symbole entre l'Orient et l'Occident. Les gouvernements européens allaient payer pour sa restauration et la maison serait ouverte au public lors d'une cérémonie officielle à l'occasion de la visite d'un chef d'État.

Yao fusilla Shan du regard, comme s'il le mettait au défi d'ajouter quelque chose.

Shan ne baissa pas les yeux. Il y avait cinq ans qu'il avait quitté Pékin, mais rien n'avait changé quant au choix des missions d'investigation affectées aux enquêteurs d'expérience. Yao était là moins pour le vol que pour l'embarras politique ainsi créé.

— Qianlong portait un attachement spécial au Tibet, rappela Shan. Il avait à sa cour des lamas tibétains. Il est donc probable qu'il avait aussi de l'art tibétain chez lui.

— En effet. Mais on n'y a pas touché.

— Vous êtes donc au Tibet parce qu'on a dérobé en Chine une fresque européenne, c'est bien cela ?

— Le président était furieux. Il a considéré ce vol comme un affront personnel. Les instructions qu'il a adressées à mon bureau étaient très précises.

— Ainsi qu'au directeur Ming ? demanda Shan.

— Ming a pu offrir toutes les ressources à sa disposition. Il a une grande expérience dans ce domaine, et il était impliqué au premier chef dans la restauration de la maison et la conception de la salle d'accueil. Il a fait remarquer que les gens auxquels nous avions affaire n'étaient pas des amateurs.

Soudain, il s'interrompit pour lancer avec aigreur :

— Vous n'avez aucun droit de poser la moindre question. Vous êtes ici pour nous aider auprès des Tibétains. Un point, c'est tout.

Mais Yao n'avait toujours pas expliqué sur quoi se fondait sa conviction que des Tibétains étaient impliqués dans l'affaire, ni la raison de sa présence à Lhadrung.

— Et l'unique intérêt du FBI se limiterait à la préservation des œuvres d'art ?

— Vous n'êtes pas ici pour nous interroger, répéta Yao.

Corbett laissa l'inspecteur passer en tête avant de se tourner vers Shan.

— À l'ambassade, à Pékin, il y a un nouveau bureau du FBI. Toutes les occasions sont bonnes pour un développement de la coopération sino-américaine, légale et policière. Essentiellement, à propos des enquêtes sur les terroristes.

— Vous êtes en poste à Pékin ?

— Non, à Seattle. Au nord-ouest des États-Unis. Lorsque cette fresque a été dérobée à Pékin, il y a eu également un vol à Seattle. Au même moment. Chez un dénommé

Dolan, l'un des plus riches citoyens d'une ville de citoyens riches. Un milliardaire de l'informatique.

Il sortit de sa poche une demi-douzaine de clichés qu'il tendit à Shan. Ils représentaient tous des vitrines exposant des œuvres d'art tibétain exquises et très anciennes : des gau d'orfèvrerie, une lampe à beurre en argent travaillé, des masques de cérémonie, un costume complexe et raffiné, et plusieurs statuettes de divinités.

— Il s'agit apparemment du plus bel ensemble privé d'art tibétain au monde. Dolan a mis quinze ans à le constituer. Toute la collection, soit plus de cinquante pièces, a été volée. Elle était assurée pour une valeur de plus de dix millions de dollars.

Le dernier cliché était une photographie aérienne d'un vaste ensemble de bâtiments en brique s'étageant à flanc de colline au-dessus de ce qui était apparemment l'océan.

— Les voleurs sont arrivés la nuit. Ils sont passés au travers d'un système de sécurité dernier cri. Pour repartir sans une trace. Pas d'empreintes. La surveillance vidéo a été débranchée. Tout ce qu'ils ont laissé a été le cadavre d'une jeune femme.

— Une fille a été tuée ? dit Shan en s'arrêtant.

Corbett s'assura que Yao ne pouvait les entendre.

— Vingt-trois ans. Une des trois gouvernantes à mi-temps, une étudiante en art engagée parce qu'elle pouvait donner des cours d'art aux enfants.

Son visage était sombre, à cause de la jeune femme assassinée, et peut-être aussi des ténèbres menaçantes qui l'attendaient.

— Écoutez, ajouta-t-il, la main posée sur le bras de Shan. Il faut que vous connaissiez les règles. Retrouver les œuvres d'art et le tueur de la jeune fille sont les deux raisons de ma présence ici. Il s'agit d'une enquête américaine. Et nous la conduisons à la manière américaine. Vous comprenez ?

— Non, reconnut Shan.

— Je ne choisis pas mes suspects selon des préférences politiques. Je ne concocte pas de théorie pour sélectionner les faits qui s'y adaptent. Je bâtis des faits en me fondant sur la science et la raison. Je n'ai d'autre mobile que la justice, et personne n'a jamais été trop important pour me mettre des bâtons dans les roues.

— Un mélange de George Washington et de Sherlock Holmes, si je comprends bien.

— Mais bon Dieu, Shan, qui êtes-vous ? s'exclama Corbett, visiblement surpris par son commentaire.

— Quelqu'un qui lui aussi cherche la justice.

— Très bien. Je n'ai encore jamais échoué à résoudre une affaire.

— Combien de fois avez-vous servi ce petit discours ? lui demanda Shan alors qu'ils s'engageaient dans les profondeurs du tunnel.

— Une fois avant aujourd'hui, précisa Corbett avec un lent sourire de satisfaction en jetant un coup d'œil à Yao.

Celui-ci avait apporté un sac en toile bourré d'une douzaine de lanternes électriques empruntées à l'armée. Il en alluma une et la posa à la base des escaliers, puis en offrit à Shan et à Corbett. Le couloir se retrouva vite éclairé par des lanternes tous les trois mètres et Yao entra dans la salle où il avait découvert Shan lors de sa précédente visite.

Corbett s'apprêtait à lui emboîter le pas quand Shan lui demanda ce qu'il entendait par « les crimes s'étaient produits en même temps ».

— C'était le milieu de la nuit à Seattle, midi à Pékin. Je crois que les voleurs sont repartis avec leur butin à la même heure, à Pékin comme à Seattle.

— Une coïncidence, non ?

— Je ne pense pas, dit Corbett.

— Mais vous ne m'avez toujours pas expliqué pourquoi vous êtes venu ici. À Lhadrung.

— Nous avons fouillé partout. Dieu sait que nous avons cherché ! Dolan était furieux. C'est le fondateur d'une des compagnies de pointe en informatique et l'un des plus importants soutiens politiques du président. Il est à la tête d'une des plus grandes fondations d'Amérique. L'équipe de police scientifique est restée sur les lieux des jours durant. Pas de véritable indice sur place. Nous avons vérifié les faits et gestes de tous les voleurs d'art répertoriés. Nous avons diffusé des photos des objets volés à tous les postes de sécurité des aéroports d'Amérique, et aussi sur Internet. Nous avons fait la tournée des magasins de la région qui vendaient ce genre d'articles en montrant les clichés et en demandant s'il s'était produit ces temps derniers des événements sortant de l'ordinaire. Après une semaine d'impasses et de fausses pistes, les membres de l'équipe ont été affectés à des enquêtes sur des crimes plus récents, et j'ai récupéré le dossier. Je suis l'enquêteur en chef pour les vols d'objets d'art à l'ouest du Mississippi.

— Mais pourquoi Lhadrung ?

— À ce stade, j'étais donc seul. On m'avait affecté deux jeunes agents, mes disciples, si je puis dire. Nous avons digéré tous les rapports, étudié toutes les notes d'interrogatoire. Nous avons découvert que quatre magasins d'antiquités, dans un rayon de quatre-vingts kilomètres autour de Vancouver, avaient récemment signalé que des jeunes femmes s'étaient renseignées sur la valeur de grains de rosaire tibétain. Selon elles, elles avaient fait connaissance d'un type dans un bar, il leur avait payé un verre en jouant de son charme exotique avant de leur offrir à chacune, en guise de porte-bonheur, une antique perle sculptée très rare. Deux soirs différents.

Corbett sortit de sa poche un grain à l'aspect familier : un fuseau effilé aux deux extrémités, de quatre centimètres de long sur un et demi de circonférence, en agate aux reflets rouge et vert, zébrée de blanc.

— J'en ai acheté un, dit-il.

— On appelle cela un grain *dzi*, expliqua Shan. Les Tibétains sont convaincus qu'ils attirent les divinités protectrices. L'homme se trouvait dans les bars la nuit du vol ?

— Ainsi que la nuit précédente, confirma Corbett. Nous avons retrouvé deux des jeunes femmes qui avaient laissé leur grain en dépôt-vente. C'était la première fois qu'elles rencontraient l'individu en question. Elles avaient passé quelques heures à danser et à bavarder. Le tout très innocent, ont-elles déclaré. Il avait un accent exotique, a précisé l'une d'elles. Presque britannique, mais pas exactement. Une trentaine d'années, peut-être trente-cinq. Cheveux noirs, moustache, les yeux bleu foncé. Elles adoraient toutes ses yeux. Il voyageait beaucoup, leur avait-il expliqué, c'est la raison pour laquelle il ne pouvait leur donner l'adresse d'un domicile fixe, mais il a pris les leurs, exactement comme s'il se proposait de les revoir, en leur annonçant qu'il partait pour l'Asie. Les rencontres se sont faites dans deux bars différents encadrant un grand hôtel.

« Nous avons vérifié les registres clients en les comparant aux passagers des vols le lendemain du cambriolage. Vingt-sept hommes en partance pour l'Asie et répondant à peu près au signalement donné méritaient une enquête plus approfondie. Six d'entre eux avaient résidé à l'hôtel. Il nous a fallu presque une semaine pour obtenir la copie des six photos de passeport. Les deux jeunes femmes l'ont immédiatement reconnu, sans la moindre hésitation. William Lodi. Citoyen britannique. Parti de Seattle à destination de Pékin, d'où il a pris le premier avion pour Lhassa. Nous avons appelé notre bureau de Pékin, qui a demandé l'aide de la Sécurité publique. Celle-ci a répondu que, sur sa fiche de débarquement, Lodi avait donné comme lieu de résidence un hôtel de Pékin et réglé une nuit d'avance, mais que l'hôtel ne l'avait pas vu. La Sécurité publique a alors entamé une vérification de registres à plus grande échelle. Le bonhomme en question, qui avait poursuivi son chemin vers Lhassa, avait une licence d'exportation pour une petite boutique d'artisanat dont personne n'avait entendu parler. En fait, il était associé au propriétaire de cette boutique.

— À Lhadrung.

— Exactement. Mais lorsque je suis arrivé sur les lieux, il était déjà reparti. Dans les montagnes, m'a-t-on assuré en ville. Il se cachait chez des amis tibétains après le plus grand vol d'art tibétain jamais commis.

Corbett pénétra dans la salle à la fresque, où Yao était déjà au travail. À l'entrée de Shan, l'inspecteur releva la tête du calepin où il gribouillait furieusement au milieu de la salle illuminée par une demi-douzaine de lanternes.

— Mais il n'y a pas de marché au Tibet pour les œuvres d'art de prix, objecta Shan.

— Vous avez été interrompu la dernière fois, rétorqua Yao en ignorant la remarque de Shan. Vous étiez en train d'expliquer la manière dont cette fresque a été dérobée.

Shan ne répondit pas immédiatement, et la frustration de Yao ne fit que grandir.

— Dites-moi d'abord pour quelle raison Ming voulait Surya.

— Un jour Ming l'a découvert occupé à peindre dans cette ancienne tour. Il s'est aperçu que Surya était très féru d'art ancien et connaissait la manière dont on cachait les objets de culte dans les montagnes. Ming prétend que nous avons affaire à des voleurs aux intentions politiques. Du genre à restituer les objets d'art pillés à leur terre d'origine.

— Ming soupçonnait Surya ?

— Uniquement de connaître des secrets qui pouvaient nous être utiles. Surya s'exprimait de manière très énigmatique quand il parlait de peintures et des lieux de pouvoir, comme il les appelait, ce qui intriguait beaucoup Ming. Au bout du compte, il s'est révélé n'être qu'un vieux fou. Il répétait qu'il n'était jamais allé à Lhadrung et se comportait comme s'il avait toujours vécu parmi les rochers, pareil à un animal enfoui sous terre. D'abord, il disait qu'il était moine, puis qu'il n'était pas moine. Il ne cessait de jouer avec les interrupteurs du bureau, comme s'il n'avait jamais vu d'ampoules électriques de son existence.

Shan se tourna vers Corbett. L'Américain lui ayant révélé qu'on avait chargé Surya de peindre une représentation de la mort, il était maintenant convaincu qu'il s'agissait d'une image du démon protecteur de Zhoka, celui dont nul ne pouvait prononcer le nom.

D'un geste circonspect, Yao tourna sa lanterne vers les ténèbres du tunnel conduisant au torrent souterrain.

— Pourquoi établir un lien entre les voleurs et ces ruines ? demanda Shan. Vous ne saviez pas que la fresque avait été dérobée jusqu'à ce que je vous le démontre.

— Nous n'en établissons pas, répondit Corbett. Nous savons simplement que William Lodi s'est rendu directement de Seattle aux montagnes au-dessus de Lhadrung. À en croire les experts, les ruines de ces montagnes recèlent encore des objets d'art tibétain, des lieux qui les abritent et qui existent depuis des siècles, des cavernes et d'antiques mausolées, parce qu'elles n'ont jamais été fouillées systématiquement. Si Ming a raison, Lodi emporte les objets volés dans l'un de ces endroits, peut-être pour les y laisser ou pour les sceller à demeure dans une caverne. Voire pour les restituer aux mausolées d'où ils ont été dérobés il y a des décennies.

— Et à quel genre de mausolée restituerait-il une fresque italienne du dix-huitième siècle ?

— Il s'agit d'une théorie ! grommela Yao d'un air furieux.

— Ils en ont terminé ici, dit Corbett. Ils ont emporté les objets de culte et poursuivi leur route. Nous devrions faire pareil, ajouta-t-il en avançant de quelques pas réticents dans le tunnel, peu désireux apparemment de se rapprocher des eaux traîtresses courant en contrebas.

— Peut-être ont-ils laissé quelque chose, objecta Yao. Jusqu'à présent, jamais encore nous n'avions trouvé de traces aussi visibles de leur passage.

— Des traces de quel genre ? demanda Corbett.

— Une flaque de sang, répondit Yao.

Et il fusilla Shan du regard en agitant, entre deux doigts, un grain de rosaire en bois sculpté.

Shan songea en frissonnant que si Surya était tombé sur des voleurs d'art sacré en pleine action dans les tunnels de Zhoka, il était impossible de savoir comment il avait pu réagir.

Corbett lâcha un soupir frustré, ceignit sa tête d'une lampe frontale et sortit de son sac à dos une lanterne à lentille mauve qu'il alluma avant de se mettre à quatre pattes.

— Ultraviolets, expliqua-t-il.

Il suivit les traces de sang qui rougeoyaient jusqu'à la petite cellule dont le sol avait été marqué en creux par les pieds d'un autel, là où Shan avait trouvé la vieille feuille manuscrite rédigée en anglais.

— Dans l'ancienne tour, vous avez utilisé cette même lumière pour faire apparaître les anciens écrits, dit Shan.

— Ça nous a fait une belle jambe, grogna Corbett. Nous avons été incapables… Vous avez pu les déchiffrer, vous ?

— Ce n'était qu'un vieux mantra, répondit Shan en coulant un regard discret à Yao.

Il ne comprenait toujours pas la raison pour laquelle Surya avait désespérément cherché à masquer les références au palais de la montagne et à la caverne du Dieu de la montagne, pourquoi il avait voulu éliminer les signes de la piste des pèlerins.

Yao posa son sac à dos au sol, en sortit une bouteille d'eau et but, sans en offrir à ses compagnons.

— Je veux un vrai tour de visite, exigea-t-il. Comme un touriste. Je veux savoir ce que vous voyez, camarade Shan. Vous pouvez parler comme les Tibétains, mais êtes-vous capable de voir avec leurs yeux ?

— J'ignore tout de ces ruines.

— Mais vous savez ce que l'on peut espérer trouver dans un monastère comme celui-ci.

— Généraliser sur quoi que ce soit au Tibet n'aide jamais en rien.

— Si je retourne expliquer à Tan combien ses préventions à votre égard étaient fondées, et que votre occasion de vous réhabiliter s'est évanouie aussi vite qu'elle était apparue, où espérez-vous pouvoir trouver refuge ? Pensez-vous que vous reverrez jamais votre fils ?

Shan croisa un instant son regard avant de se tourner vers le sombre couloir qui leur faisait face.

— Sous la surface, en souterrain, se trouve habituellement un *gonkang*, une chapelle pour abriter les démons et autres divinités protectrices féroces. C'est à proximité du gonkang qu'on pourrait trouver les instruments rituels.

— Des instruments rituels ?

— Des costumes et des masques pour les jours de festival. Des peintures spéciales qu'on sortait à des occasions spéciales, certains jours.

— Des trésors.

— Aux yeux des moines, oui.

— La salle à la fresque, c'était le gonkang ?

Shan leva une des lanternes électriques et inspecta de nouveau les murs depuis le seuil. Il n'y avait pas trace d'autel ni des épaisses couches de suie qu'auraient déposées les offrandes de beurre qu'il avait toujours vues dans les salles de gonkang.

— Non. Ici, il s'agit d'une antichambre, un lieu où se préparer pour le gonkang. Où l'on s'attarde afin de parvenir au calme nécessaire pour aller plus avant.

— Je suis suffisamment calme, ironisa Yao. Quoi d'autre ?

— Je ne sais pas. Il pourrait y avoir des réserves en sous-sol, de nombreuses salles de stockage pour un aussi vaste gompa.

— Vous voulez parler de cachettes. Le genre d'endroits que des voleurs seraient susceptibles d'utiliser.

Yao s'engagea dans le tunnel en pente vers le torrent, Shan sur ses talons, puis s'arrêta pour examiner un fragment de vieux bois, un éclat de dix centimètres arraché récemment à une pièce plus substantielle. Cependant il n'y avait pas de piliers, de poteaux, de poutres, pas le moindre morceau de bois à l'horizon. Au sol, la poussière accumulée était marquée de deux lignes parallèles écartées de cinquante centimètres : on y avait récemment traîné quelque chose, peut-être une civière improvisée pour emporter le cadavre. Yao se trouvait déjà à la cascade et éclairait de sa lampe les traces à moitié effacées sur le mur.

— Vous pouvez les déchiffrer ? demanda-t-il quand Shan le rejoignit.

Les mots avaient été rédigés d'une main élégante longtemps auparavant. Shan reconnut les lettres du mot vie, à côté de petites effigies d'humains.

— Non, répondit-il.

Lorsqu'il avait couru à la rescousse de l'Américain effrayé, il n'avait eu ni le temps ni le loisir d'examiner en détail le couloir où dévalait le torrent. En s'y engageant, il s'aperçut que les murs avaient été décorés de fresques, dont la plupart étaient aujourd'hui tombées en poussière ou pleines de fissures et de trous. Mais trois d'entre elles avaient été récemment détruites : on y distinguait encore des restes d'adhésif transparent sur des secteurs en train de se déliter, des feuillets de papier cristal collés à d'autres, et des traces de découpe au sommet d'au moins deux d'entre elles – des marques de scie sur la première, des impacts de ciseau à froid ou de burin sur la seconde.

Un marmonnement furieux s'échappa des lèvres de Yao tandis qu'il examinait les peintures murales.

— Dans la maison impériale, il n'a pas été retrouvé d'empreintes digitales, déclara-t-il. Uniquement des traces de latex. Ce massacre n'a rien de professionnel, ce n'est pas du tout le même genre de travail.

— Les vieux plâtres peuvent comporter de nombreux constituants différents, suggéra Shan. Et même un professionnel peut avoir besoin de s'entraîner.

Poursuivant leur chemin, ils découvrirent dix minutes plus tard une série de basses embrasures de portes à proximité les unes des autres.

— Des cellules de méditation, expliqua Shan en les illuminant au passage.

Leurs murs étaient en pierre brute, sans le moindre meuble à l'intérieur. Yao entra dans la dernière, bientôt suivi par Shan.

L'air était encore chargé d'un léger parfum d'encens. Dans un coin, un fragment de tissu couvert de poussière avait peut-être été une couverture de moine.

— Ils s'asseyaient ici, poursuivit Shan, et c'est ici qu'ils dormaient, mangeaient, récitaient leur rosaire. Des jours entiers, parfois des semaines durant.

Yao paraissait quelque peu sceptique.

— Lorsque les Tibétains méditent, ils peuvent partir loin, très loin, en des lieux que ni vous ni moi ne connaissons.

Yao fronça le sourcil mais s'avança néanmoins et rapprocha sa lampe en s'accroupissant devant la couverture, apparemment peu enclin à la toucher.

— C'est ma quatrième visite à ces ruines. Chaque fois, j'ai le sentiment d'entendre quelque chose, et je prête l'oreille, avec beaucoup d'attention, mais il n'y a rien, excepté peut-être une vibration qui s'attarde, un écho ancien. Pas un bruit, mais l'intuition d'un bruit.

Il était étrange d'entendre Yao s'exprimer en ces termes. Il parlait parfois comme un policier, à d'autres, comme un membre du Parti. À d'autres encore, Shan avait l'impression d'être face à un professeur d'université. Yao se retourna vers lui, une lueur amusée dans le regard. Se moquait-il de lui ? Ou se moquait-il du gompa ?

— Vous avez une décision à prendre, camarade, annonça-t-il en se redressant. Il existe une autre manière de procéder : la manière du colonel Tan. Saturer les montagnes de troupes. Rafler tout le monde, hommes, femmes, enfants, jusqu'aux yacks et aux chèvres, et attendre de voir le genre d'aveux qui peuvent en sortir. Tan prétend que ça marche toujours.

— Il faut que je sache que vous ne me mentez pas. Pour ce qui est de mon fils. Et de votre enquête.

L'espace d'un instant, Yao jeta un œil inquiet vers l'entrée de la pièce, comme s'il craignait que Shan ne l'empêche de sortir de la cellule de méditation, ou ne le pousse dans le torrent.

— Je vous l'ai déjà dit.

— Ce que vous êtes parle plus fort que ce que vous dites.

— Quoi ? Enquêteur pour la crème de la hiérarchie gouvernementale ? C'est vraiment ce que vous avez été vingt années durant ?

— Exactement.

Yao retroussa une babine en une parodie de sourire.

— Le colonel Tan m'avait prévenu que vous voudriez à tout crin protéger les Tibétains, jusqu'à en perdre tout sens logique. Il m'a également conseillé de peser vos mots avec le plus grand soin. En précisant que vos actes ne laissaient rien au hasard ni à la stupidité. Souvenez-vous ! Il voulait que des soldats nous accompagnent aujourd'hui, mais j'ai refusé. Pour cette fois. Vous étiez censé y voir un geste de bonne foi. Par lequel je montre combien je me suis engagé dans le processus de votre réhabilitation.

Il s'avança d'un pas, mais Shan ne bougea pas.

— Tout ce que je veux, c'est la vérité, dit Yao.

— Non, répliqua Shan. J'ai passé de nombreuses années à faire exactement ce que vous faites aujourd'hui. Ce que vous voulez, *tout* ce que vous voulez, c'est obtenir une réponse politiquement acceptable afin de clore votre enquête. Certains procureurs se sont aperçus que les Tibétains étaient la réponse à toutes les affaires en souffrance. Des inadaptés sociaux. Génétiquement inférieurs, même, selon certains scientifiques. Et personne pour les défendre. Hostiles à Pékin. Politiquement indésirables par définition. Mais assez costauds pour apporter leur contribution, à savoir des années de travaux forcés.

— Jusqu'ici, soupira Yao, le front barré par un pli soucieux, votre réhabilitation semble être un échec.

L'inspecteur poussa Shan dans le couloir, où il s'arrêta, mit la main à la poche et lui tendit une bandelette de papier portant une série de chiffres au format familier. Shan releva sa manche et compara les deux listes. Un numéro matricule de lao gai.

— C'est son numéro. Sa prison se trouve dans le Xinjiang nord-ouest, dit Yao en faisant référence à la vaste province au nord du Tibet, terre de déserts et de chaînes de montagnes inhospitalières, et site parfait pour les camps de travaux forcés.

— Vous ne m'avez toujours pas expliqué la raison de votre présence ici, reprit Shan en serrant le feuillet dans son poing, Et ne venez pas me raconter que vous êtes là parce que le FBI s'y trouve, ou à cause des concordances d'horaires du crime.

— Parmi les anciens papiers de la maison de Qianlong, Ming a découvert la copie d'une lettre de l'empereur où ce dernier annonçait qu'il envoyait à ses amis de Lhadrung un très bel objet de sa maison personnelle, en gage d'hommage reconnaissant.

— Quels amis ?

— Nous l'ignorons. Comme vous l'avez dit vous-même, il avait des lamas à sa cour.

— Comment savez-vous que la lettre était authentique ?

La voix de Yao claqua, sèche comme un coup de fouet.

— Parce qu'elle a été authentifiée par Ming. C'est Ming qui a signalé le vol au président, ainsi que l'existence de la lettre.

— Vous prétendez que la fresque a été dérobée parce que, il y a deux siècles, elle constituait l'hommage promis par Pékin au Tibet en gage de reconnaissance ? Et donc qu'il s'agit d'un crime politique ?

Yao se contenta de sourire avant d'aller explorer les deux dernières cellules de méditation – elles ouvraient sur le passage surplombant le bassin d'où Corbett avait failli tomber vers une mort certaine.

La première était vide, hormis la poussière accumulée dans un coin et marquée d'une bonne douzaine d'empreintes. Des marques de semelles – celles de lourdes chaussures de montagne qui n'étaient pas tibétaines, en deux tailles différentes au moins.

La seconde bénéficiait des rayons du soleil reflétés par la chute d'eau, mais c'était un véritable capharnaüm au sol jonché d'objets hétéroclites : éclats de pots en terre cuite fracassés et leur contenu, farine, sucre, riz et soupe déshydratée en sachets ; petit réchaud à butane écrasé par un brodequin ; thé suintant des sachets utilisés en Occident ornés d'une minuscule étiquette anglaise ; une boîte de gants en latex dans laquelle on avait vidé un pot de miel ; du duvet qui sortait de deux sacs de couchage éventrés.

Yao désigna les empreintes de semelle sur la farine et le sucre déversés au sol.

— Au moins trois paires de grosses chaussures. Les propriétaires des vivres, suggéra Shan.

Toutes les traces se trouvaient à l'entrée de la pièce, d'où les individus chaussés de brodequins avaient contemplé les dégâts, à l'exception d'une série de pas conduisant au coin opposé. Deux paires d'empreintes fortement sculptées correspondaient à des chaussures occidentales, mais la troisième était lisse, comme celles qu'auraient laissées des bottes souples tibétaines. Shan suivit les marques jusqu'au coin, où une couverture masquait un pot en terre cuite contenant des piles – toujours sous emballage plastique, adaptées à la taille de la torche en métal ensanglantée découverte lors de sa première visite – et une boîte de cigares vide. *Macération au rhum*, proclamait l'étiquette en anglais.

Yao ronronna de satisfaction et s'attaqua à l'examen de la cellule, lampe à la main, centimètre après centimètre, plafond compris. Il lui fallut peu de temps pour mettre la main sur une scie à batterie, à la lame circulaire couverte de poudre de plâtre, et sur des chargeurs de fusil garnis de balles dans un autre pot en terre.

— Je vais pouvoir comparer avec la composition chimique du plâtre provenant de la maison de l'empereur, annonça Yao.

D'un air victorieux, il leva la scie comme un trophée avant d'en éjecter la lame qu'il glissa dans une enveloppe en papier cristal.

— N'en resterait-il qu'un fragment microscopique, nous le trouverons.

Shan, qui s'était attaché à l'examen des marques de pas, se contenta de hocher la tête en silence : les empreintes de chaussures non crantées se trouvaient là avant l'arrivée des brodequins, comme si un Tibétain avait détruit les vivres. Et Surya portait des bottes à semelles lisses.

Dix minutes plus tard, ils trouvèrent Corbett devant un rocher plat, armé d'une paire de longues brucelles, penché sur un petit morceau de papier sur lequel il avait rassemblé les résultats de ses pointilleuses recherches. Trois mégots de cigarette, sans filtre. Un mégot de cigare au parfum doucereux. Quatre lames de rasoir à un tranchant qu'on avait fourrées dans une fissure. Un fragment de papier adhésif grande largeur, replié et collé sur lui-même. Plusieurs débris de ce qui ressemblait à des os. De petits morceaux d'une pierre bleu foncé, peut-être un lapis-lazuli, gemme très appréciée des artistes tibétains. Plus de cinquante grains du rosaire de Surya. Enfin de minuscules paillettes grises que Shan ne reconnut pas.

— De l'argent. Des copeaux d'argent, expliqua Corbett en pinçant le plus gros entre les brucelles pour le placer à la lueur de la lampe.

— Et destinés à quel usage ? demanda Yao.

— Peut-être y avait-il là d'autres œuvres d'art. Un objet en argent et des joyaux qu'il a peut-être fallu dessertir.

L'Américain reposa le copeau et en prit un autre de forme ovale comme un petit noyau.

— Celui-ci est différent. J'ai passé quelques années dans un laboratoire de police scientifique. C'est un plombage de dentiste.

— Les Tibétains qui vivent dans ces collines n'ont pas de dents plombées à l'argent, fit doucement remarquer Shan. Quand une dent se gâte, on l'arrache.

— Les gouttelettes de sang démarrent ici, poursuivit Corbett en projetant le faisceau de sa lampe vers la cellule où Shan avait découvert le feuillet manuscrit. Là où s'est produite l'attaque initiale, là où a été infligée la blessure. L'homme saignait abondamment quand il a franchi le seuil. Et il a mis le pied dans son propre sang, je crois.

Corbett éclaira l'endroit que Shan avait raté, là où la pointe d'une chaussure avait marqué la flaque, laissant un motif gaufré similaire à celui que Yao et lui avaient remarqué dans la cellule de méditation. Puis il éclaira la piste sanglante plus avant.

— Il est tombé, après avoir tenté de se raccrocher à la paroi, expliqua-t-il.

De l'autre côté de l'ouverture, les traces d'un morceau de paume et de quelques bouts de doigt maculaient la roche de rouge. Le faisceau de lumière suivit, de l'autre côté de la flaque, les empreintes de semelles de sandales que Shan avait déjà remarquées.

— Il y avait une autre personne présente pendant que notre homme se mourait. Ou elle est arrivée tout de suite après.

— Surya, murmura Shan.

— Ce n'est pas le crime sur lequel nous enquêtons, lâcha Yao pour les mettre en garde.

Un silence étrange envahit la pièce à mesure que Corbett éclairait les traces de sang, montrant que Surya s'était rendu dans le coin pour se poster finalement face à la divinité aux neuf têtes, en dessous de laquelle les grains de son chapelet s'étaient rassemblés, dans la fissure au sol. Surya avait battu en retraite dans le coin, horrifié, puis il était revenu face à la divinité, où il avait rompu le cordon de son rosaire.

— Il n'existe pas de vérité partielle, s'entendit dire Shan d'une voix chargée de tristesse. Il n'existe que la vérité pleine et entière.

— Qu'entendez-vous par là ? voulut savoir Yao.

Shan répondit avec une certitude qui jaillit d'une part inconnue de son être profond :

— Vous ne comprendrez jamais ce qui s'est passé à Seattle et à Pékin si vous ne comprenez pas ce qui s'est passé ici, dans cette pièce, si vous ne voyez pas ce dont la divinité a été le témoin.

Il leva les yeux vers l'image de puissance sur le mur au-dessus de la flaque de sang, s'attendant à une réaction de colère, ou, à tout le moins, de moquerie, de la part de ses deux compagnons. Mais ceux-ci, muets, gardaient le regard rivé sur la divinité aux neuf têtes. L'aurait-on aveuglée parce qu'elle avait vu ce qui s'était produit ?

— Autre chose encore. Il a essayé de laisser un message, expliqua Corbett.

Il pointa son faisceau vers la partie basse du mur à l'extérieur de la salle, sur l'ovale enfermant le cercle et le carré.

— Quelqu'un a dessiné ça et écrit un mot.

Il indiqua ce que Shan avait pris pour un barbouillis sanglant au-dessus du motif symbolique, peut-être à l'endroit où le mourant s'était appuyé pour pouvoir dessiner. Au rayonnement ultraviolet de la lampe de Corbett, des inscriptions rougeoyaient au travers du maculage.

— Ce qui rougeoie est du sang, expliqua Corbett. Par-dessus se trouve du pigment coloré, pratiquement couleur de sang frais.

Il éteignit sa lampe et les lettres disparurent.

— Quelqu'un a écrit avec du sang, et une autre personne a tout recouvert d'un pigment. De la même couleur que celui qui a été utilisé dans l'ancienne tour en pierre pour masquer le texte rédigé sous la fresque. Qu'est-ce que ça signifie ? demanda-t-il en rallumant sa lampe.

— *Nyen Puk.* La caverne du Dieu de la montagne, répondit Shan. L'expression ne doit pas être complète, ce n'est qu'un fragment. Parfois, il arrive que les mourants écrivent une toute dernière prière.

Surya avait désespérément tenté d'oblitérer toute référence au Dieu de la montagne, mais le mort avait bataillé jusqu'à son dernier souffle et usé de son dernier sang pour inscrire ce nom-là.

— Selon vous, le mort serait tibétain, conclut Corbett.

Shan sortit le jeton de casino de sa poche.

— Je ne sais pas. Cet objet se trouvait dans la flaque de sang. C'était peut-être à lui.

Tout portait à croire que le mort était tibétain, tout en ne l'étant pas.

— Non, ce n'était pas au mort ! s'exclama Corbett, tout excité. Pourquoi n'avez-vous pas…

Il ne termina pas sa question, s'empara du jeton et l'examina de plus près.

— Il est bien venu ici, cet objet le prouve. Le salopard a encore tué, poursuivit-il presque avec espoir avant de jeter le jeton à Yao, qui fronça le sourcil sans le regarder. Et il a balancé ça au mourant, en un geste de mépris, pour le railler. Nous avons reconstitué les derniers déplacements de Lodi, expliqua-t-il à l'adresse de Shan. Avant Seattle, il était arrivé de Londres, mais il avait passé trois jours au Nevada, à Reno.

Corbett aurait tout aussi bien pu prétendre qu'il possédait la preuve que l'homme était sorti d'un *bayal*, une des mythiques terres cachées. D'une certaine façon, des formes de vie venant de deux univers juxtaposés s'étaient chevauchées un bref instant dans cette salle obscure au cœur d'un temple dompteur de la terre remontant aux temps anciens et aujourd'hui oublié de tous, y abandonnant un mort, la divinité aux neuf têtes et un jeton de casino en plastique.

— Surya est remonté à la surface en disant que quelqu'un avait tué ici, expliqua Shan. Il n'aurait pas pu transporter le corps sans être lui-même complètement ensanglanté, il n'aurait pas non plus réussi à le traîner sans laisser une trace de sang. Lorsque je suis descendu quelques minutes plus tard, le corps avait disparu.

— Parce que Lodi se trouvait toujours ici, proposa Corbett. Il se cachait, il voulait détruire toutes les preuves de ses actes.

— Les voleurs entreposent des vivres ici, rappela Yao, qui expliqua à l'Américain ce que Shan et lui avaient trouvé. Votre vieux moine a dû le voir. Il a été effrayé au point de ne plus très bien savoir ce qu'il avait vu. Et il est remonté à la surface en courant.

— Mais pourquoi Lodi volerait-il une fresque se trouvant déjà au Tibet ? demanda Shan.

L'Américain soupira en plongeant une nouvelle fois le regard dans les ténèbres.

— Qu'est-ce que c'est que cet endroit, bon Dieu ? s'écria-t-il d'une voix soudainement lasse.

Ils reprirent le couloir qui menait à l'escalier en examinant cette fois les murs au passage. Aux yeux de Shan, cet espace ne semblait pas complet : il n'y avait pas de chapelle gonkang, uniquement une antichambre afin de s'y préparer, un lieu de prière où l'on reprenait possession de soi avant d'affronter les féroces divinités protectrices.

Il parcourut lentement les quatre mètres qui le séparaient du bout du couloir. La roche qui fermait le cul-de-sac, constituée d'un bloc massif et de pierres plus petites sur ses bords, s'inclinait légèrement vers l'intérieur à son sommet. Le mantra mani était peint sur la pierre lisse en grosses lettres rouges qu'il éclaira de sa lanterne pour les étudier de plus près. La peinture s'écaillait par endroits. Quand il la toucha, une nouvelle parcelle s'en détacha. On l'avait appliquée à larges coups de brosse, épais et assurés, avec moins de raffinement que les autres écritures qu'il avait pu voir.

Il fit jouer son faisceau de lumière sur les angles de la muraille du fond, glissa la main le long des fentes dans le tas de débris de pierres et de poussière tombés dans le coin. Il perçut un mouvement étrange. Il ajusta l'extrémité de ses doigts sur une des fissures et sentit un déplacement presque imperceptible, mais régulier : un flux d'air s'échappait de la ligne de fracture dans la pierre. Relevant lentement sa lampe, il suivit des yeux le faisceau qui illuminait la roche au-delà de sa portée. Son regard s'attarda sur une flaque de couleur indistincte à plus de trois mètres de hauteur, à l'angle du plafond et des parois de gauche et du fond.

— Qu'est-ce qu'il y a ? s'enquit brutalement Yao dans son dos avant d'éclairer à son tour le même emplacement.

— Rien, répondit Shan sans grande conviction. Il y a quelque chose sur la roche. Probablement du lichen.

— Le lichen ne pousse pas ici. Il n'y a pas de lumière, objecta une voix grave.

Corbett braqua le faisceau de sa lampe vers le plafond, puis il s'approcha du cul-de-sac et se pencha pour examiner le texte du mantra mani.

— Cette peinture est différente de toutes les autres. Elle n'est pas ancienne. On croirait une laque bon marché du commerce.

Il ramassa une écaille tombée par terre et l'étira. Elle était élastique.

Shan revint sur la tache de couleur en bordure du plafond.

— C'est moi le plus lourd, déclara Corbett. Lequel de vous deux veut grimper ?

Il se plia en deux et Shan monta sur son dos. Puis, avec l'aide de Yao, il posa les pieds sur les épaules de l'Américain en prenant appui sur la paroi. Corbett se redressa lentement et lorsqu'il se retrouva complètement debout, Shan avait la tête à moins d'une longueur de bras de l'angle supérieur du plafond.

— De quoi s'agit-il ? grogna Corbett.

— Quelqu'un regarde, répondit lentement Shan.

Un œil était peint sur un fragment de plâtre partiellement masqué. Il faisait partie des symboles utilisés dans les peintures murales et les thang-ka, et appartenait probablement à l'origine à une fresque plus vaste qui devait couvrir la majeure partie du mur latéral. La muraille du fond n'était pas un mur, en réalité, mais une énorme dalle tombée du plafond, probablement pendant les bombardements du gompa. Cependant quelqu'un avait soigneusement ôté le reste de la peinture pour ne laisser que cet œil caché dans les ombres.

Shan posa la main sur les rochers à l'angle des murs et dirigea sa lampe vers le bas. Il s'aperçut bien vite que les rochers ne s'étaient pas effondrés au hasard : on les avait maçonnés en place au mortier, avec le plus grand soin. Quelqu'un avait délibérément caché une partie des anciennes ruines.

Lorsqu'il se laissa glisser au sol, il s'aperçut que Corbett avait également remarqué les traces de mortier habilement masquées et les examinait à la lueur de sa lampe.

— Qu'est-ce qu'il y a, là-derrière ? voulut savoir Yao.

Shan dévisagea les deux hommes d'un air indécis. Sa main se ferma sur le matricule de son fils prisonnier. Il demanda une feuille de papier à Yao et dessina deux plans. Il commença par le côté gauche : la gorge et la disposition des ruines en surface telles qu'il s'en souvenait, en marquant d'un point l'embouchure de la cascade sur la face de la falaise. Puis, retournant sa feuille, il esquissa sur le côté gauche le large couloir à l'escalier, la salle de la fresque et le tunnel qui conduisait vers la cascade à l'intérieur de la montagne. Il revint au recto de son croquis et replia la feuille en deux de sorte que le dessin de surface couvre le plan du gompa souterrain.

— Très joli, commenta Corbett. Qu'essayez-vous de prouver ?

Shan indiqua le modèle auquel obéissait l'agencement des bâtiments à l'entour des escaliers, flanqués à leur entrée par des piédestaux destinés à des moulins à prières, puis le croquis tracé à leur envers.

— Le gompa a été bâti pour être symétrique. On a pratiquement rayé de la carte les édifices en surface. Mais si vous gravissez les pentes qui surplombent le monastère, vous verrez un modèle identique de murs de pierre et de moulins à prières à leur opposé. Ils sont alignés, à deux cents mètres de distance les uns des autres.

— Symétrique ! s'exclama Yao d'un ton incrédule.

— Tout cet ensemble a été soigneusement conçu par des artistes et des lamas.

Shan superposa une nouvelle fois les deux esquisses.

— Les murs du côté opposé sont alignés sur l'escalier qui est ici.

— Un autre escalier, dit Corbett.

— Deux escaliers, à chaque extrémité d'un large couloir souterrain. Ce qui signifie, conclut Shan, que nous n'avons pas encore vu le complexe souterrain principal.

Ils remontèrent au jour. Shan, en tête, avançait d'un pas lent, à la recherche d'éventuels signes de la présence de Gendun. Quelques minutes plus tard, ils se trouvaient sur le côté opposé du gompa et contemplaient les ruines de deux murs de pierre, parfaitement dans l'axe de ceux qui flanquaient les escaliers orientés vers l'ouest. À l'extrémité de chaque mur était disposé un piédestal attendant sa statue.

Les statues de grandes dimensions, en particulier taillées dans la pierre, n'étaient pas courantes dans les monastères tibétains, mais en cela, comme à bien d'autres égards, Zhoka semblait une exception. Sur la droite, un autre piédestal supportait un pied en sandale de taille humaine, le seul vestige de la sculpture. Sur la gauche se dressait la silhouette d'un moine assis dans la position du lotus auquel il manquait la tête. Entre les murs, couverts de lichen et de quelques arbustes, des pierres en vrac, des dalles et des fragments de poutres éclatées emplissaient la volée de marches. Un bâtiment surplombant l'escalier s'était effondré sur lui.

Corbett s'aventura le long du mur nord et s'arrêta au bout d'une cinquantaine de pas pour leur demander de le rejoindre. Lorsque Shan arriva à son côté, il pointa le doigt vers un trou d'ombre dans l'amas de pierres et de dalles. Le trou mesurait un mètre cinquante de diamètre et, selon toute apparence, était profond d'autant. L'Américain ramassa un galet et l'y laissa tomber. Le galet rebondit : ce n'était pas un trou, mais un puits couvert d'une toile peinte d'une main experte en un mélange de bruns et de gris pour qu'elle se fonde dans les rochers avoisinants.

Corbett releva un coin de la toile de masquage. Le trou s'enfonçait sur sept à huit mètres et une échelle improvisée s'appuyait à un de ses flancs. Quelqu'un excavait un passage au travers des débris rocheux.

— Nous ne sommes donc pas les seuls à connaître l'existence de votre complexe souterrain, murmura Corbett en examinant les environs une nouvelle fois.

— Pourquoi maintenant ? demanda Yao. Après toutes ces années, voilà que quelqu'un se met à creuser ?

Pourquoi maintenant, en effet ? songea Shan. Était-ce le fait des moines ? Était-ce la mise en œuvre du plan de Gendun visant à faire revivre le gompa en secret ?

Corbett se baissa pour ramasser un mégot qu'il leur montra. La cigarette avait été fumée récemment, à l'exemple des mégots qu'il avait récupérés plus tôt. Les moines n'étaient pas les seuls à fréquenter les lieux.

— Lodi, suggéra-t-il en indiquant l'inscription sur le filtre. Il fume des américaines. Les mêmes que celles que j'ai trouvées près de la flaque de sang. Le tabac est encore frais, ajouta-t-il en reniflant le mégot. Il remonte à quelques jours, guère plus.

Il se raidit soudain et pencha la tête vers le sud.

— Vous entendez ? Quelqu'un pleure.

Shan et Yao se regardèrent, interloqués. Shan n'entendait rien.

Corbett fouilla le paysage au relief peu engageant puis s'avança en direction des pleurs à petits pas hésitants. Yao et Shan, de leur côté, commencèrent à inspecter le terrain en quête d'indices. Ils trouvèrent de vastes carrés de terre nue parmi les rochers, probablement des vestiges de jardins. Plusieurs portaient des empreintes de pas peu profondes, similaires à celles laissées dans la poussière des souterrains, mais le vent les avait à moitié effacées et il était impossible de déterminer si elles appartenaient aux mêmes chaussures. Quand Shan releva la tête, Corbett n'était plus là. Yao fixait la statue décapitée du moine d'un air bizarrement soucieux.

Tout à coup un gémissement brisa le silence. Shan se précipita vers l'endroit où il avait aperçu pour la dernière fois l'Américain. Il le trouva assis sur un rocher, le visage blanc comme un linge.

— Ce n'est pas une chose que je fais d'habitude, murmura Corbett d'une voix crispée, la main levée à l'adresse de Shan, pour le mettre en garde. C'est quoi, cet endroit ? demanda-t-il pour la seconde fois au sol qui se trouvait sous ses pieds.

Yao passa alors comme une flèche et disparut derrière les ruines d'un haut mur de pierre, dans le dos de l'Américain. Shan le rejoignit quelques instants plus tard. Yao contemplait sa macabre découverte au centre de ce qui avait dû être autrefois une petite cour : des ossements s'étalaient sur une table improvisée, soigneusement disposés en ligne au milieu du plateau. Au total, près d'une vingtaine de crânes jaunis par le temps, dont les orbites vides semblaient leur retourner leurs regards figés. Des os plus petits étaient agencés devant eux. Une main entière avec toutes ses phalanges. Une demi-douzaine de fémurs. À chaque extrémité de la table était placé un brasero destiné à brûler les essences dont les fumées parfumées attiraient les divinités.

Yao fixait la table de tous ses yeux, littéralement pétrifié, tandis que Shan en faisait le tour.

— Un vrai massacre.

Corbett était au côté de Yao, une main sur le ventre.

— Ç'a dû être un massacre, répéta-t-il d'un ton outré. Il va nous falloir une équipe de police scientifique.

Yao se tourna vers Shan avant de baisser les yeux et de sortir son calepin.

— Nous n'avons besoin de personne, chuchota-t-il. Cela ne nous concerne pas.

Shan n'en crut pas un mot. Quelqu'un avait commencé à fouiller parmi les gravats éboulés à l'entrée du profond escalier. Là où, qui sait, se dressait autrefois la chapelle qui s'était effondrée sur ses marches, en cet horrible jour vieux d'un demi-siècle. Là où les moines, sentant leur fin prochaine, étaient venus se rassembler. Peut-être n'était-ce pas l'œuvre de pillards, finalement, mais celle de Tibétains venus rendre hommage aux morts.

— Cette table est protégée, indiqua Yao en montrant une ligne écrite en bordure d'une épaisse planche sur le côté du plateau. Les individus qui font ces choses-là jettent des mauvais sorts à ceux qui essaient de se mêler de leurs affaires.

Shan examina les inscriptions. Elles étaient récentes, rédigées à la craie ou à l'aide d'un morceau de plâtre. Il eut du mal à déchiffrer les caractères tibétains. Et s'aperçut que, s'il lisait les mots, il se trouvait incapable de donner un sens à leur combinaison. Il les lut et relut.

— Ce n'est pas un mauvais sort, finit-il par expliquer. Ça dit…

— Ça dit quoi ? demanda Corbett, hypnotisé par les ossements.

Sans s'en rendre compte Shan s'était tu et contemplait les ruines, saisi par un émerveillement tout neuf.

— Voici les mots qui sont écrits, dit-il en les désignant à mesure qu'il les lisait. *C'est la beauté qui a exigé son dû en nous réclamant. Et non le temps.*

D'un geste plein de respect, il plaça les doigts au long du profil du premier crâne jauni, comme s'il posait la main sur la joue d'un être aimé. Quand il releva les yeux, Yao le fixait avec une curieuse expression de défi, mais retrouva vite sa voix de policier pour lancer :

— Cela prouve simplement qu'il s'agit de l'œuvre de Tibétains. Vous avez bien déclaré en avoir vu un dans les souterrains, n'est-ce pas ? demanda-t-il en prenant un des fémurs posés sur la table. Et les Tibétains utilisent ces os… Je me trompe, camarade ?

— Ils en font des trompettes, confirma Shan.

— Et ils les recouvrent à la feuille d'argent, précisa Yao, peut-être pour les vendre par l'intermédiaire de la boutique d'artisanat de Lodi à Lhadrung, ou outremer, comme des antiquités. Si Lodi et ses complices sont tellement amateurs de collections d'ossements, pensez-vous vraiment qu'ils soient très regardants sur la manière de se les procurer ?

Il s'éloigna sans attendre de réponse et se mit à fouiller dans son sac à dos avant de disparaître derrière le mur en ruine. Shan eut le temps d'entrevoir dans sa main une petite radio noire.

Corbett continuait à fixer l'étalage de crânes.

— Avez-vous compris ce qui s'était passé quand vous avez failli mourir hier ? demanda Shan. Moi, pas.

— Que voulez-vous dire ?

— La vieille inscription sur le mur. Elle n'avait rien à voir avec William Lodi, rien à voir avec votre affaire. Mais vous avez ôté vos chaussures, vous êtes entré dans l'eau glacée et vous avez failli y laisser votre peau. Parce que vous teniez absolument à voir une vieille inscription bouddhiste sur un mur.

L'Américain parut heurté par ces mots et contempla ses mains un instant avant de faire le tour de la table aux ossements.

— Je pensais que l'un de ces crânes pouvait être lui, celui qui a trouvé la mort dans les souterrains. Mais aucun des propriétaires de ces crânes n'est mort récemment, n'est-ce pas ?

— Non.

— En ce cas, qui… Il doit y avoir des violeurs de sépultures dans le voisinage.

— Il n'existe pas de sépultures dans cette partie du Tibet.

— C'est ça ! Personne ne meurt, par ici, rétorqua l'Américain avec colère.

— Que savez-vous de l'histoire du Tibet, monsieur Corbett ?

Pas de réponse.

— Qu'est-ce que l'inspecteur vous a dit de cet endroit ?

— Tan et Yao m'ont expliqué que c'était une sorte d'école. Une vieille école d'art qui a fermé depuis bien longtemps. Un siècle ou plus. Ils ont mis cet endroit sur la liste des lieux susceptibles d'être utilisés par les hors-la-loi.

— C'était un monastère. Un gompa. L'armée et les Gardes rouges ont détruit pratiquement tous les gompas du Tibet, et il y en avait des milliers. Les endroits comme celui-ci, trop éloignés pour l'infanterie, ont été bombardés depuis les airs. J'ai entendu des comptes rendus par des témoins oculaires de la manière dont les choses se sont passées. Beaucoup de moines n'avaient jamais vu d'avions. Ils les ont salués à grands gestes quand ils ont commencé leurs bombardements parce qu'ils les prenaient pour des sortes de divinités du ciel.

Le regard de l'Américain passa de Shan à la table aux crânes. Préoccupé, un premier temps, puis simplement désorienté.

— L'histoire de cet endroit ne me concerne en rien. Ce n'est pas ma terre, ni mon pays. Je vais rester ici une ou deux semaines, ensuite je rentre chez moi pour ne plus jamais revenir.

Son regard revint lentement aux crânes sur la table.

— Ils les ont bombardés ? Comme ça ? finit-il par demander après un long silence. Des moines ?

Un frisson glaça son échine et Shan se retourna : Yao était planté sous un portail en ruine et le fusillait des yeux.

— Même dans votre pays, monsieur Corbett, déclara l'inspecteur, je présume que les criminels ont leurs manières bien à eux de juger de leur société et de son histoire.

Corbett hocha lentement la tête.

— Quand même, dit-il d'un air pensif en allant près de la table. Il y a un petit détail bizarre concernant ces crânes.

Il pointa le doigt sur les jonctions des os des boîtes crâniennes.

— J'ai passé un an dans un laboratoire de police scientifique. Ils sont tous morts jeunes. Pas un n'avait plus de quarante ans, j'en jurerais.

Il haussa les épaules en passant devant Yao et quitta la petite cour. L'inspecteur était rouge de colère et ses yeux, deux dagues qui poignardaient Shan.

— Le colonel se trompait, grogna-t-il. Vous êtes vraiment stupide. Répandre ainsi des vues réactionnaires nous fait du mal à tous, et à vous en particulier. Je ne sais pas pour quelle raison vous avez été libéré de prison. Tout ce que je sais, c'est que c'était sur l'ordre de Tan. Mais les ordres du colonel peuvent être rapportés.

Shan le dévisagea sans broncher. Il s'exhorta une nouvelle fois à ne pas se laisser prendre à l'apparence débraillée de Yao. Ce dernier était un représentant de l'autorité, très certainement membre de haut rang du Parti, et, en tant que tel, il était parfaitement capable d'user de cruauté banale et de froid calcul, ainsi qu'on l'inculquait habituellement aux hommes de sa position.

— Si vous voulez comprendre les habitants de ces collines, finit-il par dire après un long moment, il faut que vous compreniez ce que vous voyez sur ce rocher. Vous devez comprendre l'expérience qui a été la leur au cours de ces cinquante dernières années.

— Les Tibétains commettent des crimes par peur, par appât du gain, par passion, comme n'importe qui, rétorqua sèchement Yao. C'est toujours la même chose. Au bout du compte, c'est parce que l'esprit criminel échoue à embrasser l'impératif socialiste.

Shan ne baissa pas les yeux devant son regard inquisiteur.

— Vous devez connaître une réussite extraordinaire à Pékin, inspecteur Yao.

Yao serra et desserra les mâchoires à plusieurs reprises avant de hausser les épaules et de montrer sa radio.

— Les patrouilles par hélicoptère signalent six ou sept Tibétains dans les montagnes plus au sud. Un homme et un enfant, et un groupe de trois ou quatre avec des moutons. Nous allons les arrêter pour leur permettre d'apporter leur juste contribution. Vous m'avez fait changer d'avis, Shan. Je tiens absolument à savoir ce qui est arrivé à l'homme qui est mort ici, et où ses ossements ont atterri. Pour l'instant, je ne vois rien de plus important.

Un homme et un enfant. Les patrouilles avaient repéré Lokesh et Dawa.

— Vous ne pouvez pas faire une chose pareille, balbutia Shan, pris de court.

— Une escouade est déjà en route.

— Envoyez d'autres hélicoptères dans ces montagnes, et tous les Tibétains à des lieues à la ronde s'éparpilleront comme des moineaux, le prévint Shan en essayant de contenir sa colère. Ils se cacheront si profond qu'on ne les verra plus des jours durant, voire des semaines.

Il se tourna vers la table aux crânes qu'il contempla un long moment. Il avait le sentiment de trahir quelqu'un, sans trop savoir de qui il s'agissait.

— Je sais où se rendent les morts, reprit-il d'une voix basse et résignée. Je sais qui pourra nous parler des ossements. Rappelez les soldats et je vous conduirai aux morts.

7

— Elle flottait, le visage vers le ciel, les yeux rivés sur moi, dit Corbett d'une voix qui se brisait.

Alors qu'ils faisaient une pause dans la montée vers les pics sud, il expliquait par quelle coïncidence incroyable il était tombé sur le cadavre de la jeune gouvernante assassinée.

— Il devait bien y avoir une centaine de badauds derrière la rambarde, à pleurer toutes les larmes de leur corps, à tomber dans les pommes, ou à hurler au secours. Mais c'est moi qu'elle regardait, dit-il, abandonnant sa contemplation des montagnes à l'horizon pour se tourner vers Shan et Yao, un sourire forcé aux lèvres. Je connais un légiste qui prétend que, parfois, c'est ainsi que sont les morts. Leurs yeux ne voient plus rien et regardent partout à la fois. Ils vous suivent comme une Mona Lisa devenue zombie.

— Mona Lisa ? interrogea Shan qui était en train de prendre de l'eau au ruisseau.

— Juste une peinture. J'ai accompagné la patrouille du port pour aller récupérer le corps. J'ai aidé à arracher cette jeune femme aux herbes et aux algues entortillées autour de ses bras et de ses jambes. Vingt-trois ans. Elle portait des boucles d'oreilles en argent, en forme de petites tortues. Les tortues, c'est censé être un gage de longue vie, non ? N'est-ce pas ce que disent les Chinois ?

— Comment savez-vous toutes ces choses sur la Chine ? s'enquit Shan en buvant dans ses mains avant de laisser dégouliner l'eau sur sa tête.

— J'ai commencé ma carrière comme policier à San Francisco. Lorsque j'ai été nommé inspecteur, mon secteur a été Chinatown pendant plusieurs années.

Ils reprirent la piste, et l'étrange déprime de l'Américain sembla s'envoler comme par enchantement. Il marchait au côté de Shan d'un cœur léger, lui demandant les noms tibétains des fleurs ou s'exclamant devant le fabuleux spectacle de l'Himalaya et de ses neiges éternelles au bout de l'horizon sud-ouest. Il ramassa même, en bordure du chemin, une pierre sculptée de marques pratiquement invisibles sous le lichen.

— Une pierre mani, expliqua Shan. Les pèlerins les achètent, ou ils les fabriquent, et ils les abandonnent en chemin, en signe de bénédiction pour tous les autres, afin de se gagner du mérite. Celle-ci pourrait être vieille de plusieurs siècles.

Corbett s'arrêta et insista pour que Shan lui enseigne la manière correcte de réciter la prière, le mantra mani gravé dans la pierre. Puis il rassembla un petit monticule de gravillons et répéta le mantra mani en y posant la pierre.

— Je prie pour retrouver Lodi, grogna-t-il en se relevant. Deux fois assassin.

— Chercher des cadavres dans l'eau, il y a de quoi déstabiliser quelqu'un, déclara Shan lors de la pause suivante.

— Ça n'a pas été le cas. C'est elle qui m'a trouvé. J'étais simple passager sur le ferry qui traverse la baie et je ne savais pas qu'elle avait disparu. On m'avait confié l'enquête sur le cambriolage chez Dolan, mais personne ne l'avait mentionnée. Apparemment, un journal avait fait une quatrième sur une étudiante disparue, mais je n'avais pas lu l'article. Et soudain, elle est apparue, juste devant mes yeux : la gouvernante de Dolan que personne n'avait plus revue depuis la nuit du vol. Quelques heures plus tard, j'ai fait le rapprochement entre les deux événements. Un témoin oculaire dont Lodi s'est débarrassé avant de partir faire la fête dans les bars.

— C'est donc à cause de la jeune fille que vous êtes ici ?

— Je vous l'ai déjà dit, non ? répondit Corbett en laissant entendre qu'il n'appréciait guère la question. On m'a confié cette enquête. Je parle le chinois. Il fallait quelqu'un pour suivre la piste de Lodi.

Il serra les mâchoires et reprit l'ascension. Fin de la discussion.

Le paysage aux pentes raides était des plus dangereux, et ils avançaient en silence, Yao tenant sa radio comme une arme. Une demi-heure après avoir passé l'intersection où Lokesh, Dawa et Liya avaient campé, ils s'engagèrent dans une faille obscure aux parois quasi verticales hautes de soixante-dix mètres. À sa sortie, Corbett eut un sursaut de recul et battit en retraite dans les ténèbres. La pente qui s'étageait devant eux était littéralement encombrée de sculptures – des sculptures à donner froid dans le dos, des formes en pierre toutes tordues qui semblaient avoir été placées là pour prévenir les voyageurs venant du sud. Elles n'avaient pas à proprement parler figure humaine : ce n'étaient que des blocs imposants qui évoquaient de sombres et vagues créatures sorties droit d'un cauchemar.

— Ce n'est que le vent, énonça Shan sans trop de conviction. La pierre tendre a été sculptée par les vents.

Il se surprit à chercher d'éventuelles traces du passage de Lokesh et de Dawa : c'était le genre de lieu où son vieil ami s'attardait des heures durant, subjugué, allant d'une colonne de roche difforme à une autre, touchant le granit, parce qu'il avait la conviction que ces pierres n'étaient pas l'œuvre d'une force naturelle.

Shan s'avança vers la première, haute de trois mètres, pareille à un humain tordu par les affres de la douleur. Sous une lumière moins éclatante, on aurait pu prendre ces rochers pour des squelettes de géants et des animaux difformes et grotesques. Si c'était là la manière dont les divinités locales donnaient forme à la terre, quelle forme avaient-elles donnée à ses habitants ?

Un mouvement dans les ombres attira son attention, et il crut un instant que Lokesh était là. Mais l'homme qui se dressa, une main en appui sur une colonne squelette, en la contemplant avec une intense curiosité, était Yao. Shan l'observa un instant, puis se hâta au milieu du labyrinthe de pierre, Corbett sur ses talons.

Tous deux attendirent Yao à la sortie du champ de sculptures cauchemardesques.

— Est-il vrai, agent Corbett, qu'en Amérique la justice n'est qu'une simple question de faits ?

— Naturellement. Preuves et pièces à conviction révèlent tout ce qu'il y a à savoir.

— En ce cas, vous devrez vous montrer très prudent ici, le prévint Shan à voix basse. Vous êtes dans un monde qui ne s'est pas bâti sur les faits.

— Je n'en ai rien à foutre, de la politique de Pékin ! Et je sais reconnaître un fait lorsque j'en vois un.

Shan montra la colonne rocheuse la plus proche.

— Je ne vous parle pas de politique. Que voyez-vous là ?

— Un granit qui s'effrite.

— De nombreux Tibétains y verraient l'œuvre de dieux d'un grand pouvoir. D'autres considéreraient que ce sont des symboles parfaits pour méditer sur la fragilité du monde. Et ils seraient nombreux à parcourir des centaines de kilomètres pour venir rendre hommage en ce lieu.

L'Américain plissa le front et se tourna comme s'il attendait que Yao vienne à sa rescousse.

— Il y a deux ans, un vieil homme a été arrêté sur une route près de Lhassa, poursuivit Shan. Il avait avec lui une statuette en or. Il avait vendu tout ce qu'il possédait pour acheter cette statuette, qu'il désirait abandonner sur une montagne sacrée afin de faire gagner du mérite à l'âme de son épouse décédée. Il avait la certitude qu'elle était morte parce qu'il avait sectionné les drapeaux à prières qui battaient toujours au vent au-dessus de leur maison dans le but d'en utiliser la corde pour attacher leurs deux derniers moutons. Il a été arrêté parce qu'il avait dit à quelqu'un avoir tué sa femme. Une autre personne avait signalé qu'il avait offert de l'argent à un homme pour la mort de son épouse. Il s'agissait de la somme donnée à l'orfèvre, mais personne n'avait pris la peine de le mentionner. Il a été accusé d'avoir volé la statuette et il n'a pas nié, parce que la maison qu'il avait vendue pour l'acheter avait appartenu à sa femme.

— Que s'est-il passé ?

— Il a été envoyé en prison et il est mort au bout de trois mois, répondit Shan en regardant Corbett sans aménité. Tous les faits concordaient à la perfection : le vieil homme avait effectivement déclaré avoir tué sa femme ; il avait effectivement dépensé de l'argent pour cette mort ; et il se sentait effectivement voleur avec la statuette en sa possession.

Shan montra, au-dessus des colonnes de pierre, une petite vire taillée dans la roche et ornée de plusieurs statues de saints patinées par le temps.

— Il y a la vérité de ce lieu. Les gens, ici, vivent par les vérités, et non par les faits.

— Et quelle est la vérité que je serais censé suivre ? demanda Corbett en fixant les petites effigies saintes.

— Les tueurs de dieux, répondit Shan, avant d'expliquer brièvement ce qui s'était passé dans les mausolées de la montagne.

Une heure plus tard, alors que tous trois descendaient au départ de la toute dernière vire rocheuse, Yao se planta devant Shan en levant la main pour l'empêcher d'avancer.

— Suffit, grogna-t-il. Est-ce que vous cherchez à nous prendre au piège, à nous égarer dans cette montagne hostile ? Donnez-moi l'itinéraire que nous devons suivre pour que je le transmette à l'hélicoptère.

Les journées en ce milieu d'été étaient longues, mais il ne leur restait que deux heures de jour.

— Avant d'apprendre la manière de résoudre un mystère au Tibet, répliqua Shan, vous devez apprendre comment apprendre.

Yao fit la grimace et se tourna vers Corbett.

— Nous voilà pris en otages par un détenu. Il est bien connu que les anciens détenus souffrent tous d'aberration mentale.

— C'est exact, dit l'Américain avec un grand sourire. Presque aussi sévère que celle dont souffrent les enquêteurs.

Shan haussa les épaules, ne comprenant pas bien ce qui se passait entre les deux hommes. L'un et l'autre brûlaient d'un feu intense, mais, de toute évidence, les deux brasiers n'étaient pas de même nature.

— Dans les casernements de la prison, j'ai eu un professeur qui disait que, pour apprendre vraiment, il fallait tourner le dos à son savoir pour le laisser derrière soi. Et pour connaître le monde, il fallait s'immerger dans ce qui n'était pas son savoir.

Yao sortit la carte de l'armée qu'il avait consultée tout le long de l'après-midi, la tourna dans un sens, puis dans l'autre. Assurément, il n'avait pas la moindre idée de l'endroit où il se trouvait.

— J'ai lu un livre sur le sujet, intervint Corbett avec malice. On appelle ça l'esprit du débutant.

Yao n'apprécia guère et agita sa radio devant lui en lançant à Shan d'un ton accusateur :

— Vous avez déclaré que vous saviez où vous alliez. Mais je pense que vous n'êtes jamais venu ici.

— En effet, admit Shan. Mais l'endroit où nous nous rendons se trouve exactement là-bas.

Il indiqua la crête du massif suivant, à huit cents mètres, là où une douzaine de grands oiseaux tournoyaient en spirales au-dessus d'un affleurement rocheux qui ressemblait à un énorme nid de pierre.

À mi-chemin de la crête, Shan s'arrêta.

— Ce serait plus sage si je partais devant, prévint-il.

Corbett semblait chercher un endroit où s'asseoir parmi les rochers quand Yao se planta face à Shan.

— Hors de question. Si vous dites « restez là », je sais que je dois venir. C'est vous qui allez attendre ici. Je n'ai aucune envie que vous les préveniez pour nous préparer un piège.

Quatre panaches de fumée étaient visibles en contrebas de la crête, au-delà des oiseaux, signe qu'il y avait des habitants sur l'autre versant. Yao fit signe à Corbett d'avancer et reprit la piste en pente raide vers le sommet.

Shan s'appuya à la paroi rocheuse et s'essuya le front en observant les deux hommes. Ils avaient parcouru moins de trois cents mètres quand il vit l'Américain reculer d'un bond. Quatre petites silhouettes d'enfants s'étaient matérialisées au milieu des rochers, armées de triques, pour fondre sur les deux hommes et les frapper à coups redoublés.

À son arrivée, Shan aperçut Corbett roulé en boule contre un énorme rocher, les mains autour du cou, en train de se faire battre comme plâtre par deux fillettes. À chaque coup de trique, il jurait, sans opposer de résistance. Yao, plaqué contre une vire par deux jeunes garçons, essayait vainement de riposter : il arracha la trique d'un de ses agresseurs avant de s'immobiliser en voyant ce qu'il tenait à la main. Révulsé, il balança l'objet par terre : c'était un os humain blanchâtre, un fémur qui n'avait rien de comparable avec les vestiges jaunis qu'ils avaient pu voir à Zhoka.

Shan bondit au côté de Yao, encerclé par les enfants. L'inspecteur semblait paralysé par sa découverte et la peur se lisait sur ses traits. Shan s'interposa, muscles tendus, prêt à prendre un coup au besoin. Mais l'un des enfants, un garçonnet d'à peine huit ans, poussa un cri en montrant la poitrine de Shan, et abaissa son arme. Les autres, les yeux ronds comme des billes, l'imitèrent, et tous battirent en retraite de quelques pas avant de tourner les talons et de filer telles des flèches sur la piste.

Shan baissa les yeux et comprit que le gamin avait désigné son gau à son cou. Tandis qu'il courait au secours de ses compagnons, l'amulette en argent était sortie de sa chemise. Quand il releva la tête, les enfants avaient disparu.

— De véritables fantômes ! s'exclama Corbett en se massant le bras à l'endroit où il avait été frappé. On aurait cru qu'ils sortaient du néant. Qui… pourquoi ont-ils…

Ses mots moururent d'eux-mêmes quand il vit les enfants réapparaître sur la crête et courir vers le nid de pierre.

— Ce que font ces gens, ils préfèrent le faire en secret, expliqua Shan. Même chez les Tibétains, les *ragyapa* occupent une place à part. Et il y a des siècles qu'il en est ainsi. D'une certaine façon, ce sont des parias, mais ils l'acceptent parce qu'ils accomplissent un devoir sacré. Ce n'est ni pour les étrangers ni pour les touristes. Même les Tibétains se contentent de livrer la dépouille mortuaire au village en laissant un paiement.

Corbett suivit des yeux les grands oiseaux qui volaient au-dessus de la cuvette rocheuse.

— Seigneur, j'avais lu des choses sur le sujet, murmura-t-il d'une voix de spectre. Jamais je n'aurais pensé… nous sommes au vingt et unième siècle. C'est d'un autre temps.

Shan montra la cuvette, le charnier où les ragyapa démembraient les morts, détaillant les chairs des os qu'ils écrasaient pour que les vautours puissent les manger.

— On appelle cela un *durtro*.

— Si on cherchait à tuer quelqu'un, rien de mieux pour détruire les preuves, gronda Yao, gagné par la colère. Ce qui fait du Tibet un paradis pour les meurtriers, ajouta-t-il en sortant sa radio.

— Un durtro est un lieu où le respect s'impose, déclara Shan. Pas d'hélicoptère.

— Écraser les os pour en nourrir des oiseaux, c'est de la boucherie, rétorqua Yao avec aigreur. Tan a dit que les gens qui vivent sur ces hauteurs ont encore un pied dans l'âge de pierre.

— Ils retournent simplement les corps à la terre, objecta Shan.

Il voyait des silhouettes courir depuis le charnier sur l'autre versant de la crête, loin d'eux : les gens du village fuyaient.

Le petit groupe de maisons à l'opposé du durtro paraissait abandonné à leur arrivée. Ils passèrent en silence devant les bâtisses de pierre et de bois, en direction de la cuvette entourée de rochers où les oiseaux étaient postés au-dessus de plusieurs lignes de drapeaux à prières. Yao allongea le pas pour être le premier dans le cirque du charnier. Il en resta sans voix, vite rejoint par Corbett et Shan.

— Par les plaies du Christ, marmonna Corbett, avant de se détourner, livide, la main sur le nez et la bouche, et de s'éloigner.

Un homme maigre tout en os, accroupi au milieu du petit vallon circulaire, les fixait avec furie, une longue et lourde lame dans une main, un bras humain encore intact dans l'autre. Derrière lui, au sommet du plus gros roc à l'autre bout de la cuvette, trois vautours les contemplaient avec la même expression que le ragyapa. Shan s'obligeait à garder l'homme dans son champ de vision, mais son regard ne cessait de s'égarer, enregistrant malgré lui les images de l'abominable scène. Un genou humain, avec tibia et fémur encore attachés. Une main, de la chair sur la paume mais les doigts nettoyés. Une colonne de vertèbres et ses fragments de tissu sanglant attachés aux disques.

— Qui est venu de Zhoka ? s'écria Yao. Nous exigeons le corps de Zhoka !

Pour seule réaction l'homme posa le bras qu'il tenait sur son billot et abaissa sa lame, pour le sectionner au coude.

— Je doute qu'il parle chinois, intervint Shan.

— Alors, à vous de poser la question, le rembarra sèchement Yao.

Le regard de Shan se posa sur les vautours qui semblaient monter la garde.

— J'ai connu un ragyapa en prison, dit-il. Il avait tué un touriste chinois venu prendre des photos de son père en train de découper des cadavres.

— C'est vous qui nous avez amenés ici, grommela Yao. Inutile de chercher à nous effrayer, maintenant.

— Cet homme a déclaré que, pour son peuple, la découpe des corps était comme une méditation. Parfois, il avait le sentiment de percevoir une divinité dans la main qui arrachait les chairs des os. Et même si un Tibétain s'était éloigné du bouddhisme dans sa vie, à sa mort, sa dernière visite au durtro était pour lui une manière d'y revenir. Parfois, quand il taillait les chairs, son père parlait à Bouddha en personne.

— Ces gens ne sont pas des prêtres, fit Yao avec une grimace.

— Je ne sais pas, répondit Shan après avoir observé longuement le ragyapa. Il existe d'anciens récits, même en Chine, de gens qui endossaient le chagrin et la douleur d'autrui, et les supportaient afin que d'autres puissent vivre en paix. Les ragyapa sont comme ça. Pareils aux prêtres qui veillent les morts. Mais eux font cela toute la journée, avec respect et solennité, tous les jours de leur vie. Comment un homme peut-il supporter un tel fardeau ?

Yao jura quand Shan s'éloigna pour retrouver Corbett hors du cercle de rochers, puis il les rejoignit en lançant des regards inquiets vers le charnier.

— Ces gens n'ont rien commis de répréhensible. Ils restent ici et font le travail qu'ils ont toujours fait, expliqua Shan.

Mais il ne comprenait pas comment le village pouvait survivre grâce aux seules offrandes des rares habitants qui peuplaient les collines du Sud. Il se retourna vers le durtro en songeant qu'on avait peut-être amené là deux corps venus de Zhoka. Les Tibétains n'avaient pas dit ce qu'ils avaient fait de la dépouille du vieil Atso.

— Des barbares ! s'écria Yao. Comment pouvons-nous autoriser de telles pratiques en Chine ?

— Permettez-moi de vous poser une question, inspecteur, dit Shan après un temps de réflexion. De toutes les choses que vous connaissez de par le monde, combien sont restées inchangées depuis mille ans ? Je pense que faire ce qu'ils font, toute leur vie, génération après génération, exige d'eux d'être tout, sauf barbares.

Yao lâcha un ricanement agacé et se dirigea vers le village. Corbett resta à la traîne en fixant Shan intensément.

— La prière, déclara-t-il d'une voix basse et hésitante. Comme sur ce rocher aujourd'hui. Ça, ça ne change jamais, n'est-ce pas ?

Dans ses yeux se mêlaient respect et curiosité.

Shan considéra soudain l'Américain sous un nouveau jour et le regarda avec la même curiosité, comme s'il venait de faire sa connaissance.

— Tout comme l'art, ajouta-t-il, sentant toujours peser sur lui le poids des mystères de Zhoka. L'acte de traduire sa divinité sur la toile ou le papier.

Corbett acquiesça en souriant, à croire que c'était la réponse qu'il attendait.

À leur arrivée, Yao était devant la porte en planches grossières de la bâtisse la plus proche et examinait les instruments posés contre le mur de façade : une houe au manche tordu, une hache, un seau en cuir.

— De toute évidence, un repaire de voleurs d'art internationaux, fit remarquer l'Américain.

D'autres vautours apparurent, volant en rase-mottes au-dessus du village, comme s'ils avaient perçu la présence de nouveaux arrivants et attendaient une pitance fraîche. Retentit un cri lointain en provenance des rochers sous les maisons. Les mots étaient incompréhensibles, mais il n'y avait pas à se tromper sur le ton : on leur adressait un avertissement.

Une chèvre solitaire apparut à son tour et se mit à aller de maison en maison, en s'arrêtant à plusieurs reprises pour examiner les visiteurs. À la quatrième, elle poussa du nez une pile de couvertures près de la porte d'entrée. Les couvertures remuèrent et une main décharnée en sortit pour offrir une caresse au cou de l'animal.

Shan leva le bras pour prévenir ses compagnons et s'avança lentement vers la bâtisse. La chèvre releva le museau, puis inclina un instant la tête vers lui avant de l'enfouir dans les couvertures. Un rire sec de crécelle retentit, un autre bras osseux jaillit et deux mains la saisirent par la tête.

La vieille femme qui émergea du paquet portait une robe de feutre gris en lambeaux, identique en couleur et en matière aux couvertures. De lourdes boucles en argent pendaient à ses lobes d'oreilles et elle avait autour du cou un collier d'épais grains de turquoise encadrant un gau en argent. Sa chevelure était zébrée de mèches grises et son visage portait des taches de vieillesse. Mais ses yeux laiteux ne les suivirent pas quand ils s'approchèrent. Elle était aveugle.

— Deux Chinois, s'écria-t-elle d'une voix amusée, puis elle hésita, relevant la tête pour renifler. Et un autre étranger, mais pas chinois.

La chèvre se retourna et se colla contre le flanc de la vieille femme, comme pour la défendre. Shan lui passa le bras autour du cou. La vieille tourna la tête d'un côté puis de l'autre, et s'arrêta sur Shan. Tout à coup, elle tendit la main pour lui agripper le bras.

— Es-tu préparé ? demanda-t-elle en chinois.

— Pour quoi ? lâcha Corbett en anglais.

La vieille s'immobilisa et l'éclatant sourire qui barra son visage révéla des gencives presque édentées.

— Joie te donne ! s'exclama-t-elle d'une petite voix sèche, en anglais.

Les trois hommes se regardèrent, ahuris.

— Vous parlez anglais ? demanda Corbett.

— *Inchi ?* interrogea la femme d'un air très excité.

— Elle veut savoir si vous êtes anglais, expliqua Shan.

— Vous n'êtes pas tombée loin, répondit Corbett en chinois. Comment peut-elle parler anglais ? murmura-t-il en aparté à Shan.

— Joie te donne, déclara une seconde fois la vieille femme en anglais, d'une voix plus forte, avec un sourire dans la direction de Shan. Nous parlons surtout chèvre, poursuivit-elle en chinois.

— Un homme est mort à Zhoka, dit Shan. On a pu l'amener ici. Nous avons besoin de connaître les raisons de sa mort.

— La saison est à la mort, soupira-t-elle en prenant la tête de la chèvre entre ses mains. Oncle Yama est venu vivre dans les collines cet été.

Shan sentit un frisson glacé glisser le long de son échine. La vieille femme parlait du seigneur de la Mort.

— Nous devons être très prudents quand nous évoquons les morts, expliqua la vieille femme à la chèvre.

Elle mit une main à sa ceinture et y serra un rosaire en laissant retomber sa tête sur sa poitrine, comme si elle venait de s'endormir.

Yao continuait son inspection des bâtiments, soulevant les couvercles des jarres en terre alignées devant la façade de la maison voisine, la plus grande du village. Shan s'agenouilla auprès de la vieille femme et lui chuchota :

— Grand-mère, je cherche un vieil homme et une fillette, ainsi qu'une femme du nom de Liya.

La chèvre poussa Shan de son museau comme pour lui signifier de s'écarter.

— Liya, répéta la vieille sans relever la tête. Essayer de garder un pied dans les deux mondes exige trop d'elle, et elle s'épuise. Je prie pour Liya.

— L'Anglais, intervint Corbett en chinois. L'avez-vous vu ? Il se fait appeler Lodi.

Un caquètement sec jaillit de la gorge de la vieille.

— Trop épuisée pour voir quoi que ce soit.

Elle se mit à égrener son mala en murmurant le mantra dans l'oreille de la chèvre, qui s'accroupit d'un air satisfait, comme si la prière était la bienvenue.

Yao examinait l'intérieur de la dernière des grosses jarres, tout à côté de la porte. Shan se rapprocha lentement et replaça un à un les couvercles que Yao avait négligemment laissés au sol. Les deux premières contenaient de l'orge, la troisième une sorte de tubercule blanc et les autres de petites pommes flétries et des briques de thé noir. Lorsqu'il le rejoignit, Yao avait sorti son calepin et écrivait d'une main fébrile. Corbett arriva à la dernière jarre juste avant Shan et sursauta, pris de court : ils avaient devant les yeux un petit radiocassette noir, un rasoir à piles et un séchoir à cheveux.

— Ainsi que vous l'avez dit, rien n'a changé depuis mille ans, fit remarquer Yao d'un ton acide.

Shan se saisit du radiocassette couvert de poussière et le retourna. Les piles étaient corrodées. Il le remit dans la jarre et prit le séchoir, muni d'un cordon électrique et d'une prise mâle. Mais il n'existait pas une prise femelle à des kilomètres à la ronde. En reposant le séchoir, il aperçut un petit objet pendu à un chevron du toit, juste au-dessus de la jarre en terre : un losange de brindilles et de fils de couleur tissés sur l'ossature, en forme de losanges eux aussi, autour d'un losange central rouge.

— Qu'est-ce que c'est ? demanda l'Américain.

— Un piège à esprits. Pour capturer les démons. Et il a l'air récent.

— Il y en a un autre, dit Corbett, un peu nerveux.

Il montrait un autre piège du même genre suspendu discrètement sous l'avant-toit. En passant rapidement en revue les maisons du village, ils constatèrent que chacune avait un ou deux pièges à esprits accrochés dans l'ombre sous le toit.

— Quand on est ragyapa et qu'on fait ce qu'ils font, dit Corbett d'un ton pensif, de quel démon pourrait-on bien avoir peur ?

Yao s'était éloigné et contemplait une petite bâtisse en bois à cinquante mètres de là, à l'ombre de deux vieux genévriers tordus par les vents. La fillette ragyapa qui était à l'entrée ne tourna pas la tête vers les étrangers, elle regardait à l'intérieur de la cahute. Shan s'y dirigea au petit trot, suivi de près par l'Américain.

La petite ne remarqua leur présence qu'au tout dernier moment et se retourna, morte de peur, bouche ouverte, souffle coupé, avant de s'enfuir à l'abri d'un gros rocher où apparut une femme en robe rouge qui lui ouvrit grand les bras en la soulevant de terre.

Shan partit dans la foulée vers la grossière porte en bois de la cahute restée entrebâillée. À l'intérieur, une voix psalmodiait et un parfum âcre d'encens s'en échappait. Il poussa la porte. L'unique pièce de la cabane était chichement éclairée par quatre lampes à beurre, dont trois brûlaient devant un peche ouvert. Dans un coin, une fillette était assise contre le mur, apparemment endormie. L'homme qui lisait le livre ne s'interrompit qu'un bref instant quand Shan avança. C'était Lokesh, qui tourna la tête avec son sourire triste et familier avant de reprendre sa lecture.

Shan observa la petite fille et finit par reconnaître Dawa, hagarde, sale, les cheveux en broussaille, la robe déchirée, les mains pleines de terre. À la voir serrer et desserrer les mâchoires, il n'était pas certain qu'elle dorme ; peut-être était-elle simplement effrayée. Car Lokesh lisait le Bardo, la litanie des rites mortuaires, et devant lui, au centre du mur du fond, on apercevait l'ombre d'un mort.

Une main se referma sur son avant-bras et Yao se mit à serrer sans ménagement, craignant une fois encore, songea Shan, qu'il n'essaie de s'échapper. Il se trompait. Yao, les traits crispés, anxieux, regardait Lokesh et l'effigie qui se balançait devant eux. Pour la première fois, toute son assurance l'avait abandonné.

La forme haute d'un mètre cinquante suspendue au mur du fond était la représentation grossière d'un homme : une chemise marron tendue sur une ossature de baguettes, avec, en guise de bras, deux baguettes plus longues au niveau de chaque épaule et deux baguettes verticales pour symboliser les jambes. Une montre de prix et une ficelle portant trois bagues en or pendaient à l'un des bras-baguettes. Le visage était un morceau de tissu beige étiré sur une structure de bâtonnets plus minces fixée à la chemise, avec les yeux, les oreilles et la bouche dessinés au charbon de bois. On y avait ajouté de la couleur au moyen de crayons de cire. Des cheveux bruns. Des ronds rouges sur les joues. Des cils bruns.

Shan sentit un mouvement derrière lui. Il ne se retourna pas mais entendit le gémissement surpris de l'Américain.

L'effigie macabre rayonnait d'une puissance dérangeante, digne d'un spectre leur signifiant de se tenir à distance. Shan comprit pourquoi Dawa gardait les paupières fermées. Il avait appris l'existence de cette pratique de la bouche de vieux lamas du goulag, mais c'était la première fois qu'il voyait une effigie de ses propres yeux. Il s'agissait d'une très ancienne coutume qui survivait encore en des lieux reculés du Tibet et remontait probablement aux temps d'avant le bouddhisme.

— Lorsqu'un corps n'est pas disponible pour les trois jours nécessaires à sa préparation, murmura Shan, ou lorsque les endeuillés choisissent d'observer l'intégralité des quarante-neuf jours de rites mortuaires traditionnels, une représentation du défunt peut être substituée au cadavre, afin que ceux qui s'adressent à l'esprit en partance au cours de sa transition puissent concentrer sur elle leur discours.

— Le manuscrit est très ancien et l'encre est passée, déclara soudain une voix paisible.

Shan se rendit compte que Lokesh avait cessé de lire et s'adressait à lui.

— Rédigé dans le style ancien, ajouta-t-il. Ils ont du mal à le déchiffrer et m'ont demandé si je pouvais le lire, au moins les derniers chapitres.

Corbett s'approcha de Shan en fixant l'effigie d'un air égaré, puis il secoua la tête comme s'il cherchait absolument à en détourner son regard. Il alla auprès de Dawa, prit la fillette dans ses bras et l'emporta au-dehors.

— Qui était-ce ? demanda Shan.

— Un homme qui n'était pas préparé, c'est tout ce qu'ils ont dit, répondit son vieil ami.

Pas préparé. Les Tibétains se servaient de l'expression pour décrire un bouddhiste fervent qui avait trouvé la mort inopinément, mais elle pouvait également signifier quiconque n'avait pas préparé son esprit à prendre une autre forme. Quelqu'un, par exemple, qui aurait été assassiné.

Shan fit un pas vers l'effigie. Près du mur latéral, il vit deux autres lampes à beurre, éteintes. Il les présenta à la flamme d'une lampe allumée et les plaça près de l'effigie.

Yao s'accroupit aux pieds de la silhouette à laquelle on avait attaché d'épaisses chaussettes en laine noire, puis il sonda d'un doigt hésitant une couverture étendue au sol sous les jambes en baguettes. Shan la souleva et Yao sursauta. Alignés sur un rang, s'étalaient les objets personnels du mort : un lecteur de CD compact avec écouteurs, un modèle japonais qui avait apparemment beaucoup servi. Une petite loupe qui ressortait d'un boîtier en plastique rigide. Une paire de chaussures de randonnée. Une boussole. Un couteau de poche compliqué, avec une douzaine de lames. Trois courtes brosses en soies de sanglier, tenues par un élastique. Un rouleau de billets de banque américains. Une figurine tsa-tsa en terre à l'effigie d'un saint, identique à celles que Shan avait vues au domicile de Fiona.

Yao déplaçait les divers articles du bout du doigt, à croire qu'il craignait de les saisir. Shan étudia un moment les brosses en soie avant de comprendre que ce n'étaient pas des brosses à peindre : elles étaient destinées à épousseter les objets fragiles. Puis il leva la lampe vers la tête de l'effigie. Yao poussa un cri de surprise et se précipita au-dehors, où il avait laissé son sac à dos, pour revenir quelques instants plus tard avec une lanterne dont il éclaira le visage grossièrement dessiné sur la toile. Il ressortit aussitôt en appelant l'Américain. L'effigie avait les yeux bleus.

La découverte parut donner un regain d'énergie à l'inspecteur. Il en oublia sa défiance à manipuler les objets du mort et les saisit un à un pour les pointer en direction de Shan, en un geste d'accusation. Puis il pesta en menaçant d'appeler les soldats pour qu'ils arrêtent tout le village. Corbett eut le souffle coupé quand il souleva le lecteur de CD. L'appareil était posé sur un passeport. Un passeport britannique. Corbett s'en empara, parcourut la première page et le referma avec colère.

— Le salaud ! cracha-t-il, furieux.

Shan le lui prit des mains et lut le nom du propriétaire. Apparemment, Corbett prenait pour un affront personnel le fait que William Lodi se soit fait tuer.

Shan laissa la colère de l'Américain se consumer d'elle-même, puis il présenta calmement les deux hommes à Lokesh. Ensuite il leur expliqua le rituel mortuaire, en leur recommandant une nouvelle fois de ne pas faire venir de soldats dans la montagne, au risque de ne plus avoir un seul Tibétain auquel parler de piste à suivre. Les deux hommes lui lancèrent un regard sinistre, Yao continuant à jouer avec la radio qu'il avait en main. Finalement Shan leur commanda d'aller ramasser du bois pour le feu.

— Nous allons organiser un repas pour le village, expliqua-t-il devant l'hésitation de Yao.

— Tous les vivres que nous avons apportés vont y passer ! protesta l'inspecteur.

— Exactement. Ainsi que l'argent. Parce que je vais avoir besoin d'argent. Vous le leur devez, pour vous excuser de les avoir dérangés et de vous être montrés si grossiers. S'ils acceptent vos excuses, nous aurons peut-être quelques réponses à nos questions.

Corbett mit la main à la poche.

Un quart d'heure plus tard, ils faisaient bouillir de l'eau à la lisière du village. Shan, qui avait acheté du beurre et du thé et emprunté une baratte et une bouilloire à un villageois curieux qui s'était soudain matérialisé entre deux maisons, disposait sur une couverture leurs vivres : un sachet de raisins secs ; un sachet de noix ; une demi-douzaine de pommes ; un sac de riz ; quatre boîtes de pêches au sirop ; trois de thon.

— Ce n'est pas suffisant, déclara Shan en voyant sortir d'entre les rochers dix, puis quinze Tibétains.

— Nous n'avons pas d'autre nourriture, objecta Yao.

— N'importe quoi, alors.

Yao resserra le cordon de son sac à dos, qu'il colla contre sa poitrine. Corbett inspecta le contenu du sien et en sortit un petit étui en cuir noir qu'il tendit à Shan : sa trousse à empreintes. Shan prit une des petites seringues à poudre destinées à mettre les empreintes en évidence. Il la retourna et pressa sur le caoutchouc, envoyant la poudre en l'air, à la grande surprise des Tibétains les plus proches, qui se pressèrent lorsqu'il tendit l'instrument à un vieil homme. Shan comprit qu'il s'agissait pour eux d'un appareil destiné à jeter de la farine en l'air, un instrument de célébration né de la technologie.

Une femme apparut, chargée d'une marmite de farine d'orge, que Shan paya avec le reste de l'argent de Corbett. Il l'aida à allumer le feu et elle se mit à rôtir la farine dans une poêle en bavardant avec lui.

D'autres ragyapa firent leur apparition et Shan retourna auprès de Yao et de Corbett, assis côte à côte sur un rocher et arborant la même expression de malaise et de soupçon.

— Le corps est arrivé aux premières heures hier, expliqua-t-il. Il a été immédiatement emporté jusqu'au charnier et donné aux oiseaux.

— Destruction de preuves, déclara Yao.

— Ça ne colle pas, répliqua Corbett. Ils ont fabriqué cette effigie en bâtonnets. Ils ne cachent rien.

— Ceux qui ont apporté le cadavre voulaient que les oiseaux s'y attaquent immédiatement, dit Shan. Mais les gens d'ici connaissaient Lodi, et ils se devaient de le pleurer, de la seule manière qu'ils connaissaient.

— Les cadeaux, lança Corbett. Les appareils électriques dans la jarre.

— Je pense qu'ils lui appartenaient, confirma Shan.

— Il avait l'air tibétain, dit Yao, mais il avait un passeport britannique.

Yao, comme Corbett, avait examiné le passeport. À un moment, il avait voulu l'emporter comme pièce à conviction. Il s'apprêtait à le fourrer dans sa poche quand il avait croisé le regard de Lokesh ; il l'avait alors reposé sur l'autel improvisé.

— Tibétain mais pas tibétain, énonça Shan.

Si le meurtre de Lodi n'avait toujours aucun sens, les quelques objets qu'il avait laissés derrière lui à l'endroit de sa mort étaient maintenant parlants. Dans la cahute se trouvait un autre objet, un vieux thang-ka, une silhouette bleue à tête de taureau aux yeux rouges et à quatre cornes, entourée d'un halo écarlate. L'animal se tenait debout, une lance et une épée dans ses sabots de devant, ses pattes arrière écrasant des humains et des animaux dans la grande danse cosmique de la mort et de la renaissance.

— Ce qui signifie que vous pouvez rentrer chez vous, dit Yao avec espoir en tendant à Corbett un peu de thé au beurre.

— Chez moi ? marmonna Corbett. Je ne pourrai jamais rentrer chez moi maintenant.

Il porta le bol de thé salé à ses lèvres, but une gorgée et faillit s'étrangler. Il examina le bol d'un air dubitatif, puis se tourna vers les Tibétains, comme s'il n'arrivait pas à croire qu'ils buvaient le même breuvage.

— Vous ne comprenez pas, dit-il. Jamais encore, dans aucune enquête, je n'ai échoué. J'ai toujours réussi à récupérer les objets d'art volés. Je ne referme pas des dossiers incomplets. Pas une seule fois de toute ma carrière. Si j'étais parvenu à arrêter Lodi, j'aurais fini par retrouver les œuvres d'art. Mais maintenant… maintenant, il faut que je suive cette piste. Où les indices conduisent – il s'interrompit et regarda le village d'un œil dubitatif –, c'est là que je vais.

Yao accueillit la nouvelle d'un air las. Il posa son bol de thé sur une pierre sans même tenter de le goûter et suivit des yeux la vieille aveugle qui s'approchait du feu à pas lents. Shan le vit se pencher en avant pour aller la rejoindre, aussi l'arrêta-t-il d'une main. Les villageois accueillirent la vieille femme et l'aidèrent à s'asseoir, à la place d'honneur, sur la couverture auprès du feu. Shan lui servit un bol de thé et Lokesh lui tendit une poignée de raisins secs, qu'elle dégusta un à un, en les mâchonnant entre ses gencives.

— Grand-mère, dit Shan en tibétain, je n'ai encore jamais vu la divinité du thang-ka qui se trouve dans la hutte de deuil.

Elle leva la main pour le mettre en garde.

— Il est interdit de prononcer son nom, déclara-t-elle avec un grand sourire, comme si Shan avait été pris la main dans le sac en essayant de commettre quelque méchant larcin. Je suis la seule du village à être autorisée à toucher la peinture, parce que je suis née loin des collines et qu'elle n'a aucun pouvoir sur moi.

Elle n'avait pas prononcé le terrible nom, mais en avait dit suffisamment. C'était l'image que cherchaient les tueurs de dieux. C'était la raison pour laquelle Ming avait fait enlever Surya à Zhoka, afin de comprendre la forme de ce dieu taureau dansant si particulier avec ses quatre cornes.

— William Lodi était encore très jeune, reprit Shan. Comment est-il mort ?

— Une affreuse blessure au flanc, c'est ce qu'ils ont dit. Il manquera à son clan, ajouta-t-elle en caressant la chèvre allongée à côté d'elle.

— On l'avait poignardé ?

La vieille aveugle ne répondit pas. Elle l'avait prévenu du danger qu'il y avait à parler des morts.

— Toutes ces années, aucun Chinois n'est jamais venu dans ces montagnes, finit-elle par dire après un long silence. Des soldats sont apparus un jour à l'horizon, mais ils ont été effrayés par nos oiseaux et se sont enfuis. Et aujourd'hui, en voilà deux qui débarquent en même temps, accompagnés par un *goserpa* venu de bien loin.

Elle avait employé un des mots tibétains désignant un Occidental.

— Certains parmi nous sont effrayés, d'autres ne comprennent pas bien, poursuivit-elle avant de boire une longue gorgée de thé. Vous avez de bons raisins secs.

— Où se trouvait sa famille ? Sa maison ?

— Vase au trésor, dans le Sud. J'y suis allée enfant. Nous avons chanté l'anniversaire de la reine.

Shan jeta un coup d'œil à Lokesh, qui écoutait attentivement, et lut la même frustration sur le visage de son vieil ami. Ces paroles étaient des paroles de vérité, aurait dit Lokesh, mais eux n'avaient pas la bonne écoute.

— Ce sont des gens d'ici qui ont emporté la dépouille de Lodi pour la donner aux oiseaux ? Est-ce qu'ils se trouvaient avec lui à Zhoka ?

— Il n'y a pas de moines ici, il n'y en a plus depuis quarante ans. Nous devons êtres moines et nonnes à notre propre manière. Les gens ont en nous la confiance qu'ils ont dans les moines.

Shan jeta un regard prudent vers Yao et Corbett.

— Je n'ai pas toujours été aveugle, lâcha soudain la vieille femme. Je n'ai pas toujours vécu avec les ragyapa. Quand mes yeux étaient vivants, j'ai vu des choses plus belles que la plupart des gens en l'espace d'une vie. Parfois, je pense que c'est pour ça que j'ai perdu la vue.

— Vous voulez parler de Zhoka ?

— Ici, c'est une terre spéciale, où les mains des divinités peuvent travailler sans être interrompues. Ceux qui viennent du monde d'en bas doivent se montrer prudents comme jamais encore ils n'ont été prudents.

Shan se dépêcha de traduire pour Yao et Corbett, sans leur offrir d'explication pour les mots utilisés. Il n'en avait pas.

Les yeux morts de la vieille femme étaient étrangement expressifs, sans peur mais remplis au contraire d'un émerveillement triste. Lokesh lui remplit de nouveau son bol et s'assit à son côté pour réciter le mantra mani avec elle. Le vieux Tibétain avait un respect tout particulier pour les aveugles. Plus d'une fois, il avait dit à Shan que les êtres qui n'avaient pas d'yeux n'étaient pas distraits par l'agitation insensée du monde qui les entourait, et que ceux dont le respect et l'humilité étaient assez grands pouvaient apprendre l'usage de sens inconnus pour voir les mouvements des divinités.

— Je suis désolé que vous ayez perdu votre foyer, dit doucement Lokesh au bout de quelques minutes.

La main de la vieille femme trouva sans hésiter la main de Lokesh pour se refermer sur elle. Lokesh se trouvait là depuis la veille et il avait récité des mantras avec le village. Shan regarda le vieux couple silencieux devant lui, en se rappelant les paroles de la femme : elle n'avait pas toujours vécu avec les ragyapa. Elle n'appartenait pas aux tailleurs de chairs mais avait choisi, chose incroyable, de vivre parmi eux.

— C'était il y a bien longtemps. J'avais amené le corps de mon père à cet endroit et promis à son esprit que j'allais rester pour réciter cent mille mantras au bouddha de la Compassion. Pendant que j'étais ici, il y a eu de nombreuses explosions et des coups de feu au nord et à l'ouest, venant de la vallée. Deux jours plus tard, un berger est arrivé avec cinq yacks chargés de corps. Ma mère. Mon mari et trois enfants. L'armée était passée, conclut-elle, comme pour terminer le compte rendu d'une violente tempête ayant frappé son foyer par le plus grand des hasards.

— Grand-mère, où avez-vous appris vos mots anglais ? demanda Shan avant d'ajouter, dans la langue de Shakespeare cette fois : Dans les collines, j'ai rencontré une autre femme qui en connaît, elle aussi.

— Joie te donne, répéta-t-elle en anglais.

— Elle s'appelle Fiona, poursuivit-il, toujours dans la même langue.

Elle ne sembla pas avoir compris, excepté le nom de la femme, et un sourire apparut sur son visage.

— Fiona, murmura-t-elle, tout excitée. Joie te donne.

Lorsque Corbett reprit les mots en écho par-dessus son épaule, la vieille femme essuya ses yeux soudain mouillés avant de se lever lentement et de se mettre, chose incroyable, à danser en figures lentes et raides. Il suffit à Shan d'un coup d'œil au visage perplexe de Lokesh pour comprendre que cette danse-là n'appartenait pas à la tradition tibétaine. Des fragments de mélodie commencèrent à sortir de la gorge de la vieille aveugle. Corbett parut les reconnaître. Il s'avança d'un pas hésitant, le visage éclairé par un sourire timide, et frôla prudemment les doigts de la vieille femme. Elle eut un sursaut, souffle coupé, mais lorsque l'Américain commença à lui fredonner l'air à haute voix, elle lui agrippa la main et ils se mirent à danser.

Le village tout entier s'arrêta et les ragyapa se rassemblèrent en rangs serrés aux dernières lueurs du jour. Les parents appelèrent leurs enfants. Lokesh se mit à doucement taper en rythme dans ses mains, bientôt suivi par d'autres, Dawa riait doucement ; la chèvre, debout, bêlait à mi-voix ; un vieil homme dans l'ombre battait la mesure à l'aide d'une cuillère en bois sur une jarre en terre cuite en fredonnant l'air. Le temps parut s'arrêter. Shan, surpris et tout à sa joie, regardait comme les autres l'Américain et la vieille aveugle dansant près du feu, sous la lune qui se levait. Le rythme s'accéléra, mais la femme n'avait aucun mal à suivre. Les années disparurent de son visage et, sous cette faible lumière, Shan entrevit une femme bien plus jeune qui riait, les yeux brillants, débordant de vie.

— Nous devons partir, intervint Yao, gêné, en posant la main sur le bras de Shan. Nous devons appeler un hélicoptère. Nous devons…

Il s'arrêta, soudain pris par la magie de l'instant, oubliant apparemment de poursuivre sa pensée devant le spectacle de ces deux silhouettes en train de danser sur fond de lune.

Finalement, épuisés, les deux danseurs s'écroulèrent dans les bras l'un de l'autre. Corbett serra fort sa cavalière dans ses bras avant de la relâcher.

— Dieu sauve la reine ! s'exclama-t-elle dans une dernière bouffée d'excitation joyeuse avant de laisser un enfant la reconduire à sa place sur la couverture.

Corbett inclina la tête de côté pour s'assurer qu'il avait bien entendu, puis il prit le bol de thé que lui présentait Shan, mélangé à la mode indienne avec lait et sucre. Il but une première gorgée prudente, sourit, et vida son bol avant de parler.

— Mes grands-parents dansaient ça quand j'étais haut comme trois pommes, expliqua-t-il. Mais il y avait des violoneux et des joueurs de cornemuse. C'était une gigue écossaise. Nom de Dieu ! Une gigue écossaise, répéta-t-il, incrédule, avant de s'enfoncer dans l'obscurité, abasourdi et émerveillé.

— Il faut que nous appelions Tan, déclara Yao. Il faut que les flammes soient plus vives si nous voulons que l'hélicoptère nous repère.

Shan regardait la vieille aveugle, apparemment plongée dans une profonde rêverie.

— Non, répondit-il. Il nous faut encore comprendre Lodi.

— Ce sont les vivants qui m'intéressent ! protesta Yao. Les complices de Lodi.

— En ce cas, oubliez l'hélicoptère, dit Shan. Nous continuons vers le sud.

— Pas sans soldats. La mort est devenue chose trop courante dans ces montagnes.

— N'allez pas vers le sud si vous n'êtes pas prêts, énonça une voix derrière eux.

C'était la femme qui avait aidé Shan à préparer le repas et récurait maintenant les casseroles.

— Prêts à quoi ? s'enquit Shan.

— Le Sud n'est pas un endroit pour les étrangers. C'est un endroit dur où la mémoire remonte très loin. Une terrible bataille s'y est déroulée il y a des centaines d'années. Des milliers de soldats sont morts. Aucun d'eux n'était préparé. Personne n'a pu les veiller. Des âmes qui errent sans but. Par milliers.

— Mais c'est au sud que je trouverai le clan de Lodi, objecta Shan.

Apparemment, personne ne pouvait parler du Sud sans utiliser des mots qu'on aurait crus codés.

— Si vous vous perdez là-bas, insista la femme, le front soucieux, vous n'en sortirez pas.

— Bêtises, rétorqua l'aveugle depuis l'autre côté du feu, avec, à sa droite, Lokesh qui lui donnait des raisins secs. Les gens ne se perdent pas vraiment dans ces montagnes. C'est ici le pays du temple de la terre. Il existe ici des endroits qui mettent les gens à l'épreuve. Les gens qu'il faut.

À ces mots, Yao disparut d'un air résolu dans les ombres en direction de la cabane de deuil, là où se trouvaient leurs sacs. Quelques secondes plus tard, le silence fut brisé par des cris sonores et il réapparut, son sac à la main, prêt à mordre.

— Ils l'ont prise ! s'écria-t-il. Ils ont volé ma radio et ma carte ! Il faut les fouiller !

Shan s'attarda un instant sur Corbett qui contemplait les flammes.

— Vous ne les retrouverez pas, lança-t-il.

— Et pourquoi donc ? demanda Yao, le regard noir.

— Parce que je les ai pris. Je les ai jetés. Détruits.

— Pour ça, vous retournerez en prison ! dit Yao d'une voix sifflante, sur le point de frapper Shan.

Soudain, Corbett s'interposa.

— Pourquoi diable êtes-vous allé inventer cela ? demanda-t-il à Shan.

— Parce que aucun de ces Tibétains n'aurait jamais rien volé.

Corbett observa un instant les villageois effrayés et se tourna vers Shan avec un regard d'excuse avant de s'adresser à Yao :

— Il croit qu'il doit me protéger pour une raison que je ne m'explique pas.

— Vous ? aboya Yao.

— Pendant que je dansais avec elle, la vieille aveugle a dit quelque chose, expliqua Corbett d'un ton soudain très solennel. Elle a déclaré que, dans ces montagnes, il n'y a qu'une alternative : on combat les démons, ou on devient démon.

— Vous racontez les mêmes salades que tous ces gens. Il faut que je récupère ma radio et ma carte.

L'Américain le détailla un long moment avant de déclarer :

— Je les ai jetés dans le vide. Disparus à jamais.

— Pourquoi ? demanda Yao d'une voix plate, presque triste.

— Parce que vous étiez en train de vous convaincre de faire demi-tour.

— Nous sommes impuissants sans la radio.

— Vous n'écoutez pas Shan. Voilà un moment qu'il essaie de vous expliquer que c'est avec elle que nous sommes impuissants. Je ne suis plus certain de savoir après qui vous en avez. Mais je sais, moi, ce que je veux. Et nous ne capturerons jamais les tueurs de dieux avec des soldats.

8

Une main se tendit vers Shan dans les ténèbres, une petite main tremblante qui accrocha son bras et se mit à tirer. C'était son fils, ils partaient admirer le lever du jour depuis une des montagnes sacrées. Ils lanceraient les baguettes du Tao, parleraient des antiques versets et mangeraient des gâteaux de riz sucré confectionnés par la grand-mère de Shan.

— Aku Shan, appela une voix minuscule, et la main tira de nouveau. Oncle Shan, il est mort.

Frappé comme par un coup de poignard, Shan se redressa, complètement éveillé, sur sa couverture à l'extérieur de la cabane de deuil. La main et la voix appartenaient à Dawa, dont il distinguait à peine le visage dans la pénombre. Derrière elle se tenait un jeune garçon, un de ceux qui avaient frappé Corbett et Yao à coups de fémur, avec, en arrière-plan, les premières rougeurs de l'aube sur l'horizon.

— Qui est mort ? demanda-t-il en inspectant les alentours avec angoisse.

Corbett et Yao dormaient, enveloppés dans d'épaisses couvertures de feutre près du feu, veillés par la vieille aveugle qui montait la garde, assise entre les deux hommes. De l'intérieur de la cabane lui parvint une litanie à voix basse : Lokesh parlait toujours à Lodi.

Dawa se contenta de le tirer vers un sentier qui conduisait vers la piste sud. Le garçon ragyapa suivit d'un pas hésitant, apparemment plus effrayé par la fillette que par Shan.

Dawa l'entraîna sur plus de quatre cents mètres avant de s'arrêter en levant la main pour le mettre en garde. Elle ramassa un court bâton posé contre un rocher et s'avança vers une dalle posée en appui sur des moellons plus petits. Un cairn d'une trentaine de centimètres y avait été érigé. Plusieurs pierres mani fraîchement peintes à grands coups de pinceau grossiers avaient été disposées face à une rigole excavée sous la dalle.

— Il refuse de la toucher, dit Dawa. Il dit juste qu'une divinité a été tuée ici il y a deux jours. Je lui ai demandé de me le prouver.

Elle se baissa et dégagea de son bâton un gros morceau de métal tordu.

— C'était un dieu, chuchota le jeune garçon d'une voix inquiète. Maintenant il est mort. Vous devez le laisser en paix.

Shan s'agenouilla devant la vieille sculpture fracassée. C'était une représentation de Manjushri, un saint bouddhiste, dont la patine de bronze luisait, marquée par le temps. À la lumière du jour levant, il distingua le visage serein, orné, au-dessus du nez, d'un grain de beauté ovale, la courbure du corps mince et élancé, les doigts délicats finement délinéés, une main tenant l'épée mythique symbole de l'ignorance, l'autre la tige d'un lotus enveloppant un manuscrit. Derrière le saint était assis un lion, sa monture. Encore récemment, la statuette devait être en parfait état, à l'exception d'une petite tache de corrosion sur l'épaule gauche. Mais le saint avait été brutalisé, sa tête écrasée, presque aplatie, tordue en arrière au niveau du cou, son bras armé de l'épée cassé dans le dos au coude, les fleurs de lotus délicatement ciselées massacrées et fendues au moyen d'un objet pointu. Le corps tout entier avait été martelé, le métal étiré et fissuré, au point d'être quasiment plat. L'œuvre d'art avait été belle, probablement fondue des siècles auparavant, mais, le lendemain de la mort de

Lodi, on lui avait causé des dégâts irréparables. Oui, songea Shan avec désespoir, la divinité était morte.

Le garçon s'enhardit en voyant Shan prendre la statuette entre ses mains pour la retourner. Au contraire des autres divinités, le dos comme sa base étaient intacts et ne portaient pas d'entaille.

— Tu as vu comment ça s'est passé ? demanda Shan.

— J'ai tout vu, mais j'étais loin, répondit le gamin en hochant la tête. De temps en temps, je vais m'asseoir sur la piste et je regarde les gens qui viennent au village. J'essaie de voir où ils vont quand ils ont déposé un corps. J'essaie d'imaginer à quoi ressemble le monde.

— Tu as suivi ceux qui ont amené le corps de Lodi ?

— Il y en avait deux qui attendaient ici dans les rochers. Un grand et un petit. Avec des visages chinois. Le grand avait un fusil. Les autres se sont enfuis en courant, sauf elle. Elle a hurlé contre lui, et on aurait cru qu'il allait la tuer. Il l'a obligée à lui donner le sac qu'elle portait. Après ils ont pris la statuette et ils l'ont attaquée. D'abord avec leurs chaussures. Puis avec la crosse du fusil. J'ai cru que le grand allait tirer sur la divinité, mais le petit l'a arrêté. Ils ont alors pris des pierres et ils l'ont frappée. Ils riaient en la jetant contre les rochers comme si c'était une balle. La femme s'est mise à pleurer.

— Qui est-ce qui a pleuré ?

Le garçon prit un air inquiet et ne répondit pas.

— Est-ce que tu connaissais les Chinois ?

— Ce n'étaient pas des Chinois, murmura le gamin. C'étaient des tueurs de dieux avec des visages chinois. Le petit était le chef. Il a mis le pied sur la statue quand ç'a été fini et il a dit à la femme de rentrer chez elle et d'expliquer à tout le monde combien les choses avaient changé. J'ai fait venir ma grand-mère et on a enterré la statue. Nos oiseaux ne mangent pas le métal.

— Tu as bien fait, dit Shan en se redressant soudain : quelqu'un approchait dans son dos.

Yao sortit de l'ombre et lui fit signe avant de prendre la statuette en silence. Il poussa un grand soupir devant cet acte de vandalisme gratuit et la reposa sur la dalle à côté du cairn, afin de pouvoir l'examiner en détail aux premiers rayons du jour.

— Il faut prononcer des paroles pour un homme qui est mort, déclara calmement Dawa. Alors qu'est-ce qu'il faut prononcer pour un dieu mort ?

Sa question resta en suspens.

— Ce n'est que l'image d'un dieu, répondit Yao au bout d'un moment, sous le regard surpris de Shan.

— Dans la cabane, objecta Dawa, ce n'est que l'image d'un homme.

Ses mots parurent troubler profondément Yao, qui resta silencieux en détournant la tête vers l'horizon.

— Il faut que nous fassions nos sacs, lança Shan.

— Je vais attendre ici, dit Yao en sortant son calepin. Je ne retourne pas là-bas.

Une heure durant, les trois hommes, accompagnés de Lokesh et de la petite Dawa, marchèrent vers le sud en silence. Quand Shan et Corbett avaient rassemblé leurs affaires, les villageois s'étaient tenus à l'écart, sans mauvaises intentions cette fois, en leur jetant des regards inquiets, comme s'ils craignaient un danger pour Shan et ses compagnons. Corbett avait ramassé des fleurs qu'il avait déposées entre les mains de la vieille aveugle.

— Joie te donne, avait-elle murmuré.

Lokesh s'étant aventuré à l'écart de la piste et, remontant la pente menant à une petite vire plate, Shan engagea les autres à accélérer le pas, en leur assurant qu'il les rejoindrait au plus vite avec Lokesh. Le vieux Tibétain s'était assis sur la crête de la vire, face à une plaine large de huit cents mètres. Il affichait une expression familière, cette joie triste qui était la sienne quand il arpentait les ruines des gompas ou voyait de vieux bergers égrener leur rosaire de leurs doigts perclus d'arthrite.

— Il a fallu beaucoup de temps, déclara-t-il en entendant Shan arriver, et il embrassa la plaine d'un grand geste de la main.

Le vaste aplat de terrain était rempli de cairns, par centaines. Certains étaient recouverts d'un lichen tellement moussu qu'il soudait les pierres les unes aux autres. Shan s'approcha lentement du champ de rocs montés de main d'homme. Les cairns au lichen le plus épais étaient aussi les plus hauts – près de deux mètres. Là où elle était encore visible, la pierre portait des gravures, non pas simplement le mantra mani, mais également les silhouettes détaillées de maîtres bouddhistes et de divinités. Les plus grands et les plus anciens étaient disposés en cercle autour d'un chorten de pierre blanche haut de deux mètres, lui aussi merveilleusement décoré des visages de divinités protectrices.

Cependant la vaste majorité des cairns étaient petits, plus récents mais vieux au moins de plusieurs décennies.

— Le champ de bataille, dit Shan. Ils ont parlé d'une terrible bataille dans les montagnes.

— À vivre ainsi au plus près des morts, murmura Lokesh avec solennité en direction du village ragyapa, on se trouve frôlé par bien des esprits. Et ils te laissent comme une plaie. Peut-être te faudrait-il garder la plaie ouverte, à jamais, de crainte que la cicatrice ne vienne enfermer ton propre esprit.

Shan se rappela les expressions hagardes pleines de sagesse des ragyapa, même chez les enfants. Ces hommes avaient choisi de garder la plaie ouverte, pour l'insigne honneur d'être frôlés par des esprits.

Lokesh venait de faire une découverte : dans une fissure de la paroi se dressait une statue finement ciselée du bouddha de l'Avenir qui contemplait avec sérénité le champ de bataille. Elle était partie prenante de la roche vivante, sculptée à même la pierre d'une main de maître, et le mantra gravé sur le piédestal était tellement précis qu'on l'aurait cru peint à la brosse.

— Zhoka, dit Lokesh.

Ils restèrent un long moment à admirer le merveilleux bouddha. Il était digne d'un temple ou d'un musée et n'avait pas sa place en ce lieu solitaire, dans les montagnes d'altitude, loin de tout et de tous. Mais, d'une certaine façon, Lokesh avait raison. La statue n'était pas destinée aux vivants : elle avait été donnée en offrande aux morts par les moines de Zhoka.

— Je ne comprends pas ce que font ces deux policiers, dit Lokesh après un long silence.

— Ils essaient de trouver les voleurs, répondit Shan.

— Il est vrai que s'emparer des choses de beauté est un péché, mais je ne vois pas en quoi le gouvernement peut aider. Les policiers sont censés s'intéresser au crime. Il est plus facile de punir un crime que de résoudre le péché.

Pour la première fois, Shan comprit que Lokesh enquêtait lui aussi. À sa manière. La statuette fracassée d'Atso, les peintures de divinités dans la vieille tour, le désordre qui avait dérangé l'harmonie du durtro étaient les indices qu'il suivait. Il était sur la piste des tueurs de dieux, non pour les punir, mais pour résoudre leur péché.

Le vieux Tibétain indiqua une formation rocheuse et s'y dirigea. Un bâton avait été enfoncé entre les pierres et un drapeau à prières improvisé s'y trouvait suspendu, un fragment de tissu arraché à un vêtement sur lequel s'étalaient des inscriptions à la suie. En dessous, dans l'ombre, se trouvaient les restes d'un feu récent. Shan s'accroupit et étudia le sol. Plusieurs personnes étaient venues là peu de temps auparavant, chaussées de bottes à semelles lisses comme celles des Tibétains.

Une heure plus tard, la piste sud remonta en pente très raide et, après deux autres heures d'ascension difficile, ils se retrouvèrent sur un vaste et large plateau aride, encadré au sud et à l'ouest par les pics enneigés de l'Himalaya. Shan n'avait encore jamais rien vu de tel : des flèches de pierre vertigineuses et des buttes étroites aplaties à leur sommet parsemaient tout le paysage, vingt ou trente au total, certaines hautes de plusieurs dizaines de mètres.

Pareilles à des cairns, des cairns géants disposés par les dieux.

— On se croirait au bout de la terre, dit Corbett.

Le vent les attaqua soudain, un blizzard féroce et glacé qui semblait vouloir les repousser vers la piste, loin du plateau.

— Nous n'avons pas de nourriture. Il n'y a pas d'eau. Nous devons rebrousser chemin, marmonna Yao. Nous ne pouvons pas dormir à cette altitude. Il faut que je rejoigne Lhadrung. Je dois appeler Pékin.

— Non. Il existe des lieux qui mettent les gens à l'épreuve, expliqua Lokesh d'une voix égale, faisant ainsi écho aux paroles de la femme ragyapa. Nous sommes poussés vers ce qui doit être fait. Et qui nous arrache à tout ce qui nous retient. Votre argent. Votre radio. Votre carte. Votre nourriture.

— Mon appareil photo, poursuivit Corbett. Ma trousse à empreintes.

— Ça ne ressemble pas à un lieu de refuge pour les voleurs, rétorqua sèchement Yao.

Shan se retourna sur le difficile itinéraire qu'ils venaient de parcourir. Lui aussi avait ses raisons de revenir sur ses pas. Ming cherchait toujours un moine et Gendun se trouvait encore quelque part à Zhoka, tandis que les tueurs de dieux continuaient à hanter les collines.

— Personne ne pourrait vivre en un endroit aussi désolé et loin de tout, insista Yao.

Il s'interrompit en voyant Lokesh se diriger vers une longue vire à une trentaine de mètres. Shan suivit son regard et écarquilla les yeux, incrédule.

— Quelqu'un y est pourtant parvenu, dit-il en rejoignant Lokesh en courant.

Des mots avaient été gravés dans la pierre, face au sinistre plateau dénudé, non loin de l'entrée de la piste.

— Qu'est-ce qu'ils signifient ? demanda Corbett par-dessus l'épaule de Shan.

— *N'étudie que l'Absolu*, traduisit Shan avec le frisson d'un explorateur devant sa découverte.

Devant les mots sculptés dans la roche, Yao cessa toute protestation et ils avancèrent lentement en bordure du plateau. Après quelques centaines de mètres, Corbett montra un œil, large de soixante centimètres, peint sur une haute falaise rectiligne. Peu après, ils longèrent une longue dalle de pierre dont la bordure était gravée des huit symboles sacrés. Soudain Corbett s'arrêta, la main pointée devant lui.

— Elle a l'air tellement vivante, murmura-t-il.

À vingt mètres, dans l'ombre d'un énorme pilier rocheux, la statue d'une femme enveloppée d'une couverture contemplait la plaine. Dawa, ébahie, lâcha un cri et se précipita. La silhouette se redressa lentement pour lui ouvrir ses bras.

Ce que vit Shan était Liya sans l'être. Immobile sous son chapeau gris et sa couverture de même couleur, raide, l'air peu engageant, elle les salua à contrecœur d'un petit signe de tête.

— Le vent brun va bientôt arriver, annonça-t-elle d'une voix impassible. Vous ne pouvez pas rester sur la plaine.

Elle prit la main de Dawa et s'engagea sur un sentier qui remontait en lacet parmi une succession de vires et de piliers rocheux.

Le reste de la troupe suivit. Shan étudia une fois encore les environs. Le vent avait gagné en force et un nuage de poussière commençait à se lever au ras du sol à l'autre bout du plateau, de sorte que les monolithes paraissaient flotter au milieu d'un nuage marron irréel. Maintenant que les divinités les avaient fait venir jusque-là, elles semblaient réticentes à les laisser repartir.

Ils avancèrent sur l'étroit sentier tortueux pendant plusieurs minutes, empruntèrent un court tunnel puis un conduit resserré taillé dans la roche avant de ressortir dans un paysage à nul autre pareil. On aurait cru que d'énormes blocs, de trente mètres de large, hauts et profonds de quinze, avaient été taillés dans la haute corniche en à-pic, créant ainsi quatre marches de géant qui conduisaient à la crête. Chaque étage de roche était semé de genévriers et de sapins. Et aussi de maisons de pierre et de bois reliées entre elles par un réseau d'escaliers sculptés au fil d'un petit torrent cascadant au long des vires. Ses eaux actionnaient une roue à aubes en bois installée en contrebas, avant de se précipiter dans un bassin au pied de la falaise. Des silhouettes étaient visibles à chaque niveau – quelques-unes seulement, pas assez nombreuses pour peupler toutes les maisons. Certaines observèrent les nouveaux arrivants d'un œil soupçonneux. D'autres se contentèrent d'un vague coup d'œil avant de vaquer à leurs tâches, comme si ces nouveaux venus étaient attendus.

Une demi-douzaine de personnes se rassemblèrent derrière Liya, comme pour lui demander sa protection.

— Comment appelle-t-on cet endroit ? demanda Yao.

— Bumpari Dzong, dit Liya d'un ton qui le mettait en garde. C'est un lieu très ancien. On raconte qu'avant c'était là que les dieux résidaient.

Bumpari Dzong. La forteresse de la montagne du Vase au trésor. La vieille aveugle avait parlé de la maison de Lodi comme du Vase au trésor, se rappela Shan, l'endroit, selon la tradition, où étaient stockés les trésors spirituels.

Lokesh, les yeux émerveillés, se frottait les mains. Il lâchait de petits gloussements de joie en montrant deux femmes occupées à presser la laine entre deux couvertures, première étape de la fabrication du feutre. Puis un petit cadre en bois où se créait un élégant tapis. Et une femme qui écrasait des tiges de plantes à l'aide d'un pilon en pierre pour fabriquer de l'encens à l'ancienne mode. Toutes choses, comprit Shan, que son vieil ami n'avait pas vues depuis des années, des choses qui remontaient à sa lointaine enfance et dont il pouvait présumer qu'elles avaient disparu à jamais.

Et, réellement, cette extraordinaire colonie en terrasses vivait dans un autre siècle. Les habitations, les outils, les bas-reliefs sur les murs comme autant d'hommages sacrés aux divinités, même les vêtements de la plupart des habitants, tissés et brodés à la main, auraient pu remonter au dix-huitième siècle, ou même avant. Cependant, en observant les gens avec une plus grande attention, Shan remarqua que la jeune femme assise devant son métier à tisser portait une montre en or de prix et que l'adolescent chargé de la roue à aubes avait aux pieds des chaussures de course très chic.

— Le sentier d'accès, signala Corbett en tirant Shan par la manche.

Un couple de yacks, muscles tendus, harnachés de cordages tressés, tirait une énorme dalle de pierre dans le chenal qu'ils avaient emprunté afin de sceller le tunnel conduisant au village. À côté d'eux, un homme trapu à la peau sombre, armé d'un mousquet, montait la garde. Il ne ressemblait pas aux habitants du village et avait l'allure d'un Gurkha du Népal, de l'autre côté de la frontière. À sa ceinture il portait un cimeterre et un pistolet automatique.

Liya les dirigea vers une petite clairière, sous un demi-cercle de genévriers à la base de la falaise. Délimitant le flanc ouest de la colonie, celle-ci était couverte de plantes grimpantes qui dévoilaient à moitié le visage réjoui d'un saint tibétain rigolard. À l'intérieur d'un cercle de pierres maçonnées un feu brûlait sous une bouilloire posée sur une grille en fer. D'autres habitants de la colonie se joignirent à eux pendant qu'on barattait le thé. Une femme entre deux âges en robe rouge brodée apporta une théière en cuivre qu'elle remplit à la bouilloire avant d'y laisser tomber quelques feuilles de thé vert prises dans une poche à sa ceinture. Elle versa le thé vert dans quatre tasses blanches assorties – pour Shan, Yao, Corbett et elle-même – tandis que les autres Tibétains acceptaient en silence les bols de thé au beurre traditionnel. Assis en cercle, dans l'expectative, ils dévisageaient les visiteurs.

— Nous avons longtemps attendu, dit la femme en robe rouge avec chaleur. Bienvenue dans notre village.

Elle répéta ses mots, une fois en mandarin, la seconde en anglais. Elle sirotait son thé quand le soleil sortit de derrière les nuages, noyant la petite clairière sous une lumière éclatante.

— Vos yeux ! s'exclama Dawa en la désignant du doigt. Ils sont bizarres. Ils sont comme les siens, ajouta-t-elle en se tournant vers Corbett. Ils sont bleus ! Comme les yeux d'un goserpa !

Bleus. La femme avait les yeux bleus. Shan passa en revue les villageois dont certains avaient le visage masqué par l'ombre de leurs chapeaux. Plus de la moitié avaient les yeux couleur marine... Ils avaient fini par retrouver les hommes bleus qui vivaient dans le Sud.

— Oui, répondit la femme en tendant à la petite un bol de noix émondées. Un homme merveilleux a vécu ici il y a bien longtemps, un professeur *inchi*. C'est le grand-père et l'arrière-grand-père de la plupart des personnes qui habitent ici aujourd'hui. Il est arrivé d'Angleterre il y a un siècle.

— Un Britannique ? demanda Corbett.

— L'année du Dragon de bois, confirma la femme, des centaines d'Anglais sont arrivés au Tibet. Beaucoup sont devenus de grands amis de notre pays. Et même plus que ça, ajouta-t-elle avec malice, le regard brillant, avant de remplir leurs tasses.

Elle faisait référence à l'expédition Younghusband, au cours de laquelle la Grande-Bretagne, en réaction à des rapports très exagérés signalant que la Russie installait une base militaire au Tibet, avait envoyé un corps expéditionnaire pour établir par la force des liens politiques et commerciaux avec Lhassa. En l'année 1904.

— Ils sont arrivés comme des soldats, expliqua-t-elle. Prêts à faire la guerre. Mais c'est à eux-mêmes que beaucoup ont livré bataille. Car ils ne savaient rien du Tibet ni des Tibétains.

Shan fouilla sa mémoire, se souvenant des livres d'histoire occidentale qu'il avait pu lire en compagnie de son père. Il y avait eu quelques petites batailles, avec de nombreuses pertes parmi les Tibétains, qui luttaient armés de charmes et de mousquets face à des mitrailleuses Maxim. Les Britanniques avaient étonné les Tibétains en soignant les Tibétains blessés. Les Tibétains avaient surpris les Britanniques en se servant des écrits bouddhistes comme guides lors des négociations. Après son départ du Tibet, le colonel Younghusband, le chef du corps expéditionnaire, n'était plus le même homme. Il constitua un nouveau grand conseil pour les religions du monde et passa le restant de sa vie à œuvrer pour la paix sur terre.

— Vous êtes nos invités, reprit la femme. Vous pouvez vous laver, précisa-t-elle en montrant une auge en pierre près du bassin de la cascade.

Elle désignait, au-delà des genévriers, une petite bâtisse qui ressemblait à un temple, sa porte flanquée de deux braseros d'où s'échappait une colonne de fumée.

— Vous pouvez aussi explorer notre monde. Mais il vous est interdit de monter au niveau supérieur, là où se trouvent les choses sacrées. Plus tard, nous partagerons un repas.

Shan ne quitta pas Liya des yeux pendant que la femme parlait. Le visage sombre et soucieux, elle détourna la tête.

Dawa tira Corbett vers le bassin. Lokesh, de son côté, remonta le sentier jusqu'au niveau supérieur, où des jardins de buissons fleuris ouvraient le chemin vers un long bâtiment en bois très élégant.

Liya se dirigea vers le temple, comme pour éviter Shan qui n'en perdait pas une miette, sirotant son thé tandis que le cercle autour du feu se dispersait. Il admirait ce paysage étrange et envoûtant. Son regard s'arrêta sur une maison basse à l'extrémité du premier niveau, une bâtisse en bois, trapue et solide, dont le toit en bardeaux s'infléchissait en pente gracieuse jusqu'à un étroit perron où pendaient un grand moulin à prières et plusieurs jardinières déversant leurs fleurs bleues et rouges par-dessus la rambarde.

Il s'avança vers elle et se surprit à toucher le moulin à prières en cuivre merveilleusement ouvragé, qu'il fit tourner avant de poursuivre son chemin. À l'extrémité opposée du perron trônait un antique fauteuil à bascule aux patins presque entièrement usés.

L'intérieur de la maison, comme tout ce qu'il avait pu voir dans le village en terrasses, avait été agencé avec talent et une grande attention aux détails. Les poutres sculptées de plantes grimpantes s'assemblaient à la perfection par tenons et mortaises. Dans la pièce principale, le lambrissage en planches de bois teinté et verni montait à un mètre vingt du sol sur des murs travaillés au plâtre lisse. Un drapeau britannique était accroché sur l'un, au-dessus d'étagères garnies de livres occidentaux. Sur un autre, une douzaine de photographies encadrées ornaient le manteau d'une cheminée en pierre toute simple. Les deux derniers offraient aux regards plusieurs thang-ka sur tissu, dont l'un veillait sur un bouddha en bronze posé sur un autel en bois. La pièce donnait une impression de petit musée intimiste.

La première porte du fond ouvrait sur une chambre à coucher meublée d'un simple lit à ossature en bois couvert d'un épais édredon en duvet, ses murs décorés de dessins encadrés. Il y avait aussi une cuisine et une autre chambre avec deux lits en bois, et, sur le mur du fond, une étagère pleine d'appareils électroniques portatifs. Shan retourna dans la pièce principale en entendant crisser une lame de parquet : Yao contemplait le drapeau britannique, Liya à son côté.

— C'est mon arrière-grand-père qui a bâti cette maison pour y élever sa famille, dit-elle. Il y a une photo de lui assis dans le fauteuil à bascule qui est dehors et il serre ma mère dans ses bras.

Shan s'approcha des photographies et trouva vite le cliché en noir et blanc d'un Occidental au visage encadré de gros favoris, qui tenait fièrement un bébé, le bras passé autour d'une Tibétaine rayonnante, debout à son côté. Son expression était joviale, presque malicieuse.

L'homme réapparaissait sur un autre cliché, beaucoup plus jeune, en uniforme, avec un casque colonial au creux du bras. Au milieu du mur se trouvaient deux photos de deux hommes quasiment chauves au même grand sourire énigmatique. Shan reconnut le treizième dalaï-lama, décédé plus de soixante ans auparavant. Quant au second, un Occidental en costume et cravate, il se rappelait l'avoir vu dans les livres d'histoire de son père : Winston Churchill.

Sous la photographie du manteau de la cheminée était posée une boîte au couvercle en verre contenant plusieurs médailles et une carte de visite.

— Major Bertram McDowell, lut Shan à haute voix. Artillerie royale.

— McDowell ! répéta Yao, visiblement surpris.

— Le major est resté stationné un an à Gyangtse, dans un comptoir commercial, leur expliqua Liya. Il a toujours été peintre et écrivain. Au Tibet, il a commencé à rassembler des matériaux pour un nouveau livre, le premier ouvrage anglais sur l'art tibétain. Lorsqu'il a demandé à suivre l'enseignement des artistes du pays, un lama lui a répondu de s'asseoir dans une cellule de méditation, simplement en compagnie d'un bouddha, pendant une semaine. Parce qu'il devait laisser sa divinité prendre de l'ampleur et atteindre l'extrémité de ses doigts.

— Un lama de Zhoka, suggéra Shan.

Liya acquiesça, toujours face aux photographies.

— Après cette semaine, il n'a plus jamais regardé en arrière. Il a décliné les propositions de congé dans son pays et a demandé des prolongations de service au Tibet. Finalement il a démissionné et le lama l'a conduit ici, où les artistes aidaient les moines de Zhoka depuis des siècles.

— Pourquoi cet endroit est-il si bien caché ? interrogea Yao.

Liya se retourna, non vers Shan, mais vers le petit bouddha sur l'autel.

— N'étudie que l'Absolu, répondit-elle.

— Le major McDowell a vécu dans cette maison, dit Shan.

— Il est devenu un grand artiste, confirma Liya en montrant une rangée d'esquisses encadrées qui entourait la porte d'accès à la première chambre. Il a eu un professeur, la fille d'un orfèvre. Ils se sont mariés au bout d'un an et ont eu six enfants. Deux des garçons sont devenus moines à Zhoka, les autres ont eu une nombreuse progéniture et ont peuplé les collines.

Elle alla à la table près de la porte et prit un objet que Shan ne reconnut pas d'abord, un petit bol en bois muni d'une tige. Liya le caressa d'un geste plein d'affection.

— Tout le monde l'aimait. Chaque année, en décembre, il organisait un festival et offrait des cadeaux à chacun. Il jouait du violon et enseignait aux habitants des danses de sa jeunesse.

Elle porta le bol à ses narines avant de le reposer sur son plateau de porcelaine. C'était une pipe à tabac.

Dehors, un gamin passa, les bras chargés de brindilles de genévrier pour les braseros.

— Sont-ils en train de faire le deuil de Lodi ? demanda Shan.

Liya acquiesça et regarda par la fenêtre en direction du temple.

— C'était lui qui assurait notre survie, il était notre protecteur. Il a quitté cet endroit à l'âge de seize ans pour passer la frontière, car il y avait de grandes souffrances dans le village. Chaque année, les gens étaient de plus en plus nombreux à s'exiler. Certains partaient vers les collines comme éleveurs et fermiers, d'autres vers le Népal et l'Inde. Quand j'étais jeune, il y a eu des hivers au cours desquels les plus petits et les vieux sont morts de faim. William a emporté pour les vendre quelques-unes de nos œuvres d'art, et des amis à lui sont arrivés du Népal avec de la nourriture. Ensuite nous n'avons plus eu de ses nouvelles pendant un long moment, plus d'un an, jusqu'à ce qu'arrive une lettre d'Angleterre. Il était parti là-bas rencontrer notre famille.

— Elizabeth McDowell, dit Shan.

— Elle avait étudié les arts de l'Asie et était conseillère auprès de nombreux musées. Elle et Lodi disaient qu'ils étaient prédestinés à travailler ensemble. À son retour, elle l'accompagnait, chargée de médicaments et de commandes.

— Des commandes ?

— Pour des œuvres d'art. Des choses qu'ils pourraient vendre en Europe et en Amérique.

Les yeux de Liya se mouillaient de larmes et elle détourna la tête pour sortir sur le perron. Shan la suivit.

— Je suis désolé pour William. Mais j'ai besoin de comprendre ce qui s'est passé à Zhoka. Pour sauver Surya.

— Son corps avait été transporté dans le tunnel. Quand je l'ai découvert, j'ai réussi à convaincre des habitants des collines, mes cousins, de m'aider à l'emporter loin de là.

— Mais qui l'a tué ?

Liya baissa les paupières et se tordit les doigts.

— Je ne sais pas. Si Surya avait surpris Lodi dans les tunnels, avec la fresque qui avait été volée… je ne sais pas.

— Qui étaient les deux hommes qui vous ont attaquée chez les ragyapa ?

— Lodi ne travaillait pas seul, il utilisait parfois des gens de l'extérieur. Ces deux-là étaient furieux parce que Lodi était censé leur donner la statuette.

— En ce cas, pourquoi l'ont-ils détruite ?

— Ils ont déclaré qu'ils prenaient la relève de Lodi en précisant que les conditions avaient changé. Ils ont ajouté que je devais les aider si je voulais sauver les gens des collines parce que c'était leur seule chance. Moi, ces deux hommes, je ne les connaissais pas. Un petit Chinois court sur pattes au nez tordu et un grand gaillard, un Mongol, je crois. William ne parlait jamais de ses transactions dans le monde d'en bas. Pour garantir notre sécurité, parce qu'il devait veiller au secret de Bumpari.

Et ces deux hommes ont détruit cet objet de beauté, la vieille statuette, à cause de ce que je leur ai répondu.

Elle se prit la tête dans les mains un bref instant.

— J'ai tellement peur, Shan. Pour nous, c'est la fin. Ils nous trouveront et feront de nous leurs esclaves. Ils savent que nous ne sommes pas recensés, nous n'avons pas de matricule, un coup de fil aux autorités suffira à nous détruire. Les gens du village sont terrorisés. La plupart parlent de passer la frontière.

— Pourquoi ces deux hommes ne vous ont-ils pas suivie depuis le village des tailleurs de chairs ?

— Je ne sais pas. D'après la manière dont ils se comportaient, des affaires urgentes les attendaient ailleurs.

— Ça n'a pas de sens qu'ils aient tué Lodi sans savoir où vous trouver. Mais Elizabeth McDowell aussi connaissait cet endroit.

— Jamais Punji ne parlerait. Elle fait partie de notre famille. Tout ce que nous voulons, c'est vivre en paix ici, et pratiquer notre art. Elle n'irait jamais travailler avec ces deux individus… on aurait cru des animaux. Tout cela n'a aucun sens.

Liya releva soudain la tête, comme si quelque chose lui revenait en mémoire.

— Le petit Chinois a exigé que je lui remette ce qui venait de l'empereur et que Lodi avait en sa possession.

— Quel empereur ?

— Je ne sais pas. C'est ce que j'ai répondu au Chinois, et il m'a giflée.

— Est-ce que les empereurs possédaient des œuvres d'art de Bumpari ou de Zhoka ? demanda Shan en admirant le village étagé au flanc de la montagne.

— Ce que nous faisons a toujours été pour les Tibétains, les bouddhistes.

— L'empereur Qianlong vénérait les bouddhistes. Il avait des lamas à sa cour. Et il collectionnait les trésors tibétains.

— Si ces hommes avaient voulu d'autres œuvres d'art, ils m'auraient suivie.

— Peut-être ont-ils été obligés de partir parce qu'il leur fallait de nouveaux vivres, avança Shan. Après que vous avez détruit ceux qu'ils avaient entreposés à Zhoka.

— Lorsque j'ai découvert le corps de Lodi dans cette réserve, je me suis assise et je suis restée longtemps en sa compagnie. Au début, j'étais très triste, puis la colère m'a prise. Jamais je n'avais éprouvé une telle furie.

— Si ce sont bien leurs vivres que vous avez détruits, ce sont eux qui volent les fresques de Zhoka.

— Jamais Lodi n'aurait fait de mal à Zhoka, insista Liya en fermant les paupières. Il ne vendait que des objets fabriqués ici par nous. Jamais il ne serait allé piller les anciens mausolées.

— Le soir où nous nous sommes retrouvés au campement, avec Lokesh et Dawa, êtes-vous partie à cause de Tashi ?

— N'importe qui avec un peu de jugeote se tient à distance des informateurs.

— Vous repartiez vers le nord, mais ensuite, vous êtes revenue ici.

— J'étais dans l'ombre et j'écoutais Tashi. Je savais qu'ils avaient trouvé un moyen pour vous obliger à les aider. Et je savais aussi qu'un jour ou l'autre vous finiriez par découvrir l'endroit où nous sommes.

— Je suis désolé, dit Shan.

— Ce n'est pas vous qui avez commencé ça, répondit-elle.

Liya observa Corbett qui jouait avec Dawa et les enfants du village sur les escaliers du deuxième niveau.

— Pour quelle raison Lodi est-il revenu à Lhadrung ? demanda Shan.

— Son retour n'était pas prévu avant des semaines. Quand il a réapparu, il était tout excité, mais il avait peur. Il est allé dans la chambre qu'il garde ici – elle indiqua de la tête la chambre aux deux lits – pour y prendre quelque chose et, le lendemain matin, il est parti pour Zhoka.

Voyant Corbett remonter l'escalier un enfant sur le dos, Liya parut intriguée. Sans un mot, elle descendit du perron et s'avança vers le niveau supérieur.

Shan retourna dans la maison, dans la première chambre à coucher pareille à un petit mausolée. Les esquisses encadrées qui la décoraient semblaient faire pendant à celles de la pièce principale. Elles portaient la marque d'une patte subtile qui avait croqué à merveille sur l'une les sourires des enfants en train de jouer, sur une autre la puissance et l'énergie d'un yack harnaché. Le premier cadre, cependant, ne contenait pas d'esquisse mais un morceau de papier, à en-tête de l'Artillerie royale et de ses armes – deux canons en croix. La page, rédigée d'une belle écriture, portait un poème en anglais. Shan le lut et le relut plusieurs fois avant de se surprendre à sourire.

Dans une lettre écrite à maman
Je dis que j'ai été plus malin que les lamas
Ils disaient qu'on n'est pas là, vous n'êtes pas là
Pasqu'on est fait de l'air du temps
Et j'ai dit, moi, pourquoi alors je porte un rouge pyjama ?

Il sortit de sa poche le feuillet de peche trouvé dans la cellule à Zhoka et dont l'écriture l'obsédait. Elle correspondait point par point à celle du limerick, le verset malicieux sur les robes rouges des moines. Le feuillet avait été écrit par Bertram McDowell, primogéniteur de l'étrange clan des montagnes du Sud.

Il retrouva Yao assis sur un lit dans la seconde chambre à coucher, en train de griffonner dans son calepin. L'inspecteur dessinait un plan.

— Ming vous a menti, déclara Shan – mais Yao continua son croquis pendant qu'il lui expliquait ce qu'il avait appris de la bouche de Liya. Vous ne savez pas si ces gens sont impliqués.

— Elle mentirait sans problème pour sauver sa peau. Qui dois-je croire : elle ou un membre de haut rang du

Parti ? Tout ce village n'est qu'un nid de criminels. Ils ont donné refuge à William Lodi, voleur et assassin. Il y a ici des armes illégales. Ils reconnaissent passer la frontière en fraude. Pas de recensement, pas d'impôts. Tan et Ming seront tellement heureux qu'ils vous laisseront probablement retourner vous cacher.

Il s'interrompit pour regarder le mur, à croire qu'il y consultait une chose invisible aux yeux de Shan.

— Avec tant de monde à arrêter, rien que les interrogatoires dureront au moins un mois.

Shan jeta un œil à la carte grossière de Yao. Elle ne lui servirait à rien, car il n'avait aucune idée de l'endroit où ils se trouvaient.

L'inspecteur ouvrit la porte du placard. Sur les étagères s'empilaient des boîtes dont la plupart, marquées de belles étiquettes brillantes en anglais et en japonais, avaient contenu les divers ustensiles étalés sur le second lit. Une bombe de désodorisant d'atmosphère. Une lampe de bureau pliable. Un rasoir à piles pour narines. Un modèle réduit en métal d'une voiture portant le nom de Ferrari. Un stylo muni d'une ampoule à une extrémité. Une chose appelée réveil atomique. Une télécommande de télévision avec étiquettes anglaises. Des antibiotiques. Des somnifères. Des antalgiques.

En regardant les deux lits, Shan songea que l'étagère au-dessus du second était une sorte d'autel pour l'homme déconcertant tué à Zhoka. Mais dans l'ombre se trouvait un autre autel, traditionnel celui-là, avec son petit bouddha en bronze, une brosse à peindre et la photographie passée du jeune major McDowell posant auprès d'un canon, un sabre levé au-dessus de la tête comme s'il allait conduire la charge, la bouche obscurcie par une énorme moustache.

Sur un rayonnage se trouvaient deux douzaines de grains de rosaire allongés : les perles brunes dzi si appréciées comme charmes protecteurs, identiques à celles que Lodi avait offertes aux jeunes femmes de Seattle, chacune portant un motif différent de lignes blanches gravées.

Sous les grains de rosaire s'empilaient plusieurs livres reliés couverts de poussière, apparemment négligés depuis des années. Shan en prit un. Le papier était épais et blanc, avec une reliure de carnet à esquisses. La première page portait, rédigé d'une main d'enfant, le nom *Lodi*. Les croquis qui suivaient, un peu primitifs, témoignaient néanmoins d'une main déjà sûre – dessins de fleurs, de têtes de chiens et de yacks, d'emblèmes sacrés. Comme tous les enfants du village, sans aucun doute, William Lodi avait commencé dès son jeune âge à affûter les talents de son clan.

Shan prit un second livret. Un carnet d'esquisses lui aussi, avec essentiellement les mêmes sujets, dessinés cette fois d'une main plus mature. Les visages humains étaient devenus plus tristes, certains hâves et émaciés. De nouvelles images apparurent, des croquis d'avions et d'automobiles. Sur certaines pages étaient collées des photographies de magazines : femmes occidentales, voitures racées, nourriture occidentale, et même des téléphones. Le dernier des recueils de croquis offrait des dessins de visages féminins aux grands yeux pleins de séduction, de Gurkhas et de poignards gurkhas, de machines de guerre chinoises en train d'exploser. Les derniers feuillets montraient une nouvelle série de visages, tous occidentaux, qui avaient en commun certains traits caractéristiques, comme s'ils appartenaient au même sang. Shan reconnut Elizabeth McDowell. Après avoir vérifié que Yao était occupé à quelque nouvelle découverte de l'autre côté de la pièce, Shan arracha le portrait de l'Anglaise et le glissa dans sa poche.

Il remettait le carnet sur son étagère quand il s'aperçut que ses mains tremblaient. Il s'était trompé sur toute la ligne. Il s'était efforcé avec beaucoup de mal de se laisser guider par la compassion, ainsi que l'aurait désiré Gendun. Il avait été tellement certain que Surya était un innocent qui ne pouvait pas tuer. Il avait cru que ceux qui excavaient l'accès aux souterrains de Zhoka accomplissaient ce geste par déférence. Il avait pris ce qu'il avait vu à Bumpari pour un signe d'espoir, un symbole émouvant de la manière dont les Tibétains continuaient à protéger leur esprit et leur identité derrière le bouclier de leurs traditions bouddhistes.

Cependant, ce n'était pas la compassion qui régissait les événements. C'était l'appât du gain. Lodi subvenait aux besoins de la colonie d'artistes non pour garder la tradition vivante mais pour des raisons qui avaient tout à voir avec les choses qu'il adorait sur l'autel privé au-dessus de son lit. Liya pouvait croire Lodi incapable de piller Zhoka, mais elle ignorait tout du meurtre qui avait eu lieu à Seattle.

Un petit pépiement dans son dos arracha Shan à sa contemplation du placard. Yao avait ouvert le couvercle d'une boîte plate posée sur ses genoux. Un ordinateur portable. Shan regarda par-dessus son épaule tandis que l'inspecteur ouvrait et refermait des fichiers en poussant des petits cris gutturaux de satisfaction. Relevés bancaires. Relevés de déplacements. Inventaires, avec longues listes d'objets d'art classés par catégorie – thang-ka, sculptures, instruments de rituel et masques. Le tout en anglais.

Pendant que Yao faisait défiler les fichiers en jetant des coups d'œil inquiets vers la porte fermée, Shan retourna auprès du coffre qui abritait l'ordinateur et passa les mains sur ses arêtes. De sous le tapis marqué par l'empreinte en creux du portable, il sortit un sachet en feutre contenant une demi-douzaine de disquettes. Il en examina les étiquettes un instant, puis les tendit à Yao en éventail, comme des cartes à jouer.

Les disquettes étaient rouges et portaient des étiquettes tirées à l'imprimante. *Nei Lou*, était-il écrit. « Classifié, secret d'État ». En dessous étaient inscrites des séries de chiffres, dix au total, tous identiques, suivis par un tiret et un chiffre unique. Numéro un sur la première, deux sur la deuxième, et ainsi de suite jusqu'à six. Shan tendit la dernière à Yao, qui l'inséra dans la machine.

— Cet ordinateur est peut-être tout ce dont j'ai besoin, déclara Yao, avant de cligner les paupières en voyant apparaître un bâtiment familier de Pékin : le musée des Antiquités. Le musée de Ming.

La photo disparut pour être remplacée par les mots *Nei Lou*, en énormes caractères remplissant tout l'écran. Puis se dessinèrent sur tout l'espace de la fenêtre de minuscules idéogrammes resserrés sous l'en-tête *Chapitre quarante-cinq*.

— Encore un *neyig*, dit Shan, complètement dérouté. Un guide du pèlerin.

Shan jeta un dernier coup d'œil aux disquettes portant l'emblème du musée de Ming et reprit son inspection de la chambre tandis que Yao continuait à faire défiler les fichiers sur l'écran. Sur une petite table à côté du lit était posée une boîte à cigares pleine de photographies qu'il feuilleta rapidement. Aucune ne montrant Zhoka ou le village, il revint aux premières. Des gens rassemblés devant une maison, tous occidentaux sauf Lodi, debout au milieu. Ses cousins anglais, avec une Elizabeth McDowell plus jeune. Des clichés de touriste pris en Angleterre, châteaux et cathédrales.

Au fond de la boîte, une enveloppe séparée contenait des instantanés d'autres individus dans un décor de sables balayés par le vent. Des fouilles archéologiques, apparemment. Elizabeth McDowell agenouillée au sol, le directeur Ming à côté d'elle. Shan fixa un long moment le cliché suivant d'un air incrédule, en tournant une seconde la tête vers Yao.

C'était une photo de groupe, avec McDowell et Ming, et une troupe de Chinois à l'allure de scientifiques, certains portant tablier, d'autres tenant marteaux et ciseaux. Au côté de Ming se tenait Lodi et, au centre, plus photogénique que le reste de la bande, un Occidental très bien habillé. Collé à son épaule, un homme énorme aux traits mongols tétait un court cigare. À son opposé, un Han au visage mince dévisageait l'Occidental à côté de lui et non l'objectif, ce qui mettait en relief son nez tordu. Shan glissa la photo dans sa poche, puis la suivante qui montrait le même groupe en train de porter un toast, sous une vaste tente devant une table de banquet sur laquelle étaient posés de petits drapeaux de la République populaire de Chine et des États-Unis.

Soudain un beuglement sourd brisa le silence. Yao referma l'ordinateur. Shan jaillit de la chambre, traversa la pièce principale et sortit sur le perron. Depuis le niveau supérieur, quelqu'un soufflait dans un *dungchen*, les longues trompes télescopiques qui servaient à appeler les moines dans un gompa.

Shan et Yao remontèrent les marches de pierre au petit trot, mais la trompe cessa de sonner. Retentirent alors les cris de jubilation d'un groupe de villageois en train de dévaler quatre à quatre les marches depuis les terrasses en surplomb pour se diriger vers la longue maison en bois au-delà des jardins. Shan s'immobilisa, Yao sur ses talons, et regarda les Tibétains se précipiter à l'intérieur. À leur arrivée dans les jardins, tout le monde, à l'exception d'un homme posté en sentinelle aux escaliers du cinquième niveau, avait disparu à l'intérieur de l'élégant bâtiment.

Ils pénétrèrent dans une petite pièce où un établi maintenait la sculpture pratiquement achevée d'une divinité à tête de cheval. L'atelier donnait sur une vaste salle dont l'entrée en voûte était encadrée par deux grands moulins à prières en bronze élégamment ouvragé. En bordure de leur couronne de faîte était inscrit le mantra mani en lettres d'or et des images des symboles sacrés étaient repoussées en creux dans leurs flancs. Un moulin quasiment identique, tordu et corrodé, gisait à Zhoka, à moitié enterré dans le sol.

Le bâtiment se divisait apparemment en deux vastes salles dont la première ressemblait à un temple sans autel. Les Tibétains devaient s'être rassemblés dans la seconde, mais Shan prit son temps pour examiner les lieux. De l'encens brûlait dans plusieurs petits samkang et, en lisière de la salle, le long des murs, s'alignaient des statues en bronze sur piédestal. Shan avait déjà vu des statues similaires, dans les temples et les gompa, même dans les musées, mais jamais en si grand nombre. À travers la brume d'encens, il en compta quarante, certaines hautes de quelques centimètres, d'autres de cinquante ou plus. Il aperçut Lokesh, fasciné, debout devant l'une d'elles. À l'intérieur du périmètre défini par les statues, des tables organisées en carré central entouraient une douzaine de châssis sur cadre destinés à la peinture des thang-ka, et un coussin était disposé devant chacun d'entre eux pour l'artiste, avec brosses et pigments. Un seul des coussins était occupé.

Une femme entre deux âges, assise devant sa toile, contemplait l'œuvre dont elle avait esquissé les formes au crayon. Elle ne donna aucun signe de les avoir entendus venir, tant elle était absorbée par sa peinture, même si elle n'y travaillait pas, ses brosses posées à côté d'elle. Elle semblait profondément troublée et son regard ne cessait d'aller et venir de sa toile en coton à un thang-ka achevé, à trois mètres d'elle, toujours sur son châssis et entouré de lampes à beurre.

— Est-ce que tu as vu ? s'exclama une voix excitée dans le dos de Shan. Est-ce que tu as vu ? répéta Lokesh en désignant le thang-ka terminé.

Shan s'approcha et en reconnut immédiatement le style.

— C'est impossible, murmura-t-il, souffle coupé. C'est la patte de Surya. Cela ne se peut.

— Cela ne peut qu'être, objecta Lokesh avec confiance, subjugué.

— Mes enfants et moi l'avons trouvé sur une montagne alors que nous allions rendre visite à des cousins éleveurs au-dessus de la vallée, intervint une voix douce. Il était en train de peindre Bouddha sur un rocher.

La femme s'adressait à eux depuis l'endroit où elle était assise sur son coussin, les yeux toujours rivés sur sa divinité inachevée.

— Au départ, nous avons eu peur. De toute leur vie, jamais mes enfants n'avaient vu de robe rouge. Et je n'en avais pas revu depuis des décennies. On aurait pu croire à un spectre. Nous nous sommes approchés doucement, convaincus qu'il ne nous avait pas entendus. Mais il s'est retourné, une brosse en équilibre sur le bout du nez, en étendant les bras comme des ailes d'oiseau. Mes enfants ont été pris de fou rire et il est venu s'asseoir devant nous en nous traitant de pikas des rochers avant de se mettre à couiner comme ces petits logomorphes.

Elle se leva avec un sourire triste et s'approcha du thang-ka achevé.

— Lorsque nous sommes sortis de notre cachette, il nous a demandé de l'accompagner pour faire la connaissance de la divinité qu'il avait peinte. Je me suis mise à pleurer, je ne sais pas pourquoi. J'ai pleuré comme une petite fille et, après un long moment, il m'a pris la main et l'a placée sur la divinité. J'ai senti une décharge dans mon bras, un étrange picotement, et j'ai eu le sentiment que la part de moi qui pleurait ne m'appartenait plus.

— Quand est-il venu ici ? demanda Shan.

— Nous l'avons amené il y a presque un an, pour sa première visite. Nous avions abandonné la peinture depuis des années pour ne travailler que le métal dans les ateliers. Il nous a aidés à découvrir ce en quoi nous avions tort.

— Tort ?

— Pendant des siècles, notre peuple avait participé à la réalisation de peintures pour le temple de la terre. Des peintures du dieu vivant. Nous avons des livres très anciens qui racontent comment un lama est venu un jour ici en disant qu'il venait d'entrer dans un paradis où les bénédictions tombaient des pointes de pinceaux et où les demeures des dieux étaient faites de coton et de pigment.

Tout en parlant, elle fixait ses mains, gênée.

— Mais nous avons perdu la manière. Nous étions capables de fabriquer les objets que voulaient les collectionneurs, ou même les musées, mais pas ceux qui pouvaient servir dans les temples. Nous avions perdu les manières de répandre le feu sur la toile. Lodi disait que cela n'avait plus d'importance, parce que les temples n'existaient plus, et que nous ne gagnions aucun argent avec eux. Mais nous n'étions pas dupes. Mon père a été l'un des meilleurs peintres depuis des générations et il passait la moitié de son temps à prier. Nous avons connu des hivers terribles, trois d'affilée, et tous les anciens sont morts. Je crois que nous avions oublié la manière de prier.

Elle se retourna et salua de la tête Liya, debout à côté de la peinture de Surya.

— Lorsque Surya nous a rejoints cette première fois, c'était comme si le soleil s'était remis à briller après des années de tempête. Il a posé la main sur nos têtes – à tous, même aux enfants –, ensuite il est entré dans les ateliers. Il y a passé deux heures, seul, à étudier notre travail. Ensuite, il nous a priés de tout sortir et de vider complètement cette salle. Puis il a placé un tabouret au centre et il a posé dessus un petit bouddha, en nous disant qu'après son départ nous devions méditer. Ne rien faire d'autre que méditer sur lui et sur le Bouddha qui se trouvait à l'intérieur de nous, jour et nuit, ne nous arrêtant que pour manger et dormir, jusqu'à ce qu'il revienne.

« Lorsque Lodi a été mis au courant, il est devenu furieux parce que nous avions cessé de travailler et que sa commande ne serait pas prête à temps. Mais nous n'avons pas arrêté la méditation. Deux semaines plus tard, Surya est revenu et nous a enseigné la manière de peindre, en reprenant depuis le début, comme avec des enfants. C'est lui qui nous a peint cela, il l'a terminé à sa dernière visite. Il a dit que le monde allait bientôt changer…

Sa voix mourut et elle releva la tête, clignant les paupières pour chasser ses larmes.

— Liya nous a appris ce qui s'était passé. Il a pris bien de la peine pour nous aider à trouver nos divinités et il a fini par perdre la sienne.

S'ensuivit un long silence tandis qu'ils contemplaient la peinture de Surya. Une porte s'ouvrit dans l'esprit de Shan et il put entendre la voix de Surya lisant un vieux sutra. Lorsqu'il quitta la pièce, Lokesh à son côté, Yao était toujours debout et fixait, non la toile, mais la femme peintre.

La seconde salle du vaste bâtiment semblait contenir pratiquement toute la population du village. La femme qui leur avait servi le thé était là, ainsi qu'une demi-douzaine d'enfants et peut-être vingt adultes, debout, serrés les uns contre les autres, au centre de la salle lambrissée de bois. Un murmure excité courait dans l'assemblée. Ils se faufilèrent sur le côté du groupe. Les villageois s'étaient rassemblés autour de Corbett, certains allant même jusqu'à lui donner des tapes dans le dos, une femme lui proposant des baies toutes fraîches, une autre du thé.

— Il était dehors, dans les jardins, murmura la petite voix de Dawa qui venait de retrouver Shan. Il a trouvé un morceau de parchemin, une brosse et de l'encre. J'ai tout vu. Il a plongé la brosse dans l'encre et donné quelques coups de pinceau. Il a souri, et il a refait pareil. C'était une fleur sur une branche, une fleur parfaite en seulement six coups de pinceau. Il m'a vue et m'a fait signe de venir m'asseoir à côté de lui. Ensuite une vieille femme s'est approchée et elle a sursauté quand elle a regardé la fleur. Elle a dit que la fleur poussait directement du papier. Elle a éclaté de rire tellement elle était joyeuse et s'est mise à prier en remerciement avant de crier à tout le monde que celui-là était né de l'arc-en-ciel. Les gens se sont mis à courir. Et quelqu'un a soufflé dans la grosse trompe tout de suite après.

— Quelle vieille femme ? demanda Shan.

Dawa lui montra une femme en tablier aux couleurs vives qui montrait à Corbett, assis à côté d'elle, une collection de vieux pinceaux.

— C'est le chef de nos salles de peinture, dit Liya pardessus l'épaule de Shan. La plus âgée de nos peintres.

— Que signifie « il est né de l'arc-en-ciel » ?

Liya accueillit sa question par un grand sourire.

— De nombreux saints sont passés par ici aux premiers siècles pour aller vivre à Zhoka. Ils enseignaient que l'art était une pratique spirituelle, que les meilleurs artistes, comme les meilleurs lamas, étaient ceux qui avaient bénéficié de beaucoup de vies antérieures.

— Et Corbett serait la réincarnation de l'un d'eux ?

— Pas exactement. Disons plutôt que l'art est un pouvoir spirituel et que Corbett dispose du pouvoir de toutes les vies d'artistes concentrées en lui. Et non pas d'un artiste en particulier. Nos vieux enseignements nous expliquent que l'arc-en-ciel sert de véhicule à la transmission du pouvoir et qu'à l'endroit où l'arc-en-ciel touche terre, un artiste naît.

— Et on lui a expliqué tout ça ? s'enquit Shan en désignant l'Américain.

— Oh, oui, et ça lui fait énormément plaisir. Il appartient à la prophétie, le monde est en train de changer, expliqua Liya, les joues empourprées face au regard de Shan. C'est ce que racontent les gens.

— C'est un agent du gouvernement des États-Unis, lui fit-il remarquer.

— C'est un artiste. Celui qui traduit les divinités. Le reste est sans importance.

L'Américain acceptait maladroitement la nourriture et les pinceaux qu'on lui offrait en cadeau au milieu des enfants qui chantaient.

— Lorsque je vous ai rencontrée, vous étiez en compagnie des *purba*, les résistants tibétains, reprit Shan. Je ne vous ai jamais vue avec une brosse à peindre.

— J'étais pourtant destinée à devenir artiste, répondit Liya avec un sourire reconnaissant. Nous grandissons pour devenir artistes, c'est là notre éducation. Mais, après la mort de ma mère et le départ de Lodi, il ne restait plus personne pour veiller sur la population. Il m'appelle – il m'appelait – le directeur commercial du village.

— Ce n'est pas le titre que je vous aurais donné quand vous aidiez les moines à organiser le festival.

— J'ai l'impression que ça se passait il y a des lustres. Surya allait rouvrir Zhoka et j'allais apporter de l'art tout neuf pour les temples.

— Quelles étaient les relations de Lodi avec Ming ? demanda Shan brutalement.

— Nous fabriquions de l'art et Lodi le vendait. Punji a présenté Lodi à Ming, et Ming l'a aidé à comprendre les marchés de l'art. Elle a obtenu qu'il soit affecté à une mission de fouilles archéologiques dirigée par Ming.

— Est-ce que Ming achetait des œuvres d'art à Lodi ?

Liya se renfrogna sans répondre.

— Est-ce que Lodi volait Ming ?

— Lodi n'était pas un voleur.

— Si, Liya. C'était un voleur.

Il lui expliqua ce qu'il savait du vol de la collection Dolan et de la mort de la jeune étudiante américaine.

Liya fixait un rang de fleurs de lotus gravées dans le mur près du plafond et les larmes lui vinrent aux yeux.

— Je ne le crois pas. Ce n'était pas un assassin, ni un voleur. Il avait de la déférence pour notre art, jamais il ne volerait d'objets sacrés, ce serait un manque de respect.

— Les gens changent. Il avait de l'argent, il avait des amis en Occident. Bumpari était une partie de sa vie, ce n'était pas toute sa vie.

Que dirait-elle, songea Shan, s'il lui apprenait que Corbett possédait la preuve que Lodi fréquentait les casinos ? Elle ne comprendrait même pas ce qu'était un casino. Et voler un riche Américain pouvait ne pas être irrespectueux, surtout si Lodi rapportait effectivement les œuvres d'art dérobées au Tibet.

Liya le dévisagea avec un tel désespoir qu'on aurait pu la croire seule au monde.

— Tout ce que je veux, c'est que les choses restent comme elles étaient, ainsi qu'elles sont censées être, murmura-t-elle en regardant les enfants qui jouaient aux pieds de Corbett. Nous avons parlé des pillards, Lodi et moi. Il y a toujours eu des voleurs à la recherche de trésors. Il était convaincu qu'il pourrait protéger les choses tibétaines tout en – elle chercha ses mots – poursuivant ses affaires en Occident. Mais je l'ai vu ensuite à Zhoka avant l'aube, le jour du festival. Il n'était plus lui-même. Quelque chose le tracassait. Plus que ça. On aurait cru qu'il avait des remords. Il a déclaré que rien de ce qui allait se passer n'était de sa responsabilité, il voulait absolument que j'en sois convaincue. Il a ajouté que nous allions sceller quelques-uns des anciens mausolées et a fait le vœu de trouver la chose qui viendrait tout compenser, une chose merveilleuse pour les habitants des collines, celle-là même que Surya cherchait depuis des mois. Il avait avec lui la statuette de Manjushri et il me l'a donnée le jour du festival, pour que je la protège. Je l'ai cachée dans les ruines et je l'ai rapportée en même temps que son corps.

Elle se tut, les yeux mouillés.

— Je me sens responsable de sa mort. C'est moi qui l'avais emmené là-bas, il y a des mois. Je lui avais demandé de m'accompagner à Zhoka parce que Surya devait nous montrer comment faire revivre le gompa, et je voulais que Lodi soit partie prenante de cette résurrection. Au départ, il n'a pas voulu, mais quand nous avons commencé à y trouver des choses, il m'a donné l'impression de changer d'avis et n'a plus protesté.

— Est-ce lui qui a rassemblé les crânes sur la table ? Est-ce lui qui a rédigé le texte écrit dessous, sur le fait d'avoir été emporté par la beauté ?

— Nous avons rassemblé les crânes ensemble. Ils étaient éparpillés au sol dans les vieilles salles. Toutes ces années qui sont passées, et tout le monde bien trop effrayé pour retourner là-bas et présenter ses devoirs. Nous n'étions pas très sûrs de savoir ce qu'il fallait faire des crânes. C'est Lodi qui a écrit les mots. Ç'aurait dû être une prière mais nous en connaissons si peu, ajouta-t-elle, la voix mourante.

— Ming était son associé. Ne pensez-vous pas qu'il aurait parlé à Ming de Zhoka ? Ils s'étaient déjà occupés de ruines tous les deux, pour le musée.

— Je ne sais pas. Lodi commençait à se méfier de Ming. Il disait que le directeur était bien trop intéressé par les empereurs et la gloire pour être digne de confiance.

— Ming a parlé d'empereurs à Lodi ?

— C'est tout ce qu'a dit Lodi, et rien d'autre.

— Qu'est-ce qu'ils faisaient, Liya ? Ming et Lodi ne se contentaient pas de revendre des œuvres d'art.

La jeune femme serra les mâchoires en feignant de ne pas avoir entendu.

— Il n'a rien dit de plus sur Ming lors de sa dernière visite. Mais il a déclaré que nous devions résister si des Chinois arrivaient du nord. Il a ajouté que ce ne seraient pas des soldats, mais des hommes comme des soldats. Il a fait venir les Gurkhas qui l'aident à éviter les patrouilles des frontières.

— Ceux qui sont armés.

— Certains parmi nous se sont disputés avec lui en disant qu'il ne fallait pas d'armes. Il a répondu que nous ne savions pas à quel point la situation était devenue dangereuse. Il a ajouté qu'un événement très ancien allait finir par nous détruire. Il m'a même demandé de commencer à préparer l'évacuation pour que les habitants puissent passer la frontière.

— Mais vous ne l'avez pas fait.

— Je ne veux pas être celle qui abandonnera Bumpari après tant de siècles. Je serai la dernière ici, même si pour cela je dois y vivre seule.

— Qu'est-ce qu'il a voulu dire en parlant de très ancien ? Il parlait de l'invasion chinoise ?

— Je ne pense pas. La dernière fois qu'il est venu ici, il cherchait des livres anciens, de vieux peche qui racontaient l'histoire de Zhoka. Il a refusé de m'expliquer pourquoi. Mais un soir il s'est enivré et a dit que seuls les imbéciles croyaient que les empereurs feraient passer les divinités avant tout le reste.

Un sourd tintement se répercuta au-dehors, trois sonneries l'une après l'autre.

Liya se précipita à l'extérieur.

— Il y a un problème ! s'écria-t-elle.

Le cercle de Tibétains se défit et les villageois quittèrent le bâtiment, certains au pas de course.

Ne resta que Corbett, toujours assis par terre, le giron garni de brosses à peindre, de fleurs et de fruits.

— Je crois qu'ils veulent que vous restiez pour leur enseigner la manière de peindre les dieux, déclara Shan.

Pour seule réponse, Corbett lui offrit un sourire mélancolique, avant de relever finalement la tête.

— Ma mère était artiste, ainsi que sa sœur. Elles m'emmenaient avec elles quand j'étais enfant, elles me donnaient un chevalet et des aquarelles pendant qu'elles peignaient des marines. Mais, au bout du compte, elles m'ont expédié à l'université, en m'expliquant que, l'art ne nourrissant pas son homme, j'aurais du mal à faire vivre une famille.

— Ming ne nous a pas tout raconté, dit Shan en regardant le groupe de Tibétains rassemblé en contrebas, près du portail d'entrée.

Il tendit à Corbett la photo du banquet sous la tente.

— Ming connaissait Lodi.

Devant le cliché, toute trace de satisfaction disparut du visage de Corbett. L'Américain se releva brusquement en laissant brosses et offrandes tomber par terre avant de sortir du bâtiment comme une furie.

Shan le rattrapa dans le jardin. L'Américain contemplait les pics au loin, le visage sombre, les yeux brûlant de colère.

— C'est lui ! lâcha-t-il en agitant la photo au nez de Shan. Ming et Lodi connaissaient tous deux le célèbre M. Dolan ! C'est ce salopard de Ming qui a tout mis sur pied !

Un rictus méchant aux lèvres, il chassa une pierre du pied et l'expédia au loin, où elle sectionna une fleur sur sa tige.

— Ming se moque de nous. Ils étaient au courant pour la collection, ils connaissaient l'étendue de la fortune de Dolan, et il est probable que Ming n'a pas pu résister. Imaginez ! Un complot contre un riche capitaliste américain ! Et son ami était un voleur d'œuvres d'art international. Qui mieux que Ming et Lodi pouvaient écouler une telle collection sur le marché ? Ming se moque de nous depuis le début, car il sait qu'il est politiquement intouchable à cause de sa position.

— Sauf que Lodi a été assassiné, objecta Shan. Et ce n'est pas Ming le meurtrier : il se trouvait à Lhadrung.

— Finalement, c'est peut-être bien votre moine qui l'a tué.

— Ça n'explique pas pour autant ce qui s'est passé à Pékin.

Corbett acquiesça en jurant dans ses moustaches avant d'aller s'asseoir sur un banc pour observer les habitants regroupés en contrebas. On avait dégagé le passage d'accès et un Gurkha s'adressait aux gens attroupés en agitant son fusil. Une demi-douzaine de villageois, sac sur le dos, quittèrent leur sanctuaire.

— Je ne sais pas, acquiesça Corbett d'un ton soucieux. J'en comprends moins aujourd'hui qu'à mon arrivée au Tibet.

Il sortit un papier et un crayon de sa poche et se mit à écrire.

— Auriez-vous par miracle accès à un ordinateur ? demanda-t-il à Shan.

Quand ils se levèrent, une demi-heure plus tard, les visages des villageois s'étaient assombris. Yao, assis en solitaire devant le bassin de la cascade, avait l'air sonné et les Tibétains détournèrent la tête à l'approche de Shan.

Liya l'intercepta en chemin et le tira vers la vieille maison basse, attendant que Yao vienne les rejoindre.

— Je suis désolée. J'ai bien essayé de leur faire entendre raison mais… Les Chinois sont dans les montagnes. Ils font exploser les anciennes cavernes où nos gens vont parfois chercher refuge. Certains pourraient s'y trouver pris au piège. Les habitants du village savent que vous travaillez avec Ming et ils disent maintenant que Ming est le chef des tueurs de dieux. Une vieille femme a été attaquée, une de nos cousines, et ils lui ont volé toutes ses statues et tous ses écrits avant de détruire son four.

— Fiona ? demanda Shan avec angoisse. Elle a été blessée ?

— Vous voulez parler de notre Dolma ? interrogea Liya, surprise. Elle n'a rien. Mais les Gurkhas sont convaincus que vous êtes leurs complices, que vous espionnez pour les Chinois et que vous cherchez en réalité à détruire Zhoka et Bumpari. Ils racontent que vous êtes venus terminer ce qui a commencé le jour où Zhoka a été bombardé. D'autres prétendent que vous êtes des démons de la terre venus mettre un terme au domptage.

Les villageois s'étaient tournés vers la maison et quelques-uns s'en approchaient avec précaution.

— Entrez vite, les pressa Liya. Je vais essayer de les convaincre. Est-ce que c'est vrai, inspecteur ? demanda-t-elle en posant la main sur le bras de Yao. Est-ce que vous nous détruiriez si vous le pouviez ?

— Tout ce que vous faites ici est illégal, répondit l'inspecteur sans émotion particulière ni l'ombre d'une hésitation. Vous êtes en situation illégale. Le village tout entier est illégal.

— Est-ce que vous nous détruiriez ? insista-t-elle.

— C'est mon devoir.

Liya scruta le visage de Shan comme pour y chercher la solution avant de fermer les yeux.

— Merci pour votre sincérité, dit-elle à Yao, puis elle les escorta jusqu'à la seconde chambre à coucher et referma la porte.

— Une arme, déclara Yao en ouvrant fébrilement tous les coffres de rangement. Nous devons trouver une arme.

Shan ne l'aida en rien ; il étudiait un vieux cadre près de la porte, un des dessins exécutés par le major. Il le décrocha et s'assit sur le lit. Un lama rieur chevauchant un yack. Il se sentit soudain très las et se laissa emporter par une méditation étrange, où flottaient les événements dissociés des trois derniers jours. Le lama à dos de yack semblait se moquer de son incapacité à comprendre.

Il fut incapable d'estimer le temps qui s'était écoulé quand Liya réapparut. Devant le désordre, elle se contenta de soupirer sans commentaires.

— J'ai apporté du thé.

Quand elle repartit dans la grande pièce, Shan la suivit, Yao sur ses talons avec, à la main, l'ordinateur portable.

Corbett sirotait son breuvage dans une petite tasse en porcelaine blanche en regardant les images d'un livre que lui montrait Dawa, installée par terre à ses pieds. Liya offrit à chacun une tasse identique en leur désignant la table avant d'apporter une assiette de fromage sec et d'abricots. À sa première gorgée, Shan fut surpris : le thé était noir, fort et sucré, servi avec du lait, à la mode indienne, et très tonique, mais avec un étrange arrière-goût métallique. Liya grignota un petit morceau de fromage, tête baissée, comme si elle craignait de croiser leurs regards.

Shan s'apprêtait à lui demander où étaient les villageois quand il vit Corbett affalé sur sa chaise, sans connaissance ; Liya lui retirait délicatement la tasse des mains.

— Lokesh ! cria-t-il en se levant d'un bond.

Il avait la langue lourde et les jambes flageolantes. Il fit un pas en avant et s'effondra à genoux. L'ordinateur de Yao tomba par terre à côté de lui et l'inspecteur agrippa sa gorge à deux mains.

Liya s'approcha et prit sa tasse.

— Il ne sera fait aucun mal à Lokesh, dit-elle avec tristesse, comme si elle réglait avec lui une dernière dette.

Elle tendit les bras pour le rattraper lorsqu'il bascula en avant. Il était encore vaguement conscient quand plusieurs silhouettes indistinctes entrèrent précipitamment dans la chambre et l'entourèrent.

— Assurez-vous que ça aille vite. Je ne veux pas qu'ils souffrent.

Ce furent les dernières paroles qu'il entendit de la bouche de Liya.

Deuxième partie

9

La lumière que Shan cherchait à atteindre, cette minuscule lueur brillant dans un long tunnel noir, restait désespérément hors de sa portée. Du fond des ténèbres, une voix d'enfant criait son nom en lui répétant qu'il n'avait rien à craindre, qu'il pouvait revenir. Un homme jura, en chinois. Une femme priait, en tibétain.

Un éclair d'orage explosa dans sa tête, et il ne vit plus que la lumière, crue et aveuglante. Il protégea ses yeux de son avant-bras et s'entendit gémir.

— Reviens, répéta la petite fille angoissée en lui dégageant le bras. Aku Shan, reviens, je t'en prie, insista-t-elle en pressant sa main plusieurs fois.

Ses yeux finirent par s'ouvrir. Il gisait dans un pâturage aux herbes hautes et Dawa lui tenait la main. Elle sourit quand son regard encore flou se posa sur elle et l'aida à se redresser. Ils se trouvaient sur la pente douce d'un long versant tapissé de fleurs, en contrebas d'une vire rocheuse. À voir le soleil au-dessus de l'horizon, le jour s'était levé depuis deux heures, et les alouettes s'en donnaient à cœur joie.

— Tu n'es pas mort, dit Dawa.

Elle lui montra la silhouette de Yao assis, comme si la simple présence de l'inspecteur suffisait à prouver qu'il n'était pas au paradis.

— Des gens dans le village voulaient votre mort, expliqua-t-elle, mais Liya vous a donné un médicament en disant que vous vous sentiriez mieux aujourd'hui.

Un médicament… Shan se mit debout et emplit ses poumons de l'air froid du matin. Pour qu'il se sente mieux. Pour qu'il reste en vie, comprit-il en se remémorant les événements de la veille. Des villageois voulaient les voir morts. Mais Liya avait drogué ses visiteurs chinois pour leur sauver la vie.

— Comment sommes-nous arrivés ici ?

— Attachés à dos de cheval. Ils n'avaient que deux chevaux au village. Je suis montée en croupe, derrière Liya.

— Mais où est Lokesh ? Et l'Américain ?

— Ils sont restés, répondit la petite.

Une source bouillonnait dans la terre à dix mètres. Shan se passa de l'eau fraîche sur le visage, se désaltéra longuement et signifia à Yao d'en faire autant.

— Kidnappés, grommela l'inspecteur. Tentative de meurtre sur un représentant de l'autorité.

— C'était un médicament, répéta Dawa, qui ne comprenait plus.

— Liya nous a sauvés, expliqua Shan, révélant à Yao ce que la fillette lui avait confié. Elle vous a laissé partir alors que vous aviez avoué que vous détruiriez Bumpari.

— Elle a simplement trouvé un moyen moins violent de nous faire mourir, rétorqua Yao du tac au tac. Nous voilà perdus au beau milieu de nulle part, en pleine nature sauvage, sans eau, sans cartes et sans moyens de transport.

Il s'interrompit, tapota ses poches et prit son calepin qu'il se mit à feuilleter pour vérifier que ses pages étaient intactes avant de le remettre en place. D'une main hésitante, il sortit alors un long grain de rosaire de couleur brune gravé d'un motif blanc complexe.

Shan fouilla ses propres poches et trouva lui aussi un grain identique.

— Liya. Elle nous les a donnés pour nous protéger.

Yao fit la moue mais rempocha son grain de rosaire.

— L'Américain, dit-il avec inquiétude. Un étranger court encore plus de dangers que nous. Les étrangers, ils les dépouillent avant d'abandonner leurs cadavres.

Néanmoins Shan était convaincu que Corbett ne risquait absolument rien. Il n'avait pas été retenu parce qu'il était américain, mais bien parce que les villageois étaient persuadés qu'il était né de l'arc-en-ciel.

— Pourquoi t'ont-ils renvoyée ? demanda-t-il à la petite fille. Jamais ils ne t'auraient fait du mal.

— Liya a dit qu'on allait partir à ma recherche si je ne rentrais pas. Elle a ajouté que tu saurais où m'emmener.

— Je ne connais aucun…, se préparait à dire Shan quand il la vit sortir de sa poche un morceau de papier.

— *Iwin how*, lut-elle avec bien du mal avant de lui tendre la feuille.

— Chez Ivanhoé, traduisit-il avec un grand sourire.

— Oui ! acquiesça Dawa avec de grands signes de la tête. Elle a dit de trouver Ivanhoé. Là-bas, nous pourrons nous entraider.

— Par quel chemin sommes-nous arrivés hier soir après avoir quitté le village ? En remontant par la longue plaine ? En redescendant la piste que nous avons empruntée pour venir ?

Il ne reconnaissait rien du paysage environnant.

— Il faisait sombre, expliqua Dawa d'un air désolé. Je dormais quand ils sont venus me chercher.

Elle montra un sac de toile posé sur un rocher à côté de la source.

— Mais Liya a donné ça pour toi.

— Cela fait donc douze, peut-être quatorze heures, calcula Shan en allant récupérer le sac. Soit cinquante kilomètres, peut-être plus.

Il exagérait délibérément, ne voulant pas faciliter la tâche de Yao si celui-ci cherchait à retrouver le village. Dans ce terrain rocailleux et difficile, ils ne devaient guère en avoir parcouru plus de quinze.

— Nous sommes venus du sud, près de l'Himalaya.

Yao sortit du sac six pommes et un peu de fromage séché.

— Ça signifie tout simplement que nous allons mourir plus lentement. De faim, rouspéta-t-il.

— Non, rétorqua Shan en examinant les environs. Liya a délibérément choisi cet emplacement. Il y a de l'eau et nous sommes assez haut pour voir la route, mais suffisamment loin pour éviter les badauds.

Il pointa le doigt vers le sud-ouest, où montait un panache de poussière au loin.

— Un camion ! s'exclama Yao, très excité. Il se dirige vers le nord. Jamais nous ne le rattraperons !

— Il y en aura d'autres, dit Shan en remettant leurs maigres vivres dans le sac, qu'il passa à son épaule.

Lorsqu'ils atteignirent la piste défoncée, une heure plus tard, il n'y avait pas le moindre véhicule en vue. Mais après trente minutes de marche vers le nord, un vieux camion qui avait connu des jours meilleurs apparut, avec quatre moutons sur son petit plateau arrière.

— Marché de Lhadrung, répondit le chauffeur presque totalement édenté quand Shan lui demanda sa destination.

Shan lui tendit alors trois pommes, et l'homme leur fit signe de grimper dans la cabine. Shan ouvrit la portière à la petite et lui offrit une pomme quand elle monta.

Yao se préparait à la suivre quand Shan lui agrippa le bras.

— Nous, c'est à l'arrière que nous voyageons.

Yao lui lança un regard venimeux, referma la portière et escalada le hayon.

Le camion accéléra avec un grondement sonore dans un gros nuage de fumée d'échappement, et l'inspecteur s'installa dos à la cabine sous le regard des quatre moutons.

— C'est peut-être vous qui avez demandé à Liya de faire tout ça, lança-t-il d'une voix de glace. Vous auriez pu organiser une belle mise en scène dans le seul but de m'éloigner de cet endroit... On m'oblige à partir alors que, pour la première fois, je commençais à trouver des réponses à mes questions. Tout ça parce que vous savez que les coupables sont les Tibétains.

Pour seule réponse, Shan le fixa longuement, exactement comme les moutons. Yao le fusilla des yeux, sortit son calepin et se mit à écrire d'une main fébrile, en reprenant confiance au fil des pages.

— Un village entier de voleurs, déclara-t-il avec satisfaction. Un affront sans précédent au socialisme, ajouta-t-il à l'intention des moutons, devenus apparemment son seul public.

— Dire que hier il admirait leur art, fit calmement remarquer Shan aux bêtes immobiles.

— Ils ne peuvent pas rester cachés éternellement. Le colonel Tan peut envoyer des troupes ratisser tout le sud de Zhoka. Un avion de reconnaissance aérienne les repérera en deux ou trois jours. On pourra déployer des commandos de la frontière. Nous organiserons un procès de masse à Lhassa. Un procès qui obtiendra une audience nationale.

— Et c'est comme ça, grimaça Shan, que vous allez retrouver les fresques disparues de l'empereur ? Les œuvres d'art dérobées à Dolan ? Dans ce village, j'ai vu surtout des femmes et des enfants. Un procès de masse pour vingt ou trente femmes et enfants. C'est cela, la victoire que vous êtes venu chercher au Tibet ?

— Nous ne sommes pas obligés d'arrêter les plus jeunes ou les vieilles personnes, répondit Yao en fronçant les sourcils.

— Néanmoins leurs vies seront détruites.

— Ce sera pour eux l'occasion d'entrer dans le vingt et unième siècle.

Shan l'observa un moment en silence.

— Corbett a vu la lumière au pied de l'arc-en-ciel, finit-il par lancer, et vous ? Qu'avez-vous vu ? Vous êtes sorti en rampant de sous les pierres ?

Yao n'apprécia pas. Il releva le nez de son calepin d'un air furieux avant de se tourner vers les montagnes.

— Les soldats ne les trouveront jamais, poursuivit Shan. Le village, ils le découvriront probablement s'ils cherchent assez longtemps. Mais il sera abandonné à leur arrivée. Il y a des sentinelles. Des avant-postes. Les habitants trouveront des cachettes au plus profond des montagnes.

Mais une fois que Tan aurait trouvé Bumpari, le dommage aurait été fait. Les soldats détruiraient le village, rayant de la surface de la terre la mystérieuse oasis qui semblait avoir ses racines dans plusieurs siècles à la fois.

— Ce qui réduira à néant toute possibilité de retrouver l'assassin de Lodi, ou les œuvres d'art volées.

Le camion s'arrêta pour laisser passer un troupeau de chèvres. Shan plongea la main dans le sac, en sortit les deux dernières pommes et en balança une à Yao qui, malgré son air renfrogné, l'accepta. Il en avala une bouchée avant d'en détacher quelques fragments qu'il jeta aux moutons.

Il y avait autre chose dans le fond du sac : une bourse en cuir que Shan dénoua pour en extraire une revue roulée serrée dont il déplia les pages. Le papier était de qualité, illustré de clichés aux couleurs brillantes. C'était le catalogue de l'exposition tibétaine au musée des Antiquités de Pékin l'année précédente, le musée de Ming – au total, une trentaine de feuillets, avec texte de présentation en anglais et en chinois.

Les pages détaillaient, textes et photographies à l'appui, les œuvres exposées. Certaines photos portaient en marge des chiffres arabes à l'encre noire. Shan trouva le numéro 1 au milieu du catalogue, à côté d'un petit bouddha assis du quinzième siècle, en laiton peint, portant un bol d'offrandes dans une main. Le numéro 2 était à la fin ; il s'agissait d'une divinité protectrice en bronze plaqué or, avec neuf têtes et trente-quatre bras. Les numéros 3, 4 et 5 étaient des thang-ka du douzième siècle représentant des lamas incarnés entourés d'animaux mythiques. Il compta rapidement les autres entrées :

quinze pièces au total avaient été marquées, la dernière étant une statue en argent de Tamdin, le protecteur à tête de cheval.

Au recto vierge de la couverture, les nombres réapparaissaient à côté de sommes en dollars, manuscrites. Numéro 1 : 10 000 $, avec une date vieille de trois ans. Shan feuilleta les pages plus lentement et lut le texte d'accompagnement de chaque pièce annotée d'un chiffre. La 12 était une statue en bronze du quatorzième siècle du saint Manjushri, une épée dans une main, une fleur de lotus dans l'autre.

— Liya veut que nous fassions toute la vérité, déclara-t-il lentement. Elle ne nous a pas simplement donné de la nourriture, elle y a joint des pièces à conviction.

— Qu'est-ce que vous racontez ? demanda Yao en se retournant, l'air toujours aussi renfrogné.

Shan lui tendit le catalogue en lui montrant les œuvres marquées d'un chiffre.

— Ça pourrait être n'importe quoi, objecta Yao. Quelqu'un qui aurait répertorié ses pièces préférées.

— Ce ne sont les pièces préférées de personne. Regardez-les attentivement. Ce sont les œuvres les mieux détaillées, les plus anciennes, les plus précieuses. Et les prix indiqués sont beaucoup trop élevés pour correspondre à des reproductions vendues dans la boutique d'un musée. Et bien trop bon marché pour la valeur que ces objets atteindraient sur le marché des originaux.

— Ce qui signifie ?

— Regardez la pièce 12.

Yao feuilleta les pages et s'arrêta en fronçant les sourcils avant de laisser échapper un juron à mi-voix.

— Cette statue, nous l'avons vue hier, fracassée ! Au village des tailleurs de chairs.

— Ou alors sa réplique parfaite. S'il ne s'agissait pas de l'original, alors c'était une réplique à l'identique, jusqu'au moindre détail, dit Shan en indiquant le petit grain de beauté sur le front. Il y a même la marque de corrosion sur l'épaule. Le tout exécuté par un véritable artiste.

— Ils l'ont volée, les salopards.

— Non. Regardez la pièce 15, la statue de Tamdin. Celle-là aussi, nous l'avons vue. Elle était dans l'atelier. En cours de fabrication. Encore inachevée.

— Elle était pourtant ici, à Lhadrung, cette sculpture ! s'écria Yao, cherchant visiblement à comprendre. Mais vous dites que celle que nous avons vue n'était pas terminée.

Il feuilleta rapidement son calepin et montra à Shan le croquis de la sculpture démolie trouvée la veille.

— Lodi l'a volée et ses tueurs l'ont détruite. Mais Ming n'a jamais signalé qu'elle avait été volée, dit-il.

— Il n'existe qu'une seule raison pour fabriquer une réplique aussi exacte, jusqu'à la moindre imperfection : remplacer l'original par la copie.

— Ridicule ! s'exclama Yao en reprenant le catalogue pour s'arrêter sur chaque photo marquée d'un chiffre. Vous voulez me faire croire qu'il y a eu substitution de chacune de ces pièces ? Impossible. On aurait remarqué le vol, il aurait été signalé.

Mais à mesure qu'il parlait, Yao se ratatinait sur lui-même : il connaissait déjà la réponse à sa question.

— Tout sera passé inaperçu si Ming en personne a décidé de l'échange. Un directeur du musée peut toujours retirer une pièce exposée. Pour la faire nettoyer, ou la confier à un chercheur pour une étude savante. Ming et Lodi étaient amis, insista Shan.

Il expliqua alors ce que Liya lui avait appris des rapports entre les deux hommes. L'inspecteur poussa un soupir et se retourna vers les montagnes.

— Mais les originaux ne pourraient jamais être offerts aux yeux du public. Et ils seraient sans prix.

— Exact, confirma Shan. Ils sont allés chez un collectionneur privé, pour lequel l'argent n'est pas un problème. Comme intermédiaire, Ming pouvait se faire une fortune, s'il revendait à un riche collectionneur. Un milliardaire.

Yao resta longtemps silencieux.

— Vous n'avez aucune preuve que Dolan les a achetées, dit-il finalement d'une voix très basse. C'est Lodi qui a volé les œuvres d'art de Dolan. Mais ce n'est pas lui qui a dérobé la fresque de Qianlong.

— J'expliquais l'ancien crime, pas les nouveaux. Un ancien crime pour lequel Lodi et Ming étaient associés. Avec Elizabeth McDowell.

— Un audit a été prévu, dit Yao en s'adressant aux moutons. Un audit du musée de Ming. Des experts de l'extérieur doivent venir examiner les collections et vérifier les pièces de manière impromptue. À l'aide d'un équipement spécial commandé en Europe, des appareils de détection par thermoluminescence capables de déterminer l'âge des objets en métal et en céramique.

Il se retourna vers Shan, le regard plein d'excuses.

— Quand l'audit a-t-il été ordonné ?

— Il y a quatre mois.

— A-t-il commencé ?

— Non. L'équipement doit arriver bientôt.

Dans le silence qui s'ensuivit, en voulant sortir le fromage du fond du sac, Shan exhuma des plis de la toile un dernier cadeau que leur offrait Liya : un rouleau de papier de riz de vingt-cinq centimètres sur cinquante, imprimé à partir d'un bois gravé d'idéogrammes tracés d'une main énergique, et dont l'encre avait passé à la lumière du soleil sur un côté. Perplexe, il le tendit à Yao qui lut le texte à haute voix :

Estimés sujets de l'Empire céleste, qu'il soit connu de tous que le prince Kwan Li ayant quitté notre compagnie pour ne plus réapparaître depuis plus de six mois, nous remettrons à quiconque nous le rendra une récompense égale à son poids en or. Quiconque sera découvert comme ayant caché sa sainte personne sera puni d'une mort lente. Quiconque sera découvert comme ayant gardé par-devers lui des renseignements qu'il ne nous aura pas transmis sera puni par la hache. Que cela soit connu par tous les territoires. Tremblez et obéissez.

Le bas de la feuille portait, reproduit en vermillon, un sceau complexe que Shan avait vu des années auparavant.

— C'est le sceau de l'empereur Qianlong, dit-il, n'en croyant pas ses yeux.

— Certainement l'idée que se fait Liya d'une bonne plaisanterie.

— Je ne le pense pas. On pourrait faire analyser cette feuille. Probablement qu'un des étudiants résidents de la maison d'hôtes pourrait s'en charger, mais je pense que la lettre est authentique et qu'elle vient de l'ancienne cour impériale. Je pense aussi que Ming nous a caché bien des secrets.

La signature, *Kwan Li*, était le nom que Shan avait vu sur le chevalet dans la salle de conférences. Il remarqua alors, tout en bas de la page, un griffonnage en écriture tibétaine, que le rebord roulé du papier lui avait masqué à la première lecture. *Mort, par ordre du lama du Dragon de pierre*, était-il écrit d'une encre délavée. *Puissent les dieux être victorieux.*

Le chauffeur accepta avec joie de faire un détour rapide pour les déposer non à Lhadrung, mais à la base de la vire rocheuse qui délimitait les collines est, à près de deux kilomètres des camions gris synonymes d'un nouveau site de travaux forcés – Tan avait ordonné que les détenus nettoient les champs de la vallée sous les hautes falaises qui marquaient les premiers contreforts montagneux.

Une demi-heure plus tard, ils avançaient sur la crête de la vire. Shan sentit une nouvelle fois la fumée de bois, puis des relents de cordite, l'odeur des explosifs. Il hâta le pas en portant Dawa jusqu'à la maison de Fiona, intacte, bien que le four et son auvent aient disparu, réduits en pièces éparpillées sur le petit carré d'orge piétiné.

La porte de la maison était ouverte. Assise à la table près de la petite cuisine, Fiona était occupée à trier des éclats de porcelaine colorée. Le service à thé avait été fracassé et elle en réarrangeait les restes, tasses, soucoupes et théière, en piles distinctes.

— Jara dit qu'il peut trouver de la colle en ville, expliqua-t-elle sans lever les yeux.

— Je suis désolé, Fiona, lui répondit Shan. Je suis heureux que vous n'ayez pas été blessée.

— Ils n'ont pas touché à notre Ivanhoé, murmura-t-elle avec un sourire triste en se levant lentement. Ils voulaient voir des choses tibétaines anciennes. Ils ont pris quelques-uns des peche, et toutes mes vieilles statuettes. Ils ont exigé de savoir quels guides du pèlerin je possédais. Ils ont vu les livres anglais et m'ont demandé si Lodi appartenait à ma famille. C'est à ce moment-là qu'ils ont lancé une petite bombe dans le four.

— Vous les connaissiez ?

— Non. Deux hommes, un grand et un petit au nez tordu.

Shan sortit la photo de groupe et indiqua les deux individus qui encadraient l'Américain Dolan.

— C'est bien eux, murmura Fiona, le visage assombri.

Puis elle leva le doigt et le posa sur un autre visage avec un soupir. Son neveu, Lodi. Lorsqu'elle releva la tête, son sourire était sans joie.

— Ils n'ont pas su où il fallait chercher, dit-elle.

Elle fit signe à Shan de la suivre jusqu'à son lit dans l'alcôve, d'où elle tira trois couvertures masquant une petite table à prières où l'on posait les écrits pour la lecture. Au-dehors, Yao et Dawa offraient des tapes affectueuses au chien marron. Puis Fiona souleva avec effort le plateau de la table et sortit deux anciens peche et un ballot de feutre. Elle prit du recul et déroula le ballot sur ses jambes : apparut un panneau de soie jaune aux couleurs éclatantes, bordé d'un brocart bleu.

Shan, stupéfait, tomba à genoux pour examiner le trésor de Fiona : une robe digne d'un seigneur, brodée d'images raffinées et complexes de grues cendrées, de dragons et de faisans.

— Elle a été donnée à ma famille il y a bien des générations, en paiement d'une statue de Bouddha en céramique.

— Savez-vous par qui ? murmura Shan en étudiant le détail des symboles brodés, les haches et les arcs qui entouraient les animaux.

— Cela s'est perdu, répondit Fiona en secouant la tête.

Cependant, Shan n'avait nul besoin de réponse. Sans toucher les symboles compliqués, il souleva les manchettes taillées en forme de sabot de cheval. À elle seule, la rangée de dragons à cinq griffes en bas de la robe disait tout : en effet, une seule famille était autorisée à les arborer. Si impossible que cela pût paraître, le vêtement appartenait à un membre de la famille de l'empereur de Chine. Les manchettes en forme de sabot étaient taillées à la mode mandchoue de la dynastie Qing. Or dans le sac donné par Liya se trouvait un document portant le sceau de l'empereur Qianlong. Lui aussi de la dynastie Qing.

— Elle est très jolie, dit Fiona en repliant le vêtement dans le feutre.

— Oui, bredouilla Shan. Les deux intrus ont-ils demandé la robe ?

— Pas la robe. Ils voulaient absolument que je leur dise tout sur le prince chinois.

— Quel prince ?

— Kwan Li.

— Pourquoi lui ?

— Il a disparu. Mais j'ai fait semblant de ne pas savoir qui c'était.

Pour la première fois, elle parut remarquer les deux silhouettes dehors.

— Vous avez amené des amis ? Il faut que je fasse du thé.

— L'une est plus qu'une amie, dit Shan, soudain coupable d'avoir oublié Yao et Dawa. Pardonnez-moi, elle est venue vous aider.

Les mots venaient à peine de quitter sa bouche qu'un petit visage impatient apparut à l'entrée.

— Aider sa grand-tante.

Dawa se précipita dans les bras de Fiona qui la souleva de terre, les yeux embués de larmes.

Dehors, il trouva Yao devant les tablettes tsa-tsa en argile qu'il avait admirées lors de sa première visite. Elles étaient toujours alignées, mais quelqu'un les avait écrasées du plat de la semelle, systématiquement, en marchant sur les fragiles divinités, l'une après l'autre.

À l'arrivée de Shan et de Yao, à deux heures de l'après-midi, une activité frénétique régnait dans la maison d'hôtes. Un camion militaire les avait ramassés alors qu'ils marchaient sur la grand-route vers l'embranchement du centre d'accueil de Lhadrung. Le sergent au volant, un membre du personnel de Tan, transmit la nouvelle de leur arrivée imminente d'une voix excitée. Yao, maussade et silencieux depuis leur discussion dans le camion, jetait à Shan des regards en coin de plus en plus fréquents à mesure qu'ils se rapprochaient de leur destination. Il ouvrit tout à coup la petite bourse en cuir qu'il serrait contre lui et arracha la dernière page du catalogue. Il donna à Shan la feuille portant la liste des sommes reçues en paiement ou à venir, puis trois des six disquettes prises dans la maison de Lodi en lui demandant de les cacher dans ses poches – il répartissait ses pièces à conviction.

À leur entrée dans le centre, Shan ne laissait pas de s'interroger sur les raisons qui avaient poussé Yao à lui confier des preuves aussi vitales. Tout portait à croire que, d'un coup, Ming était devenu une préoccupation majeure dans l'esprit de l'inspecteur, voire un danger. Il n'avait posé aucune question lorsque Fiona avait décrit avec force détails la manière dont sa maison avait été envahie, néanmoins il avait soigneusement noté le signalement des deux hommes responsables du saccage : un petit Chinois au nez tordu et un énorme Mongol qui fumait des cigares à l'odeur écœurante.

Au moins trente personnes travaillaient dans la cour, armées de brouettes, de seaux, de marteaux et de balais. La pancarte bilingue à la grille qui identifiait le centre comme étant la *Maison d'hôtes de Lhadrung* avait été remplacée par un panneau plus imposant flambant neuf, peint de deux rangées d'idéogrammes hauts de trente centimètres. *Annexe, musée des Antiquités*, disait la première et, dessous, *bureau des Affaires religieuses.*

Arrivé au bâtiment principal, le sergent y fit entrer Shan, qui s'arrêta un instant à la porte pour examiner le lieu. Des militaires, les soldats de Tan, surveillaient des Tibétains en plein travail contre le mur du fond, à l'autre bout de la cour. Deux Tibétains et un soldat baraqué torse nu martelaient à grands coups de masse un énorme morceau de métal tordu qui avait jadis été la tête d'une grande statue de Bouddha déposée contre le mur. Sur une longue table improvisée – de simples planches sur des tréteaux – s'entassaient plusieurs dizaines d'objcts de culte plus petits : des statuettes de saints et de divinités qui décoraient habituellement les autels privés des familles tibétaines. Une demi-douzaine de Chinois han des deux sexes, très correctement vêtus, donnaient l'impression de diriger une dizaine d'autres Chinois en uniforme de toile bleue, la tenue du prolétaire, qui creusaient une tranchée en fond de cour, le long du mur. Shan observait les ouvriers sans comprendre, quand ses jambes se dérobèrent sous lui ; il dut s'appuyer pour ne pas tomber.

Le plus vieux des travailleurs en bleu, un homme râblé de son âge, était assis sur la table en planches et se distrayait en jetant des pierres sur une rangée d'offrandes d'autel placées en bordure de la fontaine d'eau stagnante à trois mètres de lui. Un jeune Han dégingandé aux cheveux gominés, l'air méprisant, surveillait de tellement près la brouette de terre que poussait un Tibétain entre deux âges que celui-ci la lâcha, et la brouette se renversa.

— Foutues sauterelles ! grommela le jeune Han.

Les sauterelles. Un des noms donnés aux Tibétains par certains Chinois, à cause du bourdonnement de leurs mantras. Le jeune gars donna un coup de pied d'abord à la brouette, puis au Tibétain. Dans la seconde qui suivit, Shan était au côté du Tibétain et s'interposait entre lui et le jeune Han arrogant.

— *Thuchechey*, murmura le Tibétain. Merci.

Le Chinois en bleu, d'un coup de pied au ras du sol, expédia un nuage de poussière dans la figure de Shan. Celui-ci avait néanmoins eu le temps de reconnaître une lueur familière dans les yeux vides et furieux du jeunot : au même titre que les autres Chinois han habillés de bleu, c'était un détenu, un prisonnier de confiance venu là pour aider à surveiller les Tibétains.

Shan détourna la tête devant son regard meurtrier et réexamina la cour. Il reconnut quelques-uns des Tibétains aperçus autour du chorten, dans les ruines de Zhoka ; ils avaient fui le festival avant de se faire arrêter. Il se hâta d'entrer dans le bâtiment, soudain très inquiet des révélations que Yao était susceptible de faire au directeur Ming.

L'inspecteur, planté à l'entrée de la grande salle où Shan s'était vu forcer la main par le colonel Tan, contemplait le spectacle d'un air perplexe. Ming, assis à la longue table, interrogeait sans ménagement la vieille Tibétaine qui lui faisait face. Une quinzaine d'autres Tibétains, certains en pleurs, d'autres égrenant leur rosaire de doigts fébriles, d'autres encore le regard plongé dans leurs mains, étaient assis par terre à l'autre bout de la pièce, sous la garde de deux soldats armés. Tous étaient âgés d'au moins soixante-dix ans.

Ming salua Yao de la tête et, d'un geste négligent de la main, renvoya la vieille femme assise face à lui. Un soldat sortit de l'ombre et l'emmena en la tirant par le bras.

Yao s'installa à la place d'honneur mais Shan resta contre le mur, se cantonnant à la pénombre, deux mètres derrière lui. Au mur adjacent étaient punaisées des photographies de peintures tibétaines illustrant les différentes formes des divinités de la mort, mais aucune n'aurait supporté la comparaison avec celle qu'il avait entrevue dans la cabane de deuil de Lodi.

À côté d'elles étaient scotchées de grandes feuilles extraites du chevalet. *Prince Kwan Li*, disait l'en-tête de la première, suivi par une chronologie de sa vie : sa naissance en 1755 et sa fin, une simple ligne disant qu'il avait été *vu pour la dernière fois à une journée de cheval au sud de Labrang*. Labrang se trouvait à des centaines de kilomètres au nord.

— Une patrouille est partie à votre recherche, annonça Ming.

— Nous nous sommes perdus, répondit tranquillement Yao.

— Même avec votre fameux guide ? demanda Ming d'un air amusé en lorgnant vers Shan.

— La recherche d'indices nous a menés plus loin que prévu. Et notre radio ne fonctionnait plus. Mais que faites-vous avec ces vieilles gens ? interrogea Yao en se tournant vers les Tibétains.

— Vous l'avez trouvé ? voulut savoir Ming en ignorant sa question. Le voleur ?

Shan eut l'impression que Yao cherchait son appui, mais l'enquêteur se ressaisit et revint sur la troupe de vieux Tibétains.

— William Lodi est mort, annonça-t-il.

Ming tergiversa un instant, paraissant douter de ce qu'il venait d'entendre. Il allait dire quelque chose quand un bruit de chute assourdi suivi d'un cri étouffé résonna derrière la porte. Il fit la grimace, mais resta à sa place en serrant les mâchoires.

— Avez-vous récupéré les œuvres d'art qu'il avait emportées ? finit-il par demander d'une voix crispée.

— Aucune, répondit laconiquement Yao.

— Vous êtes donc dans l'impasse à Lhadrung. Et l'Américain aussi.

— Pas du tout. Cela prouve simplement que nous sommes bien au bon endroit. Il nous suffit maintenant de trouver les assassins de Lodi.

— Qu'avez-vous fait de l'agent Corbett ?

— Il est toujours dans les montagnes.

— Une négligence, pourraient penser certains, estima Ming avec un regard accusateur à Shan.

— Je ne comprends pas ce que vous faites avec ces citoyens âgés, camarade directeur, répliqua Yao, ignorant délibérément son commentaire.

— Je me suis rendu à Lhassa en votre absence. Au bureau des Affaires religieuses – des gens pleins de ressources qui ne sont pas suffisamment appréciés à Pékin. Ils m'ont expliqué quantité de choses sur le Tibet, des choses que je n'avais pas comprises. Et j'ai découvert que le poste de directeur pour le comté de Lhadrung était vacant.

Shan se raidit. La place était vacante parce que, l'année précédente, il avait apporté la preuve des malversations du directeur en poste, qui avait été expédié devant le peloton d'exécution.

— J'ai également appris, poursuivit Ming, que le colonel Tan avait toute autorité en la matière en l'absence d'un directeur permanent. Mais la lettre que l'on m'a remise, à laquelle ne manque plus que la signature de Tan, me nomme temporairement directeur, pour les besoins de mon enquête.

« Mon » enquête. Yao crispa les doigts sur l'accoudoir de son fauteuil.

— Ensuite, ils m'ont enseigné quelques-unes de leurs techniques.

Shan, qui s'avançait doucement vers le groupe de Tibétains âgés, se figea sur place avec un frisson en entendant ces mots.

— Quelles techniques ? demanda-t-il en se retournant.

Ming releva la tête, le visage barré par un rictus glacé.

— Vous êtes certainement familiarisé avec elles, n'est-ce pas, camarade Shan ? Asseyez-vous, je vous prie. Le thé va être servi.

Les petites tasses en porcelaine décorées du panda firent leur réapparition sur un plateau porté par une jeune militaire. Shan serra la sienne à deux mains en attendant la suite.

— Les Affaires religieuses m'ont expliqué deux choses. D'abord, les trésors tibétains ne sont jamais cachés au hasard. Ensuite, le décret sur les domaines de l'État.

Ming semblait sincèrement ravi de voir la confusion s'inscrire sur le visage de ses deux invités.

— Une œuvre d'art volée par des résistants tibétains n'est jamais simplement cachée. Ces gens sont enchaînés par d'anciennes traditions : la culture réactionnaire des vieux lamas qui les avaient réduits en esclavage. Ces objets sont donc mis à l'abri selon ces traditions. Les cavernes ou les mausolées qui les reçoivent ne sont jamais choisis au hasard. Il faut que ce soient des lieux très particuliers, correspondant chacun à la divinité qu'ils vont abriter.

— En ce cas, auprès de quelle divinité placerait-on la fresque de l'empereur ? demanda Yao avec froideur.

— Dans le mausolée le plus important, celui qui a le plus grand pouvoir. Le lieu le plus sacré de tout le comté de Lhadrung.

Ming s'arrêta pour allumer une cigarette, souffla sa fumée en direction des prisonniers et se pencha vers Yao.

— Le Bureau a fait procéder à des études qui démontrent qu'une enfance passée à ces altitudes bloque le développement du cerveau. Ces individus sont comme des enfants. Il faut donc connaître la manière de s'adresser aux enfants, ajouta-t-il en désignant les vieux Tibétains du bout de sa cigarette. Je me trompe, camarade Shan ?

— Vous avez parlé d'un décret, fit remarquer Yao avec raideur.

— Le décret des domaines, confirma Ming. Une des lois majeures qui régissent les activités du Bureau. Tous les objets de culte sont propriétés de l'État. De toute évidence, la mise en application de ce principe a manqué de rigueur dans certaines parties du Tibet.

— Et ces gens, alors ? demanda Shan.

Yao tournait le dos aux Tibétains comme s'il ne souhaitait plus les voir.

— Ce sont eux qui se raccrochent avec le plus de ferveur aux manières de jadis, répondit Ming, et donc qui connaissent les accès aux anciens mausolées cachés. Les interroger se révèle beaucoup plus efficace que d'essayer de trouver des renseignements à partir de guides du pèlerin.

Sur ces mots, il se leva et, d'un air triomphant, les conduisit dans l'arrière-cour. Il désigna les dizaines d'ornements d'autel posés sur la table en planches.

— Je crains que, en dépit des lois, les gens ne continuent malgré tout à garder des objets religieux. Tous ceux-ci ont été confisqués dans la vallée.

Il saisit une petite figurine en bronze à l'effigie du bouddha de l'Avenir et, la retournant, montra à Yao une entaille à la base de la statuette creuse.

— Lorsque ces objets sont fabriqués, on y insère des messages. Des écrits de moines. D'éventuelles références à des mausolées dans la montagne. Nous sommes en train de procéder à des recoupements grâce aux indications fournies par les guides du pèlerin et nous remontons la piste des références les plus fréquemment citées. J'ai conçu une matrice de recherche et mes assistants intègrent les données dans l'ordinateur.

Avec une fierté évidente, il désigna l'équipe en bout de table. Un homme assis devant une scie sur table, protégé par un tablier en cuir, des gants épais et un masque en gaze, mit sa machine en marche quand Ming lui tendit la figurine en bronze. La scie couina et il exécuta habilement plusieurs entailles dans la statuette, qu'il remit ensuite à une jeune Han très mode aux cheveux courts assise à son côté. À l'aide d'une paire de pinces, cette dernière écarta les flancs des plaies dans le métal, et une demi-douzaine d'objets tombèrent dans le panier posé devant elle : plusieurs rouleaux de papier noués de tiges d'herbe sèche ; une petite barre de métal noir ; une esquille d'os ; une turquoise. Elle travaillait avec une efficacité glaçante : elle jeta la pierre, la barrette métallique et l'esquille d'os dans une corbeille à ses pieds, puis remit les rouleaux de papier à sa collègue voisine, une Tibétaine bien habillée.

Celle-ci, armée d'une paire de ciseaux chirurgicaux, sectionna l'attache du premier papier. Elle le déroula et lut rapidement avant de le jeter dans la corbeille. Elle prit ensuite un morceau de tissu, qu'elle examina à l'aide d'une loupe, et le rejeta lui aussi. Le jeune Han gominé que Shan avait vu à côté de la brouette un peu plus tôt ramassa la corbeille et la remplaça par un panier vide. Il se mit à faire le clown, sa poubelle pleine de prières, de reliques et d'amulettes posée en équilibre sur sa tête, et traversa la cour en se gagnant le rire d'un garde appuyé nonchalamment contre le mur.

Avec effroi, Shan le vit se diriger vers une barrique en métal servant d'incinérateur, flanquée de deux gardes apparemment moins endormis que les autres qui savaient, de toute évidence, avec quelle attention les prisonniers tibétains surveillaient le feu qui s'y consumait. Certains bouillaient de colère, d'autres pleuraient à chaudes larmes.

Ming retourna dans le bâtiment. En détruisant ces petites figurines, il détruisait également le réceptacle dans lequel de nombreuses familles plaçaient leurs espoirs et leur déférence. Nombre de ces statuettes, en particulier celles qui étaient garnies de prières et d'objets de culte, étaient utilisées depuis des générations. Ce qui brûlait dans la barrique, c'étaient les prières de leurs grands-pères et de leurs arrière-grands-pères, le lien solennel qui les reliait à leurs ancêtres décédés depuis des décennies. Dans certaines familles, la coutume voulait que chaque individu apporte au moins une prière en contribution au cours de sa vie, des prières secrètes qui demandaient parfois des années pour être rédigées, exactement comme des œuvres d'art. C'était la chaîne de la compassion qui se continuait depuis des centaines d'années, avait un jour murmuré une vieille femme assise devant l'autel de sa famille en expliquant la coutume à Shan. Une chaîne continue – jusqu'à ce que débarque de Pékin le directeur Ming, animé par son étrange quête d'une fresque et d'un membre de la famille impériale disparu depuis deux siècles.

Le jeune Han s'arrêta à trois mètres de la barrique fumante, posa sa corbeille et en sortit une prière qu'il leva en l'air pour que tout le monde la voie. Puis, d'un geste aussi théâtral que rapide, pareil à un lanceur de basket-ball, il jeta le papier en une longue courbe dans l'incinérateur, sous les acclamations de plusieurs gardes. Il répéta son numéro, puis déroula une prière en l'agitant en l'air, drapeau de papier long de presque un mètre. Shan se faufilait lentement parmi les badauds quand le jeune prisonnier de confiance sortit un autre papier, qu'il déploya comme une banderole en imitant les danses populaires chinoises des défilés de carnaval.

Shan ramassa la corbeille et fit un pas vers l'incinérateur, comme pour offrir un coup de main au jeune Han.

— Hé, toi ! le vieillard, grogna le jeune gars. Je n'en ai pas terminé !

Shan feignit la surprise et pivota. La corbeille, échappant à sa main, fut propulsée d'un coup rapide et précis pour atterrir à trois mètres de là en déversant son contenu parmi les Tibétains assis

Le jeune Han fusilla du regard Shan en silence, prenant sa mesure pour savoir à qui il avait affaire : l'homme qu'il avait devant lui n'était pas tibétain et ne portait pas la tenue de toile bleue grossière des prisonniers de confiance. Mais un des gardes en faction devant l'incinérateur, qui l'avait reconnu, se précipita pour frapper Shan au creux du genou d'un coup de crosse.

Shan tomba au sol et leva la main pour protéger sa nuque, geste devenu instinctif après ses années de goulag.

Cependant le garde battit en retraite sans le cogner. Le jeune prisonnier de confiance poursuivit ses étranges virevoltes avec sa banderole. Au passage, à grands coups de pied, il lui expédia de la terre à la figure, puis il alla déposer la prière dans le feu sur une ultime arabesque. Lorsque Shan releva la tête, il croisa le regard d'une Tibétaine âgée qui serrait son rosaire entre ses doigts tremblants.

— Dans certaines parties de la Chine, expliqua-t-il doucement en tibétain, on brûle les prières pour les transmettre aux divinités.

La femme hocha la tête avec un sourire triste. Il vit qu'elle avait récupéré un rouleau de prières tombé au sol et le serrait dans son autre main. Tout à côté de ses doigts s'en trouvait un autre. Shan le lui poussa sous la jambe, hors de vue du garde qui essayait de ramasser le contenu de la corbeille renversée. Celui-ci n'en retrouva finalement qu'une dizaine, se releva en jurant et vida son maigre butin dans le feu.

— *Lha gyal lo*, s'écria une voix rauque dans la foule.

— Bzzz, lâcha en réponse le jeune prisonnier de confiance en battant des bras comme un oiseau pour se moquer des Tibétains. Bzzz, bzzzzzz.

Le claquement d'une lourde porte à l'autre bout du bâtiment interrompit les réjouissances. Gardes et prisonniers matons se turent instantanément en voyant apparaître une femme mince aux cheveux roux. Elizabeth McDowell, vêtue d'un jean et d'un T-shirt et chargée d'un seau et d'une louche, sortit de la pénombre et se dirigea vers les Tibétains dans la cour. Le jeune Han en colère en oublia ce qu'il faisait et dévora la Britannique du regard. Les yeux gonflés, elle marchait tête baissée, en regardant le sol. Personne ne bougea, personne ne dit mot en la voyant déposer le seau auprès des prisonniers.

Shan la suivit des yeux tandis qu'elle rentrait dans le bâtiment et aperçut Yao sur le seuil, bras écartés, le regard noir. Il traversa la cour.

À l'intérieur, Ming, assis à sa table, interrogeait un vieillard sous l'œil d'un soldat qui filmait en vidéo. Le vieux tremblait de tous ses membres et ses réponses n'étaient plus que des sanglots.

— Il ne reste plus de trésors. Il ne reste plus de divinités, dit-il en se frottant l'œil d'une main fébrile. L'âge des divinités est passé.

La vague d'émotion qui submergea Shan fut tellement forte qu'il en eut la nausée. Serrant une main contre son ventre, il quitta la pièce.

Personne ne l'arrêta quand il franchit la grille du complexe pour longer la file de véhicules garés contre le mur. Le sergent qui les avait conduits, Yao et lui, dormait assis contre la roue arrière de son camion. Shan parcourut une centaine de mètres sur la route sèche et poussiéreuse en bordure des bois et se posa, le dos au tronc d'un sapin, face à la vallée et à ses pentes abruptes qui remontaient vers Zhoka, à des kilomètres de là. Gendun se trouvait quelque part là-bas, ainsi que Corbett et Lokesh, et ils étaient tous en danger, à cause des vols commis à Pékin et en Amérique. Il contempla le sol à ses pieds pour tenter de se calmer en oubliant un instant les visages tourmentés des Tibétains détenus par Ming.

Tout à coup, ses mains se mirent à gratter la terre meuble, comme si une part de son être luttait pour se raccrocher à quelque chose. Il les y garda en fermant les paupières. Après un long moment, il perçut une odeur de gingembre, bouffée d'un parfum sorti d'une porte de sa mémoire soudain entrouverte. Avec un sourire triste, il mit ses mains en coupe et les releva en déposant deux poignées de terre devant lui. Il les aplatit et, du bout de son doigt, sans penser ni réfléchir, laissa son inconscient diriger sa main – une technique de méditation que son père lui avait enseignée. Après un moment, il rouvrit les yeux et constata que, sur la première petite plate-forme, il avait tracé un Y à l'envers ainsi qu'une longue tige à l'intérieur d'un grand U. Sur la seconde, il avait inscrit un signe plus complexe, qu'il retraça d'un doigt distrait.

— Que veulent-ils dire ? demanda une voix douce.

Il releva la tête et croisa les yeux verts d'Elizabeth McDowell. Elle avait pleuré.

— Rien, répondit-il en s'apprêtant à tout effacer.

— Ne faites pas ça, s'il vous plaît ! s'écria-t-elle en s'agenouillant à côté de lui. Ce sont de vieux idéogrammes. Qu'est-ce qu'ils signifient ?

— Mon père s'en servait comme de poèmes, expliqua-t-il finalement en indiquant le Y à l'envers. Ça, c'est le signe pour humain, et celui-là – il redessina le contour du U – symbolise le puits. Un humain qui tombe dans un puits. Les deux ensemble signifient malheur. Ou désastre.

Il laissa les mots prendre leur place et leur sens.

— Je sais que Lodi était votre cousin, poursuivit-il. Je suis désolé. C'était aussi un criminel.

— Pas vraiment. Il avait le cœur trop gros. Comme Robin des Bois. Je suis désolée. Robin des Bois était…

— Il volait les riches pour donner aux pauvres. Et vous l'avez certainement aidé.

— Je ne suis qu'une consultante... Et que veut dire l'autre ?

Shan l'effaça et le réécrivit : une ligne horizontale avec une petite barre perpendiculaire en son milieu et de petits signes telles des apostrophes de chaque côté de la barre.

— C'est un toit, qui protège du vent et de la pluie.

Dessous, il dessina un rectangle, avant d'ajouter une ligne au travers de la fenêtre.

— Ça, c'est une fenêtre sous le toit. Ça, c'est le poteau et ceci – il exécuta une vague forme d'oriflamme collée au poteau –, c'est la bannière. Il s'agit d'une bannière qui flotte toujours, quel que soit le temps qu'il fait. Ensemble, ils signifient Absolu.

McDowell contempla l'idéogramme en silence.

— Ce que les gens de l'extérieur ne comprennent jamais des Tibétains traditionnels, comme ceux qui vivent dans ces montagnes, c'est qu'ils ne traitent qu'en termes absolus. Il n'y a pas d'entre-deux, il n'y a pas de peut-être, pas d'emprunt, pas de demain. Il n'existe que les choses de vérité et la nécessité de tout leur consacrer. Rien d'autre n'a d'importance. Pas le pouvoir politique. Pas l'argent. Pas les sèche-cheveux électriques.

McDowell semblait croire que Shan la critiquait. Elle étira le buste en arrière, son chagrin augmentant.

— Jamais je n'aurais cru que Ming ferait ça, qu'il arrêterait ces gens et dévaliserait leurs autels. J'étais à la clinique. J'aurais essayé de l'arrêter si j'avais su. Il voulait simplement trouver quelques anciens mausolées, c'est tout. Il veut connaître la signification de certains symboles des divinités protectrices. Il est… il est tellement obsessionnel.

— Il arrache de force les prières des figurines sacrées. Et vous appelez ça de l'obsession ?

McDowell pressa la paume sur le second idéogramme et la garda en place en relevant les yeux.

— Laissez-le terminer et partir. Personne ne veut qu'il soit fait du mal aux Tibétains.

— Est-ce que Ming a fait assassiner votre cousin ?

— Bien sûr que non, répliqua-t-elle d'un ton triste mais sans surprise. Nous étions amis.

— Vous étiez associés, corrigea Shan.

— Dans le domaine de l'archéologie et du marché de l'art, les gens font toujours un peu de commerce, ça aide à régler les factures. Ming et moi connaissons les marchés, et Lodi pouvait fournir les œuvres d'art originales.

— Et ces deux hommes dans les montagnes, ils étaient aussi vos associés ? Le petit Chinois et le Mongol ?

— Non. Le grand s'appelle Khan Mo, et l'autre Lu Chou Fin. Ils travaillent pour le plus offrant et ils feraient n'importe quoi pour de l'argent. C'est Ming qui nous les a présentés, mais ils ne travaillent pas avec lui.

— Ils sont vos concurrents, avança Shan. Ils cherchent eux aussi ce que cherche Ming et essaient de le dénicher avant lui.

— Je ne l'aurais jamais cru.

— Jusqu'à ce que Lodi soit assassiné.

Elle acquiesça d'un petit signe de tête, avant de retracer d'un doigt l'idéogramme « malheur et désespoir ».

— En quoi Ming peut-il être intéressé par un prince mort il y a deux siècles ?

— Il s'intéresse au pouvoir et à l'or. Mais ce n'est pas un meurtrier, lui répondit-elle avant de se relever brutalement.

— Ce n'est qu'un tueur de dieux, lui lança Shan.

Elle s'arrêta, sans se retourner pour autant, et poursuivit son chemin vers le centre.

À son retour, quand il arriva près des véhicules, le sergent était réveillé. Assis sur le capot de son camion, il fumait une cigarette. Il ne bougea pas en le voyant approcher.

— Vous êtes toujours à aller et venir, lui dit Shan. Avez-vous vu le vieil homme qui mendiait ? Il s'appelle Surya.

— Le moine tueur ? ricana le soldat en lâchant un panache de fumée. Le colonel Tan s'en est occupé.

— Comment ça ? demanda Shan, la gorge nouée.

— Il l'a viré de la place du marché à grands coups dans le train. Finie, la mendicité. Il n'avait pas de boulot, expliqua-t-il d'un ton amusé, la fumée s'échappant de sa bouche et de ses narines comme un dragon furieux. Les gens commençaient à venir le voir, comme si la mendicité méritait qu'on l'admire. Un des officiers du colonel a fait un petit discours sur la place, il a expliqué que c'était une forme de hooliganisme.

— Où a-t-il été emmené ?

— Le colonel lui a dit de trouver un boulot dans une usine, comme tous les bons Tibétains. Il l'a fait déposer par camion sur la route de Lhassa, à huit kilomètres à l'est de la ville. Mais un de mes hommes l'a revu en ville, assis au milieu des collecteurs de merde. Si ce Ming refait une rafle de vieux, il va être arrêté une nouvelle fois.

Il tourna nonchalamment la tête vers la grille du centre d'où sortait avec fracas un camion rempli de Tibétains entassés sur le plateau ; sur ses flancs il portait les armes de la 404e brigade de construction du peuple.

— Les prisonniers de confiance restent ici, dit le sergent. On les boucle dans l'écurie après le repas.

— Des prisonniers de confiance ? répéta Shan, interloqué.

— Celui-là est un vrai sauvage. Ils nous ont prévenus quand ils l'ont débarqué ici : il a attaqué un garde à coups de pelle la semaine dernière. Tu l'as sauvé de la brigade disciplinaire.

— Moi, je l'ai sauvé ? Qui ça ?

Le soldat fit un signe du pouce en direction de la cour, hochant la tête devant sa stupidité.

— Ton fils, imbécile !

Shan recula d'un pas, le cœur battant la chamade, et passa la grille au pas de course.

Les hommes en toile bleue se trouvaient tous sous l'auvent à l'opposé du bâtiment principal et mangeaient à pleines poignées le riz fumant qu'on avait apporté dans un seau. Un garde les surveillait, assis sur son tabouret près du mur. Shan ralentit, à la recherche de la silhouette la plus petite, essayant de retrouver l'adolescent malmené et effrayé qui portait au menton une petite cicatrice, marque du jour où, enfant, il avait glissé dans une rue gelée.

— Shan Ko ! gronda une voix brutale derrière lui : le sergent l'avait suivi.

Personne ne bougea sous l'auvent.

— Tiger Ko ! cria le sergent en s'avançant, la main sur la matraque.

Un des vieux prisonniers de confiance fut bousculé et une silhouette émergea de l'ombre. Ce n'était pas son fils, mais le jeune Han renfrogné qui s'était moqué si méchamment des Tibétains.

Le sergent tira le prisonnier par la manche jusqu'à le mettre en pleine lumière.

— Je te présente ton papa ! s'exclama-t-il avec une immense satisfaction.

Le garde de faction éclata de rire.

— Ce vieux machin ? cria le jeunot. Conneries ! Mon père est chef d'un puissant gang. Les soldats, il les croque pour son petit déj', ajouta-t-il au bénéfice des autres détenus en bleu.

Quand le sergent se retourna vers Shan, un large sourire lui mangeait tout le visage. Le garde sur son tabouret se leva, anticipant les distractions à venir.

Shan sentit son être se glacer et se recroqueviller : le prisonnier avait bien une ombre de marque sur le menton, la petite cicatrice de sa chute sur la glace. Paralysé, c'est tout juste s'il entendait les rires, ne voyant que le sinistre regard de furie que lui jetait le jeune homme.

— *Cao ni ma !* cracha ce dernier à l'adresse du sergent avant de disparaître dans l'ombre. Nique ta mère.

Sa main serrant son ventre, Shan rejoignit tant bien que mal le bâtiment principal, où il s'attarda un long moment dans la pénombre du vestibule pour recouvrer son calme. Une voix tonnait dans la grande salle.

Ming présidait un dîner pour son équipe d'assistants bien récurés après leur journée de travail. Des saladiers débordant de riz et de porc frit, de poulet et de légumes occupaient une extrémité de la table à côté d'autres plats. Les assistants de Ming avaient les yeux tournés vers le maître debout dans un coin, en train d'écrire sur le grand chevalet. Yao était installé près de l'entrée, son assiette en équilibre sur les genoux. Les vieux Tibétains étaient partis, ne laissant pour seule preuve de leur passage qu'une pile de cassettes vidéo sur une chaise à côté de la porte.

— Il s'agit d'une découverte majeure ! proclamait Ming.

Le directeur expliqua comment les vieux messages d'autel avaient fourni des indices d'une importance vitale, car ils les conduiraient aux criminels qu'ils cherchaient depuis si longtemps. Il allait transmettre la bonne nouvelle à Pékin et passa la parole à la jeune Han farouche et convaincue qui extrayait les prières des statuettes.

Shan vit Yao lui faire signe de se servir en nourriture, mais il n'avait pas faim. Il s'assit dans un fauteuil près de la pile de vidéos tandis que la salle applaudissait l'orateur, qui disparut par une porte du fond. La jeune femme commença à expliquer les résultats de ce qu'elle appelait les excavations de messages réactionnaires. En se fondant sur la répétition des noms dans les objets de culte, la matrice mise au point par Ming avait identifié une demi-douzaine de sites primaires recelant quantité de biens appartenant à l'État et cachés par la classe des moines qui gouvernaient autrefois le peuple – parce que les moines, comme tout le monde le savait aujourd'hui, gardaient toujours les richesses du peuple pour eux. Lesdits messages avaient donné comme noms de lieux possibles la caverne de l'Ours, la caverne de la Lumière, la caverne du Miracle, et la caverne du Trône du lama, toutes identifiées comme se situant dans les montagnes au sud et à l'est de Lhadrung. Les messages ne donnaient aucune indication quant aux emplacements exacts mais se référaient à des caractéristiques géologiques telles que pics en forme d'aiguille qui, avec l'aide de l'Armée populaire de libération, ne manqueraient pas d'être bientôt repérés, assura-t-elle à son public.

Shan se faufila discrètement au-dehors en jetant un regard douloureux et glacé en direction des prisonniers de confiance, puis il franchit la grille et entra dans les bois. Il se retourna au bout de cinquante pas pour vérifier qu'il n'était pas suivi et s'assit, tentant de comprendre le vide que venait de créer en lui l'apparition de son fils. En pure perte. Il se contenta d'enfouir ses interrogations au plus profond de son être en se rappelant que les Tibétains dans les montagnes avaient toujours besoin de lui. Puis il sortit une cassette vidéo de sous sa chemise. Il n'avait eu aucun mal à s'en emparer : elle était sur le dessus de la pile, et tous les yeux étaient tournés vers la femme qui officiait. Il fracassa le boîtier contre un rocher, puis dégagea la bande proprement dite, qu'il arracha à la bobine. À l'aide d'une pierre plate, il creusa un trou et enterra les restes de la bande.

— Je vous ai vu, lâcha brutalement une voix sévère.

Il eut l'impression de recevoir un coup de poignard entre les omoplates.

— Vous avez détruit la bande enregistrée par Ming comme pièce à conviction. Renversé délibérément toutes ces vieilles prières pour permettre aux Tibétains de les récupérer. Ming serait fou furieux, poursuivit Yao en contemplant la terre qui recouvrait la bande avec un mélange de colère et d'amusement. Je commence à comprendre le genre d'erreurs que vous avez commises au cours de votre carrière, inspecteur général Shan.

À ces mots, Shan releva lentement la tête vers Yao, appuyé contre un arbre proche.

— J'ai relu votre dossier cet après-midi, dans son intégralité, cette fois. Travailleur modèle dans votre ministère. On vous a proposé de devenir membre du Parti, mais vous avez décliné l'offre. Jamais encore, de ma vie, je n'avais entendu parler de quelqu'un ayant refusé un tel honneur. Autant se coller une balle dans la tête.

— Sur le moment, je n'ai pas considéré cela comme un honneur. J'enquêtais sur un cacique très haut placé du Parti. Pour corruption. Il s'est arrangé pour que je sois proposé comme candidat au Parti alors que je rédigeais mon rapport.

Yao lâcha un rire sardonique.

— Et vous avez eu votre homme ?

— Le ministère de la Justice a choisi d'user de sa prérogative de ne pas engager de poursuites.

— Et vous recommencez le même processus, commenta Yao avec un haussement d'épaules.

Il fit un pas en avant pour racler la terre de sa chaussure et dégager la bande.

— Vous devez comprendre que ce que fait Ming est correct. Les objets de culte appartiennent à l'État. Les interrogatoires de masse sont également une technique terriblement efficace lorsqu'on traite avec des populations indigènes.

Il ramassa le boîtier en plastique souillé, fronça le sourcil et s'en servit comme d'une pelle pour agrandir le trou et creuser plus profond. La chose faite, il sortit les trois autres bandes de sa veste, les balança en compagnie de la première et reboucha le tout à coups de pied.

— Mais il fait trop de zèle. Je trouve cela répugnant. Des vieux en pleurs filmés en vidéo, en présence d'un soldat menaçant. Je ne veux pas de telles pièces à conviction dans mes procès.

Le visage dur, il ajouta :

— Mais essayez de refaire cela encore une fois et je vous réexpédie derrière les barreaux. Et on vous enterrera tellement profond que nul ne pourra plus jamais vous retrouver.

Il tassa la terre sur les bandes du plat de la semelle.

— En faisant ce que je viens de faire, précisa-t-il, j'exerce la prérogative que me donne ma position officielle. Ce que vous, vous avez fait, était un crime contre l'État.

À leur retour, Ming trônait de nouveau au milieu de sa cour dans la grande salle. Ils se postèrent un instant à l'entrée en l'écoutant expliquer pourquoi il estimait que l'une des cavernes cibles se trouvait sur une haute montagne carrée face à l'ouest. Un officier de l'armée muni d'une règle en bois pointait les emplacements possibles sur une carte topographique punaisée au mur.

Shan s'avançait pour examiner la carte de plus près, quand Yao le tira en arrière. Il le suivit jusqu'au bout du vestibule de l'entrée, où ils empruntèrent un long couloir desservant une demi-douzaine de pièces. La première : un bureau, ouvert mais inoccupé, avec une table encombrée de papiers. La deuxième, fermée : une cuisine, à en croire les bruits et les odeurs qui s'en échappaient. Les trois suivantes étaient numérotées comme des chambres d'hôtel : dans l'une, une matrone chinoise faisait le lit.

Yao ouvrit la dernière porte, fit signe à Shan d'entrer, jeta un dernier coup d'œil au couloir et referma avant d'allumer.

Haute de plafond, elle ressemblait à une chapelle. Le mur du fond, lambrissé en cèdre, brillait d'une patine ancienne ; les autres, également en bois, étaient laqués de jaune. L'un portait un drapeau rouge, avec, en haut à gauche, une grande étoile jaune et quatre plus petites en arc de cercle, flanqué des portraits de dignitaires du Parti aujourd'hui disparus. Une table de trois mètres au plateau stratifié occupait pratiquement tout l'espace. Yao se précipita vers l'ordinateur portable qui trônait à une extrémité et l'alluma. Il y inséra une des disquettes de Liya. Apparut le logo du musée des Antiquités, suivi d'un titre familier – un nouveau guide du pèlerin.

Ils passèrent rapidement en revue le contenu des autres disquettes, y compris celles que Yao avait remises à Shan. Trois étaient des guides du pèlerin, plus un fichier contenant les résultats d'une recherche par ordinateur. Quelqu'un avait essayé d'établir un modèle récurrent dans les références, afin de retrouver les emplacements de certains lieux aux noms tibétains qui revenaient régulièrement : *Dom Puk*, *Zetrul Puk*, *Kuden Puk*, *Woser Puk*. Caverne de l'Ours, caverne du Miracle, caverne du Trône du lama, caverne de Lumière. Comme il fallait s'y attendre, le fichier de recherche montrait les noms qui se répétaient, relatifs à plusieurs emplacements dans tout l'ancien Tibet. Ming avait également identifié des sites locaux portant les mêmes noms. La dernière disquette était un registre de transactions.

Derrière l'ordinateur était posée une boîte de disquettes portant le nom de Ming. Yao se tourna vers la porte, ouvrit la boîte et inséra la première dans le lecteur.

Une nouvelle légende apparut : *Nei Lou*, en grands idéogrammes sur fond de drapeau chinois. « Secret d'État. »

Projet Amban, dit la page suivante au-dessus d'une courte biographie de Kwan Li. Le prince, neveu de l'empereur, avait été aussi un général féroce célèbre pour ses victoires dans les territoires de l'Ouest, où l'empire essayait de soumettre les musulmans. On l'avait nommé *amban*, ambassadeur impérial au Tibet, en gage de reconnaissance pour ses exploits guerriers. Venaient ensuite les comptes rendus d'une série de réunions vieilles de plusieurs années, à en juger par leur date.

L'intitulé de la mission comme la composition de ses exécutants avaient un parfum de projet gouvernemental décidé au plus haut niveau. Shan indiqua une liste de noms en bas du mémorandum. Tous étaient chinois ; étaient également signalées la plupart des positions officielles qu'ils occupaient : un dignitaire du bureau de la Sécurité publique ; un officier de haut rang au secrétariat du Parti ; le bureau des Affaires religieuses ; le ministre de la Culture ; le directeur de la Bibliothèque nationale populaire ; le curateur en chef du musée de la Cité interdite ; un professeur d'histoire de l'université de Pékin.

— La discussion porte sur une nouvelle campagne d'information publique fondée sur l'expérience historique, expliqua Yao en balayant la page suivante sur l'écran.

Il s'agissait là d'une pratique rescapée de l'époque de Mao : l'annonce régulière au peuple de la célébration d'un nouveau héros, le plus souvent décédé, était une manière de mettre en évidence la pensée socialiste correcte.

— Afin d'honorer le neveu héroïque d'un empereur vénéré. Il est dit que l'amban devait retourner dans la capitale pour les festivals organisés en l'honneur du long règne de l'empereur Qianlong et de la montée sur le trône de son successeur. Mais le prince a disparu en chemin à son retour du Tibet. Les documents historiques existants n'étaient pas d'accord sur ce qui lui était arrivé. Le comité a établi qu'il s'était arrêté pour mettre un terme à une guerre entre deux tribus mineures, le nombre de victimes chez les paysans ayant été effroyable, et qu'il avait été tué – faisant ainsi l'ultime sacrifice de sa vie au service des démunis.

Yao fit défiler plusieurs pages en silence avant de relever la tête en haussant les épaules. Apparemment, il ne s'agissait de rien d'autre que du procès-verbal d'un projet de Pékin visant à couronner un nouveau saint du peuple, comme il s'en dénichait une ou deux fois l'an. On écrirait un livre ou deux, des officiels du Parti devraient y faire référence dans leurs discours, commande serait éventuellement passée d'une statue du nouveau héros, et on rédigerait de petits textes d'éloge destinés à être insérés dans les livres de classe.

— Ce n'est rien, dit Yao. Au bout du compte, ils ont laissé tomber l'amban en faveur d'un héros mieux adapté à un thème politique nouveau.

— Sauf que Ming ne faisait pas partie du groupe chargé du projet. Ce qui ne l'a pas empêché de prendre la décision aussi saugrenue que soudaine de compiler tous les dossiers, même les plus secrets. Il y a exactement deux mois de cela, fit remarquer Shan en montrant la date en bas du fichier. Trois jours après le cambriolage.

Yao fixa l'écran en silence.

— Ça n'a pas de sens, finit-il par lancer. Je peux admettre qu'il achète des faux à Lodi et revende les originaux à des gens comme Dolan, mais il n'existe aucun lien possible avec l'amban.

— Le seul lien est l'empereur Qianlong.

La disquette suivante contenait l'image d'un document ancien scanné : une lettre rédigée en élégants idéogrammes chinois sur parchemin déroulé. Yao se mit à lire à haute voix :

— *Fils du Ciel estimé entre tous les peuples.*

Il marmonna sa frustration devant la difficulté à déchiffrer les anciens idéogrammes et fit défiler la page. Au bas apparut un numéro d'inventaire de musée – il s'agissait d'un document des archives de Ming à Pékin.

Suivaient une autre lettre, puis une autre, avec les mêmes salutations fleuries. Dix au total, chacune marquée de l'empreinte d'un sceau de cire vermillon.

Les quatre fichiers suivants contenaient de nouvelles lettres, quarante en tout, toutes de la même écriture élégante, avec les mêmes en-têtes et un numéro d'inventaire du musée. Elles avaient été converties en texte informatique sur les quatre disquettes suivantes. Apparemment toutes du même format, elles s'ouvraient en des termes identiques, formels et très officiels, et donnaient des renseignements sur les mouvements de troupes, les rumeurs d'agents étrangers, les récoltes, les caravanes et le temps qu'il faisait. La plupart se concluaient sur une expression d'affection, certaines pleines de poésie, d'autres accompagnées de petits dessins à l'encre : une ligne de chapeaux de cérémonie utilisés lors des rituels bouddhistes ; un yack de profil ; le palais du Potala à Lhassa ; une vue nord des premiers contreforts de l'Himalaya ; une vieille main ridée tenant un rosaire. Les dessins étaient primitifs mais exécutés avec grâce et simplicité.

Soudain Yao lâcha une exclamation de surprise. Shan se posta à côté de lui et suivit son doigt à l'endroit où, sur les autres lettres, apparaissait le numéro d'enregistrement de l'inventaire du musée. La légende explicative donnait cette fois de plus amples informations : collection impériale Ching, correspondance personnelle de l'empereur Qianlong. Ming étudiait en secret les lettres expédiées par le neveu de Qianlong à son oncle, l'empereur à Pékin, plus de deux siècles auparavant.

— Il faut que nous lisions ces lettres, insista Shan. Il se peut qu'elles détiennent la réponse, le maillon manquant.

— Nous n'avons pas le temps ! protesta Yao.

D'un doigt, il écrasa une touche, faisant apparaître d'autres lettres jusqu'à la dernière, scannée sur la disquette seulement trois semaines auparavant. Yao lâcha un juron entre ses dents. Impossible de lire : le dernier document, mais uniquement celui-là, était codé.

Shan se précipita vers le classeur au fond de la pièce et en fouilla rapidement les tiroirs. Dans le troisième, il trouva une disquette traînant au milieu des crayons et des trombones. Il éjecta et glissa dans sa poche celle qui était en lecture, puis plaça la disquette qu'il venait de sortir du tiroir dans la boîte de Ming.

Yao avait ressorti son calepin et commençait à prendre des notes quand Shan se dirigea vers un second ordinateur connecté à une ligne téléphonique et se mit à pianoter. Moins d'une minute plus tard, il parut gêné par ce qui était apparu à l'écran : un texte sous un emblème rouge, blanc et bleu.

— Mais qu'est-ce que vous avez fait ! lâcha Yao, abasourdi.

— Corbett m'a donné son code d'accès. Il voulait que j'adresse quelques questions à son équipe.

De grosses lettres disaient : *The Federal Bureau of Investigations.* Il était connecté au réseau interne de l'agence.

— À quel sujet ? demanda sèchement Yao.

— À propos de Lodi. Et à propos de Dolan.

— Ce que vous faites est un crime.

— Pas un crime chinois.

— Il pourrait se faire renvoyer.

— Ce qui signifie qu'il considérait ces questions comme importantes.

Shan entra un nouveau code, et le compte de courrier électronique de Corbett apparut.

— Quelles questions ? exigea de savoir Yao.

Shan avait mémorisé la liste donnée par l'Américain. Il entra le nom *Bailey*, selon les instructions reçues, et commença à taper : *Quand Dolan s'est-il rendu en Chine au cours de ces dix dernières années ? Quels sont les liens existant entre Dolan, le directeur Ming du musée des Antiquités et Lodi ? Où Dolan s'est-il rendu en expédition avec Ming en Chine ? Existe-t-il un lien d'affaires entre Dolan et Elizabeth McDowell, citoyenne britannique ?*

— C'est Dolan qui a été la victime du crime, fit remarquer Yao.

— Dolan est un ami de Ming et de McDowell, répondit calmement Shan en montrant à Yao les photos trouvées parmi les objets personnels de Lodi.

— Pourquoi ne pas me l'avoir dit avant ?

— En vous le disant, je vous compromets.

— Ridicule. Je travaille pour le Conseil des ministres.

— Et si Dolan avait découvert que Ming et Lodi étaient les organisateurs du vol de sa collection ? Et s'il avait demandé au Conseil de vous expédier à Lhadrung afin de mettre la pression sur Ming et Lodi ?

— Impossible.

— Dolan contribue de manière substantielle aux activités culturelles chinoises. Et c'est un investisseur étranger de poids.

Yao se radoucit et contempla longuement la boîte de disquettes de Ming.

Shan tapa une nouvelle série d'instructions qui n'étaient pas sur la liste de Corbett : *Se renseigner pour savoir si Elizabeth McDowell a voyagé sur les mêmes vols que William Lodi au départ de Seattle. Le vol emprunté par Lodi de Pékin à Lhassa avait-il été réservé d'avance ? Faire une recherche dans les médias et essayer d'obtenir des clichés de la collection d'art tibétain de Dolan.*

Trouver la raison des expéditions organisées par Ming pour le musée en Mongolie.

Il sentit soudain une présence : Yao lisait par-dessus son épaule.

— Confirmer quelles contributions Dolan a pu faire au musée de Ming à Pékin. Fournir une liste de tous les appels entre Dolan et Pékin au cours des six derniers mois, ajouta Yao d'une voix solennelle. Envoyer les renseignements des passeports de…

Yao fut interrompu par l'ouverture brutale de la porte.

— Vous nous avez manqué, dit Ming sur le seuil sans en perdre une miette. Vous auriez appris quelque chose sur vos voleurs.

Shan finit sa frappe, enfonça la touche « Envoi » et ferma l'ordinateur.

— Je suis désolé, camarade directeur, répondit Yao. Mais ça ressemblait trop à un cours d'histoire.

Ming fit le tour de la table et s'arrêta devant l'écran désormais vide de l'ordinateur.

— J'ai besoin de vous pour accompagner les équipes que j'expédie demain dans les montagnes, inspecteur. L'armée a défini un quadrillage par secteurs.

— Je suis venu ici pour trouver des voleurs, déclara Yao.

— Exactement. Le voleur emportait les œuvres d'art volées dans les montagnes et a été tué par des Tibétains réactionnaires qui les ont dissimulées dans un de leurs mausolées cachés.

— Apparemment, vous avez révisé votre théorie, fit remarquer Yao.

— Nous devons nous adapter aux circonstances.

— Cela pourrait se révéler dangereux d'envoyer vos – Yao chercha un mot qui convenait – petits lettrés dans les montagnes. Il serait plus sûr d'attendre.

S'ensuivit un duel de regards glacés, puis Ming haussa les épaules et sourit.

— Nous ne pouvons attendre plus longtemps. C'est urgent, maintenant. Nous avons découvert qu'il existe à

Lhadrung une longue tradition de vols d'œuvres d'art, ou d'assassinats de particuliers dans le but de s'emparer de leurs œuvres d'art.

Il se préparait à quitter la pièce quand il s'arrêta en se retournant sur eux.

— C'est l'une des raisons pour lesquelles l'armée nous aide. Vous avez tous les deux été affectés à une équipe. Soyez préparés pour de grandes choses, lâcha-t-il en guise de salut, juste avant de sortir.

Trente secondes plus tard, Shan et Yao se dirigeaient vers le fond du couloir, où une vieille porte en planches communiquait avec le dehors, là où s'effectuait la jonction avec le mur d'enceinte du centre. Shan posa la main sur le loquet et s'immobilisa en entendant gémir dans la petite pièce voisine. Une bouffée âcre d'ammoniac et de savon s'en échappa quand Yao releva la traverse qui la barrait de l'extérieur et entrebâilla le battant. Il relâcha aussitôt et la porte s'ouvrit sous une poussée. Le bras qui s'y appuyait glissa jusqu'au sol comme une chiffe molle. Il portait des traces sanglantes encore fraîches. Shan en vérifia aussitôt le pouls, fort et régulier. Puis il tira le battant en grand pour le plaquer contre le mur et laisser entrer un peu de lumière dans ce qui avait été jadis une cellule de méditation, aujourd'hui transformée en placard d'entretien aux étagères pleines de produits à récurer et, rangés contre le mur, de seaux et de serpillières. Un Tibétain gisait sur un tas de chiffons moisis, une jambe pardessus un seau. Sur son visage enflé et meurtri, du sang coulait. Shan crut que l'homme était inconscient, mais il vit la main bouger : il lui manquait deux doigts.

— Tashi, c'est Shan.

Il se pencha sur le blessé, qui se redressa en hochant la tête avec une grimace de souffrance.

— Assez, je vous en supplie ! s'écria Tashi.

— C'est moi, Shan. Je ne vous ferai aucun mal. Qui était-ce ? Qu'est-ce qu'il voulait savoir ? demanda-t-il en prenant un chiffon pour éponger le sang sur le visage du mouchard.

— Lokesh. Le vieil homme qui était avec vous dans les montagnes. Quand vous êtes parti, nous avons parlé des façons d'antan et de ma vie. Il m'a demandé de dire à ma mère que les moines étaient revenus dans la montagne.

— Est-ce que c'était Ming ?

— Et maintenant elle ne veut plus que je raconte quoi que ce soit sur Zhoka.

— Qu'est-ce que vous ne pouvez plus raconter ?

— Il m'a posé des tas de questions sur le seigneur de la Mort. Les mêmes que celles qu'il pose à tout le monde. Mais je ne sais rien là-dessus, moi. Alors il a fait sortir tous les autres et m'a interrogé sur le bouddha de la Montagne. Il a déclaré qu'il pouvait faire de moi un homme riche.

— Le bouddha de la Montagne ?

Tashi s'obligea à sourire, prit le chiffon des mains de Shan et continua à s'essuyer la figure.

— Ma mère m'en a parlé. Le bouddha d'or de Zhoka, qui vivait à Nyen Puk.

Nyen Puk. La caverne du Dieu de la montagne : les mots, écrits par Lodi agonisant, que Surya avait masqués.

Yao se précipita dans une chambre du couloir et revint avec une bouteille d'eau. Tashi but jusqu'à plus soif et sortit en se raccrochant aux montants de la porte.

— Il faut que je les oblige à m'écouter. Ils croient que je mens pour les Chinois. Mais ce n'est pas vrai. Parce que je ne mens jamais, c'est comme ça que je reste en vie. Ce n'est pas le bon moment. Il faut qu'ils l'enterrent, qu'ils le cachent encore une fois. Ma mère, elle s'est réjouie quand elle a entendu que les yeux du bouddha d'or s'étaient de nouveau ouverts.

Tashi prit une profonde inspiration et jeta un regard suppliant à Shan.

— Dans les montagnes, ils croient que ça va les protéger. Il y a un vieux lama qui est apparu à Zhoka. Il raconte qu'ils vont s'en servir pour libérer tous les prisonniers de la brigade de construction. Ils ne comprennent rien, soupira-t-il avec lassitude. Mais ces gens de Pékin, quand ils viennent, les mondes changent. Des gens qui meurent, ça ne signifie rien pour eux. Ce que ce Ming veut par-dessus tout, c'est interroger les morts.

Sans ajouter un mot, il se rua devant Shan et Yao, poussa la porte et disparut dans la nuit.

10

— À l'entendre, on aurait cru qu'il parlait d'un monstre sorti des collines, dit Yao alors qu'ils roulaient vers la ville aux premières lueurs de l'aube. Le bouddha de la Montagne. De quoi s'agit-il ?

— Je n'en sais rien, reconnut Shan. Je n'en ai jamais entendu parler.

Il ne cessait de se répéter qu'il avait dû mal entendre, ou alors que Tashi s'était trompé : personne ne pouvait croire qu'on allait libérer les prisonniers.

— Ming passe Tashi à tabac pour savoir ce que c'est, poursuivit Yao, et lorsque Tashi, son meilleur informateur, pour la première fois de son existence, refuse de parler, Ming décide qu'il est impératif de retourner dans les montagnes.

Pendant pratiquement tout le trajet, l'inspecteur s'était enfermé d'un air maussade dans son silence, comme la veille.

Après la fuite de Tashi, il avait conduit Shan dans la chambre qu'on lui avait attribuée et s'était mis à écrire dans son calepin pendant une bonne demi-heure, sans prononcer un mot, avant de lui balancer une couverture et un oreiller par terre pour la nuit. Shan connaissait le dilemme qui agitait l'inspecteur : la logique de son enquête lui importait moins que le sens politique qu'il devait donner aux événements. Il était arrivé à Lhadrung pour diriger une enquête criminelle, avec Ming pour allié. Et voilà que Ming assurait le commandement des moyens mis à sa disposition et communiquait de son propre chef avec les autorités supérieures, allant même jusqu'à se rendre à Lhassa pour y gagner de nouvelles responsabilités. Il disposait désormais de l'initiative politique dans l'étrange partie que se jouaient les deux hommes.

Shan avait tenté de s'éclipser discrètement au milieu de la nuit, mais la main de Yao s'était refermée sur son bras.

— Les choses ne se termineront pas de cette façon. Ming peut avoir changé d'objectif, cela ne signifie rien en soi. Je trouverai ce que je suis venu chercher, déclara l'inspecteur.

— J'ai un professeur, répondit Shan. Il dit que les esprits forts doivent se montrer très prudents quant à la vérité qu'ils cherchent, car cette vérité peut très bien revenir les chercher.

— Que voulez-vous dire ?

— Lorsque les enjeux sont suffisamment importants, on peut sacrifier même les enquêteurs les plus expérimentés.

— Vous croyez que j'ai peur ? lança Yao avec colère.

— J'ai peur pour vous.

— Parfois, j'ai l'impression que vous n'êtes rien d'autre qu'un officier politique. Pour les Tibétains.

Shan se contenta de fixer les ténèbres sans répondre.

— J'ai toujours besoin d'un guide, dit Yao en le relâchant.

— Je refuse.

— En ce cas, j'ai besoin de quelqu'un qui m'aide.

— Pour quoi faire ?

— Pour capturer un voleur d'œuvres d'art.

— En ce cas, vous êtes un imbécile. Vous allez vous détruire vous-même si vous continuez à croire qu'il ne s'agit là que d'un vol d'œuvres d'art.

— Pour arrêter Ming, finit par marmonner Yao.

Shan acquiesça d'un signe de tête.

— Moi aussi, j'ai besoin de quelqu'un qui m'aide, lui confia-t-il.

Yao alluma.

— Et pour faire quoi ? Vous aider à quoi ? Regagner l'affection de votre fils ?

Shan resta une seconde sans voix. Comme tous les autres, Yao semblait brandir son fils comme une arme, en l'attaquant au moment où il s'y attendait le moins.

— Je vous dirai très exactement ce que je veux lorsque vous aurez fait de même, finit-il par répondre.

— Et comment saurai-je, demanda Yao avec un regard inquisiteur, que le moment est venu où ce que vous cherchez commence à interférer avec ce que, moi, je cherche ?

— Vous ne le saurez pas.

— Parce qu'il y aura interférence ?

— Presque inévitablement.

Yao finit par acquiescer avec reconnaissance. Il alla jusqu'à son lit et se dépêcha de préparer son sac.

Ils étaient pratiquement dans la cour lorsque Shan leva le bras. Un tapotement ténu et irrégulier sortait de la salle de réunion. Assise à la table, l'assistante de Ming, la jeune femme aux cheveux courts, pianotait sur son ordinateur portable avec, pour seule lumière, celle de l'écran. Elle releva brusquement la tête, surprise et inquiète, en voyant les deux hommes derrière elle.

— Avez-vous le feu vert pour le projet Amban ? demanda sèchement Yao en la voyant refermer sa machine.

— Naturellement, répondit-elle d'un air de défi avant de relever l'écran de son ordinateur.

Elle travaillait apparemment à un essai, ou à un article, avec notes de bas de page, qui avait pour titre : *Assassinats politiques dans le comté de Lhadrung*.

— Les découvertes du directeur Ming sont trop importantes pour que nous attendions son retour au pays, déclara-t-elle. Il veut qu'un premier jet soit envoyé à Pékin dès demain matin.

— Je ne savais pas qu'il avait fait des découvertes, dit Shan.

— S'il y avait eu un assassinat ici, persifla Yao, nous serions au courant.

— Secret d'État. C'est justement là le problème, ne voyez-vous pas ? rétorqua la jeune femme avec condescendance. La manière dont toute la population locale a habilement caché la vérité.

— Mais personne n'a été assassiné, fit remarquer Shan.

— L'amban disparu a été tué par des réactionnaires ici même, à Lhadrung. Nous allons rectifier les livres d'histoire.

— Le neveu de l'empereur Qianlong ? s'étonna Yao. Mais ça remonte à des siècles !

— Cela ne fait aucune différence. La justice du peuple ne connaît pas de limites.

La jeune femme fronça le sourcil devant les visages sceptiques de Shan et de Yao, en décidant apparemment que son public manquait du raffinement nécessaire pour comprendre.

— Il s'agit là d'un travail vital. Le texte une fois terminé sera distribué à toute l'équipe un peu plus tard dans la semaine, conclut-elle en leur donnant congé d'un petit geste de la main.

Une fois dehors, ils inspectèrent les véhicules de l'armée et finirent par tomber sur un petit camion dont les clés étaient sur le contact. Yao s'installa au volant.

— Je n'ai même pas demandé l'endroit où nous allons, dit-il.

— Je le reconnaîtrai à l'odeur.

À leur entrée dans la ville, Shan baissa sa vitre. Cinq minutes plus tard, il demandait à Yao de garer le camion à cent mètres d'un petit ensemble de bâtisses en torchis. À leur approche, Yao se mit à traîner les pieds loin derrière Shan, en se couvrant la bouche et le nez de la main.

— Jusqu'à présent, ironisa-t-il, les principaux secrets du Tibet que vous avez tenu à partager avec moi semblent se résumer à un charnier et à cet endroit. J'imagine que, pour le suivant, nous devrons nous creuser un tunnel dans les tas d'ordures.

Il fit signe à Shan de continuer à avancer. Une rangée de bicyclettes déglinguées s'alignait contre un mur, la roue arrière dans un cerceau métallique, puis trois charrettes en bois solide munies, à l'avant, d'un large arceau de traction en bois pour deux personnes. Shan arrivait dans l'ombre du premier bâtiment quand apparut une femme avec, sur les épaules, une palanche portant deux grands pots d'argile encroûtés sur leurs flancs d'une traînée brunâtre. Un homme vêtu d'une veste en guenilles tellement usagée qu'on voyait au travers se dirigea vers les rangées de vélos. Le soleil se levait. Au petit jour, derrière les maisons et les immeubles, par toute la ville, de grandes jarres en céramique pleines des déjections de la nuit attendaient d'être collectées et vidées dans les champs pour servir d'engrais, une activité aussi vieille que la Chine elle-même.

— Je suis venu voir Surya, annonça Shan à la femme. Le vieux moine.

— Nous n'avons pas de moines ici, ricana-t-elle avec amertume. Allez chercher dans les montagnes. Ou dans les prisons.

— Je ne lui veux aucun mal. Je suis un de ses amis.

La femme se saisit d'une longue louche en bois rangée dans une charrette et la plongea dans une des cruches alignées derrière le bâtiment pour la ressortir dégoulinant d'une bouillie brunâtre qu'elle lui balança alors qu'il s'approchait. Il esquiva d'un bond de côté et la bouillie s'écrasa à l'endroit où il s'était tenu. Il entendit Yao jurer dans son dos, mais ne bougea pas. Deux autres femmes prirent à leur tour une louche, qu'elles remplirent de déjections.

— Chinois ! cracha l'une d'elles d'une voix sifflante en vidant la sienne dans sa direction et éclaboussant ses chaussures.

— Tu veux nous faire des merdes, laisse-les donc sur le pas de ta porte, aboya l'autre.

Shan jeta un œil derrière lui : Yao avait battu en retraite jusqu'au camion. Il entendit un murmure d'inquiétude parmi les Tibétaines qui avaient reconnu, aux premières lueurs du jour, les insignes militaires sur la portière.

— Surya est descendu des montagnes, essaya-t-il encore. Il demandait l'aumône. Dites-lui que c'est Shan.

La première femme disparut au coin pour revenir une minute plus tard.

— Il dit qu'il a jadis connu Shan, annonça-t-elle d'une voix hésitante.

Shan osa un pas en avant. Personne ne réagissant, il continua vers la cour au centre des bâtiments. Surya était assis sur le mur en pierre de ce qui ressemblait à un puits et trois enfants jouaient à ses pieds. Derrière eux, debout devant une vieille écurie, Shan aperçut une demi-douzaine d'hommes et de femmes, vêtus des guenilles souillées des collecteurs de déjections. On avait sorti des paillasses dans la cour pour les aérer et une bouilloire noircie était posée sur un feu qui brûlait doucement. Les collecteurs ne travaillaient pas seulement en ce lieu, ils y vivaient, sans l'ombre d'un doute rejetés là par le reste de la population.

Surya, qui fabriquait une petite poupée en joncs séchés, ne parut pas remarquer la présence de Shan qui s'assit à côté de lui.

— Rinpoché, dit Shan, nous devons rentrer. Ils ont besoin de vous. Ils ont peur pour vous.

Surya leva les yeux d'un air absent, non vers Shan, mais de son propre côté, puis par-dessus sa propre épaule, comme s'il cherchait son interlocuteur.

— Gendun. Lokesh. Ils ont besoin de votre aide. Il y a des choses qui doivent être comprises à Zhoka.

Lentement, les yeux de Surya trouvèrent Shan.

— Je suis désolé, camarade, vous me prenez pour un autre. Il arrive que les parfums que nous dégageons tournent les esprits des étrangers.

Les enfants éclatèrent de rire et Surya finit de nouer sa poupée, qu'il tendit à la petite fille.

— Vous avez rencontré le directeur Ming à la vieille tour de pierre. A-t-il posé des questions sur la divinité de mort ?

— Il a rencontré un jeune Chinois, un grand abbé. Personne ne peut comprendre les façons du grand homme, répondit Surya d'une voix étrangement absente. L'abbé fait des peintures magnifiques, des peintures saintes, d'un doigt, d'un mot.

Un frisson glacé parcourut le dos de Shan : Surya continuait à parler de lui dans sa vie antérieure à la troisième personne.

— Pour quelle raison Zhoka est-il tellement important pour Ming ? Est-il un des voleurs que vous craignez ?

— Les choses qui sont importantes à Zhoka semblent être différentes, tout dépend.

— De quoi ?

Surya releva la tête avec un grand rictus, exposant des dents tordues et jaunies.

— Si vous êtes chinois ou tibétain, gloussa-t-il avec un raclement sec de la gorge. Camarade, ajouta-t-il en riant de nouveau.

Il y avait de quoi s'arracher les cheveux. Ce n'était pas à Surya qu'il parlait. L'homme qu'il avait en face de lui était véritablement différent, de la manière dont Lokesh disait que les gens devenaient différents après avoir été touchés par la foudre.

— Si je ne connais pas les secrets, comment pourrai-je protéger les lamas ?

— Ce n'est pas secret. Il n'existe tout simplement pas de mots pour le dire. Ça ne peut pas s'expliquer entre simples humains, uniquement entre divinités.

Cette fois, les mots qui avaient jailli de la bouche du vieil homme semblaient ne plus lui appartenir. Il avait l'air terriblement troublé, presque en état de choc. Il se toucha la langue du bout du doigt, et une part de son être parut sombrer, à bout de courage.

Shan se leva et se dirigea vers l'écurie. Deux hommes se redressèrent pour lui barrer le passage.

— Qu'est-il arrivé à Kwan Li ? demanda Shan en revenant vers Surya.

— Quelque chose de merveilleux, répondit le vieux moine en dessinant du doigt une étrange spirale vers le ciel.

Surya n'avait plus le comportement ni les manières du vieux moine qu'il avait connu ; le visage était marqué de nouvelles rides, les yeux brillaient d'une autre lueur, plus triste et plus cynique.

— Qu'est-ce qui était caché à Zhoka ?

Surya haussa les épaules.

— Ça, ça ne regarde que les moines.

— Vous êtes moine.

Surya secoua la tête, en affichant une expression nouvelle – pas de la tristesse, mais de la pitié, comme s'il était désolé pour Shan.

— Il aurait peut-être pu le découvrir s'il était resté là-bas. Mais il est mort au festival, dit-il avec un soupir.

Shan sortit de sa poche la brosse à peindre qu'il conservait depuis ce jour-là.

— Le seul qui ait trouvé la mort a été Lodi, expliqua-t-il en cherchant désespérément à masquer un sentiment grandissant d'impuissance. Celui que vous avez vu dans le tunnel. C'était un voleur. Je pense que vous l'avez surpris en pleine action. Il y a eu une dispute, un accident, peut-être.

Le vieil homme fixait la brosse que Shan tenait à la main comme s'il n'en avait encore jamais vu. Il se releva, soutenu un instant par un des enfants.

— Je dois rapporter la matière à la terre, déclara-t-il en s'éloignant vers les bicyclettes et les charrettes.

Il fallut un effort énorme à Shan pour rejoindre le camion ; un fardeau immense lui pesait sur les épaules. Lorsque Yao s'engagea dans la circulation, Surya tirait sur la route une des charrettes à main chargée de quatre jarres en céramique de taille démesurée.

— Connaissait-il la divinité de la montagne ? demanda Yao.

— Il n'en connaît aucune, murmura Shan d'une voix pleine de chagrin.

Shan n'eut pas besoin de demander quelle était leur prochaine destination. Yao dirigea le camion vers l'immeuble le plus élevé de la ville et écrasa l'accélérateur, comme s'il devait absolument rejoindre au plus vite le centre du gouvernement. Mais quand il gara le camion devant l'entrée, Shan comprit que les bureaux étaient encore vides, l'heure bien trop matinale pour que les responsables soient à leur poste. Le moment était idéal pour trouver des ordinateurs et des téléphones : ils devaient absolument étudier en détail les autres lettres et comprendre le mystère vieux de deux siècles qui intéressait Ming.

Le garde à la porte salua Yao d'un signe de tête, jeta un regard noir à Shan, et leur fit signe d'entrer. Shan protesta en voyant Yao appuyer sur le bouton du dernier étage de l'ascenseur.

— Il y a des ordinateurs en haut, expliqua Yao pendant la montée, dans la salle réservée aux visiteurs à côté du bureau de Tan.

Dès que les portes s'ouvrirent, Yao fila droit vers le secteur de bureaux central. Shan resta dans le couloir, les jambes flageolantes. C'était là qu'il avait rencontré Tan pour la première fois, là que le colonel avait entamé sa séance de torture en l'obligeant à redevenir enquêteur, là aussi qu'il lui avait brutalement rendu sa liberté.

Il rejoignit finalement Yao dans le bureau et s'installa devant un ordinateur en se dépêchant d'entrer les codes donnés par Corbett. À Seattle, c'était le milieu de la journée quand il avait envoyé ses messages précédents, et l'équipe de Corbett n'avait pas chômé.

Salut, patron, on commençait à se faire de la bile – heureux de vous ravoir en ligne, disait la première réponse. *Nous vérifions les messages jour et nuit juste au cas où. Avons reçu questions. À très vite, Bailey.*

Le second message – *Voyages de Dolan en RPC* – avait été expédié deux heures plus tard. Il couvrait dix années, avec une moyenne de deux séjours par an. Ensuite venait un message intitulé : *Donations Dolan à RPC*. Presque une douzaine au total rien qu'au cours des trois dernières années : un projet archéologique en Mongolie-Intérieure ; trois expositions spéciales du musée des Antiquités ; des laboratoires informatiques dans cinq villes ; un projet de restauration d'un temple impérial en Mandchourie. *Les expéditions archéologiques de Ming avaient pour but de récupérer des fresques dans les vieux temples du désert*, ajoutait Bailey.

Suivait un rapport : *Détail appels téléphoniques, D à RPC*. Shan appela Yao, qui pointa du doigt certains numéros à mesure qu'ils défilaient.

— Musée des Antiquités, expliqua-t-il d'une voix crispée, ministre de la Culture, ministre de la Justice.

Un petit bip annonça l'arrivée de plusieurs nouveaux messages, tous signés Bailey. Une liste des investissements de Dolan en Chine : les compagnies privées de Dolan étaient propriétaires de sept usines dans des villes de Chine orientale et possédaient des participations dans une douzaine d'entreprises. Y était joint un message urgent que Shan ne comprit pas : *Le patron a découvert que vous aviez rouvert le dossier de la baby-sitter. Il a ordonné qu'on le referme*. Suivaient deux lignes brèves sur Elizabeth McDowell : *consultante en œuvres d'art, propriétaire associée de Croft Antiquities avec bureaux à Seattle et Londres. Confirme a voyagé sur le même vol que William Lodi pour Lhassa. Pas de réservations aux noms de McDowell et Lodi sur le vol de Lhassa*.

Le dernier message contenait tout un fichier de photographies et une compilation d'articles sur la célèbre collection d'art tibétain de Dolan. Shan indiqua plusieurs petites images sur l'écran en les comparant à celles du catalogue donné par Liya. Comme tant d'autres objets, le saint du quatorzième siècle armé de son épée de sagesse appartenait à la collection de Dolan. Mais ils n'avaient pas été répertoriés sur la liste des œuvres volées.

— Dolan pourrait encore les avoir, dit Yao d'une voix caverneuse.

— Non. Corbett disposait de tous les clichés de la scène de crime, étagères et vitrines d'exposition comprises. Chaque pièce d'art tibétain a été signalée comme volée. Lodi rapportait ces œuvres au musée de Pékin, à cause de l'audit. Au fond, peut-être que, dans ce vol, c'étaient les seules pièces qui l'intéressaient. Le reste servait de couverture et aurait pu rester en Amérique. Mais un événement imprévu a obligé Lodi à modifier ses plans. Il est revenu directement au Tibet de manière impromptue.

— Qu'est-ce que vous voulez dire ?

— Le saint à l'épée qu'il transportait, celui qui a été détruit chez les tailleurs de chairs, était l'original de Dolan. Lodi l'avait donné à Liya pour qu'elle le mette en sûreté. Il avait prévu de séjourner dans un hôtel de Pékin, mais ne s'y est jamais présenté. Il n'avait pas le temps d'échanger la véritable statuette contre sa copie à Pékin.

— Mais pourquoi la détruire ?

— Liya prétend que c'était pour transmettre un message à Bumpari. Mais je pense que le message était destiné à quelqu'un d'autre – celui qui aurait le plus à souffrir de cette destruction.

— Ming, cracha Yao avec mépris.

Il fixa l'écran un moment, puis tapa une requête supplémentaire : *Vérifier les déplacements du directeur Ming la semaine suivant le vol.* Il ne pouvait pas se risquer à poser cette question à Pékin, mais le FBI avait accès aux archives des compagnies aériennes.

Une demi-heure plus tard, la lecture des anciennes lettres rassemblées par Ming était terminée, sans qu'ils y aient trouvé le moindre indice sur le destin funeste de l'amban. Néanmoins, il était évident que l'amban avait renoncé à sa carrière de général pour se rendre au Tibet à la requête de son oncle – non pas simplement pour jouer le rôle de représentant officiel de l'empire, mais pour trouver des lamas qui accepteraient de faire le voyage jusqu'à Pékin afin de servir à la cour impériale. Au cours de sa première année, l'amban avait non seulement rencontré une douzaine de lamas, mais, avec l'aide de son oncle, il avait également fait construire des temples bouddhistes dans une demi-douzaine de cités de l'Est.

Un tintement de porcelaine les fit se retourner. Tan était assis à une table près de la porte et sirotait une chope de thé.

— Jadis, déclara le colonel d'un ton crispé, les seuls visiteurs que je recevais de l'extérieur avaient leur place derrière les grillages de barbelés de la 404e. Le mois dernier, deux nouveaux sont arrivés : Ming et McDowell. Aujourd'hui, au dernier décompte, il y en aurait une douzaine, tous amenés par le directeur Ming. J'ai également reçu un fax du Commandement central avec l'ordre de leur fournir à tous un maximum d'aide. Et maintenant, voilà que mon général appelle en personne. Il tenait à partager avec moi un secret : au cours de l'année qui vient de s'écouler, le directeur Ming a été promu de deux grades au sein de la hiérarchie du Parti. Encore un an ou deux, et il sera ministre.

Yao se leva et regarda Tan comme s'il préparait sa réponse. Tan montra la thermos de thé et des chopes sur la table à l'entrée du bureau. L'inspecteur s'avança en compagnie de Shan. Une fois réinstallé devant l'ordinateur, une chope fumante à la main, Shan expliqua l'intérêt que portait Ming à l'amban décédé depuis si longtemps, et montra à Tan les lettres contenues dans les disquettes.

— Un rapport part aujourd'hui pour Pékin à propos de l'amban, annonça Yao. Il a pour titre : *Assassinats politiques dans le comté de Lhadrung*.

— C'est un mensonge, dit Tan avec un rictus méchant. Personne ne se fait assassiner dans mon comté.

— Le crime remonte à plus de deux siècles, observa Yao.

Shan savait que la date importait peu aux yeux de Tan. L'annonce d'un meurtre, surtout s'il s'agissait d'un meurtre politique, attirerait une attention malvenue sur le comté et sur son chef officiel.

— Un nouveau martyr ! s'exclama le colonel en regardant par la fenêtre. On a parlé de ce Kwan Li il y a quatre ou cinq ans, au cours d'une conférence à laquelle j'ai assisté à Lhassa. Politiquement, les morts sont toujours plus sûrs que les vivants. Je croyais l'idée abandonnée. Quelqu'un a dû décider que le peuple avait soudain besoin de nouvelles leçons sur l'intégration du Tibet dans la mère patrie. Nous n'allons pas tarder à voir apparaître des petits boutons à l'effigie de ce nouveau martyr. On fera des discours aux enfants des écoles, et les enfants des écoles feront des discours.

Il s'interrompit pour se retourner vers Yao et Shan.

— Mais il ne peut pas savoir que l'amban est mort à Lhadrung. C'est impossible. Les ambans chinois n'ont jamais rien eu à faire à Lhadrung. La ville n'est pas sur l'itinéraire de Pékin. Le prince Kwan est mort dans le Nord. Il est ici pour la fresque. S'il ne trouve pas sa fresque, il devra partir.

Il alluma une cigarette avant de se tourner une nouvelle fois vers la fenêtre.

— J'ai procédé à ma petite enquête. Son champ de fouilles était censé se situer quelque part en Mongolie, mais il a effectué un changement de dernière minute et choisi Lhadrung, à moins de deux semaines de son départ, avec un projet annexe plus au nord. Soi-disant sur les cultures des éleveurs nomades. J'ai vérifié. C'est à cet endroit-là que Kwan Li est censé avoir trouvé la mort il y a deux siècles. Il a également commencé à prendre quelques dispositions.

Il se retourna vers eux, les yeux brillant d'une furie glacée.

— Il a changé de terrain d'action quelques jours après le vol de la fresque.

Il se leva et alla dans le couloir pour revenir moins d'une minute plus tard avec un dossier poussiéreux dont il sortit un rapport placé dans une chemise en plastique.

— Les dernières pages, dit-il.

C'était la transcription d'un rapport rédigé par un officier impérial envoyé par l'empereur avec mission de retrouver l'amban disparu. Le dignitaire mandarin l'avait remis à l'empereur un mois avant que celui-ci ne quitte le trône. Il y expliquait sa frustration de n'avoir pu retrouver le prince, mort ou vif, en stipulant néanmoins que de nombreux témoins avaient signé des dépositions sous serment certifiant que l'amban s'était délibérément écarté de la tradition chinoise. Il avait abandonné sa garde régulière à Lhassa et, en gage de bonne foi, s'était fait accompagner de soldats tibétains. Ils voyageaient au milieu de farouches montagnes à huit cents kilomètres au nord de Lhassa lorsque l'amban avait rencontré deux tribus en guerre qui se battaient pour des droits de pâturage. Convaincu qu'il saurait négocier une solution pacifique au conflit et, sans prendre en compte sa sécurité personnelle, l'amban était monté jusqu'au champ de bataille sur les hauteurs de la montagne. Après avoir rencontré les chefs, il était en effet parvenu à une solution négociée qui garantissait le partage desdits pâturages. Cependant, au cours du banquet donné en l'honneur de la paix revenue, un guerrier en colère, qui n'avait pas apprécié l'intervention d'un étranger, avait expédié une flèche dans la gorge de l'amban. Kwan Li était mort en demandant pardon à son oncle. Les deux tribus, terrifiées par la réaction prévisible de l'empereur, avaient exécuté les soldats de la suite et s'étaient retirées dans les profondeurs des montagnes, emportant les cadavres avec elles pour ne laisser sur les lieux qu'un groupe de lamas venus conduire les rituels funéraires.

Pour parachever sa mission, l'enquêteur dépêché par l'empereur s'était rendu à Lhassa, où il n'avait trouvé aucune preuve contredisant les faits, hormis le témoignage d'un tailleur ivrogne jadis au service de l'amban qui avait insisté sur le fait que, la veille du départ du prince, on lui avait demandé de tailler des uniformes de soldats tibétains destinés à plusieurs moines. Il avait été impossible de vérifier ces propos, car l'homme avait disparu à l'issue du premier entretien. L'enquêteur soupçonnait un complot tibétain ourdi contre l'amban : ce dernier n'avait pas de soldats pour le protéger, uniquement des moines déguisés. Il insistait pour que l'empereur dépêche des troupes afin de retrouver les tribus de la montagne qui avaient, sinon tué le prince, du moins fait partie du complot. Il sollicitait la permission de retourner au Tibet pour s'emparer des moines qui avaient conspiré avec les tribus. Le rapport se terminait par une annotation d'un secrétaire impérial spécifiant que l'empereur avait refusé d'envoyer des troupes et d'autoriser une enquête plus approfondie, mais qu'il avait promu le mandarin à un poste d'autorité dans une province du Sud.

— Je n'ai pas compris pourquoi, après son arrivée ici, Ming passait la moitié de son temps au téléphone avec Pékin, dit Tan quand Shan referma le rapport.

— Parce que tout n'est qu'une question d'opportunisme politique, répondit Shan. Ce qu'il fait ne correspond en rien à la manière dont un scientifique conduirait un travail de terrain. En revanche, c'est exactement ainsi que procéderait un individu qui aspire à devenir ministre. Il y avait un autre document, ajouta-t-il en montrant l'écran. Mais il a été codé par Ming.

— Parce qu'il est trop explicite ? suggéra Tan.

Ils restèrent assis en silence, Tan étudiant la lettre cryptée affichée sur l'ordinateur.

— L'inspecteur sait que vous avez essayé de me cacher, colonel, finit par dire Shan d'une petite voix en regardant par la fenêtre. Il sait aussi que je n'ai pas révélé son échec à vérifier qu'il existait par le passé des liens entre le directeur Ming et Lodi.

— Que racontez-vous ? grommela Tan.

— C'est de moi qu'il parle, colonel, répondit Yao avec un soupir en s'approchant de l'ordinateur. Il parle de marchés conclus et de mon refus de renvoyer la balle, ajouta-t-il en pianotant sur le clavier. Le code que Ming a utilisé n'est pas très sophistiqué car il n'a pas accès aux codes les plus secrets. Il y a probablement mille personnes rien qu'à Pékin qui possèdent celui-ci.

Il ponctua sa remarque de quelques frappes de touche délibérément appuyées et, soudain, l'image sur l'écran se brouilla et les signes s'intervertirent pour laisser apparaître le texte du dernier document en clair.

Ce n'était plus simplement une lettre de l'amban mais cinq, placées ensemble dans le fichier secret – de brèves missives qui couvraient une année et n'étaient pas incluses dans le dossier officiel du projet Amban. Il leur manquait la prose fleurie et conventionnelle de la correspondance des débuts : elles ressemblaient beaucoup plus à des lettres que s'adressaient des amis faisant désormais fi de tout faux-semblant.

La première remerciait l'empereur d'avoir accepté que l'amban embrasse la foi bouddhiste, elle le remerciait également de s'exprimer à la manière des sutras. L'amban louait la patience de son oncle devant le retard que lui-même prenait à revenir à Pékin ; en réalité, l'amban profitait de ce temps pour accumuler les plus précieux trésors que l'empereur eût jamais vus.

La deuxième missive faisait état des efforts de l'amban qui peinait à rassembler un groupe d'artistes tibétains afin de créer des chefs-d'œuvre pour honorer son empereur – au point qu'il avait été contraint de se rendre auprès de certains d'entre eux en personne tant ils étaient âgés. Dans le but de rencontrer les ermites artistes qui y vivaient, il avait même visité certaines cavernes répondant aux noms de Dom Puk, Zetrul Puk, Woser Puk et Kuden Puk – il s'agissait des noms que l'on avait recherchés dans la base de données obtenue à partir des guides du pèlerin, ceux que Ming avait ce même jour identifiés à l'aide de repères géographiques régionaux.

La troisième disait que l'amban avait découvert la source de l'art le plus grand que lui ou l'empereur pourraient jamais espérer trouver et qu'il était à présent dans le vieux monastère, où il avait offert son amitié aux lamas et rendu visite à l'inestimable bouddha de la Montagne. Un merveilleux mandala mécanique d'or et d'argent était en cours de réalisation, et un artiste dédiait à l'empereur une statue en pierre noire de Jambhala, la divinité protectrice, sur laquelle il travaillait depuis deux ans.

La quatrième lettre, la plus longue, écrite des mois plus tard, annonçait une révélation plus grande encore : les lamas avaient découvert que Kwan Li était en réalité la réincarnation de leur plus important chef spirituel. Ils l'avaient nommé abbé du vieux temple dompteur de la terre, un lieu où les divinités croissaient comme poussent les fleurs dans un jardin.

La cinquième disait que l'abbé avait bien reçu la proposition de l'empereur, une proposition dont il se sentait indigne et n'osait discuter plus avant de crainte que le secret n'en fût éventé. De grandes préparations étaient en cours et l'abbé devait partir en retraite avant son retour dans la capitale. Il ferait transmettre aux messagers impériaux à Lhassa une moitié de thang-ka représentant la divinité protectrice du gompa, une forme spéciale du seigneur de la Mort. S'il lui arrivait quoi que ce fût au cours de son difficile voyage, il cacherait les trésors et confierait l'autre moitié du thang-ka à un lama de confiance, lequel serait chargé de le remettre à l'empereur. Une fois réunies, les deux moitiés révéleraient à l'empereur l'emplacement des trésors cachés. Cette dernière lettre se terminait par : *Et plus tard, comme les sutras, j'expliquerai le reste de la mort.*

— Ce n'est pas simplement une question de politique, énonça Tan d'une voix glacée.

Ils venaient de découvrir la raison pour laquelle Ming mettait tant de zèle à dénicher tous les renseignements disponibles sur les divinités, pourquoi il avait exigé de connaître le nom de la divinité protectrice, et de savoir à quoi elle ressemblait.

— Ming veut tout, grommela Yao. Le trésor politique, pour son personnage public. Et le trésor d'or et d'argent, pour lui-même et ses associés.

— Que faut-il comprendre par « proposition de l'empereur » ? demanda Tan.

— Il n'y a pas d'explication, répondit Shan.

— Et de quel temple s'agit-il ?

— Il n'y a pas d'explication, répéta Yao après avoir échangé un regard avec Shan.

— Mais Lhadrung… Ming déclare dans son rapport que l'amban a été tué à Lhadrung ! s'écria Tan, furieux, en se claquant la paume du poing. Pourquoi maintenant ? Que s'est-il passé ?

Yao haussa les épaules.

— Ce qui s'est passé, suggéra Shan, c'est le cambriolage dans la maison privée de Qianlong à Pékin. En ôtant la fresque, je crois que les voleurs ont mis au jour une chose restée totalement inconnue jusqu'à maintenant : les lettres secrètes de l'amban.

Le tout dernier cliché était l'image d'un thang-ka déchiré : la moitié supérieure d'une divinité bleue avec la tête déformée d'un taureau à quatre cornes. Ils l'admiraient quand l'ordinateur voisin pépia. Shan ouvrit le message en provenance du FBI. Le directeur Ming avait bien pris le même vol que Lodi jusqu'à Lhassa, pour rentrer à Pékin par le premier avion. Yao imprima la photographie du thang-ka déchiré tandis que Shan tapait rapidement sa réponse : *Vérifier dans les archives des compagnies aériennes les noms de Lu Chou Fin et de Khan Mo, arrivés au Tibet le mois dernier.*

Un bruit de bottes retentit soudain dans le couloir et la porte s'ouvrit brutalement. Un jeune officier, un des adjudants de Tan, entra en trombe.

— Colonel, lâcha-t-il avec inquiétude, le directeur Ming veut faire sortir des troupes de la base. Il est au téléphone avec Lhassa et Pékin. Il dit qu'on a retrouvé des corps. Des Chinois. Un vrai massacre. Tués par les Tibétains.

Des téléphones se mirent à sonner dans le bureau extérieur et une sirène retentit dans la rue.

Une demi-heure plus tard, ils étaient dans une vallée au sud de la ville, en bordure d'un champ où régnait un incroyable chaos. À cinquante mètres d'eux, Ming, planté au beau milieu du capharnaüm, hurlait frénétiquement ses directives à une troupe d'ouvriers chargés de pelles et de seaux et ordonnait aux soldats de prendre position sur le terrain. Deux voitures de la police militaire, gyrophares en action, étaient arrêtées sur la route.

— Lorsque la nouvelle arrivera à Lhadrung, les gens vont croire qu'il y a des émeutes, grommela Tan.

Il appela un radio, en lui commandant de joindre le quartier général de l'armée à Lhassa.

Les soldats n'avaient eu aucune idée de ce qui les attendait. La plupart étaient en tenue de combat, grenades à la ceinture. Deux douzaines d'entre eux avaient constitué un périmètre de cinquante mètres de côté, tandis que les autres érigeaient une grande tente et un poste de commandement au milieu du carré où Ming établissait son propre QG d'opérations.

Arriva un gros camion du centre d'accueil de Lhadrung et commença le déchargement de tables, chaises et mallettes métalliques sous la direction d'un des assistants du directeur. Lequel, fier comme un paon, se pavanait en bordure d'une tranchée, aboyant ses ordres aux soldats qui creusaient, s'arrêtant pour s'exclamer bruyamment à l'adresse de son personnel ou posant devant les photographes, pour lesquels il alla même jusqu'à sauter dans l'excavation avant d'en ressortir d'un bond. La jeune femme aux cheveux courts était assise près de la tranchée devant une table pliante sur laquelle étaient posés plusieurs objets de culte. Un soldat lui présenta une mallette, dont elle sortit de petits plateaux garnis de brosses, de loupes et d'instruments métalliques.

Un paysan était venu au centre la veille au soir avec un petit objet en jade qu'il avait trouvé en labourant un monticule dans son champ d'orge, expliqua la jeune femme en réponse aux questions de Yao tout en lui désignant la découverte du fermier posée au milieu de la table : la moitié antérieure d'un dragon en jade très finement sculpté, un fragment de ce qui avait dû être une poignée de canne ou de chasse-mouches. À l'aide d'une aiguille lancéolée, elle montra ce qui avait tant excité l'équipe du musée.

— Les griffes ? demanda Yao.

— Il y en a cinq, dit Shan. Vous avez trouvé ça dans la tranchée ? s'étonna-t-il, car la trouvaille était pour le moins bizarre, le jade étant rarement utilisé au Tibet.

La femme couvrit la pièce d'un linge en ignorant Shan délibérément.

Shan croisa le regard de Yao : ils savaient tous deux qu'une seule famille était autorisée à utiliser l'emblème du dragon à cinq griffes dans la Chine impériale.

— Qu'avez-vous trouvé ? demanda lentement Yao en contenant sa colère.

— La famille du fermier avait commencé à creuser la tranchée autour des anciennes fondations mises au jour de sa propre initiative. Et c'est le directeur Ming en personne qui a trouvé l'objet chinois. Lorsque nous sommes arrivés, les paysans et lui avaient excavé un coffre en pierre contenant un grand trésor.

Elle se pencha et ouvrit une longue mallette en métal abritant une robe de soie très raffinée, bleu et jaune, aux broderies complexes de grues cendrées, dragons, faisans et autres créatures, dont l'une laissait ressortir une patte d'entre les plis de son habit – une patte à cinq griffes.

— Elle est vieille de plusieurs siècles. Dynastie Ching. Et ceci, qui remonte également aux anciens réactionnaires, poursuivit-elle en découvrant un vieux fragment de papier dc riz, a été retrouvé tout à côté. Le doute n'est plus permis. Ces objets n'ont pas vu le jour depuis deux cents ans.

Cependant, Shan avait vu la fameuse robe la veille, dans la maison de Fiona. Tandis que Yao avait dans sa chambre une feuille de papier de riz similaire, donnée par Liya : une des offres de récompense de l'empereur, à croire que les gens de Lhadrung s'étaient fait un point d'honneur à les collectionner deux siècles auparavant pour une raison inconnue. Ce serait une conclusion parfaite pour la parabole politique que Ming était en train d'écrire : un lama supérieur avait tué l'amban, et les Tibétains avaient, pour l'essentiel, reconnu les faits. Shan se pencha pour étudier la seconde ligne du texte.

— *Conquis à Zetrul Puk*, lut-il.

Apparemment, l'écriture n'était pas bien vieille. Quelqu'un avait ajouté la référence à la caverne du Miracle.

— Mais c'est un massacre qui a été signalé, intervint Yao.

La jeune femme indiqua le côté opposé du monticule, où un groupe de soldats avait été posté. Yao et Shan s'y avancèrent prudemment. Les militaires montaient la garde devant plusieurs crânes et ossements. Une autre tranchée plus profonde avait été excavée tout près, mettant au jour un mur de pierre et un petit portail carré haut de quatre-vingts centimètres. Sous leurs yeux, on vint déposer un nouveau crâne à côté des autres.

Le colonel, le visage aussi crispé que les poings, avait pris Ming à part et s'entretenait avec lui. Une douzaine de soldats remontèrent dans un camion et repartirent.

Quelques minutes plus tard, aussi discrètement que possible, Shan s'approcha de la voiture de Tan et des camions restants, laissant Yao prendre ses notes au bord de la tranchée, pour détailler de plus près les visages des soldats. Certains le reconnaîtraient peut-être et accepteraient de l'emmener avec eux, ne serait-ce que parce qu'ils savaient à quel point sa présence était toujours une épine dans le pied de leur colonel. Il repéra un sergent entre deux âges qui le salua d'un air renfrogné. Il s'en approchait quand une main se referma sur son bras.

— Nous avons encore besoin de vous, camarade, l'avertit la voix onctueuse de Ming.

— Votre travail doit être maintenant terminé, répondit Shan après un long silence. Vous pouvez retourner à Pékin en héros.

— Mais je n'aurai cependant pas retrouvé mes voleurs, répondit Ming avec un hochement de tête ravi, ni les Américains leur tueur. Les plans n'ont pas changé : les vivres et le matériel doivent être réunis à la prison pour midi. Quatre équipes partent pour les montagnes, scientifiques et soldats. Et aussi prisonniers de confiance, conclut-il en fixant Shan droit dans les yeux.

— Rien n'a changé, confirma ce dernier.

Pour une fois, il était d'accord : il fallait qu'il retourne dans les montagnes. Rien n'avait changé, et tout avait changé. Yao et Corbett n'avaient pas capturé leurs criminels mais, à ses yeux, c'était Ming le problème majeur.

— Tout se déroule comme prévu ici, reprit le directeur en consultant sa montre. Maintenant que nous savons ce que nous avons trouvé, commence le travail de fourmi. Réservé aux professionnels, expliqua-t-il en montrant de la tête ses assistants en tablier blanc. Je pars afin de superviser le départ des équipes de montagne. Auriez-vous l'obligeance de m'accompagner ?

Shan monta dans la voiture du directeur, sous le regard de Yao et de Tan.

— Que disent-ils, déjà ? demanda Ming en aparté à Shan. Ah, oui ! Les dieux seront victorieux, s'écria-t-il en mandarin à l'adresse des deux hommes avant de démarrer. Tremblez et obéissez ! ajouta-t-il avec un grand rire par sa vitre ouverte.

Il quitta le champ de fouilles accélérateur au plancher, dans un nuage de terre et de gravillons. Une mallette métallique était posée sur le siège arrière, derrière le passager.

— Jetez-y donc un œil, gloussa Ming.

Shan déverrouilla le couvercle : dans le fond de la mallette remplie de glace trônaient plusieurs bouteilles d'orangeade. Il en ouvrit deux et en tendit une à Ming.

— Vous et moi avons eu un départ très difficile, dit celui-ci. Il nous a fallu surmonter nos réticences et notre méfiance réciproques. Mais il s'est passé tant de choses depuis. Jamais je n'aurais soupçonné que ce pays pût cacher tant d'occasions à saisir. J'aurai besoin de quelqu'un sur le terrain qui connaisse la manière et obtienne des résultats avec les Tibétains. Un directeur des opérations, dirais-je.

Shan s'en étrangla presque avec son orangeade, n'en croyant pas ses oreilles.

— Vous me proposez un emploi ?

— Cela vous assurerait un avenir. En tout cas, un moyen de vous le bâtir. Nous pourrions faire quelque chose concernant votre statut. Votre situation actuelle vaut à peine mieux que la prison.

— Vous me confiez la charge de récupérer et de détruire des objets de culte tibétains ?

— Je dirige un musée, pas un atelier de ferraille, répondit Ming, vexé.

— J'étais présent, hier, fit remarquer Shan.

— Ces petits ornements ? Ils n'avaient aucune valeur. Des handicaps politiques, voilà ce que c'était. Les mettre au rebut, c'est rendre service au pays. Ces gens, il faut tout leur apprendre. On croirait des enfants. Cela fait partie de leur éducation à l'entrée d'un nouveau siècle.

— J'ai un ami du nom de Surya qui m'a dit un jour que l'art réside dans la divinité qui le contemple. Aux yeux de ces gens, tous ces objets étaient de l'art. Et plus encore.

— Divinité-ci, divinité-là, répondit Ming en séchant sa bouteille. C'est l'excuse dont se servent les Tibétains pour ne rien faire. Une manière de justifier leur paresse.

Shan fixa la bouteille qu'il tenait dans la main en se remémorant les visages angoissés des Tibétains dans la cour devant leurs bien-aimées sculptures d'autel qu'on éventrait. Une vieille femme s'était tenu le ventre à deux mains, comme si l'objet qu'on déchiquetait devant ses yeux avait été arraché à son utérus.

Il sentit peser sur lui le regard de Ming, qui poussa un soupir.

— Je dois me montrer plus tolérant, dit le directeur. Je vous présente mes excuses et je vous salue. Il ne fait aucun doute que c'est votre sensibilité qui vous rend aussi précieux.

À ces mots, Shan se tourna vers la vitre en repassant le film des événements sur le champ de fouilles. Ming l'avait délibérément séparé de Corbett et de Yao pour une raison précise.

— Je n'ai pas de permis de travail, dit-il.

— Un coup de fil peut arranger ça. Je pourrais vous trouver un logement au centre. Une voiture, ou au moins une camionnette.

Ming ralentit et se mit à zigzaguer entre les files de vélos qui annonçaient l'arrivée en ville.

— Je pourrais vous autoriser à engager des Tibétains. Disons cinq ou six. Je négocierai avec les Affaires religieuses pour reprendre la direction du centre au nom du musée. Vous pourriez restaurer les bâtiments comme bon vous semble, grâce à l'argent de Pékin.

— Il y a le colonel Tan et l'inspecteur Yao, objecta Shan, à présent tout ouïe.

— Tan est un dinosaure, il sera facile de s'en débarrasser le moment venu. Yao peut être rappelé. Peut-être s'est-il mépris et en a-t-il trop fait. Mais rien ne sera inscrit à son dossier : ni faute ni honte. Il court simplement le danger de ne pas reconnaître la vraie nature du crime. Vous êtes bien placé pour savoir les dégâts que cela peut entraîner. En l'aidant à comprendre, vous nous aidez tous, en particulier vous-même et vos amis tibétains.

Shan se sentit soudain la bouche très sèche et résista à l'envie de sortir une autre bouteille d'orangeade glacée.

— Peut-être pourrai-je démontrer que le chef était tibétain, dit-il lentement, et qu'il agissait sous un prétexte politique. Et que le voleur est mort, peut-être après avoir détruit les objets d'art dérobés.

Ming acquiesça avec respect.

— Pour un homme qui possède vos instincts, la réhabilitation pourrait être très rapide, lança-t-il avec un sourire ironique. J'ai lu des choses sur les lamas, ajouta-t-il, et sur la manière dont ils aident les mourants à trouver leur nouvelle incarnation. Permettez-moi d'être votre lama.

Ils traversèrent rapidement la ville, Shan inspectant les rues au passage. L'espace d'une seconde, il vit un vieillard en haillons noirs qui poussait une charrette dans une allée. Ç'aurait pu être Surya, charriant les déjections de la nuit, ou tout bonnement un paysan tibétain apportant ses maigres produits au marché.

— La personne qui vous aidera aurait besoin d'une carte des sites que vous avez l'intention d'étudier. Les anciens gompas, les cavernes.

— Chaque chef d'équipe en a déjà une, dit Ming en haussant les épaules avant de lui tendre une chemise posée sur le siège. Vous pourrez être mes yeux. Nous disposons d'une nouvelle information : un énorme bouddha se trouve quelque part dans les montagnes. Je le veux. Trouvez-le, Shan. Trouvez-le pour moi, et vous aurez votre nouvelle vie.

Était-ce l'arrogance ou simplement l'ambition politique qui l'aveuglait à ce point ? pensa Shan.

— Je le trouverai, promit-il.

— Excellent. Ce sera notre petit secret.

— Mlle McDowell doit certainement être au courant.

— Notre petit secret, vous dis-je.

Il était difficile de comprendre ce qui se passait parmi les Tibétains des montagnes, songea Shan, en revanche, il semblait absolument impossible de saisir toutes les finesses des relations entre les étrangers présents à Lhadrung.

— Tout pouvoir se fonde sur des secrets, remarqua-t-il.

— Ce qui signifie ? demanda Ming avec un regard amusé.

— Des prières secrètes. Des cavernes secrètes. Des lettres secrètes de l'empereur. Une lettre secrète perdue impliquant Lhadrung dans le vol de la fresque de Pékin.

Ming ralentit et étudia Shan d'un œil méfiant, soudainement sur ses gardes.

— La faute en revient à l'incompétence de la police de Pékin.

— C'est vous qui l'avez découverte, cette lettre. Et c'est vous qui avez expliqué ce qu'elle disait.

— Rien d'étonnant à cela. La maison de l'empereur était mon projet et je suis arrivé sur les lieux moins d'une heure après l'annonce du vol.

— Mais la coïncidence est troublante, vous le reconnaîtrez. Trouver cette lettre juste à ce moment-là.

— Pas du tout. Il y avait, dans le mur derrière la fresque, une sorte d'ancienne chambre forte qui, à l'origine, ouvrait sur la pièce à l'autre bout, condamnée depuis des années.

Ming venait de lui révéler où il avait découvert les papiers secrets de l'amban.

— Vous avez déclaré que la lettre était la preuve qu'il s'agissait d'un crime politique. Mais pour qu'il en soit ainsi, les voleurs doivent apparaître au grand jour, faire une déclaration.

— Nous les avons effrayés, répliqua Ming en allumant une cigarette. Et ils se sont enfuis dans les collines, où ils se cachent pour l'instant. Le fait que vous ayez retrouvé Lodi n'est qu'une preuve de plus, conclut-il en lâchant sa fumée vers Shan.

— Les tueurs de Lodi sont toujours là-haut, insista Shan, qui ne perdait pas une des réactions de son interlocuteur.

— Les tueurs ? répéta Ming avec un filet de sourire. Nous avons déjà des aveux. J'ai peut-être négligé de vous avertir : j'ai fait taper la déposition, et elle est signée. Par Surya, avec, au cas où, deux officiers de l'armée pour témoins.

— Non, rétorqua Shan. Les assassins sont un grand Mongol prénommé Khan qui fume le cigare et un petit Han du nom de Lu.

Ming ralentit à nouveau, sans afficher la moindre inquiétude. Seuls ses yeux brillaient. D'excitation.

— Vous avez un tel talent pour la subtilité, camarade, que je suis surpris de devoir m'expliquer. Vous êtes celui qui a confirmé que Lodi avait effectivement été assassiné. J'ai en ma possession les aveux signés de Surya confirmant qu'il a tué un homme dans les montagnes. Une enquête se révélerait inutile. Vous avez accompli tout ce qui était nécessaire, et apporté la preuve du crime. Tout ce qu'il me reste à faire, de mon côté, c'est ouvrir officiellement le dossier, soumettre les aveux appuyés par ma déclaration, et Surya se retrouve devant le peloton d'exécution.

Ming était en train de lui signifier que, s'il cherchait à poursuivre Khan et Lu, lui s'arrangerait pour que Surya soit exécuté. D'une certaine façon, Khan et Lu étaient ses concurrents directs, mais il ne pouvait se permettre de les faire arrêter.

— Que voulez-vous exactement que je fasse ?

— Travaillez pour moi. Prenez votre part de mes richesses. Faites vos preuves dans les montagnes. Dans les vieux monastères, les moines tenaient des archives minutieuses de leur moindre acte. Même il y a deux siècles. Apportez-moi ces archives. Trouvez la cachette du bouddha de la Montagne. Trouvez tous les détails des voyages de l'amban. Vous le pouvez. Et vous êtes peut-être le seul à le pouvoir.

— Expliquez-moi ce que vous avez fait à Surya quand vous l'avez rencontré dans les montagnes.

— Rien. Nous avons parlé d'art. Je lui ai dit que je collectionnais les tableaux, que je possédais plus d'œuvres d'art qu'il n'en avait jamais vu.

— Lui avez-vous dit que vous étiez abbé ?

Le filet de sourire réapparut sur le visage du directeur.

— Il faut bien s'adresser aux gens en des termes qui soient à leur portée. Je ne pouvais pas déclarer tout bonnement que je dirigeais un musée, n'est-ce pas ?

Le désespoir qui se répandit sur les traits de son interlocuteur parut beaucoup lui plaire.

Shan, la gorge sèche, se hérissa en se rendant compte tout à coup de l'endroit où ils se dirigeaient : il avait reconnu la route qu'ils avaient empruntée à la bifurcation précédente.

— Ce n'est pas..., protesta-t-il avant de sombrer au creux de son siège.

La route n'avait qu'une seule destination : la 404e brigade de construction du peuple.

— Et pourtant si, confirma Ming d'un ton amusé. Le colonel a dit que l'endroit était des plus pratiques. Sécurisé. À l'abri des regards. Tout près des prisonniers de confiance, tout près des soldats.

La voiture s'arrêta sur un dérapage et Shan s'aperçut que sa main serrait son tatouage lao gai sur son avant-bras.

Une énorme tente de l'armée avait été érigée à cinquante mètres de la grille en barbelés du camp de travaux forcés. Quatre camions militaires s'y trouvaient accolés, en cours de chargement. Shan sortit péniblement de la voiture et examina le matériel qu'on leur destinait, mais son regard allait sans cesse vers le camp proprement dit. Il se trouva un coin dans la pénombre près de la tente et s'accroupit en examinant son ancien goulag.

La plupart des prisonniers étaient au travail et nettoyaient les champs en bordure des falaises, à l'autre bout de la vallée. Comme à l'accoutumée, les malades, les blessés et les vieux restaient au camp. Des silhouettes en tenue dépenaillée traînaient dans la cour devant les casernements, évitant soigneusement, à trois mètres de la clôture d'enceinte, la ligne tracée à la chaux sur le sol qui définissait la zone interdite où les prisonniers n'étaient pas autorisés à mettre le pied. Il dut lutter contre la vague d'émotion qui le submergea : derrière ces barbelés se trouvaient des hommes qu'il connaissait, parmi les plus braves, les plus forts et les plus sereins qu'il eût jamais rencontrés. Des hommes qui l'avaient protégé, qui lui avaient donné une nouvelle existence et avaient changé pour toujours l'univers dans lequel il vivait. Eux se trouvaient encore là, en guenilles, à moitié morts de faim. Des images explosèrent devant ses yeux : un vieillard gisant au sol, les dents brisées d'un coup de pied parce qu'il avait été surpris avec un rosaire ; un jeune moine abattu d'une balle dans la tête pour avoir conduit une manifestation contre le directeur ; Lokesh assis dans la neige en compagnie de deux vieux lamas et priant pour les âmes des gardiens. Il se retrouva sans savoir comment dans les herbes de l'autre côté de la route, le bras tendu vers une silhouette qui marchait ployée en deux entre les cahutes. Il voulut crier pour la saluer mais ne sortit de sa bouche qu'un sanglot. Il perçut un mouvement : des gardiens s'approchaient au pas de gymnastique en marmonnant des jurons. Ils lui parurent très loin, comme des quantités négligeables, en dépit de la colère qui grondait dans leurs voix. Il s'avança vers la zone interdite qui entourait le camp, cherchant désespérément à accrocher le regard d'un détenu.

Une matraque le frappa derrière les genoux et il tomba au sol en se roulant instinctivement en boule, tête contre la poitrine, genoux relevés et mains sur la nuque. Un long moment s'écoula et rien ne se passa – pas de coups de trique sur la tête ou le dos, pas de coups de brodequin. Il releva les yeux et vit deux gardiens au-dessus de lui, le visage barré par un sourire cruel, la matraque à la ceinture. Un peu plus loin derrière, une demi-douzaine de soldats contemplaient la scène, ainsi que des prisonniers de confiance. Et Yao. Quand il se releva, l'inspecteur se recula dans l'ombre, comme s'il ne désirait pas que Shan sache qu'il avait vu toute la scène.

— Imbécile, grogna un des gardiens.

— Nous aurons bien le temps, cracha le second. Il y a toujours une place qui t'attend. Tu reviendras.

En ricanant, il lui fit signe de reculer et retourna à la grille d'entrée d'un pas martial.

Shan, réduit à l'état de chiffe, s'assit sur le marchepied d'un camion. À une dizaine de mètres, Yao et Tan étaient en pleine discussion, et le chargement des véhicules se déroulait à un rythme presque frénétique. Parmi les gardiens, il en remarqua plusieurs présents la veille au centre de loisirs. L'un d'eux gardait à l'œil un jeune travailleur presque maigre, en tenue bleue de prisonnier de confiance. Ko affichait toujours le même rictus méprisant, et Shan se demanda si c'était chez son fils un trait caractéristique et permanent. Chargé d'une caisse, il se dirigeait vers un des camions, plus lentement que ses collègues, jetant des regards furtifs aux gardiens, les yeux sans cesse en mouvement sous leurs paupières en berne, à surveiller tout le monde et n'importe quoi, comme les sacs à dos, réchauds, ustensiles de cuisine, sacs de couchage et autres fournitures qu'on transférait de grandes caisses en bois dans les véhicules.

Un prisonnier de confiance trébucha et lâcha le bidon d'eau en plastique qu'il portait. Celui-ci explosa en touchant terre, éclaboussant au passage tous ceux qui étaient à proximité. Le travail s'arrêta, tandis que les gardiens houspillaient le pauvre gars sous les rires des soldats. Un des assistants de Ming se précipita et réprimanda le fautif en lui commandant de reprendre le boulot. Au contraire des spectateurs ravis par l'épisode, Shan n'avait observé la scène que du coin de l'œil. Ko avait continué à avancer, mais il avait changé de direction, transportant sa caisse près de la pile de containers en bois où, d'un geste vif, il avait volé quelque chose pour le cacher sous sa chemise sans rompre le pas.

Ko chargea sa caisse dans le camion et Shan s'approcha du container plein d'équipements divers – jumelles, bananes de ceinture, bidons, et même pelles pliantes.

L'objet que Ko avait volé était petit. En bout de container se trouvaient des boussoles militaires à toute épreuve ainsi que des couteaux de poche. Son fils avait dû prendre une boussole ou un couteau ; ou peut-être les deux.

Shan le suivit des yeux alors qu'il se faufilait dans la foule de travailleurs, coupant la route à des hommes plus âgés qui ployaient sous leurs fardeaux. Il alla déposer une autre caisse sur le hayon du camion, puis s'approcha d'une file de militaires, deux doigts en l'air. Un soldat lui donna une cigarette qu'il lui alluma. Ko s'appuya contre un autre camion d'un air supérieur et contempla tout en fumant le spectacle de ses compagnons de corvée. Voyant une des assistantes de Ming poser un quart métallique plein de thé bouillant sur une table, il s'approcha prudemment et piqua discrètement le gobelet, qu'il emporta près du camion, où il le vida jusqu'à la dernière goutte. Il le balança alors sous le véhicule, pour observer la scène d'un regard endormi, paupières mi-closes. Il s'arrêta sur Shan le temps de lâcher une bouffée de cigarette dans sa direction, et ne bougea pas le petit doigt quand un vieux prisonnier de confiance tibétain laissa tomber son chargement près de ses pieds, éparpillant sur le sol recharges de butane et boîtes de conserve.

— Je l'ai fait affecter à notre équipe, déclara soudain Yao à son côté. Comme porteur. Vous n'avez pas encore eu le temps de vous retrouver, jusqu'ici.

— Non, répliqua vertement Shan. Pas de retrouvailles.

Il se retourna face à l'inspecteur qui fourrait dans une poche un guide du pèlerin.

— Enlevez-le de notre équipe. Renvoyez-le, exigea-t-il.

Sa douleur lui était devenue étrangère, curieux mélange de révulsion et de colère, de peur, de crainte et de culpabilité. Et d'un sentiment de solitude des plus bizarres. Ce n'était pas de l'amour, certainement pas de l'affection, juste un sentiment de solitude qui lui poignardait le cœur. Il se souvenait des années passées à imaginer Ko qui courait comme un enfant heureux en jouant avec d'autres enfants, lisait de vieux enseignements, allait au temple les jours de festival pour faire ses offrandes à ses ancêtres, ainsi que Shan l'avait toujours fait. Mais le vrai Ko était membre d'un gang de trafiquants de drogue, un être cruel et arrogant. Plus le mensonge est gros, plus la vérité est amère.

11

— Elizabeth McDowell.

Shan perçut toute la réticence de Yao à l'énoncé du nom, comme si celui-ci masquait une vérité qu'il ne souhaitait pas reconnaître. À leur retour dans le bureau de Tan, un nouveau message du FBI les attendait.

— Ils ont décidé de vérifier tous les déplacements correspondant aux personnes dont nous leur avons transmis les identités. McDowell n'a pas quitté Lodi d'une semelle. Non seulement elle a voyagé avec lui de Pékin à Lhassa, mais également de Seattle à Pékin.

— Elle connaissait la collection Dolan. Et Lodi avait besoin d'un coup de main, dit Shan, que la nouvelle n'avait guère surpris, même s'il était étonné de voir l'inspecteur aussi bouleversé. Ils étaient associés pour tout. Et elle aurait certainement apprécié à sa juste valeur ce qui s'est passé aujourd'hui, ajouta-t-il après s'être assuré d'un coup d'œil qu'il n'y avait pas d'oreilles indiscrètes aux alentours. Comme une sorte d'hommage à Lodi.

Yao l'observait sans trop comprendre.

— La tombe était aussi fausse que certaines des œuvres d'art que Ming expose à Pékin, expliqua calmement Shan. C'étaient juste les fondations d'un ancien chorten, un ancien mausolée. Les paysans de la vallée doivent en connaître une bonne dizaine encore sous terre, là où les mausolées qui les surmontaient ont été détruits.

— Mais la robe, le vieux décret de l'empereur ?

— Ceux-là sont authentiques, déposés là délibérément pour faire authentique.

— Ming aurait simulé une découverte ?

— Non, pas lui, quelqu'un d'autre, dans le but de le tromper. Vous savez qu'il a menti en déclarant avoir trouvé une lettre pouvant laisser croire que la fresque de l'empereur avait été emportée à Lhadrung. Dans le seul but de se trouver une bonne excuse pour venir ici. Et voilà que quelqu'un lui monte à son tour un beau mensonge. Il n'y avait pas le moindre squelette complet dans ce champ. Et des tas de Tibétains connaissent les endroits où on peut trouver de vieux crânes et des ossements. Quant à la robe, je l'avais vue dans les collines.

Alors que ces mots sortaient de sa bouche, il ne savait plus s'il offrait sa personne en sacrifice ou si d'autres allaient subir ce sort funeste. Il avait appris, bien malgré lui, à se fier à certains aspects de la personnalité de l'inspecteur, mais il en était d'autres auxquels il ne saurait jamais accorder sa confiance.

— Cette fameuse robe. Qui se séparerait d'un objet aussi précieux uniquement pour tromper Ming ? Ceux qui l'ont fait devaient vouloir qu'il croie que la tombe de l'amban se trouve dans le Nord.

— Ils le veulent toujours. Cependant ils sont aux abois. Tout ce qu'ils peuvent faire, c'est le retenir ici sous de faux prétextes, en détournant son attention, parce que c'est ici qu'ils se trouvent. Ils lui ont offert aujourd'hui un trésor politique qui l'empêchera de regarder ailleurs pendant un moment. Ming s'apercevra bien vite que tout ça n'est qu'une mascarade à lui seul destinée, néanmoins il se cantonnera à la version officielle, tant elle présente des avantages politiques. Parce que ce qu'il veut par-dessus tout, c'est le trésor de l'amban. Il est convaincu que ses concurrents ignorent que les Tibétains ont dévoilé la présence du bouddha de la Montagne dans les collines, il a donc tout son temps pour le dénicher. Ce qui explique pourquoi il a cherché à m'engager : pour que je moissonne tranquillement les fortunes cachées dans les mausolées. Mais il cherche désespérément à mettre la main sur des archives susceptibles de le renseigner sur l'endroit où le trésor est caché. Lorsqu'il se rendra compte que la tombe est un simulacre, il en conclura inévitablement que ses concurrents sont près de toucher au but, qu'ils ont eu confirmation de ce que le trésor se trouvait dans le Nord et qu'ils voulaient uniquement le garder à Lhadrung.

Yao acquiesça d'un hochement de tête.

— À ses yeux, jamais Khan et Lu n'abandonneraient un objet aussi inestimable que la robe s'ils n'étaient pas assurés d'avoir à leur disposition un trésor plus inestimable encore.

— Et ce sera sa plus grossière erreur, confirma Shan, s'il croit que les responsables sont Khan et Lu. Il ne peut pas concevoir que des Tibétains puissent monter une escroquerie pareille dans l'unique but de le garder dans la vallée, afin de protéger une chose bien plus précieuse que la robe impériale.

— Pourtant, ses ouvriers partent pour les montagnes.

— Mais ils ne connaissent rien des véritables intentions de leur directeur. Ils ne savent qu'une chose : ils doivent l'appeler à la moindre découverte. Ils ne constituent pas une menace pour ses plans.

— Il ne s'arrêtera pas, déclara Yao. Tant qu'il n'aura pas trouvé les archives qui lui diront où, dans le Nord, le trésor de l'amban a été mis en sûreté.

— Ce qui signifie que nous enquêtons sur le mauvais crime.

— Je ne comprends pas.

— Nous n'arriverons jamais à la vérité sur la fresque de l'empereur et le vol des œuvres d'art de Dolan tant que nous n'aurons pas trouvé la clé du mystère qui entoure la mort de l'amban. C'est pour cette raison que nous n'allons pas vers la caverne que Ming nous a affectée. L'empereur nous a révélé où nous devons nous trouver. Même Ming nous a montré où il faut que nous soyons.

— Ce qui signifie ?

Shan sortit la carte qu'il avait prise dans la voiture de Ming.

— Elle indique la destination de chaque équipe, expliqua-t-il.

Il montra les cercles tracés sur les chaînes montagneuses reculées, puis, entourant chaque site présumé d'un mausolée, des cercles doubles – les cibles des nouvelles équipes de recherche.

— Ming a conclu que Lodi avait été tué à Zhoka pour une raison précise. Il finira par y retourner, lorsqu'il estimera qu'il peut le faire sans danger. Mais le décret impérial retrouvé dans la tombe aujourd'hui était un leurre.

Shan désigna un emplacement à quarante kilomètres au nord de Zhoka.

— Celui qui a rédigé les mots en bas de page essayait de pousser les recherches en direction de Zetrul Puk. De toutes les cibles des équipes du directeur, c'est celle-là la plus éloignée du vieux monastère. Ceux qui ont fabriqué la fausse tombe tenaient absolument à gagner du temps en éloignant le plus possible Ming de Zhoka.

— Ceux qui ont tué Lodi doivent toujours être là-bas, cachés dans les souterrains, dit Yao après un temps de réflexion. Corbett finira lui aussi par le comprendre et retournera dans les ruines. Mais comment pouvons-nous aller là-bas, avec tous ces gens ? demanda-t-il en montrant la colonne qui les précédait. Ils ont des radios. Si nous quittons l'équipe, ils préviendront Ming.

— L'un de nous deux va tomber et se tordre la cheville. Là, dit Shan en indiquant le croisement de leur piste avec un sentier qui se dirigeait vers le sud. À une heure d'ici à peu près. L'autre restera pour l'aider et nous dirons à la troupe de continuer sans nous. Je peux retrouver le chemin du vieux gompa.

— Pas terrible, comme plan, déclara Yao avec un haussement d'épaules. Mais j'ai les chevilles fragiles, proposa-t-il calmement.

Cependant, un quart d'heure plus tard, le soldat qui marchait en éclaireur s'arrêta en levant la main pour avertir la colonne. Une silhouette courait à toutes jambes sur la piste au-dessus d'eux, trébuchant et bondissant, s'arrêtant un instant pour inspecter ses arrières et repartant de plus belle. Certainement un berger, songea Shan, un habitant des collines qui n'aime pas les militaires. Le soldat suivit la silhouette solitaire aux jumelles, poussa un juron et ordonna à son équipe de se réfugier dans les rochers.

Shan se cacha avec les autres avant d'oser jeter un œil. La silhouette – vareuse sale de l'armée et bonnet en laine noire enfoncé bas sur le front – était presque arrivée sur eux. Quand elle ne fut plus qu'à une quinzaine de mètres, leur éclaireur jaillit des rochers et l'assomma d'un coup de crosse à la tête. L'intrus s'effondra au sol et le bonnet glissa de son front. C'était Ko.

Shan n'eut pas conscience d'avoir bondi et remonté les éboulis de pierres de la piste ; il sut seulement qu'il était au côté de son garçon, sa tête sur ses genoux, et épongeait le sang qui coulait de sa blessure, là où la crosse l'avait frappé.

— Foutu évadé, grogna le soldat en prenant sa radio.

Ko cligna des paupières et ses yeux affolés se mirent à remuer en tous sens avant de se poser sur Shan. Il parut le reconnaître et chassa sa main avec une grimace de révulsion.

— Tu saignes, dit Shan d'une petite voix.

Ko retroussa les babines en un rictus méprisant devenu familier, se mit en appui sur les coudes et s'éloigna en rampant avant de se remettre debout. Le soldat poussa un soupir théâtral et l'épingla au sol en lui écrasant la jambe sous son brodequin avant d'allumer sa radio.

Hébété, Shan vit ses doigts se tendre vers son fils puis battre en retraite devant le regard de haine et de furie que ce dernier lui renvoyait, comme s'il le rendait responsable de son malheur.

— Tu ne comprends rien à rien, grogna Ko, toutes dents dehors.

Shan entendit un bruit de dispute : Yao baissait la radio que tenait le soldat.

— Ce n'est pas ce que vous croyez, disait-il. Inutile d'en faire trop.

— C'est un criminel, grommela le militaire. Encore un de ces prisonniers de confiance, comme ils les appellent, qui a échappé à son équipe. Ça fait un peu trop de confiance à mon gré. On n'aurait jamais dû les prendre avec nous. Après un an ou deux derrière les barreaux, on croirait des animaux. Je pourrais l'abattre comme un chien et personne n'y trouverait à redire.

Shan se leva pour s'interposer entre le soldat et Ko, sous le regard inquiet de Yao.

— Il ne vient pas de Lhadrung, il n'est pas de la 404e, expliqua l'inspecteur. Il a été amené du Xinjiang uniquement pour nous aider. Et ce n'est pas un évadé.

Shan, quant à lui, voyait Ko serrer les doigts sur une pierre pointue dont il se préparait apparemment à frapper le militaire au tibia.

— C'est moi qui lui ai demandé de nous rejoindre, poursuivit Yao – et la main de Ko s'immobilisa. J'ai perdu mon système de navigation électronique et je lui ai demandé d'aller en chercher un dans la réserve.

— Jamais on ne confierait un instrument de ce genre aux mecs de son acabit, persifla le soldat.

— Moi, si, dit Yao en lui collant sous le nez l'étui en cuir contenant sa plaque, avant de tendre l'autre main, paume ouverte, vers Ko.

Lequel en resta bouche bée. Il serra les mâchoires et laissa tomber sa pierre, sans quitter le fusil des yeux, puis glissa lentement une main sous sa veste et en ressortit un appareil en plastique qu'il remit à Yao.

Le militaire se dégonfla comme une baudruche devant la plaque et le petit boîtier, recula d'un pas, libérant Ko toujours plaqué au sol, et fit signe aux autres de poursuivre leur chemin.

— C'est votre problème, maintenant, camarade inspecteur, déclara-t-il avec amertume. Je transmettrai à l'autre équipe. Ils seront heureux d'en être débarrassés. Les criminels…, ajouta-t-il, à l'adresse de Shan cette fois, en remettant son fusil à l'épaule pour rejoindre la colonne.

Ko tourna les talons dans la direction opposée, mais Yao lui barra l'accès au sentier de descente.

— Pour reprendre ses termes, vous êtes désormais mon problème. Je vous ai sauvé à cause de votre père. Mais c'est la première et dernière fois. Essayez de vous enfuir et je ne les empêcherai pas de tirer.

Ko, un instant désemparé, se reprit bien vite en reluquant Shan de ses yeux en fente.

— Salauds, siffla-t-il entre ses dents avant de reprendre le sentier de montée.

Une heure plus tard, juste après le croisement avec la piste sud, Yao poussa un cri de douleur et s'affala sur un rocher en se tenant la cheville à deux mains. Le soldat redescendit immédiatement au pas de course et Shan se dépêcha d'arriver avant lui. Il releva la jambe de pantalon de l'inspecteur et lui banda la cheville à l'aide de son mouchoir roulé.

— Une entorse, expliqua-t-il au militaire en nouant le mouchoir serré. Il n'ira plus très loin aujourd'hui.

Yao ordonna à la colonne de poursuivre son chemin en expliquant que Shan et lui les rejoindraient à la caverne le lendemain.

— Nous aurons besoin d'aide ! Il faudra peut-être le porter ! cria Shan au soldat déjà reparti.

Sans hésiter, celui-ci désigna Ko du pouce et lui ordonna de répartir des vivres pour trois dans les sacs à dos de Shan et de Yao. Dix minutes plus tard, la colonne avait passé la crête et Yao dénouait le mouchoir quand Ko déposa un des sacs aux pieds de son père.

— Tu leur as menti, constata-t-il avec curiosité.

— Nous avons décidé de prendre un autre itinéraire, expliqua Shan.

— Voici comment les choses vont se passer, dit Yao en ramassant le sac pour le fourrer dans les bras de Ko. Si vous vous enfuyez, je ne prendrai même pas la peine de courir. Je me contenterai d'appeler des renforts. Non pas les gardiens de la prison, mais des commandos de montagne. Ils arriveront en hélicoptères équipés de détecteurs infrarouges. Si vous avez de la chance, un léopard des neiges vous aura déjà croqué. Si les soldats vous mettent la main dessus, ils vous embarqueront dans l'hélico avant de s'offrir une fiesta en plein vol. Vous voyez ce que je veux dire ?

Étant donné l'air sinistre qu'affichait Ko devant le paysage peu engageant de rochers et de pierres, il avait compris. Dents serrées, il enfila le sac à dos avant d'offrir à Shan une courbette pour lui signifier d'ouvrir la marche.

Ils arrivèrent à Zhoka une heure avant le crépuscule dans un silence à donner le frisson. Un froid glacial régnait dans les ruines balayées par un vent qui gémissait sans désemparer à l'entour des murailles effondrées. Ko traînait des pieds, l'air peu rassuré. Il ôta son sac à dos et le tint à deux mains devant lui comme pour se préparer à se défendre.

— C'est une ancienne prison, déclara-t-il d'une voix désincarnée quand ils s'arrêtèrent en bordure du champ de ruines. Il suffit de regarder, je le sens, je le sais.

Shan s'arrêta sur place comme s'il voyait pour la première fois le labyrinthe de murs abattus, les tourbillons de poussière soulevés par le vent dessinant des ombres pareilles à des spectres en mouvement, les carrés de ténèbres des entrées vers les souterrains.

— Ils ont toujours eu des prisons, ils en ont tué des milliers, reprit Ko. Ça se sent.

Il ne s'adressait à personne en particulier mais devant l'expression de Shan, tout ouïe, son rictus méprisant réapparut et il remit son sac à l'épaule pour continuer à avancer.

— Ce n'est pas une prison, c'est un monastère. C'est là que vivaient des lamas, murmura Shan dans son dos sans penser que son fils entendrait.

— Tu es un imbécile si tu n'es pas capable de voir que c'est un lieu de mort, marmonna Ko en se retournant, avant de poursuivre son chemin.

Ils firent le tour des ruines en s'arrêtant souvent pour prêter l'oreille. Ils traversèrent des zones de silence angoissant, là où les vieux murs bloquaient le passage du vent. Un pika fila le long d'un tas de pierres et Shan vit son fils se tapir aussitôt, le poing serré, en surveillant les alentours d'un œil inquiet. Sentant que son père le regardait, il détourna la tête, vexé d'avoir été surpris, et se redressa vite pour continuer à avancer.

— Là, s'écria-t-il soudain en atteignant le mur. Il y a du monde qui attend dans l'ombre ! Une embuscade !

Un nouveau bruit parvint à leurs oreilles, un faible murmure régulier et paisible.

Shan s'approcha avec précaution et aperçut deux silhouettes devant un petit feu de bouses de yack : un homme, avec un grand chapeau de feutre et un gilet en fourrure crasseux, et une petite fille sur ses genoux, qu'il réconfortait à petites tapes dans le dos en fredonnant à son oreille.

— Avez-vous besoin d'aide ? demanda doucement Shan en tibétain.

— Vous me demandez si je vais bien ? répondit la voix en anglais. Une pizza et une bière ne seraient pas de refus.

C'était Corbett, avec Dawa dans les bras. Yao se précipita et lui tendit une bouteille d'eau.

La fillette était au bord de l'épuisement. Elle murmura un salut et se pressa dans les bras de l'Américain, la tête au creux de son épaule.

— Il fallait que je revienne ici, expliqua Corbett, pour comprendre pourquoi Lodi avait été tué à Zhoka. Lokesh m'a répondu qu'il comprenait, en précisant que mes raisons n'étaient pas les bonnes. À ses yeux, je venais ici pour les mêmes que lui : à cause des divinités endormies. Il m'a conseillé d'imaginer une maison remplie de saints assoupis, et de gens qui essayaient de les tuer en plein sommeil.

« Mais Lokesh n'est pas là, ajouta-t-il d'un air désemparé. Il est là, mais pas avec nous. Nous sommes arrivés hier, lui, Dawa et moi. Il m'a dit qu'il devait rencontrer ici un vieux lama. Mais il n'a vu personne dans les ruines en surface, alors il a décidé de descendre sous terre, pour trouver le bon chemin. Mais ça fait plus de dix heures qu'il est dans les tunnels.

— Là où il y a du sang, murmura la voix étouffée de Dawa au creux, dans les ténèbres où la mort attend.

— Fiona ? demanda Shan. Est-ce qu'elle…

— Elle va bien, répondit l'enfant en relevant la tête. Mais quand elle a appris que je n'avais pas eu le temps de comprendre Zhoka, elle m'a renvoyée auprès d'oncle Jara. Elle a dit que je n'avais qu'un temps limité à passer dans les montagnes, alors c'est ici que je devais venir. Mais dès que nous sommes arrivés, Liya est apparue et elle a emmené Aku Jara. Quand j'ai demandé pourquoi, il m'a seulement répondu que c'était le bouddha de la Montagne.

— Il en avait peur ?

— Oui. Je ne sais pas. Qu'est-ce que c'est, oncle Shan ? C'est quoi, le bouddha de la Montagne ?

— Moi non plus, je ne sais pas, Dawa.

Ils installèrent leur campement autour d'un feu dans l'encoignure de deux murs en ruine. Corbett expliqua que, quand il avait repris conscience, il avait constaté qu'on lui avait enlevé tous ses vêtements pour les remplacer par des habits tibétains. On lui avait pris son passeport, son portefeuille, ses notes, et passé une amulette à prières autour du cou. Il en parlait sans rancœur, d'un ton distant.

— Ils voulaient que je vous croie mort. Je pense même que certains étaient convaincus que vous l'étiez. Mais Liya est réapparue le lendemain après-midi et s'est confiée à moi. Elle a assuré que vous étiez sains et saufs. Elle a ajouté qu'elle savait parfaitement que je devais repartir, mais elle m'a supplié d'essayer de comprendre l'importance des mots qui avaient été prononcés à mon égard. Tout ce qui avait été dit sur l'arc-en-ciel, parce que c'était une des choses vraies de mon existence. Même si je ne les comprenais pas, les gens du village, eux, les comprenaient, ils leur avaient redonné espoir. Elle a ajouté qu'elle était désolée, que je devais les prendre pour des barbares, mais elle avait gardé toutes mes affaires dans un sac qu'elle m'a donné. Elle m'a juste supplié de porter les vêtements de Bumpari jusqu'à mon départ, pour que les gens du village continuent à croire. J'avais le droit de m'en aller quand je voulais, je devais juste considérer mon séjour là-bas comme des vacances tibétaines.

— Ces habits, vous les avez toujours sur le dos, fit remarquer Shan.

— Je les trouve de plus en plus confortables, répondit l'Américain avec un sourire hésitant.

Il tourna soudain la tête en entendant un bruit de pas : Ko apparut, chargé d'une brassée de bois pour le feu, l'air inquiet.

— J'ai vu du sang là-bas, dit-il en pointant le doigt derrière lui.

Il les mena jusqu'à l'intersection de deux allées de ruines où Yao étudiait les gouttes écarlates qui tachaient une pierre plate.

— Des brodequins ici, expliqua-t-il en montrant des empreintes dans la terre sèche. Et des semelles lisses un peu plus loin. Les brodequins guettaient les semelles et leur sont tombés dessus. Il s'est ensuivi une bagarre et les semelles ont pris la fuite, conclut-il en montrant le sang sur le dessus du mur. Impossible à suivre.

Ils mangèrent en silence, puis Yao étendit les couvertures pendant que Shan lisait à haute voix le guide de Zhoka pour les pèlerins. Tout à coup Ko lâcha un juron effrayé en se collant contre le mur : dans l'ombre, une silhouette se blottissait contre un rocher. Corbett fit repartir le feu, Yao prit une lanterne et Shan s'avança vers le nouvel arrivant avec une couverture.

— Tu nous as manqué, lança-t-il.

Lokesh le salua par un soupçon de murmure à peine audible. Shan lui apporta du thé, mais il refusa de boire. Corbett lui offrit une pomme, mais il n'avait pas faim. Finalement, Dawa alla s'asseoir auprès de lui en lui prenant la main, et le vieil homme et l'enfant s'endormirent, blottis l'un contre l'autre.

— Cette prime qu'on offrait pour ma tête, dit Shan à Corbett. Je me suis livré. Vous devriez me payer cent dollars.

— Je suppose..., commença Corbett un peu surpris.

— Je les donnerai à Lokesh, pour régler le prix du billet de car des parents de Dawa. Il faudrait qu'ils rentrent au pays.

— Les contribuables américains s'en feront une joie et un honneur, dit Corbett en souriant.

À son réveil à l'aube, Shan aperçut Lokesh, jambes croisées sur un mur, qui contemplait les ruines. Non, il se trompait : Lokesh priait, les mains nouées en un geste rituel, un mudra qu'il n'utilisait que rarement – main droite sur main gauche, majeurs et pouces en appui comme s'il s'apprêtait à claquer des doigts. Un mudra de guerrier, invoquant une divinité vengeresse.

Shan s'assit au côté de son ami et essaya de trouver les bons mots, ouvrant la bouche à plusieurs reprises pour la refermer aussi vite, ses paroles collant à sa langue telle une plainte confuse.

— Où as-tu voyagé au cœur de la roche, pendant toutes ces heures ? finit-il par demander.

— Je n'ai vu personne. J'ai visité d'anciennes peintures. Je me suis assis dans toutes les salles que j'ai pu trouver. Dans une telle obscurité, il est parfois difficile de savoir si c'est toi qui bouges ou si c'est le monde qui bouge autour de toi.

Lokesh enquêtait toujours ; il cherchait lui aussi, à sa manière, à percevoir la vraie nature de l'étrange gompa.

— Gendun est là-dedans, affirma-t-il.

— Nous ne le savons pas avec certitude.

Lokesh soupira, comme si les paroles de Shan le décevaient.

— Pas à la façon dont l'inspecteur sait les choses. Mais il est là-dedans. Il fait ce que Surya allait faire. Il remet Zhoka à sa vraie place. S'il n'est pas trop tard.

Aux oreilles de certains, les paroles de son ami auraient sonné comme une invocation de sorcière, pour d'autres, comme les divagations d'un vieillard sénile. Lui-même ne comprenait pas ce que faisait Gendun dans les recoins obscurs de cet antique lieu de pouvoir bouddhiste. Remettre Zhoka à sa vraie place devait, d'une certaine façon, impliquer de changer les habitants des terres qui l'entouraient. Le restaurer n'était peut-être guère différent de ce qu'avaient fait les premiers moines bâtisseurs. C'était comme si Gendun s'était enfoncé dans les profondeurs de la terre pour y dénicher un ancien fourneau dont les braises avaient été tisonnées et tassées des décennies auparavant, dans le but d'en faire revivre la dernière encore rougeoyante avant qu'elle ne s'éteigne définitivement. Mais même pour un saint homme de Yerpa, comment restaurer un tel lieu ?

Shan ne comprenait toujours pas complètement ce que Zhoka avait été. Peut-être était-ce là le plus grand mystère, celui qui expliquerait tous les autres. Ce lieu chargé d'histoire et de profonde magie, ce refuge de saints et de divinités était lié à un empereur lointain en des temps tout aussi lointains – et les vieux Tibétains auraient donné leur vie pour le protéger.

— Je suis entré dans toutes les cellules de méditation que j'ai pu trouver, dit soudain Lokesh. Je suis descendu dans tous les trous, avec l'espoir que c'était un tunnel. J'ai découvert beaucoup de vieilles peintures, des images que mes yeux n'avaient encore jamais contemplées. Nous n'avons vu qu'une part minuscule de ce que cet endroit avait pour destin d'être.

— Mais les passages qui mènent dans les profondeurs de Zhoka sont tous éboulés, s'étonna Shan.

— C'est vrai, j'ai trouvé de petits tunnels conduisant à des mausolées, mais ils ne menaient nulle part. Tous n'étaient que des lieux où l'on se préparait. Pour aller ailleurs.

Corbett apparut, avec des bols de thé pour chacun. Une fois désaltéré, Lokesh releva la tête et se frotta les yeux, comme s'il venait de se réveiller.

— J'ai trouvé le lieu de départ des pèlerins, leur confia-t-il. Suivez-moi.

Il descendit de son perchoir pour se diriger d'un pas allègre vers une ruine à cinquante mètres de là. Le tas de gravats ressemblait à une salle effondrée, mais sa destruction n'avait pas été totale. Lokesh y avait déniché un étroit passage.

Ils empruntèrent un escalier resserré et entrèrent dans une pièce habitée par les démons. Les murs et plafonds restés debout, sur toute leur surface, étaient couverts de représentations vengeresses de démons protecteurs. Yao, chargé de son petit sac, sortit son exemplaire du guide du pèlerin et se mit à le feuilleter.

— *Les nouveaux arrivants n'ont le droit de pénétrer dans le temple de la terre que par le jardin des démons qui le veillent de toutes parts, même vers le ciel.*

Yao releva la tête et verrouilla son regard à celui du démon qui le dominait.

— *Voici l'endroit où vous laissez votre vie derrière vous, car c'est seulement ce faisant que vous parviendrez peut-être au paradis de l'au-delà. Que la terreur vous prenne, sinon ne continuez pas jusqu'aux quatre portails. Que la pureté soit vôtre, sinon vous ne reconnaîtrez pas le paradis de l'enfer. Soyez toujours pèlerins, sinon vous serez aveugles à ce que vos yeux verront.*

— Les pèlerins méditaient sur les démons pour devenirs purs, expliqua Shan.

— Avant de descendre vers les quatre portails du mandala, ajouta Lokesh.

— Mais il n'y a que deux portails d'entrée, déclara une voix depuis les ombres.

Le faisceau de la lampe de Corbett trouva Liya, assise contre le mur, le côté du visage meurtri, la pommette entaillée d'une coupure qui avait saigné. Lorsque Dawa se jeta dans ses bras, elle eut un geste comme pour refuser toute aide.

— Je ne suis pas blessée. Ils me sont tombés dessus, toujours les deux mêmes. J'ai griffé le grand sur la joue quand il m'a attrapée. Il m'a frappée et je me suis enfuie. Deux portails d'entrée, ajouta-t-elle à l'intention de Shan, à deux volées de marches, plus bas.

Lokesh sortit une pierre de sa poche.

— J'ai trouvé ça près de la cascade. Je pense qu'elle a dû tomber de la voûte, qui est complètement dans l'ombre.

Il tendit à Shan un fragment de roche long de cinq centimètres.

Shan le fit rouler au creux de sa paume avant de l'examiner de plus près. Un de ses côtés avait été peint en vert. Il échangea avec Lokesh un sourire entendu, puis fit signe aux autres de le suivre à l'extérieur, pour leur montrer l'entrée du tunnel alignée sur l'extrémité du mur effondré.

— Il est probable que tout cela faisait partie d'une seule et même structure, de manière que le pèlerin, dès son entrée, ait le sentiment d'être à l'intérieur de la terre quand il allait saluer les démons.

Il s'accroupit au sommet de l'escalier et traça un cercle sur le sol.

— Un des symboles premiers de la tradition tibétaine est le cercle, la forme fondamentale du mandala. Le symbolisme présidait à la construction de tous les monastères et il était incorporé à l'architecture. Plusieurs parmi les gompa les plus anciens possédaient en leur centre des structures circulaires bâties sur ce modèle, hautes de trois ou quatre étages, créant ainsi des mandalas à trois dimensions représentant les montagnes sacrées et la montée au mont Meru, le centre de l'univers, le sommet du paradis.

— Mais tout a été détruit ici, dit Corbett. Même s'il y existait jadis un palais du mandala, l'armée a tout rasé.

— Si vous essayiez d'atteindre les divinités de la terre, si vous domptiez les démons qui vivaient en elle, où iriez-vous mettre votre mandala ? Dans la terre, suggéra Shan en montrant le tunnel qui conduisait à la salle de la fresque.

Il ajouta une ligne à la base de son cercle au sol, puis une autre à son sommet, symbolisant le tunnel effondré de l'autre côté des ruines. Puis il demanda à Corbett sa boussole.

— Ces tunnels sont orientés selon un axe est-ouest, dit-il, et il en apporta la preuve grâce à la boussole.

Traditionnellement, un mandala disposait de quatre portails d'accès, alignés sur les quatre points cardinaux, chacun associé à des symboles complexes et marqué par une couleur particulière.

— La disposition des portails d'accès dépendait de la divinité placée au centre. Si la terre devait être domptée, alors il doit s'agir du Seigneur de l'Éclair de Tonnerre, expliqua-t-il en cherchant le regard de Lokesh, qui acquiesça. En ce cas, le portail est sera blanc, le sud, jaune, et l'ouest, rouge. Et ici, précisa-t-il en marquant un point dans le cercle à mi-chemin entre l'est et l'ouest, se trouve la cascade aux anciennes écritures sur ses parois. Le mur vert. Qui indique le portail nord.

— Mais il n'y a pas le moindre portail, aucun signe de la présence d'un mandala ! protesta Yao.

— D'une façon ou d'une autre, c'est le chemin qui mène à l'intérieur du mandala sacré de la montagne. Taillé dans le roc, incorporant des éléments naturels comme le torrent souterrain. C'est le palais des artistes, le lieu auquel faisait référence l'amban, le lieu des secrets. Il y aura trois ou quatre niveaux, en cercles concentriques, de plus en plus petits à mesure qu'ils s'élèvent.

Une demi-heure plus tard, ils n'avaient guère le sentiment d'avoir atteint le paradis en pénétrant sac sur le dos dans la salle à la fresque plongée dans la pénombre. C'était là que Dawa avait découvert Surya en sang, et elle se réfugia contre l'épaule de Corbett. Yao, pour sa part, s'était déniché un vieux bâton qu'il brandissait telle une arme en restant sur les talons de Ko, comme s'il craignait que celui-ci ne s'échappe à la première occasion.

Shan s'immobilisa, Liya à son côté, et éclaira les traces de sang sur le mur.

— C'est Lodi qui a laissé ces marques, dit-il, quand il agonisait. Au-dessus il a inscrit ces derniers mots sur la caverne du Dieu de la montagne.

Liya réagit de façon étrange à ses paroles : elle lui serra le bras pour le mettre en garde puis, jetant un coup d'œil alentour pour vérifier si quelqu'un avait pu entendre, le fusilla du regard.

— Où est-il ? demanda Shan. Où est le Dieu de la montagne, le bouddha d'or ?

— Cela n'a rien à voir avec les œuvres d'art dérobées, ni avec l'empereur mort, répondit-elle pour le prévenir d'en rester là.

— Des gens vont mourir si vous essayez de libérer les prisonniers, lui murmura Shan avec désespoir. Beaucoup de gens.

— Des gens vont mourir si nous ne le faisons pas, rétorqua-t-elle du tac au tac.

— Attendez ! s'écria-t-il en la voyant faire demi-tour.

Il lui montra le long ovale avec son cercle à l'intérieur et le carré inscrit dans le cercle.

— Hier, alors que nous escaladions la montagne, j'ai pensé à quelque chose. Ces grains, il les collectionnait, et chacun d'eux est gravé d'une série de symboles, dit-il en lui tendant entre deux doigts le grain de rosaire dzi qu'elle lui avait remis à Bumpari.

— Mais vous avez raison ! s'exclama-t-elle en contemplant le dernier message de Lodi. Il l'a dessiné comme un grain de rosaire ! Un carré, c'est l'accès à la terre, un cercle, l'accès au paradis. Une porte dans la terre à l'intérieur d'une porte du paradis, conclut-elle d'un ton perplexe.

— Essayait-il de vous dire comment entrer ?

— Non. Il ne connaissait pas l'entrée vers le mandala, personne ne la connaît. Il savait que le palais existait et qu'il devait être sauvé.

— Alors peut-être expliquait-il le moyen de trouver le bouddha de la Montagne. Ou alors il voulait signifier que quelqu'un avait trouvé l'entrée.

Liya se détourna comme si elle craignait de trop en dire et Shan la laissa à sa souffrance devant le dessin de Lodi.

Cinq minutes plus tard, en bordure du chenal où s'écoulait le torrent, Shan emprunta la trique de Yao et entra dans le flot glacé, à la base de la cataracte qui tombait du plafond, une extrémité de corde attachée à sa ceinture, l'autre maintenue par Corbett. À l'aide de son bâton, il explora la chute à l'horizontale, touchant chaque fois le rocher massif à un mètre cinquante derrière elle. Ensuite il sonda à la verticale en passant à la base de la cascade, afin de tenter d'en déterminer le relief. En pure perte. Il n'y avait que l'eau, et le vide. Directement sous la chute, le bassin était sans fond.

Parvenu de l'autre côté du chenal, son exploration terminée, il sortit la lampe de sa poche et examina les images décolorées peintes sur la muraille. Au dessus des antiques mots qu'on y avait inscrits, il découvrit deux silhouettes assises au sommet d'une montagne. L'une portait le chapeau conique caractéristique d'un professeur.

— La vie ! s'exclama dans son dos une voix rauque.

Lokesh, dans l'eau glacée jusqu'aux genoux, était accroché à la corde d'une main et lui montrait de l'autre les lettres presque effacées par le temps.

— Et la nature, ajouta-t-il en pointant l'autre inscription.

Il s'immobilisa et examina avec attention les images du lama et de son élève avant de lâcher un petit rire.

— Il demande au novice de résoudre une énigme.

— Quelle est la nature de la vie, répondit Shan.

Quand il se retourna pour expliquer aux autres ce qui était écrit, Lokesh avait lâché la corde et fixait les ténèbres du bassin à la base de la cataracte. Son regard se fit serein et ses lèvres se retroussèrent en un grand sourire.

— Toi et moi, nous connaissons la nature de la vie, dit le vieux Tibétain en se penchant jusqu'à ce que l'eau dégringole sur le sommet de son crâne.

— Non ! s'écria Shan en se lançant en avant pour le rattraper.

Trop tard. Lokesh, le visage rigolard, écarta les bras et se laissa tomber en avant dans la cascade pour disparaître dans le bouillonnement noir du bassin.

La nature de la vie était un homme tombant dans un puits, les yeux grands ouverts.

12

— C'est du suicide ! hurla Liya. Il va se retrouver pris au piège des tourbillons de la cascade.

Pétrifiés, ils contemplaient dans un silence de mort la surface impénétrable des eaux noires qui avaient englouti Lokesh. Soudain, Shan perçut un mouvement à côté de lui et vit avec horreur Ko arracher la lampe de Corbett, repousser Yao contre la paroi et sauter à son tour, à l'endroit exact où son vieil ami avait disparu.

C'est tout juste s'il entendit le juron de Corbett et les pleurs de Dawa. Sans réfléchir, il laissa tomber son sac, ôta sa veste et, sans un regard derrière lui, serrant sa lampe de toutes ses forces, plongea dans la cascade.

Le barattage des eaux glacées l'entraîna dans ses tourbillons, le tirant de plus en plus loin vers les ténèbres. L'étroit passage d'où il avait sauté semblait s'ouvrir sur un vide sans fond ni parois. Il poussa de toute la force de ses jambes, luttant de sa main libre pour se mouvoir en s'éclairant de l'autre. Mais il ne voyait que le noir devant lui. Un noir absolu. Lokesh et Ko avaient gardé tous leurs vêtements et devaient continuer à sombrer dans la nuit sans fin, jusqu'à ce que leurs poumons explosent et qu'ils ne puissent plus remonter. Les anciens dieux de la terre, gémit une voix dans son esprit. Lokesh était parti retrouver les antiques dieux de la terre, qui ne le lui rendraient jamais, pas plus que son fils.

Il se rendit compte que ses poumons hurlaient, en quête d'un peu d'air, et il poussa vers la surface, luttant contre le froid et sa propre panique. Il finit par émerger, à bout de souffle, dans une salle obscure dont il avala goulûment l'air glacé, la peur au ventre à l'idée que les ténèbres ne le reprennent pour l'engloutir de nouveau. Une autre peur s'empara de lui lorsqu'il entendit d'étranges sanglots.

Il nagea vers une lumière minuscule, se cogna à une paroi de pierre et se redressa en y prenant appui. Les sanglots étaient à présent tout proches. Il s'essuya les yeux pour tenter de mieux distinguer les deux silhouettes un peu floues qu'il discernait devant lui. Lokesh et Ko ne pleuraient pas, ils riaient. Ils avaient ôté leurs chaussures et essoraient leurs chaussettes.

Ko fut le premier à le voir, et son expression amusée se renfrogna aussitôt.

— Bienvenue au vrai Zhoka ! s'exclama Lokesh en illuminant les murs de sa lampe.

Une minute plus tard, Shan était de retour dans le tunnel et, tout à son excitation, expliquait leur découverte.

— Il s'agit bien du portail nord, confirma-t-il. La salle est couverte de peintures et d'écrits.

Il décrivit la manière dont les anciens bâtisseurs avaient astucieusement monté un mur sur la largeur du bassin, afin de créer l'illusion que les eaux dégringolaient sur une face rocheuse naturelle. En réalité, ils avaient laissé en son milieu un chenal de descente pour les pèlerins qui étaient parvenus à résoudre la vieille énigme d'enseignement.

— Je ne sais pas nager, gémit doucement Liya, qui commençait à comprendre.

— Ce n'est pas vraiment de la nage, répondit Shan. Vous vous contentez de tomber tout droit et vous vous dirigez vers les lumières. Lokesh et Ko vont allumer leurs lampes dans l'eau. Il faut simplement protéger le matériel.

Corbett sortit des sacs de la corde ainsi que deux sacs en plastique épais qui devaient servir de tapis de sol. Il commençait à en doubler l'intérieur des sacs à dos quand Shan l'arrêta.

— Vos vêtements. L'eau est glacée. Gardez un peu de place pour vos vêtements, de manière à avoir quelque chose de sec à vous remettre sur le dos.

Yao le regarda d'un air atterré.

— Nagez en sous-vêtements, lui dit Shan. Il fait sombre, personne ne verra rien. Suivez la lumière.

Corbett, souriant de toutes ses dents, jeta deux chemises à Dawa et à Liya, puis termina l'emballage des affaires et sortit une longue corde en leur expliquant qu'il partirait le premier, la corde nouée à sa taille et tenue à l'autre bout par Yao, de sorte qu'elles pourraient s'en servir comme d'une main courante. Puis il tracterait les sacs jusqu'à leur destination.

Dix minutes plus tard, ils étaient tous de l'autre côté et préparaient du thé, après que Corbett leur eut montré comment utiliser le réchaud à gaz de l'armée. Dawa triait les vêtements secs pour en distribuer à Shan, Lokesh et Ko, tandis que Yao examinait la salle à la lumière de sa lampe. Le bassin y dessinait un long ovale dont la courbure arrière était un mur entaillé à pleine pierre de deux volées de marches qui conduisaient à des passages vers l'est et l'ouest.

— Le tunnel circulaire, expliqua Yao quand Shan le rejoignit. Nous nous trouvons à l'intérieur de votre mandala. Mais je ne peux pas croire que l'on attendait des pèlerins qu'ils entrent comme nous l'avons fait.

— Il y avait bien des manières, déclara Lokesh d'un ton solennel. Chacune était une épreuve. Vous avez lu le guide. *Soyez terrifié ou ne continuez pas.* Il y avait certainement des pèlerins qui avaient besoin d'entrer en passant par les eaux, peut-être même obéissaient-ils aux ordres des lamas de Zhoka.

Il répéta les paroles du guide :

— *Le cœur du monde ne doit pas s'atteindre dans la facilité. C'est ici qu'on laisse sa vie derrière soi.*

— Que voulez-vous dire par « cœur du monde » ? demanda Yao.

— Le mandala est une forme de l'univers. L'essence du monde, répondit Lokesh, surpris par la question.

— Vous voulez parler d'un modèle en réduction de l'univers, dit Yao le front plissé, sans trop de conviction. Un simulacre. Une imitation.

— Non, rétorqua Lokesh, qui s'attendait à cette objection. Le contraire. Plus réel que réel.

Devant le trouble et la confusion qui se lisaient sur le visage de l'inspecteur, il haussa les épaules et poursuivit :

— Dehors, l'univers peut être difficile à voir, mais ici – il embrassa d'un grand geste les murs qui paraissaient vivre de couleurs et de formes – il est à votre portée, vous pouvez le toucher.

Dawa, mal à l'aise devant ce qu'elle voyait sur les murs, se pressa contre le vieux Tibétain et tendit la main pour agripper son bras.

— Acala, Tamdin, les gardiens des portails, poursuivit Lokesh, qui présentait deux des images avec bonheur et nostalgie, comme s'il saluait de vieux amis.

Il avança le long des parois de la salle et s'arrêta devant la peinture flamboyante d'une silhouette armée d'un bâton, entourée de flammes, une mangouste à la main.

— Le roi du Nord, expliqua-t-il en passant la paume à sa surface, de la même manière que Gendun à la tour de pierre.

Quand il s'arrêta, une lueur nouvelle illuminait ses yeux, et il se frotta les paumes avant de se pencher vers Shan.

— Des prières ont été récitées, lui confia-t-il dans un murmure.

Shan le fixa sans comprendre, mais avant qu'il ait pu insister pour qu'il s'explique, le vieux Tibétain était allé jusqu'au mur face à l'entrée sous les eaux, et levait sa lampe. Une inscription s'y trouvait peinte en or au-dessus d'une fresque du Bouddha historique, et il la lut à haute voix :

— *Est-ce que celui qui s'est immergé dans le courant conduisant à l'illumination dit de lui-même : je suis entré dans le courant ?*

Il se retourna avec un grand sourire : la question, extraite de l'antique sutra du Diamant, lui était familière.

— Faut-il donc que chaque écrit soit une énigme ? s'enquit Yao, frustré. Et pourquoi ici ?

— La réponse à cette énigme est non, dit lentement Shan. Car si vous êtes conscient d'être dans le courant, cela signifie que vous n'avez pas atteint au non-moi et à l'absence d'ego qui est l'état de l'illumination.

— Donc nous ne devons pas reconnaître l'eau, dit Corbett d'une voix nouvelle et passionnée en marchant le long du bassin. Et si l'eau n'était pas là ? Nous serions secs. Nous aurions plus chaud. Et nous serions capables de donner un sens à tout ça.

Et il leva sa lampe vers le plafond.

Celui-ci était inégal et irrégulier, ses côtés venant s'incurver sous un angle aigu vers l'intérieur avant de se rejoindre au centre, comme pliés le long d'une couture régulière. Cependant, chaque côté n'était visible qu'à la condition d'être placé directement dessous. Du côté où se tenaient Shan et Corbett avait été peinte une moitié de lion des neiges blanc à la crinière turquoise, la gueule ouverte en pose traditionnelle – une expression censément féroce qui, d'une certaine façon, ressemblait plus à un rire qu'à un rugissement –, une patte levée et pliée au creux de laquelle se nichait un moine minuscule.

— Un demi-lion ! s'écria Yao du côté opposé. Avec une guirlande de crânes autour de la patte.

Un lion vengeur et protecteur était peint sur le plafond, chaque moitié du corps sur un côté du plafond segmenté.

Après avoir passé un quart d'heure à examiner la salle sous toutes ses coutures sans y découvrir de nouvelles énigmes, ni d'autre manière d'interpréter les mots de l'ancien sutra, ils s'aventurèrent dans le tunnel ouest. Yao comptait les pas et s'arrêtait souvent pour ajouter des précisions à la carte grossière qu'il dessinait dans son calepin. Ils progressaient lentement. Sur toute la longueur du mur intérieur s'alignaient des chapelles, dont beaucoup étaient minuscules, à peine un mètre quatre-vingts de large, chacune remplie de peintures éblouissantes, certaines avec des autels décorés de petites figurines de saints et de diverses formes du Bouddha, en bronze, cuivre, argent et or.

Lokesh restait à la traîne, refusant qu'on le presse quand il visitait les chapelles. Shan et Yao le trouvèrent assis dans la troisième, devant un thang-ka de démons protecteurs, Liya à côté de lui. La jeune femme indiqua une petite colonne de cendres – les restes d'un bâtonnet d'encens ressortant d'un présentoir en pierre posé sur l'autel.

— Quelqu'un est venu ici.

— Ça pourrait remonter à loin, dit Yao.

— Non, on sent encore le parfum. C'est tout frais. Et une lampe à beurre.

— Mais je vous l'ai dit, intervint Lokesh, Gendun est passé ici. Il sait comment faire revenir les divinités.

— Je ne pensais pas… Seul dans les cavernes…, commença Liya avec un grand frisson avant d'accepter les mots du vieux Tibétain.

Après l'examen de la sixième chapelle, Corbett protesta qu'il allait leur falloir des heures pour voir toutes les peintures et sculptures.

— Si ce couloir est bien circulaire, nous ne risquons pas de nous perdre ni de rester longtemps séparés si certains parmi nous vont de l'avant.

Yao fut d'accord avec sa proposition.

— Si nous ne trouvons rien d'ici une heure, nous partons, les prévint l'inspecteur en les quittant. Il ne s'agit pas d'une expédition archéologique. Ce sont des criminels que nous recherchons.

Des criminels archéologues, faillit lui rappeler Shan devant le spectacle d'un Lokesh émerveillé en pleine contemplation d'une peinture, avant de lui emboîter le pas, des questions plein la tête. Surya était-il parvenu à trouver son chemin à l'intérieur du palais mandala ? Lui-même n'avait-il pas trahi les vieux Tibétains en faisant entrer des étrangers dans l'antique temple ? Un moment, toute son énergie passait à chercher Gendun, et l'instant suivant, il craignait ce qui se passerait si Yao et Corbett tombaient sur le vieux lama. Ou le bouddha de la Montagne.

Lorsqu'ils arrivèrent à la masse de gravats du portail ouest effondré, Shan dirigea le faisceau de sa lampe vers le coin droit du plafond, là où ils avaient découvert l'œil peint de l'autre côté de l'éboulis. Il s'aperçut qu'il y avait plus de deux douzaines d'yeux disposés en ligne, sous une zone noire délimitant l'endroit où la dalle était tombée du plafond, bloquant le passage de l'escalier. Sous les yeux qui veillaient se trouvait une énorme fresque d'une divinité protectrice féroce arborant une guirlande de crânes, une image que Shan avait souvent vue par le passé – à l'exception d'un détail qu'il montra à Yao : une silhouette sur l'épaule de la divinité vengeresse, un petit lion blanc tenant une fleur de lotus.

— Ça pourrait être une signature de l'artiste, suggéra Yao.

— Les artistes tibétains ne signaient pratiquement jamais leurs œuvres, d'aucune manière. C'est peut-être un indice laissé aux pèlerins par les anciens.

Il éclaira plusieurs autres représentations de divinités : toutes avaient des lions similaires sur l'épaule.

— Écoutez ! lança soudain Yao.

Il éteignit sa lampe et signifia à Shan de l'imiter.

Quelqu'un, armé d'une torche masquée d'un linge, peut-être un pan de chemise, sortait de l'une des chapelles qu'ils avaient laissées derrière eux. Yao poussa Shan de côté afin qu'ils surprennent l'intrus ensemble en se rabattant sur lui, un sur chaque flanc.

La silhouette avançait lentement, tournant la tête par instants pour vérifier que personne ne suivait, à d'autres se faisant toute petite sans jamais se redresser complètement : elle portait au creux d'un bras un objet pesant.

— Que Bouddha soit béni ! s'exclama une voix jubilante à l'autre bout du couloir.

Au cri inattendu poussé par Lokesh, la silhouette pivota, éclairant par inadvertance de sa torche masquée un masque hâve de mâchoires et de joues. Ko.

Un éclair d'effroi passa une seconde sur ses traits quand les lampes se rallumèrent. Il se raidit en s'appuyant contre la paroi pour tenter de masquer l'objet brillant qu'il tenait dans la main, les lèvres retroussées en rictus, sa propre lampe brandie telle une arme.

— Vous devriez faire preuve d'un peu de prudence, déclara Yao d'une voix paisible. Il y a des voleurs dans ces ruines.

Shan, la gorge nouée devant ce qui lui sautait aux yeux – son fils avait volé dans les chapelles – fut surpris de constater que l'inspecteur avait décidé d'ignorer délibérément l'évidence.

— Voyons un peu les pièces à conviction que vous avez dénichées, dit Yao en s'avançant.

Une seconde, Ko ressembla à un animal sauvage acculé dans ses derniers retranchements. Il se raidit avant de paraître s'effondrer sur place lorsque l'inspecteur prit sous son bras un petit bouddha d'or, haut de vingt-cinq centimètres, au pied incrusté de pierres précieuses.

— Excellent, déclara Yao en tendant la statuette à Shan. C'est bien la preuve que nous avons découvert un endroit que les voleurs n'ont pas encore pillé. Cela va nous permettre de mieux concentrer nos recherches.

Les poches de Ko étaient déformées par leur contenu. Une trompette dorée pendait à son épaule par une bandoulière en cordon tressé. Il baissa la tête sans protester quand Shan fit glisser le cordon le long de son bras pour reprendre l'instrument.

— Cet objet a été fabriqué à partir d'un os humain, Xiao Ko, dit-il. Qui appartenait probablement à un saint homme vivant il y a des siècles.

Shan comprit que la révulsion qui se lisait sur le visage de Ko n'avait rien à voir avec ce qu'il venait d'apprendre. Sans réfléchir, il avait donné à son fils le nom de Petit Ko, terme d'affection traditionnellement utilisé par les pères et les oncles, et ce simple mot avait déclenché chez son fils un mépris bien plus fort que sa haine lorsque Yao lui avait confisqué son trésor.

— Je m'appelle Ko, lui cracha-t-il en pleine figure. Tiger Ko.

Son nom de gang, celui qui figurait sur son casier. Il bouscula Shan et s'enfonça dans les ténèbres.

— Ah, les enfants ! s'exclama Yao avec un soupir exagéré.

Shan, avec à la main le petit bouddha d'or que venait de lui remettre l'inspecteur, contemplait le couloir sombre. Son fils n'irait pas loin : le tunnel était circulaire.

Shan revint sur ses pas en inspectant les chapelles. Il entra dans la troisième dont l'autel présentait une marque ronde bien nette au milieu de la poussière qui le recouvrait.

— Pardonnez-lui, murmura-t-il à la divinité bleue en remettant la statuette en place. Il n'a pas été bien élevé.

Il remarqua alors, à mi-hauteur d'un mur latéral, une lourde cheville en bois dans une rangée de crânes peints et y accrocha la trompette incrustée de joyaux. La cheville en question ressemblait davantage à un pieu, inséré dans l'orbite d'un crâne. Shan balaya le mur de sa lampe et vit qu'un autre crâne avait lui aussi l'orbite béante, mais celle-ci était invisible au premier regard. Par terre, près de l'autel, gisait un autre rondin de même calibre, encroûté de poussière. Il le ramassa après un instant d'hésitation, peu désireux de déranger l'ordre des antiques chapelles. Le pieu s'insérait parfaitement dans l'orbite.

Il examina la paroi plus attentivement et y découvrit quatre autres orbites creuses, toutes de la même taille, et parties intégrantes de la peinture, sans pour autant constituer un motif particulier. Peut-être était-ce simplement une nouvelle astuce des bâtisseurs qui avaient cherché à intégrer les inégalités de la pierre en leur donnant une fonction pratique : patères destinées à suspendre robes, émouchoirs, trompettes et autres ustensiles de cérémonie. Cependant, en revenant vers le portail nord, Shan découvrit d'autres trous dans le mur du couloir, à intervalles irréguliers, trois ou quatre tous les trois mètres, tous tellement bien intégrés aux fresques qu'ils étaient invisibles aux premiers regards. Le paradis de Zhoka avait incontestablement été conçu pour ceux qui se le gagnaient, grâce à leur foi et leur intelligence confondues.

Alors qu'ils se dirigeaient vers le portail sud, Yao et Shan eurent l'impression de traverser des poches de senteurs diverses. Des parfums d'encens, certains récents, la plupart plus anciens aux relents de moisi, fragrances complexes fabriquées traditionnellement à partir de dix ou vingt ingrédients odoriférants. Une odeur de pourriture, mêlée à celle du cèdre. Et une autre encore, à peine perceptible, et étrangère au temple.

— Vous sentez ? demanda Yao.

— Du tabac. La fumée d'une cigarette.

Il se rappela les mégots trouvés à la surface, près de l'excavation, ainsi que les restes de cigare que Corbett avait ramassés près des taches de sang.

Ils passèrent devant d'autres chapelles dans le tunnel qui s'infléchissait vers le sud, pour ne trouver que des ruines à l'emplacement du portail d'accès – des fragments de pierre peinte en jaune, la couleur du roi du Sud, d'énormes dalles tombées du plafond qui bloquaient le passage, des poutres cassées, restes peut-être d'un antique escalier en bois.

Ko avait disparu, même si, à deux reprises, Shan avait entendu un écho de pas de course, et chaque fois s'était retenu de courir à sa recherche – il savait que son fils ne risquait pas de rester longtemps loin des trésors du temple.

— Il a été très brave, lui dit Yao en voyant Shan scruter les ténèbres, quand il a sauté dans l'eau pour sauver Lokesh.

Shan le remercia d'un signe de tête, non parce qu'il était d'accord, mais pour le remercier du ton de ses paroles. Il savait que son fils n'avait pas plongé dans le but de sauver le vieil homme : il ne cherchait qu'à s'enfuir.

Le portail est aussi était en ruine, mais la dévastation avait été encore plus totale. D'énormes lames de roche gisaient au sol, et le plafond effondré leur interdisait pratiquement tout passage, détruisant du même coup toute œuvre d'art ou message qui auraient pu leur offrir des indices.

Ils revinrent sur leurs pas en silence, comme si Yao, soudain, éprouvait lui aussi le besoin urgent de rejoindre les autres. Ils les retrouvèrent dans la chapelle près du portail ouest éboulé, sous la ligne d'yeux peints. Lokesh rayonnait, le visage empreint d'une sérénité que Shan ne lui avait vue que rarement au cours des années passées ensemble.

Mais eux non plus n'avaient trouvé aucune solution aux énigmes du tunnel.

— Il n'y a pas trace de l'amban, dit Yao d'un ton de reproche. Pas même un signe des voleurs, excepté une odeur de fumée. De la fumée, c'est tout.

— Mais c'est bien ici, le palais, répondit Lokesh, qui ne comprenait pas la frustration de l'inspecteur.

— Il n'existe pas d'autre niveau, poursuivit Yao en ignorant le vieux Tibétain. Ce n'est pas le palais de l'amban, ce n'est pas ici que l'amban s'est caché, et les voleurs sont certainement arrivés à la même conclusion. Ils pourraient être à des kilomètres. La journée a été gâchée, et à moins de remonter par le bassin, déclara-t-il d'un ton catégorique qui prouvait à quel point l'idée lui déplaisait, tout ce que nous sommes parvenus à faire, c'est nous emprisonner dans ce lieu.

— Ce sont les lions des neiges, les messages, intervint Shan sans trop de conviction. Le lion des neiges du portail nord doit signifier quelque chose.

Il les conduisit de nouveau vers la porte ouest pour leur montrer les petits lions au-dessus des épaules des divinités.

— Il y a une inscription ! s'exclama Lokesh en illuminant quelques minuscules lettres tibétaines au-dessus d'un lion. Au-dessus des autres aussi.

Le vieil homme déchiffra lentement :

— *La vraie nature des choses est le vide. La claire lumière de la vacuité est l'éveil à la conscience lucide.*

C'était un extrait du Bardo, le rituel des morts.

— Le vide, dit Corbett en éclairant le tunnel obscur. Du vide, nous n'en manquons pas.

— Mais ces phrases ne sont pas complètes, remarqua Shan. Le texte du rituel est différent.

— Une phrase a été enlevée, confirma Lokesh. *La claire lumière de la vacuité, sans un centre ni une circonférence, est l'éveil à la conscience lucide.* Voilà les vraies paroles qui doivent être dites.

— Qu'est-ce que la vacuité sans circonférence ? interrogea Shan. Un trou.

Il se dépêcha d'expliquer ce qu'il avait découvert dans la chapelle : les orifices étrangement déguisés dans le mur, ainsi que les chevilles en bois.

Une fois dans la chapelle, il ramassa toutes les chevilles qu'il put trouver.

Dix minutes plus tard, Dawa poussa un cri excité depuis une autre chapelle à mi-chemin entre les portails est et ouest. Shan se précipita en compagnie de Corbett et ils virent la petite fille et Liya debout, les doigts enfichés dans des trous du même mur. Chacun d'eux correspondait à une tache sur le pelage de quatre petits lions des neiges suspendus au-dessus de l'image d'une divinité protectrice vengeresse. Celui qui occupait la position la plus élevée tenait niché au creux de sa patte un moine minuscule.

Shan inséra les chevilles dans les orifices disposés à intervalles réguliers, en diagonale, de la gauche vers la droite. La plus basse était à quarante centimètres du sol, la plus haute, un mètre plus à droite, à trente centimètres du plafond.

— Un escalier ! s'écria Liya.

— Qui ne mène nulle part, constata Corbett.

Shan mit le pied sur le premier pieu, puis sur le deuxième, baissant la tête pour ne pas se cogner au plafond qui avait l'aspect d'une dalle de pierre massive. Il le toucha de sa lampe en plusieurs endroits, et un morceau se souleva.

— C'est du bois. Il y a une porte.

Le panneau, soigneusement gravé et peint, semblait partie intégrante de la pierre, et ses bords irréguliers s'alignaient parfaitement avec une veine courbe dans la roche. Shan le repoussa complètement et éclaira une salle au niveau supérieur. Une bouffée d'air chargé d'encens aux relents de moisi s'en échappa quand il descendit de son échelle improvisée.

Il se retourna pour offrir à Lokesh l'honneur d'être leur guide dans les salles de l'étage, mais une silhouette élancée arriva en trombe, bondit sur le premier barreau et disparut aussitôt dans les ombres au-dessus de leurs têtes, en laissant tomber de sa poche un petit objet brillant.

— Votre fils a très bon goût, dit Corbett en examinant l'élégante statuette en argent.

À l'étage, la salle d'entrée, décorée aux effigies peintes de démons protecteurs, ne donnait pas sur un tunnel incurvé mais sur une enfilade d'arches et d'entrées vers de petites chapelles, chacune s'ouvrant vers deux autres plus petites. Un véritable labyrinthe.

Shan reconnut Atisha, un des plus grands saints tibétains, encadré par les images de saints de moindre importance, chacun dans son petit carré. Atisha, avec la coiffe moulante terminée en pointe traditionnellement associée à sa représentation, était assis en une pose décontractée mais non symétrique : un pied sortant du grand carré qui le cernait, comme s'il se préparait à émerger du mur, donnait un air fantasque à la peinture. En s'en approchant, Shan se cogna à une grosse cheville dans le mur. Par terre gisaient quatre autres longs pieux, comme si quelqu'un était monté en les retirant un à un pour effacer toute trace de son passage.

Liya lut la ligne inscrite au bas du grand carré :

— *La plus grande méditation. La plus grande sagesse.*

C'était tout.

— Il s'agit d'un raccourci, expliqua Lokesh d'une voix méditative, un résumé. Le texte intégral dit : *La plus grande méditation est un esprit qui lâche tout, la plus grande sagesse est de voir au-delà des apparences.*

Yao sortit le croquis de l'étage inférieur et le retourna pour faire un dessin de la pièce où ils se trouvaient.

Lokesh indiqua un autre texte sous un bâton de mendiant suspendu à des crochets au-dessus d'une entrée.

— *C'est la seule chose qui soit nôtre et pourtant nous la cherchons ailleurs.* Un autre enseignement. Nous portons la vérité en nous, simplement, nous ne la reconnaissons pas.

En s'engageant dans le labyrinthe de chapelles, Shan se tourna vers Corbett, qui portait les vivres.

— Du riz, dit-il.

L'Américain, perplexe, lui tendit un petit sachet en toile blanche, dont Shan ouvrit un coin.

— Nous devons rester ensemble, expliqua-t-il en refermant le sas qui ouvrait sur le niveau inférieur. Désormais, nous marquerons notre piste, ajouta-t-il en semant derrière lui une ligne de grains de riz.

Ils avaient atteint la quatrième salle quand Yao l'appela. Shan abandonna la magnifique peinture qu'il admirait tandis que l'inspecteur éclairait un cylindre noir par terre : une lampe métallique brisée, semblable à celles que les soldats leur avaient empaquetées. La lampe de Ko.

La poussière de plâtre tombée du plafond était marquée d'empreintes de brodequins.

— Il courait, dit Corbett en examinant les traces. Il a dû se retourner et s'est pris le pilier qui sépare ces deux entrées.

Shan scruta les ténèbres. Sans lumière, Ko courait à sa mort : il pouvait chuter dans une fosse, errer sans fin dans ce labyrinthe d'un autre monde, et même tomber sur les voleurs assassins dont la réaction risquait d'être violente.

— Aku, tu as raison, entendit-il Dawa dire à Lokesh en tirant le vieil homme par le bras. Il y a des dieux qui sont encore vivants !

Elle se plia en deux, le doigt tendu, et le vieux Tibétain puis Shan à son tour s'accroupirent pour tenter de comprendre. Rien. Dawa prit la lampe de Shan et la dirigea au ras du sol en dessinant un réseau d'ombres. Shan n'y vit d'abord que des marques indistinctes dans la poussière avant de comprendre qu'elles étaient alignées, avec, à l'extrémité de deux d'entre elles, deux petits ovales arqués. Des empreintes fraîches de pieds nus qui s'enfonçaient dans les ténèbres et disparaissaient là où la poussière cédait la place au rocher. Gendun ne portait jamais ses chaussures à l'intérieur d'un temple.

On discutait derrière lui : Corbett demandait à Liya la nature de l'indice, insistant sur le fait qu'il devait en exister un, et Liya reposait la même question à Lokesh. Shan se retourna et aperçut son vieil ami en transe émerveillée, ainsi que cela lui arrivait souvent, transfiguré par la vision d'une nouvelle peinture d'Atisha. Le gentil saint serrait les mains contre sa poitrine, le bas des paumes et les bouts des doigts en contact, les doigts ouverts vers l'extérieur comme s'ils serraient une sphère invisible. Le mudra de la Boîte au trésor.

Yao, de son côté, relevait le plan des chapelles et de leur agencement sur son calepin.

— Il faut que nous partions, déclara Shan.

Le vieux Tibétain parut ne rien entendre. Lorsque Dawa le tira par la chemise, il finit par les suivre, marchant comme un aveugle, le visage illuminé d'un sourire, ses mains saluant toujours le trésor, celui que ces antiques peintures venaient de lui déposer dans le cœur.

Shan s'attarda à son tour sur la fresque pour s'apercevoir que les autres l'avaient laissé seul. Il avançait quand il perçut un faible murmure dans son dos. Corbett était là, lui aussi, lampe éteinte, et contemplait le saint des âges anciens avec la même ferveur respectueuse qui se lisait sur les visages des vieux Tibétains.

— J'ai le sentiment que nous ne sommes pas à notre place, ici, murmura l'Américain d'une voix à peine audible.

— C'est ici que nous les trouverons, objecta Shan. Les criminels que vous recherchez.

— Ce n'est pas ce que je voulais dire.

— Vous ne parliez pas en enquêteur, je présume.

Corbett hocha lentement la tête et plongea son regard dans les ténèbres.

— D'une certaine façon, j'ai l'impression que c'est l'endroit le plus loin de ce monde que j'aie jamais vu, ou que je verrai jamais. Lokesh avait raison. C'est plus réel que réel. Des gens se sont assis là il y a des siècles et ont accompli des choses plus importantes que tout ce que nous ferons jamais.

Shan resta silencieux un long moment. Les paroles de Corbett ressemblaient à une prière offerte aux divinités.

— Parfois, Lokesh parle d'endroits de vérité, finit-il par dire, où l'on peut entrevoir l'essence de la terre, ou de la vie telle qu'elle était destinée à être.

— Il m'a parlé des bayal, confirma Corbett, des territoires cachés. Peut-être s'agit-il de la même chose. Les lieux de vérité sont tous cachés au foutu monde que nous avons créé. Lorsque j'ai nagé dans ce bassin si noir, je n'avais pas le sentiment d'être dans l'eau, mais dans une ombre tellement épaisse qu'elle en était presque solide, comme un puits où les ténèbres se seraient concentrées.

Il se couvrit le visage d'une main et inspira profondément.

— Comment pourrait-il y avoir des criminels en ce lieu ?

Shan crut qu'il lui posait une question, mais l'Américain en posa une autre à l'adresse du saint :

— Comment pourraient-ils rester criminels ?

Il but à sa bouteille d'eau, longuement, presque désespérément, comme si ce faisant il rompait le mauvais charme qui s'était emparé de lui.

— Désolé, déclara-t-il avec un petit haut-le-cœur en reposant sa bouteille. Je dois manquer de sommeil.

Il s'éloigna, avec, sur ses talons, Shan qui semait ses grains de riz sur le sol.

Un quart d'heure plus tard, ils étaient tous dans leur vingtième salle depuis celle de l'entrée mais, incapables de trouver une logique dans la disposition du labyrinthe ni d'autres indices sur les peintures, ils n'en étaient pas plus avancés. La carte de Yao s'était transformée en un fouillis de lignes sans queue ni tête. Un mur au moins de chaque pièce s'incurvait et il n'existait aucun passage rectiligne, de sorte qu'il leur était impossible de voir à plus de quelques mètres. Les parois continuaient à présenter des scènes du panthéon de Bouddha et chaque réduit était un exquis palace en soi. Lokesh avait recouvré sa lucidité, mais son état de rêveur éveillé semblait étrangement s'être transmis à Dawa. La peur qui se lisait sur le visage de la petite à leur entrée dans les souterrains n'était plus là. La fillette souriait, laissant transparaître ce qui ressemblait à de la sérénité.

Soudain Corbett appela Shan depuis la chambre voisine en lui faisant signe de se dépêcher.

La pièce ne portait aucune décoration, aucune image de saint ou de divinité. Toute la surface des murs était occupée par des mots presque effacés par le temps. Liya en fit le tour rapidement avant de pointer le doigt vers le coin supérieur.

— Ça commence ici, dit-elle en se mettant à lire. *Je crée un palais de sagesse. Il ne sera pas petit.*

Elle se tut, et examina le mur voisin avant de reprendre :

— C'est une ancienne prière. Plus exactement un chant, la Prière pour le Dieu de la plaine. Je crois que le jour où les artistes des anciens âges ont entamé leur ouvrage, c'est ici qu'ils ont démarré. Lorsque les bouddhistes ont commencé à bâtir au Tibet, leurs temples étaient toujours déchiquetés par les dieux de la terre, par des séismes. Ce que nous avons ici, c'est une des prières originelles que l'on utilisait pour apaiser ces divinités-là et calmer la terre afin de permettre la construction des temples.

Elle dévisagea Shan avec un petit sourire entendu : ils se tenaient à l'endroit où le domptage de la terre avait débuté, mille ans auparavant.

Seule une demi-douzaine de salles jouxtant celle-là ne portait pas de fresques. Uniquement des écrits. Lokesh et Liya en étudièrent chaque mur, s'exclamant d'une voix excitée quand ils reconnaissaient le sutra ou le texte d'enseignement dont ils étaient extraits. Yao, l'air épuisé, était assis par terre avec une bouteille d'eau, sa carte entre les jambes, et demandait si quelqu'un comprenait quelque chose à l'agencement de toutes ces salles, ou serait capable de trouver un passage conduisant au prochain portail.

Shan entra dans la pièce suivante. Il masqua l'éclat de sa lampe d'une main, et resta immobile dans la quasi-obscurité, luttant pour ne pas appeler son fils. Il finit par l'éteindre et s'assit, tout ouïe.

Le silence du temple avait une texture qui n'appartenait qu'à lui. Pour en avoir connu beaucoup, Shan n'avait pas le sentiment de se trouver dans une caverne. L'air y avait une légèreté étrange, une énergie invisible. Au bout de quelques minutes, il perçut un son grave, comme un geignement d'animal, qui montait pour retomber aussi vite.

Il se redressa, toujours dans l'obscurité, et marcha, sans semer ses grains de riz, une main devant lui, d'abord touchant les murs à l'aveuglette pour bientôt se rendre compte, sans pouvoir se l'expliquer, qu'il était capable de deviner l'emplacement des entrées. Il avança de chapelle en chapelle sans jamais se cogner aux parois quand soudain, à quelques mètres devant lui, se leva une plainte d'effroi. Shan se figea sur place, sans allumer sa lampe.

— C'est un lieu très ancien, dit-il. Si tu t'y abandonnes, il te donnera de la force.

Il entendit une inspiration brutale.

— J'étais fatigué, rétorqua Ko sans aménité. Je dormais et maintenant, tu m'as réveillé.

Shan fit un pas vers la voix, s'arrêta, alla dans la pièce voisine juste le temps d'y déposer sa lanterne et revint vers son fils.

— J'ai de quoi manger. Quelques noix, déclara-t-il en tendant le sachet qu'il avait dans la poche.

Ko ne répondant pas, Shan crut qu'il s'était enfui. Il entendit alors un bruissement d'étoffe et une main balaya l'air au jugé avant de toucher le sachet. Des doigts se refermèrent sur lui.

— Tu n'as pas de lampe ? demanda Ko d'une voix crispée.

— Non.

— Comment es-tu parvenu jusqu'ici, alors ?

— Je ne sais pas, répondit Shan en toute sincérité en entendant un bruit de mâchoires.

— Faut que je boive, exigea Ko.

— Je n'ai rien.

Il n'obtint pour seule réponse qu'un ricanement bref. Son fils l'envoyait paître.

Shan resta immobile, face à l'origine du son, luttant pour repousser la douleur qui lui déchirait le cœur. Il se trouvait dans l'un des plus beaux licux qu'il eût jamais connus, et son fils, appâté par le gain, jouait au voleur et ne ressentait que colère.

— Personne ne peut m'arrêter, dit Ko dans l'obscurité en grondant comme une créature des cavernes.

— Personne ne t'arrêtera. Nous sommes ici pour autre chose. Mais par la suite, si tu en sors vivant, ils enverront des soldats pour te retrouver. Dans ce comté, les soldats s'ennuient. Tu as entendu Yao. Ils vont faire joujou avec toi. De la même manière qu'ils chassent le léopard, parfois.

— Aucun foutu soldat ne me fera jamais peur.

Shan soupira, en se demandant quelle divinité les regardait depuis les murs.

— Je ne connais pas la manière d'être père, murmura-t-il lentement. Mais je pourrais essayer d'apprendre à être un ami.

Il ne pouvait parler qu'aux ténèbres, sans même voir les yeux de son fils, ou ceux des divinités.

Nouveau ricanement.

— Je suis désolé, dit Shan. Je pars.

Il s'écarta de Ko, mais les ténèbres n'étaient plus les mêmes et se refermaient autour de lui. Un instant, il sentit un besoin désespéré de retrouver la surface, son air et sa lumière, loin de tout.

Une petite voix hésitante s'adressa à son dos :

— Ton gang. Qu'est-ce qui est arrivé à ton gang ?

Les dix années qu'il avait attendu pour avoir une véritable conversation avec son fils lui avaient paru des siècles. Et aujourd'hui que Ko semblait prêt à parler, il voulait savoir où était le gang de son père…

— Je te l'ai déjà expliqué, répondit Shan en se tournant, il n'y a jamais eu de gang. J'ai été expédié en prison par des gens puissants pour m'empêcher de les envoyer sous les verrous.

— Je croyais que tu mentais, que tu disais ça pour impressionner ce foutu inspecteur.

— Mon métier, c'était ce que fait l'inspecteur Yao aujourd'hui.

— Si tu étais aussi important, tu aurais pu me faire sortir de taule.

— Je te l'ai dit. J'étais en prison moi-même.

Il entendit son fils manger ses noix.

— Si nous nous relevons dos à dos, en marchant lentement, proposa-t-il, nous pourrons repérer les lumières et rejoindre les autres.

— Ils ne voudront pas de moi.

— Ils ont besoin de toi. Il suffira que tu vides tes poches.

— Pourquoi ?

— Parce que tu es prisonnier de confiance. Parce que, s'il apprend qu'il peut compter sur toi, il y a une chance pour que l'inspecteur Yao te fasse réattribuer le même statut quand tu retourneras dans ta prison.

Parce que, voulait-il ajouter, tu dois cesser d'offenser les divinités qui résident ici.

— Très bien, répondit lentement Ko.

Shan entendit un bruissement de vêtements et le tintement métallique de plusieurs objets qui s'entrechoquaient. Puis il sentit que Ko se relevait, et sa main toucha son bras. Shan pivota et ils se mirent dos à dos.

— C'est dur, les mines de charbon, dit Shan face aux ténèbres.

— Pense à ton pire enfer en dix fois pire, murmura Ko. Ils te font travailler douze heures par jour, tous les jours, toute l'année. Dans le froid, la pluie, la neige, la chaleur, ça n'a pas d'importance. C'est tout juste s'ils te donnent du gruau de riz tiède deux fois par jour, et tu pries pour trouver un ver ou un insecte. À mon premier jour là-bas, j'ai vu un homme attraper un oiseau, lui sectionner la tête d'un coup de dents et la mastiquer, avant d'enfourner le reste du volatile tout entier dans sa bouche, avec les plumes et tout. Au bout d'un mois, les oiseaux, je les cherchais moi aussi. Tous les soirs, tu t'effondres, complètement épuisé, mais cette putain de vermine t'empêche de dormir en te bouffant tout cru.

Quelque chose au fond de Shan priait pour que Ko arrête de parler. Il ne voulait pas en entendre plus. Il était impuissant à l'aider, et savait que son fils devait retourner vers l'enfer qu'il venait de décrire.

— Ils ne donnent jamais de gants, poursuivit Ko, avec une sorte de fascination lointaine dans la voix. Et pratiquement pas d'outils. De vieux marteaux et des pointerolles émoussées. Ma première semaine, j'ai vu un homme qui avait comme de petites capsules blanches au bout des doigts et je lui ai demandé ce que c'était. Il a répondu en riant que c'était la récompense des ouvriers ayant survécu dix ans. Plus tard, quand j'ai vu d'autres prisonniers qui avaient la même chose, j'ai compris que c'étaient les phalanges. La peau des extrémités s'use et les os ressortent pareils à des petits nœuds blancs. Putain ! ajouta-t-il de sa voix lointaine qui se brisa l'espace d'une seconde. C'est la vérité.

Shan se mit à trembler. Il savait que c'était Ko, le détenu de dix-neuf ans qui parlait, mais les mots qu'il entendait sortaient de la bouche d'un gamin de huit ans.

Ils avancèrent en silence.

— Dans l'une des salles, j'ai senti une présence, reprit Ko. J'ai frôlé son épaule. Un spectre, je crois. Il a dit que si je m'asseyais auprès de lui, je pourrais apprendre à comprendre. J'ai couru et je me suis cogné la tête encore une fois. J'ai dû l'imaginer. Il ne pouvait pas être réel.

Shan s'arrêta en se retenant de crier le nom de Gendun.

— Je vois de la lumière ! s'exclama Ko.

Shan pivota et aperçut une lueur au loin. Elle gagna en intensité à mesure qu'ils s'en approchaient, puis ils virent les faisceaux des lanternes et entendirent un bruissement de voix familières. Lokesh et Liya s'acharnaient à traduire les inscriptions qui couvraient un nouveau mur.

Yao fronça le sourcil en voyant Ko et tendit une bouteille d'eau à Shan, mais Ko s'interposa pour la saisir le premier. Il avait vidé ses poches de pantalon, mais celles de sa veste semblaient bourrées : il s'était contenté de changer de place les objets volés, sans rien abandonner derrière lui.

Lokesh et Liya avaient tous deux l'air désorienté. Ils paraissaient comprendre les mots mais pas le texte, car il ne s'agissait plus cette fois d'un vieil enseignement. Sur toute la lisière supérieure, on avait peint de petits oiseaux blancs pareils à des colombes et, sur les côtés, des fleurs qui ressemblaient à des roses garnies de grosses épines.

— Ce texte-ci n'est pas aussi ancien que les autres, dit Corbett en examinant les peintures. Un siècle, tout au plus.

— *Pour toutes choses existe une saison*, lut lentement Lokesh en montrant la première ligne. *Et une heure pour chaque intention sous le palais de dieu.*

Corbett en eut le souffle coupé et se colla presque au sol pour déchiffrer les derniers mots avant de se redresser.

— *Pour tout il y a une saison*, récita-t-il en anglais, *et un temps pour toute fin sous les cieux. Un temps pour naître et un temps pour mourir.*

Lokesh hocha la tête et leva sur l'Américain un œil perplexe.

— Tout en bas, expliqua Corbett, la source est donnée, en anglais. L'Ecclésiaste. La Bible des chrétiens. *Un temps pour planter*, poursuivit-il, *et un temps pour récolter ce qui a été planté.*

Ils regardaient tous, muets d'étonnement, lorsqu'une voix de femme se leva des ombres.

— Une vraie merveille, sacré nom, pas vrai ? Je regrette de n'avoir pas connu le vieux major. La vie de frère Bertram a été un miracle, vous ne croyez pas ?

En voyant Elizabeth McDowell entrer dans la pièce, Corbett fronça les sourcils et palpa ses poches comme s'il cherchait une arme. Liya agrippa Dawa et la colla dans son dos. La Britannique parut blessée par son geste, avant d'offrir à Shan un petit signe d'excuse de la tête.

— Pendant toutes ces années, nous n'avons jamais trouvé le moindre indice concernant l'amban. Quelque part dans ces murs, il y a la clé qui ouvre vers une véritable fortune. Si nous avions su, Lodi et moi, nous n'aurions jamais eu à nous donner tant de mal.

— Lodi ne vous laisserait pas faire une chose pareille, intervint Liya. Pas le temple de la terre. Lui le protégerait.

— Pas le temple, cousine. Les archives de l'amban. Lodi voulait en savoir autant que nous tous sur lui. Le trésor perdu appartenait à l'empereur. Rien ne sera donc volé aux Tibétains.

— Vous ne pouvez pas ! protesta Liya. Ils vont faire du mal au temple.

— Vous vous méprenez, Liya. Nous voulons juste savoir à quel endroit plus au nord nous pouvons trouver le trésor de l'amban, c'est tout. Kwan Li et l'amban aimaient bien les mystères. Tous les anciens gompa conservaient des archives détaillées. Je pensais qu'elles avaient été détruites jusqu'à ce que j'entende parler du temple souterrain. Aidez-moi à retrouver les archives, aidez-moi à résoudre le mystère, et personne n'aura à endommager le temple.

— Quelqu'un a déjà volé une fresque ici, fit remarquer Shan. Et d'autres ont été endommagées.

— Je n'étais pas au courant, il faut me croire, rétorqua McDowell d'une voix curieusement plaintive. Lodi non plus n'était pas au courant. Les amateurs font de l'excès de zèle, mais les bons professionnels veillent à conserver leurs talents bien affûtés. Cela ne se reproduira plus. Écoutez, laissez donc Ming devenir célèbre, et riche. Je ferai en sorte que Bumpari touche sa part du pactole. Vous n'aurez plus jamais à vous soucier de nourriture ou de médicaments. Je veux qu'ils s'en aillent d'ici autant que vous. Et je peux le faire. Simplement, faites-moi confiance.

— Vous ne vous en tirerez jamais, McDowell, siffla Corbett entre ses dents.

— Pungi. Tous mes amis m'appellent Pungi, répondit-elle avec une douceur étrange, un instant vulnérable. J'ai l'impression que vous êtes un vieil ami, agent Corbett, à me suivre ainsi à la trace pour essayer de m'approcher.

— Je ne savais pas que vous étiez avec eux, grommela l'Américain.

— Je ne suis pas avec eux, répliqua Pungi avec un regard mélancolique à Shan et Liya. Disons simplement qu'il s'agit d'une alliance entre gens partageant quelques intérêts communs. Mais pour qu'il n'y ait plus de malentendus, il va falloir vérifier quelques petites choses, conclut-elle en s'obligeant à sourire à Corbett et Yao.

Liya gémit quand apparurent l'énorme Mongol et son acolyte, le petit Han au visage émacié dont Shan avait vu les photos en compagnie de Ming et de Dolan.

— Je vous présente M. Khan et M. Lu.

Tremblante, Liya attrapa Dawa pour aller se réfugier entre Corbett et Shan. Khan, la joue labourée par les ongles de Liya, fixait la jeune femme d'un œil gourmand.

— Tueurs de dieux ! leur cracha Liya avec mépris.

Lu éclata de rire, puis les deux hommes les passèrent à la fouille les uns après les autres. Ils prirent les sacs à dos pour y entasser la radio et la boussole, les couteaux de poche et toutes les lampes.

— Même si vous aviez dans l'idée de vous enfuir en revenant sur vos pas, vous ne retrouveriez jamais le chemin, dit McDowell en leur montrant une poignée de riz.

13

La vie de frère Bertram était un miracle. Les paroles inattendues de la Britannique résonnaient dans la tête de Shan à mesure qu'il s'enfonçait en compagnie de Corbett, Lokesh et Yao au cœur du labyrinthe de chapelles, sous l'escorte de la dame et de son acolyte Lu, pendant que Khan gardait les autres. Cette femme lui était une énigme. Elle volait des œuvres d'art, mais défendait les démunis. Cousine des Bumpari, elle s'était associée avec le directeur Ming, mais organisait dans le même temps des œuvres de charité pour enfants tibétains, et, pour couronner le tout, s'il fallait en croire Corbett, c'était une meurtrière.

— Je peux vous proposer un marché, dit en anglais Corbett qui marchait derrière elle. Peut-être était-ce uniquement l'idée de Lodi, peut-être avez-vous été l'objet d'un marché de dupes. Si je demande la clémence, le juge m'écoutera.

McDowell éclata de rire.

— Un marché ? À quel propos ?

— À propos des poursuites qui seront engagées à Seattle.

— Seattle ? Aux dernières nouvelles, vous étiez mon prisonnier dans le labyrinthe d'une caverne à l'autre bout du monde. Sans compter que – elle se retourna et fit mine de se creuser la mémoire – oh, oui, dit-elle, un doigt sur le menton, vous n'avez aucune preuve. Pas d'œuvres d'art volées. Aucune preuve de l'identité des criminels. Rien. Comme disent les lamas, vos voleurs étaient faits de l'air du temps.

— Nous avons la preuve que Lodi et vous vous trouviez à Seattle, et nous savons que vous êtes repartis le lendemain du cambriolage chez Dolan, pour transférer votre butin et le remettre au directeur Ming.

— Et pourquoi aurions-nous fait une chose pareille ?

— Parce que Ming avait dérobé ces œuvres au gouvernement de la Chine. Parce qu'il devait les récupérer avant l'audit. Donnez-moi Ming et vous repartez libre comme l'air. Si je retrouve les œuvres d'art sans votre aide, il n'y aura plus place pour la négociation, la prévint Corbett.

— Mais vous ne les retrouverez jamais. Vous savez comment ça se passe. On éclate la collection et on expédie les pièces à des revendeurs en Europe. Impossible de remonter leur piste.

Elle secoua la tête et parut se radoucir en remarquant, pour la première fois apparemment, les vêtements tibétains de l'Américain.

— Qu'est-ce qui ne va pas chez vous ? soupira-t-elle. C'est une obsession ou quoi ? Les richesses, ça se redistribue. Et personne n'en souffre. Dolan se ramasse un chèque de son assurance, c'est tout.

— Et la fille qui est morte, alors ?

— Quelle fille ? demanda Pungi, qui ne souriait plus. Il n'y a pas eu de morts dans cette histoire.

— La gouvernante, Abigail Morgan. On a retrouvé son cadavre dans la baie, cinq jours plus tard.

Elle le dévisagea un moment avant de répondre :

— Impossible. Il n'y a pas eu de morts.

Corbett regarda en direction de Lu qui marchait devant eux.

— Il ne parle pas anglais, lui dit McDowell en le saisissant par la chemise pour l'obliger à la regarder. Quelle fille, nom de Dieu ?

— C'est cette nuit-là qu'elle a disparu. Elle est retournée dans la maison pour une raison ou pour une autre et elle a dû voir quelque chose. Elle a été tuée, on l'a jetée du haut d'un pont.

— Impossible, lâcha l'Anglaise dans un murmure en fixant longuement l'image d'un lama et de ses novices sur le mur. Vous n'avez aucune preuve. Sur rien. Mais dans l'hypothèse où deux personnes seraient arrivées en avion pour exécuter un boulot comme celui-là, leurs motivations se seraient limitées à une seule et unique chose : les œuvres d'art. Elles seraient venues là pour affaires, un point, c'est tout. Toujours dans cette hypothèse, poursuivit-elle, le regard sombre, les capteurs de détection auraient été sectionnés en trois endroits : au niveau de la connexion vidéo, de la centrale d'alarme et de l'alarme télécommandée reliée au poste de police et installée sur la clôture. Dans cette hypothèse encore, l'intégralité de la collection tibétaine aurait été emportée, mais uniquement elle. Supposons que le verrou à cylindre de la porte arrière ait été arraché de son logement et que les voleurs portaient des gants en latex pour ne laisser aucune empreinte.

C'étaient pratiquement des aveux. Qu'elle faisait à Corbett pour le convaincre, comprit Shan, lui faire admettre que Lodi et elle n'étaient pas des meurtriers.

— Toujours dans cette hypothèse, il y avait une troisième personne qui n'est pas toujours restée à vos côtés, proposa Shan.

— Absurde, répondit McDowell sans quitter Corbett des yeux. Vous ne savez pas vraiment si cette fille a été tuée là.

C'était une affirmation, pas une question.

— Aucune enquête officielle pour meurtre n'a été ouverte, poursuivit-elle. Si c'était le cas, la presse s'en serait donné à cœur joie. Une gouvernante assassinée dans la résidence Dolan, vous pensez !

Shan fut intrigué par la réaction de Corbett. Le front barré d'un pli soucieux, l'Américain resta muet. Pourtant, il lui avait déclaré que c'était bien le meurtre de la jeune femme qui motivait sa venue au Tibet comme agent du FBI. Il avait également expliqué la façon aussi étrange que fortuite dont il s'était retrouvé impliqué dans la découverte de son cadavre. Une découverte qui ne faisait pas partie de son enquête sur le cambriolage, avait-il même avoué. Shan avait cru sur le moment que le message incompréhensible du FBI – *Le patron a découvert que vous aviez ouvert le dossier de la baby-sitter, il a ordonné qu'on le ferme* – n'avait rien à voir avec leur affaire. Parce qu'il n'avait pas compris le mot baby-sitter – il devait s'agir de l'étudiante qui avait été tuée. On avait ordonné à Corbett d'arrêter l'enquête sur le meurtre de la jeune femme et pourtant, il était ici, au cœur du temple de la terre, risquant sa carrière, peut-être sa vie, pour trouver la réponse.

— Pourquoi avoir amené la petite fille ? demanda soudain McDowell.

Dans sa voix, la colère avait fait place à l'inquiétude.

— Dawa s'était perdue, expliqua Shan. Elle est venue retrouver sa famille tibétaine. Pour apprendre ce qu'étaient les façons d'antan. Elle est originaire de ces collines. Elle descend du clan de Bumpari.

McDowell soupira en lui offrant un sourire mélancolique. Lokesh corrigea Shan en rappelant les paroles de Surya :

— Elle est venue nous enseigner comment apprendre le temple.

— Les façons d'antan sont un peu obtuses. Je croyais que le plus difficile serait d'accéder à l'entrée du temple, dit la Britannique, avant de déclarer à Shan en anglais : Nous cherchons la même chose. Faites-moi entrer dans les salles du niveau supérieur, c'est là que les archives doivent se trouver, et je vous laisse repartir. Je vous laisse tous partir.

— D'abord, vous devez nous expliquer une chose : la raison pour laquelle vous avez fabriqué la tombe découverte par Ming.

Les yeux verts lancèrent un éclair et un lent sourire se dessina sur les lèvres de l'Anglaise.

— Je préfère avoir Ming comme ennemi que comme associé. Je me suis bien amusée.

— Vous avez dû sacrifier la robe de Fiona.

— J'étais désolée, mais elle a compris. Cousine Fiona et moi buvons le thé ensemble bien souvent, et ce depuis bien longtemps. Je lui ai dit que c'était pour Lodi. Elle a envoyé un berger à cheval à Zhoka chercher les ossements, avec une prière pour le protéger. Je lui ai promis que lorsque tout serait terminé, je resterais auprès d'elle une semaine entière et je lui lirais tous ses livres à haute voix.

— Que vouliez-vous dire en parlant d'ennemi ? demanda soudain Yao. Vous voulez parler d'une querelle entre voleurs ?

— Là encore, vous commettez une erreur. Je ne suis pas une voleuse, rectifia-t-elle d'une voix farouche.

Yao fit la moue en levant les bras au ciel.

— Vous venez de raconter…

Il s'interrompit en voyant la manière dont Shan et McDowell se fusillaient des yeux.

— Les dossiers du FBI répertorient-ils d'autres vols commis par Lodi et Mlle McDowell ? demanda Shan à Corbett sans rompre son duel de regards.

— Pas un seul, répondit l'Américain. Pas même un PV pour stationnement interdit où que ce soit à la surface de cette planète. Où voulez-vous en venir ?

— Elle n'est pas une voleuse, répondit Shan, qui se creusait la cervelle pour tenter de comprendre ce que cette femme leur disait, sans leur dire. Elle n'était qu'un courrier. Il y avait quelqu'un d'autre là-bas, quelqu'un qui a mis hors circuit le système de sécurité. Lodi et Punji se sont contentés d'emporter la collection.

L'esquisse d'un sourire aux lèvres, McDowell s'approcha du mur comme si la divinité verte qui s'y trouvait peinte l'intéressait soudain au plus haut point.

— Ils travaillaient tous ensemble depuis des années, poursuivit Shan. Lodi, Ming, Khan, McDowell, et une autre personne proche de Dolan. Dolan – il se tourna vers Corbett – devait savoir que les pièces que lui avait vendues Ming venaient du musée. C'était un collectionneur raffiné, et Ming n'aurait jamais accepté de courir un tel risque si le paiement n'avait pas été à l'avenant : il a dû toucher une fortune. Peut-être y avait-il un intermédiaire, un marchand d'art quelque part, mais Dolan savait qu'il n'achetait pas des reproductions. Ils étaient associés dans le crime contre le peuple chinois. Ensuite, les ennuis de Ming ont commencé, et il lui a fallu de toute urgence faire revenir les pièces achetées par Dolan à Pékin. Dolan a décidé d'en profiter, en se faisant très grassement payer pour l'aide qu'il lui apportait. Et, cette fois, il y avait deux camps, deux équipes : à Seattle, Ming dirigeait les opérations où Lodi et Punji étaient chargés d'emporter les pièces à récupérer ; à Pékin, Dolan, ou son agent, donnait l'ordre à Khan et à Lu de voler ce qui devait être le prix à payer si Ming voulait revoir ses pièces dans son musée.

— Dolan a volé la fresque ? dit Corbett. Impossible.

Shan ne répondit pas ; il fixait le dos de la Britannique en pleine contemplation.

— Tout devait absolument s'équilibrer des deux côtés, en parfaite coordination. Cela explique pourquoi les deux crimes ont été commis à la même heure. Parce que Ming et Dolan ne se faisaient plus confiance.

— Dolan, répéta Corbett d'une voix de glace. Jamais il n'irait se salir les mains. Mais il a un marchand d'art à Seattle.

Il réfléchit un long moment, perdu dans ses pensées.

— Mais rien de tout cela ne fait de Ming l'ennemi de McDowell, conclut-il.

— Ça, c'est venu plus tard, et c'est très récent, avança Shan, McDowell toujours dans sa ligne de mire. Lorsque Ming a commencé à arrêter les vieux Tibétains et à s'emparer de leurs autels personnels. Je crois Mlle McDowell quand elle nous dit qu'elle veut voir tous les étrangers quitter Lhadrung.

Punji se retourna et remercia Shan d'un signe de tête.

— C'est son arrogance qui empêchera Ming de voir la vérité. Si nous n'avions pas monté de toutes pièces cette fausse tombe la nuit dernière, c'est ici qu'il se trouverait en ce moment. Il est complètement obsédé. Il serait capable de venir avec des soldats et de faire abattre tous ceux qui se mettraient en travers de son chemin. Il se sent invincible.

— Vous êtes en travers de son chemin, lui fit remarquer Shan.

— Mais je le connais. Je les connais tous. Ne voyez-vous pas que je suis la seule à pouvoir mener cela à bien, à pouvoir sauver Zhoka de leurs griffes sans que personne n'en souffre ?

Elle croisa le regard de Shan qui ne l'avait pas quittée, les yeux pleins d'espoir maintenant qu'il était prêt à la croire.

— Vous nous aviez parlé d'une visite du niveau supérieur, lui dit-elle.

— L'illumination est la finalité de ce temple, déclara Lokesh. Vous devez approcher le temple en pèlerin.

— Alors illuminez-nous, répliqua Punji en faisant la grimace, et montrez-nous comment sortir de ce labyrinthe.

— Je pense qu'il n'y a pas de labyrinthe, dit Lokesh en prenant son temps.

Agacée, la Britannique leva les bras au ciel et dirigea sa torche vers les chapelles encore inexplorées.

— La voie est claire et sans obstacles pour celui qui voit au travers des apparences, avança Shan en se rapprochant de son vieil ami quand Punji se retourna vers eux.

— Dans l'entrée, il y avait deux textes, expliqua Lokesh. Le premier disait que la plus grande sagesse est de voir au travers des apparences. Le second venait lui aussi des anciennes écritures. La seule chose qui soit nôtre et que nous cherchons ailleurs.

— Tu penses que l'entrée du niveau supérieur se trouve donc là-bas, suggéra Shan.

— Je ne l'ai pas cru au départ, répondit le vieux Tibétain en caressant sa barbe. Mais je pense maintenant que c'est là-bas que nous trouverons à tout le moins la réponse à l'énigme.

— En marche ! s'écria McDowell en éclairant derrière eux.

Ils rejoignirent la chapelle où Khan gardait les autres. Ko était accroupi au côté de l'imposant Mongol et bavardait à voix basse avec lui.

McDowell s'adressa à Khan, sourit à Ko, puis ordonna à Lu de rester avec son acolyte pour garder Dawa, Liya et Ko en otages afin que le reste de la troupe ne s'enfuie pas en trouvant la clé qui ouvrait le labyrinthe.

— Pourquoi vous aiderions-nous à résoudre l'énigme ? interrogea Corbett quand ils arrivèrent à la salle de l'entrée. À cause de vous, cette jeune fille a été tuée.

— Je ferai tout ce qui est nécessaire pour vous démontrer que Lodi et moi n'avons tué personne, répondit la Britannique. Mais, pour l'instant, il y a plus urgent. Vous me faites accéder au niveau supérieur où doivent se trouver les salles d'archives et vous nous laissez sortir de Zhoka. Après tout, c'est vous le génial limier expert en art. Aidez-moi à comprendre où l'amban a placé le thang-ka déchiré. Ensuite, nous pourrons parler de Seattle.

— Je ne passe pas de marché avec les criminels, dit Yao, le regard noir.

— Je n'ai commis aucun crime sur le territoire chinois, répliqua Punji avec une de ses grimaces théâtrales.

— Les étrangers sont ici à la discrétion du gouvernement. Nous pouvons vous expulser pour association criminelle. Et vous fermer la porte de manière définitive.

— Expulser une Britannique qui œuvre pour le bien des populations ? Imaginez la tempête diplomatique que cela déclencherait.

— Personne n'aura à souffrir, intervint Shan. Lorsque nous aurons terminé, nous partirons chacun de notre côté.

— Excepté le dénommé Lu, objecta Yao. Nous le ramenons avec nous à Lhadrung.

— Celui-là, vous ne le connaissez pas bien, protesta McDowell avec inquiétude. Vous risquez de regretter ce que vous souhaitez si ardemment.

— C'est lui qui a pris la fresque de l'empereur, s'obstina Yao. L'équipement que nous avons retrouvé, les gants, les outils étaient trop petits pour ce Khan. C'est Lu, l'homme au plâtre. Il a dérobé la fresque ici, il a dérobé la fresque de Qianlong à Pékin. Je veux cet individu. Coopérez maintenant si vous tenez à quitter un jour la Chine.

— Il y a un instant à peine, vous vouliez m'expulser. Et maintenant, vous ne voulez plus me laisser sortir. Décidez-vous !

— Signez une déposition, dites-nous ce que vous savez. Suffisamment en tout cas pour que Lu puisse récolter vingt ou trente ans de travaux forcés. Cela me suffira pour que j'obtienne tout le reste dont j'ai besoin.

— Lodi est mort, lui rappela Shan. Ce ne sera plus jamais pareil.

— Je ne trahis pas les gens. Lu ne fait que son boulot. Pourquoi détruirais-je sa vie ?

— Pour que nous puissions mettre la main sur Ming. Il a trahi la confiance du peuple chinois. Si vous ne nous aidez pas, ajouta Yao avec un regard d'excuse à Shan, vous aurez trahi tous les gens de Bumpari. Votre famille.

— Que voulez-vous dire ?

— Si nous ne trouvons pas le moyen de rattacher Ming à la fresque volée, il nous faudra essayer de l'arrêter en utilisant les preuves des faussaires du village, expliqua Yao. Nous disposons des comptes de Lodi.

— Raison de plus pour ne pas coopérer, répliqua Punji, mâchoires serrées.

— Passez un marché, insista Shan. Yao peut vous promettre de laisser Bumpari en dehors de tout ça.

— Je n'ai jamais dit..., bredouilla Yao.

Shan leva la main pour lui couper la parole.

— Si tout le monde y met un peu du sien, Bumpari pourra être protégé. C'est ce que Lodi aurait voulu. Ce que frère Bertram aurait voulu. Et aussi les lamas. C'est cela le prix à payer pour mon aide. Toute enquête sur un homme comme Ming se termine par des compromis, conclut Shan d'un ton de défi en regardant Yao.

Celui-ci fronça le sourcil mais ne protesta pas. Punji se mordit la lèvre et fixa l'image du saint, avant de lentement hocher la tête.

— Nous devons tout de même trouver les anciennes archives. Et vous ne sortirez jamais d'ici sains et saufs sans mon aide.

Elle leur rendit leurs lampes et ils se mirent à examiner chaque pouce des murs, scrutant les petites images des peintures par le détail, lisant les textes d'accompagnement, étudiant les motifs de couleurs. Corbett montra le sommet du mur, bordé de symboles sacrés sur fond de couleurs. Il les désigna tour à tour.

— Blanc, bleu, jaune, vert, rouge, noir. Ensuite, ça reprend.

— Les syllabes souches, dit Lokesh en haussant les épaules, comme s'il s'agissait d'une évidence.

— Les syllabes souches ont des couleurs qui leur sont associées, expliqua Shan. Le blanc est *om*, le bleu *ma*, le jaune *ni*, le vert *pad*, le rouge *me*, le noir *hum*.

— *Om mani padme hum*, récita McDowell. Le mantra mani. Les fidèles doivent continuer à invoquer le bouddha de la Compassion pour trouver la voie de la vérité.

Corbett s'approcha du mur en étudiant les motifs de couleurs dans les fresques. Il pointa un carré près de l'épaule d'Atisha et un autre près de sa main droite baissée.

— Il n'y en a qu'un blanc et un bleu.

Il se tourna vers la peinture voisine, désignant cettc fois les seuls carrés jaune et vert dans la mosaïque de petits portraits, cette fois encore sur le modèle des deux premiers, puis les deux carrés noir et rouge sur le troisième mur.

— Tirez une ligne au travers de chacun et elles indiqueront toutes le coin droit en bas de chaque mur.

Il se pencha pour leur montrer que chaque coin supérieur droit ainsi déterminé était un carré marron, partie prenante d'un motif coloré différent au pied de chaque mur peint de teintes éclatantes.

Le quatrième mur n'offrait pas de ligne directrice.

— Qu'est-ce que vous avez dit, déjà ? demanda l'Américain à Lokesh. Nous devons voir au travers des apparences. Et la chose que nous cherchons ailleurs est toujours là avec nous.

Il s'agenouilla dans le coin et, la seconde suivante, lâcha un cri de joie.

— Les trois autres murs nous disaient de regarder le coin du quatrième.

Le carré était en réalité un trou, et non du noir comme on pouvait le penser à première vue. Un trou sombre déguisé par le motif.

— On doit pouvoir y insérer quelque chose. Une poignée.

Shan aperçut le bâton de mendiant suspendu à deux crochets au-dessus de la porte. Corbett le plaça dans l'orifice, verrouilla et souleva. Rien.

— J'ai entendu quelque chose, dit Yao. Un déclic, comme si un mécanisme se libérait.

Il poussa le mur au-dessus du trou. Rien. Corbett et Shan poussèrent ensemble, de l'épaule, avec Yao en renfort. Toujours rien.

— Ça pourrait être une nouvelle fausse piste, suggéra Corbett en s'appuyant contre le mur adjacent.

Il le sentit qui glissait sous son poids en pivotant autour d'un axe central. Sa demi-rotation terminée, le mur s'arrêta et Corbett tomba dans le noir.

Shan se dépêcha de suivre et éclaira l'Américain étalé de tout son long sur un palier en bois, en contrebas d'un escalier de cinquante centimètres de large qui menait à un étage supérieur.

— Seigneur, ils étaient doués ! s'exclama Corbett.

Il se releva et pointa sa lampe sur le dos du mur mobile. En bois massif et lourd, ses panneaux étaient assemblés avec une précision telle et peints d'une main si habile que, de l'extérieur, ils apparaissaient comme un mur de pierre identique aux autres.

En montant au troisième niveau, ils débouchèrent sur une salle qui n'avait plus rien de comparable à celles qu'ils avaient pu visiter dans les étages inférieurs. Punji gémit, Lokesh poussa un cri d'enchantement.

Sur les parois s'alignaient des visages de démons en trois dimensions : les masques aussi complexes qu'horribles des danses rituelles tibétaines, les têtes dont la tradition disait qu'elles pouvaient s'incarner en la personne du démon lorsque les bonnes paroles avaient été prononcées.

Ils restèrent pétrifiés au milieu de la salle, tandis que s'animaient les expressions vengeresses sous les faisceaux des lampes qui les exploraient.

La torche de Shan accrocha un morceau de papier encadré de bois suspendu à côté de l'une des deux portes de la pièce. Le texte, qui n'avait rien de tibétain et n'appartenait pas aux écritures rituelles, était en quelque sorte un gage de bienvenue.

Il le décrocha et le tendit à McDowell dont la gorge se noua en reconnaissant la main qui l'avait rédigé.

— Ce cher oncle Bertram, murmura-t-elle en souriant avant de lire le texte à haute voix.

Vous êtes en ce lieu mais comment, j'en suis curieux
Tant les chapelles rendent nos pèlerins furieux.
Seraient-ce nos moines si petits
Ou les divinités qui vous ont dit
Que le dédale était fallacieux ?

La porte de la salle aux masques ouvrait sur un tunnel en courbe, symétrique à celui du premier niveau, au rayon plus resserré. Dans la paroi extérieure, une succession d'embrasures à intervalles réguliers correspondaient à des entrées de chapelles, séparées les unes des autres par des cellules de méditation, mais ils avancèrent rapidement sans prendre le temps d'étudier les peintures qui les décoraient. La paroi intérieure du tunnel était plâtrée, illustrée elle aussi d'effigies aussi complexes et raffinées que celles des chapelles, avec, tous les dix mètres cette fois, des portes de lourdes planches, fermées d'un loquet en fer et ornées chacune, entre le haut de l'huisserie et le plafond, d'un segment d'arc-en-ciel.

Sur une section de mur peinte en jaune les contemplait la fresque d'une divinité assise sur un trône, expression symbolique du portail sud. Shan s'arrêta devant la porte qui lui faisait face et entra.

C'était un appartement où avait vécu un des lamas supérieurs du gompa, simplement décoré par un unique thang-ka suspendu au mur du fond avec, pour seul mobilier, un lit bas sur plate-forme à droite et un coffre côté gauche, tous deux en bois odoriférant. Sur le lit garni d'une paillasse, une couverture en feutre avait été repoussée en tas contre le mur. Shan regarda par-dessus l'épaule de Corbett qui ouvrait le coffre. D'un côté, deux robes, deux robes de dessous grises, des bâtonnets d'encens, et plusieurs pots d'herbes sèches. De l'autre, quatre peche aux feuillets manuscrits soigneusement maintenus par deux planches de bois élégamment sculptées. Shan laissa courir le doigt sur les oiseaux gravés tout en finesse sur la planchette de garde et vit Lokesh, les traits défaits, qui contemplait le lit et la paire de sandales usées posées dessous.

— Qu'est-ce qui ne va pas ? demanda Corbett devant l'expression du vieux Tibétain.

Il jura entre ses dents et le rejoignit sans dire un mot.

— Il a sauté de son lit et s'est mis à courir, répondit Punji d'une voix douloureuse.

La couverture en désordre dans cette pièce immaculée, et les sandales sous le lit, témoins d'un jour vieux de quarante ans, étaient suffisamment éloquentes.

— Ils sont arrivés à l'aube, murmura Shan.

On n'avait plus touché à la couverture : elle avait été laissée là par le lama qui l'avait rejetée en entendant l'alarme, le signal des premières bombes tombant du ciel, avant de jaillir du lit et de courir pieds nus.

Ils quittèrent la pièce en silence et ouvrirent la porte suivante. La chambre était identique à la première, hormis sa couverture soigneusement pliée sur le lit. Un chevalet était posé au sol près d'un coussin et d'un plateau en bois garni de peintures et de brosses. Sur le rectangle de coton tendu sur le chevalet apparaissaient les formes dessinées au charbon de bois d'un thang-ka complexe. Dans un coin, l'artiste avait commencé à appliquer ses pigments.

Dans la chambre suivante, la couverture avait elle aussi été rejetée à la hâte, et une jarre en terre cuite gisait renversée près de la porte. S'apercevant soudain que Lokesh n'était plus avec eux, ils revinrent sur leurs pas pour le trouver dans une chapelle voisine en train d'en étudier une fresque à la lueur de sa lampe.

Shan et les autres levèrent les leurs, illuminant les murs. Les couleurs comme la patine de l'âge étaient identiques à ce qu'ils avaient vu jusque-là. Mais au lieu des habituelles images illustrant les lignées des réincarnations ou des panneaux de symboles sacrés qui entouraient le personnage central, l'arrière-plan était constitué de rochers, d'arbres et de nuages. Derrière le saint se dressait une montagne et de petits oiseaux volaient au-dessus d'un paysage sans limites.

— Ce n'est pas tibétain, déclara Corbett.

Lokesh indiqua le saint au centre, la main collée à l'oreille. Sans contestation possible, c'était Milarepa, le célèbre ascète, flanqué d'autres saints tibétains.

— Tibétain mais pas tibétain, dit Shan, en montrant le fond peint dans le style chinois. Mais ça, je ne connais pas, ajouta-t-il en indiquant dans le coin inférieur gauche un groupe de cinq petites marques, incurvées comme des virgules, qui se dressaient au sommet d'un arc de cercle.

Corbett confirma à son tour que les mêmes marques ponctuaient les coins de deux autres peintures dans la chambre.

— On dirait la signature d'un peintre. Mais vous m'aviez expliqué que les Tibétains ne signaient pas leurs œuvres.

— Pratiquement jamais, sauf parfois par une empreinte de main ou un mot au dos de la toile.

Sur le côté, deux silhouettes en robe se tenaient debout de part et d'autre d'un saint un peu en recul, le visage scrupuleusement défini jusqu'au plus petit détail.

— Qui est-ce ? demanda Yao en désignant l'un d'eux. Son visage n'est pas tibétain. Mais il me paraît familier.

Tout en s'écartant des formes traditionnelles de l'art tibétain, l'artiste, par son talent et la simplicité émouvante de son tracé, était parvenu à en créer une nouvelle. Shan sortit de la pièce et retrouva les autres qui examinaient l'huisserie de la porte de bois suivante. Aux chevilles qui en ressortaient étaient suspendus au moins vingt khata, les écharpes d'offrande cérémonielles. À la base de la porte étaient disposés plusieurs figurines en bronze encroûtées d'une couche de poussière, des rouleaux de prières en papier noués de tiges végétales et plusieurs formes brunes rabougries qui avaient peut-être été jadis des offrandes en beurre.

— C'est une sorte d'autel, dit Punji. Ces objets ont été placés là il y a bien longtemps, avant les bombardements.

Au premier abord, à la lueur des lampes, l'intérieur de la chambre leur apparut identique aux autres : un lit rustique en planches, une petite table basse en guise d'écritoire, une étagère avec des peche, un coffre en bois et un autel sous un thang-ka. Cependant la paillasse avait été roulée et nouée à l'aide d'un cordon en soie, et sur le coffre était posée la petite statuette d'un dragon en pierre.

Apparemment personne ne semblait désireux d'enjamber les offrandes sur le seuil. Finalement Yao se décida avec un grand soupir et entra. Sous le regard des autres, il alla jusqu'au lit et posa la main sur la paillasse un instant en regardant le dragon. Puis il balaya les murs de sa lampe. Soudain il la lâcha, le souffle coupé, transfiguré par ce qui restait invisible à ses compagnons. Il finit par ramasser sa torche et avança d'un pas incertain avant de trébucher, apparemment. Un genou en terre, sa lampe oubliée, il paraissait hypnotisé.

Shan s'approcha, suivi par le reste de la troupe, et regarda un instant. Une seconde, il crut que ses jambes allaient céder sous lui.

— *Ay yi !* s'écria Lokesh.

— C'est lui ! s'exclama Pungi, la gorge nouée.

— Et c'est qui ? demanda Corbett devant les deux merveilleux portraits déroulés sur la paroi.

Shan reconnut immédiatement celui de droite, l'homme élégant entre deux âges sous son bonnet en fourrure qui contemplait le monde du haut de son trône. L'empereur Qianlong.

— Il a rapporté une peinture de son oncle de Pékin, murmura Punji.

— Et de lui-même, ajouta Shan.

De l'autre côté de la porte, un autre portrait faisait pendant au premier – même taille et même robe en brocart de soie, même bonnet de fourrure. L'homme était assis sur un banc, son visage doux et intelligent comme une version plus jeune de celui de l'empereur.

— Les saints que nous ne connaissions pas, dit Lokesh, et Shan comprit alors pourquoi l'un des deux hommes lui avait paru si familier.

— C'est l'empereur peint en lama, dit Punji, impressionnée. Et l'autre est son neveu.

— Mais pas l'amban, rectifia Shan. À ce stade, il était devenu l'autre.

— L'autre ? demanda Punji.

Shan pointa le doigt vers le dragon en pierre.

— L'abbé réincarné. Le lama du Dragon de pierre.

Sa réponse prit complètement Punji au dépourvu.

— Tué sur ordre du Dragon de pierre, murmura-t-elle en se tournant vers Shan et Lokesh. C'est le lama Kwan Li qui a ordonné la mort de Kwan Li, l'amban.

Les mots manuscrits au bas de l'affiche de la prime offerte par l'empereur n'étaient donc qu'une plaisanterie, un petit défi à comprendre, et c'était la main d'une de ses propres ouailles qui les avait rédigés.

— Il a signé son œuvre, murmura Lokesh en plein émerveillement, un doigt posé sur un pied du Dragon de pierre.

— Que voulez-vous dire ? demanda McDowell qui ouvrait le coffre près du mur, dévoilant un assortiment parfaitement rangé de brosses et de pigments desséchés.

— Les peintures avec les marques en virgules. C'étaient les siennes, répondit Shan.

Ils ne parlaient plus, ils chuchotaient.

— Les cinq marques. C'est l'empreinte du dragon impérial. Cinq griffes.

Dans l'ombre près de l'autel, une allumette craqua. Lokesh enflammait un bâtonnet d'encens, qu'il posa sur le réceptacle en pierre d'une table basse que Shan n'avait pas remarquée jusque-là. Le plateau en était couvert d'objets disparates : plusieurs petites tsa-tsa, les effigies de divinités traditionnelles en terre cuite, peintes en couleurs brillantes ; plus de vingt rouleaux de papier, bien serrés par des cordons de soie ; ce qui avait pu être un fragment d'os. Enfin un petit rond de laiton en forme de dôme, muni d'une tige sur l'arrière. Il s'agissait apparemment d'une sorte d'autel improvisé.

Punji étouffa un cri, la main en suspens au-dessus de l'objet en laiton qu'elle avait poussé du bout du doigt pour le retourner. C'était un bouton de vareuse de l'armée, ornementé de deux canons en croix.

Ne pouvant contenir son émotion, elle serra les bras sur sa poitrine en faisant face à l'amban. Elle s'en approcha comme pour lui poser une question avant de ressortir à pas très lents et de s'éloigner dans l'obscurité.

Shan la suivit. Une lumière brillait dans l'embrasure de porte voisine où se tenait Corbett, à dix mètres de là. Punji le rejoignit, jeta un coup d'œil à l'intérieur et s'y précipita sous les rires de l'Américain.

Le seul point commun avec les autres salles était les murs en bois parfumés. Le lit était rehaussé par des blocs de bois, et trois coffres étaient appuyés au mur près de la porte. À son opposé s'alignaient, du sol au plafond, des rayonnages couverts de livres – la plupart étaient des peche non reliés, mais une étagère était remplie de livres occidentaux. Sur la table finement ouvragée à côté du lit restaient quelques moignons de bougie, des morceaux de papier et deux images sous cadres assortis. L'une représentait le dalaï-lama âgé d'une dizaine d'années, l'autre était la photographie d'une Occidentale imposante assise dans un fauteuil tarabiscoté. Shan se rappela l'avoir déjà vue, sur un autre cliché, dans la maison basse du village de Bumpari. Corbett alluma les bougies et laissa échapper un nouveau rire. Punji s'approcha et souleva le cadre.

— C'est sa reine, dit-elle avec déférence, toujours aussi impressionnée. La reine de son enfance. La reine Victoria.

À une cheville du mur le long du lit était suspendu un tube en bois, avec, à l'intérieur, une paire de lunettes à monture fil de fer. Au-dessus, une grande marque rectangulaire plus claire, longue d'un mètre cinquante, là où la poussière était moindre, prouvait que quelque chose y avait été accroché.

Corbett commença à ouvrir les coffres. Le premier contenait des robes et des sous-robes, de l'encens et des chaussettes en laine qui avaient connu bien des reprisages. Sur le mur du couloir, au-dessus des coffres, Shan put contempler des peintures comme il n'en avait encore jamais vu. Des œuvres de talent peintes sous la forme de thang-ka, sans respecter néanmoins la structure formelle traditionnelle des Tibétains.

La première représentait un cavalier chevauchant un magnifique destrier blanc, une lance à la main, face à des silhouettes indistinctes à dos de cheval en bordure d'une forêt. Sur les remparts d'un château aux allures très britanniques, un moine debout saluait, sa robe fouettée par le vent. Shan sourit en reconnaissant le cavalier. C'était Bouddha, peint en Ivanhoé.

Dans le coin, une énorme fresque ressemblait à une scène de bataille européenne, pleine de soldats en couvre-chefs beige, certains activant les hordes qui tiraient les canons, d'autres arborant des bandages sur des plaies sanglantes, et, sur une colline, un groupe d'officiers aux visages très détaillés, comme si le peintre les avait personnellement connus. Tous les soldats, officiers compris, portaient la robe bordeaux des moines.

Corbett appela en sortant un objet allongé d'un des coffres. Un violon, très marqué parce qu'il avait beaucoup servi.

Shan s'assit sur le tabouret et fixa un feuillet de peche, vierge à l'exception d'une esquisse de fleur dans sa marge : elle attendait sous la plume que frère Bertram saisisse une pensée aujourd'hui perdue à jamais.

D'un autre coffre l'Américain sortit un pantalon rouge à galon doré appartenant à un uniforme d'officier. Shan s'approcha de l'étagère à livres. Une bible, plusieurs romans britanniques et un ouvrage épais relié en cuir, sans titre. Un journal, rédigé en anglais d'une écriture élégante et soignée.

Décembre 1903, lut-il à la première entrée.

Aujourd'hui, nous avons redéfini le mot chaos, en faisant franchir à quatre mille mules le col enneigé de Jelap La, altitude 14 000 pieds, en compagnie de trois cents porteurs parlant quatre langues différentes.

Le narrateur décrivait la progression de l'expédition Younghusband dans l'Himalaya. Shan feuilleta les pages. Les entrées correspondaient à la première année, les premières limitées à de brèves descriptions factuelles du travail des soldats, les dernières s'attachant à l'art tibétain et aux moines artistes. Le major était en poste à Gyangtse, un comptoir commercial britannique établi par traité. Suivait une longue période sans entrées jusqu'à Lhassa, 1906, puis de nombreuses références à un lieu magique et secret où son professeur l'avait emmené et dont il ne voulait plus jamais partir. Shan s'arrêta, et lut un passage joyeux sur la naissance d'une fille.

Puis après une entrée en 1934, il vit une page blanche, avec un unique mot, *Zhoka*, suivi de la première entrée de frère Bertram.

Mes chers amis et professeurs ont insisté pour que j'occupe les quartiers d'honneur jouxtant ceux du Douzième Dragon de pierre, dont ils parlent tous comme d'un grand-père chéri, et révèrent comme divinité protectrice. Ils disent que lui aussi était un voyageur venu d'une autre partie du monde afin de traduire des choses pour l'esprit des hommes. Ils m'ont laissé lire sa correspondance. Je ne savais pas que l'empereur parlait le tibétain.

Avant de poser le journal, Shan passa à la dernière entrée, datée du 24 mai 1959.

Aujourd'hui, nous avons célébré l'anniversaire de la reine. J'ai joué du violon dans l'avant-cour et bu une gorgée de brandy. Que les dieux soient victorieux.

— *Lha gyal lo*, murmura une voix douce par-dessus son épaule : Elizabeth McDowell avait lu elle aussi.

— Est-ce bien vrai, mademoiselle McDowell ? entendit il Lokesh murmurer. Souhaitez-vous la victoire des dieux ?

La question parut lui déplaire ; elle détourna la tête mais son regard revint doucement sur le journal ouvert.

— J'ai vu des lettres que mon arrière-grand-mère avait écrites concernant Bertram. Il aimait faire des niches, comme glisser les couettes des filles dans les encriers, ce genre de trucs.

Elle sortit un crayon et se pencha sur le livre, à la page de la dernière entrée, pour y écrire quelque chose avant de retourner vers le lit.

Cher Oncle Bert, lut Shan. Elle avait ensuite écrit le mantra mani en tibétain et ajouté : *Nous ferons en sorte que les dieux soient victorieux. Joie te donne. Punji.*

Shan rejoignit Corbett qui sortait du troisième coffre plusieurs colis. Un peche enveloppé de soie, un autre de fourrure. Au fond, une longue pièce de coton pliée, sans ornementation et cousue à une extrémité pour en faire une grande poche. Shan l'étendit sur la table, Punji à son côté.

L'Anglaise y glissa la main et en retira un morceau de coton jauni portant à deux coins une empreinte de main. C'était le dos d'un thang-ka. Elle montra du doigt les effilochures du bord déchiré et ne bougea pas, ni ne dit mot, lorsque Shan retourna la pièce de toile, révélant quatre paires de sabots écrasant des humains et des animaux.

— *Zhinje !* murmura-t-elle, la main sur la bouche, le visage blanc comme un linge.

Elle venait de prononcer le nom que personne n'avait entendu depuis presque un demi-siècle. Après un moment de silence pétrifié, elle roula le thang-ka.

— Les moines ont dû l'apporter du Nord, expliqua-t-elle, lorsque l'amban est décédé. Mais avec ça, nous pouvons les battre. Retournez au premier niveau, dit-elle en anglais. Au-delà du portail est, il y a une cellule de méditation où l'arrière de l'autel est drapé d'une pièce de feutre gris. La chapelle dispose d'une étagère de vieux peche, dont certains sont ouverts pour la lecture. Le feutre masque un trou. Lu et Khan ont senti un courant d'air qui sortait d'une fissure dans le rocher et ils ont taillé un petit tunnel. J'expliquerai que vous vous êtes enfuis dans le labyrinthe et que vous êtes perdus. Allez. Allez maintenant. Il ne faut plus qu'il y ait de victimes. Lodi et moi, nous n'avons jamais voulu ça.

Elle leva la tête, sourit à Shan, le regard brillant, et, chargée de son précieux thang-ka, alla jusqu'aux sacs déposés dans un coin.

Elle était dans l'ombre, à l'autre bout de la chambre quand une silhouette passa le seuil, projetée en avant, et s'affala à côté du lit. C'était Liya, se tenant le ventre comme si elle avait reçu un coup. Deux hommes la suivaient : Lu, le dépeceur de fresques au visage cruel, un marteau à la main, et Ko, qui brandissait un bâton en affichant un sourire de victoire.

— Elle a essayé de s'enfuir, cracha Lu avec mépris. Mais notre nouvel ami l'a arrêtée. Il est rapide avec ce bâton. Je ne savais pas que c'était un prisonnier évadé.

Dawa apparut derrière lui, de grosses larmes coulant sur ses joues. Il la poussa en avant, et la petite courut se réfugier dans les bras de Liya.

Devant le regard satisfait de son fils, Shan sentit une chose étrange s'emparer de lui, une chaleur bizarre qu'il eut bien du mal à reconnaître. La colère.

Ko sortit un objet d'une poche arrière et le tendit à Punji comme un marchand à son client : une petite statuette en or.

La Britannique passa son sac à l'épaule, hésita un instant et sourit sans conviction. Elle se tourna vers Shan, prit la statuette et referma la main sur les doigts de Ko, qui parut agréablement surpris par son geste, au point qu'il échangea une seconde son rictus méprisant pour un sourire maladroit.

— Ce n'est pas poli ce que tu as fait, gamin, dit Corbett en anglais à Ko, qui se préparait à lui assener un coup de bâton. Les mauvais amis font les mauvaises manières.

Avec un regard d'excuses à Shan, l'Américain baissa sa torche et l'éteignit. Comme à un signal, Yao éteignit lui aussi la sienne et souffla les bougies. Shan l'imita aussitôt, sous le regard noir de Lu. Les seules lumières restantes provenaient des lampes de Lu et de Punji.

Soudain, Yao se saisit de celle de Lu et la fracassa contre le mur. Corbett agrippa le bâton de Ko et le lui colla contre la mâchoire. Ko tomba au sol, et Liya, attrapant Dawa par la main, passa la porte et disparut avec la petite fille. Shan bondit auprès de Punji et posa la main sur sa torche, qu'elle lui céda volontiers devant le spectacle de Lu chassant l'air de ses poings dans le vain espoir de toucher Yao.

Shan balança la torche à Corbett qui ramassait son sac. L'Américain offrit un petit salut à Punji avant de passer le seuil, Yao et Lokesh sur ses talons. Shan s'attarda, les yeux rivés sur son fils, ouvrant la bouche pour lui dire quelque chose. Mais il n'avait pas les mots et laissa Corbett le tirer dans le couloir.

Au premier niveau, ils trouvèrent le tunnel derrière l'autel, ainsi que Punji l'avait décrit, caché par un tapis de feutre qui se fondait dans l'ombre. Le conduit de deux mètres de long donnait sur une vire ouverte qu'ils inspectèrent rapidement : des rangées de vieux paniers en osier, de gros cordages en poils de yack lovés, des piles d'anciennes couvertures partiellement recouvertes de débris de roche, et une douzaine d'antiques poulies en bois assez solides pour supporter le cordage.

Yao trouva une échelle souple en nylon attachée à un pilier et la jeta en contrebas de la vire. Il descendit à toute vitesse, suivi de Liya. Les autres les imitèrent, mais Shan resta sur place, perplexe. Il avait retrouvé ses repères : ils se tenaient au-dessus de la salle à la fresque volée où Lodi avait été assassiné. Il avança sur la vire et ouvrit le premier panier, plein d'orge moisi et, tout à côté, plusieurs longues pointerolles et des massettes. Au-delà, il aperçut une longue courbure d'un mètre de haut, une cavité taillée dans la roche et courant sur plus de quinze mètres, sur toute la longueur de la vire. L'emplacement aurait été parfait pour les paniers de stockage, mais il était vide. Il essayait de comprendre quand il entendit un bruissement étrange et vit un feuillet de peche, soufflé de l'autel par les courants d'air, qui descendait doucement. C'était ainsi que le verset de frère Bertram avait rejoint la salle du niveau inférieur.

Corbett l'appela pour le presser de les rejoindre. Il s'attarda encore une seconde en fixant une tache brune sous son pied, puis descendit, s'arrêtant de nouveau pour examiner les deux trous rectangulaires taillés dans la pierre et prévus pour une échelle qui aurait dû logiquement se trouver sur la vire de stockage. Il se rappela alors le morceau de bois éclaté trouvé dans le passage conduisant au torrent, et se mit à courir en entendant Corbett crier son nom.

Ils ne s'accordèrent aucun repos avant d'avoir rejoint la surface et l'avant-cour de Zhoka, où ils purent reprendre leur souffle. Yao sortit la dernière bouteille d'eau et Lokesh s'assit contre le mur, Dawa dans ses bras.

— Elle va expliquer toute l'affaire, lança Corbett sur un ton de victoire. Punji. Elle sait exactement ce qui s'est passé à Seattle et elle va me le raconter.

— Ça, vous n'en savez rien, intervint Yao entre deux gorgées.

— Si, je le sais, je l'ai lu dans ses yeux.

Shan intervint à son tour.

— En d'autres termes, vous avez décidé qu'elle n'avait rien à voir avec la mort de la fille.

Corbett fronça le sourcil mais hocha la tête.

— Il est inutile que je l'arrête. Pas d'extradition. Pas de liste noire pour son entrée aux États-Unis.

Yao sourit à belles dents. Lui aussi sentait la victoire à portée de main.

— Éprouvez-vous de l'affection à son égard, agent Corbett ? demanda-t-il d'un air enjoué.

— Très bien, répondit lentement l'Américain rouge comme une pivoine. La contrebandière d'œuvres d'art internationale et l'enquêteur spécialiste des vols d'objets d'art. Peut-on imaginer deux individus plus opposés ?

La voix éraillée de Lokesh s'éleva derrière eux.

— Je pense qu'elle doit être très belle, dit le vieil homme, comme s'ils n'avaient pas encore vu la Britannique sous son vrai jour.

Corbett fixa le vieux Tibétain avec une telle intensité qu'il parut en oublier l'urgence de leur fuite. Les autres s'enfonçaient déjà dans l'obscurité quand Shan tira l'Américain vers la vieille tour de pierre et la vallée au-delà. Mais à l'entrée du passage qui y conduisait, entre deux murs effondrés, ils virent réapparaître Liya de dos, puis Dawa et Yao : le grand Mongol, Khan, les obligeait à reculer sous la menace d'un fusil automatique. Le visage impassible, il les contraignit à s'asseoir le dos au mur de l'avant-cour, face au précipice.

Quelques instants plus tard, apparut Lu, Ko à ses basques. Shan vit quelque chose bouger du coin de l'œil et se retourna : Punji avait posé son sac et s'agenouillait à côté de Dawa pour essuyer le visage sali de la petite à l'aide d'un bandana rouge.

— Quel tableau ! soupira-t-elle. Vous ressemblez à une famille de taupes.

Une fois le brin de toilette terminé, elle se redressa, mains aux hanches, et se mit à faire les cent pas devant eux tandis que Khan nettoyait son arme à l'aide d'un chiffon huileux.

— Les enfants ne devraient pas être ici, déclara-t-elle en regardant Dawa. Ni les Américains.

Ko sortit un objet de sa poche et le montra à Lu, dont les yeux se mirent à briller. C'était le petit bouddha d'or que Ko avait volé dans le temple. Lu présenta à son tour son propre trophée, une petite statue incrustée de pierres précieuses.

— Voici comment les choses vont se dérouler, reprit Punji. Nous allons poursuivre notre affaire. Nous avons tout ce qu'il nous faut. Il nous suffit juste d'un peu d'avance.

Lu jonglait avec sa petite divinité quand il passa derrière le mur, à l'abri des regards.

— Nous allons vous mettre dans une des réserves souterraines, mais vous serez attachés. Nous vous laisserons des couvertures et de quoi manger. J'enverrai quelqu'un vous libérer dans un jour ou deux.

Shan entendit une nouvelle voix derrière le mur. Les paroles étaient noyées sous le bruit du vent, mais c'était un étranger qui s'exprimait, avec insistance.

— Ensuite mes collègues iront dans le Nord pour récupérer le trésor et vous rentrerez chez vous. Et nous rigolerons tous des bons tours que nous ont joués les moines. Je veux que vous sachiez une chose, ajouta-t-elle à l'adresse de Corbett : un tiers de ce que je gagne part au fonds de secours. Aux enfants.

— Aidez-nous, dit l'Américain. Votre oncle, lui, nous aiderait.

Ko s'approcha d'un des sacs et y prit un sachet de raisins secs. Punji sourit.

— C'est à cause de mon oncle que nous sommes ici. Regardez tout ce qu'il nous a donné.

— Ce qu'il vous a donné, lui dit Shan, c'est Zhoka. C'est le Tibet. Il était soldat quand il a commencé, comme vous, en quelque sorte, un soldat de fortune. Mais quand il a terminé, il était moine.

Il sortit de sa poche le feuillet de peche et le lui laissa lire. *La mort est la manière dont les divinités se renouvellent.* L'air perplexe, elle tourna et retourna la feuille, en la tenant dans un sens puis dans l'autre pour mieux attraper la lumière. Elle finit par soupirer et son sourire triste reprit sa place.

— C'était un bon vieux sage, notre major, observa-t-elle en tendant la page à Shan, qui déclina son offre.

— Gardez-le. C'est un morceau de lui, de votre famille.

Punji parut d'abord gênée à cette idée et se passa les doigts en râteau dans les cheveux, sur le point de refuser, avant de rouler lentement la vieille feuille de papier.

— Qu'essayait-il de dire ? demanda-t-elle à personne en particulier. Les divinités qui se renouvellent.

— Il vous reste toujours une autre chance, dit Corbett.

— Tellement prévisible, commenta Punji avec un de ses soupirs théâtraux. Vous êtes tous obsédés. Vivez un peu, tous autant que vous êtes. Renouvelez vos divinités. La mienne me convient parfaitement, juste à la bonne taille. Restituer l'art, voilà ce que je fais. À ceux qui savent l'apprécier. En laissant le marché global s'étendre.

Quand Shan se rapprocha du mur, le vent s'arrêta soudain et il saisit quelques bribes en anglais, sans queue ni tête, avec le sentiment d'être très près de l'inconnu qui parlait. « Bien sûr que nous le ferons, disait l'homme. À partir d'ici, ce sera facile. »

— Quelques jours, tout au plus, poursuivit Punji. Ensuite, nous ne serons plus là. Et je t'enverrai des bonbons, précisa-t-elle à Dawa. D'ailleurs, je dois en avoir dans un des sacs.

Lu réapparut à l'autre bout de la cour, cependant ce ne pouvait être lui que Shan avait entendu : d'après McDowell, il ne parlait pas anglais. Il sentit son ventre se nouer quand Lu s'accroupit auprès du Mongol armé pour lui murmurer quelque chose à l'oreille. Khan se renfrogna et se mit à argumenter avant de pousser un gros soupir avec, l'espace d'une seconde, un air presque mélancolique. Lu se releva en tapotant le grand gaillard sur l'épaule pour l'encourager.

Le Mongol appela Punji en lui montrant le sac qu'il avait ouvert devant lui, tandis que Lu ramassait le fusil et s'écartait à bonne distance d'un air inquiet. Quand Punji se pencha au-dessus du sac, Khan leva le poing au-dessus de sa tête et l'abattit avec violence.

— Non ! cria Shan en voyant le bloc de pierre qu'il serrait dans sa main.

Punji releva les yeux à l'instant où Khan lui assenait la pierre sur l'arrière du crâne, une fois, deux fois, trois fois, jusqu'à ce que l'os cède avec un craquement à soulever le cœur. Corbett bondit en rugissant comme un animal, mais Lu tira un coup de semonce par terre en s'interposant entre McDowell et lui.

Quand Punji se redressa à quatre pattes, le cou inondé de sang, son assaillant recula avec un regard de bête. Elle se remit debout en vacillant et les dévisagea l'un après l'autre d'un air absent, comme si elle ne reconnaissait plus personne. Le grand Mongol la souleva comme une plume, un bras sous son cou, l'autre sous ses jambes ; la tête de Punji bascula sur le côté, tournée vers Shan, les yeux dans le vague. Elle ouvrit la bouche en lâchant un son déchirant, une syllabe caverneuse et indistincte, peut-être le début d'un mot, puis observa sa main qui semblait se déplacer de son propre vouloir vers le feuillet du peche qu'elle avait dans la poche.

Lu cria un avertissement en ajustant sa ligne de mire sur Shan qui s'était élancé, sans même s'en rendre compte, la main tendue vers Punji. Khan s'arrêta et les regarda tous les deux, la femme et lui, avec tristesse. Lu lui cracha un juron en guise d'ordre, Khan se retourna, atteignit le bord de la falaise en trois grandes enjambées et laissa tomber Punji dans le vide.

14

Jamais encore Shan n'avait entendu un cri semblable à celui qui jaillit de la gorge de Dawa. Son hurlement de bête tourmentée par les enfers vibrait comme une chose vivante qui les transperça par tout le corps en faisant trembler les vieux murs de Zhoka. C'étaient les ruines du gompa qui parlaient, le chœur de tous ses spectres invoquant la petite fille pour qu'elle leur prête sa voix et donne libre cours à leur horreur. L'air se mit à bouillonner, en flux et reflux, avant de se déchirer en lambeaux, les laissant tous dans la nasse d'une mauvaise transe, même Khan, qui plongeait son regard désespéré dans l'abîme où il avait jeté McDowell.

Lu se mit soudain à vaciller : sur son dos, Ko frappait à coups redoublés ses épaules et son crâne. Khan se lança au secours de son complice, mais il perdit l'équilibre, plaqué aux jambes par Corbett, et s'effondra comme une masse, souffle coupé. Shan agrippa le fusil de Lu, reçut un coup du canon sur le crâne pour sa peine mais parvint à le lui arracher. Voyant son adversaire désarmé, Ko se laissa tomber au sol, et Lu prit la fuite dans le labyrinthe de rochers. Ko contempla ses mains, comme s'il ne comprenait plus rien, aussi choqué par son propre geste qui lui refusait désormais tout refuge parmi les voleurs que par la mort soudaine de Punji.

Corbett et Yao se mirent à tourner autour du grand Mongol, bientôt rejoints par Liya qui brandissait un morceau de chevron au-dessus de sa tête. Le tueur de Punji leva les poings, mais son regard ne quittait pas le fusil que tenait Shan.

Ko montra l'arme d'un signe de la tête. Son père la contempla longuement puis, la saisissant par le canon, la balança dans le vide du gouffre. Le Mongol, un grand rictus de victoire sur le visage, bouscula Liya et attrapa le sac de Punji contenant le thang-ka déchiré. Avec un air de défi, il le passa à l'épaule et s'enfuit au milieu des ruines, Corbett et Yao sur ses talons. Shan se tourna vers son fils qui, après un instant de confusion et de colère, le dévisagea avec mépris. Après s'être assuré que Dawa était bien dans les bras de Lokesh, Shan partit comme une flèche sur les traces de Lu.

Il aperçut le Han de dos, dans les ombres d'une allée, moins de cinquante mètres devant lui. Il ralentit, pour avancer sans bruit. Lu parlait avec animation dans un petit appareil noir en faisant de grands gestes de sa main libre. Shan l'entendit répéter « oui » et « demain » avant de donner à son interlocuteur l'assurance qu'il n'y aurait plus de problèmes. Punji avait assuré qu'il ne savait pas l'anglais, et c'est en anglais qu'elle s'était exprimée pour leur donner l'itinéraire de fuite, juste avant que Lu n'arrive. Le petit Han devait être à la porte, tout ouïe, et avait transmis avec ce même appareil l'annonce de la grande découverte. Son interlocuteur lui avait ordonné de se débarrasser de la Britannique, et Lu le rappelait maintenant pour confirmer que c'était chose faite.

Shan ramassa une pierre et la lança en une grande courbe pour qu'elle retombe derrière Lu. Celui-ci fit demi-tour et partit à toutes jambes dans la direction opposée ; Shan lui bloqua le passage.

— Expliquez-lui qu'il ne peut plus se cacher derrière ses mensonges désormais, dit Shan en anglais.

Lu tournait les talons quand Shan l'agrippa par le bras. Le petit Chinois se libéra d'une torsion et repoussa Shan contre les rochers en lâchant sa radio, avant de disparaître comme par magie.

Shan examinait l'appareil dans l'avant-cour au retour de Corbett et de Yao qui rentraient bredouilles : Khan leur avait échappé.

— Ming, cracha Yao comme s'il voulait le maudire.

Corbett acquiesça.

— Mais ce n'est pas une radio, déclara soudain l'Américain en voyant le clavier de la petite machine. C'est un téléphone satellite. Lu pouvait parler à n'importe qui. Il aurait pu…

Bouillonnant de furie contenue, il examina le petit écran vert au-dessus des rangs de touches.

— Il y a un bouton de rappel du dernier numéro. Un numéro des États-Unis. À Seattle.

Il pressa le bouton de mise en communication et leva l'appareil pour permettre à Shan et Yao d'entendre. Deux sonneries, et une voix de femme arriva en ligne.

— Antiquités Croft, annonça-t-elle du ton pincé de celles qui se croient raffinées.

— M. Croft est là ? demanda Corbett.

— M. Croft vient de partir, dit la voix après une seconde d'hésitation. Qui est à l'appareil, je vous prie ?

— Dites-lui que c'est l'inspecteur Yao, enquêteur spécial du Conseil des ministres de République populaire de Chine. Dites-lui que le gouvernement chinois aurait quelques questions à lui poser. Dites-lui qu'il vient de tout changer.

Fixant le téléphone d'un air triste et défait, Yao ne protesta pas.

— Nous vérifierons la liste des appels, dit Corbett en coupant la communication. D'ici deux jours, je saurai tout ce qu'il y a à savoir sur les Antiquités Croft.

— Mais vous n'aurez pas pour autant leur contact à Pékin, leur lien avec Ming, objecta Yao, le regard dans le vide du ravin. La réponse se trouve dans ce qui s'est passé ce fameux jour à la Cité interdite et que la police n'a pas signalé. Nous ne disposons que des lettres de l'amban. Nous ne connaissons pas la nature des renseignements dont eux disposent sur le trésor. Comment les arrêter, si nous ignorons ce qui s'est passé entre l'amban et son oncle ? C'est le trésor disparu de l'amban, le lien qui les unit. C'est là qu'ils seront.

— L'empereur conservait des copies de sa correspondance, c'est un fait établi, dit Shan. Mais je ne pense pas que Ming en possède l'intégralité.

— Que voulez-vous dire ? demanda Yao d'un ton absent.

— Ce qui manque se trouve toujours là-bas, dans la Cité interdite.

— Ça, vous ne pouvez pas le savoir.

— L'amban nous l'a pourtant dit. Il a remercié l'empereur d'avoir utilisé les mots des sutras. Son oncle écrivait dans la langue des sutras. En tibétain. Et le major McDowell nous l'a confirmé. C'était le moyen parfait pour garder le secret, car les mandarins de la cour ne la connaissaient pas, cette langue. Même s'il avait mis la main dessus, Ming n'aurait jamais pensé qu'une lettre en tibétain pouvait avoir de l'importance. Car il ne le parle pas.

Une lueur nouvelle brillait dans le regard de Yao et il s'approcha de Corbett, le téléphone toujours à la main.

Shan rejoignit Liya au bord du précipice, en pleurs, et s'accroupit. Il dessina dans le sol dénudé un ovale contenant un cercle dans lequel était inscrit un carré.

— Porte de terre à l'intérieur du cercle du paradis.

— Le tunnel, murmura Liya en portant la main à sa bouche. Il essayait de m'expliquer que Lu et Khan avaient creusé un tunnel dans la terre, pour accéder au temple mandala.

Shan acquiesça et se rappela le motif que constituaient les os alignés sous le dessin de Lodi. Une flèche vers le haut. À l'agonie, Lodi avait cherché le moyen de faire comprendre à Liya, et seulement à elle, ce qu'il avait découvert ce jour-là dans les tunnels.

— Et il a écrit une phrase sur le bouddha de la Montagne. Où est le bouddha, Liya ?

— Il dort, répondit-elle, de nouveau sur ses gardes.

Shan vérifia alentour qu'il n'y avait pas d'oreilles indiscrètes.

— Vous ne comprenez pas. Ming est au courant de son existence par l'un des anciens livres et il pense qu'il lui revient de droit. Même s'il ne parvient pas à trouver le trésor de l'empereur, il a la ferme intention de se gagner un nouveau pouvoir politique et une effigie en or du bouddha par la même occasion.

— Il y a des choses qui doivent être laissées aux Tibétains, Shan. Cela ne regarde que les habitants des collines et le colonel Tan. Rien que vous puissiez faire n'y changera quoi que ce soit. Gendun en personne a donné sa bénédiction, ajouta-t-elle sur un ton d'excuse, sachant que Shan ne s'opposerait jamais au vieux lama.

— Mais Gendun pense probablement que Surya se trouve toujours parmi les prisonniers, protesta Shan.

Liya secoua la tête, le suppliant du regard.

— C'est la seule chance de notre peuple, la première depuis cinquante ans.

— Cachez-le, au moins.

— Il est resté caché pendant un demi-siècle. Mais Lodi l'a retrouvé. C'est le dernier cadeau qu'il nous a fait.

— Lodi ?

— Vous oubliez que j'étais là, moi aussi, après sa mort. Je n'ai pas compris son dessin du dzi. Mais j'ai vu les os. Ils pointaient vers autre chose.

— Sur la vire ?

Shan essaya de se remémorer la scène. Les paniers sur la vire cachaient peut-être bien le tunnel, mais qu'y avait-il d'autre ? De lourds cordages de yack. Des poulies. Des pointerolles.

D'un doigt sur les lèvres, Liya lui fit signe de se taire avant de tendre la main vers sa tempe.

— Vous êtes blessé.

Shan toucha l'endroit où le fusil l'avait frappé et vit le sang sur ses doigts.

— Dans le sac de nourriture, dit Corbett. Il y a une trousse d'urgence.

Mais en glissant le bras dans le sac, Liya se changea en statue : elle tenait à la main la longue poche en coton blanc qu'ils avaient trouvée dans un des coffres du major.

— Le thang-ka ! s'exclama Lokesh.

Liya sortit délicatement l'ancienne peinture. Finalement, Punji avait eu le dernier mot et roulé Lu dans la farine en glissant le thang-ka déchiré dans le sac de Shan et non dans le sien.

— Avec ça, nous avons une chance de prendre ces salopards au piège, gronda Corbett d'une voix vengeresse. Ming et son homme, Croft.

Lokesh étendit le thang-ka déchiré sur le sol. De son côté, Yao se dépêcha de déplier l'image de la partie supérieure de la divinité imprimée sur l'ordinateur de Tan pour la placer au-dessus du carré de tissu. Le puzzle que l'amban destinait à l'empereur ne pouvait se résoudre qu'une fois les deux moitiés rassemblées. Mais, incapables d'en trouver la clé, ils n'étaient pas plus avancés.

Les deux images combinées ne paraissaient guère différentes de celle que Shan avait entrevue dans la cabane de deuil du village ragyapa. Lokesh tomba à genoux et se pencha au plus près, les autres accroupis à ses côtés. Ils cherchaient un motif dans les couleurs, une anomalie dans les figures de la grande divinité taureau et des divinités de moindre importance qui l'entouraient, convaincus que le message se trouvait dans la représentation de l'artiste, exactement comme ceux qu'ils avaient découverts dans les peintures du temple. Lokesh murmura un mantra pour inciter les dieux à leur parler.

Mais ils ne trouvèrent rien, excepté la marque aux cinq griffes au bas du thang-ka déchiré, et une autre encore au sommet du tirage de l'imprimante. L'amban avait apposé sa signature sur les deux moitiés.

— Parle-nous, gémit Yao, en pressant Lokesh du geste pour encourager ses mantras.

Finalement, Corbett se releva en les mettant en garde : Khan et Lu avaient peut-être caché une autre arme dans les cavernes. Shan enroula le thang-ka en examinant au passage les deux empreintes de main peintes au dos.

Ils pouvaient rejoindre la maison de Fiona avant la tombée de la nuit. Ils ne perdirent pas de temps, courant chaque fois que c'était possible, Corbett, puis Shan, puis Liya portant successivement la petite Dawa sur leur dos. C'était la fin de l'après-midi, le soleil brillait avec force, un vent tiède les poussait, et après avoir quitté Zhoka, petit à petit les visages se firent moins ténébreux. S'ils parlèrent peu, même au cours des haltes pour se désaltérer à une source, Shan vit briller une lueur nouvelle dans les yeux de ses compagnons. La peur les avait quittés, remplacée par un calme résolu, à l'image de ce qu'il avait pu voir chez les Tibétains confrontés à des obstacles insurmontables.

Seul Ko semblait incapable de laisser ses tourments derrière lui.

— Merci pour ce que tu as fait, dit Shan en s'agenouillant à côté de lui au bord d'un ruisseau. Tu nous as sauvés.

— Je n'avais jamais connu de femme comme Punji, répondit son fils d'une voix hésitante. On ne se connaissait pas, pas vraiment. Mais elle a plaisanté avec moi dans les tunnels, le fait que je sois prisonnier n'avait pas d'importance. Je me souviens de ses yeux. Elle était tellement belle. L'espace de quelques minutes, nous avons été partenaires et associés, elle et moi, et nous allions fuir en Occident, et j'ai oublié tout le reste…

Il jeta un coup d'œil en coin, se rappelant apparemment à qui il s'adressait.

— Oublie ça, ordonna-t-il sèchement d'une voix dure.

Tout en se donnant du mal pour paraître furieux, il se releva sans rien ajouter et proposa de porter Dawa. Il s'éloigna avec l'enfant sur son dos.

— Si nous ne pouvons pas leur mettre la main au collet pour ce qu'ils ont fait, dit Corbett, nous devons les arrêter pour ce qu'ils ont l'intention de faire. Et alors ils parleront, ils nous diront où ils ont caché ce qu'ils ont volé.

— Le trésor de l'amban appartient au gouvernement de la Chine, confirma sévèrement Yao d'un signe de tête. Mais pour le découvrir, il faut convaincre le vieux thang-ka de nous parler.

— La clé de tout, expliqua Shan, se trouve dans les dernières lettres échangées entre Qianlong et son neveu, celles que Ming n'a pas vues. L'amban disait qu'il allait expliquer le reste de la mort. Je pense qu'il parlait de l'enseignement bouddhiste.

— Il voulait parler du thang-ka ! s'écria Liya. Le reste de la divinité de mort, l'autre moitié du thang-ka déchiré en deux. Il allait en expliquer le mystère à l'empereur de manière à lever toutes les ambiguïtés.

— *Comme les sutras*, poursuivit Shan qui se souvenait très exactement de ce qu'il avait lu sur l'écran de l'ordinateur. Kwan Li a dit qu'il allait expliquer le reste de la mort, *comme les sutras*. C'est-à-dire en tibétain. Il avait l'intention d'écrire une lettre en tibétain pour révéler le secret.

— Mais ces lettres sont toujours dans la capitale, dit Corbett. Nous devons aller à Pékin.

— Je n'ai personne à Pékin, répondit Yao en fronçant les sourcils. Personne qui sache lire le tibétain, personne en qui je puisse avoir confiance.

Il se tourna vers Shan et le regarda bien en face.

— Si vous voulez aider les Tibétains, vous devez nous accompagner.

Troisième partie

15

Shan dérivait aux confins d'une sombre grisaille qui s'apparentait par instants au sommeil, à d'autres, aux prémices d'une profonde méditation, mais il ne parvenait pas à trouver l'apaisement. Où qu'il se tourne, son esprit se trouvait confronté au même paysage que celui qu'il avait devant les yeux chaque fois qu'il regardait par le hublot : un bouillonnement de nuages de ténèbres. Une part de son être haïssait Yao et Corbett pour l'avoir obligé à monter dans l'avion et à abandonner du même coup Surya, Gendun et les autres Tibétains qui avaient désespérément besoin d'aide. Une autre part de lui le haïssait, lui, pour son incapacité à communiquer avec Ko, à faire craquer la coque dure qui avait poussé autour du garçon. Une peur glacée au ventre, il se demanda s'il reverrait jamais le Tibet, ou son fils.

Une fois que l'inspecteur Yao en aurait terminé avec lui à Pékin, rien ne n'obligeait à le renvoyer. Sauf pour se débarrasser de lui. Une fois dans la capitale, Shan se retrouverait tout près de ceux qui l'avaient expédié au camp de travaux forcés la première fois. Certains étaient morts de vieillesse, mais pas tous.

Même lorsqu'il était capable de se concentrer suffisamment pour chasser ses idées noires en même temps que ses doutes, ses yeux ne restaient pas fermés bien longtemps, tant certaines images continuaient à le hanter. L'expression désorientée de Punji, le cerveau fracassé à coups de pierre, et son regard d'enfant juste avant que son tueur ne l'emporte dans ses bras jusqu'à l'abîme. Surya, chargé de ses jarres pleines de déjections, parlant du temps où il était lama comme si un autre l'avait vécu à sa place. Gendun, conversant avec les divinités dans le labyrinthe ténébreux de Zhoka. Parfois, au travers du brouillard, apparaissait l'image de deux hommes face à face, sortie de quelque couloir obscur : un Chinois serein en robe de dragon et un officier britannique truculent qui jouaient aux dames de leurs doigts décharnés de squelette.

Le sommeil avait dû finalement s'emparer de lui, car il sentit un sursaut brutal quand l'appareil toucha le sol. Ils roulaient à présent vers un bâtiment gris sous un ciel bas et terreux – la marque des journées estivales de Pékin et leur poussière omniprésente.

Yao recommanda à Shan de rester en place, et ils ne sortirent qu'une fois l'avion vidé de ses autres passagers. Corbett les quitta sur un signe de la tête. Apparurent deux jeunes hommes en uniforme gris de la Sécurité publique, le pistolet à la hanche, qui saluèrent Yao avec déférence avant d'escorter son compagnon jusqu'à une voiture noire qui attendait à côté de l'appareil. Yao ne présenta pas Shan, pas plus qu'il ne parla, se contentant de fixer l'horizon par la vitre alors qu'ils pénétraient dans la capitale.

L'horizon avait changé, remarqua Shan, le cœur serré, il ne ressemblait plus à celui qu'il conservait gravé en sa mémoire. De nouvelles autoroutes étaient nées, dans toutes les directions, engorgées par des dizaines de milliers d'automobiles. Des immeubles qu'il ne reconnut pas se dressaient vers le ciel, des immeubles aux façades vides bâtis sur le modèle occidental, avec, pour certains, les noms et les logos de compagnies européennes ou américaines sur leurs flancs. Des panneaux publicitaires avaient poussé à travers tout le paysage comme autant de mauvaises herbes.

Certaines choses, cependant, n'avaient pas changé. Une mer humaine envahissait toujours les trottoirs en flot ininterrompu, débordant sur les chaussées, s'écoulant en cascades dans les entrées du métro, contournant les obstacles des vendeurs à la sauvette. Des odeurs familières – porc frit, nouilles, cardamome, gingembre et riz à la vapeur – lui parvenaient par bouffées, entrecoupées des relents âcres de gaz d'échappement, essence et gazole mélangés. Il fixait la vitre en se répétant qu'il n'était pas là ; ce n'était pas possible, il ne pouvait pas se trouver à Pékin, c'était encore un autre de ses rêves étranges pleins de vide.

Ils se garèrent devant l'énorme muraille d'enceinte de la Cité interdite et entrèrent par les arches monumentales de la porte du Midi. L'accès était interdit aux touristes pendant encore trois heures et Shan se sentit submergé par un flot de souvenirs en traversant les cours désertes : ses premières visites en compagnie de son père et de sa mère ; ses promenades avec Ko, âgé de quatre ou cinq ans, lors des rares occasions où le garçonnet lui rendait visite. Là, dans la salle de l'Harmonie suprême, son père lui avait indiqué le trône aux pattes de dragon de l'empereur en lui expliquant le rituel de l'étiquette : trois agenouillements et neuf prosternations. Au-delà, sous la porte de l'Exaltation des ancêtres, sa mère lui avait lu un poème écrit par un empereur mille ans auparavant.

Il sentit soudain un frisson familier le parcourir, une nouvelle énergie, l'excitation de la découverte. Ils se trouvaient dans une courette tranquille devant le simple pavillon en rez-de-chaussée où s'était retiré Qianlong. Ce n'est qu'en franchissant le seuil du domicile privé de l'empereur que Shan ressentit tout le poids de l'histoire qui pesait sur les méandres du mystère qu'ils devaient résoudre. Les destins de nombreux individus lui apparurent mêlés de façon inextricable à ce qui avait transpiré des rapports entre le puissant empereur et son neveu plus de deux siècles auparavant.

Yao s'adressa calmement au garde posté à l'entrée de la maison, et l'homme déverrouilla la porte avant de s'écarter. L'intérieur n'offrait rien de la splendeur grandiose des salles impériales mais ressemblait plutôt à la résidence paisible et confortable d'un lettré distingué. La pièce était remplie de rouleaux d'écrits et de peintures, le mobilier et les lieux étaient conçus pour la lecture et la conversation, non pour les audiences officielles. Le cœur de la maison était la salle à manger, délimitée par trois cloisons de cèdre, ses deux entrées encadrées de piliers en laque rouge. Une merveilleuse peinture sur rouleau d'un des premiers empereurs était accrochée au-dessus de la table. Après un coup d'œil à la pièce, Shan tourna le dos à la peinture en direction d'une section du mur aux baculas apparents et au plâtre béant qui continuait à s'effriter sur le parquet – là où se trouvait auparavant la fresque volée. Sur l'élégante table en acajou aux pieds sculptés en pattes de dragon était posée une liasse de chemises en papier bulle.

— Tout ce qui concerne le vol se trouve là, dit Yao. Rapports de police, interrogatoires du personnel, données historiques sur la fresque, et même rapports d'experts sur la manière dont les voleurs ont procédé pour l'emporter et les précautions indispensables pour la transporter. Vous disposez de deux, peut-être trois heures, tout au plus.

Shan se tourna vers l'inspecteur. Il avait des questions à lui poser.

Yao jeta un coup d'œil en coin au jeune policier à l'entrée et à l'individu en gris l'ayant rejoint qui s'avançait maintenant vers lui.

— J'ai menti, déclara-t-il d'une voix rauque dégoulinant d'excuses, incapable de regarder Shan en face. Nous ne vous avons pas fait venir du Tibet uniquement pour que vous nous aidiez à Pékin. Vous allez être arrêté. Corbett est en train d'établir les papiers et de tout préparer. Il va vous…

La silhouette en gris avait presque atteint l'entrée du vestibule et le garde appela l'inspecteur.

— Lisez les dossiers, lança Yao en s'éloignant, le front soucieux. Si seulement vous pouviez trouver quelque chose…

Shan avait la gorge sèche comme un parchemin. Arrêté. Comment avait-il pu se tromper à ce point ? C'était fini. Tout était fini. Tout cela n'avait pas de sens, mais rien n'avait jamais de sens lorsqu'il avait affaire à ceux qui le haïssaient et qui, finalement, étaient parvenus, malgré les années écoulées, à le prendre dans leurs rets une dernière fois. Il regarda alentour en ses toutes dernières heures de liberté, étrangement proche soudain de Qianlong, l'empereur qui avait fait basculer son destin. Son destin funeste.

Un des gardes apparut tout à coup à son côté et lui tendit un papier plié.

— Excusez-moi. L'inspecteur Yao m'a demandé de vous remettre ceci, monsieur.

Le petit mot avait été griffonné à la hâte. *Vous partez pour les États-Unis comme témoin essentiel en compagnie de Corbett. Le vol est ce soir.*

Shan lut le message une deuxième fois, tourna la feuille, et lut une fois encore. Ce n'était pas possible. À chaque heure un peu plus il voulait retourner à Lhadrung, là où il pouvait faire un peu de bien. Mais Yao et Corbett complotaient pour l'emmener de l'autre côté de la planète.

Il prit petit à petit conscience que ses doigts avaient formé un mudra, le Diamant de l'esprit, et il le fixa un long moment. Puis il se mit à étudier le dossier.

Au retour de Yao, deux heures plus tard, il avait terminé sa lecture.

— La question ne se pose même pas. C'est bien Ming l'organisateur du vol, dit-il.

— La question qui se pose, ce sont les preuves. Je n'ai toujours aucune idée de la manière dont je vais récupérer la fresque.

L'inspecteur faisait les cent pas devant le trou béant dans le mur, collant le nez aux baculas dénudés, il s'arrêta au carré de vingt-cinq centimètres de côté en leur milieu et fit courir ses doigts sur ses bords.

— Je croyais qu'il ne s'agissait que d'un défaut dans la construction. Mais c'est bien là que Ming a trouvé les lettres, celles qu'il a codées, celles qui changeaient tout.

Shan fixa une photographie de la fresque volée trouvée dans les dossiers. Elle était magnifique : un paysage d'eau, avec roseaux, bambous et énormes grues qui donnaient l'impression de vouloir sortir du mur en plein vol. Les glycines qui ornaient les bordures étaient tellement vraies et vivantes qu'elles semblaient frémir au souffle du vent.

— Avez-vous vu la lettre ? demanda-t-il à l'inspecteur. Celle qu'il a transmise au président et qui suggérait que l'empereur devait payer tribut à Lhadrung.

— Une photocopie.

— Comment la police a-t-elle perdu la lettre ?

— Il a envoyé un courrier du musée la remettre personnellement dans une enveloppe. On a retrouvé l'enveloppe, mais elle avait été ouverte. Pourquoi me demander ça ?

— Parce que le plus grand crime de Ming n'a pas été de s'emparer de la fresque. Il a menti au président. Vous savez comme moi qu'il a fabriqué cette lettre de toutes pièces.

— Mais, une fois encore, il n'y a aucune preuve. Ming avait été chargé de la restauration de la maison de l'empereur et les équipes du musée travaillaient pratiquement tous les jours, ici et aussi dans deux petites salles à l'autre bout de la Cité. C'était Ming qui donnait son aval aux affectations des ouvriers et même aux emplois du temps, et il venait souvent en personne sur les chantiers. J'ai vérifié les rôles de travailleurs qui avaient obtenu le feu vert de Ming. Les deux derniers, Lu et Khan, ont été embauchés deux semaines avant le vol sans qu'on fasse le moindre effort pour cacher leurs identités. Ils avaient travaillé pour Ming par le passé, lors de deux expéditions.

« Tous les ouvriers de service ont confirmé qu'aucune équipe n'avait été affectée ici le jour du vol. Khan et Lu ont été interrogés, ils ont déclaré qu'ils n'avaient rien vu.

Ming a confirmé qu'ils se trouvaient avec lui à l'autre bout de la Cité. La zone était fermée au public, il n'y avait pas de gardes, excepté ceux postés à cent mètres de là. Il n'a été trouvé aucun témoin qui aurait vu ici un signe d'activité. Un enquêteur a dit que les voleurs étaient invisibles : apparemment, ils n'ont franchi aucune des barrières de sécurité. Les policiers ont cherché des tunnels, des signes sur les murs susceptibles d'indiquer des issues secrètes, ils ont même vérifié les vols d'hélicoptères ce jour-là. Ming a fait une déclaration publique pour signifier sa déception devant l'incapacité de la police.

Shan posa la main sur les dossiers.

— Concernant les membres du personnel, je n'ai trouvé qu'une demi-douzaine de comptes rendus d'interrogatoires. De toute évidence, il y a plus de six personnes qui travaillent dans ces quartiers.

— Les autres ont confirmé qu'ils n'avaient rien vu.

— À vous directement ?

— À des policiers.

— Ceux qui ont fait les dépositions, quel âge avaient-ils ?

— Quelle importance ?

— Quel âge ? répéta Shan.

— Je ne sais pas, reconnut Yao, désorienté, et il suivit Shan, qui s'était levé en lui faisant signe de le suivre.

Des années s'étaient écoulées depuis la dernière fois que Shan avait visité les quartiers des serviteurs impériaux, découverts deux décennies auparavant au cours de ses premières pérégrinations dans la Cité. Les pièces, sombres et pleines de poussière, avaient été converties en dortoirs plus que rustiques pour le personnel d'entretien ; on y accédait par une grille en arche envahie de glycine. Shan demanda à Yao de l'attendre pendant qu'il allait explorer l'intérieur.

Dans une des chambres en bout de couloir était assis un vieil homme bossu, jambes croisées sur une paillasse, occupé à chauffer une chope métallique pleine d'eau au-dessus de trois bougies. Il releva la tête mais ne semblait plus bien y voir.

— Je m'appelle Shan. Je venais m'asseoir dans les petits jardins autrefois. Parfois je jouais aux dames avec vous et votre ami, celui qu'on appelait le professeur. Vous aviez tous deux enseigné à l'université par le passé.

Avec un sourire auquel il manquait plusieurs dents, le vieillard fit signe à Shan de s'installer à côté de lui.

— Je n'ai que cette chope, dit-il en lui offrant le quart bosselé noir de suie, que Shan refusa poliment. Cela se passait voilà bien des années. Que vous est-il arrivé ?

— Il a fallu que je parte. Je vis maintenant au Tibet, répondit lentement Shan, sur le ton d'une conversation de bon aloi. Vous alliez toujours vous asseoir à l'ombre de la glycine et vous jetiez vos baguettes pour réciter le Tao-tö-king et parfois lire un livre de poésie.

— Votre père était lui aussi professeur, si je me souviens bien, dit le vieil homme.

— Il y a bien bien longtemps.

On bougea dans l'ombre. Yao apparut et se plaça derrière Shan.

— Je suis autorisé à vivre ici, déclara le gardien, les yeux chargés d'appréhension.

— Vous avez de la chance, dit Shan en faisant signe à Yao de s'asseoir.

Avec ses murs et ses plafonds doublés de bois, la pièce ressemblait à une cellule de méditation. Le vieil homme se plongea dans la contemplation des flammes des bougies, mais ses lèvres tremblaient et la peur se lisait sur son visage.

— Nous essayons de comprendre ce qui s'est passé ce fameux jour, quand la fresque a été volée, expliqua Shan d'une voix douce. Je pense qu'il y a de nombreux secrets dans la maison de Qianlong. Je pense que les voleurs ont été surpris par ce qu'ils ont trouvé. Et je ne parle pas de la fresque, mais de la chose qui se trouvait dans la boîte du mur.

— Le jour de la Fête nationale, murmura le vieillard de sa voix cassée, le professeur Jiang aime aller sur la grande place et chanter des chants patriotiques avec la foule. Il me rapporte un sac de graines de citrouille grillées et me gronde pour ne pas avoir accompli mon devoir.

Il n'y avait pas à se méprendre sur l'expression de Yao : elle signifiait clairement qu'il était temps de partir, que le vieil homme était fou et qu'ils perdaient leur temps.

— Le soir, nous nous asseyions dans le noir pour écouter les voix des membres de la cour qui avaient vécu dans ces pièces. Certains matins, nous nous racontions l'un à l'autre que nous allions accomplir quelque devoir officiel à la cour de l'empereur et, le soir, nous discutions de la manière dont les choses s'étaient passées. Un des bons empereurs.

— Comme Qianlong, dit Shan.

— En effet. Et le centre d'intérêt premier du professeur était justement l'époque Qianlong, il donnait jadis des conférences à l'université sur ce sujet. Moi, je lui demandais de me réciter ses conférences, ici.

Il passa lentement la main dans les flammes des bougies en fixant le vide d'un regard lointain et fasciné.

— Où est le professeur ? demanda Shan.

— Maintenant j'entends sa voix la nuit, avec les autres.

Yao marmonna entre ses dents et gigota comme pour se lever, mais Shan leva la main pour lui signifier de ne pas bouger.

— Vous voulez dire qu'il est mort. Quand ça ?

— Ils l'ont battu le jour où il les a surpris.

— Les policiers ?

— Les voleurs.

— Il les a vus ? demanda Yao en se figeant sur place.

— Mais il se mourait déjà. Il avait un cancer et il le savait, une grosse boule dans son ventre, expliqua le vieillard avec un soupir. Dans les journaux, la police a dit que c'était un crime parfait, elle a déclaré que les voleurs savaient exactement comment pénétrer à l'intérieur de la salle. J'ai dit que la police était stupide. Mais Jiang m'a répondu que non, pour la police, de tels hommes sont vraiment invisibles.

Devant le spectacle de ce vieillard effrayé, Shan sentit un nouveau chagrin monter en lui. Pendant les années de folie de la Révolution culturelle, lorsque les établissements d'enseignement supérieur avaient été fermés, c'était chose courante que d'affecter les professeurs à des tâches manuelles. Le propre père de Shan appartenait à la classe des intellectuels, les ennemis du peuple que Mao méprisait tant. La plupart avaient été réhabilités et, au bout du compte, quelque dix ou vingt ans plus tard, avaient retrouvé leurs anciens emplois. Certains, comme son père, n'avaient pas survécu à la violence des premières persécutions. D'autres encore avaient été oubliés dans les rangs du prolétariat et affectés à des travaux de bête de somme comme des esclaves, abandonnés sans pension ni subsides du gouvernement, et souvent même sans famille, car elle n'avait pas survécu.

— Vous voulez parler d'hommes comme Ming, suggéra Shan.

— Je lui ai dit d'aller à l'hôpital, mais il m'a répondu qu'ils allaient le soupçonner d'avoir été complice du vol. Ils allaient l'interroger. Il ne pouvait pas supporter la police. Devant un policier, il se mettait à trembler de tous ses membres, tellement bouleversé qu'il ne pouvait plus parler. Les voleurs savaient bien qu'il ne représentait pas une menace.

— Qu'est-ce qu'il a vu, ce jour-là ?

Le vieil homme ne réagit pas à la question de Shan.

— Ils nous laissent seuls, le professeur et moi, les deux vieux fous. Personne ne se soucie du fait que nous travaillons lentement et que nous nous arrêtons souvent pour parler des œuvres d'art et faire ce qu'il faut pour les protéger. Lorsque j'enseignais, ma spécialité était les premières dynasties, dont les cours se trouvaient dans le sud de la Chine. Mais c'était Jiang, le véritable lettré.

Sur l'empereur Qianlong, il sait des choses que personne d'autre ne connaît, il fait sans cesse de nouvelles découvertes et il prend des notes.

Le vieil homme ne cessait de mélanger les temps, comme s'il n'était pas sûr que Jiang fût décédé.

— Il sait comment on protège les choses.

Pour la première fois, Shan constata que des étagères couraient sur tous les murs de la pièce sous les hauts plafonds, remplies de centaines de pièces : rouleaux de papier, braseros à encens, sceaux de jade. Un petit cheval en bronze.

— Le temps n'est pas encore venu de tout montrer, expliqua le vieil homme. Encore une génération, peut-être, il faut attendre que les gens soient moins attirés par l'appât du gain.

Shan se surprit à contempler les flammes en songeant que les deux vieillards devaient vivre dans cette pièce étriquée, croulant sous les objets, depuis des décennies, tels des exilés dans leur propre cité. Toutes ces années auparavant, lorsqu'il les croisait dans les jardins, ils se montraient peu prolixes quant à leur passé, et lui-même s'était souvent caché des membres du personnel quand il les voyait, de crainte de se faire éjecter d'une de ses retraites très privées. Ceux qui avaient survécu aux années de Mao avaient appris à se méfier des inconnus.

— Je me rappelle m'être assis un jour dans une de ces vieilles cours, avoua soudain Yao à voix basse. J'ai vu une souris qui emportait une petite perle de jade. Elle est allée la déposer dans un trou des fondations.

Le vieux gardien sourit.

— Parfois, on nous donne un coup de main.

— Ainsi donc le professeur Jiang se faisait du souci pour les secrets de Qianlong, reprit Shan.

— Qianlong avait de nombreuses raisons d'en avoir, des secrets, et au cours de ses dernières années, il disposait d'un grand nombre de cachettcs pour les garder à l'abri des indiscrets. Mais ce n'est pas du vol, ce que nous faisons, précisa-t-il en regardant les étagères près du plafond. Ces choses ne nous appartiennent pas. Mais elles n'appartiennent pas non plus à tous ces autres.

— Vous voulez parler des hommes du musée.

— Ce Ming. Il se mettait à hurler lorsque nous approchions d'un peu trop près. Mais ceux qu'il chargeait du travail de restauration n'étaient que des enfants, des étudiants qui ne savaient pas ce qu'ils faisaient. Je ne pense pas que l'idée lui soit jamais venue que nous disposions des clés pour faire le ménage des bâtiments le soir.

— Ce jour-là, ils n'étaient pas censés travailler dans la maison, dit Shan. Mais deux hommes sont quand même venus, un grand Mongol et un petit bonhomme, un plâtrier.

— De temps en temps, Jiang se rendait dans le vieux pavillon de l'empereur juste pour y lire de la poésie, comme un lettré de l'ancienne cour. Parfois, il avait le sentiment que l'empereur l'écoutait. C'est un gros boulot que d'enlever une fresque. Ils devaient probablement attendre que leur colle sèche, alors ils se baladaient dans le pavillon. Et c'est comme ça que ces deux-là lui sont tombés dessus, pendant qu'il dormait à une table dans une arrière-salle. Ils l'ont frappé, le grand et son copain le petit, ils l'ont frappé, à coups de poing et à coups de pied.

— Vous devez nous parler des secrets de l'empereur, finit par dire Yao pour briser le silence.

— Près de la fin, reprit le vieux professeur devant les flammes de ses bougies, lui et l'amban ont joué un tour à la cour.

— Ils correspondaient en tibétain, suggéra Shan, avant de s'interrompre un instant. Mais comment saviez-vous que nous nous intéressions à l'amban ? demanda-t-il.

— L'amban vivait au Tibet, et ses lettres étaient pour son oncle une chose vitale, au cours de la dernière année de son existence. La disparition de l'amban a été une tragédie dont l'empereur ne s'est jamais remis. Des lettres concernant l'amban sont volées. Et voilà que vous arrivez du Tibet. La coïncidence est trop grande, n'est-ce pas, Jiang ? s'écria-t-il vers les ombres.

Shan glissa la main sous sa chemise et déroula le vieux morceau de toile avant d'en extraire le thang-ka déchiré.

— Nous sommes au courant du trésor de l'amban, dit-il. Nous savons aussi que le thang-ka était censé dire où il pourrait être trouvé.

Le professeur poussa une longue plainte tant il était excité, le regard brillant comme un enfant ébloui.

— C'est celui-là, Jiang, murmura-t-il aux ténèbres. C'est celui que l'empereur a attendu, la seule chose qu'il ait jamais voulue et n'a jamais reçue.

Il contempla longuement la peinture déchirée, la retourna, examina la paire d'empreintes de mains, et la remit à l'endroit en approchant les images des divinités tout contre son visage.

— Comment êtes-vous au courant de son existence ? demanda Yao.

— Qianlong disposait de plusieurs compartiments secrets. Des coffres. Il en avait un dans le mur aux fresques de la salle à manger, plusieurs dans la pièce de l'autel tibétain où il retrouvait ses enseignants lamas. Un jour, à l'intérieur de l'autel, nous avons trouvé des lettres et des plans secrets montrant le compartiment dans le mur, et un petit mot disant que Qianlong y avait placé le thang-ka déchiré ainsi que plusieurs lettres de l'amban. Mais ce qui était caché dans le mur, nous l'avions laissé, sans jamais imaginer ce qui allait se passer.

Le vieux professeur se perdit un moment dans l'examen du thang-ka avec un sourire ravi.

— Vous avez trouvé ça au Tibet, là où l'amban se cachait.

— Comment le savez-vous ? demanda Yao en échangeant avec Shan un regard surpris.

— Après que la fresque a été volée, Jiang gisait blessé au sol et il m'a demandé d'aller chercher les lettres dans la salle de l'autel, parce que les voleurs pourraient bien revenir les récupérer. Deux lettres, en tibétain, étaient sur le plancher de la salle à manger, là où la fresque avait disparu. Avant ça, nous ne nous étions même pas donné la peine de les lire toutes, les lettres de l'autel. Dans les archives de Qianlong, il y avait d'autres documents, des copies de son courrier. Nous avons trié toutes les lettres relatives à l'amban et lorsque nous avons fini par les rassembler et lire toutes celles qui étaient en chinois, Jiang a été transformé. Il en a oublié sa douleur, il a même oublié qu'il se mourait. Il avait une théorie qui le mettait en joie.

— Quelle théorie ? demanda Shan.

Le vieil homme parut ne pas entendre.

— Il est tombé malade. L'amban. C'était un secret, parce que son oncle et lui craignaient que ce ne soit considéré comme un signe de faiblesse. Trois lettres de l'amban sont arrivées, disant que son voyage de retour au pays devait être retardé. Ç'a été une période difficile pour Qianlong, qui avait décidé d'abdiquer son trône en hommage à son grand-père. Il avait déclaré qu'il ne resterait pas au pouvoir plus longtemps que son grand-père, et donc qu'il abdiquerait après soixante années de règne. Ce qui a déclenché de grandes intrigues à la cour, car Qianlong essayait de décider lequel des grands princes élever au Trône céleste. Il y avait des espions partout, il y a même eu des assassinats. Parce que, sur un simple mot de l'empereur, le monde allait changer.

Le vieil homme se tut doucement et, le visage toujours aussi réjoui, admira de nouveau le thang-ka.

— Pendant une année, l'amban et l'empereur ont échangé des lettres, des lettres urgentes, confiées à la poste impériale, dit-il, faisant par là référence au réseau hautement organisé de cavaliers et de relais qui transmettait les messages à travers tout l'empire. L'amban faisait porter tout son courrier à la poste de Lhassa pour ne pas révéler où il se cachait. Mais l'empereur le pressait de revenir à Pékin. Cela, nous le savons grâce aux réponses chinoises trouvées dans la salle de l'autel, car l'empereur conservait une copie de chacune des lettres qu'il envoyait. Il disait qu'il était vital que l'amban revienne, qu'il n'avait nul besoin de trésors : le plus grand serait le retour du prince en personne. Au bout de quelques mois, les lettres sont passées au tibétain. Vous vivez bien au Tibet ? demanda le vieil homme à Shan.

Shan confirma qu'il parlait bien le tibétain, et le vieux professeur s'enfonça dans la pénombre pour en revenir chargé d'une dizaine de rouleaux noués d'un cordon de soie mauve – des lettres référencées par une date inscrite à l'extérieur.

Shan passa rapidement en revue celles qui étaient en tibétain. Dans l'une, adressée par l'empereur à son neveu, Qianlong parlait du plaisir qu'il prenait à la compagnie de son lama conseiller venu du Tibet, ajoutant qu'un nouveau temple de lamas devait être construit dans la ville qui avait vu naître l'amban. Dans la suivante, son neveu décrivait l'événement le plus joyeux de son existence : le jour où il avait revêtu la robe bordeaux. En compagnie des moines artistes qui fabriquaient les trésors destinés à l'empereur, il apprenait leur savoir-faire ainsi que la manière de transférer une divinité à une peinture. Le contenu des échanges épistolaires était très similaire à celui des disquettes de Ming, mais le ton en était plus personnel et plus intime. L'amban commençait à faire part de sa santé déclinante en précisant qu'il consultait le plus fameux des célèbres guérisseurs tibétains. L'empereur confirmait avoir bien compris que la seconde moitié du thang-ka déchiré lui dirait où trouver le trésor, mais il se plaignait aussi des intrigues de la cour et de sa difficulté à trouver le bon héritier. L'amban lui souhaitait en retour de retrouver sa sérénité et exprimait sa confiance dans la sagesse de son oncle. L'état de santé de l'amban empira. L'empereur lui offrit d'envoyer ses propres médecins, voire ses troupes, une armée au besoin, pour le ramener si nécessaire. L'amban déclina son offre, en disant qu'il se sentait beaucoup mieux.

Shan se dépêcha d'ouvrir l'avant-dernier des rouleaux. La lettre de l'empereur était longue, et Qianlong y exposait par le détail les critères qui faisaient à ses yeux un bon empereur, en regrettant amèrement que l'empire fût devenu trop complaisant et trop matérialiste pendant son règne et négligeait de se concentrer sur les choses les plus importantes. La lecture du dernier paragraphe le laissa pantois.

— Qu'y a-t-il ? voulut savoir Yao.

Shan relut le passage pour être certain d'avoir bien compris.

— L'empereur présente ses excuses de faire une telle chose par courrier, mais les circonstances l'exigeaient. Qianlong demande au lama du Dragon de pierre, son neveu, de devenir son successeur.

Le vieillard poussa un grand cri de joie en tapant des mains.

— Tu avais raison, Jiang ! s'exclama-t-il.

Shan déroula lentement la dernière lettre, la réponse de l'amban, et l'étudia longuement avant de se tourner vers ses compagnons.

— Il annonce qu'il est trop malade pour voyager. Il décline la proposition de l'empereur.

— Impossible ! lâcha Yao.

— Mais vrai, répliqua Shan, sans rien ajouter malgré les questions qu'il lisait dans les yeux des deux hommes.

Quelques instants plus tard, il les surprit à leur tour en pleine contemplation des flammes de bougie.

— Avez-vous trouvé la résidence tibétaine du prince ? finit par demander le vieil homme.

— Nous avons trouvé son monastère.

— Alors, emportez ces lettres là-bas, elles y seront plus en sûreté, dit-il en tendant les rouleaux à Shan.

Yao fouilla ses poches et remit à l'ancien enseignant quelques billets.

— Pour le professeur.

— Je pourrai faire brûler de l'encens au temple, dit le vieux gardien plein de gratitude devant tout cet argent.

— Brûler de l'encens une année durant, acquiesça Yao en lui donnant d'autres billets avant de tourner les talons.

Shan et Yao avaient pratiquement atteint l'arche aux glycines lorsque le vieil homme les rattrapa et tendit à Shan un dernier rouleau très mince portant les marques d'un courrier.

— La dernière lettre, expliqua-t-il. L'ultime fois que l'empereur a parlé à l'amban. Peut-être le plus grand de tous les secrets.

Shan glissa le rouleau dans sa chemise sans le lire.

Yao sur ses talons, il alla dans le petit jardin derrière le pavillon de Qianlong, ce lieu de paix et de tranquillité qu'il avait si souvent visité au cours de sa vie pékinoise. Les deux hommes s'assirent sans échanger une parole, comme s'ils craignaient l'un et l'autre d'être le premier à parler, jusqu'à ce que Corbett apparaisse, escorté par le policier de faction. Yao lui expliqua calmement ce qu'ils avaient appris.

Corbett lança un cri de victoire mais Yao leva la main.

— Ça ne signifie rien. Il ne s'agit que de la parole d'un ennemi de classe non réhabilité. Je ne pourrai jamais utiliser ces informations dans un procès.

— Néanmoins le doute n'existe plus, objecta Corbett. Nous savons que nous avons raison. Ce sont eux les malfaisants, et c'est ce qui fait toute la différence.

Shan, surpris, releva les yeux : l'Américain parlait comme Lokesh.

— La machine est en marche, continua-t-il en sortant un papier de sa poche. Vous lui avez appris ? demanda-t-il à l'inspecteur.

Yao acquiesça et Corbett expliqua à Shan le détail des dispositions prises. Ils allaient lui acheter des vêtements et il partirait le soir même par un vol direct pour Seattle, sous la responsabilité de l'Américain : il ferait le voyage comme prisonnier.

Shan souleva délicatement une fleur de glycine et en fixa le cœur.

— Est-ce que j'ai le choix ?

— Je crois, répondit Corbett après une hésitation.

— En ce cas, je choisis de partir avec vous, mais je pose mes conditions. La première, j'emporte le thang-ka déchiré.

— Dans quel but ? demanda Yao. Nous n'avons toujours pas résolu l'énigme qu'il cache.

— J'ai peut-être trouvé la solution, répondit Shan sans rien ajouter.

Les deux hommes le fixèrent en silence et Yao, puis Corbett finirent par donner leur assentiment d'un hochement de tête.

— La deuxième, c'est que l'inspecteur nous révèle où il s'est rendu ce matin.

Yao n'eut pas l'air d'apprécier.

— À mon bureau.

— Non. Vous aviez une escorte de la Sécurité publique. Ce n'était pas le bureau, ni une visite à la famille.

Yao grimaça et contempla ses mains.

— Je n'ai pas de famille. Juste une nièce. C'était le ministère de la Justice.

— Le ministère ou le ministre ?

— Le ministre a exigé de me voir. On lui a demandé de me démettre de mes fonctions. Par téléphone. Le ministre de la Culture l'a appelé, ainsi que deux de ses amis.

— Pour quel motif ?

— Officiellement, aucun. Il ne va pas me démettre. Mais la raison officieuse, c'est que ces deux hommes ont eux-mêmes reçu des coups de fil. D'Amérique. De M. Dolan.

— Et le ministre de la Justice n'aime pas le ministre de la Culture, je me trompe ? avança Shan.

— Il le soupçonne d'une inattention délibérée aux priorités socialistes.

Un doux euphémisme qui avait cours dans les cercles politiques et était synonyme de corruption.

— À cause des preuves que vous lui aviez adressées personnellement par le passé, j'imagine.

Yao le fixa longuement, le regard sombre. Ils savaient tous les deux que c'était ce qui avait mené Shan à sa perte et au goulag.

— Vous ne nous avez jamais parlé des raisons pour lesquelles un audit du musée de Ming a été ordonné, fit remarquer Shan.

Ce fut au tour de Yao de se plonger dans l'examen d'une fleur. Il finit par relever les yeux et s'adressa à un moineau posé à l'autre bout de la cour.

— Pour son anniversaire, j'avais promis à ma nièce de l'emmener dans un de ces restaurants dont la spécialité est le canard laqué. Un groupe de fêtards nous est passé devant sans faire la queue, carte de visite en avant, de l'argent plein les mains. Dont plusieurs femmes. En tête, un Américain et un jeune Chinois en costume, lunettes de soleil sur le nez. L'Américain s'est arrêté et a posé la main sur la joue de ma nièce en lui disant qu'elle devrait se joindre à eux. Avant de partir, je me suis renseigné et j'ai appris qui ils étaient. Dolan et Ming. Le lendemain, je donnais l'ordre de procéder à l'audit. J'en ai l'autorité. Il avait posé la main sur la joue de ma nièce, répéta Yao à Shan d'une voix crispée.

— Seigneur Jésus ! murmura Corbett.

Tout s'était donc mis en branle à cause d'une simple rencontre fortuite dans un restaurant.

— Où en est l'audit ? demanda Shan.

— Le matériel d'imagerie thermique vient d'arriver, prêté par l'Angleterre. Nous cherchons un spécialiste capable de le manipuler.

— Où les œuvres d'art doivent-elles être expertisées ?

— Elles sont toujours derrière leurs vitrines. Bouclées à double tour.

— Ma troisième condition est que vous en emportiez une.

— Et c'est tout ? demanda Yao avec un sourire mutin.

— Non. Vous devez aussi retourner à Lhadrung.

— C'était dans mes intentions. Lorsque tout sera terminé, il y aura du nettoyage à faire là-bas.

— Ce soir, précisa Shan. Vous y allez, sinon c'est moi qui pars. Une fois là-bas, retrouvez Tashi, l'informateur. Et dites-lui que vous avez pu mettre la main sur la lettre qui, d'après Ming, a été perdue par la police. Celle où, selon lui, l'empereur parle de Lhadrung. Dites-lui aussi qu'elle est en cours d'authentification.

— Mais pourquoi une telle urgence ? demanda Yao, toujours souriant. Et pourquoi ce soir ? Vos amis Lokesh et Liya sont en lieu sûr.

— Il ne s'agit pas de ses amis, intervint Corbett. Il craint qu'ils ne renvoient son fils dans les mines.

L'Américain essaya bien d'avoir confirmation de ce qu'il supputait, mais Shan avait baissé la tête et contemplait le sol.

— Il essaie toujours de devenir père.

16

Chaque minute, chaque kilomètre qui l'éloignait un peu plus du Tibet lui arrachait un fragment de son être. Il s'était senti déchiré en apprenant qu'il partait pour Pékin, mais la nouvelle de son départ pour les États-Unis l'avait totalement paralysé. Il allait à la dérive, abandonné de tout et de tous. À plusieurs reprises dans l'avion, il se réveilla en sursaut, non pas à la suite d'un quelconque rêve, aucune image n'occupant son esprit, mais d'un effroi terrible à l'idée qu'il ne reverrait plus jamais Gendun et Lokesh, ni Ko, peut-être, malgré la promesse faite par Yao de repartir pour Lhadrung le soir même.

Ils atterrirent sous une pluie battante, dans un aéroport entouré d'autoroutes et d'entrepôts. Corbett, collé à son flanc comme son ombre, conduisit Shan jusqu'à deux hommes jeunes en complet qui, après un salut déférent mais peu démonstratif à l'Américain, accusèrent la présence de Shan par un froncement de sourcils avant de conduire les deux passagers le long des guichets de l'immigration, jusque dans un bureau où des hommes et des femmes surveillaient des écrans vidéo. Corbett fit signe à Shan de s'asseoir dans un fauteuil pendant qu'il passait un coup de fil. Il resta dix minutes à parler à voix basse au téléphone, puis, avec le même calme, s'entretint avec une femme à l'air buté, en uniforme, qui ne cessait de pointer sur Shan son porte-bloc. Apparemment peu satisfaite des explications de l'Américain pour justifier la présence de cet étranger sur le territoire, elle finit néanmoins par griffonner quelque chose sur le porte-bloc, arracha le feuillet et le remit à Corbett avant de repartir, digne et martiale comme un adjudant.

Ils roulèrent sous la pluie en silence, les deux jeunes agents du FBI à l'avant de la grosse berline bleue, Corbett endormi, affalé contre la vitre latérale, et Shan, qui regardait par la fenêtre.

— Pourquoi faire cette tête ? demanda soudain à Shan le chauffeur, qui répondait au nom de Bailey et avait du sang chinois. Je croyais que c'était le rêve de tous les Chinois de venir en Amérique. On dirait un condamné à mort apprenant que le dernier bon avocat vient de mourir.

Son collègue éclata de rire et se retourna, attendant sa réponse. Shan resta muet et Bailey lui lança un regard agacé.

— Bon Dieu ! Corbett nous avait pourtant dit que vous parliez anglais, poursuivit-il en mandarin.

— Débarquer dans la peau d'un prisonnier n'est le rêve de personne, répliqua Shan dans la même langue.

Il se rappela une phrase de Corbett dans la montagne, alors que l'Américain lui expliquait la raison de sa présence au Tibet : le Bureau avait besoin de quelqu'un connaissant le mandarin. Mais ce jeune agent travaillait pour lui et le parlait parfaitement.

Bailey s'esclaffa et traduisit pour son voisin.

— À votre avis, ça ressemble à une prison, ça ? demanda-t-il, en anglais cette fois.

Il arrêta doucement la voiture devant un petit pavillon à un étage, à l'air vieillot et négligé, patiné par les années, ses murs en bardeaux au bois grisonnant, ses fenêtres et sa véranda ouverte sous l'avant-toit en façade repeintes en blanc. Des plantes à fleurs mauves grimpaient sur les piliers de soutènement et s'étalaient jusque sur le plancher de l'auvent et les gourmands d'une rangée d'épais massifs en limite de terrain pendaient jusque sur le trottoir.

— Les voisins n'arrivent pas à croire que je travaille pour le Bureau, déclara Corbett, debout à côté de la voiture, chargé de sa valise et du sac polochon de Shan. Ils ont dans l'idée que tous les flics devraient ressembler à de jeunes marines et leurs maisons à des casernements militaires.

La voiture s'éloigna. L'Américain déverrouilla la porte du pavillon et l'invita à entrer ; Shan se rendit compte du peu qu'il savait de la vie personnelle de cet homme.

Sur une table près de la porte était posé un groupe de photographies encadrées. Un garçon plein de taches de rousseur sur un tricycle. Une petite fille à l'air furieux tenant une grosse chaussure. Les clichés avaient pâli, et le verre d'un des cadres était fendu.

— Vous avez de la famille ? demanda-t-il.

— Personne que je voie régulièrement, marmonna Corbett en se détournant. Écoutez vite avant que je ne m'effondre d'épuisement. Je vous fais le tour du propriétaire, dit-il en montrant la partie dans l'obscurité sur la droite, puis sur la gauche : salon, cuisine. Salle de bains du bas.

Il attrapa sa valise et continua à parler en montant l'escalier.

— La chambre d'amis est la première sur la droite. Ensuite la salle de bains, puis ma chambre.

— Vous avez deux salles de bains ? demanda Shan, estomaqué.

Son appartement de Pékin, pas plus grand que le salon de Corbett, faisait des envieux parce qu'il n'était qu'à dix mètres des toilettes communes. La salle de bains, c'étaient les douches municipales dans la rue.

— Je suis mort, déclara Corbett sans plus d'explication. On discutera au réveil. Les draps doivent être propres. Dormez bien. Demain, vous vous ferez de nouveaux amis américains.

Il prononça ces mots avec amertume avant de disparaître.

Mais Shan ne dormit pas bien. Il resta assis à fixer le matelas sur lequel il s'était assis pendant plusieurs minutes, en essayant de se rappeler la dernière fois qu'il avait connu ce luxe : un vrai lit avec des draps, des vrais. Puis il prit la couverture supplémentaire soigneusement pliée et l'étendit sur le plancher, entre le cadre et la fenêtre, avant de s'y allonger. Il se tourna et se retourna, somnolant par périodes de quelques minutes, se réveillant chaque fois, pris dans les affres de la peur sans fondement qui accompagnait les cauchemars, sans jamais se souvenir de quoi il avait pu rêver. Il s'enveloppa dans la couverture et descendit au rez-de-chaussée sans allumer la lumière, se déplaçant dans les pièces en silence avec le sentiment d'être un intrus, sidéré qu'une seule personne puisse avoir l'usage d'autant d'espace. À l'extérieur de la cuisine, il découvrit une petite terrasse au-dessus d'un garage sur l'arrière du pavillon, protégée de la pluie sur une moitié par une avancée du toit. Il sortit et se retrouva au milieu des cimes de conifères à contempler au loin, à peut-être un kilomètre, une vaste étendue miroitante. Un instant, il eut l'impression de se trouver dans une caverne à l'aplomb d'un lac, mais ce qu'il avait pris pour des reflets d'étoiles à la surface des eaux se révéla être les lumières des habitations sur le rivage opposé. La pluie tombait et s'arrêtait, en cycles rapides, une minute en violente averse, la suivante réduite à une bruine.

Sur la table de la cuisine, il trouva un verre bas et étroit plein de cure-dents. Il en décompta soixante-quatre, et prit la chandelle dans son bougeoir en étain posée sur l'appui de fenêtre, mais elle était attachée à un fil électrique. Il tourna le petit interrupteur rond sur le fil et la chandelle prit vie. Perplexe, Shan observa le petit filament qui imitait une flamme. Comme bien des choses américaines, cet objet n'avait pour lui ni sens ni logique. Si quelqu'un voulait une bougie, il devrait trouver une bougie, qui coûterait bien moins cher qu'une lampe électrique éclairant mal, conçue dans le seul but de ressembler à une bougie. Son père, lui ayant promis un voyage en Amérique, avait commencé à lui enseigner faits et détails sur le pays. Parfois, avait-il dit un jour, les Américains faisaient les choses uniquement pour prouver qu'elles pouvaient être faites.

Shan reposa la chandelle électrique là où il l'avait prise et alla s'asseoir dehors, jambes croisées sur les planches, sous la chandelle qui clignait sur le rebord de la fenêtre au-dessus de sa tête. Désespoir, épuisement, impuissance, les émotions ne cessaient de se bousculer autour du cœur de calme qu'il recherchait, et il se sentait comme un frêle esquif arraché à son ancre. Il s'obligea à rester assis un long moment sans bouger, le regard sur les eaux, dans un premier temps, puis au-delà, dans le vague, ne cillant qu'au retour de la pluie.

Lorsqu'il recouvrit sa conscience lucide, les nuages étaient bien plus hauts dans le ciel et la plupart des lumières sur le rivage lointain s'étaient éteintes. Il vit les petits bâtonnets qu'il tenait à la main et se rappela peu à peu où il se trouvait. Il les jeta sur les planches devant lui et les divisa en trois groupes reconstitués au hasard, puis se mit à compter les cure-dents du premier tas, reprenant ainsi la méthode séculaire utilisée pour bâtir les tétragrammes qui servaient, dans la tradition taoïste, à invoquer les versets du Tao-tö-king. Ce n'était jamais aussi aléatoire que cela paraissait, lui avait toujours répété son grand-père, car les baguettes, comme le lanceur, obéissent à une certaine destinée. Après plusieurs minutes, Shan avait constitué un tétragramme de deux lignes de deux segments au-dessus d'une ligne qui en avait trois ; la dernière, celle du bas, comportait elle aussi deux segments. L'ensemble correspondait au chapitre quarante-quatre dans les tables que Shan avait mémorisées quand il était encore enfant. Il murmura les mots.

Plus forts les attachements
Plus élevé le prix à payer
Plus grands les amassements
Plus profonde la perte

Il se sentit vide après les avoir récités et plongea son regard dans la brume fraîche et sombre. Au loin résonnaient parfois des bruits de machines et de cornes, puis des cris de mouettes.

Plus tard, il prit conscience de mouvements et de bruits dans la cuisine. La pluie tombait toujours mais le gris du ciel au-dessus du lac était devenu plus brillant, et un peu de rose transparaissait entre les nuages. La porte s'entrebâilla et lui arriva aux narines une bouffée âcre aux arômes de noisettes grillées. Du café, comprit-il. Corbett sortit avec deux chopes fumantes et, à son grand soulagement, celle qu'il lui tendit contenait du thé noir et fort.

— Vous n'avez pas dormi dans votre lit, dit Corbett en contemplant le lac.

— Je me suis servi d'une de vos couvertures mais j'ai dormi par terre.

— Bon Dieu, Shan, le confort n'est pas un péché, murmura timidement Corbett, pas très convaincu.

— J'aime cette petite terrasse, expliqua Shan, sans savoir pourquoi il donnait l'impression de s'excuser.

— Elle appartenait à ma grand-tante. La maison, et aussi un chalet sur une île au nord d'ici, tout là-haut vers le Canada, un petit truc sur l'eau, plein de fleurs à cette époque de l'année. Ma tante est décédée un an après mon divorce et me les a légués. Sans elle, aujourd'hui, j'occuperais un studio, tout ce qui me restait après que ma femme…

Il détourna la tête vers le lac.

— Dawa, Lokesh et moi avons longé un lac la nuit pour rejoindre Zhoka, reprit-il. Pas bien grand, sur les hauteurs dans les montagnes, et la lune s'y reflétait. D'une certaine façon, ça m'a rappelé cet endroit. Lokesh a dit que nous devions nous arrêter pour offrir des prières aux divinités des eaux. Maintenant, chaque fois que je regarderai la baie, je m'interrogerai probablement sur les divinités qui s'y cachent.

Corbett se montra de meilleure humeur pendant leur traversée de Seattle, ville de collines au climat mouillé, avec, en bordure du rivage, son étrange géant surmonté d'une soucoupe appelé *The Needle*, L'Aiguille. Ils entrèrent dans le parking d'un vieil immeuble en granit aux allures de forteresse. Shan suivit l'Américain en silence dans l'escalier puis au passage d'un poste de sécurité, incapable de se concentrer sur la tâche qui l'attendait à cause de tous les signes qui s'étalaient partout où son regard se posait et lui étaient si étrangers. La jambe nue d'une femme peinte sur toute la longueur d'un autobus municipal, avec quelques mots sur l'amour qu'il ne comprit pas. Une énorme sculpture de poisson mauve accrochée au-dessus d'une porte. Un train aérien sur un rail unique passant au-dessus d'un individu endormi, presque nu, dans un chariot métallique de supermarché. Et aussi les hommes en uniforme aux visages sombres, à la grille de sécurité, avec leur peau couleur de chocolat.

À leur entrée dans les bureaux du FBI, au troisième étage, Corbett continua à lui parler, d'une voix moins forte qu'à son habitude, des ferries omniprésents comme des montagnes toutes proches. Un peu surpris, Shan finit par comprendre que l'Américain se cherchait une excuse pour ne pas laisser traîner ses regards alentour ni croiser les yeux qui s'étaient levés depuis leurs cagibis à leur entrée dans une vaste salle centrale encombrée de bureaux, chacun avec son poste de travail informatisé. Face à leur clavier d'ordinateur, certains les suivirent du regard à mesure qu'ils s'enfonçaient dans ce labyrinthe d'un type nouveau, d'autres se contentant de jeter un coup d'œil avant de vite détourner la tête en grimaçant.

Corbett laissa Shan dans une petite salle de conférences sans fenêtres, au mobilier spartiate – grande table au plateau en plastique, fauteuils en plastique au revêtement qui boulochait et petit guéridon de bois en piteux état, garni d'un téléphone et d'un annuaire dont toutes les pages étaient jaunes. Après quelques minutes, abandonné à lui-même, Shan prit l'annuaire et l'ouvrit au hasard. *Problèmes d'odeur chez vos animaux familiers ?* demandait la première annonce qu'il lut. *Nous mettons vos affaires en ordre*, proclamait la suivante. Il les relut plusieurs fois, sans comprendre. Il se pencha sur le gros livre, intrigué, perplexe et désorienté tout à la fois, et le feuilleta. Toutes les pages traitaient d'activités commerciales, même s'il ne comprenait pas la moitié des catégories en référence. Il essayait de déchiffrer un énorme encart publicitaire qui disait *Des hectares de 4 × 4* quand Corbett entra avec ses deux assistants, suivi par un homme au visage revêche, une cravate rouge sur son ventre rebondi, qui le salua froidement en déposant un mince dossier sur la table.

— Monsieur Yun…, commença le dernier arrivant.

— Shan, le corrigea Corbett. Le premier nom est son nom de famille.

L'homme ne fit pas mine d'avoir entendu mais reprit.

— Monsieur Shan, je crains que l'agent Corbett n'ait agi très inopinément et trop précipité les choses en vous faisant venir de Chine en Amérique aux frais du contribuable américain. J'étais en congé et je n'ai pas pu être consulté. À ce que j'ai cru comprendre, il espère résoudre le vol des objets d'art de M. Dolan en mettant la main sur une vieille peinture sur plâtre. Il prétend que vous et lui êtes convaincus que les pièces dérobées ont été expédiées en Chine, même si je ne vois pas la raison pour laquelle ils voudraient plus d'art chinois, en Chine.

Il s'interrompit, attendant un rire.

— D'art tibétain, grommela Corbett. Les pièces étaient tibétaines.

L'homme l'ignora.

— Il semble croire que vous êtes une sorte de magicien. Un super-flic chinois, apparemment, reprit-il en détaillant Shan d'un air sceptique.

Shan s'obligea à ne pas regarder Corbett, qui n'avait apparemment pas informé son supérieur des détails de leur enquête ni présenté Shan comme témoin essentiel.

— Inopinément ? demanda lentement Shan. Je ne comprends pas ce mot.

Le grand chef jeta un coup d'œil agacé à son agent et soupira.

— Vous vouliez sans aucun doute voir l'Amérique. J'accepte le fait que vous soyez un des meilleurs enquêteurs de votre pays, dit-il en revenant sur Shan, ses vêtements bon marché et ses mains calleuses. Je suis sûr, poursuivit-il avec moins de conviction, que nous pourrons vous trouver quelques souvenirs à emporter. Nous disposons de presse-papiers et d'épinglettes pour les visiteurs importants. Quelqu'un pourra peut-être vous arranger une visite de notre laboratoire criminel ou vous faire rencontrer le consul de Chine. Il s'agit ici d'un crime sur le sol américain. Merci pour l'intérêt que vous nous portez.

Une nouvelle fois, Shan dut lutter pour ne pas tourner les yeux vers Corbett.

— Savez-vous qu'un autre meurtre lié au vol chez Dolan a été commis en Chine ? interrogea-t-il avec fermeté. Il y a trois jours de cela.

— Un autre ? s'étonna l'homme avec un regard furieux à son agent. Il n'y a jamais eu de premier meurtre. Si un Chinois a tué un autre Chinois, cela ne concerne pas le FBI.

— Il s'agit d'une Britannique. Elle faisait partie des voleurs de la résidence Dolan.

— Cela, vous n'en savez rien.

— Elle l'a reconnu.

— Tuée par un complice, en ce cas.

— Sans aucun doute, acquiesça Shan.

— Bon travail. Dolan sera content. Il fallait vraiment que j'apprenne ça des Chinois ? ajouta-t-il en fusillant Corbett du regard.

— C'est pour que vous n'ayez pas de regrets d'avoir dépensé l'argent des contribuables, rétorqua son agent du tac au tac.

— Il s'agissait d'un crime sur le sol chinois, renchérit Shan.

— C'est exact, répondit le chef avec, pour la première fois, un peu moins d'assurance.

Il cessa de dévisager Shan et poussa le dossier sur la table vers Corbett.

— Pendant que vous étiez parti, nos gars ont déniché ça : un marchand d'art qui a travaillé pour Dolan. Le rôle du complice dans la résidence lui irait comme un gant.

L'homme corpulent à la cravate rouge salua Shan de la tête et sortit de la pièce. Il était resté debout et ne s'était jamais présenté.

Bailey, bouche bée, observait Shan avec un grand sourire, puis il pointa le doigt sur Corbett.

— Quelqu'un vient de se faire damer le pion, chuchota-t-il d'une voix qui résonna dans toute la pièce, et son jeune collègue éclata de rire.

Corbett s'attarda à peine sur le dossier, qu'il poussa vers Shan avec le regard malicieux de celui qui vient de réussir un mauvais coup. Sur l'étiquette était écrit : *Adrian Croft*.

— Il y a trois jours que je vous ai appris que le bureau de Croft avait donné par téléphone l'ordre d'exécuter Elizabeth McDowell. Je n'ai pas besoin de consulter le dossier, déclara-t-il à Bailey. Résumez-moi ça verbalement.

Bailey reprit doucement le dossier à Shan, l'ouvrit et en sortit quelques feuillets.

— Il est sur la liste des membres de deux expéditions de Ming, toutes les deux en Mongolie-Intérieure, commença l'adjoint en montrant un fax. La société des Antiquités Croft a été payée, et très bien payée, en sa qualité d'expert extérieur, dans le cadre de plusieurs projets de musée financés par Dolan, ainsi que pour la construction de l'espace d'exposition privé de Dolan. McDowell travaillait pour eux comme consultante. Elle a réalisé toutes les estimations des collections du monsieur. Le bureau d'où cet appel a été passé se situe à huit cents mètres d'ici. L'entreprise est spécialisée en art asiatique, et versée dans l'art et la manière de le vendre.

— Avez-vous une liste des participants aux expéditions de Ming ? demanda Shan.

— Bien sûr, répondit Bailey. C'est devenu un marché pour touristes riches.

— Mais le nom de Dolan n'apparaît pas sur ces listes, dit Shan après un rapide coup d'œil aux papiers présentés par Bailey.

— Néanmoins nous savons qu'il y était, nous avons vu les photos, déclara Corbett avec une grimace. Sécurité sociale, bureau des douanes, service de l'immigration, impôts, ajouta-t-il à l'intention de ses adjoints qui baissèrent la tête. Et que ça saute !

Les deux hommes quittèrent la pièce au plus vite. Corbett se leva, rassembla les dossiers et fit signe à Shan de le suivre. En partant, il se pencha vers la réceptionniste aux cheveux argentés.

— S'il nous demande, répondez-lui que nous sommes partis voir le consul de Chine. Et aussi le maire. Les clés de la ville et tout le tremblement.

Ils roulaient sous un ciel gris sur la rive ouest de Lake Union quand Shan demanda à Corbett de s'arrêter un moment pour admirer le décollage d'un hydravion.

— Où vont-ils ?

— Vers les îles. Loin, répondit l'Américain en regardant disparaître l'appareil dans les nuages.

Ils longèrent un grand bâtiment de huit étages en brique, aux allures d'entrepôt converti en immeuble de bureaux. Corbett indiqua une fenêtre en coin au dernier étage, avec vue imprenable sur le lac.

— Antiquités Croft, annonça-t-il avant de se garer juste en face.

Ils traversèrent la route à pied et suivirent une voiture qui s'engageait dans le garage en sous-sol. Un nom était peint sur chaque emplacement réservé. Les Antiquités Croft disposaient de trois places de parking, deux au nom de la compagnie, le troisième à celui d'Adrian Croft.

Corbett signala les boîtes noires oblongues en haut des piliers en béton.

— Caméras de sécurité. Mes gars vont pouvoir s'en donner à cœur joie, ajouta-t-il, avant de s'expliquer devant l'expression perplexe de Shan : nous allons demander les bandes vidéo enregistrées. Nous verrons quel fantôme se gare sur cet emplacement. Restera à interroger la responsable du bureau… si nous pouvons mettre la main dessus.

— Vous la connaissez ?

— La photo dans le dossier. Elle est chinoise.

Ils s'installèrent pour prendre un thé dans un petit café en rez-de-chaussée. Shan, sans cesse distrait par les hydravions qui disparaissaient dans les nuages, avait beaucoup de mal à se concentrer sur la porte d'entrée. Ailleurs. Loin. C'est là qu'il aurait voulu être : ailleurs, là où les gens ne mentaient pas, ne volaient pas, ne tuaient pas, et où ils ne se faisaient pas passer pour des fantômes. Gendun avait tenu à ce qu'il rejoigne sa caverne de retraite. Mais, le jour de l'anniversaire du dalaï-lama, quelques heures avaient suffi pour tout changer.

Corbett, lui aussi, paraissait résister avec bien du mal à l'appel des avions.

— Votre tante vous a légué une maison, sur une île…

— Un petit chalet aux murs presque entièrement couverts de plantes grimpantes, avec vue sur l'océan. Parfois, on peut apercevoir les baleines.

— C'est elle qui vous a appris à peindre ?

Corbett resta profondément silencieux un long moment.

— C'est bien loin d'ici, finit-il par répondre. Ici, c'est l'Amérique. Voilà ce que je fais en Amérique. Mais pas en ce moment.

Il ne parlait pas de sa tante, comprit Shan, mais du village de Bumpari.

— Liya et moi, nous avons bavardé avant que je quitte le village. Elle a dit une chose pleine de sagesse : qu'un enquêteur était exactement le contraire d'un artiste.

— Peut-être disait-elle que, pour être résolus, certains mystères exigeaient un artiste et non un enquêteur. Qu'un artiste avait d'autres manières d'atteindre à la vérité.

— C'est avec vous, tout là-bas dans les montagnes, que j'ai appris que les faits n'étaient qu'une part de la vérité, la part la moins importante. Je ne l'ai jamais vraiment remerciée, Liya. Il va falloir que vous le fassiez pour moi.

— Peut-être la reverrez-vous.

— Moi ? Aucune chance. Au cas où vous ne l'auriez pas remarqué ce matin, je suis bon partant pour le placard. Après cette affaire, les seules enquêtes qu'on me confiera se limiteront aux vieilles dames ayant perdu leur dentier.

Il plongea soudain son nez dans sa tasse.

— La voilà. C'est elle. La directrice des Antiquités Croft.

Shan étudia un moment la mince Asiatique très élégante qui venait d'entrer, puis il se leva brusquement avant que l'Américain puisse le retenir. Il alla au comptoir, près des présentoirs à sucre et serviettes, et attendit que la femme s'asseye à une table pour s'installer en face d'elle sans y avoir été invité.

— Je m'appelle Shan, dit-il à voix basse en tripotant le premier bouton de sa chemise. Vous travaillez pour le magasin d'antiquités à l'étage, ajouta-t-il avant de lui présenter le gau qui ne quittait jamais son cou.

— Avez-vous une idée de ce que c'est ? lui demanda la jeune femme, agacée autant qu'amusée.

— C'est très vieux et très précieux. Je sais où il y en a d'autres.

Elle fixa le boîtier à prières avec un intérêt non déguisé et tendit le doigt sans pour autant le toucher.

— Nous n'en achetons pas, déclara-t-elle sèchement. Je vous conseille de partir. Ce n'est pas ainsi que nous traitons nos affaires. Je pourrais appeler la sécurité.

— Emmenez-moi dans votre salle d'exposition. Permettez-moi de voir ce que vous achetez. Je peux vous trouver beaucoup d'objets. Tibétains. Chinois.

Elle prit une bouchée de salade, mâcha et lui pointa sa fourchette à la figure.

— Nous sommes une maison privée. Pas de salle d'exposition. Les clients nous mandatent pour leur trouver des objets précis, et nous les leur procurons. En ce moment, il n'y a pas de demande pour des boîtes à prières du quatorzième siècle comme celle-là. Ça, c'était il y a trois ou quatre ans.

Elle montra la porte de sa fourchette et, sur un soupir, Shan quitta le café.

Corbett le rejoignit dix minutes plus tard près de sa voiture. Il garda les yeux sur la fenêtre du dernier étage pendant que Shan lui racontait ce qu'avait répondu la fille, puis il appela Bailey sur son portable en lui expliquant qu'il y avait urgence à examiner les bandes des caméras de sécurité de l'immeuble.

Ils repartirent sous une pluie fine implacable, Corbett gardant un silence maussade jusqu'à ce qu'ils se rangent dans un énorme parking contenant plus de voitures garées au même endroit que Shan n'en avait jamais vu. Ils s'engagèrent dans un édifice caverneux tellement énorme que Shan n'en vit pas le bout dans la grisaille.

Il s'arrêta, muet d'étonnement, quand ils eurent franchi les élégantes doubles portes de l'entrée. À côté d'un bassin alimenté par une cascade poussaient des fleurs et des arbres. Les sols étaient en marbre. Un escalier en fer forgé s'incurvait avec grâce à l'entour de la cascade vers un plafond en voûte vitré.

— Il y a un endroit tranquille où nous pourrons prendre un café et parler sans être dérangés.

Shan ne bougea pas, étudiant l'étrange bâtiment et les dizaines de personnes qui entraient et sortaient d'un pas nonchalant de l'énorme centre commercial. Il comprit qu'il n'y avait que des boutiques, des boutiques sur deux étages. Quand il se retourna, Corbett était déjà loin devant. Il le suivit en prenant son temps, désorienté par tout ce qui s'offrait à ses yeux : des adolescents de passage, en pleine conversation, l'air décontracté malgré les anneaux et les billes en laiton qui, pour une raison qui échappait à son entendement, leur perçaient le visage. Dans une vitrine, plusieurs femmes uniquement vêtues de leurs dessous l'obligèrent à détourner la tête, rouge de confusion. D'autres, un peu plus loin, dans des vitrines elles aussi, étaient habillées de chandails. Il finit par comprendre qu'il s'agissait de mannequins, des effigies très fidèles d'êtres vivants. Le prix de trois cents dollars, à quelques *cents* près, indiqué sur l'un des chandails, représentait plus que le salaire annuel d'un Tibétain.

— Pour quelle raison m'avez-vous amené ici ? demanda-t-il à Corbett dans la cafétéria où l'Américain avait déjà passé commande pour deux. Il n'y a que des marchands.

— Je pensais que vous aimeriez voir l'Amérique, répondit Corbett avec un étrange sourire gêné en lui montrant une table. C'est ici qu'Abigail travaillait, expliqua-t-il, toute ironie disparue, avant d'obtenir son emploi de gouvernante. Les gens la connaissaient, ici, ils m'ont parlé d'elle, ils me l'ont rendue vivante.

Que cherchait-il donc ? songea Shan. Pas des indices, non, ce terrain-là était déjà couvert. En venant ici, on aurait cru qu'il rendait hommage à la jeune morte – peut-être était-ce sa façon à lui de s'excuser de son incapacité à déférer son assassin devant la justice.

— J'ai pensé que la coïncidence était trop grande. La nounou de la famille se fait assassiner le soir où les œuvres d'art ont été dérobées. Mais Punji n'y est pour rien. Je crois ce qu'elle a dit.

Il s'était apparemment habitué à utiliser le surnom de McDowell, comme si sa mort l'avait rapproché de la Britannique.

— Lodi et elle ont emporté le butin, mais ils ignoraient tout de la jeune fille. Et s'il ne s'agissait que d'une coïncidence ? Et si je me trompais depuis le début ?

— C'est la raison pour laquelle vous êtes allé au Tibet, n'est-ce pas ? demanda Shan devant la serveuse qui leur apportait deux chopes fumantes. C'est la fille, pas le vol.

Corbett réfléchit une minute avant de répondre :

— J'aurais pu envoyer mes gars à la recherche des objets volés. Mais, tous les soirs, je revois le visage de cette jeune femme flottant dans la baie. Comme si elle me regardait, moi. Comme si elle essayait de me dire quelque chose, mais que sa bouche ne pouvait plus parler. C'est pour cette raison que je suis parti. C'est uniquement pour ça que je ne suis pas resté.

Son portable sonna. Il écouta avec attention, l'appareil collé à l'oreille, en ponctuant la conversation de petits bruits de confirmation avant de raccrocher.

— Les bandes étaient là, avec une machine capable de les visionner en accéléré. Le garde de service a aidé mes gars. Je pensais que ça allait prendre la journée, ou presque, murmura-t-il à l'adresse de sa chope d'un ton désespéré.

— Nous savions déjà de qui il s'agissait, dit Shan. Nous le savions, vous comme moi. Ça ne pouvait qu'être lui.

— Autant essayer d'attraper Dieu. Il est intouchable. Jamais on ne m'autorisera à l'approcher sans preuves directes, et il est bien trop intelligent pour en avoir laissé.

— Lokesh expliquerait que si Dolan a fait une chose pareille, s'il a tué la jeune fille et organisé les vols, il aura inévitablement été touché par le péché.

— Je suis donc censé attendre qu'il soit réincarné en scarabée pour pouvoir l'écraser ? Je préfère la justice dans cette vie. Vous ne comprenez pas le personnage. Si Dolan n'aime pas la manière dont ses ordures sont ramassées, il appelle le maire.

— Je connais parfaitement ce genre d'individu.

— C'est vrai. J'oubliais. Vous leur avez tenu tête et vous avez perdu. Toutes ces années de camp.

— Je préfère y penser comme au pat d'une partie d'échecs. Je suis toujours vivant.

Corbett le scruta de tous ses yeux, exactement comme si Shan venait de lui proposer une ouverture, avant qu'un grand sourire illumine son visage, suivi par un rire de gorge.

— Très bien. Nous avons apporté à M. Croft une petite surprise. Il nous suffit maintenant de trouver le moyen de la lui remettre en main propre.

Il se leva, posa quelques billets sur la table et se dirigea vers sa voiture.

Shan ne laissait pas de s'émerveiller devant toute cette pluie. Pékin était un endroit sec, et la majeure partie du Tibet, pratiquement un désert. Il n'avait pas connu de telles averses depuis son enfance en bord de mer. L'eau du ciel américain offrait bien des variantes, et les nuages n'étaient jamais pareils. Un instant, c'était une pluie battante qui les submergeait, un vrai déluge d'orage, l'instant d'après, une simple averse, l'instant suivant, une bruine à peine différente d'un épais brouillard. À un moment, elle dégringola à seaux, brutalement, accompagnée de bourrasques qui frappaient la voiture à l'horizontale. Corbett ne lui accordait pas la moindre attention : il conserva une vitesse constante pour quitter l'agglomération et s'enfoncer dans les collines aux énormes maisons entourées de hauts murs et de grilles métalliques. Il ralentit au passage d'un long édifice en brique un peu alambiqué accroché à flanc de colline, et fermé par un mur lui aussi en brique haut d'un mètre cinquante. Le bâtiment principal s'étirait sur près de soixante mètres, entouré de diverses annexes :

un long garage à huit portes, une serre, et autres petites constructions que Shan ne sut identifier.

— Ça ressemble à un hôpital, se hasarda-t-il à dire. Peut-être à une petite université.

— C'est le lieu du crime.

Corbett avait répondu d'une voix crispée, peu enclin apparemment à la conversation. Il parcourut cent cinquante mètres au-delà de la grille et se rangea sur un accotement, à l'endroit où le mur de la résidence se transformait en épaisse forêt, en indiquant un gros arbre qui poussait à vingt mètres de l'angle de l'enceinte.

— Les amis de la jeune fille ont déclaré qu'il lui arrivait d'escalader cet arbre et de sauter le mur quand elle était pressée. Elle laissait sa bicyclette là et passait par-dessus. J'avais interrogé les deux enfants de Dolan, avant l'intervention de mon patron, et ils ont confirmé, ils ont dit qu'elle passait le mur sans déclencher les alarmes. C'était leur petit secret.

— Mais pourquoi a-t-il fallu qu'elle revienne ce soir-là ?

— Pour éteindre un four. Ce jour-là, les enfants et elle avaient fait de la poterie dans l'atelier, sur l'arrière de la résidence. Le garçon a dit qu'ils avaient oublié de sortir les poteries du four, il était sûr que ce serait un désastre. Mais quelqu'un avait éteint le four et sorti leurs œuvres. La jeune gouvernante avait un cours à l'université locale, un peu plus loin sur la route. Elle est donc revenue ici, a éteint le four et elle a vu quelque chose qu'elle n'était pas censée voir.

Il reprit la route en direction du lac.

— Il n'existe aucune preuve, dit Shan.

— Il n'en existe pas non plus pour le contraire. La deuxième fois que je me suis rendu sur les lieux pour examiner l'endroit où le vol avait eu lieu, M. Dolan en personne est venu me chercher pour m'apprendre que c'était lui qui avait éteint le four.

Shan réfléchit un instant.

— Les enfants l'avaient mis au courant des précisions que vous leur aviez demandées ?

— Il était en déplacement et n'avait pas vu ses enfants. Mais quelqu'un lui a refilé mon rapport en douce. Il est arrivé alors que j'étudiais les lieux, uniquement pour me signifier que c'était lui qui l'avait éteint, puis il est reparti sans me laisser le temps de lui poser la moindre question. Il a déclaré que les inspecteurs de la compagnie d'assurances avaient tout ce qu'il leur fallait, et que rien ne justifiait que le FBI se donne la peine d'enquêter plus avant. Nous ne lui avions pas posé le moindre problème, jusqu'au moment où j'ai soulevé la question d'Abigail.

Corbett engagea la voiture sur un chemin de terre étroit qui menait à un parc de stationnement gravillonné surplombant la baie, dont le vent lacérait les eaux en les crénelant d'écume. Il indiqua la passerelle en fer trente mètres au-dessus d'une petite anse avant de sortir de la voiture. Shan le suivit et remonta son col pour se protéger du vent glacé.

— Abigail est repérée dans la maison – c'est un témoin inattendu du crime. Ensuite, il lui propose de la raccompagner chez elle. Il est tard pour rouler à bicyclette sur ces routes pleines de virages. Ils mettent le vélo dans le coffre et, arrivés à la passerelle, s'arrêtent un moment. Ici, exactement, parce qu'il n'y a pas de maisons à proximité, personne ne peut rien voir. Peut-être qu'ils admirent les reflets de la lune sur l'eau. Peut-être qu'il lui dit qu'il a cru voir une baleine. Qui sait. Ils s'approchent du bord, et lui la pousse dans le vide. Elle est petite et ne pèse pas bien lourd. Il parcourt les huit kilomètres qui le séparent du pont près de la maison d'Abigail et balance le vélo, qui sera retrouvé par des plongeurs deux semaines plus tard. Le problème, c'est que la marée était basse. Et à ce moment-là, il n'y avait pas d'eau sous la passerelle que vous voyez. Rien que les rochers. Elle n'est pas morte des suites de sa chute… mais elle avait les reins brisés. Elle est morte noyée.

Shan contempla les tourbillons d'eau noire en luttant contre l'horreur qui l'avait envahi. La jeune fille était tombée sur les rochers, impuissante, en pleine nuit, incapable de bouger à mesure que la marée montait – cette marée qui avait fini par l'engloutir et l'emporter jusque dans la baie.

Ils n'échangèrent plus un mot, même à leur retour à la maison. Corbett posa de quoi manger sur la table et monta à l'étage. Devant la passerelle, il avait paru vraiment convaincu du meurtre de la fille, mais ils savaient l'un et l'autre qu'il n'existait pas de preuves. Assurément, tout portait à croire que la jeune femme qui flottait dans la baie lui avait bien parlé.

Shan se sentit soudain pris de fringale et examina la nourriture. Un concombre, une tête de laitue, une miche de pain complet, un paquet de riz instantané, une banane, une tomate, un pot de moutarde, et plusieurs boîtes de légumes en conserve qu'il ne reconnut pas. Il tailla le concombre en bâtonnets qu'il emporta avec la banane jusqu'au fauteuil près de l'entrée, éteignit toutes les lumières et mangea. Il s'enfonça au creux de son siège en écoutant les bruits au-dehors, les yeux fermés. Quand il les rouvrit, la maison était plongée dans l'obscurité et on avait jeté une couverture sur lui. Des heures avaient passé, il était presque minuit.

Il se dirigea vers l'escalier, s'arrêta et retourna sur la terrasse sous l'avant-toit. Le bruit de la pluie sur les feuilles ressemblait à un murmure. Dans un seau près de la porte, un criquet se mit soudain à crisser. Étrangement, son cri chassa toute la tristesse qu'il avait dans le cœur. Pour la première fois depuis des années, Shan se rappela une promenade en compagnie de son père qui parlait aux oiseaux, dans un bosquet de bambous mouillés par une douce pluie, sous les rires d'un criquet. Il resta longtemps sans bouger, de crainte qu'au moindre geste son père ne disparût. Finalement il retourna dans la cuisine et se mit à fouiller tiroirs et placards. Posée à l'arrière du plan de travail, il remarqua une boîte en plastique blanc avec un cordon électrique, identifiée par son étiquette en cursive qui disait « ouvre-boîtes ». Il essaya d'imaginer son fonctionnement ou la raison de sa nécessité. Il finit par dénicher un morceau de papier blanc, un gros marqueur et le moignon d'une bougie. Il emporta le tout au-dehors et, dos au mur, sous l'avant-toit, alluma la chandelle et rédigea d'une main sûre des idéogrammes qui coulèrent d'eux-mêmes.

Dans un seau, un criquet a chanté, et son chant a tranché au travers de mon chagrin. Je suis sans voix. Merci, père, de m'avoir appris à écouter.

Il plia le papier, y inscrivit le nom de son père et gribouilla en anglais *Seattle* dans le coin supérieur, puis il l'enflamma à l'aide de la bougie avant de le laisser tomber dans un pot en terre vide. Il regarda les cendres dériver dans la brume. Sa carte postale d'Amérique.

Beaucoup plus tard, il s'apprêtait à regagner son lit quand il vit la porte au bout du couloir, juste après la chambre de Corbett, entrouverte. Il s'approcha, un peu coupable, et la poussa pour l'ouvrir complètement. Une bouffée de senteurs inhabituelles lui arriva aux narines et il alluma la lumière. Au centre de la pièce était installé un chevalet, avec une aquarelle inachevée et, tout à côté, sur une petite table, une esquisse de l'œuvre finale : sur une montagne balayée par les bourrasques, une bâtisse en pierre surmontée d'un fil de drapeaux à prières flottant au vent. Corbett s'était remis à peindre.

•

17

Shan, assis sur les marches du perron, admirait les fleurs en regardant les gens dans la rue lorsqu'il entendit Corbett descendre dans la cuisine. Il était là depuis avant l'aube, incapable de dormir, à observer ce qui défilait devant ses yeux, souvent sans bien concevoir ce qu'il voyait. Un camion blanc au plateau arrière comme une cloque démesurée sortit lentement de la brume, et des hommes en combinaisons blanches se mirent à y vider des barriques en plastique pleines d'ordures. Plusieurs personnes filèrent devant ses yeux comme des flèches, en short minuscule et casquette, courant sous la pluie. Il ne comprit pas bien leur destination ni ce qu'elles pouvaient faire une fois arrivées à bon port. Un camion passa, arborant un message aussi énorme que mystérieux peint en grosses lettres : *En une nuit garantie*.

Son esprit partait sans cesse à la dérive vers une aube lointaine distante de milliers de kilomètres, là où Surya et ses compagnons ramassaient les déjections humaines, où les ermites de Yerpa récitaient leurs mantras dans une salle remplie de lampes à beurre, où Ko devait probablement dormir entravé, les fers aux pieds, dans un sommeil de cauchemar peuplé d'hommes aux mains de squelette. La gorge serrée par des vagues d'émotion qui montaient et retombaient telle une mauvaise marée, il prit conscience que Corbett parlait au téléphone et entendit à plusieurs reprises le nom de Bailey. Il entra dans la maison sans faire de bruit et s'assit dans le fauteuil du vestibule où l'Américain, toujours pendu à son appareil, lui tendit une banane.

Cinq minutes plus tard, Corbett raccrocha et signifia à Shan de le suivre. Une fois dans la voiture, ils franchirent un pont et descendirent une route en lacet serré au milieu d'une forêt d'énormes résineux.

— Bailey dit que la compagnie d'assurances s'apprête à rédiger son chèque à Dolan, l'informa Corbett d'une voix terne. Ne l'embêtez pas trop, il est resté debout toute la nuit, ajouta-t-il en s'engageant sur une allée gravillonnée.

Ils arrivèrent à une vieille maison en cours de restauration, un mur couvert de planches fraîchement peintes en blanc, un autre pareil à du papier noir. Bailey se trouvait dans une dépendance, un abri de jardin converti en garage, la porte ouverte. Sur une longue table au centre, on avait disposé divers objets : un livre de poche, détrempé et inutilisable, des vêtements sales, des papiers pliés, un collier cassé, une paire de chaussures de petite taille, enfin une bicyclette, ses deux roues voilées. Au bout de la table, des loupes, de petits flacons de produits chimiques et plusieurs brosses fines.

— Rien de rien, bon Dieu ! s'écria Bailey sans même les saluer. J'ai examiné chaque élément tellement souvent que j'en ai perdu le compte. Hier soir, avant que la nuit tombe, je suis descendu sous la passerelle, dans l'espoir de trouver un indice qui aurait prouvé que c'est bien là qu'elle était tombée. Rien. La marée a bien fait son boulot. Et ça fait des semaines, maintenant.

Shan s'approcha de la table. Un fragment d'algue, sec et rabougri, s'accrochait à une des chaussures.

— Le rapport de la police n'a pas changé. Il explique qu'elle est arrivée trop vite sur le pont près de chez elle. Elle a dérapé sur une flaque et s'est emplafonnée contre le muret. Sous le choc, elle est passée par-dessus avec son vélo.

Corbett prit le collier en argent, avec un médaillon ouvert sur la photo d'une vieille femme, et le tendit à Shan.

— Mais ceci a été découvert au milieu des algues de l'autre côté de ce pont. Un détail que le rapport de la police ne peut pas expliquer. Parce que le collier est tombé avant qu'elle soit jetée en bas de la passerelle. Peut-être s'est-elle brièvement débattue. Et lui l'a balancé du mauvais côté quand il s'est débarrassé du vélo.

Shan regarda la table, puis le garage.

— Le travail de la police n'est pas terminé ? demanda-t-il.

En toute logique, les pièces à conviction auraient dû se trouver dans un laboratoire officiel de police scientifique.

— Le dossier est clos, répondit Corbett. Mort accidentelle. Tout est bouclé. Les objets que vous voyez là devaient être remis aux parents.

— Hier, nous avons contrôlé toutes les entreprises de location d'entrepôts de la région afin de vérifier si Dolan, McDowell ou Lodi avaient loué quelque chose. Rien. Nous avons rappelé tous les marchands d'antiquités du Nord-Ouest. Aucune des pièces volées à Dolan n'a refait surface. Et je suis crevé, ajouta Bailey.

Il tendit à Corbett un morceau de papier illustré d'un dessin et se dirigea vers la maison. Quand Corbett lui fit au revoir de la main, Bailey avait déjà tourné les talons.

Ils reprirent la voiture, un trajet de dix minutes qui les mena dans un cimetière, où Corbett sortit le dessin de Bailey pour suivre les allées de pierres tombales mouillées sous les conifères dégouttant de pluie.

— Ils restent ici ? demanda Shan en constatant que certaines tombes étaient très vieilles.

Corbett lui retourna un regard fatigué sans trop comprendre, croyant à une mauvaise plaisanterie. Mais dans les cités chinoises, personne, hormis les individus très riches et très célèbres, ne séjournait bien longtemps dans sa tombe. Lorsqu'une famille avait les moyens de s'offrir le luxe d'un enterrement en bonne et due forme, le corps ne restait en terre que pour quatre ou cinq ans, le temps du deuil, puis il était exhumé et incinéré pour faire place aux nouveaux morts.

Il leur fallut près d'un quart d'heure pour trouver la tombe, une pierre étonnamment grande aux bordures gravées d'une foison d'oiseaux et de fleurs, avec, sculpté en lettres ornementées, *Abigail Morgan*.

— Dolan a insisté pour la payer, marmonna Corbett en sortant de sa poche un petit objet qu'il déposa sur la dalle.

Shan crut d'abord à une erreur et chercha confirmation sur le visage solennel de l'Américain, qui venait de déposer une figurine tsa-tsa en terre cuite, à l'image de Tara, la protectrice, identique à celles qu'il avait vues sur l'autel sous l'effigie de Lodi.

Corbett se recueillait au bord de la tombe, le visage comme un masque de chagrin et de colère mêlés. Shan, après un coup d'œil aux alentours, se mit à ramasser des pierres pour bâtir un cairn au pied de la dalle. L'Américain lui offrit son aide et, lorsqu'ils eurent posé la pierre de faîte, Shan se tourna vers lui.

— Avez-vous un mouchoir propre ?

Corbett fit oui de la tête et le lui tendit. Shan lui prit son stylo et écrivit le mantra mani dix fois sur le morceau de tissu, qu'il ancra sous la dernière pierre.

— Chaque fois qu'il bat au vent, expliqua-t-il, votre mouchoir récite la prière.

Corbett fut sur le point de répondre lorsque son portable sonna. Il hésita avant de le sortir de sa poche à contrecœur.

— Corbett, dit-il sèchement, puis, presque aussitôt : oui, monsieur.

Il écouta longuement, les yeux bouillonnant de furie contenue.

— J'avais oublié cette jeune femme, monsieur. Vous aviez ordonné que le dossier soit classé, si je me souviens bien, dit-il avant un temps de silence. Très bien.

Une nouvelle affaire. Un vol d'objets d'art à Boise. C'est parti.

Il remit le téléphone dans sa poche, avant de lancer à Shan, un sourire dangereux aux lèvres :

— Quand vous voudrez, inspecteur Shan.

Il n'y avait aucun garde de sécurité à la grille d'entrée, uniquement une caméra vidéo et un boîtier de haut-parleur inséré dans un pilier en brique. Shan, au volant – il avait changé de place avec Corbett cinquante mètres auparavant –, répondit calmement à l'interphone, tandis que son voisin tournait la tête pour masquer son visage à la caméra. Ils attendirent une minute, puis deux, enfin la lourde grille en acier couina puis glissa latéralement sur un rail barrant l'allée.

S'il n'avait pas déjà eu l'occasion de le voir en photo par le passé, Shan n'aurait jamais reconnu Dolan dans le groupe d'hommes debout près de l'immense baie vitrée en façade. Le visage hâlé du milliardaire au corps trapu, court sur pattes et mal proportionné, ne collait pas avec le reste. Il était plus jeune que ne l'avait cru Shan ; seules quelques mèches grises marquaient ses cheveux bruns soignés.

Shan s'attendait à être reçu comme un chien dans un jeu de quilles par un individu plus qu'agacé, mais dès qu'il eut donné congé à ceux qui étaient avec lui, Dolan s'affala dans un fauteuil en cuir en les accueillant par un sourire aimable.

— Vous pouvez imaginer ma surprise lorsque j'ai appris que mon vieil ami le directeur Ming m'adressait un présent, dit-il en ponctuant son discours de bienvenue par un haussement de sourcils exagéré. C'est fascinant. Comment va ce cher bon vieux directeur ?

— Il est très occupé, répondit Corbett.

Dolan, de ses yeux gris mouchetés de sombre, étudia un instant Corbett, puis il passa à Shan.

— Vous devez être le flic chinois. *Nei hou tongzhi*, dit-il en mandarin. Comment allez-vous, camarade ?

Sans répondre, Shan glissa la main dans son sac en papier et en ressortit une petite boîte marron qu'il posa sur la table. Dolan examina un instant l'objet sans bouger, avant de se tourner vers Corbett.

— Je n'ai pas encore eu l'occasion d'appeler vos patrons, agent Corbett. Mais je n'y manquerai pas. Je vous avais signalé, me semble-t-il, que le FBI en avait terminé ici.

— Mais il ne s'agit pas d'une enquête du FBI, répliqua l'agent du FBI sans baisser les yeux. J'ai reçu l'ordre d'accompagner notre visiteur chinois. Oh, mon patron a cependant dit quelque chose à propos d'un certain Adrian Croft qui mériterait qu'on s'intéressât à lui. Vous le connaissez ?

Lorsque Dolan retroussa les babines, son visage, étrangement, rappela à Shan celui du colonel Tan.

— Il n'y a pas de M. Croft, Corbett. Mais naturellement, cela, vous devez le savoir, à ce stade. Une identité fictive bien commode, je dois avouer. Sur la recommandation de ceux qui s'occupent de ma sécurité. Il n'y a rien d'illégal à prendre des mesures préventives. Mais ceci est pourtant adressé à Adrian Croft, remarqua-t-il avec un certain agacement, en saisissant le prétendu cadeau.

— Demandez au directeur Ming, mentit effrontément Corbett. Je pense qu'il prenait simplement ses précautions.

Même s'il soupçonnait, de toute évidence, un coup fourré, la curiosité de Dolan l'emporta et, sans quitter ses deux visiteurs des yeux, il ouvrit la boîte. Il dégagea l'emballage de protection et s'arrêta, le sourcil froncé. Le visage sans expression, il sortit la superbe petite figurine : le saint vieux de quatre siècles, une épée à la main, un lotus dans l'autre – l'original de la copie détruite par Lu et Khan. Il soupira et prit en silence la mesure des deux hommes qu'il avait devant lui.

— Nul doute que vos assureurs seront heureux d'apprendre la bonne nouvelle, lança Corbett.

— Je ne vois pas de quoi vous parlez, rétorqua Dolan du tac au tac. Si vous vous étiez donné la peine d'étudier d'un peu plus près la liste des pièces volées, vous vous seriez aperçu que cette statuette ne se trouvait pas parmi elles.

Corbett attrapa un petit oreiller orné de fleurs au point de croix et le fixa intensément.

— De par ma longue expérience des vols d'objets d'art, j'ai appris à tout vérifier. Les gens qui possèdent de grandes collections peuvent avoir des oublis, ou alors il arrive que leurs archives soient incomplètes. Votre épouse exposait vos collections l'année dernière, monsieur Dolan. J'ai des photos de revues qui montrent cette pièce sur vos étagères. En compagnie, dois-je préciser, d'une douzaine d'articles qui n'apparaissent pas non plus sur votre inventaire. Des articles dignes d'un musée, ajouta-t-il d'un ton plein de sous-entendus.

— Je les ai tous revendus.

— Parfait. En ce cas, on aura conservé la trace des transactions. La compagnie d'assurances ne manquera pas de poser des questions. Nous lui enverrons les photographies pour qu'elle dispose d'informations plus complètes.

Les yeux de Dolan s'embrasèrent, et la furie qui s'y lisait s'accompagnait d'une brutalité féroce, presque sauvage.

— Ce sera votre perte, Corbett, je vous en donne ma parole. Vous êtes en violation directe des ordres reçus.

— J'ai aussi des photos des mêmes pièces dans la collection du musée de Pékin, publiées le même mois que la revue qui les a diffusées ici, aux États-Unis, répondit Corbett, avant de conclure par un autre mensonge : Et même des déclarations sous serment des artistes tibétains qui ont exécuté les copies, pour vous et pour Ming.

Dolan serra les poings. Corbett poursuivit :

— Des preuves suffisantes pour empêcher que je coure à ma perte, comme vous le dites si gentiment. Assez, en tout cas, pour que la compagnie d'assurances rouvre son enquête. L'escroquerie à l'assurance est un crime grave.

— Ça n'avait rien à voir avec les assurances, grommela Dolan.

— Ce serait avilissant pour nous tous, je vous l'accorde, mais je pense qu'une escroquerie à l'assurance, c'est mieux que rien.

— Savez-vous de combien d'avocats je dispose ? Je ne me préoccupe pas des bureaucrates obsessionnels.

Sur ces mots, Dolan se leva, alla jusqu'à une encoignure et en sortit une bouteille de whiskey.

— Où est Ming ? demanda-t-il d'une voix raffermie en se servant un verre.

— À Lhadrung, répondit Shan. En interview à la télévision ou répondant aux coups de fil de félicitations de Pékin. Il a fini par découvrir la tombe de l'amban depuis si longtemps disparue.

La nouvelle parut amuser Dolan.

— De nouvelles pièces à exposer dans ma nouvelle aile de musée à Pékin. Merci d'avoir transporté son cadeau jusqu'ici, fit-il avec un sourire glacé.

Il sécha son verre, le reposa et leur montra la porte.

— Je suis un homme occupé.

— Il y avait autre chose en provenance de Lhadrung, intervint Shan en se levant, juste assez fort pour que Dolan l'entende. Un vieux thang-ka.

Dolan se changea en statue, puis se servit un second whiskey et revint s'asseoir à la table basse. Il prit la petite divinité entre ses mains.

— J'ai beaucoup appris sur la beauté au cours de toutes ces années passées à collectionner les œuvres d'art, dit-il à la statuette. Tout n'est qu'une question de rareté. Si vous possédez l'exemplaire unique au monde d'un quelconque objet, cet objet devient beau, quel qu'il puisse être. C'est vrai, insista-t-il, comme s'il les croyait trop obtus pour comprendre. Prenez un Rembrandt, ou un vase de la dynastie Tang. Si tout un chacun en possédait un, ni le vase ni le tableau ne seraient des objets de beauté : ils seraient à ravaler au rang des cuillères ou des bouteilles, comme de simples ustensiles domestiques.

— Ce que vous venez de dire m'attriste profondément, fit Shan.

Dolan le fusilla du regard, comme s'il venait d'être insulté.

— C'est quoi, ce fameux thang-ka ? demanda-t-il brutalement.

Lentement, Shan prit la poche en coton dans le sac, en sortit la peinture sur toile déchirée et la déplia sur la table.

L'espace d'un instant, Dolan ne vit plus rien que ce vieux morceau de tissu aux bords en lambeaux. Il s'en approcha doucement, se plia en deux pour l'examiner plus près, les yeux brillant d'une excitation sans pareille.

— Ma bibliothèque, déclara-t-il avec un geste vers la pièce voisine. Il y a une meilleure table.

Il ramassa le thang-ka et, quelques instants plus tard, au centre de la pièce garnie de rayonnages pleins de livres, l'antique peinture était étalée sur une large table en bois foncé sous une lampe à col-de-cygne.

— Je vais nous faire servir du café.

Dolan s'éloigna pour revenir moins d'une minute plus tard.

— Ces choses-là réapparaissent de temps à autre, remarqua-t-il négligemment d'une voix dédaigneuse. Les vestiges du temps qui passe. Celui-ci m'a l'air authentique, il ne date pas d'hier. Mais il n'a pas de véritable valeur, à proprement parler. Je connais des historiens qui utilisent de tels fragments pour leurs recherches. Je pourrais vous en offrir cent dollars pour votre peine et veiller à ce qu'il tombe entre de bonnes mains.

Une femme en uniforme gris et blanc apparut avec un plateau garni de tasses et d'une assiette de biscuits. Dolan la laissa servir et tendait son café à Shan quand une série de petites explosions retentit derrière la maison. La femme sursauta et sortit en courant, Dolan sur ses talons.

— Des coups de feu ! s'écria Corbett en se précipitant à son tour, suivi par Shan.

Ils franchirent une cuisine énorme et retrouvèrent Dolan sur la pelouse, qui criait à l'adresse d'un homme armé d'un fusil. Des écureuils, leur expliqua l'homme en les voyant s'approcher – le jardinier avait décidé de se débarrasser des écureuils qui n'arrêtaient pas de voler les noisettes d'un arbre exotique.

À leur retour dans la bibliothèque, le thang-ka était toujours à sa place et la bonne nettoyait le café renversé sur le tapis. Un homme à la barbe brune vêtu d'une veste de sport bleue attendait à la porte du fond et salua Dolan d'un signe de tête.

— Cent dollars, reprit Dolan. Je pourrais vous en offrir cent dollars pour vos peines, et veiller à ce qu'un lettré puisse l'étudier.

— Je connais des lettrés au Tibet, répondit Shan en roulant la peinture.

Dolan lui agrippa le bras, ses yeux brûlant soudain de la même férocité d'animal sauvage.

— Ce ne sont pas les moines qui m'arrêteront, rien ne m'empêchera, je croyais l'avoir prouvé, grogna-t-il.

— Vous empêcher ? De faire quoi ?

— D'appuyer sur les bons boutons, répondit le milliardaire avant de tourner les talons et de quitter la pièce.

— On nous a attirés dehors délibérément, dit Corbett en remontant en voiture. Les coups de feu étaient destinés à nous distraire. Mais dans quel but ? Il n'a pas pris le thang-ka.

Shan contemplait toujours la maison, la peau hérissée de dégoût, avec l'impression d'avoir été sali.

— Dolan l'a fait photographier. C'est la raison pour laquelle il le voulait sur cette table, sous cette lampe. Probablement l'homme en veste bleue.

Ils se garèrent sur l'accotement près de la grille et attendirent trois quarts d'heure avant qu'un véhicule sorte de la propriété, le barbu en veste bleue à son volant. Corbett jaillit comme un diable de sa boîte, sa plaque à la main, échangea quelques mots avec le conducteur et remonta en voiture.

— Il y a un café un peu plus loin. Il nous retrouve là-bas.

Ledit café avait été une station-service, ses pompes toujours en place sur leurs îlots aujourd'hui couverts de vigne vierge. L'inconnu releva la tête d'un air inquiet en voyant Shan et Corbett s'asseoir à sa table.

— J'ai besoin de savoir ce que Dolan vous a demandé de faire dans la bibliothèque, demanda Corbett sans préambule.

L'homme nia avoir jamais mis les pieds dans la pièce.

— J'étais venu voir Dolan pour discuter de notre projet. J'ai croisé quelqu'un dans le couloir alors que je me rendais dans la bibliothèque. Un gamin en combinaison blanche, un de ceux qui font de la restauration d'œuvres d'art. Je n'ai pas vu ce qu'il a fait.

— Est-ce qu'il avait un appareil photo ? demanda Corbett d'un œil accusateur.

Le barbu acquiesça et sortit sa carte de visite. Il était directeur d'une entreprise d'ingénierie mécanique.

— Nous travaillons pour M. Dolan. Des projets de rénovation.

— Quel type de projets ? voulut savoir Shan.

L'homme fit la grimace.

— Il est très pointilleux question discrétion. Tous ses contrats contiennent des clauses très précises.

Corbett sortit à son tour le petit étui en cuir qui contenait sa plaque officielle et le posa sur la table.

— Moi aussi, je peux me montrer très pointilleux. Quel genre de rénovation ?

L'homme regarda alentour d'un air peu rassuré.

— Écoutez, il passe son temps à changer d'avis. Toute une aile de la maison est un musée privé, et nous avons participé à sa construction. Il fait procéder à des changements, c'est tout. Une meilleure sécurité, des trucs comme ça. Tout le monde sait qu'il y a eu un vol important ici.

Corbett lâcha un soupir de frustration et remit son étui dans la poche.

— Je veux les noms de ces restaurateurs d'art.

— Je ne les connais pas.

Corbett gigota sur sa chaise comme s'il se préparait à partir.

— Quelle sorte de changement veut-il faire effectuer dans son musée ? demanda Shan.

— Une salle à manger au centre, entourée par un mur de sécurité épais, avec une petite cuisine tout à côté et un monte-charge relié au sous-sol. Un vestiaire où les serveuses pourront se changer et mettre des robes chinoises. Un placard climatisé pour les robes en question. Une chambre à coucher meublée d'antiquités chinoises. Il aime faire visiter le musée à ses amis, il aime vivre au milieu de ses œuvres d'art, mais il est très à cheval sur la sécurité, désormais. Qui pourrait l'en blâmer ?

— Comment est-elle, cette salle à manger ?

— Je n'ai pas vu votre plaque, à vous, objecta l'homme. Et pourquoi le FBI s'intéresserait-il à la salle à manger de Dolan ?

— Comment est-elle, cette salle à manger ? répéta Corbett.

L'homme fit la moue, prit une serviette en papier du distributeur et esquissa rapidement un grand rectangle.

— La galerie principale, dit-il, avant de tracer en son milieu deux autres rectangles concentriques. Ici, le mur de sécurité et la salle à manger avec ses deux portes, expliqua-t-il en dessinant deux courtes diagonales, l'une au milieu d'un petit côté du rectangle, l'autre à son opposé, sur la longueur du mur. La pièce fait sept mètres de long sur quatre de large. Beaucoup de bois naturel, acajou et cèdre. Pas de câblage électrique.

— Encastré, vous voulez dire ? demanda Corbett.

— Non, je veux dire pas d'électricité du tout, pas dans la salle à manger, en tout cas. Question atmosphère :

Dolan est un perfectionniste, il veut de l'authentique. Il utilisera des bougies, je pense, peut-être de vieilles lampes à huile.

Shan tendit une main qui tremblait un peu et demanda à l'homme son stylo pour ajouter quelques détails à son croquis. Il traça une boîte contre le mur sans porte, puis une arche en surplomb.

— Ici, à cette extrémité, une vitrine intégrée destinée à la présentation de céramiques, et là, un plafond en courbe, peint pour ressembler à un ciel, ainsi que quatre piliers étroits, laqués en rouge, conclut-il en ajoutant un petit cercle devant les chambranles des portes.

— À quel jeu vous jouez ? s'exclama l'homme d'un ton de reproche. Si vous êtes déjà au courant, à quoi ça sert de me poser des questions ? Ouais, bon. Mais souvenez-vous que je n'ai rien dit si Dolan vous interroge. Et, bon Dieu, comment vous pouviez savoir…

Désorienté, il ne termina pas sa phrase, tandis que Corbett agrippait Shan à l'épaule d'un air excité et ramassait le croquis : Dolan faisait construire une réplique de la salle à manger de Qianlong.

Cinq minutes plus tard, l'Américain arrêtait sa voiture sur le parking d'où il avait montré à Shan la passerelle où la jeune fille avait trouvé la mort. Il s'avança au bord de la falaise.

— Ce salaud l'a tuée parce qu'il voulait à tout crin une peinture sur plâtre que personne d'autre ne posséderait jamais. Il envisage probablement d'enfiler une robe à motifs de dragon et de s'asseoir sur un trône pour contempler avec jubilation son empire. Et si je souffle un mot à quiconque de tout ça officiellement, la fresque va disparaître pour des années.

— Le FBI n'irait quand même pas…

Corbett l'ignora.

— Mais nous savons que Ming et lui ont organisé les vols, et lui sait que nous savons. Yao peut maintenir la pression là-bas. Et moi je peux trouver suffisamment de preuves ici pour que la compagnie d'assurances retienne le chèque et ouvre une enquête pour escroquerie. Et avoir Dolan à l'usure.

Shan n'en crut pas un mot ; il n'était même pas sûr que Corbett le crût lui-même.

— J'ai besoin de ce papier qui m'autorise à rentrer, dit-il.

— Pas question. C'est ici que j'ai besoin de vous.

— Vous ne comprenez pas. Il faut que je sois là-bas quand il arrivera.

— Qui doit arriver ? Quand ? demanda Corbett en se retournant.

— Il faut que je prévienne les habitants des collines, expliqua Shan sans baisser les yeux. Que j'emmène Dawa, Lokesh et Liya en lieu sûr. Dolan part pour Lhadrung.

— Impossible.

— Je suis désolé.

— Désolé ? Pourquoi ?

— La fresque, il l'a déjà, cachée quelque part. Mais ce qu'il veut posséder par-dessus tout, c'est le trésor de l'amban. Il est de ces hommes qui passent d'une obsession à une autre. C'est sa force motrice depuis que Khan et Lu ont découvert le compartiment secret dans le pavillon de l'empereur. Imaginez, un tel secret entoure ce trésor si ancien totalement lié aux empereurs de Chine. Jamais de sa vie il n'aurait pu espérer trouver quelque chose de comparable.

— Il ne sait pas où il se trouve.

— Maintenant, il le sait. Par le simple fait que j'ai rapporté le thang-ka de Lhadrung, il sait que l'amban n'a jamais quitté son gompa. Il aurait peut-être pu le deviner, mais Khan et Lu ne savent pas exactement où commencer, ils ne savent pas vraiment que le trésor se trouve en fait à Zhoka. Dolan non plus n'était pas certain à cent pour cent de l'endroit où entamer les recherches, c'est la raison pour laquelle il a apporté son soutien à Ming et ses études de terrain, même à ses champs de fouilles dans les provinces du Nord. Jamais, à aucun moment, l'amban n'a mentionné l'emplacement de son gompa, de crainte d'en compromettre les secrets. Mais lorsque Dolan aura traduit les marques sur ses photos, celles qui se trouvent au dos du thang-ka, il comprendra.

— Quelles marques ? Vous ne nous avez jamais montré de marques !

— Les empreintes de mains. À l'intérieur se trouvent des lignes presque effacées tracées au charbon de bois : le commencement d'une carte qui n'a jamais été terminée, qui était censée faire le lien avec l'autre moitié du thangka et compléter l'énigme. C'est la maladie de l'amban qui a tout changé. Il s'est laissé emmener dans le Nord pour mettre en scène son assassinat et éviter que des troupes n'effectuent des recherches à Lhadrung mais, ensuite, il est retourné à Zhoka. Il n'a jamais expédié le trésor, parce qu'il est mort. Des mots presque invisibles sont inscrits le long d'une des empreintes de pouce, tellement minuscules qu'ils se perdent quasiment dans la trame du tissu. L'amban y présente ses excuses à l'empereur et dit que l'abbé est reparti à Zhoka pour y résider en compagnie des trésors du ciel.

Corbett en resta coi, les yeux ronds comme des billes, et se tourna vers les eaux noires de la baie.

— Vous le saviez, nom de Dieu ! C'est pour ça que vous m'avez accompagné sans faire de difficultés, afin de mettre votre piège en place.

— Vous savez qu'en ce qui concerne Dolan, justice ne sera jamais faite en Amérique.

— Salopard ! Vous aviez tout prévu !

Un instant, son incrédulité céda place à la colère ; puis il éclata de rire – mais il riait jaune.

— S'il n'existe aucun moyen que justice soit faite en Amérique, en Chine, les chances seront encore plus minces, finit-il par lâcher.

— Il ne va pas en Chine. C'est au Tibet qu'il se rend.

Corbett le dévisagea, n'en croyant pas ses oreilles, puis, plié en deux, cueillit à côté de ses pieds une petite fleur rose qu'il jeta par-dessus la rambarde, dans les eaux de la baie.

Quatre heures plus tard, assis à côté de l'Américain, Shan bâillait en regardant par le hublot, tandis que leur avion perçait les premiers nuages. De tout le temps qu'il avait passé en Amérique, il n'avait dormi que six heures et n'avait jamais vu le soleil.

18

La nuit tirait à sa fin quand ils s'engagèrent dans la vallée de Lhadrung. Shan, qui avait dormi pratiquement toute la durée du vol de retour, eut l'impression d'entrer dans un bayal, un des territoires cachés. L'aube naissante enveloppait le paysage d'or et de rose, les lumières de la ville au lointain scintillant telle une couronne de joyaux, les montagnes encore dans l'ombre pareilles à des sentinelles gardant le reste du monde à distance. Il aspirait à s'arrêter pour profiter de cet instant et graver l'image dans sa mémoire, car le soleil ne tarderait pas à brûler de tous ses feux. Ce ne serait plus la terre secrète des saints qu'il foulerait alors, mais la vallée sèche et poussiéreuse où l'attendaient tyrans, voleurs et assassins, et où il serait forcé de croiser les visages hagards des Tibétains.

Mais la ville avait changé. À sa lisière, les garçons qui jouaient au football dans le lit de la rivière à sec arboraient des T-shirts blancs tout propres et leur ballon était flambant neuf. Devant les magasins du premier pâté de maisons, un adolescent souriant trottinait en tirant un petit avion argenté au-dessus de sa tête. Sur la place face au centre du gouvernement, un groupe de femmes admiraient des chaînettes à clés neuves et luisantes qu'elles faisaient couler entre leurs doigts, et un vieil homme regardait un gamin s'amuser avec un hélicoptère jouet qui décollait tout seul au bout de son câble.

Apercevant un visage familier, Shan fit signe à Corbett d'arrêter la voiture et sortit d'un bond.

— Tashi, dit-il en posant la main sur l'épaule de l'informateur. Que s'est-il passé ?

Il dut répéter sa question avant que le mouchard daigne relever la tête.

— Le célèbre Américain, il s'est planté sur le perron, la main sur la tête de Mao, et il a fait un discours en disant combien les habitants de Lhadrung étaient merveilleux, puis il s'est mis à distribuer des cadeaux à tout le monde. Son chauffeur chinois m'a raconté que l'Américain avait acheté tout ce qui se trouvait dans la boutique de l'aéroport. Tout ce qui était sur les étagères, ils l'ont mis dans des sacs, en vrac. Et il est arrivé en avion à réaction privé.

Shan ne pouvait pas le croire : Dolan les avait battus sur le fil ; il les avait devancés au Tibet.

— L'Américain a déclaré qu'il était saint Nicolas, mais personne ne savait de quoi il parlait. Il est givré. Les soldats sont arrivés pour le faire descendre du perron, et il leur a offert des cadeaux à eux aussi. Quand il a eu fini de tout distribuer, il s'est mis à donner des dollars, dit Tashi, en agitant en l'air comme un petit drapeau le billet américain sorti de sa poche.

— Et vous, qu'est-ce que vous faites ici ? demanda Shan en inspectant la place.

Il pouvait être là à chercher Surya, ou des purba dissidents, ou encore à essayer de se renseigner sur l'emplacement d'objets de culte cachés. Mais il pouvait aussi le chercher, lui.

— Et les prisonniers ? poursuivit Shan.

— Toujours au boulot près des falaises dans la basse vallée. Les gens racontent que le bouddha de la Montagne se déplace dans les collines. On a forcé une cabane à outils près de l'école pour voler des cordes. Ming a payé un jeune berger pour obtenir des renseignements sur les endroits où on pourrait conserver une grande statue. Et j'ai la trouille.

— Tashi, je vais vous faire moi aussi un cadeau, une chose que peut-être personne ne vous a offerte depuis des années. Il n'y a jamais la moindre parcelle de votre être dans tout ce que vous dites. Vous n'êtes qu'un moyen de transmission. Mais ça, vous pouvez le changer, à dater de cet instant. Parce que je vais vous accorder ma confiance. Je vais vous confier des informations et, ensuite, je vous demanderai de mentir, afin d'aider les Tibétains de la montagne.

Tashi le dévisagea en silence d'un air triste et désolé. Shan lui parla à mi-voix cinq minutes durant avec insistance. Quand il eut terminé, Tashi détourna la tête et contempla son billet d'un dollar en montrant la pyramide qui l'illustrait.

— Voyez un peu ça ! Pour quelle raison les Américains auraient-il un temple sur leur monnaie ?

— L'Américain qui vous l'a donné a fait assassiner Punji McDowell.

Tashi colla le nez à son dollar pour répondre, masquant ainsi ses lèvres, comme s'il essayait de cacher leur conversation.

— Officiellement, les rumeurs de sa mort n'ont pas été acceptées, expliqua-t-il d'un ton plein de sous-entendus.

C'était un avertissement. Yao avait transmis à Pékin son rapport sur les événements de Zhoka, mais les autorités n'en avaient pas autorisé officiellement l'adjonction au dossier.

— Mon grand-père me parlait souvent des princes étrangers qui venaient au Tibet pour se trouver une épouse, un lama très spécial ou un charme particulier, dit Tashi à l'homme aux longs cheveux sur son dollar. Ils apportaient avec eux la destruction partout où ils passaient, mais ils repartaient toujours, une fois qu'ils avaient obtenu ce qu'ils étaient venus chercher.

— Comment va votre mère, Tashi ? demanda Shan.

L'informateur poussa un profond soupir et se pencha vers l'homme du billet pour lui murmurer :

— Il porte une petite arme sur lui, un pistolet dans une sangle à la cheville. Le chauffeur l'a vu, quand il préparait les cadeaux dans la voiture.

Une demi-heure plus tard, à leur arrivée au centre d'accueil et sa maison d'hôtes, les attendaient deux nouveaux véhicules, des Land Cruisers étincelantes, comme celles qui se louaient à l'aéroport de Lhassa.

Shan franchit lentement la grille sur les talons de Corbett, surpris de se sentir aussi nerveux à l'idée de revenir à cet endroit. C'est là que se trouvait Yao, lui avait expliqué Corbett, et il fallait le mettre au courant des derniers événements à Seattle. Mais Shan s'arrêta dans l'ombre et inspecta la cour intérieure.

L'épuration des figurines d'autel semblait en être à son dernier stade. Seuls trois membres du personnel étaient visibles, éventrant sans conviction à l'aide de pinces et de burins de petites statuettes, à une table en planches où s'empilaient prières et objets de culte. À l'extrémité de la cour, un feu brûlait toujours dans la barrique gardée par un seul soldat assis tout près sur un banc. À quelques mètres de là, des Tibétains triaient les pièces de métal non combustibles dans un récipient pour leur recyclage ainsi que les objets de céramique en tas près du mur, où un homme les écrabouillait à la masse.

Toujours dans l'ombre, Shan se figea soudain, comprenant maintenant la raison de sa nervosité : il ne voyait pas Ko. Le manieur de masse se retourna et il découvrit son visage : c'était son fils qui fracassait les céramiques, mais son rictus avait disparu de sa figure et aucune dérision envers les Tibétains ne se lisait plus sur ses traits. Il s'attelait à sa tâche avec colère, lui sembla-t-il, manœuvrant la masse avec aisance, d'un rythme né d'une longue pratique – le rythme du condamné aux travaux forcés.

À l'apparition de Corbett en plein soleil devant le bâtiment, le soldat se leva et rectifia sa tenue. Le geste attira l'œil de Ko qui reposa son instrument pour se tourner vers l'Américain, puis fit un pas en avant, scrutant la pénombre. Shan s'avança à la lumière et son fils croisa une seconde son regard, sans émotion ni signe de bienvenue, avant de baisser la tête pour se remettre au travail. Lorsque Shan s'approcha, Ko plaça la masse derrière lui comme s'il s'en trouvait gêné.

— Yao a déclaré que tu étais parti de l'autre côté du monde. En Amérique, dit Ko en contemplant les éclats de poteries à ses pieds.

— J'y suis resté très peu de temps.

— Mais pourquoi es-tu revenu ? lui demanda son fils d'un ton incrédule.

Shan avança encore d'un pas ; il n'était plus qu'à une longueur de bras de son fils.

— Il a beaucoup plu, répondit-il en sortant de sa poche un rouleau de caramels et une barre chocolatée. Je t'ai apporté ça, des États-Unis.

Ko fixa les friandises, tellement ému qu'il en rougit.

— J'ai cru qu'ils allaient me ramener là-bas. Mais Yao est arrivé et les a arrêtés, expliqua-t-il en grattant un cal de sa paume. Une fois, le jour de la Fête nationale, les visites des membres de la famille ont été autorisées dans notre camp. Certains ont donné des sucreries à leurs maris, leurs pères ou leurs frères.

Il leva les yeux, prit lentement les friandises dans la main de son père, haussa les épaules et dégagea les longs cheveux qu'il avait sur la figure.

— Les sucreries, c'est un bon cadeau pour un prisonnier.

Le père et le fils contemplaient les morceaux de poteries par terre, le premier cherchant désespérément des mots à dire, n'importe lesquels : il conversait avec son fils.

— Tu vas bien, Xiao Ko ? demanda-t-il maladroitement, en se reprochant aussitôt d'avoir usé de cette forme d'adresse affectueuse que son fils détestait.

Il posa timidement le pied devant lui et des fragments craquèrent sous sa semelle : il venait d'arracher la tête d'un petit bouddha.

— Un des Tibétains m'a expliqué qu'une fois les prières enlevées, ces trucs redeviennent des objets, sans plus, et ce qu'on en fait n'a plus d'importance.

Shan observa son fils avec surprise, et Ko fit la grimace, comme s'il regrettait ses paroles.

Alors que Shan se baissait pour remettre la tête sur le petit bouddha et placer la statuette en appui contre la base du mur, son fils assena un nouveau coup de masse.

— Ce n'est qu'un peu d'argile. De l'argile, vieille et dégueulasse. Quand j'aurai terminé, je suis censé virer tous les morceaux à la surface du parking et les ratisser pour les mélanger aux gravillons.

— Nous retournons dans les montagnes, Ko. Je veux que tu viennes avec nous.

— Pas à l'intérieur de la montagne, objecta Ko, inquiet.

— Il sera difficile de l'éviter. Il faut que tu me promettes de ne pas t'échapper. Il n'y aura pas de soldats. Rien que Yao, Corbett et moi.

Ko plaça les deux mains sur le manche de sa masse et se mit à les tordre.

— Tu te souviens de son visage quand elle était dans les bras de cet homme, Khan ? Elle nous regardait avec des yeux d'enfant, elle ne comprenait pas qu'on était en train de la tuer, elle n'en savait pas assez pour se débattre. Ce n'était plus elle, c'était juste une chose qui avait été elle. Chaque fois que je ferme les paupières pour m'endormir, c'est comme ça que me revient son visage, vivant mais déjà mort. Il sera là ? Le Mongol ?

Voyant son père acquiescer, Ko serra les mâchoires et hocha la tête à son tour. Il se retourna vers le mur, laissa tomber sa masse et ramassa une grande pierre plate, qu'il inclina devant le petit bouddha. Pour le protéger.

— Je suis prisonnier, dit-il en contemplant ses mains, comme s'il ne comprenait pas ce qu'il venait de faire. Pourquoi devrais-je promettre de ne pas m'évader ?

— Être prisonnier n'est qu'une chose que les autres te font. Être voleur ou menteur, c'est quelque chose que tu te fais à toi-même.

Ko se redressa lentement et sonda le visage de son père avant de se détourner.

— Ils ont beaucoup de voitures en Amérique, j'ai entendu dire. Des voitures rapides. Tu as vu des voitures rapides ?

— J'en ai vu, des voitures rapides, répondit Shan sans être sûr d'avoir bien compris. Et j'ai aussi bu du café. On boit beaucoup de café, là-bas.

Ko hocha la tête solennellement, puis remit sa masse à l'épaule.

— Je n'ai jamais bu de café, dit-il d'une voix lointaine.

— J'ai vu des avions plus grands que des casernes de l'armée. Il y avait aussi une petite boîte blanche qui ouvrait les conserves grâce à l'électricité.

Après un sourire fugitif qui éclaira une seconde son visage, son fils, l'air d'un vieillard fatigué, se remit à écraser les morceaux de poteries.

Shan repartait lorsque Ko s'adressa à lui, d'une petite voix chargée d'angoisse.

— Je lui ai donné de l'or, une de ces petites statuettes, je la lui ai donnée, à ce Khan. Juste avant qu'il la tue, je lui ai donné de l'or. Il a ri en le prenant et m'a dit que j'étais exactement comme lui.

Shan se retourna pour dire quelque chose mais son fils ne voulait plus parler et refusa de relever la tête. Il continua à fracasser les débris, ne regardant plus que le sol devant lui.

À l'intérieur du bâtiment, assis à une table de conférence, Shan retrouva Corbett expliquant à Yao ce qui s'était passé à Seattle.

— Dolan a appelé Ming depuis son avion, disait Yao lorsqu'il s'assit à côté de lui. Lorsque Dolan est arrivé ici, Ming avait pris ses dispositions. Il avait renvoyé la moitié de ses ouvriers chez eux et expédié la plupart des autres dans les montagnes pour s'en débarrasser. Un camion venu de Lhassa a déchargé de petites machines dans des caisses. À son arrivée là-bas, un accueil officiel avait été organisé, avec programme de réjouissances à la clé. On aurait cru que le secrétaire du Parti en personne venait de débarquer.

— Un programme de réjouissances ? demanda Shan.

Yao fit la grimace et leur tendit à chacun une feuille de papier, rédigée en anglais et en chinois. *Arrivée au complexe du musée*, commençait-elle, suivi par *Cérémonie de bienvenue en ville*, avec discours et présentation par Dolan.

— Présentation de quoi ? demanda Corbett.

— Il a donné un chèque à la clinique de Punji McDowell. Dix mille dollars. Il s'est déclaré désolé d'apprendre que Mlle McDowell avait disparu dans les montagnes, il la connaissait et était un des fervents admirateurs de la qualité de son travail. Lorsqu'ils sont arrivés ici, soupira Yao, un hélicoptère attendait. Ils ont rejoint les montagnes hier, avant le crépuscule.

— Il ne nous reste plus qu'à nous faire conduire au pied des collines. Avec un sac sur le dos, il suffira de quelques heures pour rejoindre Zhoka, proposa Shan.

— J'ai fait ce que j'ai pu question préparatifs, confirma Yao, en restant le plus discret possible.

— Je veux que Ko vienne avec nous.

— C'est trop dangereux ! protesta Yao.

— Il ne fera rien contre nous, insista Shan.

— Lu et Khan sont là-haut. Ils savent que nous avons assisté au meurtre de McDowell. Quatre témoins oculaires. Vous, Corbett, Ko et moi.

— Mais vous avez rendu votre rapport, se hasarda à dire Shan, utilisant les informations de Tashi. Vous y avez tout expliqué. Corbett peut témoigner que le coup de téléphone passé par Lu était destiné à Dolan, et que Dolan a ordonné à Lu de la tuer.

— Cela, nous n'en avons pas la certitude, répondit un Yao hésitant, à croire qu'il testait sur eux une nouvelle version des événements. Je n'ai reçu aucune nouvelle depuis que j'ai transmis mon rapport. Ming est inquiet à cause de la présence de Dolan ici, parce que Dolan a appelé du monde à Pékin. Ming a déjà reçu un coup de fil du ministre en personne. Ensuite, il est resté longuement au téléphone avec la Sécurité publique pour leur signifier qu'il fallait retrouver Surya. Ensuite, lorsque Dolan a été là et que Ming lui a montré ce qu'il avait trouvé dans la tombe de la vallée, Dolan a piqué une colère, mais je n'ai pas pu tout entendre. Ils étaient tous les deux dans la salle de réunion et la porte était fermée. Je crois que Dolan n'appréciait guère que Ming ait claironné ses découvertes à la cantonade, et que les journaux soient au courant de l'existence de la vieille robe et du dragon de jade.

— Parce qu'il les voulait pour lui, murmura Corbett d'une voix amère.

Shan avait à peine écouté le compte rendu par Yao de la dispute.

— Surya ! Est-ce qu'ils ont trouvé Surya ?

— Je crois que les soldats cherchent toujours.

Une demi-heure plus tard, Shan observait les cahutes des collecteurs de déjections depuis le trottoir d'en face. Une demi-douzaine de ramasseurs étaient de retour après leur circuit de la matinée et vidaient d'énormes jarres en terre cuite dans des citernes rouillées sur roues, qui seraient ensuite conduites dans les champs au sud de la ville. Une femme en guenilles apparut dans la rue pleine d'ornières, donnant la main à un petit garçon de trois ou quatre ans. Arrivé près des bâtiments, le gamin se mit à la tirer, une main sur le nez, mais elle le ramassa dans ses bras et, avec des coups d'œil inquiets aux hommes des réservoirs, s'engagea au milieu des cahutes. Shan suivit, sous les regards peu amènes des ouvriers qui vidangeaient, mais quand il arriva à la petite cour au centre des bâtisses, il ne vit personne. Un détail tout nouveau attira néanmoins son attention : un faible parfum d'encens qui se mêlait aux relents fétides du contenu des jarres. Il entra dans l'écurie aux murs en pierre et s'immobilisa, incapable de percer l'obscurité qui y régnait. Il entendait des murmures de voix, l'odeur de l'encens y était plus forte, mais à la lumière chiche projetée par la porte, il ne put distinguer que des balles de paille et un tas de jarres cassées. Soudain, une main lui agrippa l'avant-bras.

— Quel est ton besoin ? demanda une voix sévère.

C'était un des collecteurs les plus âgés, le visage mangé de rides, des lunettes cassées sur le nez.

— Je suis venu pour l'homme saint, répondit Shan après un temps de silence, et le vieillard relâcha la pression de sa main.

— C'est lui qui lui a donné la brosse l'autre fois, lança une voix de femme depuis les ténèbres.

L'homme retira sa main, Shan perçut des mouvements et l'obscurité parut s'ouvrir devant lui. Une lourde couverture en feutre tendue de mur à mur masquait une moitié de l'écurie. Celle-ci était pleine de Tibétains de tous les âges, certains assis sur des paillasses, d'autres sur la terre nue. Un cône d'encens brûlait sur un seau retourné à gauche et, contre le mur du fond, était installé un autel improvisé où l'on avait disposé sept bols en porcelaine cassée. Entre l'encens et l'autel, se trouvait Surya. Il peignait. Le mur de l'écurie avait jadis été plâtré et, à présent, le plâtre était presque entièrement couvert des images éclatantes de couleur du vieux moine.

— Regarde, c'est Tara la blanche, entendit-il une femme chuchoter.

C'était celle qu'il avait vue avec le petit garçon dans la rue ; elle montrait, au centre de la fresque, la figure dont le visage aux traits délicats portait un troisième œil au milieu du front.

— Il y a bien longtemps que Tara n'est pas venue rendre visite à Lhadrung, murmura-t-elle, très excitée, et les yeux du petit garçon s'ouvrirent d'émerveillement.

— Vous le connaissiez dans une autre ville ? demanda le vieillard.

— Une autre ville ? s'enquit Shan.

— Il raconte que c'est tout ce qu'il fait, à travers tout le Tibet : il va de ville en ville, ramasse les déjections de la nuit et porte les divinités. C'est comme ça que les anciens saints vivaient, a expliqué quelqu'un.

Shan fit face au visage ridé plein de questions, puis regarda Surya et répondit :

— Comme un saint.

— Il est resté assis là toutes les nuits pendant une semaine, à fixer sa brosse et le mur, sans jamais prononcer une parole. Il partait avec nous tous les matins collecter les déjections, c'est tout juste s'il mangeait, et revenait s'installer, toujours à la même place, comme si le mur avait quelque chose de vivant en lui. De l'avis de ma femme, le mur, c'est ce qui doit rester du vieux gompa qui se trouvait à Lhadrung. À l'époque où il mendiait, les gens avaient donné à Surya un peu d'argent et, un jour, il est revenu avec des peintures et s'est mis au travail. Une fois sa peinture commencée, il a parlé un peu plus, comme si une chose s'était libérée en lui. Il a expliqué qu'il fallait tout simplement que ce soit fait, qu'il donnait juste de la couleur aux divinités qui résidaient ici tout en transportant les déjections nocturnes de l'aube jusqu'à midi. Il a aussi dit que s'il ne transportait pas les déjections, il ne saurait pas comment peindre.

Une vieille femme les bouscula et se pencha au côté de Surya.

— C'est mon épouse, elle le fait manger deux fois par jour. Sinon, je crois qu'il oublierait complètement de se nourrir.

La vieille femme prit la brosse que Surya tenait à la main et aida le vieux moine à se lever. Il se laissa faire, et les autres Tibétains se pressèrent auprès de sa fresque. Shan entendit le début d'un mantra, une invocation à mère Tara.

Dans la cour, Shan retrouva Surya qui mangeait un bol de tsampa. Il mâchonnait d'un air absent et contemplait le ciel d'un regard lointain lorsque Shan s'assit auprès de lui. Il lui fallut un long moment pour remarquer son visiteur.

— Je vous connais, dit-il d'une voix rauque, et le cœur de Shan bondit dans sa poitrine. Vous m'avez apporté une brosse, une très bonne brosse. Comment saviez-vous ?

— Surya, c'est moi, Shan.

Le vieil homme reprit son air absent.

— Surya, vous devez écouter attentivement. Je sais ce qui s'est passé le jour du festival à Zhoka. J'ai vu l'homme qui paie les voleurs. Je suis entré dans le palais souterrain. J'étais sur la vire au-dessus de la chapelle où vous avez trouvé le corps. Vous avez surpris les pillards et ça vous a mis en colère. Vous saviez qu'ils étaient au-dessus de vous, sur cette vire, et qu'ils essayaient de creuser un tunnel : ils voulaient entrer en trichant. Quand vous avez découvert qu'ils avaient volé une fresque, vous étiez tellement furieux que vous avez ôté la vieille échelle qui montait à la vire, vous l'avez jetée dans l'eau, et elle est tombée dans la gorge avec la cascade. Mais à votre retour, il y avait cet homme mort, gisant dans une mare de sang, et vous avez aussitôt pensé l'avoir tué. Il avait dû vouloir descendre l'échelle mais, comme elle n'était plus là, il était tombé et sa pointerolle lui avait transpercé le corps. Mais vous n'êtes responsable de rien. En réalité, cet homme avait été attaqué sur la vire supérieure, à coups de burin de maçon, parce qu'il essayait d'empêcher ceux qui étaient là d'atteindre par effraction le temple mandala.

Shan revit les yeux d'animal sauvage de Dolan lorsqu'il avait refusé de lui laisser le thang-ka. « Ce ne sont pas les moines qui m'arrêteront. Rien ne m'empêchera d'appuyer sur les bons boutons. » Il ne faisait pas de doute que Dolan avait ordonné le meurtre de Lodi, depuis Seattle, tout comme celui de McDowell, en appuyant sur les bons boutons. Ceux du clavier de son téléphone.

— Ensuite, on l'a jeté en bas et on l'a laissé mourir. Vous n'aviez rien à voir avec ce meurtre.

L'expression de Surya ne changea pas.

— Vous écoutez, dit Shan. Quelque chose en vous écoute. Cela, je le sais. Vous n'avez pas tué, vous pouvez retourner là-bas, vous pouvez reprendre votre robe.

Le vieux Tibétain plongea longuement le regard dans ses mains avant de se tourner face à Shan.

— Vous avez un gentil visage, murmura-t-il. Je suis désolé pour votre ami qui a enlevé l'échelle. Mais vous savez, les âmes ne sont pas tuées par des actions physiques. Une âme n'est pas consumée par le meurtre en tant que tel, mais elle peut l'être par le brasier de haine qui le précède, et même par la découverte qu'une longue existence a été gâchée.

Soudain, Shan se rappela les mots écrits par frère Bertram : *La mort est la manière dont les divinités se renouvellent.* En contemplant le visage ridé du vieillard, il comprit finalement que l'homme assis devant lui n'était pas son vieil ami. Surya était bien parti, et le feu qui avait fait rage dans son esprit avait consumé la majeure part de ses souvenirs, l'humour, la légèreté, tout ce qui avait constitué l'humain qu'il était, pour ne laisser qu'une étrange innocence révérencieuse, une divinité qui était Surya sans l'être, un nouvel artiste qui devait peindre des dieux différents de manière différente. Et cela, dirait Gendun, était déjà en soi un miracle suffisant.

Shan se leva et s'éloigna de quelques pas avant d'essayer une dernière fois de toucher les souvenirs du vieil homme.

— Il se déroule en ce moment une grande bataille pour obtenir les richesses de Zhoka. Des gens sont venus de très loin pour s'opposer aux lamas à ce sujet.

— Ces gens-là ne font que se battre contre eux-mêmes. C'est ainsi qu'ils voient les choses, dit le vieux

Tibétain en se levant après avoir posé son bol. La nature du domptage de la terre n'est pas dans la terre, mais dans les gens.

Il s'arrêta, les questions se bousculant sur son visage, à croire que les paroles sorties de sa bouche le surprenaient lui-même puis, haussant les épaules, il retourna dans l'écurie.

Shan fixa le grand portail vide en songeant aux étranges paroles de Surya. Elles sonnaient comme une prophétie.

Rassemblés derrière une des citernes rouillées, les collecteurs avaient cessé le travail et échangeaient des regards inquiets en voyant Shan quitter la cour. Le colonel Tan était dans la rue, debout auprès de sa voiture. Il ne dit rien à l'approche de Shan, se contentant de lui ouvrir la portière pour le faire monter à l'avant. Pas le moindre signe de chauffeur ou d'escorte. Il prit le volant et, une fois sorti de la ville, appuya sur le champignon. Il passa devant les casernes de l'armée, sans dire un mot, sans même se tourner vers son passager, jusqu'à ce qu'ils aient rejoint la colline au-dessus de la 404e brigade de construction du peuple. Il se gara sur le bas-côté, sortit et alluma immédiatement une cigarette.

L'énorme tente que l'on avait érigée pour les équipes de terrain de Ming n'était plus là. Elle avait été remplacée par deux douzaines de tentes plus petites, semblables à une unité mobile de l'armée. Tan avait fait venir de nouvelles troupes à la prison et délibérément choisi de le conduire jusque-là, en signe d'avertissement, pour lui rappeler le pouvoir qui était encore le sien.

— Avez-vous une idée de qui est cet homme ? demanda Tan d'un ton étrange, presque méditatif. L'Américain qui est parti dans les montagnes avec Ming ?

— C'est un criminel.

— Non. C'est aussi un des hommes les plus riches du monde. C'est aussi un grand bicnfaiteur du peuple chinois. Il a dîné avec le président du Parti, il a le numéro de téléphone personnel du président et peut en user chaque fois qu'il le désire. Il parle au président des États-Unis.

Tan s'interrompit pour tirer une bouffée de sa cigarette avant d'ajouter :

— Il n'est pas possible de le qualifier de criminel. J'ai reçu deux appels de deux généraux différents à son sujet, dont l'un directement de Pékin.

— Je pensais que vous m'aviez fait venir ici pour me mettre en garde.

— Et que croyez-vous que je fasse, nom d'un chien ?

— J'ai plutôt l'impression que vous essayez de me protéger.

Tan lui tourna le dos et expédia un caillou en l'air d'un coup de pied avant de s'éloigner de quelques mètres.

— C'est lui qui a fait tuer cette Britannique, McDowell, lança Shan dans son dos. Celle qui aidait les enfants affamés.

Tan sortait un papier de sa poche lorsqu'il se retourna.

— Votre inspecteur Yao a été rappelé. Il doit retourner immédiatement à Pékin pour une réaffectation, expliqua-t-il en tendant à Shan la télécopie adressée à Yao, à en-tête très élégant du Conseil des ministres.

— Yao le sait ?

— Je suis allé lui remettre le papier au centre. Je l'ai laissé dans une enveloppe dans sa chambre.

— Vous entendez par là qu'officiellement vous n'êtes pas au courant. Officiellement, vous ne lui avez rien dit.

Tan agita la tête en signe d'acquiescement avec une moue de mépris et se tourna face à la prison.

— Un enquêteur officiel rappelé. Un Américain qui n'a aucune autorité pour agir en Chine. Et vous. Aucune chance que vous les arrêtiez.

Shan serra les mâchoires pour ne rien laisser paraître de sa surprise : Tan lui signifiait à demi-mot qu'il ne l'empêcherait pas, lui et ses amis, de retourner dans la montagne.

— J'ai un hélicoptère qui sort de réparation. Il a besoin d'un vol d'essai, c'est ainsi qu'il sera enregistré.

Il peut vous conduire, vous et les autres, à Zhoka. Ou à deux kilomètres de là, si vous préférez. Mais c'est tout ce que je peux faire.

— Mon fils. Je veux que mon fils nous accompagne.

— C'est un prisonnier. J'ai tous les papiers sur mon bureau, pour son retour à la mine de charbon. Je les ai gardés sous le coude trop longtemps. Vous n'avez donc pas encore assez de souffrance dans votre vie comme ça ? Il faut que vous vous donniez tout ce mal pour souffrir encore plus ? Si jamais il s'enfuit, il y aura de nouveaux chefs d'inculpation contre vous, pour complicité d'évasion. Cinq années au moins.

— J'aurais cru dix.

Tan alluma une nouvelle cigarette et un plaisir pervers fit briller ses yeux, comme s'il était reconnaissant à Shan de le mettre en boîte.

— Si Ming demande l'appui de l'armée, ou cet Américain, Dolan, mes soldats iront les aider.

Il laissa la fumée dériver au sortir de sa bouche ouverte en observant Shan.

— Je veux juste qu'ils quittent mon comté.

Ils atterrirent à un peu moins de deux kilomètres au sud de Zhoka et prirent vers le nord en silence, Ko à la traîne, comme s'il était réticent à revenir au milieu des ruines. Un vent glacé inhabituel en ce milieu d'été avait commencé à souffler derrière eux avec une puissance telle qu'ils ne pouvaient plus s'entendre. Mais les bourrasques semblaient vouloir à toute force les pousser vers Zhoka, comme si le vieux temple de la terre avait requis leur présence. Ils avaient parcouru moins de huit cents mètres sur la haute crête, avec le champ de ruines au loin en ligne de mire, lorsque Corbett leva la main pour les mettre en garde. Quelqu'un remontait au pas de course le versant et sc dirigeait vers eux : un Tibétain costaud avec une drôle de démarche, comme s'il avait mal aux pieds. Il ralentit, l'air complètement désemparé, et finit par s'arrêter en ôtant sa casquette, qu'il tordit entre ses doigts. C'était Jara.

— Nous pensions que vous étiez partis, dit-il sur un ton d'excuse. Ming et le riche Américain, ils ordonnent à tous les bergers et les fermiers des collines de les aider. Quelqu'un vous a vus et ils m'ont envoyé vous chercher. Ils vous prenaient pour des Tibétains.

— Ils nous ont vus ? Comment ça ? demanda Shan en inspectant la crête : ils arrivaient seulement à proximité des ruines.

— Un homme qu'ils appellent Khan. Il se trouve dans la vieille tour en pierre et il a des jumelles. Il les a appelés par radio.

Corbett se renfrogna, déçu : l'effet de surprise avait raté. Yao, en revanche, eut l'air ravi en apprenant la nouvelle. Ko, quant à lui, fixa les ruines d'un œil farouche et déterminé.

— Qui sont les autres ? interrogea Shan.

— Six bergers. Le vieux lama. Ma nièce et Lokesh. Dawa a insisté pour que je la ramène près du chorten. Liya y était, mais elle s'est enfuie la nuit dernière, et c'est après que l'Américain a demandé à ce Khan de monter la garde avec son fusil.

— Gendun ? Gendun se trouve avec Dolan ? s'écria Shan en s'élançant dans la pente.

La cour centrale avait été transformée en base d'opérations, une vaste tente dressée contre un mur, des caisses et une cantine empilées devant le chorten. Dawa, accroupie à côté du feu, poussa un cri de joie et sauta au cou de Corbett.

Près du mur du fond, où il fixait l'écran brillant d'une petite machine sophistiquée, Dolan leur tournait le dos. Un mince bandeau lui cerclait le crâne, avec oreillette et micro suspendu près de sa bouche, et il parlait d'un ton impérieux en laissant courir le doigt sur son moniteur.

Gendun, assis contre le mur, dessinait du doigt dans la poussière. Lokesh, accroupi à son côté, se releva d'un air inquiet. Le vieux lama salua Shan d'un hochement de tête bien las et reprit son dessin. Ko s'arrêta en lui jetant un regard circonspect : ils s'étaient déjà rencontrés tous les deux, dans les ténèbres, et il avait pris Gendun pour un spectre.

Un coup de sifflet déchira l'air. Dolan rameutait tout le monde, avec force gestes et une autorité née d'une longue pratique : lors de ses premières expériences sur le sol chinois, il avait financé et dirigé des missions de fouilles archéologiques.

— Nous avons découvert la chambre ! s'écria-t-il en chinois. Très exactement au centre du gompa, sous ces gravats, à l'endroit exact que nous avions déterminé, précisa-t-il avec suffisance comme un général victorieux. Ming ! Nous pouvons y être avant le coucher du soleil ! Ordonnez à ces gens…

Il s'arrêta en milieu de phrase en apercevant Shan et Corbett, balança son micro sur la table et s'avança d'un pas martial.

— Vous devez être suicidaire, agent Corbett ! aboya-t-il. Assister à la ruine d'une carrière au FBI ne manquera pas de piquant.

Il se tourna vers Shan, les yeux brûlant d'une furie glacée.

— Et vous, j'imagine que vous devez vous croire très malin, camarade Shan. Mais ça ne change rien. Vos manœuvres n'auront servi qu'à une chose : garantir que je trouverai le trésor de l'amban.

— Tout a changé, au contraire. Vous êtes ici, répliqua Shan en embrassant les ruines du geste. C'est un lieu sur lequel il est dangereux de se méprendre, et vous vous êtes toujours mépris à son sujet.

Dolan pointa le doigt sur lui, et Shan sentit deux mains sur ses épaules : Lu le passait à la fouille. Lorsqu'il en eut terminé, Corbett leva les bras, invitant le petit Chinois à l'imiter.

— Puisque vous êtes ici, dit Dolan après confirmation que les deux hommes n'étaient pas armés, vous allez participer à notre projet. Nous allons ouvrir la salle au trésor.

— C'est un très vieux monastère. Un endroit sacré où le respect s'impose. Beaucoup de gens sont morts ici.

— Sans aucun doute, lui concéda Dolan avec un sourire sans chaleur en signifiant à Gendun de se lever. Tout le monde vient aider à débarrasser les gravats !

Le lama ne donnant pas signe de vouloir bouger, il lui toucha la jambe de la pointe de sa chaussure. Gendun sourit comme s'il venait seulement de le voir, puis se leva doucement.

Ming entassait divers instruments sur une toile disposée au centre des ruines : de petits récipients métalliques attachés par de longs câbles à un panneau de contrôle très élaboré surmonté d'une courte antenne.

— Un radar de détection géologique, emprunté au ministère des Pétroles. Il a confirmé la présence d'une chambre sous ce tas de gravats, là-bas, expliqua Dolan.

Il montrait un monticule de rochers qui s'entassaient sur sept ou huit mètres, marqué à la peinture orange d'un carré de trois mètres de côté.

— Nous allons ouvrir, extraire ce qui se trouve à l'intérieur, et repartir. Coopérez, et nous nous contenterons de vous attacher avant de reprendre l'hélico. Je serai déjà loin quand vous aurez rejoint Lhadrung. Et les ruines seront tout à vous.

On entendit un murmure derrière le groupe de bergers. Gendun avait parlé.

— Qu'est-ce que raconte ce vieillard ? demanda Dolan.

— Qu'il serait peut-être sage que vous emportiez ça avec vous, traduisit Lokesh en s'avançant pour offrir à Dolan une petite tsa-tsa, à l'effigie du bouddha de l'Avenir. Vous allez en avoir besoin.

Dolan accepta la figurine.

— Il a dit aussi, poursuivit Lokesh sans émotion particulière, que si vous ne comprenez pas ce qui se trouve là, dans la terre, les choses iront très mal pour la divinité qui réside en vous. Enfin, ce qu'il en reste. Une chose de très grand pouvoir est enterrée là.

Un nouvel éclat de furie embrasa le regard du milliardaire qui balança la figurine contre un rocher, la faisant voler en éclats.

— Je comprends très exactement ce qui se trouve là-dessous. Il n'existe rien de semblable à la surface de cette terre, et c'est à moi. Ce sera à moi pour toujours.

Il ricana.

— Et dites-lui aussi qu'entre tous les gens de cette planète, je sais tout ce qu'il y a à savoir sur le pouvoir.

— Je suis désolé, soupira Lokesh.

Dolan marmonna quelque chose et poussa le premier homme à côté de lui vers le tas de gravats. C'était Ko, qui ne s'arrêta qu'une seconde, le temps de jeter un bref coup d'œil à Lokesh avant de commencer à déblayer. Son fils avait-il seulement compris, se demanda Shan, qu'il ne s'agissait pas d'excuses de la part de Lokesh ? Le vieux Tibétain était désolé pour Dolan.

Jara se joignit à Ko, bientôt suivi par les autres bergers, toujours dans l'expectative, qui examinaient ce riche Américain d'un œil curieux. Seul Gendun traînait des pieds. Il s'assit par terre à l'ombre d'un mur en contemplant d'un regard triste le carré orange peint sur les gravats.

Shan s'accroupit à côté de lui, et le vieux lama se remit à dessiner dans la terre. D'antiques symboles, crut tout d'abord Shan, mais il changea d'avis devant les formes carrées séparées par des portails ou des arches : Gendun esquissait le plan du monastère, les constructions telles qu'elles apparaissaient jadis depuis l'endroit où il se tenait. Deux longs bâtiments aux formes harmonieuses, les murs inclinés vers l'intérieur, à la mode tibétaine traditionnelle, orientés vers les escaliers est et ouest qui descendaient au temple souterrain. Se dressait entre eux une structure inhabituelle, remontant probablement au temps où les gompa faisaient également office de forteresse : une grande tour, deux fois plus haute que le reste, qui devait offrir un point de vue imprenable sur les terres environnantes et s'orner des bannières sacrées ou des thang-ka géants que l'on y suspendait les jours de festival. Une tour dont la fonction première avait peut-être été de monter la garde sur la chambre au trésor secrète située selon toute vraisemblance directement sous elle.

C'est sans émotion aucune, mais avec un certain amusement, que Dolan vit Lokesh rédiger une prière sur un morceau de papier avant de demander aux Tibétains d'empiler les rochers déblayés en forme de cairn au-dessus d'elle. Le geste du vieil homme parut galvaniser les bergers qui, portés par un même élan, eurent vite fait de dégager un trou au milieu du carré orange. L'Américain ne parut pas remarquer que Jara tendait à Gendun les fragments de la figurine tsa-tsa fracassée afin qu'elle soit enterrée avec la prière.

Ils travaillèrent une heure durant, ouvrant une ouverture profonde d'un mètre cinquante tandis que leur cairn gagnait en hauteur. Apparurent de longs morceaux de poutres cassées, puis de lourdes dalles de pierre que Dolan estima être les soutènements du plafond de la chambre au trésor. Shan, pour sa part, ne cessait de se retourner vers le dessin que Gendun avait tracé dans la terre.

Ming, en revanche, ne semblait plus rien partager de l'enthousiasme du milliardaire. Avec des regards inquiets à Yao et à Corbett, il parlait avec insistance à l'oreille de Lu, qui secouait chaque fois la tête en signe de désaccord. Shan charriait les pierres comme les autres et, debout sur les gravats, attendait que Jara lui tende un bloc à transporter. Tout à coup, il s'aperçut que Gendun avait disparu. Il revit en mémoire l'esquisse du monastère que le vieux lama avait dessinée, visualisant la vieille tour jadis érigée sur le roc. En toute logique, la salle au trésor avait été bâtie sous sa base, bien en dessous du rocher. Pourtant l'équipement de Dolan laissait accroire qu'il existait bien un espace vide sous les gravats.

Le regard illuminé, le magnat américain, menant sans ménagement ses hommes de la voix, du geste et aussi à l'aide de beaux billets, semblait s'être laissé gagner par une euphorie des plus étranges.

— Vingt dollars à chacun d'entre vous si nous terminons avec le jour ! annonça-t-il après une demi-heure d'excavation.

Une heure plus tard, la prime était passée à cinquante dollars, mais pas un instant il ne mit la main à la pâte. Néanmoins, il donnait l'impression de travailler aussi dur que les autres à souffler de son sifflet ou à caresser les Tibétains dans le sens du poil en leur parlant de tout ce qu'ils allaient pouvoir s'offrir – nouvelles chaussures, nouveaux chapeaux ou nouveaux moutons – avant de se tourner plein d'espoir vers ses instruments ou d'aller consulter Ming, qui considérait à présent son complice américain avec un malaise grandissant. Ce dernier n'était plus l'associé du milliardaire : désormais Dolan était le seul directeur des opérations ; Dolan et les deux exécuteurs de ses basses œuvres qui avaient tué ses deux alliés ; Dolan qui n'essayait plus de donner le change en prétendant qu'il partagerait le trésor avec lui.

En voyant Lokesh perdu dans la contemplation du dessin de Gendun, Shan reposa son bloc et le rejoignit.

— Il devait exister une salle à la base de la tour, expliqua-t-il. Une réserve, peut-être, ou un accès à l'escalier. Il perd son temps.

— Il m'est déjà arrivé de rencontrer des Américains, acquiesça Lokesh, mais comme celui-là, jamais. Je crois qu'on ne lui a jamais appris à chercher bien.

Condamnation rare et surprenante dans sa bouche, songea Shan, mais c'était peut-être moins une condamnation qu'une réflexion triste sur l'état d'esprit de Dolan.

— Il cherche avec un tel zèle, et pourtant il n'y a aucune substance dans ce qu'il cherche.

Il restait deux heures de jour quand ils finirent par dégager une ouverture sous les gravats, un petit trou qui donnait accès aux ténèbres en contrebas. Dolan grimpa sur les rochers et le sonda à l'aide d'un bâton, confirmant qu'il y avait bien un plancher, ou quelque chose d'assez solide pour tenir debout, deux mètres en dessous. La moitié de l'équipe continua à charrier les pierres et Dolan chargea l'autre moitié des ouvriers d'apporter de grandes cantines métalliques rangées sous une toile dans la cour et spécialement conçues pour le transport d'objets de prix très fragiles. Dolan venait de décider que le trésor de l'empereur était finalement à sa portée.

Soudain Gendun réapparut au côté de Shan, avec, dans ses mains, plusieurs robes soigneusement pliées, probablement récupérées dans les chambres du troisième niveau, dans les profondeurs du temple où il avait dû descendre discrètement.

— Pourquoi êtes-vous..., commença Shan, mais Gendun était déjà installé sur une pierre plate et égrenait son rosaire en récitant un mantra triste d'une voix lasse.

Il se retourna et vit avec inquiétude Lokesh s'approcher de Dolan.

— Ce n'est pas la bonne manière, dit le vieux Tibétain au milliardaire d'une voix forte. Vous devez d'abord retrouver une part de votre divinité.

Dolan pivota sur place et le gifla en pleine figure.

— Vous m'insultez, vieillard, grommela-t-il. Vous commencez sérieusement à me fatiguer avec vos airs supérieurs. Continuez comme ça, et je vais vous montrer qui je suis.

Lokesh ne porta pas la main à sa joue, il ne fit pas mine d'avoir remarqué la gifle.

— Venez vous asseoir avec nous, continua-t-il d'une voix tourmentée. Nous pouvons aller dans un endroit tranquille et parler.

Avant que Shan ait rejoint les deux hommes, Dolan avait fait signe à Lu d'approcher. Le Han court sur pattes le débarrassa de la présence du vieux Tibétain, qu'il tira à l'écart, sous le regard vaguement curieux de l'Américain, toute sa colère disparue.

Dolan voulut à toute force être le premier à descendre, ceint d'une lampe frontale, une corde nouée à la taille. Il s'accorda un instant pour jeter alentour un regard de victoire et un sourire de défi à Corbett et Yao, dans l'ombre. Shan vit avec appréhension son fils se faufiler discrètement entre les Tibétains pour se rapprocher de l'Américain, qu'il gardait constamment en ligne de mire, l'air subjugué, littéralement fasciné.

Dolan disparut dans le trou et Ming lui tendit divers équipements – deux caisses métalliques, un appareil photo, des lampes supplémentaires. Les deux hommes échangèrent quelques paroles que Shan n'entendit pas, et Ming se releva, en faisant tout un cinéma pour sortir une petite radio d'un étui à sa ceinture, comme s'il tenait à rappeler à chacun qu'il avait le pouvoir de réclamer en renfort hélicoptère et soldats.

Tout à coup une voix terrifiée lança une longue plainte, puis un cri abject. Ming se pencha au-dessus du trou et la corde lovée à ses pieds commença à se dérouler. On entendit des sanglots. Ming agrippa la corde et, sous son poids, ce qui restait de la salle en contrebas s'effondra sous ses pieds. Le tas de gravats se mit à glisser et les pierres à dégringoler dans un nuage de poussière, tandis que claquaient des poutres se brisant sous la charge. Une fois la poussière dissipée, il y avait sous Ming un trou plus vaste partiellement rempli de débris.

Chacun se précipita, fouillant et creusant, arrachant pierres et fragments de bois mis au jour par le nouvel affaissement, tandis que Ming et Lu appelaient désespérément Dolan à grands cris. Vingt minutes plus tard, l'excavation avait été suffisamment dégagée pour permettre à Khan de se glisser dans le trou d'origine. Il suivit la corde et remonta une minute plus tard, Dolan sur son dos.

L'Américain n'avait pas perdu conscience, il ne semblait pas être blessé, mais ses yeux paraissaient étrangement vitreux. Il s'assit sur les rochers, le visage exsangue, en se frottant les bras comme s'il avait froid.

Le regard dans le vide, il ne réagit pas quand Lu et Ming lui proposèrent de l'eau. Il finit par se relever, s'avança vers Ming et le précipita au sol d'une bourrade avant de lui sauter dessus pour lui marteler la figure et la poitrine à coups de poing, malgré tous les efforts de Lu pour le tirer en arrière. Ming n'offrit aucune résistance, pas même quand son nez se mit à saigner, mais l'horreur l'emplissait devant l'Américain hors de lui.

Son accès de violence parut requinquer Dolan qui se débarrassa de Lu et se releva, ignorant Ming pour se tourner vers Lokesh.

— Vous saviez, espèce de salopard ! lui cria-t-il en chargeant.

Shan s'interposa d'un bond, Corbett sur les talons.

Lokesh ne recula pas, il ne réagit pas devant cette étrange explosion de furie.

— Tout ce que je savais, c'est que vous ne trouveriez pas ici ce dont vous aviez tant besoin, dit-il calmement. Je vous avais prévenu.

Dolan attrapa sa radio de l'armée et l'alluma, s'arrêtant aussitôt devant les Tibétains effrayés réfugiés dans la pénombre des murs qui regardaient avec envie le versant au-dessus de Zhoka, où plusieurs de leurs compatriotes couraient déjà sur la crête, mettant le plus de champ possible entre eux et l'Américain fou furieux. Dolan donna l'impression de vouloir parler dans l'appareil, puis, avec un juron, le visage plein de haine, il le laissa retomber à bout de bras et retourna vers la réserve de matériel au milieu de la cour.

Lorsque Shan et Lokesh atteignirent à leur tour l'entrée de la salle souterraine, Lu avait noué la corde autour d'un pilier à sept ou huit mètres de là et laissait descendre Ming dans le trou. Sans prononcer une parole, Lokesh se baissa, les jambes dans le vide, et sauta dès que Ming se fut écarté. Shan suivit en présumant que Corbett allait les rejoindre, mais ce fut Ko qui apparut dans la pénombre, une lampe à la main.

Ils se trouvaient apparemment dans une enceinte carrée de quatre mètres au côté charpenté de lourdes pièces de bois et dont les lames du plancher éclaté ressortaient sous des angles incongrus. Derrière eux se dressait le reste d'un mur de planches encore intactes mais brisées uniformément à leur base. Un pas devant eux, Ming naviguait au milieu des boisages et des débris, balayant de sa lampe, d'un air inquiet, ce qui tenait encore, surtout les poutres du plafond, craignant de toute évidence qu'elles ne s'effondrent à tout moment. Soudain, il recula en poussant un long gémissement. Lokesh le bouscula pour s'avancer, puis il posa la main sur le bras de Ko qui se tenait derrière lui.

— Vous devez faire venir Gendun Rinpoché, dit-il doucement en cédant le passage à Shan.

Ko, livide, battit en retraite.

Il y avait bien longtemps que la poussière s'était déposée sur les deux morts assis contre le mur qui leur faisait face, sans pour autant masquer leurs visages préservés par l'air froid et sec, ni couvrir les cheveux gris et courts de leurs crânes, ni même le galon doré qui ornait le col de la robe bordeaux qu'avait revêtue l'homme de gauche. Son voisin portait lui aussi une robe, et son visage terne et desséché aurait pu le signaler pour moine, n'eût été la moustache grise en guidon de vélo sous son nez et le vêtement qu'il avait enfilé par-dessus sa robe. Shan s'accroupit et en toucha le tissu terne, qui laissa échapper suffisamment de poussière pour que transparaisse une tunique rouge à brocarts d'or – l'uniforme de parade d'un soldat britannique d'un autre siècle. Un uniforme que Shan avait déjà vu, sur une photographie de la petite maison du village. Frère Bertram, jadis major McDowell, semblait contempler ses jambes, de toute évidence brisées, et la tache sombre en dessous, synonyme probablement de vaisseaux sanguins sectionnés par les esquilles d'os éclatés.

Lokesh s'agenouilla auprès des deux corps et Shan examina le long des murs les poutres éclatées par une trop forte pression – ni brisées ni brûlées des suites d'une explosion.

— C'était le sommet de la tour, comprit-il soudain. La tour a été touchée par une bombe à sa base et elle s'est effondrée. C'est en glissant à son tour que la chambre supérieure a écrasé le boisage.

Il se tourna vers les extrémités déchiquetées des poutres dressées vers le ciel de l'autre côté de la pièce, là où ils étaient entrés.

— Ce n'était pas un mur en bois, mais une véranda, un balcon en terrasse sectionné en deux dont toute la poutraison s'est relevée quand la chambre s'est effondrée.

— Mais pourquoi se trouvaient-ils ici ? demanda Lokesh. Et pas dans le temple ?

Il toucha délicatement du doigt la couverture grise sur les genoux du major. Un nuage de poussière en tomba, révélant des rayures diagonales rouges, blanches et bleues.

— Parce qu'ils essayaient d'arrêter les bombardiers, répondit Shan. Dans la chambre du major, il y avait un grand emplacement vide où quelque chose était resté longtemps accroché. Ce drapeau. Lorsqu'il a appris ce qui se passait, il a attrapé sa tunique et le drapeau, et il a essayé de montrer aux pilotes qu'il était britannique, que c'était le drapeau de son pays, dans l'espoir de les stopper.

La voix rauque de Gendun retentit derrière eux.

— Et l'abbé. C'est l'abbé béni qui est avec lui, expliqua-t-il en touchant le galon d'or de la robe, symbole de haut rang dans le gompa. Le dernier des Dragons de pierre.

Il n'y avait pas de tristesse chez le vieux lama. Il souriait d'un air radieux quand il s'avança pour saisir dans la sienne la main momifiée de l'abbé. Sous son bras, il portait les robes du temple. Lokesh s'en saisit et les étendit sur les jambes des deux morts.

Shan l'aidait quand il aperçut Ko, à deux mètres d'eux, sa lampe éteinte, qui fixait les dépouilles.

— Ils étaient encore vivants quand les décombres les ont pris au piège, expliqua Shan, mais mortellement blessés.

Il montra l'angle bizarre sous lequel ressortait le bras gauche de l'abbé et la tache sombre sur sa robe tout à côté. Un éclat d'obus avait probablement fracassé le bras avant de transpercer le corps.

— Ils étaient assis ensemble dans l'obscurité, pris au piège, sachant qu'ils se mouraient, sachant que leur gompa était détruit.

— Non, rectifia Gendun dans un murmure. Sachant que leur gompa ne pourrait jamais être détruit.

Il s'assit par terre devant les corps momifiés et entama un mantra qui résonnait moins comme une litanie de deuil que comme un salut de bienvenue.

— Ils auraient dû avoir des fusils ! s'écria Ko. On peut abattre un avion avec un fusil quand on sait s'y prendre.

Il osa s'approcher plus près – la révulsion qui se lisait sur son visage s'accompagnait d'une force qui le poussait à regarder les restes de deux vieillards, aussi sereins dans leur agonie douloureuse qu'ils avaient dû l'être dans la vie.

Quand Shan releva les yeux, Ming avait disparu et Gendun était perdu dans son mantra.

— Il va nous falloir une lanterne pleine de combustible, dit Shan, et Lokesh acquiesça, car Gendun ne bougerait probablement pas avant des heures.

— Pourquoi ne fait-il pas simplement venir les soldats ? demanda soudain Ko. Il pourrait tout faire démolir. Il peut faire tout ce qu'il veut.

— Non, répondit Shan. Il ne le peut pas. Ce trésor, il veut le voler. Il tient absolument à ce que personne ne soit au courant, que personne ne sache même qu'il existe.

— Nous, nous sommes au courant, dit Ko.

— Il nous croit impuissants. Il croit qu'il nous a neutralisés.

— Et s'il ne parvient pas à trouver le trésor, il repartira ?

— Il sait que le trésor est ici. Il ne partira pas tellement il est assuré de pouvoir s'en emparer. Il a la certitude qu'au moins l'un d'entre nous sait, et c'est sa garantie. Il sait qu'il le trouvera.

— Gendun ? Seul Gendun sait, d'accord ? Dolan n'irait pas… on ne peut pas cacher Gendun. Nous sommes plus nombreux qu'eux…

À entendre ses hésitations, Shan finit par comprendre que son fils l'interrogeait sur ce qu'ils devaient faire.

— Gendun refusera de se cacher, il ne fera rien qui soit guidé par la peur. Et Dolan ne sait pas agir sans utiliser la peur, expliqua Shan.

Sans effroi aucun, il continuait à contempler les deux morts, avec le sentiment qu'ils faisaient de lui le dépositaire de leur force et de leur pouvoir, exactement comme si une raison avait présidé à l'ouverture de leur tombe : transmettre quelque chose aux vivants.

À leur retour au camp, Ming avait pris la fuite.

— Il a demandé à un hélicoptère de le retrouver à la vieille tour de pierre, leur apprit Jara. Lu est parti avec lui. Ils ont décollé il y a quelques minutes.

Jara expliqua qu'une prise de bec avait opposé Ming et Dolan, qui buvait du whiskey au goulot. Tashi, l'informateur, avait débarqué dans un hélicoptère venu livrer du matériel, puis, quand Dolan était parti dans la tente avec sa bouteille, Ming, Tashi et Lu avaient discuté calmement avant de faire leurs bagages.

— Ils ont emporté les radios, toutes les radios, ajouta-t-il.

La furie de Dolan continuait à bouillonner, mais elle n'était plus dirigée contre Ming. Les deux moines morts étaient devenus ses boucs émissaires, comme si leurs cadavres l'avaient escroqué ou s'étaient moqués de lui. Si, par le passé, il avait pu paraître déterminé à retrouver le trésor de l'amban, c'était à présent un fanatique obsédé auquel il était impossible de faire entendre raison. Il ordonna aux derniers habitants des collines de repartir, en leur donnant à chacun quelques dollars. Khan restait à proximité, toujours armé de son fusil, prêt à en faire usage en effectuant sa ronde autour des ruines.

— Je ne comprends pas, dit Ko alors qu'ils partageaient un repas de riz frit préparé par Lokesh. Il y a ici deux policiers, un qui vient d'Amérique et l'autre de Pékin. Comment Dolan peut-il se comporter comme ça ?

— Il m'a fait venir auprès de lui pendant que vous transportiez les pierres, répondit Corbett en fixant les flammes. Il m'a rappelé qu'il avait déposé des plaintes contre moi, en arguant du fait que je m'étais engagé dans une sorte de vendetta et risquais à tout moment de craquer psychologiquement. Il a ajouté que quoi que je dise ou j'écrive dans mes rapports, il aura au moins quatre témoins à décharge prêts à déclarer le contraire. Il a ajouté que si je l'aidais, il garantissait que je serais le prochain chef de région du Bureau. Je pense qu'il sait déjà qu'il en est de même pour Pékin et que Yao l'a compris.

— Ils ne disposent que de ce seul fusil, insista Ko. Ce Khan, je pourrais l'arrêter, lui assener un coup de pelle par surprise. Vous n'avez aucun plan, ajouta-t-il d'un ton accusateur après les avoir tous passés en revue. Pourquoi sommes-nous venus ici ? Moi, je croyais que vous vouliez les arrêter. Et au lieu de ça, tout ce que vous faites, c'est de charrier les pierres quand ils vous l'ordonnent.

Corbett et Yao ne réagirent pas. Shan le dévisagea d'un air affligé sans pouvoir trouver les mots que son fils serait à même d'entendre.

— Nous avons vu Khan tuer McDowell. Nous avons le droit de le tuer.

— Non, dit Shan. Nous n'avons le droit de tuer personne.

Ko ricana de dégoût, balança ce qui restait de son repas par terre, et disparut dans les ombres.

— Toutes les émotions de Ko, fit remarquer Lokesh d'une voix neutre, brûlent du feu qui les embrase.

Avant que Shan ait pu réagir, le vieux Tibétain avait tendu le bras derrière une pierre pour y ramasser une poignée de brindilles.

— Du genévrier. Je l'ai caché le jour du festival, au cas où, expliqua-t-il en les jetant dans le feu sous le regard surpris de Corbett. Leur fumée attirera les divinités, lui assura-t-il.

Mais elles n'attirèrent que Dolan, le visage sombre, vacillant sur ses jambes, probablement ivre de tout le whiskey avalé.

— Nous disposons d'une journée, annonça-t-il. J'ai des conseils d'administration qui m'attendent aux États-Unis.

La colère dans sa voix avait cédé la place à une froideur venimeuse. Ming l'avait abandonné et les moines morts l'avaient, en quelque sorte, défié – chose à laquelle, à l'évidence, il n'était pas accoutumé.

— Vous allez me conduire jusqu'à la salle supérieure, jusqu'au trésor, demain. Vous m'aiderez à emballer tout ce que nous trouverons, et lorsque ce sera fait, je vous laisserai poursuivre vos existences misérables.

Personne ne réagit. Le regard de Dolan revenait sans cesse vers le grand trou où Gendun conversait avec les morts.

— Vous oublierez tout ce que vous aurez vu. Il n'y a rien ici qui puisse vraiment avoir de l'importance pour vous.

Il prononça ces mots d'un ton mélancolique, presque avec chagrin, puis, mettant la main à la poche, en sortit un chéquier et se mit à écrire.

— Je ne suis pas le mal incarné, juste quelqu'un de très occupé, précisa-t-il en arrachant un chèque. Cent mille dollars.

Il balança le bout de papier aux pieds de Shan, qui ne baissa même pas les yeux.

— En voici un autre, cent mille lui aussi.

Il jeta le deuxième chèque sur les genoux de Corbett. Qui l'ignora.

— Nom de Dieu ! Vous n'avez rien à gagner et tout à perdre. Les affaires sont les affaires, rien de plus.

Il en rédigea un troisième, qu'il laissa tomber devant Yao.

— Au porteur. Utilisez-le comme bon vous semblera.

Lentement, Corbett ramassa le morceau de papier qu'il avait sur les genoux.

— Très bien, je vous aiderai, dit-il. Mais pour cent mille dollars, je veux que vous disiez que vous avez tué la jeune fille de Seattle, ajouta-t-il en jetant le chèque dans le feu.

Dolan parut tout retourné par son geste : il tomba à genoux et, une seconde, parut sur le point d'extraire le chèque fumant des braises brûlantes.

— Nous sommes seuls, poursuivit Corbett. Pas de magnétophones. Pas de témoins recevables une fois de retour au pays. Rien que nous. Vous avez déjà précisé que notre déposition ne signifiera rien. Je viens de vous payer cent mille dollars. Les affaires sont les affaires, rien de plus.

Dolan releva la tête pour affronter Corbett, mais son regard perplexe et désorienté avait perdu tout son éclat.

— Je veux juste prendre ce qui est à moi et partir. Je peux faire de vous un homme riche, ajouta-t-il d'une voix sans substance. C'est ce que tout le monde veut.

Lokesh se leva et s'approcha du brasero mais sa proximité parut déranger l'Américain qui se tourna vers Khan, à cinquante mètres de là.

— Nous sommes en train de terminer le cairn pour honorer l'abbé et le moine britannique, lui expliqua Lokesh. Chacun de nous va y ajouter une dernière pierre et offrir une prière.

Tous se levèrent. Dolan ne protesta pas en les voyant se diriger vers le cairn, il ne réagit pas davantage lorsque Ko sortit en douce de la pénombre pour ramasser les deux chèques restants à l'endroit où ils étaient tombés.

Quelque part parmi les décombres probablement, Lokesh avait réussi à dénicher un foulard à prières, dont il fixa un coin au sommet du cairn. Aucun d'eux ne prononça une parole en posant sa pierre, Ko plaçant la dernière, une grosse dalle plate en guise de faîtage. Toujours en silence, ils formèrent un demi-cercle autour du cairn, face à la chambre béante des morts. Les étoiles commençaient à apparaître et l'unique lampe à beurre près du monticule crachota dans le sable, sur le point de s'éteindre.

Soudain Dolan jaillit de l'ombre, portant un caillou plat qu'il déposa lui aussi sur le cairn.

— Je n'avais pas l'intention de les déranger, dit-il d'une voix hésitante. Je n'aurais jamais… Ming aurait dû me prévenir, reprit-il en se baissant maladroitement pour ramasser un nouveau caillou. Ce qui s'est passé il y a cinquante ans entre la Chine et le Tibet, ça ne me concerne pas, vous savez.

Il parlait vite, agrippant son caillou à deux mains comme s'il était devenu soudain immensément lourd. Soudainement, il releva la tête, toute sa colère revenue.

— Que ce soit une leçon ! grommela-t-il. Demain est le dernier jour !

Après cette mise en garde, il s'éloigna d'un pas raide.

— C'est devenu l'individu le plus craintif que j'aie jamais connu, constata Corbett.

— Sa divinité est à bout de souffle, remarqua Lokesh d'une voix lourde de sens.

Ils s'enveloppèrent dans les couvertures pour la nuit, Khan toujours en sentinelle avec son fusil, Ko allant s'installer au coin de deux murs écroulés. Shan sombra dans un sommeil agité et se réveilla en sursaut, après un abominable cauchemar dont ne lui restait plus rien, hormis un énorme sentiment de perte. Son fils Ko, il arrivait une chose abominable à Ko, parce que lui et les autres n'avaient pas su passer à l'action. Il se leva, vit Khan endormi à son poste et s'engagea dans les ruines sous le clair de lune. Il se retrouva dans l'avant-cour, assis sur le même large linteau que Gendun le jour du festival. Au bout d'une heure, peut-être plus, une voix s'adressa à lui :

— Pourquoi l'avez-vous amené ? Il va se faire tuer, dit Yao. Il se conduit exactement comme s'il cherchait à se faire tuer.

Les paroles de l'inspecteur lui firent moins mal qu'il ne l'aurait cru – l'idée lui avait traversé la tête.

— Lorsque tout sera terminé, ils vont l'emmener, répondit Shan. Dolan et Ming savent qu'il a tout vu. On l'enterrera si profondément à la mine que plus personne ne le retrouvera jamais. Vous savez ce qu'ils font quand ils veulent faire disparaître des prisonniers, quand ils ne les exécutent pas. Ils changeront son nom, ils lui feront un nouveau tatouage, lui donneront un autre passé et détruiront son dossier. Je n'aurai plus aucun moyen de le retrouver. Je ne le reverrai plus jamais.

Ces derniers mots jaillirent de sa bouche chargés d'une telle émotion que Shan enfouit sa tête entre ses mains.

— Lorsque tout sera terminé, Ming et Dolan seront derrière les barreaux.

— Non. Tout ce que nous pouvons espérer, c'est les empêcher d'accéder au trésor et de faire du mal aux lamas. Et les obliger à partir de Lhadrung, ajouta-t-il en songeant qu'il se faisait l'écho des propres paroles du colonel Tan.

— Il peut en être différemment, objecta Yao. Pour Ko et vous.

— Je ne vois pas comment.

— À mon retour à Pékin, j'irai voir des gens que je connais. Des juges. Je peux les convaincre. Les disparus peuvent être ramenés à la vie. Et je peux vous ramener à la vie en vous redonnant un nouveau départ à Pékin. Vous êtes l'un des meilleurs enquêteurs que je connaisse. Je peux vous trouver du travail, voire même créer un nouveau poste dans mon bureau pour vous. Une fois que cela sera fait, nous retrouverons Ko, ensemble.

— Vous allez déjà avoir suffisamment de problèmes à Pékin comme ça. Sans moi.

Yao le fixa en silence avant d'arborer un grand sourire forcé.

— Quoi ? Ce rappel ? Ça arrive tous les ans, ou à peu près. Ce n'est pas la première fois. Je rentrerai à la maison, j'aurai quelques échanges de vues francs et sincères, et tout sera oublié.

— Je ne parle pas du rappel. Mais du fait que vous l'ayez ignoré.

Le silence de Yao dura plus longtemps cette fois.

— Je ne laisse pas les criminels repartir libres comme l'air. C'est une chose que je ne fais pas.

— Rentrez chez vous. Laissez-moi trouver une solution.

— Pour me voler toute ma gloire.

— Non. Parce que je ne veux pas que vous finissiez comme moi.

Yao laissa s'installer un nouveau silence.

— Vous et moi, finit par lâcher l'inspecteur, si nous nous étions rencontrés à Pékin, nous serions devenus bons amis.

Shan lui montra une étoile filante.

— Deux choses que je vous promets, poursuivit Yao avec détermination. J'aurai Ming. Et j'obtiendrai votre réhabilitation. C'est comme ça que nous pourrons sauver Ko. Nous pouvons le sauver.

Dans la nuit immobile, il n'y avait plus un bruit, et Shan se repassa la conversation en esprit. Yao voulait le ramener, tout recommencer à Pékin. Et il se souvint qu'il était censé partir en retraite justement pour avoir crié dans son délire son désir de rentrer chez lui. Il se demanda où se trouvait la caverne que Gendun lui avait choisie. Il avait besoin d'un mois de silence, il avait besoin de solitude pour apaiser les émotions incongrues qui l'envahissaient à brûle-pourpoint depuis le jour du festival.

Il ne savait pas combien de temps avait passé quand il s'aperçut que Yao n'était plus là. Il palpa sa poche et y trouva une boîte d'allumettes qu'il posa devant lui sur un rocher. Il sortit son billet d'avion, le seul papier qu'il put trouver, déchira le bord supérieur de la pochette et prit un moignon de crayon. *Père*, écrivit-il sous le clair de lune, *Ma peur pour mon fils me réveille, et je tremble. Lorsque j'étais fils, je riais*. Il contempla les mots, clignant des paupières, noyé sous le flot des souvenirs d'une jeunesse heureuse, avant de reprendre son crayon. *Montre-moi comment les obliger à me prendre à sa place*, conclut-il avant de plier le morceau de papier. Il fit un petit feu d'allumettes et y posa son message, regardant les cendres monter vers le ciel et expédier sa missive au paradis. Il sentit soudain un parfum de gingembre – quelqu'un s'était assis à côté de lui. Mais quand il osa tourner la tête, il n'y avait personne.

19

La dernière journée arriva en tempête, un de ces rares orages de la mi-été qui franchissaient l'Himalaya pour toucher le Tibet. Sous la violence des rafales, les pans de la tente érigée par Dolan battaient à se rompre, la pluie éteignit le feu avant qu'on ait pu préparer le petit déjeuner, et les vestiges instables des murs à moitié effondrés tremblaient sous les coups de tonnerre.

Gendun avait disparu sans laisser de trace et Shan retrouva Lokesh dans l'avant-cour, debout sous la pluie, la tête levée vers le ciel.

— Ce ne sera pas bien différent dessous, dit le vieux Tibétain, impressionné, d'une voix respectueuse. La terre parle aujourd'hui.

Dolan écumait comme un orage en marche, sans rien des hésitations qu'il avait pu laisser entrevoir la veille au soir, sans la moindre trace d'un étouffement de sa divinité, comme avait dit Lokesh. Ko lui aussi semblait avoir changé du tout au tout, et ses tergiversations maussades avaient cédé la place à une flagornerie un peu trop marquée à l'égard du milliardaire. Shan entendit son fils expliquer à Dolan qu'ils pouvaient échapper à la tempête en descendant sous terre, qu'il connaissait le passage pour rejoindre le troisième niveau, même si les autres refusaient de le lui révéler, et qu'il lui montrerait en chemin les petits trésors des chapelles.

— Il a les chèques, marmonna Corbett. Deux cent mille dollars. Il doit penser que, finalement, il s'est peut-être trouvé une porte de sortie.

Les chèques. Shan avait oublié que Ko avait récupéré les chèques abandonnés par terre.

Tandis qu'ils descendaient sous terre, Shan, dans l'effroi et la confusion, regardait son fils, abandonnant Lokesh en prière près du cairn. Ko refusait de croiser son regard et veillait prudemment à garder Dolan ou Khan entre lui et le reste de la troupe, allant même jusqu'à plaisanter avec le grand Mongol sur le petit bouddha en or volé qu'il lui avait offert. À leur sortie du court tunnel permettant d'accéder au premier niveau, Ko avait convaincu Dolan d'envoyer Khan avec les autres au troisième niveau pendant qu'il lui montrerait les trésors des chapelles. Sans se faire prier, l'Américain avait laissé Ko, une lampe à la main, ouvrir la marche, pendant qu'il entassait dans son sac, au vu et au su de tous, les figurines qu'il arrachait aux autels. Dans le regard qui passa entre Shan et Yao se lisait une profonde lassitude.

Ils n'échangèrent pas une parole en gravissant les chevilles en bois puis l'étroit passage qui donnait sur la salle aux masques. Arrivé au troisième niveau, Shan, toujours silencieux, les conduisit jusqu'aux quartiers de l'amban où il alluma plusieurs lampes à beurre. Il contemplait les anciennes fresques sur les murs lorsqu'une longue plainte étouffée résonna derrière la porte. Khan leur ordonna de ne pas bouger et alla dans le couloir, juste avant que ne retentisse un autre gémissement. Corbett se précipita et réapparut quelques secondes plus tard, traînant Khan assommé par les pieds, suivi par Ko, qui soutenait les bras. Avec un regard de victoire à son père, Ko installa Khan dans le fauteuil et Yao se dépêcha de ligoter le grand Mongol à l'aide de ses lacets de chaussure. Ko alla récupérer le fusil dans le couloir et le tendit à Corbett.

— Où est Dolan ? demanda Yao.

— Il était sacrément chargé, répondit Ko. Il faut qu'on file avant son retour.

— Où est Dolan ? répéta Shan.

— Ce n'est plus un problème.

— Tu l'as laissé dans le labyrinthe, comprit soudain Shan. Tu as emporté la lampe et tu l'as laissé là-bas dans le noir absolu.

— Pour un mec riche, il n'a pas beaucoup de jugeote. Il m'a laissé tenir la seule lampe qu'on avait. Je ne l'ai pas frappé bien fort, juste assez pour l'expédier dans les pommes.

— Vous aviez tout prévu, déclara Corbett. C'est pour ça que vous lui avez parlé des chapelles, c'est pour ça que vous avez fait copain-copain avec lui ce matin.

Ko feignit de n'avoir rien entendu, se contentant de défier son père du regard.

— Tu voulais la justice. En partant, je lui ai dit que son corps se trouvait là-bas quelque part avec lui, dans une des chapelles. Le corps de McDowell.

— Il pourrait mourir, protesta Shan.

— Il a tué Punji, lui rétorqua Ko méchamment. Une fois que tout aurait été terminé, il nous aurait probablement tués tous. Mais j'ai vu à quel point il a eu la trouille en tombant sur les cadavres des deux moines. Et j'ai compris le sort qu'il méritait. Il faudrait qu'on parte maintenant. Dans les montagnes. Ou à Lhadrung, si c'est ce que tu désires. Laisse-le pourrir sur place.

Khan se mit à gigoter. Il essaya de se défaire de ses liens, rugissant et tempêtant telle une bête en cage, mais Corbett lui allongea un coup de crosse sur le crâne et le Mongol s'affaissa.

— Désolé, dit Corbett avec un haussement d'épaules en regardant l'arme qu'il tenait à la main, comme si celle-ci avait agi de son propre vouloir, avant de la poser contre les étagères.

Shan et Yao reprirent leur examen de la chambre, étudiant le peche, puis les peintures, pour tenter de comprendre la dernière énigme du palais mandala.

— Il faut qu'on parte, les pressa Ko après quelques minutes.

— Il faut qu'on comprenne, lui objecta son père.

— Dans ce cas, je pars tout seul, lança Ko d'un ton de défi.

Avant que Shan ait pu répondre, Lokesh déboulait dans la pièce, poussé dans le dos par un coup de pied violent, Dolan sur ses talons, un pistolet dans une main, une lampe à beurre dans l'autre.

Corbett fit un pas vers le fusil, mais deux coups de feu claquèrent, à cinquante centimètres de sa tête, près des étagères, faisant exploser deux éclats de bois sous leur impact.

— Continuez, allez-y ! Donnez-moi une bonne raison ! grogna Dolan en montrant les dents.

Son visage semblait s'être vidé de ses couleurs, un filet de sang coulait sur une de ses joues et ses yeux avaient sombré au fond de leurs orbites. En quelques minutes, il avait vieilli de plusieurs années. Shan ramassa un éclat de bois et se dirigea vers les étagères, tandis que Dolan s'avançait vers Ko collé contre le mur, dans la pénombre, pour lui assener un coup de crosse contre la tempe. Ko tomba à genoux.

— Tu ne savais pas que le vieux allait venir avec sa lampe retrouver ses amis, espèce de petit salaud ! Tu allais m'abandonner là-bas !

On entendait encore dans sa voix des traces de l'horreur qu'il avait éprouvée dans cette obscurité infinie, convaincu que l'ancien temple allait être sa tombe.

— T'as besoin de faire une retraite, grommela Ko, toujours à genoux, en se tenant la tête.

Shan, surpris par la réponse, fit un pas vers son fils, mais Dolan lui signifia de s'écarter d'un geste de son pistolet.

— C'est ce que vous croyez tous, hein ? Vous croyez que mon argent m'a rendu complètement inepte et futile, et que tout votre charabia sur les âmes vous rend supérieurs.

Une sauvagerie inquiétante lui embrasait le regard. Il avait été touché par les ténèbres, ainsi que Ko l'avait peut-être voulu.

— Vous ne savez rien ! J'ai reçu des récompenses, des récompenses humanitaires, dans le monde entier. Mes trésors, je les mérite, je les ai gagnés !

— Non, répondit une voix ferme et grave.

Lokesh s'était relevé et fixait intensément Dolan d'un regard accusateur.

— Jadis, peut-être compreniez-vous ces choses, peut-être même les avez-vous aimées. Mais, aujourd'hui, vous n'aimez plus que leur possession.

— Vieillard imbécile ! cracha Dolan, que savez-vous du monde ? Vous restez tous là à contempler votre nombril pendant que les hommes comme moi construisent le monde et lui donnent forme.

— Vous devez revenir en arrière et retrouver ce que vous avez perdu, reprit Lokesh.

Dolan reçut les mots du vieux Tibétain comme un coup de poignard. Il commença à s'agiter et à se tordre sur place en grimaçant, incapable d'échapper aux yeux de Lokesh qui ne le quittaient plus. Khan gigota sur son fauteuil et releva la tête, le visage plein de haine.

— Mes mains, grogna-t-il. Détachez-moi et je leur apprendrai les vraies manières.

Dolan, toujours sous le feu du regard de Lokesh, l'ignora.

— Vous croyez que je ne comprends pas les choses ? Vous croyez que je n'ai pas de conscience ?

Il fit un pas vers Khan.

— Je vais vous montrer ce que c'est, la conscience. Vous voulez que justice soit faite pour l'assassin de Punji ?

D'un geste vif, il leva son pistolet, le pointa sur la tête du Mongol et écrasa la détente.

Personne ne bougea. En cet instant Dolan ressemblait trait pour trait à ces démons aux grands yeux écarquillés qu'on voyait sur les anciens thang-ka.

— Et voilà ! C'est bien ce que font les Chinois aux tueurs, non ? Une balle dans la tête.

Khan s'affaissa, la tête sur la table au milieu de la flaque de sang qui commençait à s'y étaler.

— Votre divinité vous abandonne, dit Lokesh dont le regard n'avait pas cillé, toujours rivé sur l'Américain. Vous pouvez la rattraper en arrêtant immédiatement. Vous devez tout lâcher, repartir de zéro.

Une nouvelle fois, les paroles de Lokesh frappèrent comme un coup de poing. Dolan regarda l'arme qu'il tenait à la main, puis Khan.

— Je ne sais même pas comment me servir de ces trucs, déclara-t-il d'une voix faible, l'air égaré. C'est parti tout seul. Vous avez vu, c'est parti tout seul.

— Vous êtes fou à lier, Dolan. Bon à interner. C'est en médecins que vous devriez dépenser votre argent, lâcha Corbett en se rapprochant des étagères et du fusil qui s'y trouvait posé.

Lokesh alla auprès du mort, posa une main dans son dos comme pour le réconforter, puis commença à défaire ses liens, bientôt rejoint par Shan. La balle de petit calibre avait laissé un trou bien net au milieu du front de Khan.

— Cette fille, à Seattle, ce n'était pas vous non plus, j'imagine ? demanda Shan.

Dolan prit Corbett en ligne de mire, releva le canon comme sous le recul d'une détonation, puis alla se poster devant le portrait de l'empereur Qianlong.

— C'était bien ma voiture, répondit-il à l'empereur d'un air absent. Moi, je regardais, c'est tout, quand elle a été assommée.

— Et vous ne faisiez que regarder aussi, j'imagine, quand vous l'avez balancée par-dessus la rambarde ou quand vous avez jeté sa bicyclette du pont près de chez elle ? demanda Corbett sans quitter le fusil des yeux.

— Mademoiselle la perfection incarnée ! cracha Dolan d'une voix vibrante comme un câble tendu. J'aurais pu tellement lui donner. Mais elle m'a répondu qu'il était hors de question qu'elle devienne une de mes concubines. Elle m'a griffé quand j'ai tenté ma chance. Je l'aurais renvoyée, mais elle m'aurait poursuivi en justice, la salope.

Un grand soupir triste ébranla la carcasse de Corbett.

— Elle vous a vu cette nuit-là, quand vous avez coupé les alarmes et fait entrer Lodi et Punji.

— Elle croyait que je n'étais pas au courant de ses entrées et sorties en douce au-dessus du mur, dit Dolan à l'empereur. Elle m'évitait toujours. C'est avec mes enfants qu'elle partageait ses petits secrets. Parfaite jusqu'au bout des ongles, au point qu'elle est revenue éteindre ce foutu four. Je veux que lui aussi revienne avec moi à la maison, ajouta-t-il en se retournant.

Sans comprendre, Shan fit un pas en avant, sentant que Ko allait bondir sur l'Américain.

— Regardez leurs yeux. C'étaient de grands hommes. Ces choses-là, les charges du pouvoir, ils les comprenaient. Celui-là aussi, vous l'emportez, poursuivit le milliardaire en désignant le portrait du neveu de l'empereur. Roule les toiles, ordonna-t-il du bout de son arme à Ko.

— Je ne suis pas l'un de tes esclaves.

— Oh, que si ! Et quand nous aurons trouvé le trésor, je te réserve une surprise. Je t'emmène dans le labyrinthe, je te colle une balle dans chaque jambe et je t'abandonne aux ténèbres. L'armée emmènera tes amis et tu mourras tout seul, mais pas tout de suite.

Dolan eut un sourire comme taillé dans la glace.

— Il te faudra quelques jours… Si ç'avait été l'empereur que tu avais essayé de tuer, tu aurais été condamné à mourir de mille coups de lame. Tu en as, de la chance.

— Ils ne savent pas où se trouve le trésor, le rembarra Ko. Tu n'iras pas plus loin.

Dolan appuya sur la détente, une fois, deux fois, et Ko fut rejeté en arrière, agrippant sa main transpercée par une balle avec une grimace. Le sang commença à sourdre entre ses doigts, mais il s'avança, plus près, mettant Dolan au défi de tirer une fois encore.

— Tu ne connais rien aux empereurs, le railla l'Américain.

Yao sortit un mouchoir et le pressa sur la blessure de Ko. Shan se posta devant l'arme de l'Américain.

— Je vais le tuer, dit Dolan, froid comme un marbre. Essayez de m'en empêcher et ça se fera simplement plus vite : je l'abattrai ici, sur place. À vous de décider, Shan, qu'est-ce que vous préférez ? Vous me laissez le tuer lentement dans le noir, ou très vite devant son père ?

Lorsque Ko releva la tête, c'est un regard de défi qu'il posa sur son père. Pas une supplique.

Shan lui tourna le dos en s'interposant entre lui et Dolan.

— Je vous conduirai au trésor de l'amban, dit-il.

Un silence de mort tomba sur la pièce.

— Nom de Dieu, non ! cracha Ko.

— Vous allez m'y conduire, vous allez m'aider à le charger et à le transporter jusqu'à Lhadrung, exigea Dolan, de plus en plus impatient.

— C'est entendu, répondit Shan.

— Tu ne connais pas le chemin ! hurla Ko derrière lui.

— Je le connais, maintenant. M. Dolan me l'a montré.

— Je te hais ! gémit son fils.

Shan ferma les paupières une seconde, sans se retourner, tant il craignait ce qu'il verrait dans les yeux de Ko.

— À la seule condition que vous ne fassiez aucun mal à mon garçon, précisa-t-il.

— Trouvez-moi le trésor et il ne lui arrivera rien.

— Vous le ramènerez à sa prison. Sans nouvelles charges contre lui.

— Pas de nouvelles charges, se rengorgea Dolan avec un rictus de victoire. Mais après ça, vous vous rendrez au colonel pour l'assassinat de Khan. Vous signerez une déposition où vous déclarerez l'avoir ligoté et tué de sang-froid pour venger les meurtres de Lodi et de Punji.

Shan baissa la tête et acquiesça. Il ne sut pas combien de temps il fixa le plancher, prenant juste conscience que tous les yeux étaient braqués sur lui. Il se dirigea vers le couloir, incapable de regarder Dolan en face.

— Avez-vous vu les rais de lumière ? À ce niveau, uniquement à ce niveau, il y a des segments d'arc-en-ciel au-dessus des portes. Ils pointent tous vers le haut en dessinant un cercle qui est la base de nombreux arcs-en-ciel. Il est dit que lorsque des hommes saints meurent, leurs corps se dissolvent en lumière, que l'essence de leurs êtres monte jusqu'aux cieux sous la forme d'un arc-en-ciel. Jusqu'au paradis. Tout là-haut.

— Nous savons déjà qu'il existe un autre niveau, lança Dolan.

— Au-dessus de chaque porte, il y a un segment, poursuivit Shan, sauf à l'entrée de la chambre voisine, celle de l'abbé. Parce que l'abbé était le moine supérieur, celui vers lequel tous les arcs-en-ciel conduisaient, celui qui vivait aux portes du paradis.

Tout le monde suivit, sauf Lokesh. Le vieil homme demeura auprès de Khan. Il nettoyait doucement sa tête et inspectait son cuir chevelu en chuchotant le rituel des défunts. Une des plus grandes craintes des Tibétains associées à la mort était une blessure susceptible de bloquer le haut du crâne – l'orifice de sortie de l'âme.

— Nous allons au centre de l'univers, le prévint Shan.

Lokesh leva la main pour lui signifier qu'il avait entendu, sans se détourner du cadavre qu'il veillait.

Dolan s'avança, prêt à lui aboyer un ordre, mais hésita devant la dépouille du Mongol. L'espace d'un instant, il parut aussi désorienté qu'au sortir du labyrinthe.

— Il n'est plus là, vieil imbécile. Il ne reste plus rien.

Mais sa voix sonna comme une étrange plainte.

— C'est faux, rétorqua Lokesh. Chez certains, il y a plus à faire dans la mort que dans la vie.

Dolan leva son pistolet, mais le cœur n'y était pas, à croire qu'il cherchait simplement à continuer la discussion.

Shan s'approcha doucement, les yeux sur le canon de l'arme. Lorsqu'il toucha l'acier froid, Dolan sursauta, comme s'il venait de lui frôler la peau.

— Quand un assassin meurt, dit Shan, ce qui reste court le danger de ne plus jamais trouver la beauté.

L'Américain scruta son visage pour lui demander d'expliquer, mais ne dit rien. Il laissa la main de Shan baisser l'arme qu'il tenait et le suivit.

Dans la chambre de l'abbé, Shan se posta au centre de la pièce et examina les lieux dans le plus grand silence. Khan et Lu étaient passés par là et avaient nettoyé les murs de leurs peintures. Quatre des sept bols d'offrandes rituelles avaient été ôtés de l'autel tout simple intégré à l'épaisseur du mur et jetés au sol. Shan en ramassa un et l'étudia un instant avant de le reposer à sa place.

— Les bols. Khan et Lu ont cru qu'ils pouvaient avoir de la valeur, je pense, et ils les ont balancés par terre quand ils ont vu qu'ils n'étaient pas faits de métal précieux. Ils sont lourds, on croirait en les soupesant tenir de l'or, mais ce n'est que du plomb. Ces trois-là, dit-il en indiquant ceux qui étaient restés sur l'autel, contiennent encore les restes d'offrandes d'herbes traditionnelles. Les quatre autres étaient destinés à contenir de l'eau, depuis longtemps évaporée. J'ai besoin de vos bouteilles, conclut-il en se retournant vers les visages perplexes de ses compagnons.

Corbett et Yao sortirent deux bouteilles de leur sac en fixant Dolan, le nouveau Dolan sorti du labyrinthe, encore plus effrayant qu'auparavant. Il était assis sur le lit, ses yeux se voilant de temps à autre, les bras serrant sa poitrine, et il se balançait d'avant en arrière. Devant le regard échangé par ses deux compagnons, Shan, craignant une seconde qu'ils ne tombent sur le râble du milliardaire, fit signe à Corbett en lui désignant les bols vides.

— Ici, l'on atteint au paradis en rendant hommage aux divinités, expliqua-t-il.

— Allez vous faire foutre ! répliqua Dolan en se levant, le pistolet pointé sur Shan. Je ne rends hommage à personne. Vous n'avez aucune idée de mon pouvoir.

— Il n'est rien à côté du pouvoir d'un vieux Tibétain qui essaie d'aider l'âme d'un assassin chinois.

Dolan se contenta de gronder en montrant les dents.

— Si vous voulez monter jusqu'au centre, vous devez placer une offrande sur l'autel, poursuivit Shan. Chacun de vous.

Dolan ne se radoucit pas, mais s'exécuta néanmoins en remplissant un bol d'eau.

Lorsque Ko eut déposé le quatrième bol plein sur l'autel, ils entendirent un grondement assourdi, comme si de gros blocs de bois à proximité venaient de glisser en se cognant les uns aux autres.

— Nous avons testé beaucoup de ces murs déjà, expliqua Shan, mais nous n'avons pas eu le temps d'inspecter chaque surface ou chaque section. Lorsque Dolan a tiré, tout à l'heure, dans l'autre pièce, sa balle a touché les étagères.

Il leur montra le fragment de bois qu'il avait ramassé.

— J'ai d'abord cru qu'elle avait frappé une couverture de livre. Mais ceci provient du mur. La balle a percuté la paroi, qui est elle aussi en bois, peint pour ressembler à la pierre.

Il s'approcha du mur près du lit de l'abbé, estimant au jugé l'emplacement correspondant à l'impact dans la chambre contiguë. Sa surface avait été recouverte de l'effigie d'un démon protecteur qui tendait les bras vers le ciel. Il l'examina de près, posa les mains sur les mains écartées du démon et pressa. Le mur en bois pivota vers l'intérieur en révélant un placard avec, dans le fond, une échelle de meunier grossière, en bois équarri à la main. Le genre d'escalier qu'on aurait pu trouver dans les temples pauvres pour accéder à des mausolées surélevés. De ceux qu'on avait pu utiliser des centaines d'années auparavant, lorsque les temples tibétains avaient commencé à se bâtir.

Tout à coup, Dolan se montra réticent à la perspective de grimper le premier. Il ne dit rien quand Shan monta l'échelle, et pas davantage lorsque Corbett, Yao et Ko le suivirent au long des dix marches pour le rejoindre dans un court passage aux murs lambrissés de bois parfumés. Le passage menait à une embrasure de porte basse à côté de laquelle était fixée une étagère garnie d'une douzaine de lampes à beurre en bronze. Sans comprendre son propre geste, Shan éteignit la lampe électrique qu'il tenait à la main, la posa sur l'étagère et alluma une lampe à beurre. Ses compagnons l'imitèrent.

Ils hésitèrent, jusqu'à ce que Shan signifie à Ko d'ouvrir la marche. À mesure qu'ils avançaient, un bruit pareil au bruissement du vent dans les feuilles gagna en intensité et l'air devint plus froid. Soudain, il n'y eut plus de murs encadrant le passage. Ko s'arrêta et regarda à ses pieds. Le plancher lui aussi avait disparu : il était debout sur une poutre. Une poutre en or, décorée de cerfs, d'oiseaux et de fleurs. Attachée à la poutre, une corde en poils de yack pendait en gracieuse boucle dans les ombres en contrebas. Ko tendit sa lampe sur le côté : un torrent d'eaux noires dévalait dans les ténèbres sous leurs pieds.

— Les douves, expliqua Shan. L'océan symbolique qui entoure le mont Meru au centre de l'univers. Après l'océan venaient les montagnes d'or.

Ko avançait sur la poutre lorsque Dolan, une lampe à beurre à la main, apparut derrière lui. Le Dolan désincarné et furieux qui tenait toujours son pistolet, le visage barré d'un rictus gourmand devant la poutre en or, pont-levis symbolique.

Au-delà du pont, sur des piédestaux taillés dans la roche vive, brillaient de tous leurs feux sept montagnes mythiques sculptées dans l'or, sur le modèle des pics himalayens – la première haute de plus de deux pieds, les autres en taille décroissante, jusqu'à la septième et dernière, dépassant à peine les vingt-cinq centimètres. Dolan poussa plusieurs d'entre elles et essaya de soulever la plus petite, comme pour en estimer le poids avant transport.

Brusquement, ils se retrouvèrent au milieu d'une salle circulaire de sept à huit mètres de diamètre, au dôme surélevé peint en noir, tel un ciel infini. Juste au-dessus de leurs têtes, un anneau d'argent le cerclait, entrecoupé par des matériaux différents indiquant les quatre points cardinaux : l'or pour le nord, un cristal transparent pour l'est, du saphir au sud et des rubis à l'ouest, selon la tradition de Meru. La salle entourée d'eau en mouvement donnait l'impression d'être suspendue au milieu de la mer.

Quatre vides pareils à des portails s'ouvraient sous les indications des points cardinaux. Quatre élégantes tables d'autel incurvées fermaient le cercle, presque entièrement couvertes d'effigies de divinités en or, argent, lapis-lazuli ou joyaux précieux. En avançant le long des autels chargés de richesses, Shan entendit le grondement des flots symboliques résonner plus fort. Arrivé au signe nord, il tendit sa lampe au-dessus des douves où barattaient des eaux furieuses, un tourbillon traître et violent d'un mètre de diamètre d'où s'évacuait l'élément liquide. C'était la tête de la cascade, la source du torrent qui dévalait dans les profondeurs de la gorge de Zhoka.

Il se retourna et vit les autres subjugués par les offrandes sur les autels. Yao contemplait la plus élégante statue du Bouddha historique qu'il lui eût été donné de voir : une figurine de soixante centimètres coulée en or massif, aux yeux subtilement sertis de lapis-lazuli, avec un visage si vrai et si finement détaillé qu'il ressemblait à un masque de vie.

— Le mandala mécanique, murmura Yao, exactement comme l'amban l'a décrit.

Il poussa un levier qui sortait d'un dôme d'or et d'argent. La coupole supérieure s'ouvrit tels des pétales de lotus, tandis que quatre anneaux concentriques se levaient comme une maquette en miniature du palais de Zhoka.

— Tous les trésors sont ici, comme l'amban le décrit dans sa lettre.

Tout à côté du mandala mécanique, deux thang-ka aux couleurs resplendissantes étaient étalés presque à l'horizontale sur deux cadres bas en bois. S'érigeaient également une sculpture en pierre noire de jais de la divinité protectrice Jambhala, agenouillée comme sur le point de bondir et tenant un énorme rubis ainsi que, dans une vasque au trésor, une statuette d'argent toute en finesse du bouddha de l'Avenir. Derrière se dressait un bouddha majestueux sur son trône d'or orné non pas des fleurs de lotus traditionnelles mais des dragons d'un trône de l'empire Qing.

Un son bizarre s'échappait des lèvres de Dolan, tantôt prière, tantôt gémissement, tandis que Corbett contemplait le tourbillon.

Dolan prit la statuette noire dont l'amban avait fait la description dans ses lettres, la fixa longuement et la déposa à l'entrée de la salle. Il avait de nouveau le visage gris, et ses humeurs hésitantes défilèrent sur son visage à mesure que son regard allait de la statuette à la place désormais vide qu'elle avait occupée sur l'autel. Il réarrangea les figurines qui l'encadraient comme s'il cherchait à cacher sa disparition.

Shan avait la conviction qu'il saurait persuader ce Dolan-là, le Dolan perplexe et hésitant, le persuader de tout reconsidérer, ne fût-ce que pour gagner du temps et les laisser veiller les moines morts, ces deux hommes qui le hantaient avant même qu'il les eût volés. Mais il paraissait impossible de prédire l'instant où le Dolan furieux et violent reprendrait le dessus, celui qui tuait une seconde pour tout oublier la seconde suivante. Quelque chose remuait les profondeurs de l'être qui restait à cet homme, mais lui-même semblait incapable d'en reconnaître la nature.

Le Dolan qui doutait fixait les autels d'un œil de propriétaire lorsque Corbett se dressa de toute sa hauteur.

— Je ne peux plus vous laisser continuer, Dolan, déclara l'agent du FBI.

L'annonce de ce nouveau défi raviva les braises du Dolan consumé par la furie. Son visage se durcit et le pistolet se releva dans sa main.

— Ce petit calibre italien que vous tenez dispose d'un chargeur de huit cartouches, dit Corbett. Il vous en reste trois. Nous sommes quatre.

— Si j'en tue un ou deux, ça arrêtera les autres, ricana Dolan.

Corbett secoua la tête.

— Voici comment ça va se passer. Je charge droit sur vous, et je réussis peut-être à faire valdinguer votre arme. Peut-être me collerez-vous une balle dans le buffet, mais peut-être pas. Je suis grand et baraqué et vous tirez comme un pied. Il faudra plus d'une balle pour me descendre, ce qui devrait suffire aux autres pour s'emparer de votre pistolet. Sans arme, vous n'êtes plus qu'un minable pillard à deux sous.

— Adviendra ce qu'il adviendra, mais vous, vous serez mort, lança Dolan, qui semblait apprécier le nouveau jeu auquel se livrait Corbett.

— J'y ai bien pensé, répondit l'agent du FBI. Les gens qui sont ici, ceux auxquels Zhoka appartient en vérité, ils sont tous bien plus importants que vous ne le serez jamais. Personne ne m'attend au pays. Si je meurs, je sais que des hommes comme Lokesh s'assiéront auprès de moi et me réciteront les paroles justes. Vous savez ce que ce lieu m'a enseigné par-dessus tout ? Peu importe combien les gens comme vous bousillent le monde, les choses vraies restent vraies. Il reste toujours une autre chance.

La main armée de Dolan se mit à trembler. Il pressa l'autre dessus pour raffermir sa visée et pointa brusquement le pistolet sur Shan.

— Je n'ai pas besoin de vous tuer pour vous arrêter, vous et Yao. J'abattrai Shan si vous approchez. C'est lui qui est la cause de tout ça. C'est lui qui m'a trompé et m'a fait venir jusqu'ici. Je ne pensais pas que ce serait comme… J'aurais dû rester chez moi et envoyer du monde. Le reste d'entre vous, vous pouvez partir, mais lui doit mourir. Peu importe ce qu'il adviendra, il va mourir. Il est comme ces foutus démons protecteurs, qui croient qu'ils vont vous faire fuir en vous effrayant. Ils croient que Dolan tue. Ils croient que Dolan n'aime pas les belles choses.

Ses yeux lancèrent un éclair, et il arma le percuteur en avançant d'un pas. Shan ne bougea pas.

— Vous croyez que Dolan tire comme un pied ? Je vais vous montrer, moi !

Une forme indistincte barra le champ de vision de Shan et un bras le repoussa violemment de côté quand le pistolet tonna. La tête embrouillée, les oreilles tintant du bruit de la détonation, Shan vit Yao comme au ralenti se tordre sur lui-même en tremblant par tout le corps, une main crispée sur son ventre, et tomber à genoux. Dolan reculait, choqué, la bouche ouverte pour protester, lorsque Ko se lança dans les airs et retomba sur lui de tout son poids. L'enserrant entre ses bras, la main armée prise au piège de leurs deux corps, le jeune homme se mit à pousser le milliardaire, l'obligeant à reculer, d'un pas, puis de deux. Dolan perdit l'équilibre sous les ors qui marquaient le nord et disparut. Ko avec lui.

— Non ! hurla Shan en se précipitant au bord de la dalle. À la surface des eaux furieuses, il ne distingua rien : son fils avait entraîné l'Américain droit dans le tourbillon.

Il vit Corbett penché sur Yao, appuyé contre l'un des autels, une main serrant son abdomen. Le sang suintait entre ses doigts.

— Dépêchez-vous ! leur cria Yao en s'effondrant au sol de tout son long. Ko a peut-être réussi à se raccrocher au niveau inférieur. Allez-y ! Tous les deux ! Courez !

Shan hésita en voyant la chemise trempée de sang de l'inspecteur.

— Ce n'est rien ! le rembarra Yao. Allez-y !

Trois minutes plus tard, Corbett et Shan atteignaient le torrent souterrain, sous la chute d'eau. Balayant du faisceau de leurs lampes les bords et les côtés du couloir, ils descendirent au pas de course jusqu'à l'embouchure de la cascade. Là où le flot tempétueux s'échappait dans le précipice, le dernier barreau, la tige rouillée à laquelle Corbett s'accrochait désespérément deux semaines auparavant, était brisé, tordu vers l'extérieur comme si un poids énorme s'y était accroché. Devant ce trou béant, Shan se sentit envahi par un vide atroce.

— Il s'est probablement cogné la tête, dit Corbett, la voix pleine de chagrin. Je doute qu'il ait senti quelque chose – et Shan savait qu'il ne parlait pas de Dolan.

— Allez aider Yao, remontez-le à la surface, déclara Shan.

Il regarda Corbett reprendre le tunnel en courant et tomba à genoux. Une longue plainte se leva de sa gorge.

Il lui fallut longtemps pour se remettre debout et retourner vers le temple. Pas le moindre signe de Corbett et de Yao. Lorsqu'il eut franchi le petit tunnel taillé dans la roche par Khan et Lu, il s'arrêta. Ses pas le dirigèrent à l'opposé des marches en chevilles de bois qui menaient au niveau supérieur, dans le premier couloir de chapelles qu'ils avaient visité.

Lorsqu'il atteignit le portail nord, la salle où ils étaient ressortis après leur plongeon lui parut vide. Mais en la balayant de nouveau de sa lampe, à l'autre bout du bassin il aperçut un tas de loques qui trempaient dans l'eau, accrochées au rebord. Il approcha lentement, comme dans un rêve, jusqu'à ce que sa conscience s'éveille soudain et qu'il se mettre à courir en criant :

— Ko !

Son fils gisait sur la pierre, un bras encore dans le bassin glacé. Il respirait mais semblait inconscient. Shan le fit rouler sur le dos, posa sa tête sur ses genoux, lui caressa les cheveux et lui frotta les mains pour y faire revenir un peu de chaleur.

— Il a été pris par le courant, dit une petite voix. Moi, je suis resté prisonnier sous la cascade. Il s'est débattu, m'a poussé dans les chutes avant d'être emporté par le torrent. J'ai commencé à sombrer et je tombais, de plus en plus profond, je n'arrivais plus à revenir à la surface. Je suis désolé. J'avais emporté avec moi deux autres petites statuettes en or. Mais Lokesh m'est apparu et j'ai entendu ses paroles résonner à mes oreilles. Tout lâcher et repartir de zéro. Alors j'ai vidé mes poches, j'ai laissé tomber l'or, et je me suis mis à remonter.

Il lâcha ses derniers mots précipitamment et commença à tousser.

Un quart d'heure plus tard, ils remontaient à travers le temple, le fils enveloppé dans la veste du père. Shan espérait à tout instant retrouver Yao et Corbett et tendait l'oreille au moindre bruit, dans l'attente d'un signe lui disant qu'ils redescendaient. Mais il n'y avait que silence au-dessus de lui.

— Ils sont tous ressortis, dit-il en voyant que Lokesh avait abandonné la chambre du Dragon de pierre où gisait la dépouille de Khan.

Arrivé au dernier niveau, il s'immobilisa en posant le pied sur la poutre en or. Le silence avait changé de qualité, mais le bruissement des mots qui le troublaient lui donna la nausée en le paralysant tout entier. Il avança de deux pas et dut s'appuyer à une montagne d'or pour ne pas tomber. Lokesh récitait le rituel des morts.

Corbett était toujours à l'endroit où il l'avait laissé, assis auprès de Yao. Il releva la tête quand Shan approcha en vacillant, les jambes flageolantes.

— Il voulait que tu partes, dit Lokesh en s'excusant. Il refusait que tu voies combien sa blessure était grave. Il avait une lettre à rédiger.

Le vieux Tibétain montra un papier plié dans la poche de Corbett.

Ko apparut et s'agenouilla à côté du corps de l'inspecteur avec un gémissement.

— La balle a touché une artère de l'abdomen, expliqua Corbett. Il avait presque rendu l'âme à mon retour. Il savait qu'il n'avait plus aucune chance, m'a-t-il déclaré, il avait senti son ventre dur comme la pierre. Parce qu'il se remplissait de sang.

— La lettre ? demanda Shan.

— Pour le colonel Tan et le Conseil des ministres.

Ko se releva et, inexplicablement, se mit en devoir d'essuyer la poussière des statuettes.

Un sanglot silencieux déchira Shan. Il s'agenouilla et, de ses doigts engourdis, rectifia les vêtements de Yao, articulant les paroles du rituel des morts avec Lokesh pendant que son fils nettoyait les divinités qui résidaient au centre de l'univers.

20

Au cours des secondes qui suivent immédiatement la mort, le silence devient un son en soi, un hurlement vide, un grondement profond et déchirant qui n'atteint pas l'ouïe mais l'essence de l'être. Shan prit la main de Yao, encore chaude, et la pressa entre les siennes.

Lokesh s'arrêta un instant pour boire une gorgée d'eau à la bouteille que lui présentait Corbett.

— Il n'aura pas de problèmes ici, murmura-t-il d'un ton apaisant devant la douleur de son compagnon.

— Ici ? demanda Shan d'une voix qui se brisait.

— À Zhoka. Même une âme aussi étriquée que celle de l'Américain pourrait peut-être y retrouver une chance, parce qu'elle a été libérée dans la beauté de tous les spectres qui y résident.

Shan accueillit sa réponse par un sourire triste.

— Cette lettre. Qu'est-ce qu'il…, demandait-il à Corbett quand un hurlement désespéré retentit au niveau des étages inférieurs.

Ko se précipita pour revenir quelques secondes plus tard.

— C'est Jara ! Les soldats envahissent le monastère !

Le berger était au pied de l'escalier du niveau inférieur, totalement désemparé, le visage tordu par la souffrance.

— Ils ont débarqué en hélicoptères près de la vieille tour en pierre. Beaucoup de soldats, et ils arrivent ici au pas de course.

— Nous devons aller à leur rencontre, déclara Shan avec une grande lassitude. Sinon, ils poursuivront leurs recherches jusqu'à ce qu'ils trouvent le temple.

— Il faut également emporter le corps de Yao, ajouta Corbett d'une voix sinistre. Ils n'hésiteront pas à tout fouiller pour le retrouver.

Même avec l'aide de Jara, la tâche fut ardue de descendre la dépouille au long des passages étriqués. Ils scellèrent derrière eux les accès secrets. Shan et Corbett avaient presque rejoint le plein soleil lorsque plusieurs voix leur commandèrent simultanément de s'arrêter. Des uniformes verts jaillirent des ombres des murs, prêts à faire feu. Une minute plus tard, ils étaient devant le colonel Tan, appuyé contre le chorten, une cigarette aux lèvres, le regard incendiaire.

Il sortit un papier de sa poche et le balança à Shan. Un des mémorandums de Ming adressés à Pékin, intitulé : *Insurrection de prisonniers à Lhadrung*.

— C'est pour aujourd'hui, lança-t-il sans paraître remarquer les visages défaits des deux hommes.

— Des événements tragiques se sont produits, colonel, intervint Corbett. Yao a été tué par les pillards et Dolan est mort en essayant de leur résister.

En entendant la version des faits présentée par l'Américain, Shan n'en crut pas ses oreilles.

Tan jaugea les deux hommes devant lui, de la tête aux pieds, longuement, sans prononcer une parole.

— Vous mentez, finit-il par lancer.

— L'inspecteur Yao a tout expliqué avant de mourir, répondit Corbett en lui donnant la lettre. Il a été… Il est mort en héros.

Tan se tourna vers Shan sans déplier la lettre, laissant filer son regard dans le vague, et sa colère céda lentement place à la lassitude. Il se redressa pour se diriger vers le mur près du chorten, jusqu'à une tache blanche sous une petite corniche dans le rocher – un reste de farine du jour du festival. Il la toucha du doigt et fusilla Shan sur place d'un œil accusateur.

— Si Ming a raison, s'il s'agit bien d'un plan pour aider les prisonniers à s'évader, c'en est fini de vous.

— Ce sera la fin pour nous deux, colonel, répliqua Shan. Pour quelle raison seriez-vous venu ici, si vous vous faisiez autant de souci pour vos détenus ?

— Parce que c'est Ming qui l'a dit, répondit Tan avec une grimace, regrettant déjà cet aveu. Parce qu'il a prétendu que les Tibétains étaient en train de déplacer un grand bouddha d'or, le bouddha de la Montagne, pour inciter à l'insurrection. Il a expliqué que les prisonniers ont fait le projet de s'évader et de l'emporter au-delà de la frontière pour en faire cadeau au dalaï-lama, en soulevant les citoyens au passage pour les enrôler dans leurs rangs. Il dit qu'il s'agit d'une conspiration ourdie par des étrangers afin de déstabiliser la direction politique du comté.

Il avait presque chiffonné la lettre qu'il tenait entre ses doigts quand il se tourna vers Corbett.

— Et les deux cadavres ont disparu, j'imagine ? grogna-t-il.

— Non, un seul, répondit l'Américain. Le second est en bas.

Ils descendirent les marches, lentement, les soldats se déployant en éclaireurs comme s'ils craignaient une embuscade. Au pied de l'escalier, Lokesh et Ko veillaient la dépouille de Yao en position assise, appuyée contre la paroi. Tan s'accroupit et agrippa l'inspecteur par le bras, prêt à le secouer pour exposer leur coup de bluff au grand jour. Il le relâcha immédiatement et recula au contact de la chair déjà froide en laissant échapper un gémissement à mi-voix.

— Ils ne comprennent jamais, à Pékin, dit-il à l'intention du cadavre, comme pour s'excuser.

Brutalement, redevenu militaire jusqu'au bout des ongles, il exigea de voir l'endroit où Dolan était tombé.

Ils descendirent lentement le tunnel, passèrent devant la cascade, dans un silence absolu, ses adjoints mal à l'aise devant toutes ces fresques, lui-même s'arrêtant fréquemment pour contempler les démons comme s'il voulait qu'on lui explique avant de poursuivre son chemin chaque fois sans rien demander.

— Était-il toujours en vie quand il a été emporté par les eaux ? demanda Tan devant l'embouchure de la cascade au flanc de la falaise et ses barreaux brisés et tordus.

— Nous ne savons pas, répondit Shan. Probablement.

— Il faudra retrouver son cadavre : ses héritiers auront besoin de la preuve de sa mort. Mais c'est trop dangereux pour qu'un hélicoptère se pose là-bas, dit-il en se rapprochant de la chute.

— La gorge s'élargit en ouvrant sur la vallée, à huit kilomètres d'ici, expliqua Shan.

— J'enverrai une escouade.

— Il y a deux corps à récupérer. Il faudrait que d'autres les accompagnent, pour prononcer les paroles.

— Vous voulez parler de McDowell, je présume. Et donc des Tibétains devraient aller réciter des prières pour un Américain et une Britannique ? Ridicule.

— Les prières seront prononcées pour deux personnes qui ont trouvé la mort dans un monastère tibétain. Emmenez Lokesh avec vous.

— Moi aussi, je viens, dit Ko en s'avançant.

— Il te faut un médecin ! protesta Shan en voyant la main de son fils qui dégoulinait de sang.

— Vous êtes un prisonnier, lui signifia Tan en fronçant les sourcils. Vous irez où je vous dirai d'aller.

Ko parut se rétrécir sur place et Shan le vit se retourner vers les tourbillons d'eaux noires avant de répondre :

— Je suis un prisonnier. J'irai où vous me direz d'aller.

Tan commença à aboyer ses ordres à son ordonnance.

— Entraves, finit-il par lâcher.

L'officier décrocha une paire de menottes de sa ceinture et s'avança vers Ko.

— Pas lui, lança Tan. Vous, je vous ordonne d'accompagner l'escouade qui ira repêcher les corps et d'aider le vieux Tibétain, afin de ne pas retarder mes hommes.

Demain, des officiers de la Sécurité publique vous ramèneront à votre mine de charbon.

Il prit les menottes, en referma une sur le poignet de Shan et l'autre sur son propre poignet.

— Et lui vient avec moi, pour arrêter l'insurrection des prisonniers.

L'officier de Tan le poussait dans le tunnel lorsque Ko s'arrêta une seconde, sortit des papiers de sa poche et, sans un regard à son père, les lui glissa dans la sienne. Les chèques de Dolan. Le dernier espoir de liberté pour son fils. Shan mit une main sous sa veste, serra un instant Ko de l'autre et lui tendit son cadeau. Ko y jeta un bref coup d'œil avant de le glisser sous sa chemise – c'était un dessin de Punji McDowell, celui que son père avait pris à Bumpari.

Une demi-heure plus tard, Shan était posté à côté du colonel devant le site où travaillait la 404e. Il ne comprenait plus rien. Les prisonniers avaient repris le travail dans la basse vallée et nettoyaient les pieds des hautes falaises.

— J'aurais pensé que vous les auriez gardés dans le camp, fit-il remarquer.

— Nous n'allons pas céder à la pression de vagues rumeurs, répondit Tan en allumant une cigarette. Ils avaient déjà pris leur poste quand j'ai découvert le rapport de Ming.

La voiture argent du directeur était garée entre deux camions de l'armée.

— Il ne vous l'a pas présenté en personne ? s'étonna Shan.

— Apparemment, il n'était pas dans ses intentions de partager ses vues avec moi.

Exactement comme s'il espérait que la tentative d'évasion soit une réussite, songea Shan. Pour acculé qu'il puisse être, Ming ne se démontait pas : ses talents de manœuvrier prenaient le pas sur le reste. Tan serait discrédité et lui parviendrait sans mal à détourner toute enquête sur ses activités, en faisant bien sûr la preuve de sa perspicacité politicienne. S'il parvenait à localiser le bouddha d'or sans témoin, sa fortune serait faite. Et si le bouddha d'or apparaissait aux yeux du monde, il pourrait tout simplement le récupérer pour son musée en s'offrant au passage les gros titres de la presse nationale. L'or politique que Ming était en train de récolter à Lhadrung valait plus à ses yeux que le trésor de l'amban.

Tan ne protesta pas lorsque Shan se dirigea vers la voiture de Ming. Les portières en étaient verrouillées, mais sur la banquette arrière était posé un carton contenant marteaux et burins. Trente mètres plus loin, sur la route, un camion trapu attendait, trois hommes assis à l'arrière. Ming avait tout prévu.

Les prisonniers étaient au travail au pied de la falaise, à charrier les pierres, défoncer le sol, pousser des brouettes chargées de terre pour combler les cuvettes. Mais seule une poignée de soldats gardaient les deux cents mètres séparant le champ de travaux forcés des fermiers tibétains dans les parcelles voisines. Shan, toujours menotté, suivit Tan jusqu'au bout du chantier, vers les camions gris qui ramèneraient les forçats au campement, une fois la journée de travail terminée. Rien ne semblait échapper au regard de prédateur du colonel, qui obligeait son prisonnier personnel à trottiner au bout de sa laisse en prenant grand soin de le maintenir à distance des autres détenus, hors de portée de voix et même de regard.

— Peut-être ne s'agit-il finalement que d'une rumeur, fit timidement Shan quand ils arrivèrent aux camions.

— Toutes les maisons, tous les campements des collines ont été abandonnés, annonça laconiquement le colonel. Les troupeaux sont livrés à eux-mêmes dans les canyons, sans personne pour les garder sauf les chiens. Impossible de savoir où les gens sont passés.

Le regard qu'il jeta à son prisonnier bouillait de colère, mais Shan y entrevit aussi de la peine.

— Ne m'obligez pas à faire ça, dit Tan. Si vous voulez vraiment arrêter tout ça, faites-le maintenant.

Ses mâchoires allaient et venaient, comme agitées d'un tic furieux, quand il arracha la bâche du camion derrière lui. Une demi-douzaine de soldats y patientaient, avec, dans le regard, la lueur affamée du prédateur sur le point de croquer sa proie ; devant eux, montée sur un trépied, une mitrailleuse n'attendait que de passer à l'action.

— Il y a deux autres escouades, expliqua le colonel. Cachées dans les rochers et le bosquet à la base des falaises. La procédure à suivre est explicite, comme l'exige le règlement. Lieutenant, lança-t-il à un adjoint dans l'ombre, à proximité. Le protocole.

Le jeune officier s'avança et se mit au garde-à-vous.

— Au moindre signe de mutinerie parmi la population de la prison, il sera donné un seul avertissement, monsieur, et ceux qui accepteront de coopérer seront autorisés à s'allonger au sol pour échapper aux balles.

Ce n'était pas possible, songea Shan avec désespoir. Ils ne s'étaient pas battus si longtemps pour faire la lumière sur les vols et trouver la vérité de Zhoka, ils n'avaient pas payé ce tribut terrible pour aboutir à cette abomination. Liya et les habitants des collines ne se montreraient quand même pas stupides au point de tenter quelque chose ? Tan ne pousserait pas la bêtise jusqu'à réagir avec une telle violence ? Mais il ne vit plus trace de cruauté sur le visage du colonel, rien qu'une ombre de tristesse. Tan passerait à l'action à cause du règlement, parce que les ordres ne lui laissaient aucune latitude : un soulèvement de condamnés devait se traiter comme l'exigeait la procédure.

Confronté à ce dilemme, les idées se bousculant dans sa tête, désespéré, Shan se haïssait pour avoir demandé l'aide de Tashi : à l'origine, en révélant à Ming que le bouddha de la Montagne s'était mis en marche et que Dolan essayait de s'en emparer, il s'était limité à essayer de semer une zizanie définitive entre les deux complices. Mais l'appât du gain avait été le plus fort, et Ming menaçait à présent de faire massacrer les prisonniers de la

404e brigade. Il n'hésiterait pas à monter de toutes pièces un soulèvement, ou à le déclencher. Si une fausse tombe avait pu le satisfaire, il saurait se contenter d'une fausse mutinerie – elle suffirait amplement à servir ses desseins.

— Le dénommé Lu a quitté les montagnes en compagnie de Ming, dit Shan.

— On ne l'a pas vu, répliqua Tan en soufflant sa fumée par les narines. Et nous n'avons aucune raison de le rechercher. Il nous faut encore la preuve que ces hommes sont bien des criminels.

— Yao vous l'a apportée, cette preuve.

— Le rapport de Yao a disparu à Pékin.

Tout à coup Ming apparut en bordure du camp, une vareuse de l'armée sur sa chemise blanche. Vêtu d'une longue redingote militaire, un homme coiffé d'un chapeau à large bord marchait à ses côtés, à pas hésitants, trop grand pour être Lu ; cependant le directeur semblait bien le connaître. Il paraissait en veine d'amabilité, s'arrêtant pour poser une main sur l'épaule de l'inconnu ou se penchant pour lui parler à l'oreille d'un air un peu intimidé : nul doute qu'il savait le trésor à sa portée, mais il n'en connaissait toujours pas l'emplacement.

Tan, visiblement, perdait patience. Il alluma une nouvelle cigarette, puis une troisième, d'une main, la sortant du paquet d'une secousse pour la saisir entre ses lèvres, puis il traîna Shan le long du périmètre gardé, lui indiquant un mouvement de-ci, de-là, dans les rochers au pied des falaises, jurant quand un pika s'enfuit à toutes jambes ou qu'un gros volatile prit son envol.

Shan se retourna vers Ming. La redingote tomba des épaules de son compagnon, qui poursuivit son chemin comme si de rien n'était.

Shan tendit involontairement le bras, avant d'être retenu brutalement par la menotte : il venait de reconnaître Surya. Ming n'avait pas fait venir le vieux moine à la brigade pour le plaisir. Peut-être était-ce la manière qu'il avait choisie pour déclencher un incident : le temps passant, le vieux moine ne se cantonnerait plus à son quant-à-soi et, sourd aux cris des gardes, s'avancerait au-devant des lamas prisonniers. Il finirait par franchir la zone interdite sans se soucier un instant de sa propre sécurité. Ou peut-être était-ce une façon pour Ming de s'assurer que lui n'interviendrait pas.

— Ming se comporte comme un foutu officier politique, râla Tan, à se pavaner comme un paon…

Il s'interrompit en milieu de phrase en entendant un bruit tout nouveau : un beuglement d'animal dans le lointain, un peu tremblant au départ, mal assuré, puis plus soutenu, gagnant en force et en régularité et faisant vibrer l'air de manière étrange. La plupart des prisonniers interrompirent leur travail et se tournèrent, surpris et étonnés, vers la falaise d'où le son semblait sortir, réverbéré par la paroi.

— Un dungchen ! entendit-il Ming s'exclamer à distance.

Des sourires illuminaient les visages usés des vieillards en haillons qui avaient cessé leur ouvrage et abandonnaient outils et brouettes. Les dungchen étaient ces longues cornes télescopiques destinées à rameuter les fidèles qui avaient retenti à Bumpari, un son que la plupart des prisonniers n'avaient pas entendu depuis des décennies.

— Un dungchen ! répéta avec force Ming, comme pour inciter les condamnés à réagir.

Les adjoints de Tan inspectèrent aux jumelles la face de la falaise sans trouver le moindre signe de corne d'appel, mais les failles obscures qui crénelaient le sommet de la falaise offraient autant d'invisibles cachettes.

Des coups de sifflet retentirent. La moitié des soldats qui gardaient le périmètre s'avancèrent au milieu des prisonniers en jurant et en hurlant à tue-tête, la matraque levée.

Mais plus la corne sonnait, moins les détenus semblaient prêter attention à leurs gardiens.

— Le souffle de Bouddha ! s'exclama un des vieillards.

Shan se souvint d'avoir entendu l'expression dans les récits de prison : elle était utilisée pour décrire la résonance grave des cornes dungchen. À ses oreilles, cependant, elle sonnait comme une psalmodie de gorge qu'aurait lancée la montagne pour ébranler les âmes. Comme si le bouddha d'or arrivait en personne.

— Reculez de trente pas ! commanda sèchement une voix.

Shan ne fut même pas sûr que l'ordre eût été lancé par Tan, convaincu que son imagination lui jouait des tours. Mais une des ordonnances de Tan relaya le message au pas de course parmi les gardes, qui reculèrent à contrecœur vers le périmètre. Le visage sombre, tractant parfois Shan de force, le colonel s'avança lentement en bordure du champ pour rejoindre les camions. Son masque de colère semblait se dissoudre lentement pour céder la place à une expression distante pleine de curiosité.

Le son de la corne se poursuivit cinq minutes durant et, sous le regard renfrogné des gardes, les prisonniers se regroupèrent lentement au milieu du champ, les anciens arborant leur grand sourire, les plus jeunes leur tournant autour, comme pour les protéger. Au-delà du chantier des prisonniers, les fermiers dans leurs champs interrompirent le travail à leur tour pour se tourner vers la falaise.

Soudain le sommet de la face rocheuse se mit à bouger ; un prisonnier poussa un hurlement de joie, un officier un cri d'alarme. Cependant le militaire n'en bougea pas pour autant, pétrifié comme tous ceux qui étaient là. Un bouddha venait de se matérialiser devant eux sous la forme d'une bannière peinte, large de quinze mètres sur trente de long – une œuvre de Zhoka très certainement. L'image correspondait trait pour trait aux peintures du dieu vivant dont l'énorme visage serein contemplait maintenant la vallée comme pour une bénédiction, une main soutenant le bol d'aumônes, les doigts de l'autre formant le mudra de la terre pour témoin. La chevelure était bleue, entourée d'un halo vert, les yeux pleins de vie, la peau miroitant d'une peinture dorée éclatante.

Shan se souvint de ce qu'en avait écrit frère Bertram dans son journal, il se rappela les cordages pourris en poils de yack et les lourdes poulies en bois sur la vire souterraine, la longue cavité excavée dans la paroi assurément destinée à conserver la bannière à l'abri, les ossements disposés par Lodi pour en indiquer l'emplacement à Liya, le rapport du berger bâti comme un taureau, la nuit qui avait suivi la mort de Lodi, selon lequel des gens transportaient des choses de Zhoka. C'était la bannière du festival, que l'on déroulait les jours de fête depuis le sommet de la tour centrale du gompa. Le bouddha de la Montagne.

Des prisonniers se mirent dans la position du lotus, certains lançant au ciel des prières de gratitude, d'autres restant debout, paralysés sur place par la joie, des larmes dégoulinant sur leurs visages illuminés par des sourires. Shan eut vaguement conscience d'un moteur qui démarrait, et se retourna pour voir Ming partir en trombe.

Les gardes avaient tous sorti leurs matraques, avec un air d'espoir, et n'attendaient qu'un ordre de leur commandant. Quelques-uns avaient déjà choisi pour cible Surya qui, les yeux levés vers le bouddha de la Montagne, marchait doucement en direction des prisonniers. Les ordonnances de Tan se précipitèrent aux côtés de leur colonel, l'une d'elles pointant le bras vers la vallée. Les fermiers couraient à travers champs, la houe et le râteau à la main. Des colonnes d'enfants sortaient des quelques maisons visibles, et tout ce monde semblait converger vers la bannière du bouddha.

Une autre ordonnance indiqua au colonel le flanc du camion. Tan se tourna vers lui, ignorant manifestement sa requête, et refusa de s'écarter, planté qu'il était devant le canon de la mitrailleuse. Il releva simplement la tête et contempla la bannière en silence.

— Un moine ! s'exclama un officier.

Bouche bée, il désigna le sommet de la falaise au-dessus du bouddha, où une robe bordeaux venait d'apparaître. Même d'aussi loin, il n'y avait pas à se tromper sur la silhouette qui la portait, reconnaissable entre toutes. Depuis le tout début, c'était cela que Gendun voulait signifier lorsqu'il parlait de libérer les prisonniers.

— Difficile de juger à cette distance, répondit Tan après avoir regardé Gendun. Je dirais plutôt que c'est une chèvre.

Le jeune officier relevait ses jumelles quand un gradé plus âgé le contraignit à baisser les bras.

— Le colonel t'a dit que c'était une chèvre, lui rappela-t-il.

— Nous pouvons demander un hélicoptère, insista le jeunot. Tirer sur les cordages pour les sectionner et faire débarquer des hommes au sommet.

Shan sentit peser sur lui le regard de Tan, aussi impassible que devant la bannière du bouddha. Un bref instant, ses yeux parurent fouiller les siens avant qu'il se tourne vers son aide de camp trop zélé.

— Il n'y a pas d'hélicoptère disponible, annonça-t-il à ses officiers. Ceci, expliqua-t-il en montrant la peinture géante sur la bannière, est un exercice mis sur pied par le directeur Ming. Le nettoyage d'un vieil objet de culte par le vent. Veuillez transmettre aux hommes qu'ils se sont bien comportés dans le cadre de mes manœuvres d'entraînement.

Son visage se durcit, et il lâcha quelques ordres brefs et cinglants. Les soldats sortirent de leurs cachettes dans le bosquet et derrière les rochers pour aller rejoindre leurs collègues en tenue de combat déjà dans les camions. Une fois tout le monde à bord, les gros véhicules repartirent en grondant vers le nord, ne laissant sur le terrain que le vieil officier et les soldats gardes-chiourmes.

— Les prisonniers ont travaillé exceptionnellement dur cette semaine, poursuivit le colonel d'une voix bourrue. S'ils continuent à ce rythme, ils ne seront plus productifs pour le peuple. Qu'ils prennent une heure de repos. Je leur ordonne de cesser le travail.

Sans libérer Shan de sa menotte, il lui tendit les jumelles. Gendun, toujours en haut de la falaise, apparut clairement dans ses objectifs. À côté de lui se tenait Fiona, dans sa robe de festival, un bras autour de Dawa. Jara était là lui aussi, en compagnie d'une trentaine d'habitants des collines. Il entendit dans son dos une cloche sonner au milieu des fermiers.

Ce fut une célébration étrangement silencieuse. Les prisonniers finirent par s'asseoir sur le sol, quelques-uns psalmodiant des mantras, les fermiers regroupés devant la ligne des gardes tandis que les enfants montraient l'énorme bouddha du doigt et que nombre de vieux Tibétains se donnaient l'accolade. Quelques-uns étaient même tombés à genoux comme s'ils priaient. Surya s'avança au milieu d'eux et alla s'agenouiller au milieu des enfants. Même à cette distance, Shan put voir son sourire. Les gens arrivaient de plus en plus nombreux, à pied, au pas de course, ou à cheval lancé au grand galop.

Par-dessus la tête des gardes inquiets qui, tournés vers leur colonel, attendaient un ordre de sa part mais ne faisaient pas un geste pour les arrêter, les fermiers se mirent à jeter des pommes aux travailleurs forcés. Parmi ces derniers, quelques-uns commencèrent à chanter. Ce fut au final un bien étrange pique-nique, hors du lieu et hors du temps. Tan semblait déterminé à ne pas laisser son prisonnier personnel s'approcher d'eux, mais il ne protesta pas quand Shan se saisit de ses jumelles pour les observer. Ce dernier repéra des visages connus et éprouva un véritable désespoir à ne pas être dans leurs rangs. Il aurait volontiers enduré les coups de matraque des gardes ne fût-ce que pour entendre les vieux lamas prononcer encore une fois son nom, mais Tan refusait de détacher sa menotte et le gardait dans l'ombre, là où nul ne pouvait le voir.

Le colonel, grillant cigarette sur cigarette, étudiait en silence les prisonniers ou contemplait Gendun sur sa falaise, et il ne protesta pas quand une Tibétaine apeurée vint vers eux pour leur offrir des pommes qu'elle sortit de la poche de son tablier. Il se retourna sur elle, hésita, prit la pomme et ouvrit plusieurs fois la bouche pour la refermer aussi vite, comme s'il était incapable de trouver ses mots.

— Merci, lâcha-t-il finalement, mais elle lui tournait déjà le dos, et il avait parlé d'une voix si basse qu'elle ne l'entendit probablement pas.

Il jeta son mégot et les deux hommes mangèrent leur pomme en silence. Une fois qu'il eut terminé, Tan fit un geste à l'officier, qui lança un coup de sifflet. Les prisonniers commencèrent à se relever. Et la bannière remonta doucement, enroulée sur ses cordages.

— J'aurais dû le faire suivre, déclara Tan arrivé à sa voiture, où il libéra Shan sans le moindre mot d'excuse. Ming. Il doit être en sécurité à l'heure qu'il est, loin de Lhadrung. Et il sera protégé.

— Non, répondit Shan en contemplant la vallée. Ming ne s'est pas enfui. Il ne sait pas que Dolan est mort.

— Ce qui signifie ?

— Qu'il croit toujours être dans la course avec Dolan pour concurrent, et il veut emporter autant de butin que possible de Lhadrung. Il craint simplement que Dolan n'en prenne plus que lui. C'est vrai qu'il veut quitter Lhadrung, mais l'appât du gain sera plus fort que sa peur.

— Ce qui signifie ? répéta le colonel en s'installant sur la banquette arrière, son aide de camp au volant.

— Ce qui signifie que je dois me rendre en ville, sur la place.

Un quart d'heure plus tard, Shan descendait de voiture dans l'allée jouxtant l'immeuble du gouvernement. Tashi était dans l'ombre, de l'autre côté de la place.

— Il faut que je sache ce que Ming a fait quand vous lui avez annoncé ce que je vous avais demandé de dire, avant votre retour dans l'hélicoptère, lui expliqua Shan.

— Je l'ai juste averti, comme c'était convenu, que Dolan était au courant de l'existence du bouddha de la

Montagne et qu'il avait l'intention de s'en emparer, mais qu'il avait changé d'avis et voulait tout emporter. Ming a demandé où il pourrait dénicher un camion et quelques hommes costauds. Ensuite, il est monté dans sa voiture avec Lu et ils sont partis plein sud.

— Plein sud ? Au sud, il n'y a rien.

— Au sud, répéta Tashi.

Shan inspecta la rue orientée plein sud et retourna en courant à la voiture qui l'attendait. En chemin, il expliqua au colonel ce que Yao et lui avaient appris sur les imitations que Ming avait utilisées ; il ne s'arrêta qu'à leur arrivée à destination, à l'abri du mur d'enceinte de l'usine de briques abandonnée.

Ils avancèrent dans l'ombre, s'accroupirent en passant devant la voiture argent du directeur et entrèrent dans l'usine, dont le portail était ouvert. Quand ils atteignirent le quai de chargement, Lu s'affairait devant une grande caisse en bois, à masquer une étiquette déjà en place par une nouvelle.

— Il est interdit de…, aboya Lu en relevant la tête, la main à la ceinture, prêt à dégainer.

Il n'y eut pas un bruit, pas un avertissement. Tan leva le bras et lui écrasa la crosse de son pistolet sur le côté du crâne ; Lu s'affaissa sur sa caisse. La grande salle caverneuse du bâtiment résonnait des accords d'un rock'n'roll diffusé par une boîte noire. Ming, un porte-bloc entre les mains, était posté devant plus de vingt caisses dont certaines encore ouvertes laissaient entrevoir les matériaux d'emballage.

Tan coupa la musique.

— *Crofts Arts and Crafts*, lut-il à haute voix sur l'étiquette de la première caisse.

Ming pivota sur place, les yeux flamboyant de rage.

— Sans doute une entreprise sous contrat avec le musée, dit Tan.

— Naturellement. Spécialisée dans la restauration d'œuvres d'art.

— Ça ne devrait pas être difficile à vérifier, indiqua Tan avec un haussement d'épaules.

— Vous n'avez aucune autorité, cracha Ming.

— Vous oubliez peut-être que ce comté est placé sous la loi martiale. Vous seriez certainement surpris de savoir l'autorité que cela me donne. Je pourrais vous expédier en camp de rééducation pour une année ou deux sans avoir à consulter quiconque.

— De l'autorité, je ne dis pas, dans ce coin perdu loin de tout. Mais un véritable pouvoir, certainement pas. Essayez donc un peu, et ce sera votre perte. Des gens importants l'apprendront à Pékin.

— D'ici qu'ils l'apprennent, j'aurai eu largement le temps de vérifier quelques petits détails.

— Des détails ? Quels détails ?

— La déposition de M. Dolan aux termes de laquelle il révèle que vous avez échangé des œuvres d'art inestimables de votre musée contre des faux, mentit le colonel. Vos petits arrangements avec Lodi. Que supposez-vous que fera le président lorsqu'il apprendra que c'est vous qui avez volé les fresques de Qianlong ? Que vous avez menti à propos d'une lettre impliquant Lhadrung dans l'affaire ? La fresque était exposée au public. Vous étiez un serviteur de l'État qui avait sa confiance. À cause de vous, le président aura perdu la face sur le plan diplomatique.

Ming jeta un coup d'œil vers la porte.

— Si vous vous dépêchez, dit Tan en consultant sa montre, vous pourrez attraper le vol de ce soir pour Pékin.

Ming fit un pas en avant, s'arrêta, l'air désemparé.

— Vous êtes libre de partir, mais je ne vous ferai cette proposition qu'une seule fois, poursuivit Tan. Dites-moi où se trouve la fresque de Qianlong et je vous garantis que vous ne serez pas exécuté. La prison, pour de nombreuses années. Mais pas de balle dans la tête.

Ming défia une seconde le colonel du regard, puis contempla son porte-bloc comme s'il reprenait son travail.

— Je n'ai jamais tué personne. Personne ne devait mourir. C'était Dolan. Tout ça, c'était Dolan.

Shan s'approcha d'une longue caisse étroite. À l'intérieur, une dalle de plâtre emballée de plastique à bulles reposait sur un treillis de lamelles en bois. Il écarta l'emballage et apparut, en bordure du plâtre mélangé aux crins de cheval, une chaîne de fleurs de lotus aux couleurs éclatantes. La fresque volée à Zhoka.

— Je ne me rendrai pas à ce salopard de Yao, lança Ming.

— Ce ne sera pas la peine. Sachez seulement que ce sont Yao et Shan qui vous ont arrêté.

— Vous ? dit Ming en laissant filer sur Shan un regard vide. Vous n'êtes qu'un misérable taulard sans même un toit au-dessus de la tête. Autant dire rien du tout.

— Qu'avez-vous fait à Surya dans le gompa, Ming ? demanda Shan. Après lui avoir dit que vous étiez abbé, vous avez fait autre chose. Vous l'avez détruit. Vous lui avez fait croire que sa vie avait été un gâchis.

Un mince sourire se dessina sur les lèvres du directeur.

— J'avais mon ordinateur avec moi. Ce vieil imbécile n'en avait encore jamais vu et je lui ai montré que j'étais capable de créer des choses merveilleuses d'un simple geste du doigt. J'ai ouvert un programme qui reproduit des peintures célèbres, et j'ai créé une nouvelle toile chaque fois que j'ai posé le doigt sur le clavier. Il a été terrifié et s'est mis à pleurer. Mais quand je suis reparti, ce vieil imbécile m'a embrassé la main.

Et c'est cette nuit-là que Surya avait détruit ses propres œuvres en décidant que toute sa vie n'avait été qu'une mascarade. Tout ça parce qu'un inconnu arrogant de Pékin l'avait trompé grâce à un ordinateur.

— Dolan est fou, vous savez, reprit Ming en revenant vers Tan. Les gens l'ignorent à cause de sa fortune colossale. Exactement comme certains des anciens empereurs.

Il s'approcha de la caisse contenant la fresque et laissa courir le doigt sur un long morceau d'adhésif qui ressortait du haut, puis, sortant une feuille d'une liasse de papiers, se mit à écrire.

— La fresque de l'empereur se trouve dans un container plein d'ordinateurs. Il vous faudra l'aide de l'agent Corbett. Il était prévu qu'elle arrive en Oregon hier.

21

Une foule d'inconnus avait envahi le centre d'accueil de Lhadrung lorsque Shan et le colonel arrivèrent sur les lieux. Deux ambulances, l'une au gyrophare encore allumé, étaient garées près de la grille, à côté d'une douzaine de camions. En voyant apparaître son colonel, un officier se présenta aussitôt au rapport : des journalistes avaient débarqué de Lhassa, l'ambassade américaine avait appelé pour avoir de plus amples renseignements sur l'accident de Dolan et trois généraux avaient laissé des messages.

Mitraillée par plusieurs photographes, sous son linceul de toile, la dépouille de Dolan gisait sur une table près de la fontaine. Un des assistants de Ming était interviewé devant une caméra de télévision avec la table en arrière-plan.

Tan escorta Shan à l'autre bout du centre, jusqu'à une cahute gardée par un soldat.

— La Sécurité publique vient le chercher demain. Il va falloir l'emmener au poste, dit-il.

Il faisait référence à la prison de la base militaire près du camp de la 404ᵉ où Ming et Lu, après avoir fait leurs dépositions, avaient été enfermés sous haute surveillance.

— Cet après-midi, il n'a posé aucun problème, ajouta-t-il, le regard impassible, en fixant Shan droit dans les yeux.

Puis il tourna les talons et s'éloigna d'un pas martial. Shan comprit que le colonel venait de lui signifier que c'était la fin : il allait devoir dire au revoir à son fils.

Il resta devant la cahute un long moment à chercher les mots justes. Le garde finit par marmonner quelque chose et ouvrit la porte d'une poussée. Ko était assis à même la terre, un pansement propre sur la main, les jambes posées sur un sac familier.

— Lokesh a dit que tu aurais besoin de ça, fit-il en relevant la tête, le visage dénué de toute expression.

Il poussa vers Shan son sac de retraite. Père et fils le fixèrent tous les deux en silence pendant ce qui leur sembla un très long moment.

— Quand on était dans la gorge, lança soudain Ko, en train d'envelopper le corps de Punji dans le linceul, Lokesh m'a parlé. Il m'a dit de ne pas pleurer sa mort, mais de pleurer parce qu'elle avait à peine commencé à se connaître elle-même. Il a ajouté que de tous les mystères de la vie, le plus grand est de trouver nos propres divinités.

Shan vit que son fils tenait quelque chose dans sa main valide : un long étui en bambou laqué.

— Je l'avais enveloppé dans la couverture, expliqua-t-il en s'asseyant par terre. Mais je n'aurais jamais cru qu'il…

Il ne finit pas sa phrase en voyant Ko se pencher en avant pour déposer l'étui devant lui.

— Elles sont dans notre famille depuis cinq générations. Tu es la sixième, dit Shan en repoussant le boîtier vers son fils.

Ko resta longtemps à fixer l'étui avant de le ramasser. Il le tint différemment, cette fois, avec délicatesse, les doigts même un peu gauches tandis qu'il le soutenait de sa main bandée pour le faire tourner, examinant les idéogrammes pâlis avant d'en ouvrir le couvercle et de regarder à l'intérieur.

— Elles sont au nombre de soixante-quatre, expliqua Shan quand Ko sortit les baguettes laquées.

— Des baguettes à prières, c'est comme ça que Lokesh les a appelées. Comme des grains de rosaire, j'imagine.

— Elles ont appartenu à ton arrière-grand-père, et à son père avant lui. On les utilise pour réciter des versets.

— Des versets ?

Un instant le temps s'arrêta. Shan oublia le garde au-dehors, il oublia qu'une escouade allait bientôt débarquer pour emmener Ko, peut-être pour toujours. Son fils lui demandait de lui expliquer les versets du Tao.

— C'est drôle ? demanda Ko.

Shan comprit qu'il était hilare et secoua la tête, sans cesser de sourire, incapable de prononcer un mot.

Ko regardait les baguettes.

— Père, montre-moi, murmura-t-il.

Shan jeta les baguettes et les divisa en tas, laissant Ko les compter tandis qu'il lui expliquait la pratique séculaire. Il répéta plusieurs versets, son fils se joignant à lui à l'unisson, une fois leur rythme capturé, sans cesser de fixer les baguettes. Finalement Ko les replaça dans leur étui, lentement, avec dans le regard une chose que Shan n'y avait encore jamais vue : l'apaisement.

— Je suis le sixième, dit Ko. Le fils du maître criminel Shan Tao Yun, ajouta-t-il avec un sourire avant de refermer l'étui qu'il rendit à son père. Ils me le prendront. Ils le détruiront ou ils le vendront. Garde-le pour moi.

Shan acquiesça solennellement, puis sortit de sa poche un galet bleu brillant.

— Lokesh a passé la majeure partie de sa vie en prison. Quand il a été relâché, quelques mois avant moi, il m'a donné ça en m'expliquant que pendant toutes ces années il l'avait gardé parce que c'était un charme protecteur très puissant.

Ko accepta le galet que lui tendait son père.

— Il a dit qu'en le frottant, il restait connecté au reste du monde, aux choses importantes en ce monde.

Ko fourra la pierre tout au fond d'une poche.

— Une ou deux fois par an, dit-il, ils laissent passer du courrier. Parfois ils nous permettent d'envoyer des lettres.

Shan eut bien du mal à contenir son émotion et à garder une voix calme.

— J'enverrai des lettres. J'essaierai de trouver une adresse où tu pourras m'écrire.

La porte s'ouvrit et deux soldats entrèrent, l'un chargé de lourdes chaînes. Ko resta debout pendant qu'on lui entravait les jambes par deux anneaux aux chevilles.

— Nous avons fait justice, déclara-t-il avec une fierté soudaine. Quand personne d'autre ne le pouvait.

Les soldats le poussèrent vers la porte.

— Reste en vie ! lança Shan d'une voix rauque. Tu sais comment rester en vie.

Ko répondit par un grand rictus de défi avant d'être entraîné par les deux soldats.

Shan resta dans la cahute quelques minutes encore en fixant l'étui de bambou dans sa main, puis il le glissa dans son sac de retraite.

— Une femme est venue des collines réclamer le corps de McDowell, annonça Tan devant la grille. Elle a demandé si elle pouvait utiliser le téléphone pour appeler l'Angleterre.

L'ambulance au gyrophare allumé était partie. Le corps de Dolan n'était plus là.

Lorsque l'hélicoptère atterrit à la vieille tour de pierre le lendemain matin, Lokesh et Jara attendaient, une lourde couverture entre les mains, pour transporter la dépouille de Punji McDowell. Ils saluèrent de la tête Shan et Liya à leur sortie de l'appareil, surpris de voir Corbett descendre à son tour et prendre un coin de la couverture.

L'après-midi de la veille, en se rendant dans la petite salle de conférences, Shan était tombé sur Liya au téléphone, les joues ruisselantes de larmes, qui essayait de parler en mauvais anglais à la mère de Punji. Il lui avait pris le combiné des mains et s'était assis, traduisant la conversation aux deux femmes une demi-heure durant.

Corbett avait utilisé le même téléphone une heure plus tard, Shan à son côté, pour parler d'abord à Bailey puis à d'autres interlocuteurs en Amérique – avec certains, la discussion s'était violemment envenimée. Après avoir obtenu confirmation que la fresque de l'empereur avait bien été récupérée, il avait fini par accepter de signer une déclaration attestant la mort héroïque de Dolan dans un accident.

Plus de cinquante Tibétains étaient réunis dans un silence solennel lorsqu'ils pénétrèrent dans la cour où se dressait le mausolée blanc du chorten. Shan reconnut des visages entrevus au village, la plupart des moines de Yerpa, beaucoup des habitants des collines venus pour le festival devant ce même chorten, et même une demi-douzaine de ragyapa avec, parmi eux, la vieille aveugle.

Auprès de l'empilage de poutres sorties des ruines qui servirait de bûcher funéraire, les moines prirent le relais une fois que Shan et ses amis eurent déposé le corps de Punji McDowell à côté de la dépouille de frère Bertram. Un autre linceul était étendu à côté de celui de l'abbé. Une fois sa lettre terminée, Yao l'avait pliée pour y rédiger une dernière volonté au verso : *Permettez-moi de rester à Zhoka.*

Tout autour du bûcher étaient disposées des offrandes de beurre sous la forme des symboles sacrés, et lorsque Gendun entama un mantra, vite suivi par les autres Tibétains, ce sont elles que les moines allumèrent en premier. Il ne fallut pas longtemps pour que le bois sec et cassant s'embrase, les flammes dégageant une chaleur telle que personne ne put s'en approcher à moins de dix mètres. Elles montèrent haut, le vent mourut, et la fumée se leva droit vers le ciel sans nuages.

— Je ne comprends pas, dit Corbett en rompant le silence après un long moment. Je croyais qu'on donnait les corps aux oiseaux.

— Pas autrefois, expliqua Shan. Pour les saints et les grands professeurs, c'était ça, la tradition.

Il y avait un autre cadavre dont personne n'avait parlé. Seule Liya leur avait calmement murmuré que la dépouille du Mongol avait été emportée au charnier.

En moins d'une heure, tout fut terminé, le bûcher réduit à des cendres. Liya demanda à tout le monde de la rejoindre dans l'avant-cour, où de la nourriture avait été disposée sur des couvertures. Shan aperçut un visage familier.

— Joie te donne, dit-il en anglais à Fiona qui rôtissait des pommes sauvages sur un brasero.

— Joie te donne, répondit-elle. Ma nièce est avec les moines.

Sa grande nièce, songea Shan, en voyant Dawa auprès de Gendun et, à côté d'elle, une inconnue, une femme solide au bras de laquelle la fillette s'accrochait, accompagnée d'un homme au visage clair et honnête marqué par la fatigue du voyage. Les parents de Dawa étaient arrivés.

— Ils vont rester, expliqua Fiona. Ils vont m'aider à rebâtir le four et nous allons fabriquer des poteries et des tsa-tsa, comme dans l'ancien temps, des tsa-tsa pour tout le monde dans les collines.

Corbett se trouva vite entouré par les habitants de Bumpari, qui lui apportèrent thé et nourriture. Ceux qui parlaient le chinois expliquèrent qu'une des petites maisons du village avait été nettoyée et qu'elle lui était destinée. Il pouvait venir y vivre, dirent-ils, et Shan ne vit aucune surprise dans les yeux de l'Américain qui n'accepta ni ne déclina l'offre.

Shan les laissa à leur conversation enthousiaste malgré leur tristesse pour aller s'asseoir seul au bord du précipice.

— Je peux toujours te montrer où se trouve cette caverne, déclara une voix familière dans son dos.

Shan tapota la pierre à côté de lui en invitant Lokesh à venir s'asseoir.

— J'ai effectivement besoin d'une retraite, avoua-t-il. Mais j'ai laissé mon sac en ville. Tu pourrais me dessiner une carte.

— Je serai ici lorsque tu seras prêt. Je te conduirai. Il y a un endroit que je tiens à te montrer en chemin, où les fissures dans la montagne forment les signes du mantra mani. Et il y a des baies qui poussent sur les versants sud.

Lokesh suivit le regard de Shan vers les montagnes à l'horizon et, comme à son accoutumée, donna l'impression qu'il lisait dans l'esprit de son compagnon, ou dans son cœur, à tout le moins.

— Tu l'as trouvé, Xiao Shan, et il t'a trouvé. Ce n'est pas la fin. C'est un commencement.

— Il m'a demandé de lui expliquer les baguettes de divination. Je lui ai montré comment les utiliser.

Les yeux de Lokesh se mirent à briller mais il ne dit rien. Ils restèrent assis en silence à contempler un oiseau qui se laissait dériver sur les courants ascendants en contrebas, et de la même manière que son propre père l'avait fait tant de fois quand il était petit garçon, Lokesh trouva sa main et la serra fort, juste une fois, avant de la lâcher pour se relever.

— L'Américain a dit qu'il avait un message pour nous tous de la part de l'inspecteur Yao.

Le groupe qui entourait Corbett faisait silence. Même à cette distance, Shan entendit l'homme du FBI parler de Yao et de la manière dont il avait arrêté les pillards : l'inspecteur chinois avait sauvé Zhoka.

— Il parle des voleurs, dit Shan. Mais personne ne pose de questions sur les trésors qu'ils cherchaient.

— J'ai expliqué à notre ami Corbett que Gendun n'avait pas fini de s'entretenir avec toutes les divinités qui se trouvent là-bas dans les profondeurs. Il faudra encore bien des semaines. Mais même alors – Lokesh chercha ses mots, étrangement – même alors, tous ne seront pas prêts à descendre. Nous savons que ce n'est pas pour tout le monde.

Corbett tenait un morceau de papier, un des chèques de Dolan qu'il lui avait remis.

— Cent mille dollars américains, s'écriait Corbett. Avant de mourir, M. Dolan a dit à l'inspecteur Yao qu'il voulait que cet argent soit versé à la clinique pour enfants de Punji McDowell.

C'était l'une des raisons de la discussion violente que l'Américain avait eue la veille avec les États-Unis. Corbett refusait de signer la déclaration sur la mort de Dolan tant qu'il n'aurait pas obtenu l'assurance que les chèques seraient honorés, se fondant pour cela sur les dernières volontés de l'inspecteur Yao : l'argent ne faisait plus partie du patrimoine de Dolan mais de celui de Yao. L'inspecteur avait signé sa lettre attestant que le milliardaire lui avait donné deux chèques, au porteur, le premier destiné à la clinique, le second aux parents de la jeune fille assassinée à Seattle.

Corbett avait un legs personnel à faire. Il indiqua deux grandes caisses et une valise transportées là par Jara et sa famille depuis la vieille tour de pierre, après que l'hélicoptère les y eut déposées. Jara lui apporta la valise, fermée par des tours de ruban adhésif.

Shan et Corbett avaient récupéré caisses et valise le matin même, mais elles n'étaient pas dans l'entrepôt de Ming. Elles avaient été expédiées au nom de Punji McDowell à la clinique pour enfants, située à l'opposé de la vieille usine de briques. Tan n'avait posé aucune question quand ils les avaient posées à côté de la dépouille de la Britannique ; il les avait même aidés.

Corbett défit l'adhésif et ouvrit la valise, révélant aux yeux des Tibétains attroupés divers objets enveloppés de journaux et de plastique de protection. Il s'assit, en sortit un et en défit l'emballage. Le petit bouddha du quinzième siècle d'une valeur inestimable, sur son trône serti de pierres précieuses, miroitait au grand soleil. Il le leva en l'air un moment, puis le déposa entre les mains de Fiona.

— Qui d'autre parmi vous a perdu une divinité emportée par les tueurs de dieux ? demanda-t-il en déballant une statue de Tara jadis exposée au musée de Ming, puis dans la collection de Dolan.

Shan escomptait bien retrouver la valise pleine d'objets d'art que Lodi avait rapportée par avion depuis Seattle, mais les caisses qui flanquaient la valise étaient un peu trop visibles pour être ignorées – McDowell avait fait expédier le reste des pièces volées à Dolan à la clinique. Et Corbett, qui avait annoncé la veille à ses supérieurs que, pour la première fois de sa carrière, il avait échoué à retrouver le butin emporté par les voleurs, distribuait devant ses yeux toute la collection du milliardaire aux habitants des collines.

Une fois la valise vide, on ouvrit la première caisse. Shan se dirigea un peu à l'écart, là où, à l'ombre d'un mur, une jeune femme vêtue de sombre observait les autres. Le sourire par lequel Liya l'accueillit lui parut forcé.

— Gendun dit qu'ils organiseront un autre festival ici, quand le deuil sera terminé.

— Il ne nous reste plus rien à espérer, rétorqua Liya, qui semblait ne pas avoir entendu. Maintenant que Lodi et Punji ne sont plus là, Bumpari va mourir.

— Zhoka est revenu à la vie, insista Shan. Bumpari peut continuer à faire ce qu'il a toujours fait : des œuvres d'art pour le monastère.

— J'ai trouvé un petit mot que Punji avait écrit à Lodi. Elle avait l'intention de se rendre à Dharamsala pour raconter toute l'histoire au dalaï-lama. Elle voulait protéger Bumpari. Il ne reste plus personne pour aller là-bas, maintenant, aucun moyen d'expliquer ce que nous sommes et ce que nous faisons.

— Je connais quelqu'un. Elle est le nouveau chef de Bumpari.

— Je n'ai rien qui pourrait intéresser les gens de l'autre côté de la frontière.

— Vous pourriez emporter avec vous un récit qui explique comment l'empire chinois aurait pu être gouverné par le lama du Dragon de pierre et comment la destinée de tout un empire a failli basculer ici. C'est pour cette raison qu'il est arrivé ce qui est arrivé.

— Qu'est-ce que vous racontez ? Tout ça, c'était juste à cause du trésor.

— Le trésor se trouvait ici à cause de l'amban. Mais l'amban se trouvait ici à cause de l'art, parce qu'il voulait honorer l'empereur en lui offrant des œuvres de Zhoka.

Devant toutes les questions qui se lisaient encore sur le visage de la jeune femme, il s'assit à côté d'elle et commença l'histoire. Quelques minutes plus tard, il se rendit compte qu'une douzaine de Tibétains s'étaient réunis autour d'eux. Il fallut peu de temps pour que toutes les personnes présentes dans l'avant-cour les rejoignent et écoutent, tout ouïe.

Son récit terminé, il ôta la bourse qu'il portait autour du cou et en sortit les deux petits rouleaux en soie qui ne l'avaient plus quitté depuis Pékin.

— Voici les deux dernières lettres que se sont échangées l'amban et l'empereur, après que l'amban eut reçu la proposition de Qianlong de faire de lui l'héritier impérial. L'amban se savait trop malade pour accepter, trop malade même pour quitter Zhoka. La lettre est écrite en tibétain, mais elle est brève, car presque tout avait déjà été dit.

Shan releva les yeux vers les visages pleins d'espoir et se mit à lire :

Oncle chéri, il ne saurait y avoir de plus grand honneur de par ce vaste monde ni de plus grande louange que j'eusse pu recevoir qui m'auraient touché jusqu'au fond du cœur. Vous me demandez une décision rapide, mais le temps, et la fragilité de mon corps, que je devrai bientôt quitter, se sont déjà chargés de la prendre à ma place. J'ai souvent pu contempler le spectacle du vent qui chasse les fleurs des arbres, mais je ne l'ai jamais vu souffler pour les remettre en place. Le seul honneur que je puisse vous retourner est la vérité, et en vérité, quelle qu'eût été la hauteur du rang que vous m'eussiez accordé, jamais je n'y aurais connu sérénité plus grande que celle que j'ai trouvée comme lama du Dragon de pierre ici, dans le mandala au cœur de la montagne, là où sagesse et beauté ne font qu'un. Le monastère qui m'a été donné comme empire me suffit. Nous eussions-nous revus une fois encore, mon oncle, je vous aurais offert la possibilité de reconsidérer votre offre, car j'aurais régné en aspirant toujours à la victoire de la compassion sur le pouvoir, et de la bonté sur l'or. Je suis meilleur Chinois comme Tibétain que je ne l'ai jamais été lorsque j'étais chinois.

Une fois sa lecture terminée, Shan eut du mal à arracher son regard de la lettre vieille de deux siècles, sans même prendre conscience du silence qui régnait alentour. Quand il la reposa, il vit les yeux éblouis de Liya et de tous ceux qui l'avaient écouté.

— L'empereur a répondu, ajouta-t-il en montrant le second rouleau. Juste quelques lignes.

Noble neveu, dans mon cœur, je vous ai couronné mon empereur. Je ne règne que sur ce maigre empire et ne traite que des événements de ma courte vie ici-bas. Vous traitez des mondes au-delà, et vous atteignez au-delà des temps. Gardez je vous prie le trésor au Tibet. Puissent les dieux être victorieux.

— Je les avais apportées pour les laisser ici, dans le temple, dit Shan en regardant Liya. Mais je crois maintenant que vous devriez les offrir au dalaï-lama. Pour son anniversaire, pour les gens de Zhoka.

Gendun souriait comme un petit garçon.

L'après-midi touchait à sa fin lorsque Corbett et Shan remontèrent jusqu'à la vieille tour de pierre pour y attendre l'hélicoptère. L'Américain serrait contre lui un paquet rectangulaire que lui avait donné Liya.

— J'ai réfléchi. Vous devriez rentrer avec moi. Je peux arranger ça. Cette maison que je possède sur l'île, vous pouvez y habiter. Il y a des kayaks. Nous pourrons faire le tour des îles en kayak. Nous pourrons aller pêcher. Vous pourrez refaire votre vie. On vous doit une nouvelle vie.

Surprise et gratitude se lisaient dans son sourire, mais Shan finit par se retourner vers les ruines de Zhoka.

— J'ai une nouvelle vie, déclara-t-il.

— Tout le monde aime l'Amérique, lui objecta Corbett d'un ton de défaite. Tout le monde veut aller y vivre.

— Ce n'est pas mon pays.

— Votre pays vous a tourné le dos.

— Non, c'était le gouvernement.

Ils restèrent assis en silence.

— Cet endroit plein de lumières, énonça lentement Shan. Celui que vous avez appelé centre commercial. Vous m'avez dit que vous m'y aviez emmené pour me permettre de voir l'Amérique. Quand j'en ai franchi le seuil, j'ai cru que j'entrais dans une église. Et à ce moment-là, j'ai vu le monde. Tout ce monde. Je ne sais pas, les mots me manquent. Mais d'une certaine façon, ça m'a rendu triste. Pardonnez-moi.

Il se rappelait en cet instant les mots précis dont s'était servi Lokesh après avoir visité une ville. Le vieil homme avait raconté que tous les gens paraissaient très minces et très transparents, étirés extrêmement loin de leurs divinités.

Le silence revint. Corbett ramassa une pierre et la lança en une grande courbe par-dessus la vire avant de se retourner vers l'hélicoptère qui s'approchait.

— C'est quoi, un kayak ? demanda Shan en quittant la vieille tour.

Ils n'échangèrent plus une parole, la tête collée à la vitre durant le trajet qui les ramena au centre d'accueil de Lhadrung.

— J'ai encore des choses à rédiger, annonça Corbett en se dirigeant vers la salle de conférences.

Shan, épuisé, s'effondra sur le lit affecté à Yao. Il se réveilla au milieu de la nuit ; la lumière brillait encore sous la porte de la salle. Il découvrit Corbett endormi sur la table, la tête sur ses bras croisés. Il ne vit aucune trace d'écritures ni de courrier. En revanche, l'Américain avait exécuté, au crayon, des portraits de Yao et des lamas. Plusieurs dessins terminés étaient éparpillés sur la table, plusieurs autres, inachevés et chiffonnés, gisaient sur le sol à ses pieds. Shan en ramassa un pratiquement fini : une image de Yao, un petit bouddha dans la main. Il le lissa du plat de la main du mieux qu'il pouvait pour en effacer les plis et le glissa dans sa poche.

Lorsque Corbett apparut au petit matin, habillé pour le voyage, son bagage à la main, Shan était assis près d'un arbre. Corbett vit le sac à côté de lui et appela une voiture.

— Où puis-je vous emmener ? demanda-t-il.

— En ville.

— La nuit dernière, j'ai réfléchi. Cette petite maison sur l'île. Je vais l'ouvrir et aller y habiter un moment. Et peindre.

— Vous n'êtes pas obligé de repartir aussi vite.

— Rien ne sera terminé tant que je n'aurai pas remis le chèque aux parents de la jeune fille. Et j'ai demandé à Bailey de retenir la fresque de l'empereur. Je tiens à la voir avant qu'elle reparte.

Quelques minutes plus tard, Shan, en sortant de la voiture, remarqua le colis de Liya posé sur le bagage de l'Américain.

— Qu'est-ce que c'était ? voulut-il savoir.

— Je n'ai pas encore eu le courage…

Le colis avait été enveloppé sous plusieurs couches de feutre, et lorsque Corbett écarta la dernière, il en resta le souffle coupé.

— Par les pyjamas du lama !

Rédigé sur papier à en-tête de son régiment par le major, c'était le petit limerick encadré resté dans sa maison. Un mot avait été rédigé au dos, et un sourire se mit à grandir sur le visage de l'Américain à mesure qu'il le lisait. Il le tendit à Shan.

Le récit de l'Américain qui a dansé avec la vieille aveugle au clair de lune vivra dans nos cœurs durant toute notre vie. Déjà les enfants ont aperçu un arc-en-ciel qui s'étirait en direction de l'Amérique et ils ont demandé si vous étiez à l'autre extrémité. Lorsque vous aurez trouvé le bon arc-en-ciel, une maison vous attendra à Bumpari.

— Reviendrez-vous ? demanda Shan en lui rendant le cadre avant de refermer la portière.

— Il suffit de trouver le bon arc-en-ciel, répondit Corbett en passant la première.

Il tendit le bras par la vitre pour serrer la main de Shan avant de disparaître dans un nuage de poussière.

La plupart des collecteurs de déjections nocturnes étaient déjà partis pour leur tournée du matin, mais dans l'ancienne écurie deux femmes remplissaient des lampes à beurre devant la peinture secrète.

— Pensez-vous qu'il reviendra bientôt ? leur demanda Shan.

Celle qui était la plus proche se releva et secoua lentement la tête.

— Jamais. Il nous a quittés.

— Quittés ?

— Hier, après l'apparition du bouddha de la Montagne. Il a rassemblé ses brosses et ses peintures et a annoncé comme ça qu'il devait partir, il devait trouver une autre ville où on avait besoin de lui. Je lui ai donné un sac de nourriture et il s'est éloigné, à pied, en fredonnant un vieux chant de pèlerin.

Sans y réfléchir à deux fois, Shan aida les femmes à remplir les lampes qui restaient, puis s'attarda sur la peinture de Surya. C'était ainsi que certains saints avaient vécu : en voyageant de ville en ville, à illuminer les divinités. Lorsqu'il ressortit dans la rue, une voiture familière attendait.

Tan, au volant, s'étira sur le siège pour lui ouvrir la portière. Shan monta en serrant son sac contre la poitrine.

— La Sécurité publique est venue ce matin de bonne heure, déclara le colonel d'une voix crispée. Ils sont partis. Ming aussi. Il y aura un procès très discret comme ils en ont le secret, réservé aux membres haut placés du Parti.

Shan présuma que Tan avait besoin d'aide pour la déposition qu'il serait certainement amené à faire au cours du procès de Ming. Ils ne tournèrent pas à la grille de la base militaire mais continuèrent sur la route gravillonnée que Shan ne connaissait que trop bien. Il serra le sac plus fort encore contre sa poitrine et contempla les montagnes à l'horizon.

— On a retrouvé des traces de poudre sur la main de Dolan, dit Tan en arrivant en vue du camp de prisonniers. Il avait fait usage d'une arme à feu avant de mourir.

— Les pillards. Vous avez lu la lettre de Yao. Il s'est battu contre les pillards, il leur a arraché une arme.

— Nous savons l'un et l'autre que c'est un mensonge. Serait-ce donc un tel désastre si le monde apprenait que l'un des capitalistes les plus riches de cette planète n'était qu'un voleur et un assassin, un simple et vulgaire criminel ?

Shan soupesa ses mots avant de répondre. Au Tibet, il avait appris que la justice non seulement était chose fuyante mais aussi chose essentielle – une chose de vérité, aurait dit Lokesh – pour laquelle les mots ne suffiraient jamais. Pour une part, elle était composée de vérité tangible, pour l'autre, de spiritualité. Et pour quelqu'un comme Tan, s'y ajoutait la part inévitablement politique.

— S'il en était ainsi, une véritable armée d'enquêteurs venus de Pékin et d'Amérique fondraient sur Lhadrung, suivis très vite par des hordes de journalistes, de diplomates et d'équipes d'informations télévisées débarqués du monde entier. Absolument rien à voir avec la poignée d'individus qui sont arrivés hier. Et Lhadrung se retrouverait sous un objectif de microscope. Ce qui pourrait représenter pour vous une chance à saisir, osa-t-il conclure. Une grande chance.

Tan soupira et arrêta sa voiture juste devant la grille, près de l'endroit où la tente d'équipement avait été érigée. Il fixa lentement les montagnes en laissant la fumée dériver doucement d'entre ses lèvres.

— Les chances à saisir, expliqua-t-il lentement, ne m'intéressent plus. Maintenant, ajouta-t-il avec un haussement d'épaules, ne me reste plus qu'à prévenir les comtés avoisinants que les pillards ont de toute évidence quitté Lhadrung.

Il sortit de sa voiture et Shan le suivit. Le champ où les renforts avaient campé était vide. Tan alluma une cigarette et Shan se tourna vers les barbelés, à cinquante mètres de là. C'était jour de repos pour les prisonniers et il vit quelques très vieux détenus assis en cercle à l'autre bout du camp.

— Je retourne dans les montagnes, murmura-t-il, la peur au ventre.

Tan faisait les cent pas à côté de sa voiture et ne réagit pas, comme s'il n'avait rien entendu. Une sentinelle à l'extérieur de la grille parut reconnaître Shan et marmonna quelque chose au garde de service posté à l'intérieur, devant l'entrée, qui se mit à surveiller l'ex-taulard avec attention.

Finalement, le colonel revint vers sa portière comme pour remonter à bord de la voiture quand trois hommes sortirent du bâtiment administratif, deux gardes encadrant un jeune gars au visage émacié, entravé, le crâne rasé de frais et habillé de neuf, dans la tenue grise des prisonniers.

Shan regarda en silence les gardes tirer le nouveau prisonnier vers l'enceinte intérieure.

— Je ne peux pas changer ce qu'il a fait, ni sa condamnation, expliqua Tan. Mais je leur ai fait comprendre que la 404e était plus dure que toutes les mines de charbon et que je méritais de le garder ici pour tous les problèmes qu'il m'a créés.

Le prisonnier fut poussé contre le grillage et écarta les bras pour agripper la clôture en fixant les minces silhouettes penchées qu'il aperçut à l'intérieur. Il ne bougea pas quand les gardes défirent ses entraves et ouvrirent la grille, il ne réagit pas non plus quand ils l'arrachèrent à la clôture pour le conduire dans le camp-prison par le passage encadré de rouleaux de barbelés. Mais sentant peser des regards sur lui, il releva lentement la tête et se retourna. C'était Ko.

Ses yeux se verrouillèrent à ceux de son père et il s'arrêta sur place, avant que la bourrade d'un garde l'oblige à avancer. Une fois les barbelés franchis, il s'arrêta de nouveau, dans la zone interdite cette fois, pour se retourner vers Shan qui, de son côté, s'avançait vers la clôture d'enceinte et s'engageait à son tour dans la zone interdite à l'extérieur du camp. Il entendait les protestations des gardes, mais une réprimande cinglante de Tan les fit taire.

Ko retroussa les lèvres en rictus de défi familier et leva sa main blessée sous son bandage maintenant sanguinolent. Il la leva haut, bien au-dessus de sa tête, en direction de Shan qui, sans un mot, fit de même, et le père et le fils restèrent là sans ciller, face à face, le visage barré par un grand sourire, jusqu'à ce qu'une matraque s'abatte sur l'épaule de Ko. Il tomba à genoux, mais un second garde le poussa dans le dos d'un coup de brodequin qui l'étala de tout son long. Le soulevant par sa ceinture, les deux gardes-chiourmes le sortirent de la zone interdite pour le laisser retomber le nez dans la poussière, avant de repartir.

Le silence s'abattit sur le camp, ponctué par le claquement de la grille qu'on refermait et du pêne qui reprenait sa place dans son logement. Puis un vieux Tibétain mince comme un fil, vêtu de guenilles de prisonnier, apparut derrière un baraquement, trottina jusqu'à Ko et s'agenouilla à côté de lui. Dans le silence immobile, l'air se mit à vibrer doucement sans que Shan ne perçoive rien des mots indistincts, rien que la musique de leur réconfort quand le vieux lama posa une main sur le dos de son fils.

Glossaire

Les termes qui ne sont utilisés qu'une fois et définis dans le contexte ne sont pas inclus dans ce glossaire.

Aku (tibétain) : oncle.

Aman (chinois) : représentant du gouvernement impérial mandchou (dynastie Qing) à Lhassa. Le poste et sa fonction ont été créés en 1727 et abolis par le treizième dalaï-lama en 1913.

Bardo (tibétain) : terme utilisé pour les rites mortuaires du Bardo, se référant plus précisément à l'étape intermédiaire qui sépare la mort de la renaissance.

Bayal (tibétain) : traditionnellement « terre cachée », un lieu où résident divinités et autres objets sacrés.

Chorten (tibétain) : terme correspondant au stupa, mausolée traditionnel bouddhique, en forme de dôme surmonté d'une flèche, habituellement utilisé comme reliquaire.

Dorje (tibétain) : du sanskrit *vayre* ; instrument rituel en forme de sceptre qui symbolise le pouvoir de la compassion, décrit comme étant « aussi dur que le diamant » et « aussi puissant qu'un éclair de tonnerre ».

Dronma (tibétain) : petite baratte en bois utilisée pour préparer le thé au beurre.

Dungchen (tibétain) : longue trompette de cérémonie au son très grave, habituellement constituée de plusieurs sections télescopiques.

Durtro (tibétain) : charnier où les morts sont démembrés afin d'être offerts en pâture aux vautours.

Dzi (tibétain) : perle d'agate, caractérisée par ses rayures ou ses gravures, portée comme charme protecteur.

Gau (tibétain) : « mausolée portatif », petite boîte métallique avec couvercle monté sur charnières, qui se porte autour du cou et dans lequel on a placé une prière.

Gompa (tibétain) : monastère, littéralement « lieu de méditation ».

Gonkang (tibétain) : dans les monastères, mausolée d'une divinité protectrice, situé fréquemment aux niveaux inférieurs des bâtiments du temple.

Goserpa (tibétain) : littéralement « tête jaune », un des termes utilisés pour désigner les Occidentaux.

Kangling (tibétain) : trompette de cérémonie traditionnellement fabriquée à partir d'un fémur humain.

Khata (tibétain) : foulard de prières ou de bons vœux, habituellement en soie ou en coton blanc.

Kora (tibétain) : circuit du pèlerin, autour d'un site sacré.

Lama (tibétain) : traduction tibétaine du sanskrit *guru*, utilisé pour un moine âgé ordonné devenu maître et professeur.

Lao gai (mandarin) : littéralement « réforme par le travail », camp de travaux forcés.

Lha gyal lo (tibétain) : expression tibétaine traditionnelle de réjouissance, littéralement : « que les dieux soient victorieux ».

Mala (tibétain) : rosaire bouddhiste, qui comprend cent huit grains, utilisé pour ponctuer la récitation d'un mantra ou autres pratiques de dévotion.

Mandala : littéralement, terme sanskrit pour « cercle ». Représentation circulaire du monde d'une divinité de méditation, traditionnellement fabriquée à partir de sables colorés, bien que la disposition circulaire de ses symboles puisse prendre une forme à trois dimensions dans certains temples (en tibétain : *kyilkor*).

Mani (Pierre *mani*) : pierre sur laquelle a été peinte ou gravée une prière bouddhiste invoquant le mantra *Om mani padme hum*.

Manjushri (sankrit) : membre important du panthéon tibétain, divinité de la sagesse, souvent représentée brandissant une épée pour trancher par le travers les pensées qui obscurcissent le jugement.

Milarepa (tibétain) : grand saint et poète du Tibet qui a vécu de 1040 à 1123.

Mudra (tibétain) : geste symbolique fait en disposant les mains et les doigts selon des modèles déterminés, et destiné à représenter une prière spécifique, une offrande, ou un état d'esprit.

Nei lou (mandarin) : secret d'État. Littéralement « uniquement à usage gouvernemental ».

Peche (tibétain) : livre d'écritures tibétaines traditionnelles, non relié, se présentant sous forme de longs et étroits feuillets enveloppés de toile, souvent liés entre deux couvertures en bois gravé. Traditionnellement, un peche contenait les textes imprimés de prières ou d'enseignements religieux ; comme ils contenaient des termes sacrés, ils ne devaient pas toucher le sol.

Ragyapa (tibétain) : coupeurs de cadavres, qui exécutaient le démembrement des corps, partie intégrante du rituel traditionnel tibétain des funérailles de plein ciel.

Rinpoché (tibétain) : terme de respect utilisé pour s'adresser à un professeur vénéré, littéralement « béni » ou « joyau ».

Samkang (tibétain) : brasero qu'on trouve souvent dans les monastères, destiné à brûler des bois odorants.

Tara (tibétain) : divinité de méditation, de sexe féminin, révérée pour sa compassion et considérée comme une protectrice spécifique au peuple tibétain. Tara a de nombreuses formes, les deux plus importantes étant Tara la Verte et Tara la Blanche. On se réfère parfois à elle comme à la mère de Bouddha.

Thang-ka (tibétain) : peinture sur tissu, de nature religieuse, et souvent considérée comme sacrée, exécutée traditionnellement sur un rouleau de coton fin et gansée d'un brocart.

Tsampa (tibétain) : farine d'orge rôtie, plat emblématique du Tibet.

Tsa-tsa (tibétain) : petite image estampée dans l'argile (souvent mélangée à des substances sacrées) à l'effigie d'une figure religieuse.

Yama (tibétain) : seigneur de la Mort.

Note de l'auteur

Au début de l'année 1904, une des plus étranges expéditions de l'histoire entama l'ascension de l'Himalaya par le col de Jelap La au Sikkim pour pénétrer sur le territoire inconnu du Tibet. En se référant à de vagues rumeurs selon lesquelles la Russie serait susceptible d'établir des avant-postes dans le pays, le gouvernement britannique envoya mille cinq cents hommes en armes avec, en soutien logistique, près de dix mille porteurs et des milliers de mules et de chevaux, de dromadaires et de buffles, de yacks et même, ainsi que Peter Fleming nous le rappelle dans son livre passionnant *Bayonets to Lhassa*, deux hybrides de mule et de zèbre, le tout sous le commandement du colonel Francis Younghusband. L'invasion armée de ce qui était pour l'essentiel un pays démilitarisé ne fut peut-être pas un des actes les plus glorieux à porter au crédit de la politique étrangère de la Grande-Bretagne, néanmoins les dimensions humaines de la campagne et ses conséquences furent remarquables. Les soldats du colonel Younghusband étaient arrivés équipés pour la bataille, prêts à affronter la peste, le froid rigoureux et les montagnes traîtresses, en un mot prêts à tout sauf au type de société qui se présenta à eux. Leurs mitrailleuses Maxim, ce qui se faisait de mieux dans le genre à l'époque, eurent à faire face à des Tibétains armés d'antiques arquebuses, d'épées et de charmes protecteurs en papier. Les officiers britanniques trouvèrent devant eux des lamas brandissant des émouchoirs en poils de yack et des rosaires. Ni l'un ni l'autre des deux camps ne possédaient les règles codifiant de tels engagements. Les Tibétains, bon enfant, tendirent aux Britanniques les traditionnels foulards de bons vœux alors même que les troupes de Sa Majesté avançaient sur l'armée de va-nu-pieds de Lhassa. Les chefs anglais étaient perplexes devant leurs homologues du camp adverse venant parfois leur offrir des prières tibétaines ; et les Tibétains se trouvèrent tout aussi désorientés lorsque les Britanniques commencèrent à ouvrir des hôpitaux de campagne pour soigner les Tibétains blessés.

Finalement, l'expédition atteignit son objectif, Lhassa, et y négocia le traité de commerce qui était sa finalité première, avant de disparaître dans les notes de bas de page de l'Histoire. Mais pour quelques âmes des deux côtés, la campagne laissa une marque indélébile. Pour la première fois, l'expédition avait ouvert une fenêtre sur le monde aux populations des hautes plaines au-delà de la chaîne de l'Himalaya, et une poignée de Tibétains partirent faire des études aux Indes et en Angleterre. Toutes les séquelles d'animosité entre les deux peuples se virent bien vite remplacées par une confiance mutuelle, qui grandit jusqu'à des proportions telles qu'en 1910, lorsque la Chine fit une première tentative pour prendre le contrôle de Lhassa, le dalaï-lama trouva refuge et sanctuaire aux Indes anglaises. Le colonel Younghusband démissionna bientôt de l'armée pour s'engager dans une vie de spiritualité qui le conduisit à fonder le Congrès mondial des croyances et des fois, avant d'avouer sur le tard que les moments de spiritualité les plus intenses qu'il lui avait été donné de vivre avaient pris place au Tibet. Il se consacra à tenter de bâtir des passerelles entre les religions du monde, en particulier celles d'Orient et d'Occident. À sa mort en Angleterre en 1942, on grava sur sa pierre tombale une image de Lhassa et on plaça sur son cercueil une sculpture en terre cuite du Bouddha. Nombre de cadres subalternes et des officiers des Affaires étrangères qui s'installèrent au Tibet tombèrent apparemment eux aussi sous le charme du pays, abandonnant leurs fonctions premières pour s'atteler à des quêtes savantes ou philosophiques. Un certain David McDonald resta finalement deux décennies durant au service des gouvernements britannique et tibétain et laissa une chronique de la manière dont le Tibet avait changé sa vie dans *Twenty Years in Tibet*. Un autre officier de terrain, Austin Waddell, entré la première fois au Tibet sous un déguisement comme chargé d'une mission de renseignements, se consacra quant à lui à l'étude des traditions complexes du bouddhisme tibétain pour devenir la plus grande autorité occidentale de son temps en matière de culture et de religion tibétaines.

Si l'expédition Younghusband représenta la première incursion significative d'Occidentaux dans le Tibet lointain, les Européens étaient depuis bien longtemps partie prenante, pour obscure qu'elle fût, de la cour impériale à Pékin. Les prêtres jésuites étaient présents dans la capitale avant même que les Mandchous n'y établissent la dynastie Qing au milieu du dix-septième siècle. Le bien-aimé empereur Qianlong, dont la passion pour les arts n'excluait pas les œuvres marquantes de l'Occident, fut le mécène d'une petite mais florissante colonie de peintres européens dont le membre le plus représentatif était Giuseppe Castiglione, et lorsque son projet de pavillon de retraite commença à prendre forme, il n'est pas surprenant qu'il ait fait appel à Castiglione et à ses protégées chinoises pour l'aider à en concevoir la décoration. Ce pavillon, connu sous le nom de Juanqin Zhai, le pavillon de la Diligence lassée, se dresse toujours dans la Cité interdite, le bâtiment comme ses fresques murales typiquement occidentales n'ayant pratiquement pas bougé depuis deux siècles. La présence de lamas et d'éléments de la culture tibétaine à sa cour est également attestée par de nombreux écrits, et l'empereur prit de nombreuses mesures pour assurer au bouddhisme et à ses artistes une vie florissante sous son long règne.

L'empereur était de ceux, nombreux au fil des âges, qui étaient très intrigués par l'art tibétain. Au premier abord, les thang-ka du Tibet peuvent paraître simplistes, rigides, voire primitifs dans leurs représentations de sujets religieux bornés. Mais, à l'instar de tout art digne de ce nom, plus vous les étudiez, plus ils vous entraînent dans la complexité de leur univers où chaque couleur, chaque effigie – depuis les mains humaines soigneusement disposées jusqu'aux pétales de lotus ouverts – a une signification symbolique. Leur création était une entreprise totalement altruiste de pure religiosité – les noms de ceux qui ont créé nombre des plus belles pièces nous sont inconnus parce qu'ils ne signaient pas leurs œuvres – et aucune peinture n'était terminée tant qu'elle n'avait pas été consacrée et sa divinité installée. La beauté farouche de ces résidences divines n'en est que mieux mise en évidence lorsque l'on sait que les mortels qui les ont créées ne disposaient que des pigments naturels tirés des plantes et des minéraux de leur monde d'altitude. Pour ceux qui voudraient en apprendre plus sur l'univers fascinant de l'art tibétain, il existe un grand nombre d'ouvrages excellents. J'en citerai trois parmi les plus exhaustifs et les plus pertinents : *Sacred Visions* de Steven Kossack et Jane Casey Singer, et deux volumes qui ont le même titre en partage, *Art of Tibet*, le premier de Robert Fisher, le second de Pratapaditya Pal.

Une des conséquences les plus tristes de l'éveil de l'Occident à cet art est le pillage des temples. Seule une part infime des trésors du Tibet avait pu échapper aux destructions à grande échelle de la Révolution culturelle des années 1960, et ceux qui ont survécu se trouvaient souvent en des endroits reculés et sans protection – temples, cavernes et ruines. Les voleurs, au moyen de techniques très perfectionnées, en ont pillé un certain nombre au cours de ces dernières années : le célèbre mausolée Nyetang au sud de Lhassa ; l'extraordinaire collection rassemblée dans le petit musée de Tsetang ; et des œuvres très anciennes du temple de Toling, vieux de mille ans, aux confins du Tibet occidental. Les mausolées et leurs statues séculaires sur l'itinéraire des pèlerins autour du mont Kailash, miraculeusement oubliés par la Révolution culturelle, n'ont pas résisté aux bandes de voleurs organisées qui les ont mis en coupe réglée il y a dix ans. Le temps aussi fait payer son tribut aux trésors survivants. L'ouvrage de Pamela Logan, *Tibetan Rescue*, conte le récit des défis auxquels a été confronté l'effort international pour sauver les fresques délabrées du lointain monastère de Pewar.

Les temples dompteurs de la terre, dont Zhoka est une illustration imaginaire, étaient les dépositaires de certaines œuvres parmi les plus représentatives des arts primitifs du pays. Ces temples-là ne sont peut-être plus des exemples majeurs dans les enseignements bouddhistes contemporains : au cours des années extraordinaires qui ont vu les premiers bouddhistes venir se fondre aux animistes traditionnels que furent les habitants du Tibet des premiers âges, ces temples étaient les édifices les plus importants du pays, et leur construction mettait en œuvre des merveilles d'ingéniosité techniques et artistiques. Pareils au thang-ka tibétain, aucun aspect de leur création n'échappait à la symbolique ni au soin extrême nécessaire pour s'adresser aux divinités qu'ils évoquaient. Les Tibétains traditionalistes ne manquent pas encore aujourd'hui de faire remarquer qu'avant la construction des temples dompteurs de la terre le Tibet était un pays infesté de séismes.

Finalement, ainsi que je n'hésiterai jamais à le crier haut et fort, les personnages et les lieux de mes romans ont beau être imaginaires, la lutte du peuple tibétain pour conserver sa foi, sa culture et son intégrité est bien réelle. Les terres du Tibet traditionnel sont peut-être habitées par les divinités, mais elles sont également peuplées de milliers de héros silencieux, qui peuvent nous en apprendre beaucoup sur la bravoure et l'endurance d'une existence sur le fil du rasoir, lorsqu'on consacre sa vie aux choses les plus importantes. *Lha gyal lo.*

Remerciements

Des mercis tout particuliers à Natasha Kern, Keith Kahla, Catherine Pattison et Lesley Kellas Payne.

Impression réalisée sur Presse Offset par

BRODARD & TAUPIN

GROUPE CPI

La Flèche (Sarthe), 35443
N° d'édition : 3844
Dépôt légal : mai 2006

Imprimé en France